STEFANIE KASPER

Die Tochter der Seherin

Buch

Auf zwei gegenüberliegenden Hügeln erheben sich machtvoll die Burgen Eisenberg und Hohenfreyberg. Dort wachsen Emma von Eisenberg und Marzan von Hohenfreyberg – beide entstammen alten Adelsgeschlechtern – zusammen auf, tiefe Freundschaft verbindet die gleichaltrigen Nachbarskinder. Emma ist Halbwaise, ihre Mutter ist bei ihrer Geburt gestorben. Mit umso zärtlicherer Liebe hängt sie an ihrem Vater, Richard von Eisenberg. Sie ist glücklich, bis Marzan von seinen Eltern eines Tages nach Augsburg geschickt wird, wo er eine Lehre beim großen Kaufmann Jakob Fugger absolvieren soll. Sechs Jahre bleibt er fort, Jahre, in denen Emma ihn schmerzlich vermisst. Doch der Moment, als Marzan endlich wiederkehrt, ist von drohendem Unheil überschattet: Emmas Vater ist schwer erkrankt, die Angst vor einer tödlichen Epidemie greift im Dorf um sich. Emma spürt, wie sich dunkle Wolken zusammenbrauen. Sie sieht oft mehr als andere Menschen, was mit einem sternförmigen Mal an ihrem Knöchel zusammenzuhängen scheint. Trost findet sie in der Wiederbegegnung mit Marzan, denn noch immer herrscht eine innige Vertrautheit zwischen ihnen. Doch aus den Kindern von einst sind junge Erwachsene geworden, und als Marzan sie küsst, fühlt Emma, dass sie ihn liebt. Zur gleichen Zeit hält sich Graf Darius von Ravensberg auf Burg Eisenberg auf, ein alter Freund von Emmas Vater. Zu ihrer großen Überraschung hält der Graf um ihre Hand an, und gegen ihren erklärten Willen stimmt Richard von Eisenberg der Verlobung mit dem viel älteren Mann zu. Marzan und Emma begehren dagegen auf. Doch dann kommt es zu einer Katastrophe: Während die beiden eine leidenschaftliche Liebesnacht miteinander verbringen, wird Emmas Vater ermordet. Die Ereignisse überschlagen sich. Emma wird von Ravensberg in ein Kloster gezwungen. Und immer wieder träumt sie von einem blonden Fremden …

Autorin

Stefanie Kasper ist zweiundzwanzig Jahre alt. Sie stammt aus Peiting im bayerischen Oberland und arbeitet als Redakteurin für eine Wochenzeitung in Weilheim. »Die Tochter der Seherin« ist ihr erster Roman. Die Autorin schreibt bereits an einer Fortsetzung.

Stefanie Kasper

Die Tochter der Seherin

Roman

GOLDMANN

FSC
Mix
Produktgruppe aus vorbildlich
bewirtschafteten Wäldern und
anderen kontrollierten Herkünften

Zert.-Nr. SGS-COC-1940
www.fsc.org
© 1996 Forest Stewardship Council

Verlagsgruppe Randomhouse FSC-DEU-0100
Das FSC-zertifizierte Papier *München Super* für Taschenbücher
aus dem Goldmann Verlag liefert Mochenwangen Papier.

1. Auflage
Originalausgabe Oktober 2007

Vermittelt durch die Literatur- und Medienagentur Ulrich Pöppl, München
Umschlaggestaltung: Design Team München,
unter Verwendung eines Fotos von Bridgeman Giraudon
BH · Herstellung: Str.
Redaktion: Regine Weisbrod
Druck und Bindung: GGP Media GmbH, Pößneck
Printed in Germany
ISBN: 978-3-442-46581-1

www.goldmann-verlag.de

Meinen Eltern, die mich
die Liebe zum Lesen lehrten.

Prolog

23. APRIL 1488

Während drinnen Gräfin Amelia die Qualen der Niederkunft durchlitt, schritt draußen vor dem Turmzimmer Richard von Eisenberg, die Hände gefaltet, unruhig auf und ab. Seine Frau war in den letzten Wochen sehr schwach gewesen, und er fürchtete um sie. Endlich, eine Ewigkeit schien vergangen zu sein, hörte Richard das Kreischen des Babys, noch ehe er sein Kind zum ersten Mal sah.

»Sie hat Euch eine gesunde Tochter geboren, mein Graf.« Die grauhaarige Hebamme streckte ihm das Neugeborene entgegen. »Das Ebenbild ihrer Mutter.«

Ein Lächeln erschien auf dem Gesicht des Mannes. Sanft strich er mit dem Zeigefinger über das Köpfchen des Kindes. Dann wandte er sich ab.

»Meine Frau …«

»Wartet.« Die Hebamme hielt ihn zurück. »Die Gräfin – sie ist sehr geschwächt …«

»Amelia!« Angst schwang in seiner Stimme mit. »Was ist mit ihr?«

Die alte Frau schüttelte bedauernd den Kopf. »Es tut mir leid, mein Graf, aber es sieht danach aus, als wäre ihre Zeit gekommen.«

»Nein!« Mit großen Schritten stürmte Graf von Eisenberg an das Bett seiner Frau.

»Liebes.«

Die Laken unter ihrem Körper waren rot gefärbt von ihrem Blut. Er kniete sich neben ihrem Lager nieder.

»Richard.« Amelias Stimme war kaum mehr als ein Flüstern. »Ich bin müde … so müde.«

»Du musst dich ausruhen.« Er strich mit der Hand über ihr schweißnasses Haar.

»Das Kind …«

»Es geht ihm gut. Du hast mir eine wunderschöne Tochter geschenkt, Liebste.«

»Ich muss dir … etwas sagen.« Der Atem der Gräfin rasselte. »Die Wahrheit, Richard …« Sie keuchte und brachte den Satz nicht zu Ende.

»So hilf ihr doch!« Der Graf sah sich in seiner Verzweiflung nach der Hebamme um. »Es geht ihr immer schlechter.«

Die Alte trat langsam ans Bett. Ihr genügte ein Blick auf die Gräfin.

»Ich kann nichts mehr tun.« Tröstend legte sie eine Hand auf die bebenden Schultern des Mannes, der die blasse Hand seiner Frau umklammert hielt. »Eure Gemahlin, sie ist nicht mehr.«

»Nein!« Aufschluchzend nahm Richard Amelias leblosen Leib in die Arme. »Nein, bitte, das darf nicht sein.«

Irgendwo ganz in der Nähe begann das Neugeborene laut zu weinen. Ganz so, als spüre es, dass seine Mutter nicht mehr am Leben war.

In einer kleinen Kapelle, hoch oben auf einem Hügel, kniete im selben Augenblick betend eine Frau. Ihr leises Murmeln erfüllte das Gotteshaus, ihre faltigen Hände hatte sie ineinander verschlungen. Die weißen Kerzen auf dem Altar flackerten.

»Bitte …« Ihr Flüstern schien zwischen den Bänken und von den Wänden widerzuhallen. »Gib der Tochter die Kraft, die ihre Mutter nicht hatte.«

1
1500

»Ruppert, wir sind's!«

Ruppert Reblem drehte sich nicht um, als er die Stimmen der Kinder hinter sich vernahm. In der warmen und stickigen Schmiede war es schon jetzt am Nachmittag düster wie in einer Höhle. Ihm rann der Schweiß von der Stirn, den er immer wieder ungeduldig mit dem Handrücken fortwischte. Es erforderte höchste Konzentration und ein präzises Augenmaß, das glühende Stück Eisen mit dem Hammer zu einer Angel zu formen, die später einmal das Gewicht einer hölzernen Tür tragen sollte. Die Arbeit musste schnell vonstatten gehen. Unterlief ihm auch nur der kleinste Fehler, waren seine Mühen mit einem Schlag zunichtegemacht.

Während er mit dem Fuß den ledernen Blasebalg bediente, krachte das Werkzeug wieder und wieder wuchtig auf das Metall herab. Die hervortretenden Muskelstränge unter seiner Haut kündeten von der Kraft des Mannes. Wilhelm, sein Gehilfe, schürte das Schmiedfeuer und beobachtete den Meister genau, um von ihm zu lernen. Jeder Handgriff musste sitzen. Am Ende zog der Schmiedemeister mit der Zange das fertige Türeisen aus dem Feuer. Es dampfte und zischte, als er es zur Abkühlung in den Wassertrog tauchte. Dann erst wandte er sich zu den Kindern um.

»Ihr schon wieder«, brummte er und schmunzelte innerlich über die Anhänglichkeit der beiden.

»Erzählst du uns eine Geschichte, Ruppert?«, bat das Mädchen. »Ja bitte!«, rief der Junge, »bitte, erzähl uns eine!«

»Tut mir leid, aber heute habe ich keine Zeit für euch. Ihr seht ja, ich muss arbeiten. Kommt morgen wieder, vielleicht ist mir bis dahin etwas wirklich Gruseliges eingefallen.« Er zwinkerte den beiden zu.

»Aber«, wandte die Kleine ein, »morgen geht es nicht.« Zu Rupperts Verblüffung kullerten plötzlich Tränen über ihre Wangen. So kannte er Emma von Eisenberg, den kleinen Wildfang, gar nicht. Niemand, und sei es der Teufel in Person, konnte die Tochter seines Herrn zum Weinen bringen. Zwar wusste er, dass die Kinder seine Erzählungen liebten, aber einen Tag Aufschub nahmen sie normalerweise ohne Protest in Kauf. Auch Marzans Blick hatte sich verfinstert. Der Junge war der einzige Sohn des Grafen von Hohenfreyberg. Genau wie seine kleine Freundin war er furchtlos und wagemutig. Ein wenig besorgt kniete er sich vor die Kinder hin, die dicht nebeneinander auf der schmalen Holzbank saßen. Ihre Gesichter waren von der Hitze gerötet, und hinter ihrem Ausdruck von Trotz verbarg sich endlose Traurigkeit.

»Was ist geschehen?«, fragte er und strich Emma leicht über die Wange, »erzähl es mir, Kleines.« Das Mädchen sah zu Marzan hinüber. Erst als dieser nickte, begann sie zögernd zu berichten. »Er muss fort«, sie deutete mit dem Kopf in die Richtung ihres Freundes, »sie schicken ihn einfach so weg.« Man merkte ihr an, dass sie tapfer sein wollte, doch ihr kleiner, rosiger Mund bebte. Der Junge, er war zwölf Jahre alt, legte ihr seine linke Hand in den Nacken. Eine einfache Geste, die von erstaunlicher Reife und inniger Verbundenheit zeugte. Er wollte ihr Trost spenden, doch es gelang ihm nicht. Seine kleine Gefährtin brach vollends in Tränen aus.

»Wo musst du denn hin?«, erkundigte sich Ruppert bei dem Knaben. Marzan strich sich eine dunkle Haarsträhne aus dem Gesicht und blickte den Schmiedemeister nachdenklich an. »Du bist unser Freund, oder?«, vergewisserte er sich zögernd. Ein Nicken reichte ihm als Bestätigung.

»Ich soll nach Augsburg zu Jakob Fugger und seiner Familie. Die werden mich da ausbilden in kaufmännischen Belangen, im Handel und in der Führung von Menschen.« Der Junge biss sich fest auf die Unterlippe, um nicht wie seine Freundin loszuheulen. »Für sechs Jahre.«

Ruppert Reblem fiel die Kinnlade herunter. Zwar hatte er wenig mit Konstantin und Margaretha von Hohenfreyberg, Marzans Eltern, zu tun, dennoch hatte er immer das Gefühl gehabt, dass diese sich niemals freiwillig von ihrem einzigen Sohn trennen würden. »Vater meint, die würden mich da fürs Leben schleifen und zurechtbiegen«, berichtete Marzan getreulich, »und wenn ich wiederkäme, wäre ich ein Edelmann, dessen Bildung seinem Stand auch gerecht wird.«

Nachdenklich rieb sich der Schmiedemeister das Kinn, wobei er einen schmalen Schmutzstreifen auf seiner rechten Wange hinterließ. »Eine kaufmännische Ausbildung für einen zukünftigen Grafen, wo hat man so was schon gehört«, schoss es ihm durch den Kopf.

»Nun passt einmal genau auf, ihr beiden«, wandte er sich ernst an die Kinder und sprach erst weiter, als er sich auch Emmas Aufmerksamkeit sicher sein konnte. Die Kleine hatte ihre Tränen tapfer zurückgedrängt. »Sechs Jahre sind eine lange Zeit, da habt ihr ganz recht. Aber wahre Freundschaft, das müsst ihr mir glauben, hält für immer und ewig. Vergesst einander nicht! Denkt abends vor dem Einschlafen aneinander! Dann wird alles so sein wie früher, wenn Marzan zurückkommt. Ihr mögt vielleicht an unterschiedlichen Orten sein, aber eure Herzen kann niemand auseinanderreißen.«

Gespannt wartete Ruppert auf die Reaktion der Kinder. Tatsächlich stahl sich jeweils ein kleines Lächeln auf ihre Gesichter. Der Schmiedemeister glaubte nicht wirklich an das, was er ihnen gesagt hatte. In sechs Jahren würden sie füreinander wohl nichts anderes mehr sein als ein vager

Schatten in der Erinnerung. Aber Ruppert Reblem hatte ein gutes Herz. Er wollte seine kleinen Schützlinge glücklich sehen. »So, und jetzt erzähle ich euch zur Feier des Tages doch noch eine Geschichte. Aber nur, wenn ihr mir versprecht, dass ihr dann keine so langen Gesichter mehr zieht.«

»Au ja!«, riefen Emma und Marzan wie aus einem Munde. Zwei leuchtende Augenpaare richteten sich gespannt auf den Schmied. Die Kinder waren jung, sie konnten ihren Kummer von einem Moment auf den anderen zur Seite schieben. »Möchtest du auch zuhören, Wilhelm?«, fragte Ruppert seinen Gesellen. Der junge Mann hielt in seiner Arbeit inne, blickte zum Meister hinüber. Sein ganzer Körper, von den schlaksigen Beinen über die schmalen Schultern, strahlte Abwehr und Gereiztheit aus. »Findet Ihr nicht, dass ich langsam zu alt bin für Eure Märchen?«

Ruppert lächelte ob des verletzten Stolzes des jungen Mannes und dachte für einen Moment an seine Familie, die ihn zu Hause erwartete, an sein geliebtes Weib und die dazugehörige Rasselbande, drei lebhafte Jungen, von denen zumindest einer, so hoffte er, später einmal die Kunst des Schmiedens erlernen würde. »So erzähl doch!«, forderte Emma ihn ungeduldig auf. »Pst«, ermahnte Marzan sie. »Er muss doch erst überlegen!«

»Es mag wohl zweihundert Jahre her sein«, begann Ruppert und lehnte sich bequem zurück in die entspannte Pose des Geschichtenerzählers, »da war in der Gegend um Eisenberg ein einsamer Jäger unterwegs. Noch vor Tagesanbruch machte er sich auf in die Wälder, wo er das Versteck eines Bären vermutete. Nach einiger Zeit erreichte er den Eingang einer engen Schlucht, an deren Ende er die Höhle des Raubtiers wähnte. Der junge Mann war entschlossen, sein Wild zu erlegen, von nichts und niemandem wollte er sich aufhalten lassen.

Da bemerkte er plötzlich im Geäst eines Baumes einen mächtigen Vogel. Der Falke beäugte ihn unentwegt mit seinen scharfen Äuglein. Mit einem Mal fühlte sich der Jäger in einen seltsamen Bann gezogen. Er konnte sich nicht erklären, warum, aber er musste dem geheimnisvollen Herrn der Lüfte unbedingt folgen. Keuchend kletterte er über Felsen und Wurzeln und scherte sich nicht um die Verletzungen, die er sich dabei zuzog. Schließlich gelangte er zu einem wilden Schrofen, auf dem sich der Falke niedergelassen hatte. Zu beiden Seiten gähnten tiefe Abgründe. Es erschien dem Jäger, als käme alle Dunkelheit der Welt aus diesen riesigen Spalten im Fels. Er war in eine Gegend geraten, die er zuvor noch nie betreten hatte. Als er sich umschaute, glaubte er unter dem dichten Moos und den filzigen Flechten ein von Menschenhand errichtetes Gemäuer zu erkennen, das jetzt freilich von Latschen und Farnen überwuchert war. Gerade noch bemerkte er, wie der unheimliche Falke auf einen tiefschwarzen Felsspalt zuschwebte und darin verschwand.

Wie von magischer Hand geleitet folgte er dem Tier, es kostete ihn allen Mut, den er besaß. Nachdem sich seine Augen an die Dunkelheit gewöhnt hatten, gewahrte er weiter hinten in dem Spalt einen winzigen Lichtschimmer. Urplötzlich gab der Boden unter seinen Füßen nach, und er stürzte in die Tiefe.« Ruppert unterbrach seine Erzählung und ließ seinen Blick über die verzauberte Zuhörerschaft schweifen.

Emma spielte nervös mit ihren Fingern, während Marzan vor Aufregung ungeduldig mit dem Fuß wippte. »Bitte«, bat er, »wie geht es weiter?«

Der Schmied lächelte und fuhr fort. »Der Jäger war nach seinem unerwarteten Fall benommen, doch als er sich von seiner Todesangst erholt hatte, traute er seinen Augen nicht. Er befand sich in einem großen Saal, der von einigen Fackeln spärlich beleuchtet wurde. Staunend blickte er sich um. Die Holzvertäfelung war uralt und schadhaft. Die Decke der Halle war mit zahlreichen Ornamenten verziert, und den Boden bedeckten graue Steinplatten, deren Ecken da und dort abgesprungen waren. Der ganze Raum glich einem verwahrlosten Rittersaal. Die hohen Fenster hatten keine Scheiben, und ein kalter Windstoß fegte ihm durch das Haar. Er fröstelte. An der gegenüberliegenden Wand erkannte er einen hohen Holzstuhl. Dahinter wurde ein zerschlissener Wandbehang sichtbar, der einen Wappenschild trug, dessen Emblem er in der Düsternis nicht erkennen konnte.«

Ruppert flüsterte jetzt beinahe, um die unheimliche Atmosphäre der Erzählung noch zu verstärken. »Sein Blick fiel auf die Gestalt, welche plötzlich in dem Stuhl am Ende des Saales saß. Und … Waaaah!« Mit einem Satz und lautem Gebrüll sprang der Schmied auf. »Aaaah«, brüllten die Kinder, und »Hilfe«, schrie Wilhelm, der Geselle.

Ruppert Reblem amüsierte sich prächtig. »Euch drei kriegt man doch immer wieder dran«, lachte er über seine erbosten Zuhörer. Marzans Haare standen wie die eines Igels zu Berge. »Das war nicht lustig!«, funkelte ihn Emma an und stampfte wütend mit dem Fuß auf den lehmigen Boden der Werkstatt. »Du sollst die Geschichte gefälligst nur erzählen und uns nicht immer erschrecken!« In der Stimme der Kleinen klang schon jetzt Autorität mit. Später einmal, als Herrin auf Eisenberg, würde sie es gewohnt sein, Männern wie ihm Befehle zu erteilen. Für einen Moment stellte Ruppert sich das Mädchen als erwachsenes Weib vor. Mit den pechschwarzen Haaren und den geheimnisvollen grauen Augen würde sie eine Verlockung für jeden Mann sein. Er erinnerte sich an ihre Mutter, die im Kindbett gestorben war. Gräfin Amelia von Eisenberg. Ihr hätte er sich bedingungslos zu Füßen geworfen, alle Männer hätten das getan.

Sie hatte sie alle verzaubert. Manche hatten gar gemunkelt, sie sei eine Hexe.

»An was denkst du gerade?«, erkundigte sich Emma mit forschendem Blick. Sie ähnelte ihrer Mutter ganz und gar. Ruppert fuhr sich mit der Hand durch das wenige Haar, das ihm noch geblieben war, konzentrierte sich wieder auf seine Geschichte und spann den Faden weiter. »Der Jäger sah also die Erscheinung vor sich, die Momente zuvor noch nicht da gewesen war. Hager war die Gestalt, blass wie der Tod, faltenreich und mit scharf geschnittenen Zügen. Die Nase war raubvogelartig gebogen, und ihn traf ein bannender Blick aus stechenden, dunklen Augen. Dem jungen Mann brach der Angstschweiß aus. Der Geist war in schwarzes Tuch gehüllt, das in üppigem Faltenwurf bis zum Boden reichte. Befremdlich lange, krallenartige Hände lagen auf spitzen Knien. Da begann die Gestalt mit schneidender, durch Mark und Bein gehender Stimme zu sprechen: ›Ihr seid sehr kühn, Jäger! Der Erste, der es wagt, Schloss Falkenstein zu betreten, nachdem es fern von jenen glücklichen Tagen zerfallen und in Trümmern liegt. Vorbei ist's mit den stolzen Rittern, vergessen längst die edle Kunst der Falkenbeize, vorüber die fröhlichen Feste, die nach der Falkenjagd gefeiert wurden, verstummt der preisende Gesang der Barden, das helle Lachen der Frauen.‹

Nach kurzem Schweigen setzte das gespenstische Wesen seinen Monolog aus fremden Welten fort. ›Ich bin der Herr von Falkenstein, der Letzte seiner Art. Wachen muss ich in den Trümmern. In der Gestalt des Falken leben, als verwunschener Geist, und niemand wird mich je erlösen.‹ Bitteres Lachen erklang aus seiner Kehle und brach sich in tausendfachem Echo an den Wänden der Halle. Im nächsten Augenblick fielen lichte Schleier hernieder, und es wurde still. Faser für Faser löste sich das Gespenst auf. Die starren, scharfen Gesichtszüge verschwammen in Undeutlichkeit, es wurde hell, und ehe der Jäger sich's versah, drang blendendes Sonnenlicht herein.

Die Decke des Saales schmolz dahin, die Wände und der Boden verschwanden, und plötzlich fand sich der Mann auf einer kleinen Wiese wieder, die fast eben und von moosbewachsenen Mauerresten umgeben war. In seiner Hand hielt er einen Edelstein von unfassbarer Reinheit. Die Sonne war inzwischen aufgegangen, und schnellen Schrittes strebte der Jäger weg von diesem Ort, von diesem Schattenreich vergangener Zeiten. Sein ganzes Leben lang vergaß er, hin- und hergerissen zwischen Abscheu, Mitleid und Dankbarkeit, nicht den Herrn von Falkenstein.«

Ruppert wartete, bis der aufgeregt flache Atem der Kinder sich wieder beruhigt hatte. »Das war eine gute Geschichte«, lobte Marzan. »Noch eine!«, rief Emma sogleich. Der Schmied schüttelte amüsiert den Kopf. »Nichts da, es wird Zeit für euch, nach Hause zu gehen. Ich muss wieder an die Arbeit.« Mit einem Mal fiel den Kindern ihre ausweglose Situation wieder ein, und der Glanz in ihren Augen erlosch. »Nun seid nicht traurig, ihr werdet euch ja wiedersehen«, sprach er ihnen Mut zu.

Marzan griff nach Emmas Hand. »Lass uns gehen«, forderte er sie auf, und sie folgte ihm widerstandslos. Ruppert Reblem fuhr dem Knaben mit der Hand über den schwarzen Schopf. »Bleib tapfer, Kleiner!«

Als das Trappeln der Kinderfüße verklungen war, wandte er sich nachdenklich wieder Amboss und Blasebalg zu. »Vielleicht macht es nicht glücklich im Leben, das Kind adeliger Herrschaften zu sein«, sinnierte er.

Emmas Zuhause, Burg Eisenberg, lag auf einem Hügel südwestlich über dem gleichnamigen Dorf, Marzan lebte mit seinen Eltern auf Hohenfreyberg, der Nachbarburg direkt auf dem Hügel gegenüber. Die unsichtbare Grenzlinie der

Grafschaften wand sich zwischen den beiden Anhöhen hindurch. Das Gebiet Eisenbergs erstreckte sich linker, das Hohenfreybergs rechter Hand.

Die Kinder wussten trotz ihrer Jugend um die Bedeutsamkeit ihres Abschieds. Alles würde sich ändern, einfach alles. Sie erreichten die Stelle, an der die Straße sich gabelte. Hier hatten sie sich Abend für Abend nach ereignisreichen Tagen voller Spiel und Lachen voneinander verabschiedet. »Auf Wiedersehen«, sagte Emma wie gewohnt. Nun würden sich ihre Wege trennen. »Auf Wiedersehen.« Marzan legte ihr für einen kurzen Moment seine kleine, warme Hand in den Nacken, dann nahm er sie fort. Ohne sich noch einmal umzuschauen, gingen sie in entgegengesetzte Richtungen davon. Emma wusste, auch ohne ihn zu sehen, dass Marzan weinte. Sie konnte seine Tränen auf ihren Wangen spüren, schmeckte den salzigen Geschmack im Mund.

Normalerweise liebte sie die verschachtelten, auch tagsüber vom Flackern der Kerzen beleuchteten Gänge der Burg. Sie liebte die Erhabenheit, die Unantastbarkeit der Jahrhunderte, die in jedem Stein des alten Gemäuers steckte. Heute jedoch hatte sie keinen Sinn für etwas anderes als den Schmerz, der wie eine stachlige Kugel in ihrem Bauch saß und wuchs und wuchs. Sie biss sich mit den Zähnen auf die Oberlippe und schmeckte Blut, doch sie drängte das feuchte Nass in ihren Augen erfolgreich zurück. Den Blick starr geradeaus gerichtet stieg sie die Stufen zum Turmzimmer hoch.

Sie war der einzige Mensch, der den Ort betrat, an dem ihre Mutter gestorben war. Die Leute behaupteten, dass es hier spuke. Nicht einmal ihr Vater kam herauf, weil er die Erinnerung scheute. Das Turmzimmer war ihr Reich, eine kleine Welt ganz für sie. Sie setzte sich mit angezogenen Knien auf den Boden, den sie mit verschlissenen Webteppichen ausgelegt hatte. Lichtpunkte tanzten vor ihrer Nase, wirbelten herum wie Staub. Emma schloss die Augen, und wenige Augenblicke später spürte sie im Geiste die schützenden Arme ihrer Mutter, die sie umfingen.

Die Leute hatten recht damit, dass hier unerklärliche Dinge geschahen. Sie nannten es Spuk, doch nur, weil sie es nicht verstanden. Emma war eins mit den unsichtbaren Mächten. »Marzan«, flüsterte sie. Dann endlich begann sie zu weinen.

2
1506

Der Reiter zügelte seinen rostroten Hengst Cupido, der daraufhin in gemächlichen Trab verfiel. Jahrelang hatte Marzan von Hohenfreyberg den Tag seiner Rückkehr herbeigesehnt. Doch nun überkam ihn Unsicherheit. Er hatte sein Kommen nicht in einem Brief angekündigt. Seine Ankunft würde eine Überraschung werden für die Eltern und hoffentlich auch für Emma. Sechs Jahre waren eine lange Zeit. Er war sich nicht sicher, was er empfand. Vorfreude war es vielleicht, gleichzeitig auch Wehmut. Der Abschied von Augsburg war ihm nicht leichtgefallen, die Stadt und ihre Bewohner waren ihm ans Herz gewachsen.

»Komm zurück und trete ins Unternehmen ein«, er erinnerte sich genau an die Worte Jakob Fuggers, »der Handel liegt dir im Blut, Junge. Als Kaufmann werden bald mehr Münzen in deinem Beutel klingeln, als du sie mit deiner Grafschaft in zehn Jahren erwirtschaften kannst. Sei nicht dumm, niemand kann seine Bestimmung einfach so abschütteln. Und die deine ist es, ein Händler zu sein.«

Marzan hatte ernsthaft über das Angebot seines Lehrmeisters nachgedacht. Es reizte ihn, diese Chance zu nutzen. Gerne wollte er noch mehr lernen und sich beweisen. Fugger hatte ihm alles beigebracht, was es über das Bankwesen, über Abrechnungen und Geldgeschäfte zu wissen gab. Ebenso kannte er sich nun, nach Beendigung seiner Lehrjahre, aus mit den Gold-, Silber-, Kupfer- und Salzbergwerken der Fugger'schen Dynastie, die in Ungarn, Tirol, Kärnten und Spanien zu finden waren. In Jakobs Diensten würde er lange Schiffsreisen unternehmen und ferne

Länder bereisen. Wie es einem echten und gewieften Kaufmann gebührte, denn zu einem solchen war er unter Fuggers strenger Hand geworden, konnte man Marzan zum ostindischen Gewürzhandel ebenso befragen wie zu der Beschaffenheit von Stoffen aus dem hohen Norden. »Schneide dir eher die Zunge ab, als dir ein gutes Geschäft entgehen zu lassen«, lautete Jakob Fuggers einfaches Prinzip, das er seinen Lehrjungen von Anfang an einbläute.

Marzan schüttelte den Kopf, um den verlockenden Gedanken an ein Leben als erfolgreicher Händler loszuwerden. Es gab mehrere Gründe, die dagegen sprachen. Zum einen war er der einzige Sohn Konstantin von Hohenfreybergs. Sein Vater rechnete fest damit, dass er später einmal die Geschicke der Grafschaft leiten würde. Zum anderen war da Emma.

Marzan schmunzelte. Noch immer dachte er vor dem Einschlafen an seine Spielgefährtin aus Kindertagen. Es war zu seinem allabendlichen Ritual geworden, erst die Augen zu schließen und zu entspannen, um sich dann ihr Gesicht vorzustellen. Für ihn war Emma von Eisenberg noch immer zwölf Jahre alt. Er konnte sich einfach nicht vorstellen, wie sie jetzt aussah. Emma als junge Frau. Er musste grinsen. In seinem Inneren verspürte er den wilden Drang, mit ihr über Wiesen und Felder zu tollen, bis Einbruch der Dunkelheit in den Burghöfen Verstecken zu spielen und den Gruselgeschichten des Schmieds zu lauschen.

Die wenigen Bauern, welche Marzan auf der Straße entgegenkamen, grüßten den fremden Reiter freundlich und ehrerbietig. Er war zwar noch ein Jüngling, und doch war er bereits durch eine harte Schule gegangen. Marzan hatte lernen müssen, sich unter seinesgleichen Respekt zu verschaffen. Es war lange her, dass er vor Fuggers anderen Lehrjungen hatte kuschen müssen. Wenige Monate nach seiner Ankunft schon hatte es keiner mehr gewagt, ihm auch nur einen schiefen Blick zuzuwerfen.

Trotz des gemächlichen Tempos erreichte Marzan sein Ziel bereits am späten Nachmittag. Das Gasthaus war ihm von Bekannten in Augsburg empfohlen worden. »Römerkessel« verkündete in roten Lettern ein prägnantes Schild über dem Eingang. Wie er wusste, war an dieser Stelle vor Jahrhunderten einmal eine bedeutende Handelsstraße der Römer verlaufen. Über dem Türstock war die Jahreszahl 1504 eingeritzt. Die erst vor zwei Jahren erbaute Herberge schien zu florieren, wenn man das großzügige Gebäude mit dem nur unwesentlich kleineren Stall daneben betrachtete.

Marzan ertappte sich gerade bei dem Wunsch, einmal einen Blick in die Rechnungsbücher der Gastwirtschaft zu werfen, als ein runder Mann in feinem, rotem Wams auf ihn zukam. Er taxierte den dicken Wirt einen Moment mit seinen grauen Augen, sprang dann vom Pferd und warf ihm Cupidos Zügel zu, die dieser erstaunlich geschickt fing.

»Guten Tag, der Herr. Wünscht Ihr ein nahrhaftes Mahl oder vielleicht eines unserer schönen Zimmer?«, erkundigte sich der Gastwirt, und seine Stimme triefte vor Ergebenheit. Marzan verkniff sich ein Lachen.

»Beides«, erwiderte er, »außerdem Stroh und Wasser für mein Pferd.«

»Sehr wohl, sehr wohl.« Der Wirt vollführte mehrere tiefe Bücklinge und zählte dabei im Geiste schon die klingenden Münzen in seine Geldbüchse. Dem Herrn war offensichtlich an seinem Gaul gelegen. Also würde das Tier erstklassig versorgt und ein saftiger Batzen Geld auf die Rechnung aufgeschlagen werden.

»Wenn Ihr mir bitte folgen wollt«, wandte er sich wieder an seinen Gast, den er mit seinem rabenschwarzen Haar und den ungewöhnlichen Augen ein klein wenig beängstigend fand. Gleichzeitig scheuchte er mit einer schroffen Handbewegung seinen Burschen, der Cupido mittlerweile am Zügel hielt, in den Stall. Dann setzte er seinen massigen Leib in Bewegung und begann mit seinem gewohnten Frage-und-Antwort-Spiel. »Wärt Ihr vielleicht so gütig, edler Herr, mir zu verraten, wer Ihr seid und wie lange Ihr zu bleiben gedenkt?«

»Der Sohn des Grafen von Hohenfreyberg zu Eisenberg«, erwiderte Marzan abwesend, denn ihm stiegen verlockende Bratendüfte aus der Küche in die Nase.

»Ah«, der Wirt, Willibald mit Namen, nickte verständig. Er war stolz auf seine Kenntnisse der bayerischen Adelsgeschlechter. Nicht umsonst hatte er sich dieses Wissen mühsam angeeignet, denn oft fiel das Trinkgeld der hohen Herrschaften üppiger aus als gewöhnlich, wenn er sein Wissen anbrachte.

»Und wie lange gedenkt Ihr …?«

»Eine Nacht nur«, unterbrach Marzan die vorsichtige Nachfrage des Wirts, der daraufhin ein langes Gesicht zog. »Jetzt seid so gut und besorgt mir etwas Nahrhaftes zu Essen, ich bin am Verhungern.« Willibalds Lächeln, bei dem er unvorteilhaft auseinanderstehende Schneidezähne zeigte, geriet etwas missmutig. Auch seine Verbeugung war nicht mehr ganz so tief und enthusiastisch. Dennoch wies er Marzan höflich einen Platz in der Gaststube an, bemüht, den jungen Herrn zufriedenzustellen. Willibald konnte es sich nicht leisten, einen hohen Gast zu verärgern. Grafensöhne logierten nicht alle Tage in seiner Herberge, obwohl die Ausstattung seiner Meinung nach durchaus auch eines Herzogs oder Königs würdig wäre. Nicht zuletzt deshalb hatte er die Kunst einer respektvollen und ehrerbietigen Haltung gegenüber den Gästen, bei denen es lohnte, zur Perfektion gebracht. Willibald beeilte sich, dem Gast ein vorzügliches Mahl aufzutischen.

Marzan schlug die Tür seiner Kammer im ersten Stock zu und atmete erleichtert auf, endlich war er den geschwätzigen Gastwirt losgeworden, der ihn während des gesamten Essens mit endlosen Anekdoten gelangweilt hatte.

Mitten im Zimmer stand ein großes Himmelbett. Für einen Moment lehnte er die Stirn gegen einen der Pfosten und schloss die Augen. Seine Schläfen pochten. Obwohl die Gänseleber und der Wein wirklich ein Gaumenschmaus gewesen waren, fühlte er sich schlecht. Wahrscheinlich nur die Aufregung, überlegte er und streckte seinen Kopf aus dem Fenster, der Abendsonne entgegen. Die Alpen, das geliebte Gebirge seiner Heimat, waren in rötliches Licht getaucht und schienen zum Greifen nahe. Auf den Wipfeln lag Schnee, der aussah wie der Zuckerguss, nach dem er als Kind verrückt gewesen war. Um ehrlich zu sein, konnte er der süßen Leckerei noch immer schwer widerstehen.

Kurzerhand entschloss er sich zu einem späten Ausritt, warf sich seinen warmen Reisemantel über und polterte die Treppe hinab. Ohne auf den Wirt zu achten, der ihm mit seiner nervtötend hohen Ziepstimme etwas hinterherrief, holte er Cupido aus dem Stall, schwang sich mit einer fließenden Bewegung in den Sattel und preschte los. Auf der Rückseite des Gasthofs fiel das offene Gelände zum Fluss Lech hin ab. Den größten Teil seiner Reise hatte Marzan an dem breiten Wasserlauf entlang zurückgelegt.

Erst als er sich ein gutes Stück von der Herberge entfernt hatte, zügelte er Cupido und stieg ab. Der edle Hengst mit den schlanken Fesseln und dem rostrot schimmernden Fell war das Abschiedsgeschenk Jakob Fuggers an ihn gewesen.

Marzan setzte sich auf einen Felsbrocken am Ufer und blickte nachdenklich auf das täuschend glatte Wasser, in dem sich das Abendrot spiegelte. Der Lech war hier ruhiger als anderswo, sein leises Rauschen wurde nur durch springende Fische unterbrochen. Gerne hätte er seine Füße in das kühle Nass baumeln lassen, doch jetzt zu Beginn des Frühjahrs war das Wasser noch eisig. So begnügte er sich damit, die Hände in den Fluss zu tauchen und zuzusehen, wie die glänzende Fläche sich kräuselte und kleine Wellen schlug.

Wenig später zog eine Schar weißer Schwäne an ihm vorbei. Sie erinnerten ihn an Sybille, Fuggers Nichte. »Hast du gewusst, dass Schwäne sich nur einen einzigen Partner suchen, dem sie dann ein Leben lang treu bleiben?«, hatte sie ihn einmal gefragt und dabei mit hoffnungsvollen Augen gelächelt. Es hatte gedauert, bis er verstand, dass sie in ihn verliebt war. Sybille war eine wunderschöne junge Frau, doch ihre Gefühle hatte er nicht erwidern können. Die Versuchung war da gewesen, das konnte er nicht leugnen. Einmal, er hatte über den Rechnungsbüchern gebrütet, war sie zu ihm gekommen und hatte neugierig über seine Schulter gespäht. Die Spitzen ihrer goldblonden Strähnen hatten ihn frech im Nacken gekitzelt, und er war aufgesprungen, hatte sie an sich gezogen und geküsst, mit der Hand den verlockenden Ansatz ihrer Brust gestreift. Vielleicht wäre er noch weiter gegangen, hätten ihn nicht herannahende Schritte in seinem Tun unterbrochen. Von Zeit zu Zeit war seine Begierde nach ihr beinahe übermächtig geworden, doch unerklärlicherweise hatte sich in solchen Augenblicken immer Emma in seine Gedanken gedrängt. Deshalb war er Sybille im letzten Jahr seines Aufenthalts in Augsburg aus dem Weg gegangen. Sie tat ihm leid, so offensichtlich groß war ihr Kummer. Gerne hätte er sie getröstet, doch wollte er ihr keine falschen Hoffnungen machen. Marzan hatte sich, anders als seine Freunde, nicht ständig in irgendwelche Frauen verliebt. Immer dann, wenn er eine der Huren in den Freudenhäusern unter sich gespürt hatte, war ihm gewesen, als mache er einen Fehler. Emma schien sein Herz hartnäckig besetzt zu halten, obwohl sie für ihn das kleine, zwölfährige Mädchen geblieben war. Er hoffte nur, dass seine Jugendgefährtin ihn nach all der Zeit nicht vergessen hatte.

Marzan legte den Kopf in den Nacken, ließ sich die letzten Sonnenstrahlen des Tages ins Gesicht scheinen und hielt Rückschau. Erneut wurde ihm bewusst, wie lange er fort gewesen war. Er fürchtete sich davor, dass er dort, wo er zu Hause war, nicht mehr hingehörte.

Er schloss die Augen, und die Erinnerung überkam ihn, wie er als Zwölfjähriger zum ersten Mal vor dem großen Kaufmann und Bankier Jakob Fugger gestanden hatte. Unsicher war er damals gewesen und krank vor Heimweh. Die anderen Lehrjungen und Fuggers Neffen hatten ihn am Anfang aufs Korn genommen. Kaum eine Nacht, in der sein Kissen trocken geblieben war. Einmal hatten sie während er schlief seine Hand mit lauwarmem Wasser übergossen, was zur Folge hatte, dass er in sein Bettzeug urinierte. Am nächsten Morgen roch der Strohsack faulig, und die Laken waren verschmutzt. Mittlerweile lachte er herzlich über diesen Vorfall, doch damals war es ihm als die größte Peinlichkeit seines Lebens erschienen. Er hatte sein Malheur Fuggers Frau Sybilla eingestehen müssen, die zwar lieb und verständnisvoll gewesen war, doch die anderen Jungen brüllten noch viele Tage danach über den gelungenen Streich.

Fugger verlangte von seinen Lehrlingen absolute Hingabe an den Kaufmannsberuf. Jedweder Kontakt zu Familie und Freunden war ihnen für die Dauer der Ausbildung untersagt. Zu jener Zeit hatte Marzan damit begonnen, sich vor dem Einschlafen Emmas Gesicht vorzustellen. Der Gedanke an sie war sein Rettungsanker gewesen, wenn er glaubte, in der Fremde vor Heimweh zu sterben. Die Augen fest geschlossen, hatte er mit aller Kraft an sie gedacht. Und plötzlich war sie da gewesen, hatte seine Hand gehalten und seine Tränen getrocknet. »Sei nicht dumm«, waren ihre Worte im Traum gewesen, »ich bin doch immer bei dir.« Von da an hörte er auf zu heulen. Obwohl der Jüngste unter den Lehrjungen, war er damals schon recht kräftig für sein Alter. Er beteiligte sich an den Raufereien, ließ kein Gerangel aus, holte sich blaue Flecken und Nasenbluten und setzte sich energisch zur Wehr. Bald war er geschickt genug, um zumindest zwei seiner schmächtigeren Kameraden aufs Kreuz zu legen. Damit erwarb er sich zu Beginn ein wenig Respekt, in späteren Jahren dann blickten die Lehrjungen allesamt zu ihm auf. Er war durch eine harte Schule gegangen, und er hatte sie mit Bravour gemeistert. Das allein jedoch war es nicht gewesen, das ihm die Anerkennung Jakob Fuggers eingebracht hatte.

Ebenso wie die anderen Knaben war er dem Lehrmeister und dessen beiden Brüdern Ulrich und Georg stets kleinlaut und vorsichtig begegnet. Es waren harte Männer, die mit unvorstellbaren Summen hantierten und gegenüber ihren Schützlingen kein Blatt vor den Mund nahmen. Marzan hatte seine Aufgaben meist schneller erledigt als seine Kameraden, obwohl er damals noch nicht einmal ein Jahr in Augsburg gewesen war. An jenem Tag war er mit der gestellten Rechnung wieder früher fertig geworden. Da er einen Bärenhunger, ja wahrlich Heißhunger hatte, stand er auf und wollte sich schon einmal an den Abendbrottisch begeben. Trisha, eine Magd, die ihn gerne mochte, steckte ihm oft heimlich etwas Essen und Naschereien zu, und genau auf das hoffte er. Ulrich Fugger jedoch hielt ihn auf. »Du hast zu warten wie alle anderen!«, beschied er Marzan grob.

Daraufhin platzte ihm mit seinen dreizehn Jahren der Kragen. Geschwind wie ein Wiesel schlüpfte er unter Ulrichs ausgestrecktem Arm hindurch und zu Jakob Fuggers Arbeitszimmer. Ohne auch nur anzuklopfen riss er die Tür auf.

Jakobs Frau Sybilla war bei ihrem Gatten, beide beugten sich über den Schreibtisch und betrachteten etwas darauf intensiv. Erst geraume Zeit später bemerkten sie Marzan. Dessen Zorn war bereits abgeklungen, und ihm war ganz und gar nicht mehr wohl in seiner Haut. »Was soll das?«, bellte Fugger ihn an, »was in Teufels Namen willst du hier?« Zitternd brachte der Junge da jenen denkwürdigen Satz hervor, den Jakob noch Jahre später oft lachend zitierte. »Immer warte ich auf die anderen, doch warten die anderen jemals auf mich?«

Sein Lehrmeister sah ihn daraufhin lange an, das eckige Gesicht streng verzogen, der Mund ein einziger schmaler Strich. Dann prusteten er und sein Weib los. Er hatte damals nicht verstanden, was so lustig sein sollte, doch sein Leben hatte sich von jenem Tag an geändert. »Na, du bist mir ein Früchtchen«, hatte Jakob Fugger gedröhnt und ihm dann seine Hand auf die rechte Schulter gelegt. »Aber gut, von nun an sollst du nicht mehr warten müssen, junger Freyberger. Ich habe gehört, du bist am weitesten von allen. Zeige mir, was in dir steckt, und es soll dein Schaden nicht sein.« Von da an war Marzan zu Jakobs Schatten geworden. Er hatte von ihm gelernt und gierig Wissen in sich aufgesogen. Jakob war stolz auf ihn. Marzan war als Kind in den Fugger'schen Haushalt gekommen, und er hatte ihn als Mann wieder verlassen. An seinem letzten Tag in Augsburg hatte Jakob ihm die Juwelen des Burgunderschatzes gezeigt. Diesen Schatz hatten er und seine Frau so verzückt betrachtet, als er seinerzeit unvermittelt das Zimmer betreten hatte.

Außer Sybilla wusste niemand, dass Fugger im Besitz der Juwelen war. Jakobs Vertrauen war für ihn die höchste Auszeichnung.

Marzan tauchte aus seiner Versunkenheit auf und kniff die Augen zusammen, um einen klaren Blick zu bekommen. Augsburg war Vergangenheit. Nun war es an der Zeit, seinen Platz als Stammhalter Hohenfreybergs auszufüllen. Schon morgen würde er die elterliche Burg erreichen. Es war stockfinster, als er zum Gasthof zurückkehrte, wo ein zeternder Wirt um seine Bezahlung bangte.

Am nächsten Morgen brach er früh auf. Mit einem Mal hatte er es sehr eilig, nach Hause zu kommen. Jetzt endlich war er bereit.

3

Emma war besorgt. Den ganzen Winter über hatte sie in der Luft eine unheilschwangere Atmosphäre wahrgenommen, und auch jetzt, im beginnenden Frühling, ließ sich das Gefühl drohender Gefahr nicht abschütteln. Dunkle Wolken zogen auf über Eisenberg, doch niemand außer ihr schien sie zu bemerken.

Die alte Linde, an deren Stamm sie lehnte, stand bereits seit Hunderten von Jahren am Schlossweiher nordöstlich unterhalb der Burg. Sie trotzte Wind und Wetter, beeindruckte mit ihrer Erhabenheit und der knorrigen Stärke ihrer Äste. Emma blickte auf das Wasser und strich gedankenverloren über das weiche Fell des Tigerkätzchens, das schlafend auf ihrem Schoß lag. Seit einigen Wochen folgte das possierliche Tier ihr wie ein Hund auf Schritt und Tritt. Zuerst schrieb sie das Knacken, welches hinter ihr im Gebüsch zu hören war, einem streunenden Fuchs zu. Die Katze erwachte, fauchte warnend und machte einen Buckel. Fragend schaute die junge Frau sich um, taxierte die dichten Zweige des Mischwalds. Das Geräusch verstummte, als sie sich bewegte.

Normalerweise war sie nicht ängstlich, aber das ungute Gefühl, beobachtet zu werden, jagte ihr Schauer über den Rücken. Waren das nicht Schritte gewesen? Die feinen Härchen auf ihrer Haut richteten sich auf. Für einen Moment glaubte sie, in dem undurchdringlichen Dickicht leuchtende, auf sich gerichtete Augen zu erkennen. Wenn ihr hier etwas geschehen sollte, würde kein Mensch sie hören. Hatte ihr Vater sie nicht oft genug gewarnt? Es war nicht das erste Mal, dass sie sich beobachtet fühlte.

Doch alles blieb ruhig, das Kätzchen rollte sich friedlich wieder zusammen. Nach kurzer Zeit verschwand auch die drängende Ahnung, dass etwas im Wald auf sie lauerte. Emma atmete auf und lachte ein wenig bitter über ihre eigene Furchtsamkeit und ihre wirren Gefühle. Sie wusste einfach nicht, wie sie mit ihrer Trauer um Ruppert umgehen sollte, der vorletzten Sonnabend an einem plötzlichen Fieber gestorben war. Nicht einmal verabschieden hatte sie sich können. Er war fort und mit ihm seine Geschichten, die sie so liebte. Zu allem Unglück war ihm sein ältester Sohn Andreas, ein talentierter junger Bursche, vergangene Woche in den Tod gefolgt. Maria, Rupperts Witwe, war außer sich vor Schmerz. Ihre beiden Söhne waren noch nicht alt genug, um die Schmiede des Vaters weiterzuführen, so dass vorerst der ehemalige Geselle Wilhelm die Werkstatt leiten würde. Somit fiel ihm auch die Pflicht zu, die Familie des Schmiedemeisters in seine Obhut zu nehmen. Insgeheim bezweifelte Emma, dass der junge Mann bereits reif genug war, sich um Frau und Kinder zu kümmern.

In Eisenberg und den umliegenden Dörfern ging jetzt die Angst vor einer Fieberepidemie um. Zwei oder mehr Todesfälle hintereinander waren nichts, weswegen man sich Sorgen machen musste. Gänzlich ungewöhnlich aber war, dass der Herr in Seiner Weisheit es für richtig befunden hatte, zwei gesunde, mitten im Leben stehende Männer, beide erkrankt an den gleichen Symptomen, zu sich zu rufen. Für gewöhnlich starben die Alten und die Kinder. Eine Hand voll Eisenberger hatten gar dafür plädiert, die Witwe und ihre Söhne aus dem Dorf zu jagen, aus Furcht vor drohender Seuche und Ansteckung. »Bisher ist die Krankheit nur in ihrer Familie ausgebrochen!«, hatte Bauer Roland, selbst Vater einer Horde halbwüchsiger Söhne und Töchter, gerufen und mit ausgestrecktem Zeigefinger anklagend auf Maria gezeigt, die mit rotgeweinten Augen blicklos dagestanden war. Allein dem beherzten Eingreifen Konstantin von Hohenfreybergs war es zu verdanken, dass es nicht zu Ausschreitungen gekommen war.

Emma ließ ihren Blick noch einmal durch die Gegend schweifen, ehe sie die Augen schloss vor der gleißenden Sonne. Die weißen Schäfchenwolken am Himmel schienen ihr so gar nicht zu dem Tag und der drückenden Melancholie in ihrem Herzen zu passen.

Der massive Grenzstein auf der anderen Seite des Teiches war kürzlich errichtet worden. Die sogenannten Malefize, elf quadratische Blöcke aus Granit, die obere Kante rund geschliffen, kennzeichneten die neu erworbene Gerichtsbarkeit der Herrschaft Hohenfreyberg. Innerhalb dieser Steine galt seitdem der Blutbann, hier entschied allein Konstantin von Hohenfreyberg über Leben und Tod.

Erst das leise Wiehern eines Pferdes machte Emma darauf aufmerksam, dass sie nicht mehr allein am Weiher war. Gewarnt riss sie die Augen auf und sah sich um. Der dunkelhaarige Mann saß auf einem der Malefize und schaute sie unverwandt an. Im ersten Moment erkannte sie ihn nicht, im zweiten konnte sie es nicht fassen. Hastig sprang sie auf, stolperte über ihre langen Röcke und fiel auf die Knie. Das Kätzchen, unsanft geweckt, landete maunzend auf allen vieren im Gras.

»Marzan«, schrie sie, und ihr Ruf hallte über den Weiher. Sie stürmte los, er rannte ihr entgegen. Ehe sie an seine Brust flog, sah sie einen Augenblick lang sein glückstrahlendes Gesicht. In ihrem ganzen Leben hatte sie noch nie einen Menschen mit seligerem Ausdruck erblickt. Sie wusste nicht, dass sich das Leuchten seiner Augen in den ihren widerspiegelte.

Dann lagen sie einander in den Armen. »Emma«, flüsterte Marzan und strich ihr ungläubig über das Haar, »ich bin wieder da.«

»Ruppert ist tot«, sagte sie, es schien ihr im Moment die wichtigste Nachricht der Welt zu sein. Sie presste sich an ihn. »Du hast mir so schrecklich gefehlt.« Lange standen sie so da, reglos in inniger Umarmung. Es dauerte einige Zeit, bis er merkte, dass sie weinte. Still rannen die Tränen ihr über Wangen und Hals, um dann im Mieder ihres Kleides zu versickern. Da drückte er sie noch ein wenig fester an sich und murmelte beruhigende Worte in ihr duftendes Haar. Wieder bei ihr zu sein löste Gefühle in ihm aus, wie er sie nie zuvor erlebt hatte. Die ganze Welt rückte in weite Ferne, nur noch Emma allein existierte. Ihr Körper war weich in seinen Armen. Sie schien ihm zerbrechlicher als Glas und wertvoller als jeder der Edelsteine, mit denen er in Fuggers Auftrag gehandelt hatte. Verstohlen betrachtete er den weichen Schwung ihres Mundes, die vollen, rosigen Lippen. Marzan hatte damit gerechnet, dass sie hübsch sein würde, seine Emma. Nicht umsonst waren ihr schon als kleines Mädchen viele Blicke gefolgt. Doch nun war er von ihrer Schönheit überwältigt. Sie war noch immer seine beste Freundin aus Kindertagen, doch ihre Gestalt, ihr Körper war der einer erwachsenen Frau. Marzan merkte beschämt, wie er auf sie reagierte. Erregung stieg in ihm hoch, und er schob Emma ein wenig unsanft von sich weg. Sie sollte nicht denken, dass Rupperts Tod ihn kaltließe, oder ihn gar für einen Schürzenjäger halten. Denn das war er nicht. Marzan hatte zwar, als er älter wurde, andere Mädchen in den Armen gehalten und geküsst. Doch stets hatte er nur an eine gedacht und sich vorgestellt, wie sie aussah, wie sie sich anfühlte.

Emma schaute ihn nachdenklich an. Er fühlte sich nackt unter diesem Blick, hilflos wie schon lange nicht mehr. »Komm«, sagte sie, fasste nach seiner Hand, in der die ihre fast verschwand, und lächelte ihn sanft an. Ihre Tränen waren so schnell versiegt, wie sie gekommen waren. Er erinnerte sich, bereits als Junge ihre Tapferkeit und ihren Mut bewundert zu haben. Emma hatte oft mehr gesehen als andere. Dinge, vor denen er sich insgeheim fürchtete. Ob sie immer noch diese Visionen hatte? Oder waren sie mit dem Erwachsenwerden ebenso verschwunden wie die Puppen aus ihrer Kinderstube?

Emma zog ihn zurück zu der knorrigen Linde und ließ sich darunter nieder. Marzan setzte sich ein Stück von ihr entfernt mit unterschlagenen Beinen auf den moosbewachsenen Boden und griff nach ihrer Hand.

»Wie lange bist du schon wieder hier?«, fragte sie.

»Seit gerade eben.«

»Du warst noch nicht bei deinen Eltern?«

»Nein.« Er schüttelte den Kopf mit einem feinen Lächeln. »Ich wollte zuerst zu dir.«

»Woher hast du gewusst, dass ich hier bin?«

Er zuckte die Schultern.

»Keine Ahnung. Vielleicht hat ja dein sechster Sinn ein klein wenig auf mich abgefärbt.«

Erstaunt registrierte er den Schatten, der bei seinen Worten über ihr Gesicht zog. Als Kind war sie immer stolz auf ihre besondere Gabe gewesen, die sie nur mit ihm allein teilte. Er erinnerte sich noch, dass sie sich ein einziges Mal ihrem Vater anvertraut hatte, der daraufhin fürchterlich mit ihr geschimpft hatte, was ungewöhnlich war für Richard von Eisenberg. »Willst du, dass die Leute dich eine Hexe nennen, eine Buhlin des Teufels gar?«, hatte er seine Tochter angefahren.

»Hast du nicht geahnt, dass ich komme?«

Emma schüttelte betrübt den Kopf. »Ich sehe Schatten, überall sehe ich Schatten, und ich weiß einfach nicht, warum!«, brach es aus ihr heraus. »Im Winter, der Schnee war bei uns so hoch, wie ich es noch nie erlebt habe, lag Vater krank danieder. Ein hartnäckiger Husten, der ihn seiner ganzen Kraft beraubt hat. Nun ist er zwar auf dem Wege der Besserung, jedoch noch immer so schwach, dass ich mich um ihn sorge. Er spuckt jeden Abend Blut, das macht mir am meisten Angst. Zuerst glaubte ich, er würde sterben, dass die dunkle Atmosphäre in der Luft seinen Tod bedeute. Ich habe mich geirrt. Die Gefahr schwebt noch immer über uns, das spüre ich. Es ist wie eine Warnung, aber ich komme nicht darauf, vor was.« Sie rückte ein Stück näher an ihn heran und lehnte ihren Kopf vertrauensvoll an ihn. »Das Gefühl wird jeden Tag stärker«, sagte sie, »und das macht mir schreckliche Angst.«

Marzan legte seinen Arm um ihre Schultern, so dass sie sich wie ein kleines Kind an seine Brust kuscheln konnte. Er zwang sich, nicht an den weichen Körper unter ihren Kleidern zu denken. Tatsächlich war er sehr besorgt über das, was sie ihm gerade erzählt hatte. Von klein auf hatte er gelernt, dass man Emmas Wahrnehmungen, so diffus und ungreifbar sie auch sein mochten, ernst nehmen musste. Wenn sie behauptete, dass Gefahr in der Luft lag, dann war dem auch so.

»Hab keine Angst, Emma!« Er räusperte sich ein wenig verlegen. »Ab jetzt sind wir wieder zu zweit. Ich passe auf dich auf, dir wird kein Leid geschehen, ich verspreche es.« Dankbar drückte sie seine Hand und küsste ihn flüchtig auf die Wange.

»Deine Stimme ist tief geworden wie die eines Brummbären«, ließ sie ihn mit einem kleinen Lachen wissen und bemerkte dabei sein Erröten nicht, als ihre Lippen ihn berührten.

»Was man von deiner nicht gerade behaupten kann«, erwiderte er.

»Dafür bin ich ein ganz schönes Stück gewachsen«, konterte sie und sprang auf, um ihm ihre Größe zu demonstrieren. Marzan lächelte sie an und erhob sich gemächlich wie ein träges Raubtier. Im Stehen war er gut eineinhalb Köpfe größer. Spöttisch schaute er auf sie hinunter. »Ich hätte dir, wenn ich gewollt hätte, mit zwölf Jahren auf den Kopf spucken können, ich kann es mit achtzehn, und ich werde es garantiert auch mit dreißig noch können.«

»Du!« Sie versetzte ihm lachend einen leichten Hieb in den Magen, woraufhin er sie unter den Achseln kitzelte. Sie wand sich unter seinen Händen wie ein Aal, und er hatte seine liebe Mühe, sie festzuhalten. Schließlich schlang er einfach beide Arme um sie, so dass ihre Hände fest gegen ihren Körper gepresst waren.

»In Ordnung«, kicherte Emma, »ich gebe mich geschlagen.« Wieder war er sich ihrer Brüste bewusst, die sich, jung und fest, gegen seinen Oberkörper drückten. Sie schaute ihn an, der Blick ihrer grauen Augen ging ihm durch und durch.

»Dein Lachen klingt wie das unserer Magd Trisha, bevor sie sich mit ihrem Liebhaber getroffen hat«, murmelte er, die Augen auf ihre leicht geöffneten, verlockend roten Lippen geheftet, und küsste sie. Die erwachte Leidenschaft schlug wie Wellen über ihnen zusammen.

Emma spürte seinen warmen Mund auf ihrem und wunderte sich für einen Moment darüber, dass gleichzeitig ihr ganzer Körper in Aufruhr war. Ganz kurz noch fühlte sie einen seltsam stechenden Schmerz im Herzen, der so schnell verging, wie er gekommen war. Dann dachte sie an gar nichts mehr und verlor sich in der Weichheit seiner Lippen.

Es dämmerte schon, als sie sich an der Weggabelung trennten. Emmas Körper bebte noch immer leicht, ein leiser Nachhall seiner Küsse, die ihr den Atem geraubt hatten. Innerlich jauchzte sie vor Freude, als sie sich beschwingt wie lange nicht mehr an den Aufstieg zur väterlichen Burg machte. Versunken in ihre Träumereien bemerkte sie ihren Verfolger nicht.

4

Am Anfang war das Geräusch nur eine kaum vorhandene Ahnung, schwebte am Rand ihres Bewusstseins. Erst als die Tritte auf dem Waldboden deutlicher zu hören waren, wurde sie aufmerksam. Das Gefühl, beobachtet zu werden, verstärkte sich. Jemand verfolgte sie.

Emma blieb stehen, blickte hinter sich, wo das junge Grün der Tannen und Fichten langsam in der Dämmerung versank. Der Wald war jetzt dunkler, die Bäume schienen ihr näher beieinander zu stehen. Ihre Nackenhaare kribbelten. Sie zwang sich, gleichmäßig einen Schritt vor den anderen zu setzen. Wer oder was war da hinter ihr?

Panik stieg in Emma hoch, die Angst biss sich wie ein gehässiges Tier in ihrem Nacken fest. Sie spürte bohrende Blicke in ihrem Rücken. Zwischen ihren Schulterblättern bildete sich eisiger Schweiß. Das Geräusch herannahender Schritte wurde lauter, hallte in ihren Ohren.

Der Wunsch wegzurennen wurde übermächtig. Im nächsten Moment lief sie los, rannte den Pfad entlang und schlug hinter der nächsten Biegung einen Haken in den Wald. Sie keuchte, und ihr Herz hämmerte, als sie sich schneller und schneller ihren Weg durch Geäst, dichtes Gehölz und wild wuchernden Farn bahnte. Noch immer waren die Tritte hinter ihr zu hören. Ihr Verfolger hatte ebenfalls zu laufen begonnen, war ihr in das finstere Dickicht des Waldes gefolgt. Ihr Ablenkungsmanöver hatte nicht gefruchtet. Nun bestand kein Zweifel mehr daran, dass die Person hinter ihr her war.

Das Stechen in ihren Seiten wurde stärker, sie konnte ihr

lautes Keuchen nicht unterdrücken, obwohl sie befürchtete, ihrem Verfolger damit den Weg zu weisen. Jemand jagte hinter ihr her wie die Meute dem Fuchs. Emma änderte erneut die Richtung, ehe eine hervorstehende Wurzel ihr zum Verhängnis wurde. Sie stürzte und landete unsanft auf dem Moosboden. Jetzt war er ganz dicht bei ihr. Sie wollte aufspringen und fortlaufen, fiel aber in ihrer Hast erneut. So lag sie hilflos und schwer atmend da, als die fremde Hand nach ihr griff und sie packte. Sie schrie gellend auf und schlug in Panik um sich.

»Emma!« Sie hörte nicht. »Emma!«

Erst als sie erneut laut beim Namen gerufen wurde, hielt sie inne. Im ersten Moment konnte sie die Stimme nicht zuordnen. Dichte Nebelschwaden zogen durch ihr Gehirn, die sich nach und nach lichteten. Bange schaute sie hoch und sah in der Dunkelheit die Kontur eines Gesichts.

»Philipp?«, flüsterte sie fragend. Die Gestalt nickte und zog sie hoch.

»Was sollte das?«, fuhr sie Rupperts Sohn an, als sie sicher wieder auf eigenen Beinen stand. Schon holte sie aus, um ihn zu schlagen, ihn für ihre ausgestandenen Ängste zu strafen, da bemerkte sie die Tränen, die ihm über seine Pausbacken liefen und sich ihren Weg nach unten zwischen den ersten Bartstoppeln hindurch bahnten.

»Es tut mir leid, ich wollte Euch nicht erschrecken«, murmelte er verlegen und wischte sich die Feuchtigkeit aus dem Gesicht. Die Verzweiflung stand ihm ins junge Antlitz geschrieben.

»Was ist geschehen?«, erkundigte sie sich rasch bei dem Jungen. Einen Augenblick später schalt sie sich selbst eine Närrin. Was sollte schon geschehen sein. Sein Vater und sein großer Bruder waren tot und ruhten in kalter Erde. Es war ganz natürlich, dass Philipp weinte.

»Ich«, setzte er an, »ich wollte Euch um etwas bitten.«

Rupperts mittlerem Sohn war anzumerken, wie unangenehm ihm die ganze Situation war.

»Komm.« Emma zog ihr tiefblaues Schultertuch, ein Geschenk des Grafen Ravensberg, enger um sich. Dann hakte sie sich bei dem Jungen unter, um nicht erneut zu stürzen. »Ich bringe dich jetzt nach Hause, und du erzählst mir unterwegs, worum es geht.«

Philipp sprach erst, als sie die Straße wieder erreicht hatten. In der Dunkelheit waren sie nur langsam vorangekommen, hatten sorgfältig auf jeden ihrer Schritte achten müssen.

»Ich brauche Geld.« Er war froh, dass sie sein Gesicht nicht sehen konnte, als er ihr sein Anliegen vortrug. Es fiel ihm nicht leicht, seine Bitte zu äußern, aber die Tochter des Grundherrn schien ihm die Einzige zu sein, die ihm helfen konnte. Er rechnete mit ihrem Verständnis und damit, dass sie genug Münzen in ihrem Beutel trug, um ihm das Fortgehen zu ermöglichen.

»Warum?«

»Ich muss Beni von hier wegbringen.«

»Warum willst du denn mit deinem Bruder fort? Ihr könnt doch eure Mutter nicht allein lassen, sie hat doch nur noch euch beide.«

Der junge Mann zuckte zusammen, schuldbewusst, wie Emma glaubte.

»Die Leute im Dorf wollen uns nicht mehr haben. Manche bespucken uns sogar, wenn wir nach draußen gehen. Selbst unsere eigenen Nachbarn. Sie haben alle Angst, dass wir die tödliche Krankheit in uns tragen könnten.«

»Was ist mit Wilhelm? Kümmert er sich denn nicht um euch?«

»Pah!« Philipp schnaufte verächtlich. »Die Geldschatulle hat er leer geräumt und Mutter damit wieder zum Weinen gebracht. Manchmal platzt er mitten in der Nacht herein, schmeißt einen von uns aus dem Bett und schläft seinen Rausch aus. Mehr tut er nicht!«

Seine Worte bestätigten Emmas Eindruck von Rupperts ehemaligem Gehilfen. Wilhelm war nicht reif genug, Verantwortung für eine Familie zu übernehmen, würde es vielleicht auch nie sein.

Sie hatten das Dorf erreicht, und Emma bemerkte das Zittern, das Philipps großen Körper erbeben ließ. Obwohl zwei Jahre jünger, überragte er sie bereits um eine Haupteslänge. Sie griff nach seiner Hand, was er willig geschehen ließ, und drückte sie tröstend. Der Marktplatz lag wie ausgestorben, die Menschen waren alle zu Hause, spielten mit ihren Kindern oder schliefen auf ihren Lagern bereits den Schlaf der Gerechten. Mit jedem Schritt, den sie seinem Zuhause näher kamen, wurde der Schmiedssohn langsamer. Das letzte Stück führte sie ihn wie ein kleines Kind.

Emma war es untersagt worden, das Dorf zu betreten, solange dort die Gefahr einer sich ausbreitenden Fieberseuche bestand. Doch Philipp war so verzweifelt, dass sie keinen Augenblick gezögert hatte.

Sie trat nach kurzem Klopfen ein, das Herz voller Mitleid für Maria, deren endlosen Kummer sie nur erahnen konnte. Die Frau musste jetzt jedoch stark sein, ihren Söhnen zuliebe. Die beiden Jungen brauchten ihre Mutter. Ruppert und Andreas zu betrauern, blieb Maria noch das ganze Leben lang Zeit.

Der große Wohnraum, in dem die Familie lebte, aß und schlief, war kühl. Das Feuer war fast heruntergebrannt, die Asche weiß. Das Scheit, an dem noch eine letzte Flamme hartnäckig nagte, war feucht und qualmte. Niemand schien es für nötig befunden zu haben, Holz nachzuschüren, um der einzigen Wärmequelle neue Nahrung zu geben.

Rupperts Frau lag auf dem Bett. Benedikt, der Jüngste, saß an ihrer Seite und hielt ihre kalte Hand. Unter seine

Augen hatten sich dunkle Schatten geheftet. Das Gesicht des Knaben war ebenso unbewegt wie das seines Bruders, der dicht neben Emma stand.

Marias geöffnete Augen starrten blicklos hinauf zur Decke. Ihr langes, kastanienbraunes Haar – wie stolz Ruppert immer darauf gewesen war! – lag ihr jetzt verfilzt und stumpf um den Kopf. Der grobe Hanfstrick, mit dem sie sich das Leben genommen hatte, hing ihr noch um den Hals. Die ersten Stubenfliegen des Frühlings umschwirrten das aufgedunsene Gesicht der Toten.

»Maria«, flüsterte Emma tonlos.

»Wir haben sie abgeschnitten und auf ihr Lager gelegt.« Philipp sprach langsam, Silbe für Silbe, konzentrierte sich ganz auf seine Worte. »Zuerst wollten wir nicht glauben, dass sie nicht mehr lebt. Wir haben sie gerüttelt und gerufen, aber sie hat einfach nicht wieder angefangen zu atmen.«

Benedikt schluchzte auf, ließ die eisige Hand der Verstorbenen fallen und rannte zu seinem Bruder, an dessen Brust er seine von Sommersprossen übersäte Nase vergrub. Philipp legte beruhigend seine Hand auf den hellen Schopf.

»Ich bin alles, was er noch hat. Versteht Ihr, dass ich ihn von hier wegbringen muss? Die anderen haben sich geweigert, unser Haus überhaupt nur zu betreten. Sie wollten sie nicht holen, um sie neben Vater und Andreas zu begraben. Nicht einmal der Pfarrer ist gekommen, wo er doch immer sagt, dass wir alle Schäfchen des einzigen und wahren Gottes sind.«

Emma schwieg betroffen. Die Gedanken surrten in ihrem Kopf.

»Geht«, forderte sie die Jungen auf, »wartet draußen auf mich. Ich komme gleich zu euch.«

Als die Tür sich hinter den Kindern geschlossen hatte,

schlug sie andächtig das Kreuzzeichen und näherte sich der Verstorbenen. Direkt bei der Leiche war der süßliche Verwesungsgeruch stärker. Ihr Magen revoltierte. Maria musste schon Stunden, wenn nicht gar Tage hier liegen. Emma verfluchte still die Dorfbewohner, zwei hilflose Jungen alleine mit ihrer toten Mutter gelassen zu haben. »Erbärmliche, nichtsnutzige Feiglinge«, dachte sie zornig. Sie kniete sich neben das Bett, unterdrückte den starken Drang, sich die Nase fest zuzuhalten, und betete laut das Vaterunser. Dann schloss sie Rupperts Frau die Augen und beschwerte die durchscheinenden Lider mit zwei Münzen aus ihrem Beutel. Ihre Hände zitterten stark, als sie versuchte, den Knoten des Stricks um Marias Hals zu lösen. Erst mithilfe eines Messers, das sie unter den Küchengerätschaften fand, gelang es ihr. Blutrote Male kamen darunter zum Vorschein. Jeder würde sofort sehen, wie sie gestorben war.

Das Feuer lag in seinen letzten Atemzügen. Emma warf das Seil angeekelt in die schwach glimmende Glut. Dann löste sie ihr dunkelblaues Schultertuch. Behutsam hob sie den Kopf der Toten, wand es ihr um den Hals und atmete auf, als die abscheulichen Wunden endlich darunter verborgen und ihren Blicken entzogen waren.

Erneut vollführte sie das Zeichen des Kreuzes, berührte diesmal Stirn, Lippen und Herz der Frau.

»Gott schenke dir den ewigen Frieden, Maria. Dir, deinem Mann und eurem ältesten Sohn Andreas.« Ihr geflüsterter Segen hallte in der Stille des Hauses nach.

Wie es schien, wollten die Ereignisse sich an diesem Tag überschlagen. Emma war erschöpft, als sie sich endlich auf den Rückweg zur väterlichen Burg machte, bedrückt über das schwere Schicksal von Rupperts Söhnen. Dennoch, das Wissen um Marzans Nähe machte sie glücklich, tauchte die finstere Nacht in hellere Farben.

Sie hatte Philipp und Benedikt geraten, sich zu einer der größeren Städte durchzuschlagen. In Augsburg oder München würden zwei talentierte junge Burschen am ehesten ihr Auskommen finden. Vielleicht ließ sich gar ein Schmiedemeister finden, der bereit war, die beiden in die Lehre zu nehmen. Emma war es nicht leichtgefallen, sich von dem goldenen Medaillon ihrer Mutter zu trennen. Seit sie denken konnte, hatte sie es um den Hals getragen. Schon jetzt vermisste sie die vertraute Wärme des Anhängers zwischen ihren Brüsten. Er hatte ihr ein Gefühl von Sicherheit vermittelt. Aber ihr Opfer war notwendig gewesen. Die wenigen Taler in ihrem Beutel hätten die Jungen nicht weit gebracht. Wenn sie überleben, ein neues Heim finden sollten, brauchten sie Geld, um zu Beginn ihren Lebensunterhalt bestreiten zu können, und das Medaillon würde das ermöglichen. Emma wusste nicht, wie viel es wert war, doch sie hatte den Jungen eingeschärft, hart zu feilschen.

Zum Abschied hatte sie ihnen versprochen, sich um eine würdige Bestattung für ihre Mutter zu kümmern. Dankbar hatte Philipp fest ihre Hand gedrückt. »Niemals werde ich Euch das vergessen«, waren seine eindringlichen Worte gewesen, »solltet Ihr jemals einen treuen Freund brauchen, wendet Euch an mich. Ich werde alles tun, was in meiner Macht steht, um Euch zu helfen.« Auf seinem jungen Gesicht hatte ein ernster, geradezu feierlicher Ausdruck gelegen.

Dann waren die Knaben, beide ein Bündel mit ihren wenigen Habseligkeiten auf dem Rücken, hinausmarschiert in die Dunkelheit. Philipp hielt den kleinen Bruder an der Hand. Er ging gebeugt, sein Gang erinnerte ein wenig an den eines alten Mannes. Er war kein Kind mehr, aber auch noch kein Mann. Die Last der Verantwortung ruhte nun allein auf seinen eckigen Schultern. Er würde für sich und Benedikt einen Weg finden müssen, wenn sie überleben wollten.

Pater Alexandre, ein schmächtiger Franzose, den es aus unerfindlichen Gründen ins bayerische Voralpenland verschlagen hatte, war über ihren Besuch nicht erfreut gewesen. Er hatte sich ihrer Aufforderung, Rupperts Frau ein ehrenvolles, christliches Begräbnis zu bereiten, sogar hartnäckig widersetzt, obwohl er nichts von Marias Freitod wusste, sondern wie die anderen an ein weiteres Fieberopfer in der Familie des Schmieds glaubte. Allein die Furcht vor der Ansteckung hatte ihn vom Haus der toten Frau ferngehalten. Erst Emmas Drohung, den Grafen von seinem unchristlichen Verhalten zu unterrichten, hatte den störrischen Pfaffen überzeugt. Hätte er etwas von Marias Selbstmord geahnt, hätte er sich tatsächlich weigern können, die Frau auf dem Friedhof zu bestatten. Emma hoffte sehr, dass niemand auf die Idee käme, der Toten das fein gearbeitete Halstuch abzunehmen. Hand an sich selbst zu legen war in den Augen der katholischen Kirche eine Todsünde, auf die ewige Verdammnis stand. Doch Maria würde in geweihter Erde neben ihrem Mann ruhen.

Auf halber Strecke zur Burg kamen Emma Männer ihres Vaters entgegen. Fackeln wiesen ihnen den Weg und leuchteten gespenstisch in der Dunkelheit. Das Szenario mutete an wie eine unheimliche Prozession, ihre Teilnehmer waren schwarze Schattengestalten im Dunkel der Nacht. An der Spitze der Truppe erkannte sie Darius von Ravensberg. Hinter ihm schritt, deutlich langsamer, ihr Vater. Beim Näherkommen sah sie die Erschöpfung in den Zügen des Grafen von Eisenberg, grau und eingefallen wirkte er im Schein der Flammen.

»Vater!«, schrie sie und stürmte auf ihn zu. Sein Gesicht leuchtete auf.

»Emma!« Sein Ruf ging in einen erstickten Husten über. Sie stürzte in seine Arme und genoss für einen Moment die Geborgenheit. Doch das Gefühl hielt nicht lange an. Sie spürte sein Zittern, seine Schwäche, und die Angst um ihn krallte sich in ihrem Herzen fest. Er war krank, er hätte in seinem Zustand niemals auf die Suche nach ihr gehen dürfen.

»Emma, liebes Kind«, sagte er, ehe sie ihn für den leichtsinnigen Umgang mit seiner Gesundheit schelten konnte. »Was hast du dir nur dabei gedacht, so lange wegzubleiben? Wir haben uns zu Tode gesorgt um dich.« Ein weiterer Hustenanfall hielt ihn davon ab weiterzusprechen. Er keuchte und rang nach Luft.

Graf von Ravensberg trat hinzu. Seit sie denken konnte, war er häufiger Gast auf Burg Eisenberg.

»Ich werde dir später noch einiges zu sagen haben, junges Fräulein«, knurrte er. Dann legte er seinen Arm um Richard, seinen alten Freund. Emma eilte an seine andere Seite, um ihn zu stützen. »Aber zuerst lass uns deinen Vater nach Hause bringen, es geht ihm nicht gut.«

»Das sehe ich selbst!«, fuhr sie ihn an. Das schlechte Gewissen plagte sie, denn der Vorwurf in der Stimme des Grafen war nicht zu überhören gewesen. Sie allein war schuld daran, dass ihr Vater sich überanstrengt hatte. Ihretwegen ging es ihm schlecht.

Gemeinsam mit dem Grafen führte sie ihren Vater zurück zur Burg. Immer wieder mussten sie anhalten, damit sein keuchender Atem zur Ruhe kommen konnte. Emma hatte nicht geahnt, dass es so schlecht um ihn stand. Wie hatte sie das nur übersehen können? Nun fühlte sie seinen Schmerz ganz deutlich, fast so, als wäre es ihr eigener.

Für einen Moment streifte Ravensbergs Hand die ihre, die stützend auf Richards Rücken lag. In diesem Augenblick schien ihr der sanftmütige, gelehrte Freund ihres Vaters, auf dessen Knien sie als kleines Mädchen oft geritten war, plötzlich bedrohlich. Emma drängte das ungute Gefühl schnell beiseite. Wahrscheinlich steckte ihr das Erlebnis mit Philipp noch in den Gliedern.

Gemeinsam brachten sie den Grafen Eisenberg in sein Zimmer. Die letzten Meter musste Ravensberg ihn tragen, so sehr hatte ihn der Husten bereits entkräftet. Emma half ihrem Vater ins Bett, deckte ihn liebevoll zu und weinte dabei still vor sich hin. Ihr Herz war in Aufruhr, ihr Verstand arbeitete fieberhaft. Sie beugte sich hinab und drückte ihm einen hauchzarten Kuss auf seine von Falten durchzogene Stirn. »Es tut mir leid, Vater«, flüsterte sie ihm zu, ehe sie leise die Tür seiner Schlafkammer hinter sich schloss.

5

Nachdenklich betrachtete Richard seinen alten Freund, der die ganze Zeit schon nervös wie ein Tier im Käfig auf- und abmarschierte. Darius von Ravensberg war eine bedeutende Figur im verzwickten Machtgefüge Herzog Albrechts IV., ein Mann, mit dem man rechnen musste, zudem ein häufiger und gerne gesehener Gast auf Eisenberg. Mit seinen vierzig Jahren war er noch immer unverheiratet, ein begehrter Junggeselle mit pechschwarzem Haar. Gebildet, gutaussehend und reich, war er im Allgemeinen eher zurückhaltend. Doch sein Lachen, wenn die weißen Zähne im Gesicht aufblitzten und hell abstachen gegen Haut und Haar, hatte etwas Diabolisches, das die Frauen verrückt werden ließ nach ihm. Als kleines Mädchen hatte Emma einmal an der Hand ihres Vaters gezogen und sich neugierig erkundigt, ob denn der Teufel wieder zu Besuch gekommen sei. Sie hatten herzlich gelacht und sich bekreuzigt.

Jetzt fuhr Ravensberg mit seinen schlanken Fingern die fein gearbeiteten Reliefkacheln des Ofens nach. Emmas Vater musste trotz seiner Schwäche lächeln. Was mochte seinen guten Freund in solche Unruhe versetzen?

Richard von Eisenberg war unnatürlich bleich im Gesicht, er hatte sich noch nicht von den Strapazen der nächtlichen Suche erholt. Seither hatte er auch nicht wieder mit seiner Tochter gesprochen. Emma sollte Gelegenheit haben, sich bewusst zu machen, wie falsch sie gehandelt hatte.

»Darius«, meinte Richard gutmütig, »willst du mir nicht endlich verraten, was dich heute aus deinem gewohnten

Gleichgewicht bringt?« Ravensberg hielt in seinem Tun inne und setzte sich ein wenig zögernd zu Eisenberg an den breiten, schmiedeeisern beschlagenen Tisch.

»Deine Tochter«, erwiderte er.

»Emma?« Richard hustete keuchend. »Was hat sie denn angestellt?«

»Nichts, außer dass sie gestern wieder einmal mutterseelenallein die Burg verlassen hat. Welcher Vater außer dir muss mitten in der Nacht einsame Straßen nach seinem Kind absuchen?« Er verriet Richard nicht, dass er Emma gefolgt war. Das Mädchen zu beobachten, wann immer sich ihm die Möglichkeit bot, sich an ihrem ahnungslosen Anblick zu weiden, zählte zu seinen lieben Gewohnheiten. Zuletzt jedoch hatte er sich beinahe verraten, hatte Emma mit einer unbedachten Bewegung auf sich aufmerksam gemacht. Er schalt sich selbst für seine Unvorsichtigkeit. Dann war der Mann aufgetaucht, der junge Hohenfreyberger. Erst hatte er ihn gar nicht erkannt, aber dann hatte die Kleine seinen Namen so laut gebrüllt, dass seine Ohren klingelten. Ravensberg kochte innerlich vor Wut. Die Zeit zu handeln war da.

»Es ist töricht und gefährlich, ihr so viel Freiheit zu gewähren. Ich sage dir das nicht zum ersten Mal, mein Freund.«

Eisenberg nickte betrübt. »Ich weiß, ich bin zu nachlässig mit ihr. Es fehlt die Frau im Hause, doch ich konnte nach Amelias Tod einfach nicht wieder heiraten, und ich kann es auch heute noch nicht. Wenn du sie gekannt hättest … Und Emma sieht ihr so ähnlich. Sie schaut mich mit ihren großen Augen an, und ich kann ihr nichts abschlagen.«

Eine Zeit lang schwiegen die Männer. Nur das prasselnde Kaminfeuer war zu hören, Holzscheite krachten in der Hitze. Für gewöhnlich wurden die Öfen um diese Jahreszeit nur noch am Abend entzündet, doch in Anbetracht der angegriffenen Gesundheit des Grafen brannten sie auch jetzt im Frühling noch Tag und Nacht.

Ravensberg räusperte sich und setzte sein unschuldigstes Gesicht auf. »Ich will dir nicht zu nahe treten, Richard, bitte versteh mich nicht falsch. Aber wie du selbst weißt, bist du nicht mehr der Jüngste, und dann ist da dein hartnäckiger Husten, der dich nach und nach verzehrt. Natürlich bin ich mir sicher, dass du uns, so Gott will, noch viele Jahre lang erhalten bleiben wirst, aber was wird aus Emma, sollte der Herr es für richtig befinden, dich vorzeitig zu sich zu rufen?«

Richard blickte in das offene Gesicht seines Freundes, las darin keinerlei Argwohn, nur den guten Willen des Mannes und dessen Besorgnis. »Ich bin froh, dass du das Thema ansprichst«, meinte er schließlich. »Tatsächlich liegt mir der Gedanke an Emmas Zukunft schon seit geraumer Zeit im Magen. Konstantin und ich haben vor Jahren einmal eine Verbindung unserer Kinder angedacht, doch der Junge ist schon lange fort. Was ist, wenn er wiederkommt und sie einander nicht mehr mögen? Es ist zwar schwer vorstellbar, so innig befreundet, wie die beiden waren«, Eisenberg lächelte, als er an das fröhliche Zweiergespann von damals zurückdachte, »ganz auszuschließen aber leider nicht. Sechs Jahre sind eine lange Zeit, wenn man so jung ist. Standesdünkel gäbe es bei einer solchen Vermählung keine, Sorgen bereitet mir aber auch die finanzielle Seite. Konstantin hat seinen Sohn nicht umsonst zu Fugger geschickt. Er braucht einen fähigen Mann, der mit Geld umgehen und die Grafschaft Hohenfreyberg aus ihrer hohen Verschuldung herausholen kann. Wie du weißt, mein Freund, bin auch ich nicht sehr geschickt im Umgang mit den Rechnungsbüchern. Manchmal drückt die schwere Schuldenlast arg auf meinen Schultern.«

Ravensberg nickte und fuhr sich mit der rechten Hand

durch das noch immer dichte, an den Schläfen leicht ergraute Haar. Er war sich seiner Attraktivität bewusst. Unzählige Male in seinem Leben hatte er sein Aussehen als erfolgreiches Mittel zum Zweck angewandt.

»Genau darüber wollte ich mit dir reden«, setzte er das Gespräch fort, sorgsam bemüht, seine wahren Gedanken zu verbergen. »Wie du weißt, war ich in der letzten Zeit noch häufiger bei euch zu Gast als in den Jahren zuvor. Das liegt zum einen an dir und der Tatsache, dass ich noch immer versuche, dich im Schach zu schlagen«, Ravensberg lächelte sein Gegenüber freundschaftlich an, »zum anderen sind meine zahlreichen Aufenthalte hier deiner Tochter zu verdanken.« Graf von Eisenberg zog erstaunt die Augenbrauen hoch, unterbrach seinen Freund aber nicht.

»Ja, du hast richtig gehört. Dein kleines Mädchen ist zu einem Weib geworden, das das Blut der Männer in Wallung bringt. Siehst du denn nicht die Blicke, die ihr folgen, wenn sie über den Hof geht? Es wird Zeit, dass sie unter die Haube kommt, Richard, und der junge Hohenfreyberger, wahrscheinlich noch ganz grün hinter den Ohren, ist wahrlich nicht der Richtige. Wer weiß, ob er überhaupt wieder heimkehrt, viele Jahre lang hat man schließlich nichts gehört von dem Knaben. Sie braucht Anleitung, sie braucht Schutz, kurz, sie braucht einen ganzen Kerl. Verstehst du, alter Freund, was ich sagen möchte? Ich bitte dich hiermit um die Hand deiner Tochter.« Ravensberg machte eine kurze Pause. Ein weiteres Holzscheit zerbarst mit lautem Knall.

»Gib mir Emma zum Weib, Richard. Ich will sie haben.«

6

Die Halle auf Burg Eisenberg, hell erleuchtet vom prasselnden Feuer und flackernden Kerzen, bot einen angenehmen Rahmen für das freundschaftliche Treffen der beiden Nachbarsfamilien. Draußen tobte ein heftiger Frühjahrssturm, heulte im Kamin und rüttelte an dem zerbrechlichen Fensterglas in seinen bleiernen Fassungen.

Richard, flankiert von Ravensberg und seiner Tochter, war immer noch bleich, gezeichnet von der anhaltenden Krankheit. Eine wollene Decke lag über seinen Knien. In kurzen Abständen wurde er von Husten geschüttelt, winkte die besorgten Nachfragen jedoch ab.

Neben Emma saß Marzan. Sie konnte die feinen Bartstoppeln sehen, die trotz der morgendlichen Rasur bereits wieder auf Kinn und Wangen sprossen. Strähnen seines dunklen Haares fielen ihm ins Gesicht, unwirsch wischte er sie fort. Er wirkte sehr männlich, sehr erwachsen. Keiner der Anwesenden bemerkte die unter dem Tisch fest ineinander verschlungenen Hände der jungen Leute.

»Das Gesicht deiner Mutter strahlt richtig, seit du wieder da bist«, bemerkte Emma leise, »und auch deinen Vater habe ich schon lange nicht mehr so fröhlich gesehen.«

Marzan lächelte und rieb sich mit der Hand über die nicht vorhandene Fülle seines Bauches. »Eure Köchin hat sich wieder einmal selbst übertroffen. Wie sehr habe ich ihren Kalbsbraten während der Jahre in Augsburg vermisst.«

Die Tischgesellschaft war dabei, das große Willkommensfest für Marzan zu planen.

»Was ist mit dem Fieber?«, warf Richard von Eisenberg in die Debatte um den geeigneten Termin ein.

»Das hätte im Dorf längst schon um sich gegriffen, wenn es denn wirklich eine Seuche wäre«, entkräftete Konstantin von Hohenfreyberg den Einwand seines Nachbarn. Am Ende waren alle Bedenken zerstreut, und das Fest wurde auf den nächsten Sonnabend gelegt. Bald also würde sich der Burghof Hohenfreybergs mit Bauern, Arbeitern und deren Familien aus Eisenberg und dem nahen Ortsteil Zell bevölkern. Daran, dass die Leute kommen würden, bestand kein Zweifel. Wenn die Herrschaft rief, eilten die Menschen herbei. Vor allem, wenn Festschmaus, Wein und Bier in Aussicht gestellt waren. Freie Verköstigung war selten in den beiden Grafschaften.

Nun unterhielt Darius von Ravensberg die Gesellschaft mit Anekdoten aus seinem ereignisreichen Leben. Das graue Haar an seinen Schläfen unterstrich den Eindruck des belesenen Gelehrten. Zuvor hatte Marzan in bildreichen Worten seine Lehrzeit in Augsburg geschildert. Amüsiert hatte Emma erkannt, dass ihr Freund aus Kindertagen ein geborener Geschichtenerzähler war. Kurz war ihr Rupperts Bild vor Augen erschienen. Auch er hatte diese besondere Fähigkeit in hohem Maße besessen. Schnell jedoch hatte sie den schmerzlichen Gedanken an den toten Schmied verdrängt.

Nach einer Weile bemerkte sie den nachdenklichen Blick ihres Vaters. Seine nussbraunen Augen ruhten auf dem Kranz aus geflochtener Seide, der heute Abend ihr langes Haar schmückte. Marzan drückte ihre Hand, und sie wendete ihm ihre Aufmerksamkeit zu. Am liebsten wäre sie ihm Tag und Nacht nicht mehr von der Seite gewichen. Doch das ließ die Krankheit ihres Vaters nicht zu, den sie jetzt nur ungern alleine ließ. Ihr Ausbleiben an jenem Abend hatte er ihr verziehen, dennoch plagte sie das Gewissen.

»Unerträglich, wie der Kerl aufschneidet«, raunte Marzan ihr zu. Sie schob ihr Gesicht ein wenig näher an seines heran, wollte ihm sagen, er solle sich nicht ärgern, da wurde die Versuchung, ihn zu küssen, beinahe übermächtig. Seine weichen Lippen waren verlockend nahe. Sie vergaß, dass sie nicht alleine waren. Jede Faser ihres Körpers sehnte sich nach ihm und den wundervollen neuen Gefühlen, die er in ihr weckte.

»Aua!« Emma fuhr zusammen, und das Augenmerk der Tischgesellschaft richtete sich auf sie. Marzans Fuß hatte sich schmerzhaft auf ihren gesenkt. Er grinste fröhlich in die Runde und ließ sich von den verwunderten Blicken nicht aus der Ruhe bringen.

Ravensberg, die buschigen Augenbrauen wegen der Störung unwillig zusammengezogen, setzte seine Erzählung fort. »Am sechsten August 1486 marschierten wir mit großem Gefolge und Gepränge in die Stadt ein. Die Ratsherren hatten einstimmig beschlossen, wieder bayerisch zu werden. Für mich, der ich mit meinen zwanzig Jahren gerade mal aus den Windeln gestiegen war«, er unterbrach sich, um einen bedeutsamen Blick in Marzans Richtung zu werfen, »war Regensburg mit seinen rund siebzig Patrizierburgen, den zahlreichen Türmen, Kirchen und Klöstern ein überwältigender Anblick. An allen Gebäuden prangten nicht mehr wie bisher die weiß-roten Reichsfarben, sondern die weiß-blauen Rauten Bayerns. Ein erhebender Moment. Herzog Albrecht wollte die Stadt zu ihrem alten Glanz zurückführen, sie zu dem florierenden Zentrum machen, das sie früher einmal gewesen war. Er hatte die besten Absichten und eine glorreiche Zukunft vor Augen. Schon bald nach unserer Ankunft ließ er einen großen Salzstadel, ein Weindepot und ein Eisenlager bauen. Ein Jahr später, 1487, erlaubte der Papst ihm gar, eine Universität nach dem Muster der Hohen Schule in Bologna zu errichten.

Doch der Friede sollte, ihr alle hier am Tisch wisst um die Geschehnisse, nicht allzu lange währen. Kaiser Friedrich III. forderte vehement Regensburg als Reichsstadt zurück. Nachdem Albrecht jahrelang die Warnungen seines Schwiegervaters, des Kaisers, in den Wind geschlagen hatte, griff dieser 1491 hart durch. Gänzlich unerwartet schlugen Friedrichs Schergen zu und verhafteten alle Ratsmitglieder der Stadt, die im alten Rathaus grausam gefoltert wurden. Man munkelte später von abgetrennten Gliedmaßen und leeren Augenhöhlen, doch ich weiß nicht, ob etwas Wahres dahintersteckt.

Es war ein düsterer Tag, ich sehe den nachtschwarzen Himmel noch deutlich vor mir. Herzog Albrecht, ich völlig durchnässt an seiner Seite, trat dem kaiserlichen Heer mutig entgegen, da stürmten von hinten …«

»Lass dir nichts anmerken, Emma«, raunte Marzan ihr zu, als er sicher sein konnte, dass die Aufmerksamkeit nicht mehr ihnen galt. »Noch sind wir nicht verlobt, und schließlich will ich es mir nicht entgehen lassen, in aller Form um deine Hand anzuhalten.« Er löste seine Hand aus ihrer, um sie warm und fest auf ihren Oberschenkel zu legen. Sie spürte seine Berührung durch die Stoffe ihres Kleides und zuckte zusammen. Marzan war ganz der interessierte Zuhörer.

»Ich glaube, dir macht es Spaß, mich in Verlegenheit zu bringen«, zischte sie. Ihr Herz pochte wild gegen ihre Rippen, als seine Hand noch ein kleines Stück höher glitt.

»Und ich glaube, du kannst es schon gar nicht mehr erwarten.«

Ihre leise Unterhaltung wurde unterbrochen, als Richard sich räusperte und erhob. Ravensberg hatte seine Schilderung der damaligen Ereignisse beendet. Vergeblich war Herzog Albrechts Versuch gewesen, Regensburg zu seiner Residenzstadt zu machen. Die Bayern aber hingen trotz dieser

Niederlage voller Verehrung an ihrem Regenten, dem sie respektvoll den Beinamen »der Weise« gegeben hatten.

Emmas Vater wirkte unsicher, ein schwankender Matrose auf den wild schaukelnden Planken eines Schiffes. Die wollene Decke war ihm beim Aufstehen unbemerkt von den Knien gerutscht. Das spärliche Haar bedeckte kaum die schweißnass glänzende Kopfhaut. Seiner Tochter zerriss es das Herz, ihn so zu sehen. Schwach, hilflos und abgemagert, ein Schatten seiner selbst. Sie fragte sich, was er wohl zu sagen haben würde. Unter dem Tisch griff Marzan wieder nach ihrer Hand.

»Lieber Konstantin, liebe Margaretha, welch schöneren Grund könnte es geben, hier zusammenzukommen, als die lang ersehnte Heimkehr eures Sohnes. Wir, Emma und ich und auch unser guter Freund Darius von Ravensberg, freuen uns mit euch von ganzem Herzen.« Wohlwollend nickte er Marzan zu. »Doch für mich gänzlich überraschend gibt es heute noch einen weiteren Anlass zur Freude.«

»Will er wieder heiraten?«, erkundigte sich Marzan flüsternd bei Emma, ein schiefes Lächeln in den Mundwinkeln.

»Unsinn, wen denn?«, antwortete sie ebenso leise, war sich ihrer Sache aber nicht ganz sicher. Welchen Grund sollte ihr Vater haben, vor versammelter Runde eine Rede zu halten? Normalerweise hielt er sich lieber im Hintergrund, übte sich in vornehmer Zurückhaltung.

»Wie ihr alle wisst, ist meine Tochter Emma mit ihren achtzehn Jahren zu einer wundervollen jungen Frau erblüht. Wer von euch meine geliebte Amelia zu Lebzeiten gekannt hat, der weiß um die Ähnlichkeit zwischen den beiden. Meine Frau war mir eine treue Gattin, eine gute Freundin, und sicherlich wäre sie auch eine hingebungsvolle Mutter gewesen. Ganz bestimmt wird meine Emma ihren zukünftigen Mann ebenso glücklich machen, wie Amelia mich gemacht hat.« Richard seufzte wehmütig bei der Erinnerung an sein verstorbenes Weib. Margarethas Gesicht erbleichte unmerklich.

Ehe er fortfahren konnte, klatschte Konstantin von Hohenfreyberg begeistert in die Hände. »Sag bloß, Richard, du willst die Kinder verloben, ehe wir sie dazu befragt haben«, rief er fröhlich in die Runde. Sein schwammiges Doppelkinn wippte auf und ab. Ihm war keineswegs entgangen, wie einträchtig sein Sohn und die junge Eisenbergerin beieinandersaßen. Auch jetzt steckten die beiden dunklen Köpfe dicht zusammen. »Nun denn, ich glaube, auf große Widerstände wirst du hier nicht stoßen.« Er schmunzelte. »Meinen Segen habt ihr jedenfalls«, wandte er sich an seinen Sohn und Erben. Marzan sprang auf und zog Emma mit sich hoch. Ihre Hand hielt er fest in der seinen. Fassungslos, glückselig blickten sie einander an. Dann riss er sie vor allen Anwesenden an sich, war ihr so nahe, dass er das feuchte Schimmern in ihren Augen sah, ihr heftig pochendes Herz spürte. Als er ihre Lippen berührte, wusste er, dass er noch niemals zuvor im Leben so glücklich gewesen war.

»Halt!« Mit donnernder Stimme unterbrach Ravensberg die beiden Liebenden. Erschrocken fuhren sie auseinander, starrten den Grafen verwundert an.

»Was …?«, begann Konstantin, wurde aber sofort unterbrochen.

»Nehmt die Finger weg!«

Richard war auf seinen Stuhl zurückgesunken, ein alter Mann, und verfolgte entsetzt die Szene. »Darius …«, wollte er einlenken, aber sein Einwand blieb unbeachtet.

Ravensberg fixierte sein Gegenüber hasserfüllt. »Ich fordere Euch auf, junger Mann, augenblicklich die Finger von meinem zukünftigen Weib zu nehmen!«

Marzan schaute ihn fassungslos an, legte schützend und zugleich herausfordernd seinen Arm um die Geliebte.

Emma sah einen Muskel in Marzans Gesicht zucken, hörte das leise Knirschen seiner Zähne.

»Vater«, ihre Stimme klang flehentlich, »Vater, ist das wahr?« Richard von Eisenberg blickte seine Tochter nicht an, starrte in die Luft über ihr. Feige wollte er der schlimmen Konfrontation aus dem Wege gehen, das Entsetzen im Gesicht seiner Tochter nicht sehen. Langsam nickte er, konzentrierte sich mit aller Kraft auf eine Stelle abbröckelnden Putzes an der Wand.

»Das lasse ich nicht zu!« In Marzans Aufschrei schwang die Bereitschaft zum Kampf.

Mit großen Schritten umrundete Ravensberg den Tisch, griff nach Emma und zog sie unsanft von dem jüngeren Mann fort. In seinen Augen brannte wildes Feuer. Marzan machte Anstalten, sich auf ihn zu stürzen, da griff Konstantin von Hohenfreyberg in das Geschehen ein. Er packte seinen Sohn, der sich aus Furcht, den Vater zu verletzen, nicht wehrte, und hielt ihn fest. »Tu jetzt nichts Unüberlegtes«, flüsterte er ihm zu. Marzan keuchte schwer und ließ Emma nicht aus den Augen.

Verächtlich blickte Konstantin, seinen vor Wut bebenden Sohn haltend, auf den in sich zusammengesunkenen Richard.

»So lange sind wir Nachbarn, so lange sind wir Freunde«, fuhr er ihn an, »wie konntest du das tun, wie konntest du uns so enttäuschen? Sitzt tatenlos da und schaust zu, obwohl jeder Blinde sieht, dass die Kinder sich lieben. Bist du so erpicht auf das Geld dieses Emporkömmlings, dass du deine Tochter wie ein Stück Ware verscherbelst?« Er spuckte auf den Boden zu Füßen des Grafen, der die Hände vors Gesicht geschlagen hatte. »Wir gehen!« Vergeblich versuchte er, seinen widerstrebenden Sohn mit sich fortzuziehen.

»Lass mich, Vater.« Irgendetwas in Marzans Stimme bewog Konstantin dazu, seinen festen Griff zu lösen.

Emma hielt ihren Blick starr auf Marzan gerichtet. Es schien, als nehme sie außer ihm nichts anderes wahr.

»Hab keine Angst, Liebste, ich lasse das nicht zu«, formten seine Lippen. Erst als sie kaum merklich nickte, wandte er sich ab und folgte seinem Vater aus dem Saal. Margaretha erhob sich ebenfalls, schritt Mann und Sohn mit gesenktem Haupt hinterher.

»Es tut mir leid«, flüsterte Richard von Eisenberg. Seine Worte klangen laut in der plötzlich eintretenden Stille. Doch sie hörten ihn nicht mehr.

Emma riss sich von Ravensberg los, der noch immer ihren Arm umklammert hielt.

»Vater!« Auf Augenhöhe kniete sie sich vor ihn hin, zwang ihn damit gleichsam, sie anzublicken. »Bitte sag, dass das ein Missverständnis ist«, bat sie flehentlich. Richard sah seiner Tochter ins aufgewühlte Gesicht. Erinnerte sich daran, wie sie als Neugeborenes ausgesehen hatte, das Köpfchen schon mit dichtem, schwarzem Flaum bedeckt. Emma als Kleinkind, als Halbwüchsige mit aufgeschürften Ellbogen und schmutzigem Kleid.

»Es ist das Beste für dich, Kleines. Ich weiß nicht, ob ich noch sehr lange zu leben habe. Es ist mein größtes Anliegen, dass du gut versorgt und in sicherer Obhut bist. Darius kann dir Schutz und Wohlstand bieten. Glaube mir, er wird dich sehr glücklich machen.« Sie schüttelte wild den Kopf und bemerkte nicht, dass ihr zukünftiger Gatte sich ihr von hinten näherte. Sanft legte er erst seine Hände auf ihre Schultern, dann zog er sie zu sich hoch. Sie ließ es geschehen, sah ihn mit unergründlichem Ausdruck an, den sanftmütigen, gelehrten Freund ihres Vaters. Zeit ihres Lebens kannte sie ihn und hatte ihn immer gemocht. Sein Benehmen gegenüber Marzan war ihr völlig fremd. Nie hätte sie geglaubt, dass er so laut werden könnte.

Ravensberg hob ihr Kinn an. Sein Gesicht kam näher, sein Atem roch nach dem Kalbsbraten vom Abendessen. Eher er sie küssen konnte, holte Emma aus. Klatschend landete ihre Hand auf seiner Wange und hinterließ einen roten Abdruck. Sie rannte weg, drehte sich an der Türe noch einmal um.

»Nie, hört Ihr, niemals werde ich Eure Frau!« Ihre grauen Augen sprühten Funken.

Hoch oben in ihrem Turmzimmer fand Emma Zuflucht. Ihr keuchender Atem kam nach und nach zur Ruhe. Erst da bemerkte sie den pochenden Schmerz an ihrem rechten Fuß. Sie befreite ihn vom lästigen Schuhwerk und betrachtete dann nachdenklich das sternenförmige Muttermal auf ihrem Knöchel. Es war von Geburt an da gewesen, und sie hatte ihm nie viel Aufmerksamkeit geschenkt. Jetzt war es gerötet und brannte höllisch. Die feinen Linien zeichneten sich deutlich auf ihrer weißen Haut ab. Pulsierende Energie ging von dem Mal aus, beinahe schien es ihr zu leuchten.

Plötzlich nahm sie alles überdeutlich wahr. Die Farben der Flickenteppiche auf dem steinernen Boden schienen ihr kräftiger, als wollten sie explodieren vor schierer Farbgewalt. Emma konnte den feinen Staub in der Luft nicht nur sehen, sie konnte ihn riechen. Das Aroma der Fichten und Eichen dicht bei der Burg stieg ihr in die Nase, sie roch die feuchte Rinde der Birken unterhalb des Turms und die ersten Schlüsselblumen auf ihrem moosigen Grund.

Zögernd berührte Emma das Sternenmal, legte ihre Finger darauf. Dann spürte sie die Kraft, die in ihrer Handinnenfläche kribbelte und sich über Arme, Schultern, Brust und Bauch in ihrem ganzen Körper verteilte.

7

Als die Frau an jenem Morgen den Hügel über dem Dorf erklomm, war ihr Haar weiß geworden und ihr Augenlicht schwach. Sie hatte ihr ganzes Leben lang gewartet.

Der Aufstieg war nicht steil, dennoch ging ihr Atem schneller, und ihre Wangen röteten sich, beinahe wie die eines jungen Mädchens. Sofia war zweiundsiebzig Jahre alt.

Als sie das kleine Gotteshaus erreicht hatte, trat sie schnell ins Innere. Seit Menschengedenken war dies ein besonderer Ort, mächtige Kräfte waren am Werk. Sie spürte die Energie in den Wänden des Gemäuers. Vor ihrem geistigen Auge sah Sofia den steinernen Kreis, welcher vor Jahrhunderten diese besondere Stelle gekennzeichnet hatte. Der Blick in die Vergangenheit zeigte ihr felsige Riesen, mächtige Monolithen früherer Tage, kreisförmig angeordnet. Schon vor Tausenden von Jahren waren die Menschen hier, wo jetzt die Kirche ihren Platz gefunden hatte, zusammengekommen, um ihren Göttern zu huldigen und um Kraft zu schöpfen für die Schläge des launischen Schicksals.

Nach einem kurzen Kniefall vor dem Allerheiligsten richtete sie sich mühsam wieder auf und strich dann langsam mit dem Zeigefinger der rechten Hand über das fein gezeichnete, sternenförmige Mal auf ihrem linken Handrücken. In Sofia vereinte sich das Alte mit dem Neuen, Vergangenheit mit Gegenwart und Zukunft. So war es zeit ihres Lebens gewesen. Doch sie war alt, und sie würde sterben. Ihr Tod war nah und so unausweichlich wie die Wanderung von Sonne und Mond, wie die Aufeinanderfolge von Tag und Nacht, wie der Wechsel der Gezeiten.

Sie atmete tief durch, erfasste mit ihrer feinen Nase den modrigen Geruch der hölzernen Gebetbänke und den Duft des Oleanderstrauchs neben dem Altar. Heute Nacht hatte sie von ihr geträumt. »Endlich kommt sie«, jubilierte die alte Frau im Geiste wieder und wieder. Ihr gebeugter Körper zitterte in freudiger Erwartung. Sie kam näher, die Tochter der Elben, dieses Kind der Sterne, das ihr Vermächtnis mit sich forttragen würde, hinaus in die Welt. Bald würde sie von ihrer Bestimmung erfahren, und ihre Seelen würden sich endlich miteinander vereinen.

Sofias Bewegungen waren langsam, ein wenig fahrig gar, ermattet von einem Leben voll Aufopferung und vieler Entbehrungen. Sie nahm die erloschene Kerze von dem goldbestickten Altartuch und ersetzte sie durch eine neue, jungfräulich weiße. Dann ließ sie im Geiste das Bild einer lodernden Flamme entstehen. Sie runzelte die Stirn, und das Netz feiner Falten verdichtete sich. Bewegungslos starrte Sofia auf den Docht der Kerze, der sich Augenblicke später von selbst entzündete.

Ehe die alte Frau das kleine Gotteshaus verließ, schlug sie andächtig das Kreuzzeichen. Auf dem Heimweg war ihr Herz leicht und ihr Schritt so beschwingt, wie es ihre Jahre zuließen. Sofia war eine schwere Bürde von den Schultern genommen worden. Eine Nachfolgerin war endlich gefunden.

8

Richard von Eisenberg saß alleine in der großen Halle. Draußen war es stockfinster, die Turmuhr hatte schon lange zwölf geschlagen. Seine Ellbogen waren auf die schwere Tischplatte gestützt, sein Gesicht lag in den Händen vergraben. Der Streit zwischen Darius und Marzan, die verächtlichen Worte seines Nachbarn, Emmas ungläubiger Blick. All das schien ihm den letzten Funken Kraft geraubt zu haben. In seiner Jugend hatte ihm eine Hellseherin auf einem Jahrmarkt geweissagt, dass er immer glücklich, immer zufrieden sein würde. Wie sehr hatte sie sich geirrt. Es gab zwei helle Lichtpunkte in seinem Leben, seine Frau und seine Tochter. Amelia war gestorben, ohne dass er ihr hatte helfen können. Und Emma … Er mochte gar nicht daran denken, wie sie ihn angesehen hatte, als er ihr die Verlobung mit Ravensberg eingestanden hatte. Als wäre er ein Ungeheuer und nicht ein Vater, der seine Tochter von Herzen liebte. Er wollte wirklich nur das Allerbeste für sie. Dass die mit Münzen gefüllte Truhe, welche Darius ihm zur Hochzeit versprochen hatte, schwer auf seinem Gewissen lastete, gestand er sich selbst nicht ein.

Richard schreckte auf, als Vinzent, der Torwächter, eintrat und ihm einen späten Besucher ankündigte. Er fragte nach, um wen es sich um diese Uhrzeit handle, doch Vinzent zuckte mit den Schultern. »Klein und verhüllt, wollte mir keinen Namen nennen«, murmelte er in seinen Bart. So empfing Richard seinen unbekannten Gast, nicht ahnend, dass die in einen dunklen Umhang gehüllte Gestalt ihm den nächsten Schicksalsschlag versetzen würde.

»Bleib sitzen«, bat ihn sein Besucher, als er Anstalten machte, sich aus seinem Stuhl zu erheben. Erst als sie die Kapuze zurückschob, erkannte er sie.

»Margaretha!« Verwundert starrte er die Gemahlin seines Nachbarn an, die noch vor wenigen Stunden mit Mann und Sohn an ebendiesem Tisch gesessen hatte. Er mochte sie, diese hübsche, blonde Frau, deren Zurückhaltung einer ihrer ausgeprägtesten Wesenszüge war. Soweit er sich erinnern konnte, hatten sie sich in all den Jahren ihrer Nachbarschaft kaum jemals richtig miteinander unterhalten. Im Grunde kannte er sie kaum. Dass Margaretha innig mit seiner Frau befreundet gewesen war, wusste er. Sie und Amelia stammten nicht aus Bayern.

Aufgewachsen waren sie an der rauen Nordsee, wo die Möwen kreischen und der Wind und die Gezeiten des Meeres das Leben der Menschen bestimmen. Gemeinsam waren sie bei der Hochzeit Albrechts IV., im Gefolge der Braut Kunigunde, der Tochter des Kaisers, nach Bayern gekommen. Margaretha hatte sich nach Amelias Tod um alles gekümmert, da er zu nichts fähig gewesen war. Sie hatte ihm eine fähige Hauswirtschafterin und eine milchreiche Amme für das Baby besorgt. Er war ihr noch heute dankbar.

»Richard.« Margaretha schob sich eine dem strengen Haarnetz entronnene Strähne hinters Ohr. Ohne Aufforderung hatte sie auf dem Stuhl neben ihm Platz genommen. Jetzt griff sie nach seiner Hand, die er ihr gleichgültig überließ.

»Ravensberg darf Emma nicht heiraten.« Ihre Worte klangen laut und aufdringlich in seinen Ohren. Richard antwortete mit müder Stimme. »Ich weiß, ihr alle, meine Tochter eingeschlossen, seid gegen meine Entscheidung, aber …«

»Nein!« Sie unterbrach ihn mitten im Satz, und er schwieg, erstaunt über den ungeduldigen Befehlston der Frau.

»Richard, nein, das ist es nicht.« Jetzt wurde ihre Stimme sanft. »Nicht wegen meines liebestollen Sohnes habe ich dich heute aufgesucht. Emma darf Darius von Ravensberg nicht heiraten.« Margaretha zögerte, das lange gehütete Geheimnis wollte ihr nicht über die Lippen. »Weil er ein böser, ein abscheulicher Mann ist.«

Eisenberg zuckte zusammen, als hätte sie ihn geschlagen. Dann musste er husten, und es dauerte eine Weile, bis der Anfall abklang.

»Meine Liebe, das ist nun weder die richtige Zeit noch der richtige Ort für schlechte Späße. Ich schätze es nicht, wenn man meinen guten Freund zu Unrecht bezichtigt«, mahnte er sie. Wieder wollte Margaretha nach seiner Hand greifen, doch dieses Mal entzog er sie ihr. Nervös verschlang sie die Finger auf ihrem Schoß ineinander und begann, ihm von dem dunklen Schatten in ihrem Leben zu berichten. Von dem schlimmen Geheimnis, das seinen Ursprung am herzoglichen Hof hatte.

»Wir waren damals die Einzigen aus dem Gefolge der Herzogin Kunigunde, die auch nach ihrer Vermählung bei ihr bleiben durften. Alles war fremd und aufregend, so dass wir uns schon bald nach der Ankunft in unserer neuen Heimat Bayern noch inniger miteinander verbunden fühlten. Jung und lebendig wie wir waren, buhlten bald viele Höflinge um uns. Sie überboten sich gegenseitig an Charme und Einfallsreichtum. Für sie war der Kampf um unsere Gunst ein Spiel, und wir waren die Trophäen. Einer der jungen Männer war Darius von Ravensberg. Ihm lagen die Frauen zu Füßen, ohne dass er etwas dafür tun musste. Auch ich konnte mich ihm nicht entziehen, wenn seine grauen Augen unter schwarzen Haarsträhnen hervorfunkelten und seine weißen Zähne blitzten. Einzig Amelia machte sich nichts aus ihm. Du weißt, Richard, wie schön sie war, und Ravensberg versuchte alles, um sie für sich zu gewinnen. Er spürte, dass sie etwas Besonderes war. Stets schien sie von einem Geheimnis umgeben. Manchmal quälten sie schlimme Bilder. Visionen.«

Richard nickte. »Emma hat diese Wahrnehmungen von ihr geerbt.«

»Es war vergebens, sie wollte Ravensberg nicht«, fuhr Margaretha fort. »Sein Verlangen nach ihr aber war so stark, dass er sie sich gegen ihren Willen genommen hat. Er hat sie in einer dunklen Ecke vergewaltigt. Niemand hörte ihre Schreie, keiner bemerkte etwas. Er hatte seinen Plan geschickt eingefädelt und durchgeführt. Hinterher war Amelia nicht mehr dieselbe. Ihr sonniges Gemüt hatte sich verdüstert, ihr helles Lachen war verstummt. Ich habe ihr vorgeschlagen, ihn vor dem Herzog anzuklagen, doch Ravensberg zählte schon damals zu seinen Günstlingen. Seine Strafe hätte wohl nur darin bestanden, Amelia zu heiraten. Das wollte sie nicht. Damit hätte er sein Ziel ja erreicht gehabt. Mit deinem Auftauchen hast du sie vor großer Schande bewahrt und ihr neuen Lebensmut gegeben. Ohne dich hätte sie wohl ein Leben im Kloster gewählt. Sie wollte es dir nach eurer Heirat sagen, doch sie wagte es nicht.« Richard schlug Margarethas Hand fort, die sie tröstend nach ihm ausstreckte.

»Das Blut …«, in seinen Augen glomm jetzt furchtsam der Zweifel, »sie war unberührt, als sie zu mir kam.«

»Ihr eigenes. Ein kleiner Schnitt in den Arm hat genügt, dich zu überzeugen.« Margaretha senkte den Kopf.

»Als Ravensberg zum ersten Mal hier auftauchte, wäre mir vor Schrecken beinahe das Herz stehen geblieben. Welch makabrer Schachzug des Schicksals, den Vergewaltiger deiner Frau zu deinem besten Freund zu machen. Du darfst ihm Emma nicht geben, Richard. Er sieht in ihr Amelia, nach der er sich so verzweifelt verzehrt hat.« Margaretha wartete auf eine Regung, auf irgendein Zeichen, dass er sie verstanden hatte. Aber er saß da wie erstarrt, die leere Hülle eines Mannes. Nach einiger Zeit erhob sie sich.

»Er hat mir Geld gegeben in all den Jahren, viel Geld, damit ich schweige. Konstantin hat niemals Verdacht geschöpft, er versteht nichts von Wirtschaft und Geschäften. Es war nicht schwer, ihm Ravensbergs Münzen unterzujubeln, seit unserer Heirat führe ich die Bücher. Ohne sein Geld wäre die Grafschaft schon lange zugrunde gegangen.« Richard rührte sich noch immer nicht. »Bitte, sag ihm nichts.« Margaretha konnte die Tränen nicht mehr zurückhalten. Sie schlug die Hände vors Gesicht und floh. Als sie sich an der Tür noch einmal zu Richard umwandte, war sein Gesicht grau.

»Sie hat dich geliebt, deine Amelia, das musst du mir glauben.«

Er wartete, bis sie fort war. Dann verlor Richard von Eisenberg die Beherrschung. Er weinte wie noch niemals zuvor in seinem Leben. Um seine Frau, um Ravensbergs Verrat und darum, dass Amelia ihm nicht genug vertraut hatte, um ihm die Wahrheit zu sagen.

Gemeinsam mit Eisenberg und seiner Verlobten war Ravensberg auf dem Weg hinüber nach Hohenfreyberg zum Fest seines jungen Rivalen. Ganz gegen seine Gewohnheit achtete er heute nicht auf Emma. Sie würde so oder so die Seine werden. Sorge bereitete ihm ihr Vater. Der Graf schob seine Krankheit vor und hatte die letzten Tage mit niemandem mehr gesprochen, wohl nicht einmal mit Emma. Er spürte, wie dieser ihn aus den Augenwinkeln heraus beobachtete. Irgendetwas war geschehen. Nicht mehr lange, und er würde erfahren, was seinen alten Freund so aufgewühlt hatte.

Konstantin von Hohenfreyberg und seine Gemahlin begrüßten die Neuankömmlinge steif und zurückhaltend. Ravensbergs Blick fiel auf die weiche Unterlippe Margarethas, die bei seinem Anblick bebte. Die Frau hatte ihre Gefühle noch nie sehr gut verbergen können, wenn sie ihm begegnete.

Schon bald nach ihrem Eintreffen forderte Eisenberg ihn mit knappen Worten zum Mitkommen auf. Er folgte ihm schweigend und sah gerade noch, wie Emma zwischen den Feiernden untertauchte und verschwand. Er hoffte wider besseres Wissen, dass sie während seiner Abwesenheit nicht Marzan von Hohenfreyberg in die Arme lief.

Ohne ein Wort stapfte Richard vor ihm her, quer durch ein grünendes Wäldchen. Irgendwo in der Ferne plätscherte ein Bach. Südlich unterhalb der Burg, versteckt hinter den Laubbäumen, lag ein kleiner Magnolienhain. Rosa Blüten sprossen an Ästen und Zweigen, segelten mit dem Wind durch die Luft, um schließlich das junge Gras wie ein flauschiger Teppich zu bedecken.

Endlich blieb Graf von Eisenberg stehen und wandte sich zu seinem Begleiter um.

»Mein alter Freund«, begann er im Plauderton, »du hast mir nie erzählt, dass du meine Frau geschändet hast.« Ravensberg entging nicht, dass Richards trübe Augen in Feuchtigkeit schwammen. »Ich werde dich bloßstellen vor aller Welt! Nur deshalb habe ich dich nicht sofort aus dem Haus geworfen, nur um zu sehen, wie der Respekt der Leute für dich in pure Verachtung umschlägt. Jeder soll wissen, was du getan hast! Du Schwein!« Richard spie die Worte aus wie Dreck und kam mit bedrohlich langen Schritten auf ihn zu.

»Du weißt also …«, setzte Darius an, doch Eisenberg ließ ihn nicht zu Wort kommen. Stattdessen versetzte er ihm einen zielgerichteten Fausthieb, der mit voller Wucht sein Kinn traf und ihn zu Boden riss. Verwundert über die unerwartete Kraft des Mannes landete Ravensberg auf dem Rücken. Schnell war er wieder auf den Beinen und versetzte dem Gegner einen harten Schlag in den Magen, so dass dieser sich keuchend zusammenkrümmte. Emmas Vater war einige Jahre älter als Ravensberg, zudem geschwächt durch die anhaltende Krankheit. Doch jetzt mobilisierte er all seine Kräfte und wurde zu einer Bedrohung für Ravensberg, dem in diesem Moment klar wurde, dass ihm Eisenberg niemals verzeihen würde. Damit war die Sache für ihn entschieden. Er setzte alles auf eine Karte.

»Noch nie hatte ich so ein wildes, williges Weibsstück unter mir wie deine Frau!«, provozierte er. In seinen Worten schwang plötzlich tiefer Hass mit. Richard heulte auf wie ein getroffenes Tier und stürzte sich auf ihn.

»Du hättest sehen sollen, wie sie nach mehr gebettelt hat, wie sie sich mir dargeboten hat, die kleine Hure!« Blind vor Wut schlug Eisenberg auf ihn ein, einen roten Schleier vor Augen.

»Konnte einfach nicht genug von meinem Schwanz kriegen, die süße Amelia!« Jetzt lachte Ravensberg höhnisch und griff nach den unkoordiniert prügelnden Händen seines Gegners, der merklich ermattete.

»Ich wollte dir niemals wehtun, alter Freund«, murmelte er versöhnlich und löste den Dolch von seinem Gürtel. Richard taumelte, wurde von einem Hustenanfall geschüttelt. Vor Erschöpfung nahm er Darius, den er so viele Jahre lang als einen Mann von Ehre geschätzt hatte, nicht mehr richtig wahr. Deshalb wohl bemerkte er das Messer zu spät, welches Ravensberg ihm auf der Höhe des Herzens fest in den Leib rammte. Richard brach zusammen, Blut sickerte aus den herabhängenden Mundwinkeln.

»Warum«, stöhnte er, als sein Blick noch einmal klar wurde. Darius von Ravensberg antwortete ihm nicht.

»Emma – ich – will – sie – sehen.« Er musste sich hinabbeugen, um die gehauchten Worte des Sterbenden zu verstehen. Dann fiel der Kopf des Grafen Richard von Eisenberg leblos zur Seite.

Nachdem Ravensberg sich vergewissert hatte, dass sein Opfer nicht mehr atmete, stand er ruhig da und lauschte der Stille des Hains. Ehe er den Ort verließ, zog er den Dolch aus der Brust des Leichnams und verstaute ihn sicher unter seinem Wams. Den schweren Siegelring mit dem Wappen Eisenbergs nahm er dem Toten ebenfalls ab, um ihn in der Tasche seines Gewands zu verbergen. Nun stand nichts mehr zwischen ihm und Emma. Er wandte sich ab. Hinter ihm tropfte rotes Blut auf rosa Blütenblätter.

Ravensberg mischte sich beschwingten Schrittes wieder unter die Feiernden. Er erblickte Margaretha von Hohenfreyberg und steuerte geradewegs auf sie zu. Sie sah ihn zu spät, um noch auszuweichen.

»Dumme Gans«, zischte er, »du bist angewiesen auf mein Geld. Jetzt kannst du sehen, wie du ohne Münzen die Grafschaft deines Mannes durchbringst. Du hast das Erbe deines Sohnes verspielt, weil du den Mund nicht halten konntest.« Die eingeschüchterte Frau zitterte so heftig, dass die auf ihrem Kopf hoch aufgetürmten Locken in sich zusammenfielen.

Ravensberg sah den Grafen Hohenfreyberg mit missbilligend gerunzelter Stirn näher kommen. Der Gastgeber trat zu seiner Frau und seinem Gast. Margarethas Gesicht war krankhaft bleich.

»Ich habe eben Eurer Gemahlin zu dem gelungenen Fest gratuliert«, bemerkte Darius von Ravensberg mit einer leichten Verbeugung in Margarethas Richtung. Konstantin nickte so knapp, dass es schon fast an Unhöflichkeit grenzte.

»Ihr müsst mir mein schändliches Benehmen gegenüber Eurem Sohn verzeihen«, bat er.

»Es ist wohl anzunehmen, dass Ihr zuvor nicht über die bestehenden Verhältnisse aufgeklärt worden seid.«

Ravensberg nickte bedächtig. »In der Tat, ich ahnte nicht,

dass meine Braut tiefe Gefühle für einen anderen hegt. Allein diese Umstände haben dazu geführt, dass ich mich schroff verhalten habe, wie ich es sonst nie täte.«

›Er wird vielleicht von der Verlobung zurücktreten‹, dachte Graf Hohenfreyberg erfreut, und sein Gebaren gegenüber dem unerwünschten Gast wurde merklich freundlicher.

»Ihr entschuldigt mich«, verabschiedete sich Ravensberg nach einer Weile und küsste galant Margarethas Handrücken. Zufrieden registrierte er, wie ihre Finger zitterten.

9

Das Lächeln saß wie festgefroren auf Marzans Gesicht, als er am Burgtor die letzten Gäste begrüßte – Bauern zumeist, deren Vieh den Vorrang hatte vor dem Fest der hohen Herrschaften.

Am Nachmittag waren die Leute in Scharen herbeigeströmt, um die Heimkehr des zukünftigen Grundherrn mit dem schäumenden Bier aus den Fässern zu begießen. Kuh- und Schafhirten tranken in fröhlicher Runde mit den Arbeitern und deren Familien, der Dorfvorsteher war ebenfalls mit Frau und Kindern anwesend. Alle waren erleichtert, dass das Fieber, welches den Schmied, seine Frau und seinen Sohn dahingerafft hatte, sich nicht weiter ausbreitete. Etwa einen Monat lag der letzte Sterbefall zurück, die meisten hielten die Gefahr für gebannt und freuten sich an diesem Abend des Lebens.

Schon vor der Dämmerung war der Burghof Hohenfreybergs überfüllt mit Menschen. Vereinzelt wurde über Philipp und Benedikt getuschelt, die beiden Schmiedsöhne, die über Nacht plötzlich verschwunden waren. Doch auch das war schon jetzt keine Sensation mehr. An den Spießen über den Feuerstellen wurden vier Schweine geröstet. Die Gänse, knusprig und goldbraun, wurden gerade aufgetragen. Verführerischer Bratenduft stieg den Feiernden in die Nase und ließ ihnen das Wasser im Munde zusammenlaufen. Mit dünnem Tuch bespannte Lampions, von Marzans Mutter in mühsamer Handarbeit angefertigt, schaukelten im sanften Nachtwind und tauchten die Szenerie in vielfarbiges Licht.

Marzan hatte eine kurze Ansprache gehalten. Den ganzen Abend schon wartete er auf Emma. Seit dem Eklat in der Halle Eisenbergs hatte er sie nicht mehr gesehen. Es war ein hartes Stück Arbeit gewesen, Konstantin von Hohenfreyberg davon zu überzeugen, die Einladung für den Nachbarn und Ravensberg aufrechtzuerhalten. Wenn er wollte, konnte dieser ebenso stur sein wie sein Sohn. Doch Marzan wollte Emma um jeden Preis wiedersehen. Alle Versuche, sie heimlich zu treffen, waren gescheitert. Briefe, die er ihr geschrieben hatte, waren wohl abgefangen worden, denn er hatte keine Antwort, kein Lebenszeichen von ihr erhalten.

Seit Marzan von dieser ungeheuerlichen Verlobung wusste, zerbrach er sich unaufhörlich den Kopf darüber. Er würde Emma heiraten, er und kein anderer, davon war er fest überzeugt. Und wenn er mit ihr fliehen und alles aufgeben musste, er war dazu bereit. Irgendwie und irgendwo würden sie ein Auskommen finden. Sein Lehrherr Jakob Fugger würde ihn bestimmt einstellen. Nicht umsonst hatte er in Augsburg mehrmals versucht, ihn zum Bleiben zu bewegen. Ja, ein Posten im Fugger'schen Unternehmen war ihm sicher. Die Hauptsache war doch, mit Emma zusammen zu sein. Schmerzlich war er sich der übergroßen Liebe in seinem Herzen bewusst. Er würde durch Himmel und Hölle gehen, um sie an seiner Seite zu wissen. Wenn er sich nur vorstellte, wie Ravensbergs Hand Emmas zarte Haut berührte, die samtige Weichheit spürte, wurde ihm übel. Es drängte ihn danach, den älteren Mann zum Duell zu fordern. Leider hatte Herzog Albrecht III., der Vater des jetzigen Regenten, 1455 den Zweikampf um Weiber, Geld und Güter unter Androhung härtester Strafen untersagt.

»Marzan!« Emmas Stimme hallte zu ihm herüber, und er sah sich suchend um. Sie stand im Schatten des alten Wachturms und winkte ihn ungeduldig heran. Erst als er sich vergewissert hatte, dass niemand ihn beobachtete, eilte er zu ihr.

»Wo ist dein Vater?«, erkundigte er sich besorgt, dass dieser ihnen das Zusammentreffen verbieten könnte. Seine Hand legte sich ganz von selbst, wie in alten Zeiten, auf ihren Nacken. Er spürte, wie sich die feinen Härchen unter seinen Fingern aufrichteten.

»Ich weiß es nicht. Er ist mit Ravensberg weggegangen. Keiner der beiden hat sich für mich interessiert. Irgendetwas hat meinen Vater furchtbar wütend gemacht. Die letzten drei Tage hat er mit niemandem mehr gesprochen, nicht einmal mit seinem teuren Freund.« Emmas Worte klangen spöttisch, doch Marzan entging nicht die Furcht dahinter. Für einen Moment schmiegte sie sich an ihn, so dass er die Wärme ihres Körpers durch die Kleider spürte.

»Lass nicht zu, dass er mich bekommt, hörst du?«

Ihr dichtes Haar fiel ihr in wilden Kaskaden über den Rücken, ein glänzender, schwarzer Wasserfall. Beruhigend strich er darüber, wickelte sich eine glänzende Strähne um den Finger.

»Komm weg von hier!« Sie griff nach seiner Hand und zerrte ungeduldig daran, als er nicht sofort reagierte.

»Wo willst du hin?« Emma schüttelte den Kopf und bedeutete ihm, ihr zu folgen. In ihren Augen las er ein Geheimnis, fand er einen Funken Abenteuerlust. Es schien, als hielte die Situation sie nicht im Geringsten davon ab, weiterhin zu tun und lassen, was sie wollte. Ganz sicher würde es furchtbaren Ärger geben, wenn ihr Vater herausfand, dass und mit wem sie sich davongeschlichen hatte. Seltsam, dass die Männer sie überhaupt aus den Augen ließen. Marzan lächelte in sich hinein. Insgeheim war er sehr stolz auf Emmas Mut.

Schweigend folgte er ihr, als sie den vertrauten Pfad einschlug, der hinüber nach Eisenberg führte. Vorsichtshalber blickte er über die Schulter immer wieder zurück – nur um ganz sicherzugehen, dass niemand ihr Verschwinden bemerkte hatte. Die Luft war mild und klar, Marzan schien selbst sein leichter Umhang zu warm für die laue Nacht.

Sie erreichten die Burg. Still und verlassen lag sie da, wirkte fast verwunschen im Schein des Mondes. Nebeneinander blickten sie zu den hell erleuchteten Umrissen Hohenfreybergs hinüber. Leise drangen die Stimmen und das Lachen der Feiernden an ihre Ohren.

Mit einem Mal schüttelte Emma den Kopf, in ihren Augen erlosch jeglicher Glanz. Sie krümmte sich, ihre Hand wanderte zu dem sternförmigen Mal an ihrem Knöchel. Sie regte sich nicht mehr. Marzan rief sie beim Namen, doch sie reagierte nicht. Blicklos, mit hängenden Schultern, einer leblosen Puppe gleich, jagte sie ihm tödliche Angst ein. Erst als er sie bei den Schultern packte und unsanft schüttelte, erkannte sie ihn wieder. Die Lebendigkeit kehrte in ihre grauen Augen zurück. Besorgt nahm er sie in die Arme.

»Was ist geschehen, Liebste?«

Ihr Gesicht war weiß. Sie reagierte auf seine liebkosende Anrede mit einem schwachen Lächeln, das ihn nicht überzeugte.

»Komm weiter.« Emma zog ihn mit sich fort, wollte nicht über das eben Geschehene sprechen. Marzan sollte nie erfahren, dass sie im bleichen Mondlicht die Ruine der Burg in ferner Zukunft gesehen hatte, ihr in Trümmern liegendes Zuhause.

»Wo willst du denn nun hin?« Erneut sagte sie nichts. Marzan hätte es vorgezogen, irgendwo ganz allein mit ihr die schöne Frühlingsnacht zu genießen, unter dem Sternenhimmel ihre Hand zu halten und sich in der Weichheit ihrer süßen Lippen zu verlieren.

Zwinger und Torhaus waren vereinsamt, Mägde und Knechte, Köchin und Verwalter, alle hatten sie die Einladung nach Hohenfreyberg gerne angenommen. Lediglich zwei einsame Gestalten drehten oben auf den Zinnen von Zeit zu Zeit ihre Runden. Trotz ihrer Proteste waren sie als die Jüngsten unter den Männern dazu abkommandiert worden, Wache zu schieben. Nun entgingen ihnen Festschmaus, Freibier und vom Alkohol enthemmte Weiber. Statt eines lustigen Rausches trugen ihre glatten, bartlosen Gesichter verärgerte Mienen zur Schau. Da half es nur wenig, dass die Kameraden zum Trost versprochen hatten, einige saftige Stücke vom Schwein mit herüberzubringen.

Marzan folgte Emma, die zielsicher die dunklen Gänge durchschritt. Leise hatten sie sich bis zum großen Saal geschlichen, in der Dunkelheit unbemerkt von den beiden Wachposten. Die Tochter des Burgherrn durfte ohnehin frei kommen und gehen, auch an ihrem Begleiter hätte man wahrscheinlich keinen Anstoß genommen. Man kannte Emma und Marzan von klein auf. Sie gehörten zueinander wie zwei Hälften eines Ganzen. Dennoch, als unfreiwillige Verlobte des Grafen Ravensberg war Vorsicht geboten.

Am Fuß der Treppe blieb Emma stehen und drehte sich zu Marzan um.

»Da hinauf?« Sie nickte.

»Komm.«

Für einen Moment war er versucht, einfach umzudrehen. Marzan wusste von Emmas Lieblingsplatz hoch oben im Turm, wo ihre Mutter gestorben war. Niemand außer ihr ging hinauf, jeder glaubte, dass es dort spukte, nicht mit rechten Dingen zuging. Sie hatte dies auch nie abgestritten. Marzan war nicht sehr abergläubisch, aber jetzt fürchtete er sich und konnte das Zittern seiner Hände nicht unterdrücken.

Emma stieg die Stufen empor und löste den Riegel an der schweren Holztür. Es schien ihr viel zu bedeuten, dass er mitkam. Nur deshalb trat er mit rasendem Herzen hinter ihr ein, den Blick starr auf den Boden geheftet. Nach einer Weile hob er den Kopf, zwang sich dazu, sich in dem Raum umzuschauen. Emma stand ganz still in der Mitte des Zimmers. Nichts Unheimliches, nichts Übersinnliches fand sich darin. Ihr Turm war keineswegs das dunkle Hexengemach, welches die Leute sich ausmalten. Stattdessen war es urgemütlich. In Marzans befreitem Lachen schwang ein gutes Stück Erleichterung mit.

Eine einzelne Fackel erhellte Decke und Wände des runden Raumes. Ihr Licht zauberte reflektierende Goldtöne auf Emmas Wangen. Seine Brust schmerzte unter dem Druck einer Sehnsucht, die mehr war als bloßes Begehren.

»Du bist so schön.« Die Worte waren heraus, noch ehe er darüber nachgedacht hatte. Wohl zum tausendsten Mal stellte er sich heimlich vor, wie sie nackt aussehen mochte. Befreit von dem einengenden Mieder und den Schnürungen. Unwillig schob er den Gedanken beiseite. Wenn er sich doch nur nicht so sehr nach ihr verzehren würde.

»Warum bringst du mich hier herauf?«, erkundigte er sich neugierig, lenkte sich damit gleichsam von den weichen Kurven unter ihren Kleidern ab. Emma schwieg weiter und begann statt einer Antwort damit, ihr Mieder aufzuschnüren. Ihre Finger zitterten, ihre Augen hielten seine gefangen. Marzan bot sich jetzt der Blick auf den verlockenden Ansatz ihrer Brüste. Ihre Rundungen, prall und fest, schienen sich aus dem Korsett befreien zu wollen. Er schnappte nach Luft, räusperte sich, plötzlich befangen, während das Blut wild durch seine Adern rauschte. Verlegen stand sie vor ihm, schaute ihn trotzig an, herausfordernd. Er hingegen konnte die Augen nicht von den wundervoll ebenmäßigen Erhebungen abwenden. Bisher waren Emma und er Freunde gewesen. Es schien, als wollte sie dies jetzt ändern.

Marzan spürte die Lust in seinem Körper brennen, wild

und triebhaft. Seine Gedanken überschlugen sich. Es war nicht recht, sie zu nehmen. Sie sollte Jungfrau bleiben bis zu ihrer Hochzeitsnacht, die sie nach dem Willen ihres Vaters nicht mit ihm verbringen würde. Aber er konnte ohnehin nicht zulassen, dass sie die Frau eines anderen wurde. Was also würde es schaden, wenn sie schon jetzt … Er konnte nicht mehr klar denken, die Augen nicht von dem geöffneten Mieder wenden. Langsam trat er auf sie zu, fuhr andächtig mit seinen Fingern über die samtige Haut ihres Halses und den weichen Ansatz ihrer Brüste. »Weißt du, wie verführerisch du aussiehst?« Vergeblich bemühte er sich, seiner Stimme, heiser und erregt, einen normalen Klang zu geben. »Bist du dir sicher, dass du das willst?« Alles in ihm drängte danach, sie auf der Stelle zu nehmen, sich leidenschaftlich und bedingungslos mit ihr zu vereinen, sie ganz zur Seinen zu machen. Es kostete ihn all seine Selbstbeherrschung, sich nicht sofort auf sie zu stürzen. Der Duft ihres Haares stieg ihm in die Nase, eine unglaubliche Mischung aus Kräutern und Emma.

»Bist du dir sicher?« Seine Augen hatten sich verdunkelt.

Sie nickte, kaum merklich, und da küsste er sie lange und innig. Das Spiel ihrer Lippen unterbrach er nur, um seinen Mantel abzunehmen, den er über die bunten Flickenteppiche breitete. Dann zog er sie mit sich hinunter, erneut suchten ihre Münder einander.

»Liebe mich, Marzan.« Ihre gehauchten Worte waren so leise, dass er sie kaum verstand. »Liebe mich.«

Im Licht der Fackel kleidete er sie aus, genussvoll und langsam, als wäre sie ein besonders schönes Geschenk für ihn. So geschickt öffnete er Knöpfe, half ihr aus Bluse und Leibchen, dass Emma sich unwillkürlich fragte, wie oft er dergleichen schon getan hatte.

Zuerst fuhr er mit der Hand unter Mieder und Hemd,

umschloss ihre linke Brust mit seiner Hand, massierte mit dem Daumen ihre Brustwarze, die sich sofort aufrichtete, hart und steif wurde unter seiner Zärtlichkeit. Langsam wanderte er zu ihrer anderen Brust, verweilte eine Zeit lang, spielte genüsslich mit der festen Fülle. Emmas Augen glänzten, ihre Wangen röteten sich. »Was machst du mit …?«, setzte sie an, doch Marzan legte ihr seinen Finger auf den Mund. »Pst. Schließ die Augen.« Sie gehorchte, und er fuhr langsam die Konturen ihrer vollen, roten Lippen nach, die ihre Sinnlichkeit erahnen ließen. Dann legte er ihre Brüste vollends frei, erfreute sich an ihrer Vollkommenheit. Nach und nach wanderte er mit dem Mund von ihrem Hals an nach unten, um schließlich ihre Brustwarzen mit den Lippen zu umschließen. Emma riss die Augen weit auf. Er saugte, verstärkte den Druck, um sie dann wieder ganz sanft zu liebkosen. Er knabberte und leckte, bis sie sich unter ihm wand vor Lust. Marzan ließ sich Zeit damit, sie ganz auszuziehen. Er schob ihre Kleider herunter, so dass die Gewandungen ihr locker um die Hüfte lagen, rieb seine Wangen an der weichen Haut ihres Bauches, und sie lachte heiser, als seine Bartstoppeln sie kratzten.

Er legte eine Pause ein, um sie lange zu küssen, so lange, bis sie ganz außer Atem war. Schließlich wanderte seine Hand mutig weiter. Suchte das verlockende Dreieck zwischen ihren Schenkeln, das durch das Kleid noch vor seinen Blicken verborgen war. Seine Finger stießen auf krauses Haar, und eine Weile spielte er damit. Neugierig fragte er sich, ob es ebenso tiefschwarz sein würde wie das Haar auf ihrem Kopf. Emma wand sich unter seinen Berührungen, unbewusst ließ sie ihr Becken kreisen. Sie wollte mehr, und er wollte es ihr geben. Marzan entkleidete sie ganz und zog dabei scharf die Luft ein. Nackt lag sie vor ihm, und sie war vollkommen. Noch niemals zuvor hatte er eine solch schöne Frau gesehen, nie solch vollkommene Schönheit, und er hatte sich beileibe nie mit wenig zufriedengegeben. Er konnte sich nicht sattsehen an ihr, bedeckte ihren ganzen Leib mit Tausenden von Küssen. Die zierlichen Füße, das zauberhafte Muttermal an ihrem Knöchel, die wohlgeformten Schenkel, der flache Bauch und die vereinzelten Sommersprossen auf ihren vollen Brüsten, bis auf die Stelle zwischen ihren Beinen küsste er jedes Fleckchen ihrer samtenen Haut.

Emma erbebte zitternd unter seinen Berührungen, zuckte und gab kleine, wundervolle Töne von sich. Ihr Blick verschwamm, und Marzan war erleichtert darüber, dass es ihr gefiel. Er knabberte an ihrem Ohrläppchen, knetete ihre Brüste, bis sie ihn um mehr anflehte. Da suchten und fanden seine Finger endlich ihren empfindsamsten Punkt. Als er sie dort berührte, bäumte sie sich für einen Moment auf. Marzan spreizte ihre Schenkel weiter, und sie öffnete sich ihm willig. Er teilte ihre Schamlippen, weich und rosig lag sie vor ihm. Zärtlich rieb er über die nasse Öffnung ihres Fleisches. Tauchte mit dem Finger in sie ein. Sie war so feucht, dass seine eigene Erregung noch mehr wuchs. Wieder und wieder streichelte er mit dem Finger über das Zentrum ihrer Lust.

Emma bemerkte nicht die wollüstigen Schreie, die sie von sich gab. Sie ritt auf einer Welle, ließ sich von seinen Berührungen höher und höher hinauftragen, dem Himmel entgegen. Dann war es vorbei, und sie lag bebend und schwer atmend da, verwundert und beglückt über das soeben Erlebte. Nach einer Weile setzte sie sich auf. Marzan war dabei, sich ebenfalls auszuziehen. »Ob es immer so ist? Ob er immer solche Gefühle in mir wachrufen kann?«, überlegte sie, wagte aber nicht, ihn zu fragen. Obwohl er ihr gerade noch so nahe gewesen war, überzog bei dem Anblick seiner nackten Haut feine Röte ihr Gesicht. Aufmerksam studierte sie seinen kräftigen Körper. Die Schultern waren breit, was sich auch unter dem Hemd schon hatte erahnen lassen. Das Spiel der Muskeln kündete von Stärke und Kraft. Seine Brust war glatt und kaum behaart. Ihr Blick wanderte weiter nach unten zu seiner hoch aufgerichteten Männlichkeit. Für einen Moment hielten sich Furcht und Erregung die Waage. Sein Glied erschien ihr riesig. Er lächelte ihr zu, legte sich dicht neben sie. Körper an Körper, Haut an Haut.

Zaghaft fing sie an, ihn zu berühren. Ihre Finger zeichneten Kreise auf Brust, Bauch und Oberschenkel. Sie bemerkte, wie er bei ihren Berührungen wohlig stöhnte, und verstärkte ihre Bemühungen. Von seiner Leidenschaft angespornt wanderte ihre Hand weiter, erforschte, mutig geworden, Penis und Hoden. Sein Stöhnen wurde lauter, und Emma spürte die eigene Feuchtigkeit zwischen ihren Beinen.

»Emma … bitte …!« Marzan packte sie in einer fließenden Bewegung um die Hüfte und legte sie auf den Rücken. Dann war er über ihr, seine steife Männlichkeit zwischen ihren Beinen, ganz nah am Tor zur Glückseligkeit. Er knetete fest ihre jungen Brüste, entlockte ihr damit Töne höchster Verzückung.

Marzan schaute sie an, wollte trotz der brennenden Erregung die richtigen Worte finden. »Ich versuche, dir nicht wehzutun«, sein Flüstern war heiser, »aber Emma – ich kann nicht länger warten.« Statt einer Antwort zog sie ihn enger zu sich heran, und alle Dämme brachen.

Die Leidenschaft riss ihn mit sich fort, er konnte an nichts anderes mehr denken, als ihren pulsierenden Körper unter sich zu spüren. Er spreizte ihre Beine noch weiter, drückte ihre Schenkel sanft, aber bestimmt auseinander. Sie öffnete sich ihm bereitwillig. Noch einmal erkundete er sie mit dem Finger, und dann nahm er sie, machte mit einem Stoß ihre Jungfernschaft zunichte, machte sie zur Frau. Emma schrie auf vor Überraschung, Schmerz und wohliger Lust. Er vergaß völlig, dass er hatte Rücksicht nehmen wollen, wieder und wieder drang er gierig mit festen Stößen in sie ein. Emma keuchte laut.

»Tue ich dir weh?« Er wollte und konnte jetzt nicht aufhören.

»Ja«, sie schlug ihre Nägel in seine Haut, »mach weiter!«

Marzan hob ihren Po an, stieß noch tiefer in sie hinein, nahm sie ganz und gar in Besitz. Jenseits von Gedanken und Vernunft krallte Emma sich an seinem Rücken fest, durchlebte all ihre geheimen Sehnsüchte in wilder Ekstase. Ihre Brüste pressten sich schweißnass gegen seinen Oberkörper, ihre Hände hielten ihn fest umklammert. Noch mehr wollte sie, immer mehr von ihm spüren, bis sie sich auflösen würde in winzige Teilchen, die im Sturm den Sternen entgegenflögen. Er massierte ihre Pobacken, und immer wieder stieß er unerwartet zu, neckte sie mit seinem reizvollen Spiel. Emma wimmerte vor Lust, und er gab seine Zurückhaltung auf, bewegte sich schnell und machtvoll in ihr. Er stöhnte und erschauderte in ihren Armen, als er den Gipfel erreicht hatte.

Erschöpft blieben sie liegen, hielten einander bebend umschlungen. Das wilde Pochen ihrer Herzen wollte nicht nachlassen, so als hätten sie lange Tage der Leidenschaft hinter sich. Er hatte seinen Kopf auf ihre weichen Brüste gebettet und genoss die Berührung ihrer Finger, mit denen sie ihm durch das zerzauste Haar fuhr. Erst geraume Zeit später fühlte er sich stark genug, um wenigstens den Kopf zu heben. Ein wenig furchtsam sah er sie an, fragte sich, ob er ihr große Schmerzen bereitet hatte.

»Du hast mir wehgetan«, er zuckte zusammen, hatte sie seine Gedanken gelesen?, »aber niemals zuvor habe ich einen solch wundervollen Schmerz erlebt.« Zu seiner Erleichterung lächelte sie ihn jetzt beglückt an, küsste ihn auf die feuchten Lippen. Eine Weile lagen sie schweigend aneinandergeschmiegt, genossen die Nähe und die intime Vertrautheit.

»Hast du schon viele andere Frauen gehabt?«, wollte sie plötzlich von ihm wissen. Marzan kratzte sich verlegen am Kinn.

»Sag schon!« Emma stieß mit dem Finger leicht in seinen Bauch. »Wie viele?«

Er dachte an Sibylla, die er in den Armen gehalten und geküsst hatte. »Als ich älter wurde, hat mich Fugger manchmal ins Bordell mitgenommen. Er selbst ging nur dorthin, wenn der Monatsfluss seiner Frau ihm die Freuden des Ehebetts versagte. ›Damit du vernünftig denken und arbeiten kannst, brauchst du von Zeit zu Zeit ein warmes, weiches Weib unter dir, mein Junge.‹ Das waren Jakobs Worte gewesen, als er mich beim ersten Mal völlig unbedarft in die Arme einer der Huren stieß. Ich sträubte mich zunächst, aber er hatte recht. Lena, so hieß das Freudenmädchen, hat mir alles beigebracht, was es über die körperliche Liebe zu wissen gibt. Von da an war ich aufmerksamer und ausgeglichener. Ich fuhr die jüngeren Knaben nicht mehr sofort an, wenn sie einen Fehler machten. Ich maulte nicht mehr ständig, wenn etwas auf den Tisch kam, was ich nicht mochte. Die Frauen in dem Hurenhaus haben mir geholfen, meinen Körper in den Griff zu bekommen, aber ich habe keine von ihnen geliebt. Keine hat mir etwas bedeutet, all die Jahre habe ich nur an dich gedacht, mir vorgestellt, wie du wohl aussehen magst. Doch das wollte mir nicht gelingen, du hast mich mit deinen neuen Reizen vollkommen überrascht.« Er schenkte ihr ein kleines, zaghaftes Lächeln, besorgt darüber, sie könnte böse sein. »Weißt du, dass ich das hier in jedem Augenblick wollte, seit wir uns am Weiher wiedergesehen haben?«

Emma seufzte genießerisch, denn er begann gerade, an

ihren empfindlichen Brustwarzen zu saugen. Sie schnurrte wie eine zufriedene Katze, als seine Bartstoppeln ihren Bauch kitzelten und sein Mund noch weiter nach unten wanderte. Marzan blickte zu ihr hoch und grinste. »Und du?« Wieder blieb sie ihm die Antwort schuldig, seine Zungenspitze berührte kurz den feuchten, warmen Spalt zwischen ihren Schenkeln. Sie zuckte zusammen, die feinen Härchen an ihrem Körper richteten sich auf. Er blickte zu ihr hoch, und sie sah den Schalk in seinen Augen blitzen. Es gefiel ihm, sie zu reizen.

»Ja, ich wollte dich auch. Sehr sogar«, gestand sie, nur damit er weitermachte mit dem Spiel seiner Zunge. Dann dachte sie minutenlang nichts mehr. Marzan liebkoste ihre geheimste Stelle, und sein Mund führte sie in unbekannte Sphären der Lust.

Viel später schauten sie sich an, ein Augenpaar hielt das andere fest. Zeit und Raum waren lange schon vergessen. Emma war glücklich und geborgen. Marzan hatte ihr die Angst vor der erzwungenen Verlobung genommen. Er hatte sie zu seiner Frau gemacht. Sie gehörten einander jetzt mit Haut und Haar. Niemand würde daran etwas ändern. Sein Kopf lag in ihrem Schoß. Sie beugte sich über ihn und küsste ihn zärtlich auf den Scheitel.

»Ich …«, setzte Marzan an, doch Emma legte ihm einen Finger auf den Mund.

»Ich weiß«, sagte sie, »und ich liebe dich.«

Im Grunde waren sie beide noch Kinder. Kinder, die ihre Augen fest verschlossen vor der Realität des Lebens – der einfachen Tatsache, dass sie einander nicht lieben durften.

10

Gemächlich kehrten sie zum Fest zurück. Es war nach elf Uhr, mittlerweile vermisste man sie bestimmt schon. Richard von Eisenberg brauchte nur eins und eins zusammenzuzählen, um zu wissen, mit wem seine Tochter verschwunden war. Ihnen war nicht wohl bei dem Gedanken an die bevorstehende Konfrontation. Bevor sie Hohenfreyberg erreichten, ließ Emma Marzans Hand los. Den ganzen Weg über hatten sie einander berührt, der Druck seiner Finger gab ihr Kraft. Nur um ihren Vater nicht unnötig zu reizen, löste sie diese Verbindung. Sie spürte das Brennen zwischen ihren Beinen, fühlte die Feuchtigkeit, Marzans Samen, der langsam aus ihr hinausfloss. Kurz zog sie die Möglichkeit einer Schwangerschaft in Betracht. Stellte sich die schwellende Fülle ihres Leibes vor, ein Kind ihres Liebsten, das in ihr heranwachsen würde. Nein, ihr Vater konnte sie keinem anderen Mann geben, da sie Marzan so liebte. Es durfte nicht sein.

Die Menschenmenge auf dem Hof hatte sich gelichtet. Viele Bänke waren umgekippt, nur noch drei Tische waren besetzt. An einem saß Ravensberg und unterhielt eine Hand voll frühreifer Knaben mit Geschichten von Wein, schönen Frauen und rauschenden Festen. Die Burschen genossen das Privileg, den Erinnerungen des hochstehenden Mannes lauschen zu dürfen. Ihre Gesichter waren schwammig, müde vom Genuss des Bieres, doch ihre Augen glänzten.

Emma schaute ihren Verlobten an, der zu ihr herüberwinkte. Sein dunkles Haar wirkte im Licht der Fackeln wie ein finsterer Heiligenschein. Es schien ihn nicht im Geringsten zu bekümmern, dass sie, nach Stunden der Abwesenheit, in Marzans Gesellschaft wieder auftauchte. Seit dem Abend der Verlobung hatte er sie in Ruhe gelassen. Emma hoffte deshalb, dass er mittlerweile akzeptierte, dass sie Marzan liebte. Sie blickte sich suchend nach ihrem Vater um, konnte ihn aber nirgends entdecken. Ein kühler Hauch Nachtluft streifte ihr Gesicht.

»Ich sehe Vater nicht.« Emma war besorgt. Ravensberg erhob sich und kam zu ihnen. Er schwankte, schien nicht mehr ganz nüchtern zu sein. Fast hatte er Emma und ihren Begleiter erreicht, da stolperte er und hielt sich im Fallen an Marzan fest, den er mit zu Boden riss. Verärgert half dieser ihm wieder hoch. Seine Jacke, die beste, die er besaß, war beschädigt.

»Oh, bitte entschuldigt!« Ravensbergs Aussprache war undeutlich. »Natürlich werde ich für den Schaden aufkommen. Lasst uns hineingehen, damit Ihr Euch umkleiden könnt. Ich selbst werde die Jacke bei der Näherin abliefern.« Er stieß Marzan mit einem groben Hieb in Richtung Wohnhaus, den er mit einem betrunkenen Lachen abmilderte.

»Wartet!« Emma spürte Marzans Zorn, doch sie konnte jetzt keine Rücksicht auf ihn nehmen. »Wisst Ihr, wo mein Vater ist?«, wandte sie sich an Ravensberg. Die jungen Burschen grölten, stießen miteinander an, ihre Krüge gefüllt mit Bier aus dem letzten Fass. Sie musste näher an Ravensberg herantreten, um ihn zu verstehen. Die Spitzen ihres langen Haares streiften sein feines Wams. Aus dem Augenwinkel heraus sah sie Marzan. »Lauf weg!«, schien sein verzerrtes Gesicht sagen zu wollen, sie fühlte seine Eifersucht so deutlich, als wäre es ihre eigene. Später würde sie ihn beruhigen. Ganz sicher wollte Ravensberg sie nicht mehr haben, jetzt, da er wusste, dass sie ihn nicht lieben konnte. Welcher Mann wünschte sich schon eine Frau in seinem Bett, die sich ganz offensichtlich nach einem anderen verzehrte.

»Ich weiß auch nicht, wo er ist, habe ihn schon seit Stunden nicht mehr gesehen. Mach dir keine Sorgen, er ist bestimmt schon nach Hause gegangen.« Ravensberg klang unbekümmert. Emma zögerte. »Er würde niemals ohne mich gehen«, murmelte sie, und in ihren Augen stand die Angst, dass etwas Schlimmes geschehen war. Aber Ravensberg hatte sich schon umgedreht und zerrte den jüngeren Mann, seine Hand auf dessen Schulter, mit sich in Richtung Palais, den Wohntrakt der Burg. Marzan zuckte mit den Schultern und verdrehte die Augen. »Bin gleich wieder da«, formten seine Lippen. Während sie fort waren, wanderte Emma auf der Suche nach ihrem Vater ruhelos umher. Es erschien ihr wie eine kleine Ewigkeit, bis die Männer zurückkamen, Marzan nun in ein schlichtes Leinenhemd gekleidet.

Ravensberg gesellte sich wieder zu der betrunkenen Runde, sein lautes Lachen hallte über den Burghof. Er hatte den ersten Schritt zur Vernichtung des jungen Freybergers getan. Der blutige Dolch, das Mordwerkzeug, ruhte nun ganz zuunterst in einer der Truhen, die zu Marzans Besitz gehörten.

Auf Emmas Bitte hin schickte Marzan einen Mann hinüber nach Eisenberg, doch der kam unverrichteter Dinge wieder zurück. Daraufhin beteiligte sich Konstantin von Hohenfreyberg zusammen mit seinen Männern an der Suche. Auch die verbliebenen Gäste aus den Dörfern halfen mit. Die meisten waren betrunken oder zumindest angeheitert von dem großzügig ausgeschenkten Freibier, so dass ihnen die Suchaktion zunächst wie ein grandioses Spiel erschien. Lärmend strömten sie aus, durchstreiften die Wiesen rund um die Burg. Als man den Grafen Eisenberg jedoch nicht fand, wurden sie stiller. Viele von ihnen mochten ihn, alle schätzten sie ihn. Einige der Männer lebten unter seinem

Schutz und Befehl, und sie lebten nicht schlecht. Obwohl es der Grafschaft finanziell nicht gut ging, erhöhte Richard von Eisenberg selten die Steuern und forderte nicht mehr von den Menschen, als sie geben konnten. Was mochte ihm zugestoßen sein?

Emmas Gesicht war müde, ihre sonst so klaren Gesichtszüge von Erschöpfung gezeichnet. Sie schritt den anderen voraus, und die Männer akzeptierten widerstandslos die Führung des jungen Mädchens. Neben dieser waren zwei weitere Gruppen auf der Suche nach dem Grafen, Marzan hatte die Leute eingeteilt. Sie stapften durch Wald und Gebüsch, wanderten über blühende Wiesen, das Schlimmste befürchtend. Die Nacht war mondhell, noch war der neue Tag fern.

Emma, an der Spitze der Männer, entdeckte den in einem Berg von rosa Blütenblättern ruhenden Leichnam. Das eine Auge ihres Vaters war bedeckt von Blüten, das andere starrte sie blicklos an. Ihr Schrei gellte zum Himmel und schreckte die Vögel in ihren versteckten Nestern auf. Emma schrie und schrie.

»In nomine patris, et filii, et spiritus sancti. Amen.« Pater Alexandre bekreuzigte sich und mit ihm die dunkel gekleidete Schar der Trauergäste. Seine Predigten, in die seine französische Aussprache und immer wieder ganze Worte seiner Muttersprache einflossen, waren normalerweise amüsant. Doch nicht heute, da der Anlass ein solch trauriger war. Emma stand kerzengerade am Rand des frisch ausgehobenen Grabes. Seit sie ihren toten Vater gefunden hatte, hatte das Sternenmal an ihrem Knöchel nicht mehr zu schmerzen aufgehört. Es war eine stetige Erinnerung an den unerträglichen Verlust, den sie erlitten hatte.

Hinter dem dunklen Loch zu ihren Füßen ragte das riesige, steinerne Grabmal der Familie Eisenberg auf. Schon waren Titel, Name, Geburts- und Todesdaten ihres Vaters in den moosigen Stein gehauen worden. Ihre Augen unter dem durchscheinenden Trauerschleier waren trocken. Der Schmerz war da, drohte sie in seinem ganzen unermesslichen Ausmaß einzuholen, doch noch spürte sie ihn nicht. Hoch aufgerichtet, mit geradem Rücken, einer jungen Birke gleich, nahm sie die Beileidsbezeugungen der Menschen entgegen, die ihren Vater gekannt und geliebt hatten. »Wer hat ihn umgebracht, wer nur hat es gewagt, Hand an meinen Vater zu legen?« Die Fragen hämmerten in ihrem Kopf. Wichtiger als alles andere schien ihr, den Namen des Mörders in Erfahrung zu bringen.

»Merde«, der kleingewachsene Geistliche reichte ihr gerade bis zur Schulter. Tröstend drückte er ihre Hand, hauchte dann einen formvollendeten Kuss auf ihren Handrücken. »Mon dieu«, murmelte er, »manchmal sind auch mir Gottes Wege unbegreiflich.«

Marzans Hand lag auf ihrem Nacken, als sie eine einzelne Magnolienblüte auf den groben, in aller Eile gezimmerten Holzsarg hinabfallen ließ. Ihre Haut war eiskalt. Am Himmel brach die Sonne durch die Wolkendecke. Die Luft roch nach Frühling, nach ausgehobenem Erdreich und dem frischen Fichtenholz des Sarges.

Darius von Ravensberg hielt sich ein wenig abseits. Seine kräftige Gestalt war gekrümmt, als litte er Schmerzen. In seinen Augen schimmerte Feuchtigkeit. Mit einem Mal tat Marzan der Mann leid. Auch er hatte einen guten Freund verloren, ganz offensichtlich ein harter Schlag für ihn. Der Graf hatte keinen Blick für seine Verlobte, die sich von einem anderen über ihren Schmerz hinweghelfen ließ. Nichts und niemand außer dem geöffneten Grab schien Darius von Ravensberg zu kümmern. Marzan ahnte nicht, wie sehr er sich täuschte.

Er legte seinen Arm um Emmas Hüfte, zog sie dichter zu sich heran. Unter dem Schleier sah sie zu ihm hoch, ihre von ungeweinten Tränen geröteten Augen zwei dunkle Rubine.

»Bring mich weg«, flüsterte sie und sank gegen ihn. Und ohne auf Ravensberg, seine Eltern oder den Pfarrer zu achten, hob er sie hoch und trug sie fort. Ihr Gesicht fiel kraftlos gegen seine Schulter. Er spürte ihr Gewicht auf seinen Armen und wusste, er würde alles tun, um sie zu schützen. Erst geraume Zeit später bemerkte er, dass die junge Frau ohnmächtig geworden war.

Marzan keuchte und ließ sich am Wegrand auf einem Baumstumpf nieder. Er zog die Bewusstlose auf seinen Schoß, schlang die Arme fest um ihren Körper und wartete, dem Klopfen ihres Herzens lauschend, bis sie erwachte.

Emma ließ sich von Marzan hoch in ihren Turm bringen, wo er sie wieder an sich zog. Für einen Moment dachte sie an ihre Liebesnacht, die ihr jetzt Jahre, wenn nicht gar Jahrzehnte zurückzuliegen schien. Sie machte sich Vorwürfe. Während sie sich sinnlichen Gelüsten hingegeben hatte, war ihr Vater seinem Mörder begegnet. Immer wieder sah sie im Geist den Riss in seinem Festtagshemd und die klaffende Wunde darunter. »Warum habe ich es nicht vorausgesehen?«, quälte sie sich, »warum habe ich gar nichts gespürt?« Die finsteren Schatten über Eisenberg hatten ihr in vielen Nächten den Schlaf geraubt. Aber sie hatte nicht geahnt, in welcher Gefahr er schwebte. Und immer wieder die pochende Frage: »Wer ist der Mörder?«

»Bitte lass mich allein«, bat sie Marzan und rückte von ihm ab. Die Knie angezogen schlang sie die Arme um ihren Körper, um dann in dieser zusammengekauerten Stellung zu verharren.

»Natürlich.« Er stand auf. Emma sah die Verletztheit in

seinen Augen, doch sie rief ihn nicht zurück. Sie wollte, sie musste allein sein. Erst als Marzans Schritte verklungen und sie von völliger Stille umgeben war, konnte sie weinen. Ein einziger Tropfen verwandelte sich in einen Sturzbach aus heißen Tränen, der sich nicht mehr stoppen ließ. Emma weinte den ganzen Tag, und sie weinte am nächsten und übernächsten.

Immer wenn Marzan kam, um nach ihr zu sehen, schickte sie ihn fort. In ihrem Elend dachte sie nicht an die Zukunft, verschwendete keinen Gedanken an die von ihrem Vater gewünschte Heirat. Falls sie jemals würde aufhören können zu weinen, lag ihr Schicksal an Marzans Seite. Daran zweifelte sie nicht.

Als ihre Tränen endlich versiegten, schien es ihr, als hätte man sie dem Leben zurückgegeben. Marzan war gerade gegangen, als das Mal an ihrem Knöchel, wie am Abend der Verlobung, zu pochen begann. Heute hatte sie ihm zum ersten Mal gestattet, ihr für eine Weile Gesellschaft zu leisten. Seine Nähe hatte ihr gutgetan, seine Stimme und seine Berührungen waren Balsam für ihre wunde Seele.

»Du bist viel zu blass und dünn«, hatte er sie gescholten, »wir werden versuchen, wieder Farbe in dein Gesicht zu bekommen.« Emma hatte sein Verlangen gespürt, das er ihretwillen unterdrückte, doch noch fühlte sie sich wie betäubt. Noch war sie nicht bereit, den Turm zu verlassen und sich der Realität zu stellen. Sie war ein aus dem Nest gefallenes Vogeljunges, nicht sicher, ob sie alleine würde fliegen können. Wie ein kleines Kind hatte Marzan sie gefüttert, damit sie überhaupt etwas Nahrung zu sich nahm. Emma hatte ihn machen lassen, zu schwach, um sich zur Wehr zu setzen.

Das Mal schmerzte stärker als beim letzten Mal. Wieder spürte Emma die Energie. Die Farben waren heller, die

Gerüche intensiver. Kraft strömte durch ihren Körper, und ihre fahlen Wangen röteten sich. Doch nichts warnte sie vor der Gefahr, als der Riegel der sperrigen Tür zurückgeschoben wurde und Darius von Ravensberg ungebeten in Emmas Turm trat. Sie starrte den Grafen an, der es wagte, mit seiner Anwesenheit ihr persönliches Heiligtum zu entweihen.

»Raus.« Emma musste ihre Stimme nicht erheben, alles an ihr strahlte Abwehr aus. Ravensberg reagierte nicht. Stattdessen trat er näher, seine Schuhe hinterließen Schmutz auf den bunten Flicken der Teppiche. Dicht, viel zu dicht vor ihr blieb er stehen. Emma erkannte den gut gelaunten Mann nicht wieder. So gramgebeugt er bei der Beerdigung gewesen war, so strahlte er jetzt über das ganze Gesicht. Sie konnte nicht ahnen, dass er endlich alles zu seiner Zufriedenheit in die Wege geleitet hatte. Eingenäht in das Futter von Marzans Jacke, welche er scheinbar unabsichtlich zerrissen hatte, befand sich nun der Siegelring Richard von Eisenbergs. Das zusätzliche Gewicht würde nicht auffallen. Die anfänglichen Skrupel der Näherin hatte er mit viel Geld zerstreut, das ihre Familie für lange Zeit ernähren würde. Es wäre schändlich gewesen, dem Grafen seinen Wunsch abzuschlagen. So hatte sie den Ring an sich genommen, ihn im Futter der Jacke verschwinden lassen und den Riss in dem Kleidungsstück kunstvoll genäht.

»Bitte geht.«

»Hier ist sie also gestorben«, bemerkte Ravensberg, ganz so, als hätte er Emmas Aufforderung nicht gehört. »Wusstest du, dass ich deine Mutter gut gekannt habe?«, fragte er sie im Plauderton.

Sie horchte auf. Das war ihr tatsächlich neu. Er ließ sich mangels anderer Sitzgelegenheit mit elegant gekreuzten Beinen auf dem Boden nieder.

»Setz dich, mein Kind«, forderte er Emma auf, als wäre

er der Gastgeber und sie der Eindringling. Dann erzählte er ihr kurze Geschichten aus der Vergangenheit, schilderte ihr den Hof Herzog Albrechts und malte dabei das Bild ihrer Mutter in den schillerndsten Farben. Gegen ihren Willen lauschte Emma gebannt. Sie hatte sich immer nach ihrer Mutter gesehnt. Wie gerne hätte sie sie kennengelernt.

»Du bist jetzt Vollwaise.« Der Graf strich ihr mit dem Finger über die Wange. Emma zuckte nicht zurück. Darius verhielt sich wieder wie der väterliche Freund, auf dessen Knien sie als Kind geritten war, dem sie vertraute.

»Erzählt mir mehr von meiner Mutter«, bat sie ihn, fasziniert davon, wie gut er sie anscheinend gekannt hatte.

»Das nächste Mal, Kleines«, beschied er sie, »jetzt müssen wir über andere Dinge sprechen.«

»Werdet Ihr von der Verlobung zurücktreten, wo Ihr nun wisst, dass ich Marzan liebe?«, fragte Emma. Ihr war bewusst geworden, dass es ihr zukünftiger Gatte war, neben dem sie saß. Ravensberg wiegte den Kopf. Plötzlich sah Emma die brennende Gier in seinen Augen, den vor Lust verschleierten Blick. Das Mal an ihrem Knöchel pochte schmerzhaft.

»Du brauchst mich, einen ganzen Mann, kein halbes Kind wie diesen Marzan.« Ravensberg leckte sich die Lippen.

»Nein!« Emma schrie auf.

»Nein?« Blitzschnell griff er nach ihren Handgelenken und hielt sie mühelos fest.

»Hast es wohl schon mit dem jungen Freyberger getrieben, was? Wenn das wahr sein sollte, wird dich das teuer zu stehen kommen. Spätestens in der Hochzeitsnacht mache ich dich zu meiner Frau.« Er drückte sie zu Boden, ihre Arme hielt er über ihrem Kopf fest, so dass sie unter ihm gefangen war. Dann küsste er sie, drängte seine raue Zunge zwischen ihre Lippen. Emma schmeckte Blut, zappelte hilflos wie ein im Netz gefangener Fisch. Ihr war übel, und ihr Herz klopfte wild, als er abrupt von ihr abließ.

»Ich dulde keine Hure in meinem Bett«, warnte er sie, und für einen Augenblick schloss sich seine Hand besitzergreifend um ihre linke Brust. Sie wich zurück, als hätte er sie geschlagen, das Gesicht angstvoll verzerrt. Ravensberg erhob sich. »Bis die Trauerzeit vorüber ist, gehst du ins Kloster«, teilte er ihr sachlich mit, war jetzt wieder ganz der zurückhaltende Edelmann. »Ich möchte dich nicht in Gesellschaft zurücklassen, die nicht gut für dich ist. Ich will nur dein Bestes, mein Kind.«

Emma biss sich auf die Unterlippe, die unter dem Druck ihrer Zähne weiß wurde. In ihrem Kopf arbeitete es fieberhaft. Sie konnte erst handeln, wenn er fort war. Dann würde sie ihren Turm verlassen und Hilfe bei Marzan suchen, Schutz vor dem Mann, der sich anmaßte, über ihr Leben zu bestimmen. »Geh endlich«, flehte sie in Gedanken. Er tat ihr den Gefallen.

»Deine Truhen sind gepackt, eine Eskorte steht unten im Hof bereit. Meine Männer werden dich sicher bei den Benediktinern im Kloster Wessobrunn abliefern.«

»Marzan!« Emma hatte den Namen unbewusst laut ausgesprochen. Der Graf lächelte sie an, in seinen Augen flackerte Triumph. »Graf und Gräfin Hohenfreyberg senden dir Grüße und wünschen dir alles Gute. Sie werden auch ihren Sohn über deinen Verbleib unterrichten, so dass alles geregelt ist. Du siehst, meine Liebe, du musst dir um nichts Sorgen machen. Bitte beeile dich mit dem Abschiednehmen, meine Männer wollen aufbrechen, solange es noch hell ist.«

Ravensberg ging zu ihrer Erleichterung, ohne sie noch einmal zu berühren. Sie trat ans Fenster, von wo aus sie den Burghof überblicken konnte. Tatsächlich warteten dort in der hereinbrechenden Dämmerung rund ein Dutzend Bewaffneter mit Pferden. Sie alle trugen auf ihrer Kleidung ein Emblem mit Bär und Luchs, in tödlichem Kampf ineinander verbissen. Das Wappen Ravensbergs.

Die Tiere scharrten nervös mit den Hufen, ein schwarzer Hengst bäumte sich auf, so dass die Reiter ihre liebe Mühe damit hatten, ihn wieder zu beruhigen. Emma schien es, als wollten die Pferde weg von hier, so schnell sie konnten. Genau wie sie. Einen Moment lang spielte sie mit dem Gedanken zu fliehen. Sie wünschte sich, sie könnte fliegen. Hinaus aus dem Fenster, fort in den blauen Frühlingshimmel. Das Brennen an ihrem Knöchel hatte nachgelassen, sobald der Graf gegangen war. Sie spürte nur noch einen leisen Nachhall des Schmerzes.

Emma seufzte und drängte entschlossen die Tränen zurück. Sie hatte so lange geweint, nun war es an der Zeit, sich dem Leben wieder zu stellen. »Marzan!«, wenn sie ihn doch nur mittels ihrer Gedanken erreichen, ihn warnen könnte. Vielleicht sollte sie sich einfach weigern, nach unten zu kommen. Doch sie wusste, das war unmöglich. Schon stiegen schwere Schritte die Treppe empor. Die Türe hatte nur außen einen Riegel, der jetzt erneut zurückgeschoben wurde. Sie hatte sich zu lange Zeit gelassen. Sie kamen, um sie zu holen.

11

Die Sonne stieg in leuchtend roten Farben über den Wäldern auf. Dichter Morgennebel bedeckte den Boden und verlieh der Welt den Anstrich eines verzauberten Märchenlands. Amseln, Finken und Stare ließen die ersten Töne ihres feinen Gesangs in den Himmel steigen. Emma hatte die Nacht ruhelos im verlausten Bett einer Herberge verbracht, sich hin und her geworfen und doch keinen Schlaf gefunden. Begleitet wurde sie von einem jungen Mädchen, jünger noch als sie selbst, von niederem Adel. Wilhelmina sollte nach Ravensbergs Willen auf der kurzen Reise als Anstandsdame fungieren.

Der Graf hatte die Gruppe noch bis zu dem Gasthof begleitet. Anschließend führte ihn sein Weg in die bayerische Landeshauptstadt an des Herzogs Seite. Es war ihm schwergefallen, seine widerstrebende Verlobte in der Obhut seiner Männer zurückzulassen. Lieber hätte er sie höchstpersönlich im Stift der Benediktiner abgeliefert. Doch wichtige Geschäfte duldeten keinen Aufschub, er durfte dem Hof nicht länger fernbleiben. Ohnehin war die vorgesehene Dauer seines Aufenthalts auf Eisenberg längst überschritten. Außerdem hatte er sich angeboten, den Regenten vom Mord an einem seiner Grafen zu unterrichten.

Emma hatte ihn zum Abschied keines Blickes gewürdigt, doch er hatte darüber nur gelacht. »Gehab dich wohl, meine Liebe, bis wir uns wiedersehen.«

Nun saß Emma in aller Herrgottsfrühe in der stickigen Beengtheit der Kutsche fest, den Fragen Wilhelminas hilflos ausgeliefert, mit denen diese sie pausenlos löcherte. Die junge Frau war von schmaler, unscheinbarer Gestalt, und ihre Wissbegierde schien unstillbar.

»Wie war es, als er um Eure Hand angehalten hat?«, erkundigte sie sich mit ihrer schrillen Stimme. Es war nicht zu überhören, wie sehr sie sich wünschte, an Emmas Stelle zu sein. Wilhelmina durfte als Frau von niederstem Adel nicht hoffen, jemals einen so hochgestellten Gatten wie Ravensberg zu finden, und beneidete ihre Begleiterin glühend um deren Status und Schönheit. Emma ging das Mädchen gehörig auf die Nerven, die hohe Tonlage, in der Wilhelmina ihre Fragen stellte, verursachte ihr Kopfschmerzen. Sie wollte allein sein mit ihrem Schmerz.

Zu ihrem Leidwesen hatte man ihr verboten, selbst zu reiten. So konnte sie nur sehnsüchtig aus dem schmalen Sichtfenster der Kutsche spähen, hinaus in die Freiheit. Sie war hier gefangen im tristen, stickigen Einerlei der Kutsche, in der unliebsamen Gesellschaft einer jungen Frau, die sie nicht vor den Kopf stoßen wollte. Die Räder des Gefährts schaukelten und ratterten, begleitet vom rhythmischen Getrappel der Pferdehufe. Emma war übel. Immer wieder kamen sie durch größere und kleinere Dörfer, winzige Weiler, die nur aus zwei oder drei Gehöften bestanden. Überall äugten die Leute neugierig aus den Fenstern ihrer Häuser.

Gegen Mittag erreichten sie Peiting, eine stattliche Ansiedlung von mehreren Höfen, vielen Wohnhäusern und zahlreichen Werkstätten. Mitten durch das Dorf schlängelte sich die Peitnach, ein plätschernder, fischreicher Bach. Endlich wurde das Zeichen zum Anhalten gegeben. Emma wartete nicht ab, bis einer der Männer den Verschlag für sie öffnete, sondern sprang selbst aus ihrer rollenden Gefängniszelle. Hinter ihr stieg der kleine Quälgeist aus dem Wagen.

Emma streckte die Arme der Sonne entgegen, in einer

lebensbejahenden, sinnlichen Geste, die ihr selbst nicht bewusst war. Kein Einziger war unter den Männern, dessen Blick in diesem Moment nicht auf der ihnen anvertrauten Frau ruhte. Keinem war die Anmut ihrer jungen Schutzbefohlenen entgangen, und der eine oder andere hatte sie sich in stillen Tagträumen schon auf seinem Lager vorgestellt. Die Grafentochter schien ihnen geheimnisvoll in ihrer Zurückhaltung, verletzt in ihrem Stolz und ihrer Würde. Gerne hätten sie die Traurigkeit aus ihren Augen verbannt, doch wagten sie nicht, sie auf ihren lautlosen Schmerz anzusprechen.

Sie waren einfache Landsknechte, dem Befehl des Grafen Ravensbergs unterstellt, und sie hüteten sich davor, seinen Zorn heraufzubeschwören. Allein diese Männer wussten um die Grausamkeit des Mannes, die er unter dem Mantel der Gelehrsamkeit vor der Welt verbarg. In seinen Diensten hatten sie mit ansehen müssen, wie er einfache Bauernmädchen schändete, sie pflückte wie reifes Korn auf dem Feld. Er befriedigte seine Lust an ihnen, um sie hinterher wegzuwerfen wie ein Stück Dreck. Sie alle erinnerten sich noch zu genau an das Mädchen, das seine brutale Zärtlichkeit nicht überlebt hatte. Aber sie waren verpflichtet zu schweigen. Jeder von ihnen hatte Mutter und Vater, Schwestern und Brüder, manche gar ein Weib zu Hause. Wenn sie es wagten, sich gegen Ravensberg zu stellen, würden ihre Familien als Erste dafür bezahlen.

Emmas Blick wanderte unwillkürlich hoch zum Schlossberg, wo majestätisch die alte, vor Jahrhunderten vom Geschlecht der Welfen erbaute Burg thronte. Sie glich einer uneinnehmbaren Festung, an allen Seiten von steilen Abhängen umgeben. Finster wirkte sie, als werfe sie ihren dunklen Schatten über das Dorf und seine ahnungslosen Bewohner. Ravensbergs Burg, sein Heim – und nach seinem Willen auch bald das ihre. Hier an diesem Fleck schien er ihr allgegenwärtig zu sein. Eine Wolke schob sich vor die Sonne. Sie schauderte und wandte sich ab.

Der Graf hatte es seinen Männern untersagt, auf seiner Burg Quartier zu nehmen, obwohl es naheliegend gewesen wäre. Den Grund erfuhren sie nicht. Im Gasthof »Zum Wilderer« nahmen die zwölf Landsknechte gemeinsam mit den Damen, diese an einem separaten Tisch, ein kräftigendes Mahl ein. Den trockenen Rinderbraten spülten sie mit mehreren Humpen Wein hinunter, die sie sich ausnahmsweise nicht versagten. Ihr Herr hatte sie außerordentlich gut dafür bezahlt, das sichere Geleit seiner Braut zu den Benediktinermönchen zu gewährleisten.

Emma fiel auf, um wie viel schriller und künstlicher das Lachen ihrer Begleiterin wurde, sobald einer der Männer zu ihnen herüberblickte. Nach einer Weile begriff sie, dass die unscheinbare Wilhelmina dabei war, um die Gunst der zumeist jungen Landsknechte zu buhlen. Verärgert widmete sie ihre ganze Konzentration dem vor ihr stehenden Essen. Für einen Augenblick färbte der Gedanke an Marzan ihre Wangen rot, bei dem sie selbst ebenfalls keine Zurückhaltung gekannt hatte. Am Ende der Mahlzeit hatte sie noch nicht einmal ein Viertel des Fleisches auf ihrem Teller verzehrt.

Aufbruchstimmung machte sich breit unter den Männern, doch irgendetwas hielt sie zurück. Schließlich kam einer der jüngeren Landsknechte, trotz seiner Jugend schien er zu den Anführern der Gruppe zu zählen, an ihren Tisch geschlendert. Dicht vor Emma blieb er stehen.

»Verzeiht!«, er warf einen Blick auf die kaum berührte Mahlzeit, »aber Ihr müsst essen.«

Emma versuchte ein Lächeln. »Danke«, erwiderte sie, und ihre Mundwinkel zogen sich ein ganz klein wenig nach oben, »ich bin satt.«

Zu ihrer Verwunderung rührte der Mann sich nicht von der Stelle. Sein Gesicht war ebenmäßig geschnitten, die markanten Züge wurden dominiert von einem Paar eisblauer Augen. Er warf sein kinnlanges, braunes Haar zurück und sah sie eine Weile nachdenklich an. Emma hielt sein Verhalten für Unsicherheit.

»Verzeiht«, begann er erneut, »aber Ihr müsst alles aufessen.« Er schien jetzt zwischen Amüsement und Verlegenheit zu schwanken. »Anordnung vom Grafen«, fügte er hinzu, um sich dann unaufgefordert an ihrer Seite niederzulassen. Dort blieb er, bis Emma in aufreizender Langsamkeit jeden einzelnen Bissen gekaut und geschluckt hatte.

So wurde es Nachmittag, bis der Zug mit den nervös tänzelnden Pferden sich endlich wieder in Bewegung setzte. Der junge Mann, der darüber gewacht hatte, dass sie wirklich alles aufaß, half erst ihr und dann Wilhelmina zurück in die Kutsche. Sie empfand ihre kleine Niederlage als Demütigung. Der unverschämte Landsknecht hatte sie tatsächlich zum Essen gezwungen. Mit einem kleinen, spöttischen Lächeln bedachte sie ihre Situation. Im Moment war Ravensberg dabei, sie zu wesentlich mehr als nur zu einem Mahl zu zwingen. Der Landsknecht setzte sich jetzt zusammen mit zwei anderen an die Spitze des Zuges und gab seinem Hengst die Sporen. Scharfe Sporen, wie Emma bei einem Blick aus der Kutsche unwillig feststellte. Kein Wunder, dass das Tier unruhig war und ständig aus der Reihe tanzte, wenn sein Besitzer es quälte. Während der Mahlzeit hatte sie den Mann mit dem einen oder anderen Schimpfwort bedacht, das sich aus dem Mund einer Dame nicht ziemte. Er hatte nur fröhlich gelacht, sicher in dem Wissen, dass sie sich nicht zur Wehr setzen konnte. Emmas Begleiterin, die ganz offensichtlich Gefallen an ihm fand, hatte die Gelegenheit genutzt, um eine Unterhaltung zu beginnen. »Vielleicht wisst Ihr noch, dass wir uns schon einige Male begegnet sind. Ich bin Wilhelmina von Harthausen, mein Vater ist Landjunker in der Nähe Schongaus.«

Der junge Mann hatte Emma triumphierend angeschaut, ganz so, als wolle er sagen: »Schaut her, sie ist meinem Charme schon verfallen.« Dann war er langsam aufgestanden, vor Wilhelmina hingetreten und hatte ihr die ihm willig überlassene Hand geküsst. »Landsknecht Rudolf, zu Euren Diensten«, hatte er sich mit rauer Stimme angedienert. Die anderen Männer in der Wirtsstube hatten sich verstohlen angestoßen, amüsiert darüber, dass ihr Gefährte erneut ein Frauenherz erobert hatte.

Emmas Magen rebellierte schon nach kurzer Zeit gegen die widerwillig aufgenommene Nahrung. Das Holpern der Kutsche verstärkte ihre Übelkeit. Sie steckte ihren Kopf aus dem Sichtfenster, hinaus an die frische Luft. Gerade noch rechtzeitig, um die Männer zum Anhalten zu bewegen, ehe sie sich auf die holprige Straße erbrach. Von irgendwoher wurde ihr hilfreich ein Tuch gereicht. Sie tupfte sich die Mundwinkel ab, schwach, aber erleichtert, das ungewollte Gewicht in ihrem Magen wieder losgeworden zu sein. Ehe die Fahrt fortgesetzt wurde, nahm Emma den Blick des Landsknechts Rudolf wahr, der zornig funkelnd auf ihr ruhte.

Wenig später legte sie in der stickigen Beengtheit der Kutsche den Kopf zurück und schloss die Augen. So entging sie einer weiteren Unterhaltung mit Wilhelmina, die die vermeintlich Schlafende in Ruhe ließ. Emma überlegte, wie lange es bis zur Ankunft im Stift der Mönche noch dauern würde. Ihr graute vor den heiligen Männern und ihrem strengen Reglement. Sie glaubte zwar an Gott und hatte mit ihrem Vater regelmäßig die Messe in der Burgkapelle oder in der Kirche Eisenbergs gehört, aber tief in ihrem Inneren wusste sie, dass es da noch mehr gab. Als kleines Mädchen hatte sie manchmal Ereignisse vorhergesehen, kleine Dinge zumeist. Etwa, wie Willi, der Stalljunge, sich beim Sturz vom Pferd ein Bein brach. Oder dass Rupperts Frau erneut eine Fehlgeburt erleiden würde. Außer mit Marzan hatte sie selten mit jemandem darüber gesprochen. Er allein erkannte ihre angeborene Gabe an.

Ihr Vater, zornig und erbost über die Phantasien seines Kindes, hatte ihr nachdrücklich klargemacht, dass er sich keine wirre Hellseherin als Tochter wünsche und dass es außerdem gefährlich sei, wenn sie ihr Wissen preisgab. Mit den Jahren hatte Emma gelernt und verstanden, dass man Frauen in der heutigen Zeit allzu schnell der Hexerei bezichtigte. Vor genau zwei Jahrzehnten, im Jahre 1486, war der Hexenhammer erschienen, geschrieben von dem Dominikaner Heinrich Kramer. Ein Regelwerk, in dem genau festgelegt war, wie man Zauberinnen auf die Schliche kam. Hexenstecher etwa, mit denen man in die Haut der vermeintlichen Hexe stach, waren eine beliebte Methode. Blutete die betreffende Frau, war sie von jedem Verdacht reingewaschen. Blutete sie jedoch nicht, gab es weitere Mittel und Wege, sie als Buhlin des Satans, als Teufels Gespielin, zu entlarven. Solche Proben, die unter dem Deckmantel der Kirche im Namen Gottes durchgeführt wurden, überlebte man, ob schuldig oder unschuldig, nicht. Emma dachte an das auffällige Mal an ihrem rechten Knöchel und die merkwürdige Kraft, die seit kurzem davon auszugehen schien. Damit würde sie ganz sicher von den Hexenjägern verdammt werden, sollte jemals jemand so viel Hass gegen sie hegen, um sie vor dem Gericht als Hexe anzuklagen. Solche Muttermale galten als eindeutiges Zeichen des Teufels, erst recht in fünfzackiger Sternenform.

Emma verdrängte entschlossen die unguten Gedanken und versuchte, sich Marzans Gesicht vor Augen zu rufen, was ihr nicht gelingen wollte. Sie war unkonzentriert, verängstigt, und sie trauerte über alle Maßen um ihren Vater. Nach wie vor quälte sie die Frage, wer ihn umgebracht hatte. Sie hoffte, dass man den Mörder bald finden und ihn seiner gerechten Strafe zuführen würde. Am liebsten hätte sie dieses Scheusal mit bloßen Händen erwürgt. Waren es Räuber gewesen, die aus Habgier gemordet hatten? Ein ausgehungerter Landstreicher vielleicht, der nach dem Schmuck ihres Vaters gierte? Zumindest der schwere Siegelring an seinem Finger hatte gefehlt.

Erneut schweiften ihre Gedanken und Überlegungen hin zu dem Mal. Es schien ihr immer dann zu leuchten und zu brennen, wenn ihr Gefahr drohte oder tiefer Schmerz. Als zuverlässige Warnung vor Bösem diente es sicher nicht. Ihr Vater war gestorben, als sie in den Armen ihres Geliebten lag.

Was Marzan an Emma so fraglos akzeptierte, nannte man gemeinhin das zweite Gesicht. Immer wieder gab es Menschen, die mühelos durch die hauchdünnen Schleier der Zeit und der Leben blicken konnten. Emma ahnte schon lange, dass auch sie zu diesen Menschen zählte. Aber niemals zuvor hatte ihr das solche Angst eingejagt.

Über ihren Überlegungen, gewiegt vom Schaukeln der Kutsche, schlief sie ein. Im Traum sah sie sich auf eine kleine Hütte zugehen. Das Holz der Behausung war morsch und schadhaft. Bei Regen mochte das Wasser durch die Decke auf die Bewohner tropfen. Mit einem Mal stand eine alte Frau im Türrahmen, schlohweißes Haar wallte ihr über die Schultern hinab bis zur knochigen Hüfte. »Lass die Finger von ihm«, sagte die Frau, und es klang wie eine Warnung, »er ist nicht für dich bestimmt.« Dann war die Alte verschwunden, und Emma fand sich plötzlich in den Armen ihres Geliebten wieder. Sie bog und wand sich begehrlich unter seinem leidenschaftlichen Ansturm. Er zog sie dicht zu sich heran, ihre Wange ruhte auf seinem krausen Brusthaar. »Ich liebe dich«, flüsterte sie und blickte trunken vor Glückseligkeit zu ihm hoch. Ihr ganzes Sein war erfüllt von diesem Mann und ihrer für die Ewigkeit gemachten

Liebe zu ihm. Erst da erkannte sie mit einem Schlag, dass er nicht Marzan war, und fuhr schreiend hoch.

Wilhelmina schreckte schlaftrunken auf. »Was habt Ihr denn?«, erkundigte sie sich besorgt. Emma winkte ab, leichenblass im Gesicht, und starrte aus dem Sichtfenster hinaus in den hellen Sonnenschein. Wer war der Mann aus ihrem Traum? Sie hatte ihn noch nie gesehen. Sie kannte niemanden mit grasgrünen Augen und weizenblondem Haar. »Ein schlechter Traum, ein Albtraum, mehr nicht«, murmelte sie. Zum zweiten Mal an diesem Tag versuchte sie, Marzans Gesicht heraufzubeschwören. Und es jagte ihr kalte Schauer über den Rücken, als sich grüne Augen und blondes Haar vor das Bild ihres Geliebten schoben.

12

Sie brauchten für die Strecke, die mit guten Pferden an einem Tag zu bewältigen war, nunmehr schon knapp eineinhalb. Die schwer beladene Kutsche hielt sie auf. Aus Rücksicht auf die beiden Frauen, damit diese in ihrem holprigen Gefährt nicht so durchgerüttelt wurden, schlugen die Männer auch ein gemächlicheres Tempo als gewöhnlich an. Noch ahnten sie nicht, dass einer aus ihrer kleinen Reisegesellschaft das Ziel nicht lebend erreichen würde.

Emma fühlte sich wie befreit, als die Anführer der Gruppe sich endlich zur Nachtruhe entschlossen, vielleicht aus Rücksicht auf ihre wertvolle Schutzbefohlene. Am nächsten Morgen lag noch ein Weg von rund dreißig Meilen vor ihnen, es war nicht mehr sehr weit bis nach Gaispoint. Sie fanden ein Gasthaus, das die Landsknechte und die Frauen aufnahm. Emma hoffte, dass dieses Quartier reinlicher sein würde als dasjenige in der Nacht zuvor, obwohl sie sich mit keinem Wort über die juckenden Flohbisse in ihrem Nacken beschwert hatte.

Sie floh aus ihrem stickigen Verschlag. Gott, wie sie die Kutsche mit ihren rumpelnden Rädern hasste. In der Gaststube wurde den Reisenden heiße Suppe vorgesetzt, die den Magen wärmte und die Erschöpfung des Tages in angenehme Müdigkeit verwandelte. Diesmal musste niemand Emma dazu zwingen, alles aufzuessen. Nachdem sie ihr Mittagsmahl nicht bei sich behalten hatte, war sie froh darüber, jetzt das leere Loch in ihrem Bauch füllen zu können. Landsknecht Rudolf tändelte unterdessen ungeniert mit Wilhelmina, die freudig auf seine übertriebenen Aufmerksamkeiten reagierte. Ohne zu fragen hatte der Mann sich an den Tisch der beiden Frauen gesetzt. Im Moment kippte er einen weiteren Humpen Bier hinunter, als wäre es klares Quellwasser. Emma war zu müde, um ihn auf seinen Platz zu verweisen, bleierne Schwere lähmte ihre Glieder. Ohnehin hatte sie vorgehabt, sich schon bald nach dem Abendessen in ihre Kammer zurückzuziehen. Die Männer würden ihr Nachtlager auf den Bänken in der Schankstube aufschlagen, wo sie, eingewickelt in ihre dicken, wollenen Reisemäntel, gewärmt von der Hitze des Feuers, bald friedlich schnarchen würden.

»Lasst uns zu Bett gehen«, forderte Emma Wilhelmina auf.

»Gleich«, winkte diese ab, ohne ihr auch nur einen Funken Aufmerksamkeit zu schenken.

»Wilhelmina!« Bei der scharfen Zurechtweisung fuhr die junge Frau auf. Einen Moment lang blitzten ihre Augen zornig, dann senkte sie das Haupt und folgte Emma mit langem Gesicht die knarrende Treppe hinauf. Im oberen Teil des Gasthauses roch es muffig, nach abgestandenem Schweiß und verwelkten Blumen. Aber das Bett schien sauber, und das war für Emma, zumindest im Moment, das Wichtigste. In ihrem Zimmer, das sie sich mit ihrer Begleiterin teilen musste, fand sich sogar auf einem viereckigen Tischchen ein Strauß welker Rosen. Also hatte ihre Nase sie im Treppenhaus nicht getrogen. Nachdenklich berührte Emma einen der hängenden Blütenköpfe, seltsam berührt vom Anblick der dahingegangenen Pracht. Sie wies Wilhelmina an, die gerade in das große Bett steigen wollte, sich ihren Platz auf dem Strohsack nahe dem Feuer zu suchen. Wieder nahm sie für einen Augenblick helle Wut im Gesicht des Mädchens wahr, ehe es sich ihrer Anordnung fügte. In der Nacht zuvor hatte jede ihr eigenes Zimmer gehabt. Emma war es nicht gewohnt, ihr Lager mit jemandem zu teilen, und sie war auch nicht gewillt, jetzt damit zu beginnen. Schon gar nicht wegen einer Frau, deren Auftreten und Verhalten ihr zuwider waren.

Emma schlief tief und fest, traumlos diesmal, und so bemerkte sie nicht, wie sich die Tür zu ihrer Schlafkammer leise öffnete und ein warmer Körper auf Wilhelmas Strohsack glitt.

Die schlaftrunkene Frau seufzte auf, als ein verlangender Mund sich auf ihren presste und grobe Hände drängend unter ihr Gewand glitten. Kurze Zeit später schon bewegten sich zwei Körper rhythmisch im Takt, Wilhelminas Stöhnen gedämpft durch eine unnachgiebige Hand auf ihrem Mund. Schneller, als ihr lieb war, war es vorbei. Sie schmiegte sich eng an den Mann, drückte ihre Brüste aufreizend gegen ihn, wollte ihn erneut locken.

»Rudolf«, seufzte sie. Es war nicht das erste Mal, dass sie bei einem Mann lag. Sie wusste, wie man Lust entfachte. Doch er schob sie unsanft von sich, den Blick starr auf das Bett gerichtet, wo eine schwarze Haarwolke sich wirr über das Kissen breitete. Er war trunken vor Sinneslust, benebelt vom Bier. Das Mädchen neben ihm war kein gleichwertiger Ersatz. Er wollte die andere, deren starken Willen er in ihren grauen Augen gelesen hatte. Ihre wilde Schönheit bezauberte ihn. Ihm war danach, ihre eisige, arrogante Haltung, ihren Hochmut zu brechen. Er wusste, was ihm blühte, wenn er die Braut seines Herrn berührte, doch in seinem vom Alkohol umnebelten Gehirn war es ihm gleich. Trunken vor Lust konnte er nicht mehr klar denken. Langsam stand er auf, ein schwarzer Schatten im Dunkel der Nacht, bekleidet nur mit seinem Hemd. Wilhelmina sah sein hoch aufgerichtetes Glied und verstand nicht, was er tat.

»Wo willst du hin?«, fragte sie, lockende Verführung in

der Stimme. Rudolf antwortete ihr nicht, steuerte geradewegs auf das Bett in der Mitte des Raumes zu. Wilhelmina erkannte zu spät, was er vorhatte.

»Kein Wort«, raunte er ihr zu und beugte sich über die friedlich schlafende Wildkatze, die er zu zähmen gedachte.

Emma, jäh aus dem Tiefschlaf gerissen, dümpelte an der trüben Oberfläche des Bewusstseins dahin. Bunte Bilder schwirrten durch ihr Gehirn, flackerten vor ihren Augen. Große Hände tasteten nach ihren Brüsten, öffneten gierig die Schnürung ihres Kleides. Sie stöhnte, wollte in Marzans Haar greifen und fand dort statt seidiger Weichheit ungewohnte Borstigkeit. Mit einem Mal war sie hellwach und sich ihrer Situation, viele Meilen entfernt von Eisenberg und Marzan, bewusst. Sanftes Mondlicht fiel in das Zimmer und beleuchtete Rudolfs ungepflegten Bart, ehe dichte Wolken das Geschehen wieder in Dunkelheit tauchten. Sie wollte schreien, doch er war schneller, presste ihr seine Hand auf den Mund und leckte mit seiner feuchten Zunge über ihr Ohr.

»Still, Liebchen, umso mehr haben wir beide davon. Rudolf wird dich gleich sehr glücklich machen.« Zappelnd wand sie sich unter ihm, doch seinem eisernen Griff entkam sie nicht. Seine Zunge hinterließ eine nasse Spur, vom Hals abwärts hinunter zu ihren Brüsten. Bis auf sein Hemd war er nackt. Sein erigiertes Glied zeigte deutlicher als alles andere, wonach er begehrte. In heller Panik schaute sie sich nach Wilhelmina um. Wenn das Mädchen nur aufwachen und Hilfe holen würde … Da bemerkte sie, dass diese gar nicht schlief, sondern das Geschehen mit weit aufgerissenen Augen beobachtete. Ihr Haar war zerzaust, bis auf ihr Unterkleid trug sie nichts mehr am Leib und ließ Emma erahnen, was zuvor geschehen war. Das unscheinbare Gesicht Wilhelminas schien zwischen Wut, Angst und heftigem Mitleid hin und her zu schwanken.

»Hol doch Hilfe!«, wollte Emma brüllen, doch die Hand des Angreifers verschloss ihr den Mund. Sie bekam jetzt kaum noch Luft, tödliche Angst schnürte ihr die Kehle zu. Der Mann über ihr zerriss ihr Gewand, schien sich nicht länger mit den vielen Bändern aufhalten zu wollen. Der Geruch seines Körpers stieß sie ab. Mit einem klaren, sauberen Geräusch riss das Kleid entzwei. Obwohl sie heftig strampelte, hatte er sie rasch aus ihrer Unterwäsche befreit, und sie war nackt.

Zitternd und milchig weiß lag sie vor ihm, die vollen Brüste hoben und senkten sich über dem wild pochenden Herzen. Rudolf glaubte, noch niemals zuvor in seinem Leben solch lustvolle Ekstase verspürt zu haben. Huren und billige Mädchen wie diese Wilhelmina wehrten sich nicht, nahmen ihn ohne Protest in sich auf. Ihm gefiel, wie das edle Fräulein unter ihm kämpfte, sich wand und schlug, um freizukommen. »Keine Chance«, hauchte er ihr ins Ohr und biss mit solcher Brutalität in ihre weichen Brüste, dass ihr Tränen in die Augen stiegen. Seine Hände hinterließen Abdrücke auf ihrer reinen Haut, die noch Tage später zu sehen sein würden. Er genoss es, sie mit seinen Berührungen zu zeichnen, genoss es, mit ihr zu spielen. Obwohl ihm bewusst war, dass er sich beeilen sollte, ließ er sich Zeit. Noch nie hatte eine Frau ihm solch wunderbare Sinnensfreuden bereitet. Er drückte Emma in ihrer Nacktheit grob auf die Matratze und legte sich auf sie. Langsam, genüsslich machte er sich daran, ihre fest zusammengepressten Beine auseinanderzudrücken. In allen Einzelheiten flüsterte er ihr ins Ohr, was er mit ihr machen würde. »Ich werde dich reiten, meine Süße, bis es dich zerreißt. Bis du um Gnade winselst wie ein junger Hund. Und dann stecke ich ihn dir in den Mund, so lange, bis er ganz in dir ist …«

Emma würgte, hatte jedes Gefühl für Zeit und Raum verloren. Wilhelmina kam auf sie zu. In der Hand hielt sie Rudolfs Dolch, den er am Gürtel seiner Hose auf ihrem Lager zurückgelassen hatte. Ihr Gesicht war zu einer Grimasse des Hasses verzerrt, und Emma ahnte, dass dieser Hass ihr galt. Das Mädchen hob die Hand mit der Waffe, und Emma wartete darauf, dass sie zustoßen würde. Im Angesicht des Todes war sie plötzlich ganz ruhig. Wilhelmina würde sie umbringen. Sie würde sie dafür töten, dass sie ihr vermeintlich den Liebhaber gestohlen hatte. »Du musst doch sehen, wie ich ihn verabscheue. Du musst doch sehen, wie ich gegen ihn kämpfe«, flehte sie stumm. Da bäumte der Mann über ihr sich in einer makabren Parodie des Liebesakts stöhnend auf. Der Dolch steckte in seinem Rücken, der Griff federte, so fest hatte die junge Frau zugestoßen. Rudolfs Hand glitt von Emmas Mund, aber es war Wilhelmina, die in wilder Panik zu kreischen begann und die Schläfer im ganzen Haus weckte.

Rudolf lag die ganze Nacht in zuckendem Todeskampf. Die Klinge des Messers war nicht lang gewesen, aber tödlich. Immer wieder spuckte er Blut, röchelte nach Wasser, das man ihm bereitwillig einflößte.

Man hatte Emma und Wilhelmina in der Nacht in ein anderes Zimmer umquartiert, wo sie sich im Bett eng aneinanderklammerten. Die aufgeregte Frau des Wirts hatte Decken herbeigeschafft, mit denen die beiden Frauen ihre Blöße bedecken konnten. Dann hatte sie ihnen in mütterlicher Fürsorge heißen Met eingeflößt. Alle Feindschaft zwischen Emma und Wilhelmina, jedwede Abneigung schien vergessen, vorerst waren sie vereint im gemeinsam erlebten Grauen. Jede war froh über die Gegenwart der anderen, froh darüber, nicht alleine sein zu müssen.

Nach und nach suchten die Männer das Sterbebett ihres Kameraden auf. Der Tod war für sie nichts Ungewöhnliches, das Leben als Landsknecht brachte viele Gefahren mit sich. Sie wurden entlohnt dafür, nach dem Willen ihres Herrn ihr Leben aufs Spiel zu setzen, wenn er es wünschte. Dennoch, im Bett zu sterben, erdolcht von einer Frau, war unwürdig. Keiner hieß es gut, was Rudolf getan hatte, und alle fürchteten den Zorn des Grafen Ravensberg. Es war möglich, dass er nach der Schandtat ihres Gefährten jeden Einzelnen von ihnen mit dem Tod bestrafen würde. Er war ihr Meister und ihr Richter zugleich, und er würde sie zur Rechenschaft ziehen. Sie hatten versagt in ihrer Aufgabe, seine Verlobte zu schützen. Schmählich versagt, hintergangen von einem aus den eigenen Reihen.

Als der Morgen heraufdämmerte, dunstverhangen, durchdrungen von ersten Sonnenstrahlen, erhob sich Emma. Barfuß, die Bettdecke wie ein übergroßes Kleid um ihren nackten Körper geschlungen, verließ sie das Zimmer. Wilhelmina schlief noch, von Albträumen geplagt, in denen ein in seinem Grab faulender Rudolf sie mit zahnlosem Mund des Mordes bezichtigte.

Der Sterbende lag in seinen letzten Atemzügen. Die Männer, die Wache bei ihm hielten, machten Emma mit gesenktem Blick Platz. Die Scham brannte in ihnen. Es wäre ihre Aufgabe gewesen, diese wunderschöne junge Frau mit ihrem Leben zu schützen. Manche von ihnen unterdrückten aber auch helle Wut. War nicht Emma von Eisenberg die Verlockung in Person? Waren nicht ihr aufreizender Gang, ihr schimmerndes Haar und die tiefen Augen der Grund dafür, dass Rudolf sich so vergessen hatte?

Emma zog sich einen dreibeinigen Schemel ans Bett. Sie verstand nicht, woher die plötzliche Woge des Mitleids kam. Einer Eingebung folgend griff sie nach Rudolfs Hand, spendete dem Bewusstlosen stummen Trost durch ihre Anwesenheit. Und so saß sie still und wartete, bis die Brust des Mannes sich nicht mehr hob und der rasselnde Atem verstummte.

Sie hatte nicht bei ihrem Vater sein können, als er starb, hatte ihn auf seinem letzten Weg nicht begleiten können. Merkwürdigerweise schien es ihr eine Art Wiedergutmachung, Rudolf den Weggang von der Welt zu erleichtern. Sie spürte die feuchte Hitze seiner Hand, die ihr nun nichts mehr anhaben konnte. Und sie vergab ihm stumm. So kam es, dass Emma am Totenlager des jungen Landsknechts endgültig Abschied nahm von ihrem Vater. »Ruhe in Frieden«, hauchte sie, eine letzte Träne floss ihr über die Wange.

Als sie sich erhob, bemerkte sie aus den Augenwinkeln heraus den Strauß welker Rosen. Sie drehte sich um. Die Blüte, die sie am Abend zuvor berührt hatte, war über Nacht neu erblüht. Die feuchten Blütenblätter schimmerten tiefrot und sprachen zu Emma vom Leben und seinen Herausforderungen, von Kampf und von Liebe.

13

Nach Rudolfs Tod nahm Emma die Zügel in die Hand, da kein anderer fähig schien zu handeln. Die Männer schwelgten in Selbstvorwürfen. Sie bangten, wie Ravensberg mit ihnen verfahren würde, wenn er Nachricht erhielt, welch schändliche Tat einer der Ihren beinahe verübt hätte. Emma beruhigte die Landsknechte mit sanfter Stimme und versprach, dass sie darüber schweigen wolle, wie Rudolf gestorben war. Ein Sturz vom Pferd, entschied sie, wäre wohl eine einleuchtende, eine glaubwürdige Todesursache. Die Männer würden dem Grafen berichten, dass der junge Landsknecht das Tier zu weit getrieben, es mit scharfen Sporen gequält habe, woraufhin sein Hengst ihn in verzweifelter Gegenwehr, um sich vor den harten Eisenspitzen zu schützen, abgeworfen habe. Bei dem Sturz habe er sich das Genick gebrochen, so lautete nun die offizielle Version.

Emma trug keinerlei Werte bei sich. Die Männer bezahlten den Geistlichen des Dorfes mit klingender Münze aus ihren eigenen Taschen. Der Pfarrer würde Rudolf mit dem Segen der Kirche in geweihter Erde verscharren. Mehr konnten seine Gefährten nicht für ihn tun. Auch der Wirt war wahrlich fürstlich dafür entlohnt worden, dass er die Geschehnisse der Nacht und den Leichnam in einem seiner Gästezimmer vergaß.

In den Vormittagsstunden brachen sie auf, ließen die Gastwirtschaft, Rudolfs toten Leib hinter sich. Die Landsknechte schlugen das Kreuzzeichen und gedachten ihres toten Kameraden, als sie das Dorf verließen.

Emma war gekleidet in ein schmuckloses, graues Gewand, das sie ihrem Gepäck entnommen hatte. Es schien ihr angemessen für ihre erste Begegnung mit dem Abt der Benediktiner, dem Herrn über das Kloster Wessobrunn und seine weitreichenden Güter. Sie fühlte sich gereift, ihrer jugendlichen Mädchenhaftigkeit enthoben. Zu vieles war geschehen in der letzten Zeit. Zu vieles, das es ihr unmöglich machte, weiterhin an ein idyllisches Leben auf Eisenberg zu glauben.

Es war noch nicht einmal Mittag, da erreichte die kleine Reisegesellschaft Gaispoint. Der Ort, der dem mächtigen Kloster Wessobrunn angeschlossen war, zählte gerade einmal zwanzig Häuser. Fast alle Bewohner arbeiteten auf dem weit verzweigten Klostergut, die wenigsten durften ein Stück Land ihr Eigen nennen, kaum einer besaß Schaf oder Kuh.

Während der ratternden Fahrt in der Kutsche hatte Emma von Wilhelmina erfahren, dass der Name Gaispoint noch von den Gaisen, den Ziegen stammte, welche die Hirten früher auf die Wiesen getrieben hatten.

»Das Dorf war schon immer arm und ist es auch nach der Gründung des Klosters durch den Fürsten Thassilo geblieben. Zuerst waren es die Ziegen, die die Menschen vor dem Hungertod bewahrt haben, jetzt sind es eben die Benediktiner«, erklärte ihr Wilhelmina. Erstaunt nahm Emma zur Kenntnis, welch bewanderte Frau hinter Wilhelminas kokettem Gehabe und ihrer schrillen Stimme zum Vorschein kam.

»Ihr müsst wissen, mein Vater, Dominik von Harthausen, hat mich schon als kleines Mädchen Lesen, Schreiben und Rechnen gelehrt.« Wilhelmina lächelte Emma offen an, jedweder Neid und alle Eifersucht waren verschwunden. Sie, der Spross eines einfachen Landjunkers, hatte eine hochrangige Adelige vor schlimmem Ungemach bewahrt. Ohne sie wäre die Frau jetzt wertloser als ein Stück Dreck, ihrer

Tugend beraubt und nicht mehr zu gebrauchen – weder für Ravensberg selbst noch für etwaige politische Heiratspläne des Bayernherzogs Albrecht. Wilhelmina ahnte nicht, dass Emma längst nicht mehr unberührt war.

»Erzählt mir mehr«, bat Emma. Alles, was sie und ihre Begleiterin von den Geschehnissen der vergangenen Nacht ablenkte, war ihr lieb. Wilhelmina nickte.

»Von der Gründung des Klosters im Jahre des Herrn 753 gibt es drei Versionen. Ich erzähle Euch diejenige, die mir selbst am besten gefällt und die ich oft von meinem Vater gehört habe. Thassilo war der Sohn Herzog Otilos und Hiltruds, welche wiederum die Schwester Pippins, des Vaters Karls des Großen war. Einst ritt Thassilo im Grenzgebiet des damaligen Königreichs Bayern. Im sogenannten Rotwald, zwischen den Flüssen Ammer und Lech, war er auf der Jagd nach einem Eber. Nachts rastete er zusammen mit seinen beiden Jagdgefährten unter einer mächtigen Linde nahe einem Fluss, der später nach ihm Thessilesbach genannt wurde. Thassilo und seine Gefährten errichteten ein einfaches Zelt, in dem sie sich zur Ruhe legten. Da träumte Thassilo, und im Traum sah er sich nahe einer Quelle im Rotwald stehen, die ihm in vier Teilen entgegensprudelte, in der Form des Kreuzes. Im Süden erblickte er eine Leiter, die sich zum Himmel erhob. Engel des Herrn stiegen auf ihr auf und nieder, ganz oben aber stand der heilige Apostelfürst und pries in hellen, klaren Tönen die Allmacht Gottes. Der Sage nach war es das Kirchenlied, welches man noch heute beim Offizium der Kirchweihe zu singen pflegt.«

»Wie geht es weiter?«, fragte Emma forschend, als Wilhelmina keine Anstalten machte, ihre Erzählung fortzusetzen. Tatsächlich hatte sie über der Geschichte von Thassilo, dem Klosterstifter, ihre eigene Lage für eine Weile vergessen. Sie erinnerte sich an Rupperts Geschichten, denen Marzan und sie als Kinder so gerne gelauscht hatten. Nur dass diese nicht von der heiligen Kirche gehandelt hatten. Stattdessen hatte der Schmied von Elfen und Feen, von kleinen Leuten und verzauberten Orten zu erzählen gewusst. Von Menschen, die plötzlich verschwanden, um dann zweihundert Jahre später zwischen den Felsen wieder aufzutauchen, ohne gealtert zu sein.

»Wollt Ihr nun hören, wie es weitergeht?«, schreckte Wilhelmina sie aus ihren Gedanken auf.

»Ja, bitte.« Emma verstand selbst nicht mehr, wieso sie das Mädchen anfangs nicht gemocht hatte. Wilhelmina schien ihre unschickliche Art und ihr nervenaufreibendes Gebaren abgelegt zu haben. Die Frau, die nun an ihrer Seite saß, war unscheinbar, aber nicht hässlich. Keine Spur von Koketterie oder Unaufrichtigkeit fand sich mehr in ihren Augen. Stattdessen las Emma den Wunsch, ihre Geschichte weitererzählen zu dürfen, um den dunklen Schatten Rudolfs zu vertreiben.

»Am Morgen nach dem Traum berichtete Thassilo seinen Gefährten davon. Einer der Jäger hieß Taringer, der andere Wezzo. Eben dieser Wezzo war es, der die Quelle fand, welche Thassilo im Schlaf erblickt hatte. Ihr Wasser quoll in Kreuzesform aus der Erde. Die drei Männer waren sich einig, dass ein derartiges Zeichen Gottes nicht außer Acht gelassen werden durfte. So berichtete Thassilo dem König, seinem Großonkel, getreulich von dem Erlebnis. Karl der Große, diesen Beinamen trug er schon zu seinen Lebzeiten, ließ daraufhin mithilfe des Bonifatius ein Kloster erbauen. Er stattete es mit Besitzungen aus und benannte es nach Wezzo. Bis auf den heutigen Tag heißt die Abtei der Benediktiner Wessobrunn, und auch die Quelle nennt man noch immer nach ihrem Finder – die Quelle des Wezzo.«

»Das ist eine schöne Geschichte«, bemerkte Emma, nachdem Wilhelmina geendet hatte, »eine wahrlich schöne Geschichte, der man gerne Glauben schenken möchte.«

»Ich bin mir ganz sicher, dass es so gewesen ist«, beteuerte Wilhelmina.

»Was wird mit Euch geschehen, nachdem man mich abgeliefert hat?«, fragte Emma, und echte Besorgnis sprach aus ihren Augen. Was war, wenn man herausfand, wie schamlos sich Wilhelmina einem einfachen Landsknecht hingegeben hatte? Was, wenn sie schwanger war von Rudolf? Die übrigen Männer hatten kein Wort über Wilhelminas kaum bekleideten Zustand verloren, als sie, alarmiert von den Schreien, in das Zimmer der beiden Frauen gestürmt waren. Sie mochten ihre Nacktheit beim Anblick Emmas, des Dolches und des blutenden Leichnams auf dem Bett übersehen haben. Zum ersten Mal wurde Emma bewusst, dass Ravensbergs Knechte vielleicht annehmen würden, sie wäre diejenige gewesen, die zugestoßen hatte. Die Männer gingen davon aus, dass Rudolf in Notwehr gemordet worden war. Aber keiner hatte danach gefragt, wie die Mörderin hieß.

Emma schüttelte den Gedanken ab. Sie selbst hätte ebenfalls Gebrauch von dem Dolch gemacht, auch sie hätte nicht gezögert, Rudolfs perversem Spiel ein Ende zu bereiten. So gesehen war es gleich, wen Ravensbergs Landsknechte für die Schuldige hielten. Ohnehin würde keiner der Männer dem Grafen gegenüber ein Wort verlieren, dessen war Emma sich sicher. Und auch sie selbst würde schweigen. Für ihre Tugend, für ihre Unschuld, die sie längst an Marzan verloren hatte, sollte niemand sterben müssen.

»Die Männer werden mich zurück in mein Elternhaus bringen«, beantwortete Wilhelmina Emmas Frage. »Dort werden Vater und Mutter Ausschau halten nach einem würdigen Bräutigam für mich, der nicht kommen wird.« Jetzt klang Wilhelminas Lachen bitter.

»Warum denkt Ihr, dass sich kein Mann für Euch finden lässt? Ihr seid noch so jung, bestimmt gut zwei Jahre jünger als ich, und es ist unwahrscheinlich, dass Euch aus Rudolfs Samen ein Kind erwachsen wird.« Emma widerstand dem Drang, der anderen Frau über das aschblonde Haar zu fahren. In der Nacht waren die Lebendigkeit Wilhelminas und ihr warmer Atem ihr Rettungsanker gewesen vor dem schwarzen Abgrund der Verzweiflung. Sie mochte sie jetzt lieber, war ihr dankbar für die Rettung, beeindruckt von ihrem Wissensschatz, dennoch widerstrebte es ihr, sie zu berühren.

Emma nahm am Tor des Klosters Abschied von Wilhelmina und den Landsknechten. Stumme Blicke bekräftigten den Schwur, über die Geschehnisse zu schweigen. Im geteilten Leid hatten die beiden Frauen den Geist Rudolfs verdrängt, der anklagend über ihnen schwebte. Emma bereute nichts. Der Mann hatte nichts anderes als den Tod verdient. Sie spürte noch immer die Flecken und schimmernden Blutergüsse, die er auf ihrer Haut hinterlassen hatte. Notdürftig hatte sie sich in dem Gasthaus gereinigt, Arme und Gesicht mit dem Wasser aus der geblümten Schüssel benetzt. Zu mehr hatte sie sich nicht durchringen können. Obwohl alles in ihr danach schrie, sich von dem Mann und seinem Geruch auf ihrem Körper reinzuwaschen, hatte sie es nicht über sich gebracht, das graue Kleid deshalb noch einmal abzustreifen. Ihr Gewand war ihr Schutzschild, von dem sie sich nicht trennen wollte. Nackt und hilflos war sie Rudolf ausgeliefert gewesen. Das sollte ihr nicht noch einmal passieren.

Wilhelmina stieg wieder in die Kutsche, die Männer neigten ehrerbietig die Köpfe und tippten sich an ihre Hüte, die Hufe der Pferde scharrten im Staub der Straße.

Emma ahnte nicht, dass Wilhelmina sie belogen hatte. Sie lebte schon lange nicht mehr bei ihren Eltern. Wilhelmina hatte einen Geliebten, seit sie dreizehn war. Einen Mann, der aus dem wissbegierigen Kind eine begierige Hure gemacht hatte. Sie war bei ihm, seit ihr Vater hinter die Liebschaft gekommen war und sie aus dem Haus gejagt hatte. Ihr Liebhaber schätzte es, die Tränen auf ihrem jungen Gesicht zu sehen, wenn er sie immer aufs Neue von sich stieß. Dann, wenn er in Stimmung war, benützte er sie erneut. Er nahm sie, um seine Lust zu stillen und hinterher über sie und ihre Situation zu spotten. Wilhelminas Geliebter war schuld daran, dass sie sich jedem Mann an den Hals warf, verzweifelt auf der Suche nach der Zuneigung, die sie von ihm nicht bekam. Wilhelmina konnte nichts dagegen tun. Er hatte sie gezähmt, sie fraß ihm aus der Hand. Und sie liebte ihn von ganzem Herzen.

Ein Mönch mittleren Alters nahm die Tochter des Hauses Eisenberg in Empfang und geleitete sie hinter die Klostermauern. Seine Gestalt unter der Kutte war füllig, unter seinen blassblauen Augen hingen dicke Tränensäcke. Auf seinen Wink hin eilten zwei junge Männer in ärmlicher Kleidung herbei, die Emmas Gepäck aufnahmen und ihr in gebührendem Abstand folgten.

»Ich bin Laienbruder Thomas der Jüngere«, stellte der Benediktiner sich vor und blickte seinem Gast neugierig in das Gesicht. Emma war nicht sicher, wie man sich gegenüber einem Mann verhielt, der sein Leben Gott geweiht hatte. Sie kannte nur Pater Alexandre, der ihr sehr weltlich erschien, und dessen Vorgänger, von den Eisenbergern außerhalb der Kirche schlicht Gustl gerufen, der während seiner Zeit als Geistlicher des Dorfes Vater dreier unehelicher Kinder geworden war.

Sie neigte für einen Moment das Haupt, es erschien ihr als die richtige Begrüßung, und Bruder Thomas tat es ihr gleich.

»Graf von Ravensberg hat uns mitgeteilt, welch schändliche Tat an Eurem Vater verübt wurde«, begann er das Gespräch. »Wir alle beten für sein Seelenheil.« Emma war nicht der Meinung, dass gemurmelte Sprüche in den Kirchenbänken ihrem Vater den ewigen Frieden bescheren würden. Sie wollte Wiedergutmachung, sie wollte langsame, qualvolle Rache am Mörder Richards von Eisenberg. Dennoch dankte sie dem Mönch. Er würde ihre Rachegedanken sicher nicht gutheißen, da doch die Kirche stets Nächstenliebe predigte und verlangte, dass man dem, der schlug, auch noch die andere Wange hinhielt.

»Wie lange werde ich bei Euch bleiben?«, erkundigte sie sich bei Thomas.

»Bis zum Ende der Trauerzeit. Ihr wisst bestimmt, dass dies der Fall ist, wenn der Todestag Eures Vaters sich zum ersten Mal jährt.«

Emma nickte. »Ja«, erwiderte sie nachdenklich, »das dachte ich mir schon.« Tatsächlich hatte sie nicht vor, freiwillig hierzubleiben. Marzan würde etwas unternehmen, er würde sie retten aus den Klauen Ravensbergs und der Mönche, daran zweifelte sie nicht. Und falls er nicht schnell genug bei ihr sein konnte, würde sie selbst fliehen, direkt in seine Arme. Emma stellte sich für einen Augenblick die Überraschung auf dem Gesicht ihres Geliebten vor, wenn sie plötzlich wieder vor ihm stehen würde, nachdem Ravensberg sie so unerwartet von ihm gerissen hatte.

» … unterbringen.«

»Verzeiht?« Emma hatte kein Wort von dem verstanden, was Bruder Thomas gerade zu ihr gesagt hatte. Bereitwillig wiederholte dieser seine Worte.

»Leider kann Euch unser lieber Abt Heinrich nicht sofort empfangen. Er hat entschieden, dass Ihr die nächsten Monate zusammen mit den drei Schwestern unseres Klosters in strenger Klausur verbringen werdet. Es ist ungewöhnlich, dass unser Kloster Frauen aufnimmt.« Er warf ihr einen forschenden Seitenblick zu. »Bis unser Abt Zeit für Euch findet, könnt Ihr Euch innerhalb der Klostermauern frei bewegen. Es erfordert eine zeremonielle Aufnahme bei unseren Schwestern, die nur mit seinem Segen durchgeführt werden kann. Bis dahin werden wir Euch im Gästehaus unterbringen.«

»Macht Euch keine großen Hoffnungen, mein Kind, dass Ihr Eurem Schicksal entkommen könnt«, fügte er an, als er das Aufleuchten in Emmas Gesicht sah. »Wir sind informiert darüber, wie widerwillig Ihr der Verlobung mit dem Grafen, der übrigens ein guter Freund unseres Abts ist, zugestimmt habt. Ihr seid ein Weib, es ist Eure Pflicht, Euch dem Manne unterzuordnen, so steht es geschrieben.«

»Pah!« Emma schnaubte empört. Keineswegs hatte sie in die Heirat eingewilligt. Sie hatte Ravensberg deutlich gesagt, dass sie niemals seine Frau werden würde. Sie wollte das dem Mönch in das Gesicht schreien, doch Bruder Thomas der Jüngere war schon weitergegangen, ohne darauf zu achten, ob sie ihm folgte.

»Warum kann ich nicht gleich zum Abt?«, rief sie ihm hinterher.

Der Benediktiner blieb stehen und drehte sich zu ihr um. Tiefe Trauer lag mit einem Mal auf den von der Kapuze beschatteten Zügen. »Weil unser lieber Abt Heinrich im Sterben liegt«, antwortete er und sah sie dabei nicht an.

14

Die Betten im Gästehaus der Abtei bestanden aus Matte, Tuch, Decke und Kopfkissen, ganz so, wie es den Ordensregeln entsprach. Emma war der einzige Gast, und noch immer lag Abt Heinrich krank darnieder. Sie war angehalten, regelmäßig die Messe der Mönche zu besuchen, wobei sie den Gesängen und Lesungen nur abgeschieden, hoch auf der Empore lauschen durfte, um die heiligen Männer nicht abzulenken. Sie seufzte, fühlte sich einsam und verlassen. Außer Thomas dem Jüngeren, dem Laienbruder und Pförtner, sprach niemand mit ihr. Wenn sie Tag für Tag in den weitläufigen Anlagen umherstreifte, durch Obst- und Kräutergarten wanderte, die Füße in die von der Frühlingssonne erwärmten Fischteiche baumeln ließ, dann schrie ihr Herz nach Marzan.

Im Orden lebten die Brüder nach den Regeln Benedikt von Nursias, dem Begründer des abendländischen Mönchstums. Diese verpflichteten zu Eigentumsverzicht und Keuschheit, Gehorsam und Beständigkeit. Wann immer Emma einem der Männer in schwarzer Kutte begegnete, grüßte dieser sie demütig und bat um ihren Segen, um dann weiterzugehen mit der Bemerkung, es sei ihm nicht gestattet, sich mit einem Gast zu unterhalten. Langsam fürchtete sie, hier trotz der Schönheit des Ortes verrückt zu werden. Ihre Mahlzeiten nahm sie alleine im Esszimmer des Gästetrakts ein. Serviert wurden die Speisen von einer Frau aus dem Dorf, die allem Anschein nach ebenfalls instruiert war, nicht mit ihr zu sprechen. Stumm wie ein Fisch trug sie das fleischlose Essen auf, um es hinterher ebenso stumm wieder abzuräumen. Die Benediktinerinnen des Klosters hatte sie noch nicht zu Gesicht bekommen. Gertrud von Horpach, Irmengard von Liechtenstein und Gerbirga von Finning lebten in Klausur, noch strenger von der Welt abgeschottet als die Brüder. Sie beteten in ihrer eigenen Kapelle, eins mit sich und ihrem Gott. Emma graute davor, den tristen Alltag der Nonnen teilen zu müssen.

Nachdem sie wieder einmal eine Zeit lang auf die kargen Wände ihrer Zelle gestarrt hatte, beschloss Emma, die Quelle des heiligen Wezzo zu besuchen. Es war friedlich dort. Die Benediktinerbrüder selbst gingen gerne, aber selten dorthin. Ihr enger Tagesplan ließ ihnen kaum Mußestunden. Mittlerweile wusste Emma, wann die Glocke erneut zum Gebet rufen würde, in der Nacht wachte sie meist schon vorher auf. Um drei Uhr morgens krochen die Mönche verschlafen aus ihren Betten, um zur Vigil, der ersten Gebetszeit des Tages, und anschließend zur Laudes, dem Morgengebet zu eilen. Dann folgten um sechs und neun Uhr zwei der sogenannten kleinen Horen, Prim und Terz. In den Mittagsstunden erklang die Sext, das Mittagsgebet, am Nachmittag priesen die Benediktiner ihren Gott in der Non und mit der Vesper, dem Abendgebet. Nach dem Komplet, dem Nachtgebet, waren ihnen bis zum Morgen jedwede Gespräche untersagt.

Emma konnte nicht begreifen, wie jemand aus freien Stücken ein solches Leben wählte. Sicher, die Abtei war reich. Niemals hätte sie einen solchen Wohlstand hinter Klostermauern zu finden erwartet. Aber der Preis dafür schien ihr zu hoch zu sein. Keiner dieser Männer würde je Familie haben noch eigenes Hab und Gut besitzen. Wenn sie miteinander redeten, dann flüsternd, wachsam darauf bedacht, das Gespräch nicht zu einer vergnüglichen Unterhaltung verkommen zu lassen. Innerhalb der Klostermauern war man auf heiligen Ernst bedacht.

Sie seufzte erneut. Es war heller Vormittag, als sie sich,

die Füße über Kreuz, an der Quelle des Wezzo niederließ. Die Strahlen der Morgensonne hatten das vom Tau feuchte Gras bereits getrocknet, und ein heißer Frühlingstag kündigte sich an. Emma war mit den Mönchen erwacht, die zum Morgengebet geeilt waren. Stumm hatte sie ihren Platz auf der Empore der Klosterkirche eingenommen und auf die betende Schar hinuntergeblickt. Viele Brüder waren es nicht, die hier in Wessobrunn den Regeln des heiligen Benedikts folgten. An den ausgemergelten Gesichtern erkannte sie, dass einige von ihnen auch nicht gesund waren. Wie Thomas ihr erklärt hatte, aßen die Mönche kein Fleisch von Vierfüßlern, weder Schwein noch Rind kam bei ihnen auf den Tisch. Emma war dem Laienbruder dankbar für seine Erläuterungen und seinen Beistand. Sie hatte das Gefühl, dass sie ihm leidtat und er deshalb Wege suchte, ihr so oft es ging Gesellschaft zu leisten. Mit ruhiger Stimme erklärte er ihr die einfacheren Ordensregeln und den Sinn der Gebete. Nach und nach hatte sie das Gefühl, einen Freund in dieser seltsamen Welt hinter dicken Mauern gefunden zu haben.

Sie ahnte nicht, dass Thomas bald nach ihrer Ankunft damit begonnen hatte, sich jeden Abend zu geißeln. Das erste Mal in seinem Leben begehrte er eine Frau, und er konnte nichts dagegen tun. Die blutigen Striemen auf seinem Rücken sollten ihn davon abhalten, sich den Körper des Mädchens, der Verführerin, unter dem schlichten, grauen Kleid vorzustellen. Thomas hatte einmal eine Strähne ihres Haares gesehen, das sie unter einer hässlichen Haube verbarg. Seitdem sehnte er sich danach, sein Gesicht in der duftenden, schwarzen Fülle zu vergraben.

Prächtige Forellen schwammen in dem klaren Wasser der Quelle, und Emma folgte ihrem eleganten Dahingleiten mit den Augen. Ein Räuspern schreckte sie auf.

»Darf ich mich für eine Weile zu Euch gesellen?«, fragte ein Mönch, der in seiner schwarzen Kutte mit dem einfachen Seil um die Taille wie alle anderen aussah. Emma, die nach Gesellschaft gierte, nickte überrascht.

»Gerne.«

Der unbekannte Bruder ließ sich neben ihr nieder und überkreuzte seine Beine unter dem schlichten Gewand ebenfalls in entspannter Pose. »Wir kennen uns noch nicht«, sagte er und reichte ihr in einer sehr weltlichen Geste die Hand. »Ich bin Kaspar Götz, Prior des Klosters.«

»Wer ich bin, darüber seid Ihr sicherlich informiert«, mutmaßte Emma. »Warum habe ich Euch noch nie gesehen?«, erkundigte sie sich dann. Nach und nach hatte sie gelernt, die Gesichter unter den dunklen Kapuzen zu unterscheiden, und seines kannte sie nicht.

»Ihr wirkt traurig«, meinte Kaspar statt einer Antwort. »Lasst mich Euch etwas vortragen, das vielleicht vermag, Euren düsteren Sinn ein wenig aufzuheitern.« Er räusperte sich.

»Dat gafregin ih mit firahim firiuuizzo meista
Dat ero ni uuas noh ufhimil
Noh
paum noh pereg ni uuas
Ni sterro nohheinig, noh sunna ni scein
Noh mano ni liuhta, noh der mareo seo
Do dar niuuiht, ni uuas enteo, ni uuenteo
Enti do uuas der eino almahtico cot
Manno miltisto enti dar uuarun auh manake mit inan
Cootlihhe geista enti cot heilac
Cot almahtico, du himil enti erda gauuorahtos enti du mannun so manac coot forgapi:
forgip mir in dino ganada rehta galaupa enti cotan uuilleon, uuistóm enti spahida enti craft,
tiuflun za uuidarstantanne enti arc za piuuisanne enti dinan uuilleon za gauurchanne.«

»Das klingt sehr schön, was ist es?« Emma blickte den seltsamen Mönch nachdenklich an, ihre grauen Augen bedeckt von dichten, schwarzen Wimpern.

»Man nennt es ›De Poeta‹. Es befindet sich in unserer Klosterbibliothek, und ich nehme es immer wieder zur Hand. Einer meiner verblichenen Brüder hat es auf das Jahr 790 datiert. Es muss eines der ältesten existierenden Gedichte überhaupt sein. Wollt Ihr auch die Übersetzung hören?«

»Ja, bitte!« Emma schloss die Augen, um die Worte auf sich wirken zu lassen.

»Das erfuhr ich bei den Menschen als größtes Wunder,
der Sterblichen Staunen erschien mir das Größte.
Dass weder die Erde war noch der Himmel oben,
noch Baum noch Berg noch Stein,
weder Sterne noch die Sonne schienen,
noch der Mond leuchtete noch die herrliche See.
Als es da nichts gab an Enden und Wenden,
da war der eine allmächtige Gott,
gnädigstes der Wesen, und da waren noch viele mit ihm,
gute Geister, heilige Seelen.
Allmächtiger Gott, der Du Himmel und Erde wirktest
und der Du den Menschen so viel Gutes gabst.
Gib mir in Deiner Gnade rechten Glauben
und guten Willen, Weisheit, Spähsinn und Kraft,
dem Teufel zu widerstehen und das Böse abzuweisen
und Deinen Willen zu wirken.«

Nachdem Kaspar geendet hatte, schwiegen die beiden jungen Menschen an der Quelle des Wezzo, ergriffen von der Schönheit und Reinheit des Gebets.

»Zuerst habe ich es nicht begriffen. Aber jetzt, wo ich darüber nachdenke, meine ich zu wissen, dass es von der Entstehung der Welt handelt.« Emma verstand nicht, warum sich plötzlich Tränen unter ihren Augenlidern hervorzwängen wollten.

»Von der Entstehung der Welt, von der Allmacht Gottes, von leuchtender Hoffnung für Verzweifelte, von Trost für Trauernde …« Der Mönch an ihrer Seite nickte. »Ich glaube, es ist für jeden Menschen genau das, was derjenige gerade braucht. Man nennt es etwa seit dem Jahr 1000 auch das ›Wessobrunner Gebet‹, so zumindest steht es in dem Postskriptum geschrieben, das ich unter den uralten Zeilen gefunden habe.«

Jetzt lächelte Emma, dankbar dafür, dass der junge Prior sich Zeit genommen hatte, ihr diese Worte vorzutragen.

»Warum habe ich Euch denn noch nie gesehen?«, kam sie auf ihre ursprüngliche Frage zurück.

»Ich war im Auftrag unseres Abts auf Reisen. Nun, da er krank darniederliegt, hat man mich mittels Boten zurückholen lassen. Ich bin so schnell gekommen, wie ich konnte. Doch scheint mir, dass auch meine Kräuter nicht mehr viel ausrichten werden.«

»Dann seid Ihr in der Heilkunst bewandert?«

Kaspar bejahte. »Meine Liebe, in aller Bescheidenheit möchte ich behaupten, dass unser Kräutergarten unter meiner Pflege wächst und gedeiht.« Der Mönch grinste sie an und zeigte dabei eine Reihe gerader, weißer Zähne. Sein Lächeln wirkte sehr männlich, keine Spur von der Askese der anderen Brüder fand sich darin. Unwillkürlich bedauerte Emma, dass er sein Leben Gott geweiht hatte. Ganz sicher hätte er irgendeine Frau irgendwann einmal sehr glücklich gemacht.

»Möchtet Ihr vielleicht einen kleinen Spaziergang durch unsere Gärten unternehmen?« Wieder nickte sie, verwundert darüber, dass dieser Mönch sich so ungezwungen mit ihr unterhielt, statt um ihren Segen zu bitten und schleunigst das Weite zu suchen.

»Dann kommt.« Er stand auf und griff nach ihrer Hand, um ihr hochzuhelfen. Dabei sah er in ihre Augen, und einen Moment lang zweifelte Emma daran, dass der Mann sein Keuschheitsgelübde wirklich einhielt.

An seiner Seite schlenderte sie durch den Obstgarten, vorbei an blühenden Kirsch- und Apfelbäumen, an Birn- und Zwetschgenbäumen. Für einen Augenblick haftete der Gedanke wie Pech an ihr, dass sie nach Ravensbergs Willen auch im Spätsommer zur Erntezeit noch hier sein würde. Dann öffnete Kaspar das schmiedeeiserne Türchen zum Kräutergarten, und der Gedanke verflog.

»Seht«, der Prior des Klosters breitete die Arme aus, »dies ist mir neben der Quelle der liebste Ort auf Erden.« Emma lächelte über seine jugendliche Begeisterung und fragte sich, wie alt er eigentlich war. Sein Gesicht war an Mund- und Augenwinkeln durchzogen von feinen Falten, und doch wirkte es fast jungenhaft.

»Hier«, seine flinken Hände wiesen auf ein unscheinbares, grünes Gewächs, »die Anis, lateinisch Pimpinella ansium, ist eine Gewürz- und Heilpflanze. Ihre Blätter sind herzförmig rundlich und am Rand eingeschnitten gesägt. Von Juli bis September blühen ihre weißen, hüllenlosen Blüten in zwölfstrahlig zusammengesetzten Dolden. Die Früchte, die im August geerntet werden können, sind eiförmig und mit grauen Härchen überzogen. Das aus ihnen gewonnene Anisöl wird wegen seiner schleimlösenden Wirkung als Hustenmittel verwendet. Es hilft auch gegen Krämpfe und Blähungen. Anis gilt in vielen ländlichen Gebieten als Aphrodisiakum. Im Herbst, wenn man sich nach der Feldarbeit wieder den häuslichen Pflichten zuwendet, bereiten die Frauen und Mädchen ihren Männern anishaltige Getränke. Am Andreastag, dem dreißigsten November, soll der Trank besonders zauberkräftig sein.« Kaspar zwinkerte ihr zu.

»Ihr redet davon …« Emma zögerte, unsicher, wie sie ihre Frage stellen sollte. »Ihr redet von diesem Brauch, als ob Ihr ihn gutheißen würdet. Widersprechen solche urtümlichen Bräuche nicht den Sitten und Regeln der Kirche?«

»Doch, meine Liebe, Ihr habt ganz recht, das tun sie. Ich persönlich aber finde nichts Verkehrtes daran, wenn die Menschen weiterhin das tun, was sie schon seit Jahrhunderten getan haben. Solch kleiner Aberglaube beeinflusst ihren christlichen Glauben nicht. Sie gehen deshalb trotzdem in die Kirche und bitten Gott um seinen Beistand. Sie lassen ihre Kinder taufen und geben ihnen biblische Namen. Da sollte es ihnen zumindest gestattet sein, sich ihren kleinen Vergnügungen hinzugeben.«

»Wisst Ihr, manchmal glaube ich, dass die Kirche nicht die einzige Macht ist auf der Welt. Es scheint mir, als wären immer und überall unsichtbare Kräfte am Werk.«

Nachdem die Worte heraus waren, schlug sie sich erschrocken die Hand vor den Mund. Wie hatte sie sich dazu hinreißen lassen können, in der Gegenwart eines Benediktiners derart Frevelhaftes auszusprechen? Der Wunsch, mit diesem Mann über ihre Visionen zu sprechen, war plötzlich da gewesen.

Kaspar Götz, Prior der Abtei Wessobrunn, schaute die junge Frau, den Gast seines Klosters, an. Ein dunkler Schatten lag über seinem Gesicht und ließ ihn älter wirken, als er war. Er legte seine Hand auf ihren Kopf, als wolle er sie segnen. Emma stand stocksteif da, spürte die Wärme seiner Hand durch ihre Haube hindurch.

»Ihr habt das zweite Gesicht«, es war keine Frage, es war eine Feststellung.

»Woher wisst Ihr …?«

Die Antwort des Mönchs, der schon in naher Zukunft der nächste Abt des Klosters sein würde, war schlicht. »Weil ich es auch habe.«

15

In der nächsten Woche machte Kaspar Götz es sich zur Gewohnheit, Emma jeden Morgen an der Quelle des Wezzo aufzusuchen. Er wusste um ihre besondere Gabe, eine Gabe, die es zu fördern galt. Stets gesellte er sich pünktlich nach der Terz zu ihr, obwohl er in Vertretung des Abts eine Menge zu tun hatte.

Entweder spazierten sie dann wie beim ersten Mal durch den Kräutergarten, wo Kaspar ihr die verschiedenen Pflanzen und ihre Anwendungen erklärte. Emma saugte das Wissen in sich auf, selten hatte sie etwas so Faszinierendes gehört. Oder sie blieben einfach an der Quelle sitzen und sprachen über Gott und die Welt. »Wir leben in einer Zeit des Umbruchs«, verkündete der Prior. »In Rom, wo ich zuletzt war, hat der Heilige Vater seine eigene Leibwächterarmee einberufen, die Schweizer Garde. Das zeigt wohl deutlicher als alles andere, wie sehr die Zeiten sich ändern. Der Papst sucht Schutz, weil er sich inmitten seiner Kirchengemeinde nicht mehr sicher fühlt. Ich sage Euch, bald werden die Menschen ihr Joch abstreifen. Es ist nicht recht, einfachen Bauern Ablässe für viel Geld zu verkaufen, nur damit irgendein weltlicher Bischof weiterhin herumhuren und sich der Völlerei schuldig machen kann.« Kaspar klang erregt.

»Entschuldigt bitte«, bat er Emma um Verzeihung, die ihn mit weit aufgerissenen Augen anblickte. »Ich sollte mich beherrschen. Habt Ihr vielleicht Lust auf einen Besuch in der Welt draußen? Überall um das Kloster herum sind die Wiesen jetzt voller gelber Löwenzahnblüten, und Ihr kennt bestimmt noch nicht unsere Linde, benannt nach Thassilo, dem Klostergründer?«

»Geht das denn so einfach?«, erkundigte sich Emma, in der sich zögernde Vorfreude regte.

»Liegt der Abt eines Klosters krank darnieder und ist unfähig zu handeln, so ist der Prior gehalten, seine Brüder zu leiten und alles in seiner rechtmäßigen Ordnung zu bewahren«, zitierte Kaspar aus den Ordensregeln.

»Worauf warten wir dann noch!« Emma sprang auf, getrieben von bittersüßer Sehnsucht nach dem Leben außerhalb der Klostermauern.

Zum ersten Mal seit ihrer Ankunft durfte sie die Mauern der Abtei verlassen.

»Habt Ihr denn keine Angst, ich könnte Euch davonlaufen?« Emma begriff nicht, wie Kaspar Götz sie so bedenkenlos aus dem Kloster führen konnte. Gemeinsam hatten sie das große Tor passiert, freundlich gegrüßt von Laienbruder Thomas. Emma war der begehrliche Blick des Mönchs nicht aufgefallen, dem Prior an ihrer Seite hingegen schon. Später würde er sich um das Seelenheil des Klosterpförtners kümmern müssen.

Kaspar führte sie zu der Linde, von der er ihr berichtet hatte. »Der Sage nach ist dies der Baum, unter dem Thassilo, unser Klostergründer, und seine Jagdgefährten damals genächtigt haben. Kennt Ihr die Geschichte?« Emma bejahte, und er warf ihr einen überraschten Seitenblick zu. Sie legte den Kopf in den Nacken und blickte hoch zu der riesigen Krone, die viele Manneslängen breit war. Die leuchtend grünen Blätter rauschten im Wind, es klang wie Gesang.

»Ich möchte Euch etwas zeigen und hoffe, Ihr haltet es nicht für unschicklich.« Emma ließ sich zu Füßen des mächtigen Baumes nieder und schob ihr langes Kleid ein wenig nach oben. Sie sah zu dem Mönch hoch, der sie nachdenklich musterte. Dann setzte er sich ruhig neben sie und wartete.

»Ich nehme doch an, Ihr sucht nicht, mich zu verführen.« Mit seinem Scherz nahm er Emma die Anspannung. Sie zögerte nicht länger und band ihren Schuh auf.

»Hier.« Sie hielt ihm ihren nackten Fuß hin und wies auf das sternenförmige Mal an ihrem rechten Knöchel. »Ich wollte wissen, was Ihr davon haltet.«

Der junge Prior des Klosters Wessobrunn wurde bleich. »Heilige Jungfrau, ich kenne dieses Zeichen.« Er war sich nicht bewusst, dass er die Worte laut ausgesprochen hatte.

»Woher?«, wollte Emma wissen, »woher kennt Ihr es?«

Kaspar Götz fasste sich, und das Lächeln kehrte auf sein Gesicht zurück. »Das, meine Liebe, werde ich Euch erst sagen, wenn ich ein wenig mehr über Euch weiß. Bis dahin verratet mir, ob Ihr die Geschichte der Kreuzbergkapelle schon gehört habt?« Emma verneinte.

»Gut, seid Ihr in diesem Fall bereit, einen kleinen Versuch zu wagen? Wir wollen herausfinden, wie mächtig die Gabe des zweiten Gesichts ist, die in Euch schlummert. Lasst mich Euch zu der Kapelle führen. Ich selbst spüre an diesem Ort das Echo der Zeit stärker als anderswo.« Sie nickte. Natürlich wollte sie erfahren, was es war, das sie schon in ihrer Kindheit von den anderen unterschieden hatte.

Einträchtig schritten sie nebeneinander her. Emma schien der Mönch so vertraut, als kenne sie ihn schon ewig. Selten entwickelt sich eine Freundschaft so schnell wie zwischen dem Benediktiner und der jungen Frau von Adel.

»Ich habe keine Furcht, dass Ihr fliehen könntet«, bemerkte Kaspar Götz, »weil Ihr nämlich viel zu neugierig darauf seid, was ich Euch über Eure Gabe sagen kann.«

»Es muss wohl in Eurem Charakter begründet sein«, meinte Emma übertrieben förmlich, »dass Ihr die Euch gestellten Fragen stets erst dann beantwortet, wenn der Fragesteller selbst diese schon fast wieder vergessen hat.« Sie lachten gemeinsam.

Das Kirchlein war klein und leuchtete den Besuchern in strahlendem Weiß entgegen. Bevor Abt Heinrich erkrankt war, hatte er noch angeordnet, den Putz erneuern zu lassen. Erst in der vergangenen Woche waren die Klosterhandwerker damit fertig geworden.

»Kommt.« Kaspar führte sie in das Innere, wo ein mächtiger Altar die Kapelle dominierte. Daneben schienen die fein gearbeiteten Marien- und Heiligenfiguren zu verblassen.

»Ich komme regelmäßig hierher, um zu beten. Meist nutze ich die Gelegenheit, um zugleich den Opferstock zu entleeren. Die Leute besitzen nicht viel, aber stets geben sie nach dem Kirchgang etwas von dem wenigen, das sie haben.« Kaspar wies auf den Opferstock, den Emma zuerst nicht als solchen erkannt hatte. Er ruhte auf einem viereckigen, hölzernen Sockel neben der Türe und war mit halbrunden, schmiedeeisernen Knöpfen verziert. Obenauf befestigt war das Kästchen mit dem Schlitz für die Münzen. Der Prior beugte sich hinab und drehte gezielt am dritten Knopf in der untersten Reihe.

»Bisher hat noch niemand den geheimen Öffnungsmechanismus durchschaut«, verkündete er Emma vergnügt. Gewissenhaft zählte er das Geld in den mitgebrachten Beutel. Dann wurde er ernst und führte sie zu einem großen Stein am Rand der Kapelle, den sie noch gar nicht bemerkt hatte. »Schaut, über diesem wurde das Kirchlein erbaut. Es gibt eine Geschichte dazu.«

»Wollt Ihr sie mir erzählen?«

»Konzentriert Euch und schweigt still. Mag sein, die Vergangenheit offenbart sich Euch von selbst.«

Emma schloss die Augen, atmete die abgestandene Luft

ein und versuchte, ihren Geist zu öffnen. Nach einer Weile gab sie auf.

»Ich spüre nichts, gar nichts!« Enttäuscht ballte sie ihre Hände zu Fäusten und grub ihre Nägel schmerzhaft in die Haut.

»Ihr dürft nichts erzwingen. Das, was geschehen ist, schwebt hier an diesem Ort in der Atmosphäre, festgehalten von den Schleiern der Zeit.« Er griff nach ihrer Hand und legte sie auf die glatte Oberfläche des Steins. Emma berührte ihn und fühlte seine Kälte in ihrer Handfläche kribbeln. Dann begann ihr Mal zu brennen.

Gebannt beobachtete Emma die Männer, sieben an der Zahl, die im grauen Morgenlicht über die Wiese rannten. In ihrer Hast stolperten sie immer wieder über ihre langen Kutten und stürzten, rappelten sich in wilder Eile auf und liefen weiter. Sie konnte ihre Angst riechen, spürte den kalten Schweiß der Mönche auf ihrer Haut. Ihre schwarze Tracht wies sie als Benediktiner aus. Inmitten der Wiese lag ein mächtiger, halbrunder Stein. Aus dem Nebel kamen die Verfolger, eine Horde bewaffneter Reiter.

»Seht!«, der Schrei brach sich in Emmas Ohren, »da vorne sind sie!«

Sie erkannte, dass es nur eine Frage der Zeit war, bis die Mönche eingeholt wären. »Lauft schneller!«, wollte sie rufen, doch sie konnte nicht in das Geschehen eingreifen. Die sieben Benediktiner hatten keine Chance. Die feindlichen Reiter ergriffen sie, als die ersten Strahlen der Morgensonne durch die Wolkendecke brachen. Grob wurden die Brüder mit Stricken gebunden.

»Gott verfluche euch Hunnen, es ist schändlich, was ihr tut!«

Die Männer lachten über den schimpfenden Mönch. Ihr Anführer deutete erst auf den Benediktiner, dann auf den Stein, der wie geschaffen war für ihr Vorhaben. Er würde diesen Brüdern zeigen, was es hieß, sich ihm zu widersetzen. »Her mit ihm!«

Es war der Abt des Klosters, der die Ungarn verflucht hatte. Er wurde als Erster zu dem Stein geschleift und mit dem Oberkörper darübergeworfen. Einer der Hunnen stellte grob seinen Fuß auf den Rücken des Mannes, um ihn zu halten. Ein Zweiter zog sein Schwert aus der Scheide. Die Klinge reflektierte das Sonnenlicht, als sie herniedersauste und den Kopf sauber vom Rumpf trennte.

»Nein!«, brüllte Emma in namenlosem Entsetzen über Zeit und Raum hinweg. Die Wiese, die nur sie alleine sah, färbte sich rot, als die feindlichen Ungarn nach und nach alle ihre Gefangenen enthaupteten. Die Mönche wurden zu dem Stein geführt wie Tiere zur Schlachtbank, und sie beteten ununterbrochen. Einige schluchzten.

Dann war es vorbei, und die Angreifer ritten fort. Sie hinterließen ein Feld voller toter Körper und blickloser Häupter.

Emma weinte noch immer, als sie in die Wirklichkeit der kleinen Kapelle zurückkehrte.

»Beruhigt Euch!« Der Mönch strich Emma über das Haar wie einem kleinen Kind. »Das alles ist lange vorbei.«

Widerstandslos ließ sie sich von ihm ins Freie führen, fort von dem Stein, auf dem noch die Scharten der Schwerter zu sehen waren. Erst an der frischen Luft unter dem endlosen Blau des wolkenlosen Frühlingshimmels konnte sie wieder richtig atmen.

»Ich habe gesehen, wie sie umgebracht wurden, einer nach dem anderen«, wisperte sie. »Wieso haben sie das getan?«

»In den Annalen unseres Klosters wird berichtet von Abt Thiento und seinen sechs Mönchen, die bereit waren, den Märtyrertod zu sterben. Im Jahr 955 fielen die Wölfe, so nannte man die Ungarn, in Bayern ein und verwüsteten alles mit Feuer und Schwert. Ihr besonderer Hass galt den Klöstern und den geweihten Männern. Sie zerstörten die Abtei des heiligen Rasso in Grafrath, die auf einer Insel in der Amper lag. Dann wandten sie sich nach Wessobrunn. Als in dem Wirrwarr der Ereignisse der Rauch verbrannter Gebäude die Augen der Mönche tränen ließ und das Jammern der Flüchtlinge von überallher schallte, verließen die Mutigen unter ihnen das Kloster durch einen Geheimgang, der sie zur Wiese auf dem Kreuzberg führte. Drei furchtsamen Brüdern gestattete Abt Thiento gnädig die Flucht. Sie brachten sich in Sicherheit und gründeten auf dem Berg Madron, der dem heiligen Petrus geweiht ist, ein neues Kloster mithilfe der Grafen von Andechs. Die anderen sechs Mönche aber und ihr Abt Thiento wurden von den Hunnen ergriffen und dahingeschlachtet. Ihr habt die Bluttat selbst gesehen.«

Emma rieb sich die feuchten Augen. Sie hatte sich während Kaspars Bericht auf die Wiese gesetzt, mitten in den blühenden Löwenzahn.

»Es war am heutigen Datum, nicht wahr? Sie sind genau an diesem Tag umgebracht worden, und Ihr wusstet das.« Sie bohrte die Spitzen ihrer Schuhe in das braune Erdreich, blickte ihn nicht an.

»Ja, der Überlieferung nach ist Thiento, Wessobrunns neunter Abt, am dritten April zusammen mit seinen Mönchen den Märtyrertod gestorben.«

»Was geschah danach?« Emma musste fragen, obwohl sie es kaum ertragen konnte, noch mehr über die traurigen Ereignisse zu erfahren.

»Nachdem die Feinde davongezogen waren, fehlte es nicht an frommen Bauern. Diese erbarmten sich der Leichen. Nachdem sie deren schreckliche Wunden betrachtet hatten, übergaben sie sie an dem Ort ihrem Grab.« Der Prior an ihrer Seite sprach, als lese er aus einem Buch ab. »Man hat sie hier begraben, gleich neben dem Stein, auf dem sie dahingeschlachtet wurden.« Seine Stimme klang bitter.

»Ihr wisst alles über Euer Kloster, weil Ihr die Schriften in der Bibliothek gelesen habt, nicht wahr?« Kaspar nickte.

»Dann sagt mir …«, Emma zögerte, »sagt mir, warum Ihr nicht bemerkt habt, dass hier an diesem Fleck keine Toten mehr ruhen?«

Auf dem Rückweg erzählte er ihr von den Sagen, die sich seit jenem Hunneneinfall um den Kreuzberg rankten.

»Der Volksmund dichtet gern und erfindet hinzu. Aber ich denke wohl, dass doch in jeder Geschichte ein Körnchen Wahrheit steckt.« Emma war froh, den unheimlichen Stein hinter sich gelassen zu haben. Um sie herum regte sich Leben, die Vögel zwitscherten, und alles blühte. Schon schien ihr die Vision nicht mehr so bedrohlich zu sein. Wie Kaspar gesagt hatte, es war lange vorbei.

»Eure Bemerkung von vorhin lässt mir keine Ruhe.« Der Prior sah zu ihr hinüber und stellte erfreut fest, dass wieder Farbe in ihre Wangen kam. »Alles deutet darauf hin, dass die Märtyrer hier begraben sind. Wie kommt Ihr darauf, dass es anders sein könnte?«

Emma zuckte mit den Schultern. »Ich weiß, wie ich mich auf einem Friedhof fühle, wo ich mir der Verstorbenen in der Erde bewusst bin. Dort habe ich nichts gespürt, gar nichts. Niemand liegt dort begraben, mehr kann ich Euch nicht sagen.«

Kaspar Götz gab sich mit ihrer Antwort zufrieden, wollte nicht weiter in sie dringen. Zu viel hatte er dem Mädchen zugemutet, wo sie doch gerade erst die Bedeutung ihrer Gabe entdeckte. Er ertappte sich bei dem Wunsch, in ihren Geist hineinzuhorchen. Wie gerne hätte er gewusst, welche Geheimnisse noch in ihr schlummerten.

»Wenn Ihr wollt, erzähle ich Euch noch eine Begebenheit, die einige Jahrhunderte nach Abt Thiento stattgefunden hat. Damit wollen wir es für heute bewenden lassen. Wir sollten uns beiden ein wenig Ruhe gönnen, um die einströmenden Gedanken zu ordnen. Außerdem habe ich das Mittagsgebet versäumt, und sicher wäre es nicht gut, meine Brüder auch bei der Non zu vernachlässigen.« Ein kurzes Lächeln stahl sich auf sein Gesicht, ehe er wieder ernst wurde.

»Es hat sich zugetragen, dass einst ein junger Mann mit bloßer Hand seine Mutter mordete. Niemand weiß, was ihn zu dieser Tat bewegte. Noch am selben Tag lief er fort und suchte Zuflucht in der Kapelle auf dem Kreuzberg. In der Nacht dann, stockfinster war es draußen, öffnete sich die Türe zu dem Kirchlein. Herein kam Abt Thiento, gefolgt von seinen sechs Mönchen, die eine Bahre mit sich trugen. Auf dieser lag der Leichnam der Mutter. Vor Grauen wurde das Haar des Mörders schlohweiß, und am nächsten Morgen stellte er sich freiwillig dem Gericht.«

Emma und Kaspar durchschritten ungehindert die Klosterpforte. »Nun habt Ihr es wahrlich geschafft«, bemerkte sie, »dass ich für kein Gold der Welt die Nacht an diesem Ort verbringen würde.«

»Das kann ich verstehen. Ich wünsche Euch jetzt einen erholsamen Nachmittag. Wenn Ihr mögt, erwartet mich morgen wieder an der Quelle des Wezzo.«

»Durch Euch habe ich an einem einzigen Tag mehr über mein zweites Gesicht erfahren als in all den Jahren zuvor. Ich weiß nicht, ob ich Euch dafür danken soll … Aber ich werde kommen.« Sie nickte ihm zu und wandte sich ab.

»Schon allein deshalb, weil ich in Erfahrung bringen möchte, was Ihr über mein Sternenmal wisst«, rief sie ihm so leise hinterher, dass er es nicht mehr hören konnte.

16

Am neunzehnten April, dem Gedenktag des heiligen Leo IX., beschloss Abt Heinrich von Wessobrunn sein Leben um die Stunde der Komplet im Kreise seiner Söhne in Christo, die ihn umstanden und ihren treuen Hirten bitter beweinten. Ehe er starb, hatte er bei vollem Bewusstsein die Abtswürde an Pater Kaspar Götz übergeben, ›seinen ersten Sohn im heiligen Orden‹.

Wie tief und aufrichtig die Tränen der Mönche waren, zeigte die außerordentliche Ehrung bei der Begräbnisfeier. Abt Heinrich wurde bestattet in der Kapelle des heiligen Benedikts, neben den anderen hochgelobten und wohlverdienten Äbten.

Emma schämte sich für ihre Erleichterung. Nun, da Kaspar Götz Abt war, bestand keine Gefahr mehr, dass sie in Klausur mit den Nonnen leben musste. Er würde sie ganz sicher nicht zu einem solchen Leben zwingen. Sie hoffte gar, dass er ihre Situation verstehen und ihr irgendwann zur Flucht verhelfen würde. Vorher aber musste sie mehr herausfinden über das Wissen dieses Mannes, über die Gabe des zweiten Gesichts.

Sie war bei der Beerdigung nicht zugegen, wollte die Mönche in ihrer Trauer nicht stören. Der verstorbene Abt hatte es verdient, dass bei seiner Grablegung alle Aufmerksamkeit allein seinem Leben und Wirken galt. Erst am nächsten Tag besuchte sie die frische Ruhestätte und las die eingemeißelte Inschrift auf der großen Tafel.

»Von dieser Last wirst du bedeckt,
Heinrich, ehrenwerter Abt,
dessen Namen die Nachwelt zu den Sternen tragen wird.
Ein zweiter Gründer von Wessobrunn
wirst Du mit Recht genannt,
für so große Verdienste und unzählige gute Taten.
Durch Zurückzahlen der vielen Schulden des Klosters
trägst und linderst Du die harte Armut.
Grundstücke und Güter sind durch Dich
in großer Zahl uns zurückgegeben worden.
Schon steht durch Deine Mühe unser Noviziat in Blüte.
Wer könnte Dir, rühmenswerter Vater,
würdigen Dank abstatten
für Deine Verdienste und Leistungen?
Möge Dir darum der überaus gute Gott
eine strahlende Burg gewähren.
Er möge Dir verleihen,
in Freude sein Antlitz zu schauen.
Herrlicher Vater, lebe wohl, glücklich und ewig.«

Kaspar Götz übernahm die Abtswürde in Gegenwart vieler angesehener Männer, darunter Johannes Alantz, Generalvikar von Augsburg, sowie vom regierenden Herzog Albrecht IV. gesandte weitere Würdenträger.

In den nächsten Tagen fanden keine Treffen an der Quelle des Wezzo statt. Emma fiel wieder in die Melancholie ihrer ersten Tage im Kloster zurück. Wenn Besucher kamen, wurden sie direkt zum neuen Abt geführt. Niemand nahm von ihrer Anwesenheit Notiz, niemand wurde ihr vorgestellt. Manchmal erhaschte Emma einen Blick auf elegante, farbenfrohe Gewänder, aber das war alles.

Vor allem in der Nacht quälte sie die Sehnsucht nach Marzan, so dass sie nicht mehr schlafen konnte. Und wenn sie doch träumte, dann suchte sie das Gesicht eines Mannes mit blondem Haar und grünen Augen heim. Der Besuch in der Kapelle, die Vision von den Märtyrern, hatte irgendetwas in ihr freigesetzt. Seitdem hatte sie den Fremden in jeder Nacht vor sich gesehen.

Drei Tage nach Kaspars Wahl zum Abt wachte sie am Morgen unausgeschlafen und schlecht gelaunt auf, noch im Bett dachte sie an Flucht. Wieder fand sie die Quelle des Wezzo verlassen vor. Versunken in Gedanken über den Tod ihres Vaters saß sie da. Wohl zum tausendsten Mal fragte sie sich außerdem, wie es Marzan wohl ging und was er unternahm, um sie aus dem Kloster zu holen. Aber sie fand keine Antworten und nickte irgendwann ein.

»Ihr seht nicht gut aus.« Vor Schrecken sprang Emma auf. Sie hatte den Mönch nicht näher kommen hören.

»Und Ihr solltet Euch nicht an ahnungslose Leute heranschleichen!«, fuhr sie ihn an, albernerweise erbost darüber, dass er sie vernachlässigt hatte, obwohl ihr klar war, wie viel es jetzt für ihn zu tun geben musste.

»Es tut mir leid, dass ich nicht eher kommen konnte«, entschuldigte er sich.

»Nun, es ist einem Abt wohl noch weniger angemessen als einem Prior, seine Zeit mit einer dummen Frau zu verschwenden.« Trotz seiner Entschuldigung war sie noch immer ungehalten. Es hatte ihr geschadet, so viel mit sich alleine zu sein, zu viele Gedanken waren auf sie eingeströmt. In ihrer Phantasie hatten sie grauenvolle Bilder ihres toten Vaters verfolgt, der sich in den Landsknecht Rudolf verwandelte. Dieser grapschte gierig nach ihren Brüsten, um dann plötzlich zu einer Wiese voller Blut zu zerfließen. Und über allem Marzans Arme, die sich nach ihr ausstreckten. Doch wie sehr sie es auch versuchte, sie konnte ihn nicht erreichen.

»Emma!« Es war das erste Mal, dass er sie beim Vornamen nannte, und sie horchte auf. »Bitte, seid nicht länger böse auf mich. Glaubt mir, wenn ich gekonnt hätte, wäre ich viel früher zu Euch gekommen. Außerdem habe ich etwas entdeckt, das Euch sicherlich interessieren wird.«

»Was denn?« Neugierig sah sie ihn an, der kindhafte Trotz verschwand aus ihren tiefen, grauen Augen.

»Während ich die Tage mit meinen Besuchern und den Brüdern – meinen Söhnen – verbracht habe, habe ich die Nachtstunden zwischen Vigil und Laudes genutzt, um in der Bibliothek nachzuforschen. Ihr hattet recht. Die Gebeine der Märtyrer wurden im zwölften Jahrhundert ausgegraben und in die Dorfkirche überführt. Dort ruhen sie in einem einfachen Zinnsarg in der Krypta neben den Knochen der seligen Diemut.«

»Wer ist Diemut? Und wo sollten diese Särge stehen, dass sie bisher noch niemandem aufgefallen sind?« Wider Willen war sie fasziniert von seiner Entdeckung.

»Eben das will ich herausfinden, gemeinsam mit Euch, wenn Ihr wollt?«

»Wann? Jetzt?« Emmas Augen leuchteten voller neu gewonnenem Lebensmut. Endlich wusste sie dank Kaspar wieder etwas mit sich anzufangen. So oft sie konnte, wollte sie mit dem jungen Abt zusammen sein und von ihm lernen. So lange, bis Marzan kam, um sie zu holen. Sie wusste, dass er kommen würde. Sie wusste nur nicht, wann.

»Ich muss zuvor mit dem Dorfgeistlichen sprechen. Er sieht es nicht gerne, wenn Fremde in seiner Kirche herumschnüffeln. Außerdem hat er eine blühende Phantasie. Er würde sich seine Gedanken machen, wenn er mich mit einer schönen Frau in der Abgeschiedenheit verschwinden sähe, den Blicken der Leute entzogen. ›Seht, schon hat er ein Liebchen‹, würde es heißen.«

»Wann können wir der Sache dann auf den Grund gehen?«, fragte sie, ein Hauch von Röte überzog ihr Gesicht, weil er sie ›schön‹ genannt hatte.

»Morgen. An der Quelle des Wezzo, wenn die Glocke Mittag schlägt. Uns bleiben dann drei Stunden bis zum nächsten Kirchgang, um die Gebeine Thientos, Diemuts und der Mönche zu finden.«

»Aber zuvor …«, in Emmas Augen blitzte Abenteuerlust, »… solltet Ihr mir erklären, wer die Frau überhaupt ist, nach deren Knochen wir suchen.«

»Wollt Ihr sie denn nicht selbst sehen?«

Kaspar führte sie vorbei am Grauen Herzog, einem mächtigen Wehrturm aus dem zwölften Jahrhundert, der fälschlicherweise den Namen Römerturm trug. Tatsächlich waren die Römer nie bis Gaispoint gekommen.

In der Klosterkirche war es still. Das ewige Licht, die Kerze, deren Flamme nie erlöschen durfte, brannte auf dem Altar.

Der neue Abt schritt auf eine Seitennische zu. Emma hatte angenommen, diese führe zu einer weiteren der vielen Kapellen. Stattdessen endete der Weg an einer steinernen Mauer.

»Schaut!« Kaspar wies auf eine in Augenhöhe angebrachte Öffnung in der Wand. Emma sah hinein und entdeckte einen kleinen Raum mit einem winzigen Fenster nach draußen.

»Was ist das?«, fragte sie und erahnte schon die Antwort.

»Hier lebte die Inklusin Diemut. In ihrem gotteseifrigen Dienst hat sie viele der Bücher unserer Bibliothek geschrieben. Nach ihrem Tod – man musste die Mauer aufbrechen, um sie herauszuholen – hat man alles wieder in den ursprünglichen Zustand versetzt. Zum Gedenken an die heilige Frau.«

Zögernd hob Emma die Hand. Schon spürte sie, wie die Atmosphäre sich verdichtete.

»Werden erneut Bilder aus der Vergangenheit zu mir kommen, wenn ich den Stein berühre?«

»Tut es.«

Das junge Mädchen trat zögernd in den kahlen Raum und kniete vor dem schlichten Holzkreuz an der Wand nieder. Sie trug ein einfaches Kleid, darüber einen Fellüberwurf. Das Bett war in der Art eines Grabes bereitet, das Polster vollgestopft mit Sumpfrohr. Als Decke sollten Blätter dienen. Durch das schmale Fenster drang graues Tageslicht. Draußen lag hoch der Schnee. Eine Kerze auf einem kleinen Tisch war die einzige Wärmequelle während des rauen Winters.

Die Frau betete ununterbrochen, während die Maurer Stein auf Stein setzten. Dann war das Werk vollbracht, nur noch eine schmale Öffnung mit Blick auf den Altar schaffte Verbindung zu der Welt draußen.

Der Abt des Klosters trat an die versiegelte Zelle. »Ihr werdet an drei Tagen der Woche streng fasten und Euch jeder Speise, abgesehen von Wasser und Brot, enthalten. An den anderen Tagen erhaltet Ihr eine Mahlzeit, die stets eine Fastenspeise sein wird. Fleisch und Wein sind Euch für immer untersagt. In der kalten Jahreszeit tragt Ihr mit unserer Erlaubnis einen Fellüberwurf über Eurem Kleide, der Euch im Sommer abgenommen wird. Dadurch seid Ihr frei für die Liebe Eures göttlichen Bräutigams. Alle Unbequemlichkeit und Qual werdet Ihr durch das Lesen in der Heiligen Schrift abstreifen. Auf dass Ihr in Eurem göttlichen Dienst von dem himmlischen Licht erleuchtet werdet.«

»Amen«, das eingeschlossene Mädchen bekreuzigte sich. Ihr schmales Gesicht wurde beherrscht von großen, braunen Augen. Die zierliche Gestalt wirkte viel zu zerbrechlich, als dass man eine solche Last auf ihre jungen Schultern legen könnte.

»Seid Ihr jetzt und hier noch immer bereit, den von Euch gewählten Weg zu beschreiten?«

Diemut nickte. »Geht«, sagte die Jungfrau und nahm Abschied von ihrem Leben, von ihren geliebten Eltern, von ihren süßen Geschwisterkindern. »Geht, und überlasst mich meinem Gott.«

Emma schüttelte den Kopf, um die Vision abzustreifen, als sie in die Wirklichkeit zurückkehrte.

»Es ist wieder passiert.« Sie wusste nicht, ob sie lachen oder weinen sollte.

»Ja, es scheint, als wäre Euer zweites Gesicht stark ausgeprägt. Tatsächlich kenne ich nur einen Menschen, der genauso klar in die Vergangenheit sehen kann.«

»Verratet Ihr mir, wer das ist?«

»Ja«, Kaspar nickte. »Irgendwann.«

»Sie hat es freiwillig getan, nicht wahr? Das Mädchen meine ich, diese Diemut.«

Wieder bejahte der Abt. »Es gab und gibt auch heute noch Frauen, arme und reiche gleichermaßen, die ein Leben in strenger Abgeschiedenheit von der Welt wählen. Sie gehen auf in der Askese und verzichten auf alles, um näher beim Allmächtigen zu sein. Nicht selten habe ich von Inklusinnen gehört, die zusätzlich zum Fasten und den Gebeten grobe Büßerhemden tragen. Ich weiß nicht, ob unsere Diemut das auch getan hat. Sicher kann ich nur sagen, dass sie ihre Zelle bis zu ihrem Tod nie wieder verließ. Sie ist dort drinnen gestorben.«

»Ich verstehe nicht, wie sich jemand freiwillig so etwas antun kann.« Emma dachte an Marzans Küsse, an die Liebe ihres Vaters und an einen verirrten Sonnenstrahl, der in der Nase kitzelte. Niemals würde sie darauf verzichten.

»Diemut hat es getan. Es steht uns nicht zu, über ihre Entscheidung zu urteilen.«

»Ihre Gebeine sind neben Abt Thiento und seinen Mönchen begraben, sagtet Ihr?«

»Ja, so steht es in dem vergilbten Dokument, das ich in der Bibliothek ausgegraben habe.«

»Gut«, Emma nickte entschlossen, »dann werden wir sie finden und zurückholen.«

Emmas Herz klopfte, als sie an Kaspars Seite zum zweiten Mal das Kloster verließ. Der Prior hatte den Dorfgeistlichen im Unklaren darüber gelassen, was sie suchten. »Wir sind einer großen Entdeckung auf der Spur. Ich bitte Euch, uns so lange nicht zu behelligen, bis wir mehr wissen«, hatte er ihm gesagt. Tatsächlich hatte Pater Georg nachgegeben und war im Pfarrhaus geblieben.

Der Benediktiner öffnete die mächtige Kirchentür. Sie quietschte in den Angeln, und sie glitten ins Innere des Gotteshauses. Kaspar führte Emma hinunter in die Krypta. Dort roch es muffig, das einzige Fenster lag an einem Südhang und war winzig klein. Kaspar nahm Emma die Fackel ab. Schon fühlte sie die Kraft unter der Erde.

»Spürt Ihr etwas?«, fragte er.

»Ihr nicht?«

»Nein, meine Visionen und Gesichte sind nicht sehr stark ausgeprägt.« Kaspar flüsterte, obwohl sie hier unten niemand hören konnte. »Manchmal formen sich Gedanken in meinem Kopf, von denen ich nicht weiß, woher sie kommen. Noch seltener sehe ich Bildfetzen. In der Kreuzbergkapelle habe ich die Schreie der Sterbenden gehört. Mehr nicht. Das meiste meines Wissens habe ich Büchern, nicht meinem zweiten Gesicht zu verdanken.«

Emma ging langsam durch den düsteren Raum. Überall auf dem Boden waren Grabplatten mit Inschriften. Auch in den Wänden ruhten Tote, deren Namen in die alten Steine graviert waren.

»Ich habe die Gedenktafeln hier unten schon so oft gelesen.« Kaspar schritt die Reihen der Gräber ab. »Weder

Thiento noch Diemut sind dabei. Vielleicht ist es falsch, was in dem Dokument steht. Nicht alle Papiere müssen echt sein, nur weil sie alt sind.«

»Doch, sie sind hier.« Emma konnte den Geist des Mädchens mit den großen, braunen Augen spüren. Auch der Abt und seine Mönche waren da. Wie in der Kapelle schienen sie darauf zu warten, ihre Geschichte zu erzählen.

»Meint Ihr, es ist recht, sie zu finden und umzubetten?« Kaspar klang mit einem Mal ängstlich. »Vielleicht wollen sie gar nicht zurück ins Kloster, vielleicht haben sie hier unten ihre letzte Ruhe gefunden.«

»Habt ihr Frieden?«, hauchte Emma und wusste nicht, zu wem sie sprach. Gänsehaut überzog ihre Arme. Die Atmosphäre war unheimlich. Am liebsten wäre sie fortgelaufen.

»Ihr müsst uns ein Zeichen geben, wenn ihr wollt, dass wir euch ins Kloster bringen«, wisperte sie. Alles blieb ruhig, irgendwo draußen schrie eine einsame Eule.

»Wir können nicht einfach zu graben anfangen«, meinte Kaspar Götz und bekreuzigte sich. »Vielleicht ist es doch besser, wenn wir ein anderes Mal gemeinsam mit dem Pfarrer hierherkommen.«

»Ja.« Emma nickte, schämte sich nicht, ihre Furcht einzugestehen. Es war unheimlich zu wissen, dass man nicht alleine war, und doch niemanden zu sehen. Sie wandte sich zum Ausgang, und ihr Blick streifte den Altar. Plötzlich spürte sie, wo Diemut und die Mönche lagen. Das Wissen um die Grabstätte war mit einem Mal da und setzte sich in ihr fest. Emma zitterte am ganzen Körper, als sie auf die unterste Stufe des Altares zuschritt.

»Kaspar, schau, dort ist es!« Emma merkte nicht, dass sie zum vertraulichen Du gewechselt war.

Er kam mit der Fackel näher zu ihr heran und blickte ihr forschend in das blasse Gesicht.

»Das Grab?«, fragte er.

»Diemut und die Märtyrer …«, sagte Emma und führte ihn zu der Stelle. »Sie liegen hier.«

Kaspar Götz bekreuzigte sich erneut. Er war sicher, dass sie recht hatte.

»Du hast acht unruhigen Seelen heute Nacht einen großen Dienst erwiesen. Ohne dich hätte ich nie erfahren, dass sie hier in der Krypta der Dorfkirche begraben sind. Wir wollen sie gemeinsam mit meinen Brüdern in einer großen Prozession überführen. Aber für heute ist es genug. Lass uns gehen.« Er stieg die ersten Stufen der Treppe hinauf.

»Kommt Ihr?«, fragte er und wechselte wieder zur förmlichen Anrede. Emma beeilte sich, ihm zu folgen. Zum ersten Mal freute sie sich auf ihre karge Zelle im Gästetrakt der Abtei. Die schwere Eisentür hinunter zur Krypta war nur angelehnt. Ehe Emma und Kaspar sie erreichten, schlug sie mit einem lauten Knall zu. Emma schrie, und die Fackel erlosch.

17

Für einige Momente ahnungsvollen Schreckens blieb es finster. Durch das winzige Fenster drang kaum Helligkeit. Dann wurde die Türe aufgezogen. Emma ließ Kaspars Arm los, an dem sie sich entsetzt festgeklammert hatte. Im Schein einer Fackel wurde ein grauhaariger Kopf sichtbar. Emmas Schrei hatte Pater Georg aufmerksam gemacht.

»Herr Abt! Habt Ihr gefunden, was Ihr gesucht habt?«

»Herr Pfarrer.« Kaspar nickte dem Mann so würdevoll zu, wie die Situation es zuließ. Emma, die sich an ihm festgeklammert hatte, erschien dem Geistlichen höchst verdächtig. ›Und sie ist doch sein Liebchen‹, dachte er, behielt seine Vermutung aber noch für sich.

Kaspar stieg die Treppe hoch und bedeutete Emma, ihm zu folgen.

»Erst mal raus hier«, murmelte er.

Im Pfarrhaus tischte die Haushälterin den Gästen einen kühlen Krug Wein auf.

»Wollt Ihr mir nun verraten, was Ihr dort unten getan habt?« Der Blick des Geistlichen wanderte misstrauisch zwischen Kaspar und Emma hin und her.

»Bei allem Respekt, Herr Abt, die Krypta ist wirklich kein geeigneter Ort für ein Rendezvous. Ich bin betrübt zu sehen, dass Ihr schon so bald nach dem Ergreifen Eurer Würde Eure Gelübde brecht.«

»Ich kann Euch beruhigen, so ist es nicht.« Ein feines Lächeln stahl sich auf Kaspars Gesicht. »Diese Dame hier ist Frau Emma, Tochter des Grafen von Eisenberg, bis zur ihrer Vermählung mit dem Grafen Ravensberg ein Gast unseres Klosters.« Emma zuckte bei der Erwähnung des Namens zusammen. Tatsächlich hatte sie immer weniger an den Mann gedacht, den sie heiraten sollte.

»Aber was wolltet Ihr dort unten?«, bohrte der Pfarrer weiter.

»Vor einigen Tagen bin ich in der Klosterbibliothek darauf gestoßen, dass die Gebeine unserer Märtyrer nicht mehr bei der Kreuzbergkapelle begraben sind. Meine weiteren Nachforschungen in der Klosterbibliothek haben ergeben, dass die Toten in der Krypta Eurer Kirche liegen, zusammen mit der seligen Diemut.« Er erwähnte nichts von Emmas Vision.

»Warum habt Ihr mich nicht gleich mit einbezogen?« Der Geistliche war sichtlich gekränkt.

»Wir wollten uns sicher sein.« Emma ergriff das Wort und lächelte den Mann so hinreißend an, dass dieser von weiteren Unmutsbezeugungen absah.

»Und jetzt seid Ihr Euch sicher?«

»Ja.« Kaspar nickte. »Ich denke, sie liegen genau an der Stelle, die das Buch beschreibt.«

»Ich nehme an, Ihr wollt sie überführen?«, mutmaßte der Dorfgeistliche. »Zu meinem Leidwesen werde ich Euch wohl nicht daran hindern können.«

»Überlegt doch einmal, welche Bereicherung die Gebeine der seligen Diemut und die der Märtyrer sein werden. Sobald die Menschen von ihnen erfahren, werden sie nach Wessobrunn pilgern, um ihr Grab zu besuchen. Es wäre falsch, den Leuten dieses Recht zu verwehren.«

Pater Georg, ein alter Mann von über siebzig Jahren, konnte die Wahrheit dieser Aussage nicht bestreiten. In seiner Kirche waren die wertvollen Knochen am falschen Platz.

Die Mönche jubelten über die Entdeckung ihres Abts. Es war selten, dass die Brüder so aus sich herausgingen, und das erfreute Kaspars Herz umso mehr. Natürlich sollte das Kloster weiterhin ein Ort der Ruhe und der Gebete bleiben. Aber er wollte zumindest dafür sorgen, dass ab und zu ein Lachen in den stillen Gängen der Abtei erklang.

Pater Georg und Emma sahen zu, wie unten in der Krypta die Steinplatte entfernt und die Särge aus der Erde gehoben wurden. Der Pfarrer hatte auf seiner Anwesenheit bestanden, sie selbst hatte das Einverständnis des Abts, wenn auch nicht der anwesenden Brüder erhalten.

Die Knochen Thientos und seiner Märtyrer lagen in wildem Durcheinander, als sie den zinnernen Deckel öffneten. Diemuts Gebeine hingegen waren angeordnet wie zu Lebzeiten, Kopf, Arme und Beine – alle am richtigen Fleck. Die Menschen, welche die Särge umstanden, rissen ehrfürchtig die Augen auf, als von dem Leichnam der Inklusin ein süßlicher Rosenduft in ihre Nasen stieg.

In feierlichem Zug brachte man die Toten in die Marienkapelle der Klosterkirche. Emma ging zusammen mit dem Dorfgeistlichen ganz am Ende der Prozession. Ihre Lippen formten lautlos die Gebete, welche Kaspar und seine Mönche sprachen.

In dem Kirchlein war unter einem mächtigen Pfeiler ein tiefes Loch ausgehoben worden. Dort hinein senkten die Benediktiner die beiden nun wieder verschlossenen Särge. Die geistlichen Gesänge hallten in Emmas Ohren. Als die Überführung der seligen Diemut, des Abts Thiento und seiner Mönche vollbracht war, nickte Kaspar Götz ihr kurz zu. Seine Augen strahlten voller Stolz auf das, was sie gemeinsam vollbracht hatten.

Zwei bronzene Täfelchen verkündeten nun, wer hier ruhte. Emma las die Inschrift auf dem Täfelchen der Diemut.

»Am 30. März starb die Inklusin Diemut
seligen Gedenkens,
die hier mit eigenen Händen
für den heiligen Petrus eine
Bibliothek schrieb.«

Abt Kaspar hatte die Worte gewählt, und Emma empfand sie als richtig. Mit einem Mal fühlte sie tiefen Frieden.

Es war Mitte Mai geworden, als sie mit dem jungen Abt wieder einmal durch den Kräutergarten schlenderte. Sie hatte viel über die Wirkung von Pflanzen gelernt, und sie erfuhr immer noch mehr.

»Schau!« Wenn sie alleine waren, sprach er sie jetzt meist mit dem vertraulichen Du an. Er wies auf eine Blume, deren Blätter rosettenförmig angeordnet waren. »Dies hier ist eine Arnika, man nennt sie auch Bergwohlverleih. Sie gehört zur Familie der Korbblütengewächse und wird etwa so hoch wie ein dreijähriges Kind. Riech einmal daran.«

Emma senkte ihre Nase zu dem dottergelben Blütenkelch.

»Mmm, das duftet gut.«

»Ja, aber das ist nicht alles. Umschläge mit Arnikatinktur helfen bei Zerrungen von Muskeln und Sehnen, auch bei Quetschungen. Blutergüsse klingen mithilfe von Arnika schneller ab. Das hat schon Hildegard von Bingen herausgefunden, eine wirklich kluge Frau.«

»Gibt es Nebenwirkungen?«, fragte Emma, die gelernt hatte, was man über Pflanzen in der Medizin unbedingt wissen musste.

»Oh ja, alle Teile der Arnika sind hochgiftig, wenn man sie isst. Bei zu hoher Konzentration einer Arnikatinktur kann es auch zu Reizungen und Schädigungen der Haut kommen, man muss also vorsichtig sein bei der Dosierung.

Lieber erst einmal weniger verwenden und dann die Dosis erhöhen.«

Kaspar zeigte ihr an diesem Tag noch einige weitere Arzneipflanzen, ehe er auf ein anderes Thema zu sprechen kam.

»Ich weiß nicht, wie ich es erklären soll. Ich möchte dich um etwas bitten.«

»Um was geht es denn?« Emma verstand nicht, warum er zögerte. Von Anfang an waren sie offen zueinander gewesen.

»Manchmal, wenn einer der Brüder krank ist, lege ich meine Hand auf seinen Kopf. Es scheint mir, als würde bei demjenigen dann eine Besserung der Beschwerden eintreten, die aber meist nicht anhält. Schon mehrmals hat man mich darauf angesprochen, Abt Heinrich hat meine Gabe als ›heilende Hände‹ bezeichnet.«

»Worauf willst du hinaus?«

»Nun, unser Subprior Bruder Bartholomäus ist erkrankt, und es geht ihm von Tag zu Tag schlechter. Er klagt über schlimmes Bauchgrimmen, doch meine Arzneien scheinen nicht zu wirken. Deine Kraft ist um vieles stärker als meine. Und ich frage mich, ob sie stark genug ist, um ihm zu helfen.«

»Du meinst, es kann sein, dass ich mit meinen Händen Schmerzen lindern kann?«

Kaspar nickte. »Es wäre einen Versuch wert, das herauszufinden. Allerdings haben Gäste keinen Zutritt zum Krankenflügel, und Frauen schon gar nicht.« Er blickte sie entschuldigend an. Emma winkte ab. Diese Regel verletzte sie nicht.

»Was also willst du tun?«, fragte sie, wieder einmal hatte er ihre Neugier geweckt.

»Ich würde dir eine unserer Mönchskutten geben und dich dorthin führen, wenn die Brüder in ihr Abendgebet vertieft sind. Aber ich muss dich warnen, dass eine Entdeckung schlimme Folgen nach sich ziehen würde. Sie könnte mich meine Abtswürde und dich deinen Ruf kosten. Doch ich habe Bruder Bartholomäus ganz besonders ins Herz geschlossen. Er hat sich meiner angenommen, als ich als Neuling ins Kloster kam …«

»In Ordnung.« Emma musste nicht lange überlegen. »Wollen wir es gleich heute versuchen?«

»Ja!« Kaspar nickte. Er griff nach ihrer Hand. »Ich hole dich, wenn es so weit ist. Warte in deiner Zelle auf mich.« Ehe er sich abwandte, küsste er sie keusch auf die Stirn.

Kaspar klopfte, ehe er eintrat. »Es ist so weit, meine Liebe, bist du bereit?« Aus den Falten seiner Kutte zog er eine weitere hervor. »Ich warte vor der Türe, bis du dich umgekleidet hast.« Er löste seinen Blick von ihr und ging hinaus. Ganz kurz hatte Emma das Gefühl, dass er sie für einen Moment nicht als Freund, sondern als Frau betrachtet hatte.

Sie schlüpfte aus ihren Kleidern und erschrak über den kratzigen Stoff der Mönchskluft auf ihrer weichen Haut. »Wie halten sie das nur Tag für Tag aus?«, überlegte sie. Dann verließ sie ihre Kammer und huschte neben Kaspar her zum Krankensaal.

Der Subprior war ohne Zweifel schwerkrank. Seine Augen glänzten fiebrig, sein Bauch war aufgebläht, als trüge er ein Kind. Emma schaute in das gelbliche Gesicht und stellte erleichtert fest, dass Bruder Bartholomäus niemanden zu erkennen schien. Kaspar brachte ihr einen Schemel.

»Setz dich und konzentriere dich«, forderte er sie auf. »Versuch es einfach. Du wirst merken, wenn eine Besserung eintritt. Ich achte derweilen an der Tür darauf, dass niemand kommt.«

Zögernd griff Emma nach der schlaffen Hand des Benediktiners und umfasste sie. Mit ihrem Daumen fühlte sie den Puls an seinem Handgelenk. Schwach, aber regelmäßig. »Wie kann ich Euch helfen?«, fragte sie leise, ohne eine Antwort zu erwarten. Emma berührte seine heiße Stirn, strich über die eingefallenen Wangen, auf denen Bartstoppeln sprießten, über den faltigen Hals. Der Mann stöhnte. Wieder nahm sie seine Hand in ihre. Einer Eingebung folgend tastete ihre andere Hand nach dem Mal an ihrem Knöchel. Sobald die Verbindung hergestellt war, schien der Raum seine festen Konturen zu verlieren. Ihr wurde schwindlig. Es war, als spüre sie den Schmerz des Kranken in sich. Er schlug wie Wellen über ihr zusammen. Ihr Blick verschwamm, ihr Kopf wurde ganz heiß, und ihr Herz schien zu rasen. Schmerzen brannten in ihrem Bauch, hämmerten auf ihren Körper ein. Emma schloss die Augen, denn auch das Abendlicht in dem Raum schien ihr gleißend hell, viel zu hell. Sie spürte, wie Kaspar zu ihr kam und sie stützte.

»Kämpfe!« Sein Flüstern drang an ihr Ohr. »Kämpfe, Emma!«

Unter Aufbietung aller Willenskraft versuchte sie, die Schmerzen zurückzudrängen. Aber es gelang ihr nicht.

»Nein«, wimmerte sie, »nein, nein …« Kaspar wurde zunehmend besorgt. Emma krümmte sich, wand sich unter Qualen. Schweißtropfen standen auf ihrer Stirn. Da griff er ein und zog sie weg von dem Kranken, ehe Schlimmeres geschah. Emma lag in seinen Armen, das schöne Gesicht weiß wie ein Leintuch, die Augen geschlossen. Bartholomäus' Zustand schien unverändert. In Kaspar stieg Angst hoch.

Langsam nahm das Brennen in Emmas Bauch ab, ihr Herzschlag verlangsamte sich, die Hitze wich. Als sie die Lider hob, war auch das Licht wieder normal, angenehm mild fielen die letzten Sonnenstrahlen des Tages auf sie. Kaspar hielt ihre Schultern umfasst.

»Geht es wieder?«, fragte er besorgt, ohne seine Hände wegzunehmen.

»Ja.« Emma nickte, und ihr gelang ein Lächeln.

»Was war das? Auf einmal fühlte ich mich schwerkrank. Es war, als wären seine Schmerzen in mir.«

»Ich weiß nicht, was geschehen ist. Aber ich glaube, es hat dich in Gefahr gebracht. Du solltest es nicht wieder tun.«

»Geht es ihm besser?«

»Sein Zustand ist unverändert. Ich bringe dich jetzt zurück. Du solltest dich ausruhen. Ich danke dir dafür, dass du es versucht hast.«

»Es tut mir leid.« Emma hob entschuldigend die Hand. »Bestimmt war es vermessen zu glauben, ich könnte ihm helfen.« Sie trat noch einmal an Bartholomäus' Bett und griff nach seiner faltigen Hand. Sie zuckte zusammen, als sie seinen Händedruck spürte.

»Ihr wisst, dass es strengstens untersagt ist, Frauen hierherzubringen?« Die Stimme vom Bett her war schwach. Nach wie vor war das Gesicht des Kranken vom Fieber gezeichnet, doch die Augen waren offen und klar.

»Ich muss sagen, ich war noch nie so dankbar dafür, dass eine unserer Regeln gebrochen wurde.« Jetzt lächelte er, und seine Finger, von winzigen Altersflecken übersät, strichen über Emmas Hand.

»Ihr seid Emma von Eisenberg, nicht wahr? Die Frau mit den geheimnisvollen Augen, die einige unserer Brüder zu unkeuschen Gedanken verleitet.« Emma wurde rot. »Gott hat Euch gesegnet, mein Kind. Ich weiß nicht, wie Ihr es gemacht habt. Aber zum ersten Mal denke ich, dass ich vielleicht doch nicht sterben werde. Es war, als wäre etwas von Eurer unverbrauchten Kraft in mich hineingeflossen. Nutzt Eure Gabe zum Wohle der Menschen und zum Wohlgefallen Gottes und missbraucht sie nicht. Ich danke Euch von ganzem Herzen. Geht nun, bevor Euch jemand findet. Ich bin sicher, unser Abt wird mit seinen Arzneien für meine vollständige Genesung sorgen. Jetzt bin ich müde. Vielleicht haben wir, wenn ich hier herauskomme, einmal die Gelegenheit, uns länger miteinander zu unterhalten.«

Kaspar wollte Emma in ihre Zelle begleiten, doch sie winkte ab. In ihrer Kammer kleidete sie sich um, verbarg die Kutte unter ihrem Kopfkissen und suchte dann in der Stille der hereinbrechenden Nacht die Quelle des Wezzo auf. Dort starrte sie auf ihre Hände, die ihr Rätsel aufgaben.

18

Er nahm am Tisch der einfachen Schankstube Platz und musterte unauffällig die anderen Besucher. Mittlerweile hatte er gelernt, die Menschen, von denen er Auskunft erhalten konnte, von denen zu unterscheiden, die ihn rüde zurückweisen würden.

»Christiane«, rief die Wirtin, »bring dem Mann sein Bier!« Das Mädchen kam an Marzans Tisch geeilt.

»Zum Wohl!« Sie stellte den schäumenden Krug vor ihm ab.

»Vielen Dank!« Er lächelte sie an. »Ob ihr wohl ein Zimmer für die Nacht frei hättet?«

»Da muss ich meine Mutter fragen. Bitte geduldet Euch einen Moment.« Es war nicht zu übersehen, dass sie Gefallen an ihm fand. Er hoffte, dass diese Tatsache ihm von Nutzen sein würde.

Kurze Zeit später kehrte sie zurück. »Ihr habt Glück, eines ist noch frei.«

»Schön, das nehme ich. Habt Dank.« Er drückte ihr eine Münze von nicht geringem Wert in die feingliedrige Hand. Sie strahlte ihn an, ehe sie sich abwandte.

»Christl!« Beim Klang ihres Namens drehte sie sich zu ihm um. »Habt Ihr vielleicht Lust, heute nach Feierabend einen kleinen Spaziergang mit mir zu unternehmen?«

»Ich weiß nicht, ob meine Eltern das erlauben.« Aber ihr Gesicht leuchtete.

Marzan und Cupido ritten seit Wochen über staubige Straßen. Seine Kleidung war verschmutzt, bald würde er sie waschen müssen. Einige Male hatten dies gutmütige Wirtsfrauen übernommen. Meist aber wusch er selbst in einem der klaren Bäche. Seine Jacke in der Farbe roten Weins, welche Ravensberg versehentlich beschädigt hatte, war bereits verschlissen.

Der erneute Abschied von seinen Eltern war ihm nicht leichtgefallen. Seine Mutter hatte unaufhörlich vor sich hin geweint. Ihr Schluchzen und die bedrückte Miene seines Vaters hatten sich ihm ins Gedächtnis gebrannt.

»Ich kann dir nicht mehr sagen, als dass man sie in ein Kloster gebracht hat.«

»In welches? Es gibt Hunderte in Bayern!« Zu Beginn des Gesprächs hatte Konstantin vorgehabt, Marzan von seiner Liebe zu dem Mädchen abzubringen. Er war noch jung, es würde sich eine andere Frau für ihn finden, der er sein Herz zu Füßen legen konnte. Aber jetzt stellte er fest, dass alles Bitten und Flehen vergeblich sein würde.

»Mein Sohn, ich weiß es nicht. Aus Ravensberg war nicht mehr als das herauszubringen. Es tut mir leid.«

»Dann werde ich eben so lange suchen, bis ich sie gefunden habe.« Marzans Miene war grimmig.

Daraufhin hatte Konstantin von Hohenfreyberg einen Brief an Herzog Albrecht geschrieben, in dem er die Situation schilderte, die große Liebe der jungen Leute und wie sehr er sich Emma von Eisenberg zur Schwiegertochter wünschte. Er beschwor den Regenten, in eine Vermählung einzuwilligen.

»Ich kenne das Mädchen von klein auf. Es wäre für sie ein großes Unglück, den Grafen zu ehelichen. Der Mann ist viel älter als sie, und sie liebt ihn nicht. Sie mag nicht die einzige Frau sein, die gegen ihren Willen vermählt wird. Doch wird sie nie tiefe Gefühle für den Grafen Ravensberg hegen. Ich bitte Euch in ihrem Namen und im Namen meines Sohnes, Gnade vor Recht ergehen zu lassen. Emma wäre dem Grafen, den ich selbst hoch schätze, nicht das ergebene Weib, welches er sich sicherlich wünscht …«

Marzan griff in seine Satteltasche nach dem raschelnden Papier, auf das er seine Hoffnung setzte. Er würde Emma finden und sie zurückholen. Irgendwie würden sie sich nach München zum Herzog durchschlagen. Es hieß, der Regent sei ein weiser, ein gerechter Mann. Wenn dem so war, dann sollte es möglich sein, ihm die Einwilligung zu einer Hochzeit mit Emma abzuringen.

Als der Abend sich herabsenkte, traf er sich mit Christl. Sie hatte die Erlaubnis des Vaters erhalten, der auf eine gute Partie hoffte. Seine Tochter war über die Maßen hübsch, und er hegte ehrgeizige Pläne für sie. Nun spazierte Marzan mit ihr über blühende Wiesen. Während das Mädchen redete, schweiften seine Gedanken zu den Orten, an denen er schon gewesen war. Er hatte die Klöster in Steingaden, Rottenbuch, Ettal, Benediktbeuren und das auf der Fraueninsel abgesucht, die Leute vor Ort befragt, doch bisher war er nirgends auf Emma gestoßen. Fast überall lebten Frauen von Adel, die sich nach dem Tod ihrer Männer ins Kloster geflüchtet hatten, wo sie sich mit ihrem Geld ein angenehmes, zurückgezogenes Leben erkauften. Ein solches Witwendasein war nicht das Schlechteste, wenn man genug hatte von höfischer Unterhaltung und einer erneuten Verheiratung entgehen wollte. Aber keiner der Orden beherbergte die Tochter des Grafen von Eisenberg.

»Seid Ihr hier geboren?«, erkundigte er sich in leichtem Tonfall bei der Wirtstochter.

»Ja, ich bin nie über den Ammersee und den Heiligen Berg hinausgekommen.«

»Dann kennt Ihr auch das Kloster der Andechser Brüder und wisst etwas über seine Bewohner?«

»Sicher, ihren Wein beziehen die Mönche von uns. Warum fragt Ihr?« Christl lachte ihn an und blickte unter dichten Wimpern zu ihm hoch. Sie war in etwa so groß wie Emma, was ein schmerzhaftes Ziehen der Sehnsucht in seinem Bauch auslöste. Ihre Wangen waren rot wie frische Äpfel im Herbst.

»Könnt Ihr mir vielleicht sagen, ob sich im Moment irgendwelche Besucher in dem Orden der Andechser aufhalten?«

»Wen sucht Ihr?« Die hübsche Wirtstochter war nicht dumm, sie merkte, dass seine Fragen auf etwas Bestimmtes abzielten.

»Das kann ich Euch nicht sagen.« Marzan legte seinen Arm um die Taille des Mädchens und zog ihren geschmeidigen Körper ein wenig zu sich heran.

»Verratet es mir.« Seine Hand strich über ihren Rücken. Die Wirtstochter fühlte sich ermutigt. Schon sah sie sich in feinen Kleidern an einer langen Tafel sitzen.

»Niemanden, sie beherbergen da seit Monaten niemanden. Kriege ich jetzt eine Belohnung?«, fragte Christl kokett, und schon pressten sich ihre roten Lippen auf seinen Mund.

Marzan drückte sie wieder ein Stück von sich weg.

»Sagt mir, in welchem Stift könnte sonst eine junge Dame von Adel untergebracht werden?«

Christl verzog schmollend ihr hübsches Gesicht.

»Keine Angst, sie ist nicht meine Geliebte.« Er lachte die Wirtstochter an, die Lüge ging ihm leicht über die Lippen.

»Neulich«, berichtete sie, »war bei uns ein Weinhändler zu Gast. Er erzählte, dass den Wessobrunnern ihr oberster Hirte kürzlich weggestorben ist. Deshalb wurde er bei dem neuen Abt vorstellig, der Geschäfte wegen. Dort in den Klostergärten hat er eine einsame Frauengestalt von wahrhaft königlicher Anmut gesehen. Obwohl der Händler nachfragte, wurde ihm nicht offenbart, wie ihr Name lautet. Könnte sie das Mädchen sein, das Ihr sucht?«

Marzan nickte nachdenklich. »Ja«, überlegte er laut, »das könnte sie sein.« Dann beeilte er sich, den Spaziergang zu beenden, denn Christl kam ihm erneut gefährlich nahe.

19

Abt Kaspar Götz empfing den jungen Mann in seiner Studierstube, ein hoffnungsvoller Anwärter für die Aufnahme in das Kloster. Bruder Bartholomäus, mittlerweile genesen und zum Prior ernannt, war ebenfalls anwesend. Nach einer kurzen Begrüßung kam man schnell auf den eigentlichen Punkt zu sprechen.

»Was bringt Euch dazu anzunehmen, Ihr könntet für das Leben eines Mönchs geschaffen sein?« Kaspar beobachtete sein junges Gegenüber genau. Er war groß und schlank, seine Kleider, obwohl staubig und verdreckt, schienen von feiner Qualität zu sein. Seine grauen Augen flackerten.

»Ich …« Der Mann, der sich als Engelbert vorgestellt hatte, zögerte.

»Seit meiner frühen Kindheit«, setzte er erneut an, »fühle ich mich eng mit Gott verbunden. Das Lesen in der Bibel gibt mir Kraft, vor dem Altar finde ich Ruhe, in der Beichte Erleichterung.«

»Woher kommt Ihr, und warum habt Ihr Euch dafür entschieden, in unseren Benediktinerorden einzutreten?«

»Man sagt, in Eurem Kloster werden die strengen Regeln des heiligen Benedikt von Nursia noch befolgt und die Wessobrunner Brüder gingen ihren Weg gottesfürchtiger als anderswo.«

»Welche der lehrreichen Bibelgeschichten gefällt Euch am besten?« Bartholomäus mischte sich in das Gespräch ein. Hinter Engelberts Stirn schien es zu arbeiten.

»Die von David und Goliath«, stieß er dann triumphierend hervor.

»Ihr habt meine Frage von vorhin nicht beantwortet«, nahm Kaspar den Faden wieder auf. »Verratet mir, wer Ihr seid.«

Der junge Mann strich sich mit den Fingern durch sein dichtes schwarzes Haar und ließ sich Zeit mit seiner Erwiderung.

»Woher ich ursprünglich komme und wer meine Eltern sind, das weiß ich nicht. Aufgewachsen bin ich bei guten Leuten in Roßhaupten, die sich dem winzigen Findling, der ich damals war, wie einem eigenen Kinde angenommen haben. Meine Ziehmutter hat mich in meinem Wunsch bestärkt, ins Kloster einzutreten, und mein Ziehvater gab mir dies.« Engelbert zog einen abgetragenen Lederbeutel aus der Tasche seines Gewands und leerte dessen Inhalt auf den schlichten Holztisch in der Studierstube des Abts. Klingelnde Pfundmünzen rollten heraus, und Kaspars Augen begannen zu glänzen. Er dachte an den kapellenartigen Rundbau, den er an der Quelle des Wezzo errichten wollte, an den geplanten Anbau der Heuanlage und den Bau eines Back- und Waschhauses. So vieles wollte er als Abt erreichen, und so wenige Mittel hatte er dafür zur Verfügung.

»Woher haben Eure Eltern dieses Geld?«

»Mein Vater, mein Ziehvater, genauer gesagt, ist der uneheliche Sohn eines wohlhabenden Landjunkers. Dieser Edle, wahrlich ein Mann von Ehre, hat sich zeit seines Lebens um die Frucht seiner Lenden gekümmert. Man kann sagen, dass der Hof meiner Eltern floriert. Obwohl ich nicht ihr leibliches Kind bin, hätten sie mir das Recht des Erstgeborenen eingeräumt. Als ich mich aber für den geistlichen Weg entschied, gaben sie mir dies.« Engelbert wies erneut auf den Haufen Münzen.

»Nun gut.« Kaspar zögerte nicht länger und achtete nicht auf das ungute Gefühl in seinem Magen. Der Junge brachte Geld, und er hatte den guten Willen, in Frieden und Ruhe sein Leben hinter den Mauern des Klosters zu verbringen. Wer war er, dass er ihn daran hätte hindern können.

»Geht mit Prior Bartholomäus, der Euch einkleiden und ein Bett weisen wird. Die anderen Brüder lernt Ihr beim Abendbrot kennen. Bedenkt, dass Ihr vorerst der Niedrigste unter den Niedrigen sein werdet. Ihr habt den Anordnungen der Älteren zu folgen und in keiner Weise zu widersprechen. Sobald ich Zeit finde, werde ich Euch herumführen. Bis dahin lernt, hört aufmerksam zu, so dass Ihr Euch bald unserem Lebensrhythmus anpassen könnt. Eine endgültige Entscheidung habt Ihr noch nicht zu treffen. Euer Gelübde, Novize Engelbert, legt Ihr erst dann ab, wenn ich Euch für bereit halte.« Mit einem Nicken entließ Kaspar den jungen Mann und seinen Prior. Dann schob er die Kapuze seiner Kutte zurück und legte seine Zeigefinger an die Schläfen. Er wünschte sich, der anhaltende Kopfschmerz würde endlich nachlassen. Noch mehr aber wünschte er sich ein Gespräch mit Emma von Eisenberg, dem Gast seines Klosters. Gerne hätte er mehr Zeit für sie gefunden. Seit Bartholomäus' Genesung überlegte er hin und her, wie er ihre Kräfte seinem Kloster erhalten könnte.

Wohlweislich hatte er ihr Ravensbergs Besuch vor wenigen Tagen verschwiegen. Obwohl er eines seiner Gelübde brach, war es ihm nicht schwergefallen, den älteren Mann zu belügen. »Eure Verlobte befindet sich in strenger Klausur bei den Schwestern. Ihr werdet verstehen, dass ein Besuch derzeit nicht möglich ist. Aber ich kann Euch berichten, dass sie ruhiger geworden ist, nachdenklicher, seit sie hier in Wessobrunn weilt. Es scheint, als wäre sie nach und nach bereit, sich in ihr Schicksal zu fügen.«

Ravensberg hatte wohlwollend gelächelt und Kaspar eine Schenkungsurkunde in die Hand gedrückt über ein Stück Land in der Nähe Schongaus.

»Ich war immer gut Freund mit Heinrich, Eurem verstorbenen Abt, und ein Gönner dieser Abtei. Bestimmt gehe ich recht in der Annahme, dass Ihr und ich ein ebensolch hervorragendes Auskommen finden werden.«

»Oh ja.« Kaspar hatte den Mann mit einem schnellen Segen entlassen, der nicht von Herzen kam. »Das tun wir bestimmt.« Er konnte jetzt verstehen, warum sich Emma so sehr gegen diese Vermählung sträubte. Hinter der zuvorkommenden Fassade des Grafen lauerte Dunkelheit.

Nach der Terz fand Kaspar Zeit für seinen neuen Novizen. Engelberts seidiges Haar war der strengen Mönchstonsur gewichen. Während des Gottesdiensts hatte er sich beständig gefragt, an wen ihn der junge Mann erinnerte, dessen Gesicht nun im Schatten der Kapuze lag. Er kam nicht darauf und beschloss, ihn auf einem Rundgang durch die Klosteranlage ein wenig auszuhorchen. Er führte ihn vorbei am Grauen Herzog, zeigte ihm den Gästetrakt und die Kirche und wies ihn außerdem auf die hohe Hecke hin, welche die Benediktinerinnen streng von den Brüdern trennte.

»Wie viele Frauen beherbergt Ihr in Eurem Kloster?«, wollte Engelbert wissen.

»Drei Schwestern sind es, die hier bei uns ihr Leben in strenger Gottesfurcht verbringen. Ich nehme an, die Anzahl unserer Brüder habt Ihr schon herausgefunden, nachdem Ihr danach nicht fragt?«

»Wie?« Der Novize hatte so eindringlich auf die grüne Mauer aus Pflanzen gestarrt, dass er die Worte seines Abts überhört hatte.

»Nichts, kommt weiter.« Kaspar spürte immer deutlicher, dass den Findling aus Roßhaupten ein Geheimnis umgab. Zu gegebener Zeit würde er einen Boten in den Ort entsenden, der mehr herausfinden sollte über Engelberts Familie.

»Ich weiß nicht, ob Ihr die Geschichte unseres Klosters schon kennt? Ihr könnt lesen, nehme ich an?«

»Ja.« Der Novize nickte geistesabwesend. »Ja, ich kann lesen, schreiben und rechnen.«

Es war nicht ungewöhnlich, dass der Erbe eines großen Hofes Lesen und Schreiben lernte, um später die Bücher führen zu können. Doch Engelbert hatte seine Frage mit einer Selbstverständlichkeit bejaht, die ihm ungewöhnlich schien für einen Bauernsohn.

»Wenn Ihr mögt, erlaube ich Euch, in Euren Mußestunden die Bibliothek zu benutzen. Wertvolle Schriftstücke, zum Teil von hohem Alter, finden sich dort. Ihr könnt die Entstehung der Abtei zurückverfolgen bis zu Thassilo, dem Klostergründer.«

»Das wäre wunderbar.« Engelbert schenkte Kaspar ein schmales Lächeln, das den Abt vermuten ließ, dass der Novize mit seinen Gedanken überall war, nur nicht hier.

»Ich führe Euch nun zur Quelle des Wezzo, dem Ort, an dem die Brüder – und in Zukunft auch Ihr – Ruhe und Erholung finden.«

Engelbert folgte dem Abt, sein Blick jedoch schweifte immer wieder zurück zur Kapelle, in der die Schwestern ihre Gebete verrichteten.

Die Frau an der Quelle drehte sich lächelnd um. Sie kannte mittlerweile Kaspars Schritt. Als sie den zweiten Mönch hinter ihrem Freund bemerkte, stutzte sie. Er schien ihr vertraut.

»Ihr bringt Besuch mit.« In Gegenwart eines Dritten verfiel sie wieder in die förmliche Anrede.

»Ganz recht. Wollen wir uns setzen?«, forderte Kaspar Emma und mit einem Blick nach hinten seinen Begleiter auf. Der Abt nahm mit überkreuzten Beinen in gewohnt entspannter Pose Platz. Der fremde Mönch legte einen Finger auf seinen Mund und sah ihr in die Augen. Da erkannte sie ihn, und ihr Herz setzte einige Takte lang aus.

»Nun?« Kaspar schaute fragend hoch und bemerkte für einen winzigen Moment den entrückten Ausdruck in Emmas Gesicht. Ihre Pupillen waren geweitet, und ihre Augen hatten sich verdunkelt, schienen fast schwarz. Eine Ahnung stieg in dem Abt hoch, die er lieber nicht bestätigt wissen wollte.

»Dies ist Engelbert aus Roßhaupten, der gestern um Aufnahme in unser Kloster ersucht hat«, stellte er den Mann vor, von dem er nun gewiss war, dass sie ihn bereits kannte.

»Emma von Eisenberg …«, wandte er sich an seinen Novizen, »… ist bis zu ihrer Vermählung mit dem Grafen Ravensberg ein geschätzter Gast unserer Abtei. Sie trägt nach dem Tod ihres Vaters Trauer.«

»Mein Beileid«, murmelte Engelbert und starrte dabei in das klare Wasser der Quelle.

»Habt Dank.« Emma hoffte verzweifelt, dass Kaspar mit seinem feinen Spürsinn die Wahrheit nicht erkennen würde. Endlich war er da, nach Wochen der Sehnsucht, des Hoffens und des Bangens. ›Lass nicht zu, dass Ravensberg mich bekommt‹, hatte sie ihn an dem Abend gebeten, als er sie zu seiner Frau gemacht hatte. Sie hatte immer gewusst, dass er sein Versprechen halten würde.

Kaspar sprang unerwartet auf. »Was habt Ihr?«, fragte Emma. Ihr Herz wurde schwer, als sie erkannte, dass sie ihn würde verraten müssen.

»Mir war entfallen, dass noch ein wichtiger Brief an den Bischof ausständig ist. Bitte entschuldigt mich, ich werde versuchen, mich später wieder zu Euch zu gesellen.« Der Abt wandte sich hastig ab. »Wenn Ihr mögt, bleibt noch eine Weile und lasst die Quelle auf Euch wirken«, rief er über die Schulter dem Novizen zu.

Sie warteten ab, bis Kaspars Schritte verklungen waren.

»Marzan!« Emma genoss das Gefühl, den vertrauten Namen endlich wieder aussprechen zu können. Er kam wie eine Liebkosung über ihre Lippen.

»Emma, meine Liebste.« Marzan widerstand dem Drang, nach ihrer Hand zu greifen. Sie sprachen leise miteinander, sich der Gefahr der Entdeckung bewusst.

»Ich habe überall nach dir gesucht, Kloster für Kloster durchforscht …«

»Du bist doch nicht ernsthaft in jede der Abteien eingetreten?«, fragte Emma zweifelnd. Grenzenloses Staunen lag in ihren Augen, dass er wirklich hier war.

»Nein, ich habe andere Mittel und Wege gefunden, das zu erfahren, was ich wissen wollte. Ich erzähle dir alles später, aber jetzt haben wir keine Zeit. Ich glaube, es dauert nicht mehr lange, bis die Glocke wieder läutet. Mir kommt es vor, als wären die Brüder hier nur am Beten.« Er verdrehte die Augen, was Emma zum Lachen brachte. Schnell sah sie sich um, ob jemand ihren ungewöhnlichen Heiterkeitsausbruch gehört hatte. Niemand war zu sehen.

»Was hast du vor?«

»Wir werden uns in der Nacht davonschleichen. Ich habe Cupido bei einem Bauern in Haid untergebracht. Mit dem Geld meiner Eltern habe ich mir meine Aufnahme in den Orden erkauft, so dass ich nichts mehr besitze. Meine Kleider haben die Mönche ebenfalls an sich genommen. Ich werde unsere Flucht notgedrungen als Benediktiner antreten. Wirst du bewacht?«

Emma verneinte. »Was ist mit dem Pförtner?«, fragte sie und dachte an Bruder Thomas den Jüngeren, der als einer der wenigen Notiz von ihr genommen hatte. Sie mochte ihn.

»Ich werde ihn niederschlagen.«

»Nein.« Emma schüttelte den Kopf. »Das kannst du nicht

tun, du könntest ihn verletzen. Vielleicht schläft er sowieso. Es kommt manchmal vor, dass er im Dienst einnickt. Wenn es so weit ist, werde ich Vorsorge treffen, dass sich ein Tropfen Schlaftrunk in seinem Wein befindet. Wir werden ungehindert passieren können.«

»In Ordnung. Aber woher willst du das Schlafmittel nehmen?«

Emma lächelte. »Ich habe von Kaspar in den letzten Wochen vieles über Pflanzen, Kräuter und ihre Wirkung gelernt.«

»Kaspar ist der Abt«, fügte sie an, als sie Marzans fragenden Blick bemerkte.

»Du verstehst dich gut mit ihm, oder?«

»Ja, aber das ist jetzt nicht wichtig. Wichtig ist nur, dass wir beisammen sein können. Wann wollen wir fliehen?«

»Heute Nacht noch nicht. Ich glaube, dein Abt misstraut mir. Solange er mich unter Beobachtung hält, wäre mir eine Flucht zu riskant. Ich habe ihnen aber auch eine haarsträubende Geschichte über meine Herkunft aufgetischt.« Marzan grinste verschmitzt. »Mir fiel einfach nichts Besseres ein, so aufgeregt war ich, dich bald wiederzusehen.«

»Lass mir noch zwei Tage Zeit«, bat Emma und sehnte sich danach, ihn zu berühren. »Dann habe ich alles vorbereitet.«

›Und mich von Kaspar verabschiedet‹, dachte sie, sprach den Gedanken aber nicht laut aus.

»Gut, meine Liebste.« Marzan sah sie so zärtlich an, dass ihre Knie weich wurden. »Wir treffen uns in zwei Tagen beim elften Glockenschlag hier an der Quelle. Bis dahin werde ich weiterhin versuchen, die Brüder von meiner Gottesfurcht zu überzeugen.« Er stand auf. Ehe er sich abwandte, legte er Emma für den Bruchteil einer Sekunde seine warme Hand auf den Nacken. »Bis bald, Liebste.«

Auf dem Rückweg zum Wohntrakt der Mönche pfiff er

leise vor sich hin. Er bemerkte den Abt nicht. Der hatte, verborgen hinter dem Stamm einer mächtigen Eiche, die beiden jungen Menschen an der heiligen Quelle beobachtet.

20

Kaspar fand in den nächsten beiden Tagen ungewöhnlich viel Zeit für Emma, der es zunehmend schwerfiel, ihm die wahre Identität seines Novizen zu verschweigen. Er hatte nicht verdient, dass sie ihn belog. Aber sie wagte nicht, ihm die Wahrheit zu sagen. Zu vieles stand auf dem Spiel. Sie hatte nicht wieder mit Marzan gesprochen, doch sie hatte in der Kirche von der Empore aus staunend auf ihn hinabgeblickt. Mit einem Mal war das Leben wieder voller neuer Möglichkeiten. Sie freute sich darauf, einfach nur mit ihm zusammen zu sein.

»Kaspar«, sie sah den neben ihr sitzenden Abt an. »Ich wollte dir danken für alles, was du für mich getan hast. Erst durch dich habe ich erfahren, wie weitreichend die Gabe des zweiten Gesichts sein kann.« Sie lächelte ihn an, bemüht, ihre Worte nicht nach Abschied klingen zu lassen.

»Wir werden noch mehr herausfinden, meine Liebe, da bin ich ganz sicher. Überleg doch einmal, wie viel Gutes sich durch deine Gabe bewirken lässt. Du hast die Fähigkeit, Menschen zu heilen. Ohne dich wäre Bartholomäus gestorben. Außerdem habe ich dir noch nicht verraten, was ich über das Sternenmal an deinem Knöchel weiß.«

»Sagst du es mir jetzt?« Emma gelang es nicht, das Beben in ihrer Stimme zu unterdrücken.

»Nein.«

»Warum nicht?«

»Ich werde den richtigen Zeitpunkt abwarten.«

»Wann?«, fragte sie, doch Kaspar zuckte mit den Schultern.

»Mein Vater – er wurde umgebracht.« Emma hatte lange nachgedacht, ob sie ihm die Frage stellen sollte. Jetzt stieß sie die Worte schnell und beinahe tonlos hervor. »Denkst du, ich werde irgendwann den Mörder in meinen Visionen sehen?«

»Das weiß ich nicht.« Sie las aufrichtiges Bedauern in Kaspars Augen. Es tat ihm leid, dass er ihr nicht mehr sagen konnte.

Als er sie an diesem Tag verließ, vergoss Emma warme Tränen um den jungen Abt, der ihr Freund geworden war. Sie ahnte, dass sie ihn nicht wiedersehen würde. Heute Nacht noch wollten sie fliehen. Schon gestern hatte sie die Pflanze gepflückt, die Thomas in Tiefschlaf versetzen sollte. In niedriger Dosierung war der Schlafmohn ungefährlich. Nach der Abendmesse würde sie ihn in seinem Wachhäuschen aufsuchen mit einem kühlen Krug Bier.

Emma tappte durch das feuchte Gras, der Mond leuchtete ihr den Weg. Wie bei ihrer Ankunft trug sie das hochgeschlossene, graue Kleid, darüber einen schwarzen Mantel. Ihr Herz raste. Sie wusste, sie war zu früh, doch sie hatte es in ihrer Kammer nicht mehr ausgehalten. Nach und nach gewöhnten sich ihre Augen an die Dunkelheit. Als sie die Quelle erreichte, stellte sie erstaunt fest, dass Marzan schon da war. Er stand abgewandt von ihr im Schatten eines Baumes. Sie eilte zu ihm und legte ihre Arme um seine Hüften.

»Emma.« Sie kannte die Stimme, aber sie gehörte nicht Marzan. Erschrocken löste sie ihre Hände vom Körper des Abts.

»Was tust du hier?«, wisperte sie.

»Hast du wirklich gedacht, ich lasse dich einfach so gehen?«

»Ich …« Sie wusste nicht, was sie ihm antworten sollte.

»Es tut mir leid, dass ich dich enttäuscht habe«, sagte sie schließlich.

»Hör mir zu!« Kaspar griff nach ihrer linken Hand und nahm sie zwischen seine warmen Finger. »Ja, ich bin enttäuscht, aber ich wusste immer, dass du nicht ewig bleiben kannst. Es schmerzt mich, dass du mich belogen hast, aber ein klein wenig kann ich dich verstehen. Du liebst ihn, und du hasst diesen Ravensberg. Ich habe den Mann kürzlich getroffen und hoffe nicht, dass er jemals Gewalt über dich haben wird.«

»Wann …?«

»Pst, nicht jetzt. Es gibt Wichtigeres zu besprechen. Du musst mehr herausfinden über das Sternenmal. Es hat eine Bedeutung, die wichtig sein kann für deine Zukunft. Bringe in Erfahrung, was es damit auf sich hat.«

»Wie?«, hauchte Emma.

»In Bayersoien, direkt neben einem großen See nahe den Alpen, lebt eine alte Frau. Sie hat mir den Weg gewiesen, als ich mehr wissen wollte über meine Gesichte. Auf ihrem Handrücken trägt sie ein Zeichen. Ich habe sie nie danach gefragt, aber es ist mir aufgefallen. Es ist das gleiche Mal wie deines, und sie wird dir mehr darüber sagen können. Suche nach Sofia, der weisen Frau.«

»Ich will nicht, dass du aus meinem Leben verschwindest.« Emma wusste, wie zwecklos ihre Bemerkung war. Schon spürte sie den Verlust des Freundes schmerzhaft in sich brennen.

»Hier!« Kaspar drückte ihr einen groben Stoff in die Hand. »Die Kutte, die du im Krankenzimmer bei Bartholomäus getragen hast. Ich habe sie aufbewahrt. Zieh sie über bei eurer Flucht. Man wird nach einer jungen Frau suchen, nicht nach einem pilgernden Benediktiner.«

»Danke, ich weiß gar nicht, wie ich dir danken soll.« Emmas Augen schwammen in Tränen.

»Das musst du nicht. Ich selbst werde keinerlei Schuld für dein Verschwinden auf mich nehmen. Deinen Plan hast du ganz alleine ausgeheckt und durchgeführt. Wahrscheinlich wird man Engelberts Verschwinden mit dem deinen in Verbindung bringen. Ihr solltet euch darauf einstellen. In diesem Sack«, er wies auf ein schattenhaftes Bündel am Rand der Quelle, »sind seine Sachen, die wir ihm abgenommen haben. Auch die Münzen, mit denen er sich seinen Eintritt erkauft hat. Mehr gibt es nicht zu sagen, außer dass ich Gottes Segen für dich und die deinen erflehe.«

»Kaspar!« Emma weinte jetzt heftig. »Wo ist dieser Ort?«, fragte sie unter Tränen.

»Geh nach Süden, vorbei an Peißenberg und Rottenbuch, aber halte dich fern von Peiting, es ist nicht weit von dort.« Kaspar schenkte ihr einen letzten Blick, die Augen voller Wehmut. »Bestelle Engelbert aus Roßhaupten Grüße von mir.« Damit wandte er sich ab und verschwand in der Dunkelheit.

Emma blieb aufgewühlt zurück. Sie hatte ihm nicht verraten, dass die Mönche, seine geliebten Söhne, seinen Leichnam einst in ein hölzernes Fass zwängen und im Fluss Lech versenken würden, als Rache für seinen Freitod. Sie ahnte, dass er es bereits wusste.

Beim elften Glockenschlag erschien Marzan. Ehe er etwas sagte, küsste er sie leidenschaftlich auf den Mund. Seine Hände glitten unter ihren Mantel und legten sich warm auf ihre Hüfte.

»Endlich, Liebste. Lass uns zusehen, dass wir von hier verschwinden. Hast du dem Pförtner das Schlafmittel verabreicht?«

»Ja, ich habe ihm nach dem Abendgebet einen Krug Bier, versetzt mit Schlafmohn, gebracht und gewartet, bis er ihn getrunken hatte.«

»Gut, dann komm.« Er griff nach ihrem Arm.

»Halt.« Emma wies auf das Bündel mit seinen Sachen. »Das sollten wir mitnehmen.«

»Woher hast du …?«

»Später.«

Sie verließen die Abtei, ohne bemerkt zu werden. Thomas der Jüngere schnarchte friedlich, farbige Bilder, die ihm der Schlafmohn bescherte, geisterten durch seine Träume. Emma flüsterte ihm einen Abschiedsgruß zu, der ungehört in der Stille der Nacht verklang. In ihrer Freude über die wiedererlangte Freiheit schwang leiser Abschiedsschmerz mit. Sie folgte Marzan, der sie über leere Straßen und Wege führte, ihre Hand fest in seiner. In einem dunklen Waldstück zog sie die Mönchskutte über ihr Kleid. In dieser Aufmachung würden sie so schnell keine Aufmerksamkeit erregen.

Auf dem kleinen Hof in Haid murrte der Bauer, als er zu nachtschlafender Zeit aus dem Bett geholt wurde. Er führte Marzan zu dem kleinen Verschlag, der als Stall diente.

»Wir haben gut für ihn gesorgt. Seid versichert, er hat beinahe fürstlich gelebt hier bei uns«, berichtete der Bauer mit schlaftrunkener Stimme. Marzan verstand den Wink. Er griff in den wiedererlangten Beutel, zog eine Münze heraus und drückte sie ihm in die geöffnete Hand.

»Gute Reise, der Herr«, wünschte der Bauer nun freundlich. Er hatte ein hervorragendes Geschäft gemacht. Jetzt sehnte er sich danach, wieder auf sein Lager zu seiner Frau und den beiden jüngsten Kindern zurückzukehren. Wenn ihm die Mönchskutte des jungen Edelmanns auch seltsam erschien, so vergaß er dies sofort wieder. Er war gut bezahlt worden. Wenn man ihn fragte, dann war der Mann nie hier gewesen.

»Cupido!« Emma rieb ihre Wange an der Flanke des schönen Hengstes, der hinter Marzan in der Dunkelheit aufgetaucht war. »Komm!« Er stieg auf und zog sie zu sich auf den Pferderücken. Der unauffällige Sack mit seinen Kleidern und dem Geld war sicher in der Satteltasche verstaut. Sie schlang ihre Arme um seinen Körper und legte ihre Wange an seinen breiten Rücken. Vorerst wollte sie nicht mehr denken, nur noch fühlen.

Sie ritten die Nacht hindurch und rasteten im Morgengrauen an einem kleinen Bach. Die Wiese war feucht vom Tau, doch die Nässe drang nicht durch Emmas Mantel, auf dem sie saßen. Marzan hatte seinen Arm um ihre Schultern gelegt, ihr Kopf ruhte an seiner Brust.

»Wie geht es dir?«, fragte er, und an seiner Nasenwurzel erschien eine kleine Sorgenfalte. »Haben sie dich in dem Kloster gut behandelt?«

»Ja.« Emma nickte. »Ich glaube, ich hätte es nicht besser treffen können. Kaspar wurde mein Freund, als er noch Prior war. Und nach dem Tod des alten Abts konnte ich mich sogar noch freier bewegen.«

»Warum hat dieser Abt sich so um dich gekümmert? Ich hoffe, er hat keine Gegenleistung von dir erwartet?« Die Sorgenfalte wurde tiefer.

Emma zuckte zusammen. »Wir mochten uns einfach«, erwiderte sie und erzählte ihm nichts von ihren Visionen. Das würde sie später tun, wenn sie einander wieder näher wären. Marzan legte seine Hand auf ihren Nacken, und sofort entspannte sie sich.

»Wir müssen weiter«, sagte er. »Ich möchte so schnell und so weit weg von Gaispoint wie irgend möglich. Sie werden bald nach uns suchen.« Auch wenn Emma ahnte, dass Kaspar dafür Sorge tragen würde, die Entdeckung ihres Verschwindens so lange wie möglich hinauszuzögern, stimmte sie Marzan zu. Ihr Vorsprung war nicht groß. Nur weit fort von hier, und weit fort aus Ravensbergs Machtbereich.

»Wir reiten nach München.« Marzan schwang sich auf Cupidos Rücken und half Emma in den Sattel. »Zum Herzog. Ich habe einen Brief meines Vaters, in dem er die Situation schildert und um Albrechts Einwilligung in unsere Vermählung bittet. Und wenn er nicht zustimmt, werde ich dich eben ohne seinen Segen heiraten. Dann leben wir in Augsburg, und du wirst eine geachtete Kaufmannsfrau.« Marzan griff nach ihrer Hand und legte sie auf seinen Oberschenkel. »Aber ich glaube, er wird seine Zustimmung geben. Man sagt, er sei ein weiser Mann. Wir müssen nur dafür sorgen, dass uns bis zu dem Zeitpunkt, an dem wir bei ihm vorsprechen können, niemand entdeckt. Wir müssen in die Hauptstadt gelangen, ohne eventuellen Verfolgern in die Arme zu laufen.«

»Marzan«, Emma unterbrach seinen Redefluss. »Ich gehe gerne mit dir überallhin, auch bis ans Ende der Welt, wenn es sein muss. Und doch wäre es schade, wenn wir Eisenberg und Hohenfreyberg verlieren würden. Es ist unser Zuhause, unser Erbe, und die Menschen dort brauchen uns. Aber ich gebe es für dich auf, wenn es denn sein soll. Zuvor muss ich dich jedoch um etwas bitten. Es ist sehr wichtig für mich.« Sie presste seine Hand.

»Was denn, Liebste?« Marzans Ton sagte deutlicher als Worte, dass er alles für sie tun würde.

»Wir können nicht gleich nach München, wir müssen erst nach Bayersoien.«

»Wohin?«

»Bayersoien. Ein Ort am Rande der Alpen, an einem großen See. Richtung Süden.«

»Nein!« Marzan blickte sie ungläubig an und richtete sich im Sattel auf. »Das kann nicht dein Ernst sein, Emma!«

Sie nickte schweigend.

»Nein«, wiederholte Marzan. »Die Gefahr wäre viel zu groß, dass wir entdeckt werden.« Er zügelte Cupido, sprang vom Pferd und zog Emma zu sich herunter. »Wenn sie uns finden, bringen sie dich zurück ins Kloster. Ein zweites Mal werden wir nicht so leicht entkommen, dafür kann auch dein Abt nicht sorgen. Ravensberg will dich, und er hat große Macht. Wir müssen zum Herzog und ihn auf unsere Seite ziehen!« Marzan hielt Emmas Schultern umfasst und schüttelte sie leicht. Seine eindringlichen Worte machten ihr die Entscheidung schwer. Emma zögerte, weil sie wusste, dass er recht haben könnte. Wenn sie nicht sofort nach München aufbrachen, war es vielleicht zu spät.

»Ich muss dorthin und eine alte Frau namens Sofia finden. Sie ist die Einzige, die mir mehr über mein Sternenmal sagen kann. Es tut mir leid, aber ich kann nicht anders.«

»Und dafür willst du alles aufs Spiel setzen?« Fassungslosigkeit spiegelte sich in Marzans Gesicht. Es kam selten vor, dass sie nicht einer Meinung waren. Selbst als Kinder hatten sie kaum je gestritten.

»Ich muss«, erwiderte sie leise und sah ihn mit ihren großen, grauen Augen an. »Hilf mir, Sofia zu finden. Hinterher schlagen wir uns in die Hauptstadt zu Herzog Albrecht durch und ringen ihm seine Einwilligung ab. Weiß man mittlerweile, wer meinen Vater umgebracht hat?« Sie stellte ihre Frage ohne Zusammenhang. Zögernd, beinahe ängstlich.

Marzan zuckte bedauernd mit den Schultern. »Ich bin aufgebrochen, so schnell es ging. Seit deinem Verschwinden war ich auf der Suche nach dir. Ich habe keine Nachrichten von zu Hause.«

»Ich werde keine Ruhe finden, ehe ich nicht den Namen des Mörders kenne.« Emmas Stimme war leise, aber fest.

»In Ordnung.« Marzan gab nach. Sie war so tapfer. Er zog sie zu sich heran und genoss die Erregung, welche die Nähe ihres Körpers in ihm auslöste. »Du wirst keine Ruhe geben, ehe du nicht deinen Willen durchgesetzt hast. Wir suchen deine Sofia, gehen dann zum Herzog und finden hinterher heraus, wer deinen Vater umgebracht hat.«

»Danke.« Sie küsste die weiche Haut seines Nackens. Marzan spürte ihre sanften Lippen und wusste, er würde einfach alles für Emma tun.

»Ich liebe dich.« Ihre geflüsterten Worte drangen an sein Ohr, und sein Mund verzog sich zu einem Lächeln.

Sie ahnten beide nicht, dass Ravensberg sich zur gleichen Zeit auf Hohenfreyberg aufhielt. Dort leitete er, im Auftrag des Herzogs, die Suche nach dem Mörder des Grafen von Eisenberg. Eben hatte man den Dolch, die Klinge noch beschmutzt mit getrocknetem Blut, unter Marzans Sachen entdeckt, was namenloses Entsetzen bei den Anwesenden auslöste.

21

Marzan zügelte Cupido, als am Horizont die ersten Häuser auftauchten. Noch waren die strohgedeckten Hütten nur als schemenhafte Umrisse zu erkennen. Dennoch war es unverkennbar eine menschliche Siedlung. In Pael, so der Name des Weilers, lebten nicht einmal zwei Dutzend Menschen. Marzan wollte Emma zurücklassen, um Proviant zu besorgen.

»Meinst du nicht, es ist gefährlich, schon jetzt anzuhalten?«

Marzan streichelte ihren Arm. »Wir sind beinahe ohne Pause geritten. So schnell kann sich die Nachricht von deinem Verschwinden gar nicht verbreitet haben. Ich kümmere mich um Wegzehrung. Niemand dort kann wissen, dass wir gesucht werden.«

»Lass mich gehen«, bat Emma. »Ich könnte es nicht ertragen, wenn dir etwas zustößt.«

»Nein, du bleibst hier. Du trägst zwar die Mönchskutte, aber jeder, der ein bisschen näher an dich herankommt, kann erkennen, was daruntersteckt. Die weichen Gesichtszüge, der fein geschwungene Mund … Man sieht, dass du eine Frau bist.« Er umfasste mit den Fingern ihr Kinn und küsste sie auf die halbgeöffneten Lippen.

»In Ordnung.« Sie lehnte ihre Stirn gegen Cupidos weiche Nüstern. »Aber gib auf dich acht.«

»Ich werde so schnell wieder bei dir sein, dass du gar nicht merkst, dass ich überhaupt fort war.«

Emma hatte während ihrer Zeit im Kloster nicht gebetet, wenn man von den gemurmelten Liturgien in der Kirche absah. Jetzt aber faltete sie die Hände. »Lieber Gott, bitte lass ihm nichts zustoßen …«

Marzan nahm eine leicht gebückte Haltung ein, als der Schatten der ersten Bauernkate auf ihn fiel. Aufmerksam betrachtete er seine Umgebung und hielt Ausschau nach jemandem, der ihm vielleicht weiterhelfen konnte. Einige Kinder spielten barfüßig auf einer von kleinen Füßen niedergetrampelten Wiese. An einem Tümpel tauchten zwei Frauen, die eine jung, die andere schon älter, schmutzige Kleidungsstücke in das moorige Wasser. Die aus Weideruten geflochtenen Körbe waren fast leer. Kurz entschlossen marschierte er auf die beiden Wäscherinnen zu.

»Gott zum Gruß!«, rief er laut. Die Frauen schraken hoch. Als sie einen Mönch vor sich sahen, verschwand die Aufregung aus ihren Gesichtern.

»Was führt Euch hierher, Pater?«, fragte die Ältere. Marzan räusperte sich. Er versuchte, als weit gereister Kirchenmann aufzutreten. »Auf meinem langen Weg trieb mich der Hunger in Euer Dorf«, begann er. Bei seinen Worten wurden die Augen der Weiber hart.

»Es tut mir leid, aber wir haben selbst kaum genügend zum Leben. Seht Euch diese Schar an!« Die Ältere wies mit einer ausholenden Handbewegung auf die Kinder, die ihr Spiel unterbrochen hatten und sich neugierig um den Fremden drängten. »Genug hungrige Mäuler, die gestopft werden müssen. Wir können Euch nichts geben.« Die Frau schüttelte den Kopf, um ihre Worte zu unterstreichen. »Nein, wir können nichts geben, so gerne wir es täten«, fügte sie hinzu, um die Härte ihrer Ablehnung zu mildern.

»Gute Leute, versteht mich nicht falsch!« Marzan streckte theatralisch die Arme aus und drehte sich einmal im Kreis, womit er den ganzen Ort umfasste. »Wer wüsste wohl besser um die Not von Menschen wie euch als ein Benediktiner, ein weit gereister Diener Gottes. Ich sehe die Armut überall, ich weiß, wie hart ihr arbeitet. Nie würde ich von euch verlangen, etwas zu geben, das ich nicht entgelten kann.« Befriedigt sah er, wie die Augen der beiden Frauen zu glänzen begannen. Sie taten ihm leid, weil er ihre Not verstehen konnte, auch wenn er selbst niemals Hunger gelitten hatte. Doch er wusste, wie der Großteil der Landbevölkerung darbte, wie die Menschen um ihren Lebensunterhalt kämpfen mussten.

Der unauffällige Lederbeutel war an der Kordel um seine Taille befestigt. Marzan griff hinein und streckte den Wäscherinnen dann seine geöffnete Hand hin, auf der eine schimmernde Münze lag.

»Sagt mir, wie viel Brot, Wurst und Käse kann ich dafür bekommen?« Er wusste, dass das Geldstück in seiner Hand dem Wert eines halben Rindes entsprach. Aber er war gern bereit, es den Leuten zu geben, wenn sie ihm dafür nur genug zu Essen einpackten. Eines der Kinder schlich sich neugierig an ihn heran. Er beobachtete die Kleine aus den Augenwinkeln heraus. Dreckspritzer zierten ihr rundes Gesicht. Schon streckte sie die Hand aus, um ihn zu berühren, doch dann verließ sie der Mut. Sie rannte zu der älteren Frau und vergrub ihr Gesicht in deren Schürze.

»Die Männer sind auf dem Feld und leisten Frondienst für die Herrschaft.« Wieder sprach die Ältere und legte die Hand auf den blonden Schopf des Mädchens. »Aber meine Tochter hier wird Euch geben, was Ihr braucht.«

»Habt Dank.« Marzan nickte ihr zu und folgte der jüngeren Frau in eine der einfachen Katen. Schweigend machte sie sich daran, Proviant für den Benediktiner zusammenzustellen, eifrig darauf bedacht, nur etwas von dem einzupacken, das sie auch entbehren konnten. Zwei Brotlaibe, Wurst, Speck, Möhren und Zwiebeln, diese im Übermaß, wanderten in eine Stofftasche.

»Seid Ihr zu Fuß unterwegs?« Es war das erste Mal, dass sie sprach.

»Ja. Im Dienste des Herrn sind Entbehrungen und Mühen der Bequemlichkeit vorzuziehen.«

»Wohin wollt Ihr?«

»Ich weiß nicht, ob Ihr davon gehört habt.« Marzan hatte sich auf diese Frage vorbereitet. »Der Ort heißt Ötting, mittlerweile Altötting, da es auch einen neueren Teil gibt.« Als Laufbursche und Lehrjunge Jakob Fuggers hatte er den Dienstherrn so manches Mal auf kleineren Reisen begleitet. Eine von diesen hatte ihn von Augsburg nach Ötting geführt, wo das Gnadenbild der Maria ihn nachhaltig beeindruckte. Daraufhin hatte er Näheres darüber bei Fugger erfragt.

»Auf dem weiträumigen Kirchplatz zieht die Gnadenkapelle alle Blicke auf sich. Ihr Turm ist achteckig. Der Legende nach hat dort der heilige Bischof Rupertus von Salzburg den ersten christlichen Bayernherzog getauft. Im Inneren der Kapelle steht eine aus Lindenholz geschnitzte Muttergottes mit ihrem Kinde. Das Gnadenbild. Es wirkt Wunder, sagt man, und ich möchte mir den Segen dieses Ortes für mich und meinen Orden holen.«

»Wie gerne würde ich mit Euch dorthin gehen!« Die Stimme der jungen Frau klang sehnsüchtig.

»Ich bin sicher, eines Tages, wenn Eure Kinder älter sind und Eurer Fürsorge nicht mehr bedürfen, werdet Ihr die Maria von Altötting besuchen können.«

»Das sind die Kinder meiner Mutter, meine Schwestern und Brüder.« Sie sah erstaunt zu ihm hoch. Für einen Moment trafen sich ihre Blicke. »Wie kommt Ihr darauf, sie könnten von mir sein? Ich bin noch nicht einmal ein Jahr verheiratet.«

»Oh, bitte entschuldigt.« Die andere Frau hatte so verbraucht ausgesehen, so ermattet von einem Leben voller Anstrengungen, dass er angenommen hatte, sie wäre die Großmutter. Stattdessen war sie noch immer eine Frau in der Blüte ihres Lebens. Das Kleinste der Kinder konnte noch nicht älter als zwei oder drei Jahre sein.

Marzan betrachtete das Mädchen vor sich zum ersten Mal genauer. Tatsächlich war sie jünger, als er angenommen hatte. Sie hatte dunkle Ringe unter den Augen, und ihr Gesicht trug einen gehetzten Ausdruck. Sie schien ihm ängstlich und verloren.

»Verratet Ihr mir Euren Namen?« Er lächelte sie an.

»Ich heiße Franziska.«

»Franziska, Gott segne Euch, Eure Eltern, Eure Geschwister und Euren Mann. Habt vielen Dank für Eure Mildtätigkeit und Eure Gaben.« Er streckte die Hand nach dem Bündel mit Lebensmitteln aus, das sie ihm reichte. Mit großen Schritten verließ er die stickige Kate. Franziska folgte ihm hinaus ins Freie. Er verabschiedete sich mit Gruß und Segen von der anderen Frau und ihren Kindern. Während er sich vom Dorf entfernte, drehte er sich nicht mehr um.

»Halt! Wartet!« Marzan blieb stehen und wandte sich zu Franziska um, die ihm in fliegender Eile nachgelaufen kam. Ihr Atem ging schneller, als sie ihn erreicht hatte.

»Bitte …« Sie keuchte. »Bitte, sagt mir …« Ihre hellen Augen schwammen in Feuchtigkeit. Sie sah ihn mit der Hilflosigkeit eines unschuldigen Kindes an.

»Was, meine Liebe? Was soll ich Euch sagen?« Er wollte so schnell wie möglich zurück zu Emma, doch die Verzweiflung der jungen Frau rührte ihn.

»Nichts.« Jetzt schüttelte Franziska den Kopf. Ihr Gesicht wurde hart. »Es ist nichts«, beteuerte sie erneut. Marzan blickte sie forschend an und drückte ihr eine weitere, etwas kleinere Münze in die Hand.

»Als ich vor vielen Jahren Altötting besucht habe, war ich von Rom gekommen. Man sagte mir, der schnellste Weg führe über Soien. Könnt Ihr mir vielleicht sagen, wie weit es von hier aus noch ist?«

Franziska nickte, und er erfuhr, dass die Strecke zu Pferd an weniger als einem Tag zu bewältigen war. »Zu Fuß müsstet Ihr es in zwei Tagen dorthin geschafft haben. Wie Ihr von Soien aus aber weiter nach Altötting kommt, das weiß ich nicht.«

»Trotzdem vielen Dank!« Marzan schlug erneut das Kreuzzeichen über dem Kopf der jungen Frau und unterdrückte den Jubel in seinem Inneren. ›Weniger als ein Tag‹, überlegte er erfreut, ›das bedeutet, dass der Besuch bei der alten Sofia uns kaum aufhalten wird.‹

Noch einmal verabschiedete er sich von Franziska, die ihm lange hinterherblickte. Ihr ganzes Leben lang hatte sie davon geträumt, eine Nonne zu sein. Eine von den Frauen, die in reinlichen Betten schliefen und von keinem Mann belästigt wurden. Die Verletzungen, die ihr Ehemann ihr in der vergangenen Nacht zugefügt hatte, brannten noch immer auf ihrer Haut. Der davoneilende Mönch verkörperte das, was ihrem Traum am nächsten kam.

Er kam so leise heran, dass Emma ihn zuerst nicht hörte. Cupido, der sie vor Gefahr warnen sollte, graste friedlich. Eine Weile blieb Marzan stehen und betrachtete seine Geliebte. Sie hatte die Mönchskutte hochgeschoben, so dass ihre Beine bis über die Knie hinauf bloß waren. Mit den Fingern strich sie immer wieder über ihren rechten Knöchel. Dort war ihr Mal, wie Marzan wusste.

»Was tust du?«, fragte er, und sie blickte hoch.

»Du hast mich erschreckt!«, klagte Emma. Doch in ihren Augen leuchtete helle Freude darüber, ihn wiederzusehen. Marzan griff nach ihrer Hand und zog sie hoch. Dann nahm er sie fest in die Arme und wirbelte sie für einige Umdrehungen durch die Luft. Sie quietschte vor Vergnügen.

»Deine Sofia lebt gar nicht weit von hier«, teilte er ihr fröhlich mit. »Nicht einmal eine Tagesreise! Und im Dorf haben sie mir den Mönch so gut abgekauft, dass ich mit dem Gedanken spiele, tatsächlich einer zu werden.«

Emma klatschte begeistert in die Hände und drückte ihre Lippen auf seinen Mund. Eine Zeit lang war es still in dem kleinen Hain, nur das Rascheln der Blätter im Frühlingswind war zu hören. Als sie voneinander abließen, wieherte Cupido leise.

»Er hat recht.« Marzan nickte in Richtung seines Hengstes. »Wir sollten wirklich zusehen, dass wir weiterkommen. Vielleicht finden wir deine Sofia ja noch heute.«

Emma schwang sich mit seiner Hilfe in den Sattel. Schon mit sieben oder acht Jahren war sie alleine auf Pferderücken geklettert. Aber Emma genoss Marzans Nähe so sehr, dass das Aufsitzen ein willkommener Vorwand war, sich von ihm berühren zu lassen. Ihm ging es nicht anders. Obwohl sie auf der Flucht waren und ihre Zukunft ungewiss war, konnten sie es kaum erwarten, endlich wieder das Lager miteinander zu teilen.

Sie waren in ausgelassener Stimmung. Vielleicht hatten die Mönche Emmas Verschwinden ja noch gar nicht bemerkt, zumal sie nicht regelmäßig zu den Gottesdiensten erschienen war. Bis Ravensberg informiert wäre, würden Tage vergehen. Außerdem würde man nicht nach zwei Pilgern suchen. Die Kutten würden sie schützen.

Der Weg nach Soien war nicht befestigt. Ein schmaler Pfad führte durch Wälder und Wiesen. Manchmal tauchte in der Ferne ein Dorf auf, doch sie mieden alle Wege, die in die Richtung der kleinen Weiler führten. Gegen Mittag rasteten sie auf einer Lichtung, um endlich etwas von dem Proviant zu sich zu nehmen, den Marzan teuer erworben hatte. Die Sonne fiel durch die Äste der Bäume und zauberte einen leuchtenden Fleckenteppich auf den Waldboden.

»Vielleicht sollte ich mir die Haare abschneiden.« Emma kaute auf einem Stück Speck, genoss es, endlich ihren Hunger zu stillen.

»Wegen der Tonsur, meinst du?« Marzan zog ihr die Kapuze vom Kopf und griff nach dem streng geflochtenen Zopf, der in ihrem Unterhemd steckte. »Ja, ich glaube auch. Überflüssiges Zeug, diese Haare.«

»Du!«, rief Emma aus und schlug nach ihm in gespielter Wut. Er hielt ihre Hände fest und zog sie dichter zu sich heran. Sie zappelte lachend, um sich zu befreien.

»Willst du etwa behaupten, sie gefallen dir nicht?«

»Oh doch, das tun sie.« Geschickt löste er die schwarze Fülle, so dass sie ungebändigt über Rücken und Schultern fiel. Sanft drückte er sie zu Boden.

»Ich weiß«, murmelte er, »wir haben keine Zeit. Aber …« Seine Hand glitt unter ihre Kutte und strich lockend über ihre schlanken Beine. Emma zitterte und blickte ihn mit warmen Augen an. Marzan streichelte sie weiter, und sie genoss es – bis er ihre Brust berührte. Da blitzten mit einem Mal Bilder von Rudolf in ihr auf, der sie mit seinem Gewicht auf das Bett presste.

»Was ist?« Marzan spürte sofort, dass etwas nicht stimmte. »Was hast du denn, Liebste?« Er unterdrückte sein Verlangen.

»Nichts.« Emma schüttelte den Kopf und setzte sich auf. »Du hast recht, wir haben jetzt wirklich keine Zeit dafür. Lass uns warten, bis wir in Sicherheit sind, ja?«

»Natürlich.« Er küsste ihre Stirn und machte sich daran, ihr Haar wieder zu flechten – bemüht, ihr nicht zu zeigen, wie schwer es ihm fiel, ihrer Bitte nachzukommen.

Am Nachmittag passierten sie zwei größere Ortschaften. »Peißenberg und Rottenbuch«, bemerkte Marzan zufrieden. Die Sonne stand hoch am Himmel, als sie den See vor sich sahen. »Das muss er sein!« Emma klang aufgeregt. »Irgendwo hier lebt sie!«

Im Laufe des Tages hatte sie sich immer wieder umgedreht, erschreckt von knackenden Geräuschen im Geäst oder Blättergeraschel. Doch sie waren unbehelligt geblieben, niemand schien sie zu verfolgen. Nur einmal war ihnen ein fahrender Händler entgegengekommen, dessen Karren von einem alten Maultier gezogen wurde. Das wacklige Gefährt machte solchen Lärm, dass sie genügend Zeit gehabt hatten, sich und Cupido im dichten Grün des Waldes zu verbergen.

»Woher weißt du überhaupt von der Frau?«, fragte Marzan, dem diese Frage erst jetzt in den Sinn kam.

»Von Kaspar. Er hat mir gesagt, ich soll zu ihr gehen.«

»Warum?« Emma wusste, Marzan suchte Sofia nur ihr zuliebe, nicht, weil er glaubte, dass es wichtig sein könnte.

»Sie hat das gleiche Zeichen wie ich.« Jetzt drehte er sich überrascht zu ihr um. »Du meinst das Sternenmal auf deinem Knöchel? Denkst du, es hängt mit den Ahnungen zusammen, die du manchmal hast?«

»Es sind längst mehr als nur Ahnungen. Im Kloster hatte ich Visionen, die mich erschreckt haben, so deutlich waren sie.«

»Aber neugierig bist du dennoch?«

»Ja, es könnte wichtig sein. Vertrau mir. Bitte.«

»Natürlich tue ich das. Aber verrate mir noch, was der Abt eines Klosters mit derartigen Dingen zu tun hat.«

»Kaspar hat auch das zweite Gesicht«, erwiderte Emma. Sie zeigte mit ausgestrecktem Finger in Richtung Süden. »Schau, da vorne sind die ersten Häuser.«

22

Wieder blieb Emma mit Cupido in einem Wäldchen zurück, während Marzan ins Dorf ging. Zunächst legte sie sich auf den Rücken und starrte hoch auf das Fetzchen rostroten Himmels, das durch die Zweige zu sehen war. Dann stand sie auf, band Cupido am Stamm einer knorrigen Eiche fest und verließ den Hain. Sie wollte sich das Abendrot ansehen, das seine volle Pracht über den Alpen entfaltete. Ganz oben auf den felsigen Riesen lag noch immer Schnee. Während das leuchtende Rot langsam in helleres Orange und dann in verblassendes Gelb überging, sah Emma sich um. Soien lag zu ihren Füßen, die Hütten schienen freundlich und einladend zu leuchten. Ihr Blick blieb an einem kleinen Trampelpfad haften, der durch eine Wiese voller Enzianblüten weg vom Dorf führte. Ehe sie richtig darüber nachgedacht hatte, wusste sie schon, was sie tun würde. Sie kehrte in das Wäldchen zurück und klopfte Cupidos Flanken.

»Warte hier auf mich, mein Großer«, flüsterte sie dem Tier zu, das aufmerksam die Ohren spitzte.

Ihr Herz klopfte, als sie einen Fuß vor den anderen setzte. Die tiefblaue Pracht der Enzianblüten war überwältigend. Nach der Wiese führte der Pfad durch ein kleines Waldstück, dann ging es eine Anhöhe hinauf. Der Anstieg war leicht, Emmas Atem beschleunigte sich nicht. Oben stand eine winzige Kapelle, viel kleiner noch als das Kirchlein auf dem Kreuzberg. Emma fühlte sich augenblicklich von dem Ort in seinen Bann gezogen. Die Atmosphäre verdichtete sich. Vielleicht lernte sie gerade, eine herannahende Vision besser zu erkennen. Bei Abt Thiento und bei Diemut war das Gefühl ähnlich gewesen. Sie betrat das Gotteshaus, und sofort stieg ihr der starke Geruch des Oleanderzweigs auf dem Altar in die Nase.

»Sofia«, sagte sie laut und drehte sich einmal im Kreis. Niemand war hier. Mit einem Mal war ihr die gespannte Dichte in der Luft unheimlich. Emma verließ die Kapelle und ging schnellen Schrittes den Weg zurück, sie rannte beinahe. Marzan würde sich sorgen, wenn er zurückkam und sie nicht da war.

In dem kleinen Hain scharrte Cupido ungeduldig mit den Hufen, sonst war niemand zu sehen. Emma setzte sich ins Gras und riss nachdenklich einen langen Halm aus, den sie mit kleinen Knoten verzierte.

»Du hast dir lange Zeit gelassen.« Die Stimme klang krächzend und alt, dennoch schien ein unbestimmt jugendlicher Ton in ihr mitzuschwingen.

»Wer seid Ihr?« Emma war mit einem Satz auf den Beinen, ihr ganzer Körper drückte Abwehr aus.

»Frag doch nicht so dumm, Kindchen.« Die alte Frau lächelte und zeigte ein löchriges Gebiss. »Oder hast du mich etwa nicht gesucht?«

»Sofia?«

»Die bin ich. Gott sei Dank bist du endlich hier. Noch ein wenig länger, und ich hätte dein Kommen nicht mehr erlebt. Eine seltsame Aufmachung, in der du steckst. Und dein Freund genauso. Er wird gleich kommen, bring ihn zu mir, ehe er zu viel Aufmerksamkeit auf sich zieht. Ihn und das Pferd, du kannst es ja schlecht hier stehen lassen. Hinter der Wiese mit dem Enzian links, dort findest du meine Hütte.« Mit diesen Worten ließ Sofia Emma verblüfft stehen.

Kurz darauf kam Marzan zurück. »Sie lebt irgendwo hier in der Nähe«, verkündete er. »Die Frau des Bäckers war so freundlich, mir …«

»Ich weiß.« Sie verschloss ihm den Mund mit einem flüchtigen Kuss. »Komm mit.«

Sie fanden Sofias Behausung auf Anhieb. Emma war nicht überrascht, dass sie den Ort schon kannte. Es war die Hütte mit dem löchrigen Dach, von der sie geträumt hatte. Sie dachte lieber nicht darüber nach, was sie im Schlaf noch gesehen hatte. Der blonde Mann mit den grünen Augen war ein Traumgespinst, mehr nicht. Sie schämte sich so für diese Vorstellung, dass sie beschloss, Marzan nie davon zu erzählen.

Sofia empfing ihre Besucher an der Tür. Das schlohweiße Haar wallte ihr offen über den Rücken, ihr Gesicht war faltig wie ein Apfel, der zu lange in der Sonne gelegen hatte. Das abgetragene Gewand, welches um ihre knochige Hüfte schlackerte, mochte früher einmal blau gewesen sein.

»Nun, Kindchen, wie hast du mich gefunden?«

»Abt Kaspar Götz schickt mich.« Emma fühlte sich plötzlich verschüchtert und um Jahre jünger.

»Ah, Kaspar. Das Schicksal geht oft die verschlungensten Wege. Armer Junge. Wird ein böses Ende nehmen mit ihm …« Sofia nickte wissend.

»Warum wird er sich das Leben nehmen?« Emma konnte die Frage nicht zurückhalten.

Sofia blickte sie durchdringend an. »Du hast es also schon gesehen. Komm mit mir.«

Ihr widerstrebte es, der Aufforderung der Alten zu folgen. Dunkelheit brach bereits herein, die Nacht war nahe. Sie trat einen Schritt näher an Marzan heran, der den Arm um sie legte. Seine Augen wanderten verständnislos von einer Frau zur anderen.

»Du da!« Sofia schien sich wieder auf Marzans Anwesenheit zu besinnen. Sie ging zu ihm und baute sich vor ihm auf. Wind war aufgekommen und bauschte ihr Gewand auf wie einen langen Umhang. Ihre ausgemergelte Gestalt reichte ihm nicht einmal bis zu den Schultern. »Halt das Feuer in Gang, bis wir wieder zurück sind. Im Topf findest du Suppe, sie müsste jetzt warm sein. Binde den Gaul gut an. Könnte sein, dass er auszubüchsen versucht.«

»Komm jetzt, Mädchen.« Mit einer schroffen Handbewegung holte die Alte Emma an ihre Seite, die sich noch einmal kurz zu Marzan umdrehte, ein entschuldigendes Lächeln auf den Lippen, ehe sie neben Sofia in der Dämmerung verschwand. Als Letztes fiel ihm ihr zaghafter Gesichtsausdruck auf. Verwundert und besorgt blieb Marzan zurück.

»Wir gehen zu der Kapelle, nicht wahr?«, fragte Emma, als Sofia nichts sagte.

»Ja. Du warst schon dort?« Sie bestätigte es mit einem Nicken.

»Wer bist du, Kind, woher kommst du? Und was in aller Welt hat dich dazu gebracht, in einer Mönchskutte durch die Gegend zu laufen?«

Emma blieb erstaunt stehen. »Wisst Ihr das denn nicht? Ihr sagtet doch, Ihr habt auf mich gewartet?«

»Hab ich auch. Ich kenne dich schon lange, zum ersten Mal habe ich dich gesehen, da warst du noch ein verschrumpeltes Baby. Aber ich habe nie erfahren, wie du heißt und wer du bist. Also?«

Emma schwieg. »Du musst dich nicht fürchten«, ermunterte Sofia sie. »Du kannst mir vertrauen. Glaube mir, dein Kommen ist ein Wunder, für das ich Gott und den Mächten des Himmels dankbar bin.«

»Ich heiße Emma, Emma von Eisenberg.«

»Eine Adelige?«

»Ja.«

Sofia seufzte laut. »Ich habe mir schon gedacht, dass es nicht einfach wird. Erzähl mir von deinem Leben.« Sie führte Emma in die Kapelle und nahm neben ihr auf einer der Gebetbänke Platz. Wieder war der Oleandergeruch erdrückend stark. In der stillen Abgeschiedenheit des Kirchleins berichtete Emma alles, was ihr widerfahren war. Erst stockend, dann kamen ihr die Worte flüssiger von den Lippen. Immer wieder zog das Mal auf dem linken Handrücken der Alten ihren Blick an. Es war mit ihrem identisch.

»Als Kind habe ich manchmal etwas vorausgesehen. Kleine Dinge aus dem täglichen Leben, die dann tatsächlich eingetreten sind. Stürze oder Verletzungen etwa, sonst nichts. Oben in dem Turmzimmer, meine Mutter ist dort gestorben, spürte ich ein seltsames Prickeln. Aber nicht unangenehm. Es war eher ein Gefühl von Geborgenheit und Schutz. Als ich jünger war, glaubte ich, es wären die Arme meiner Mutter, die mich umfingen. Das hat mich nie geängstigt, ich fand es schön.«

»Weiter«, forderte Sofia, als Emma schwieg.

»Ehe mein Vater umgebracht wurde, Marzan war noch in Augsburg, habe ich Schatten wahrgenommen, die über Eisenberg schwebten. Eine merkwürdige Dunkelheit, wie aufziehende Wolken. Ich fühlte die Bedrohung, aber ich konnte sie nicht einordnen. Erst im Kloster, durch Kaspar, wurden meine Visionen deutlicher. Er hat mich zu der Kreuzbergkapelle geführt, zu dem Stein, auf dem Abt Thiento und die Mönche enthauptet wurden. Er hat mir vorher nicht gesagt, was dort geschehen ist, ich habe es selbst gesehen. Bei Diemut, der Inklusin Wessobrunns, war es das Gleiche. Ich berührte die Mauer ihrer Zelle, und die Bilder kamen zu mir.«

»Sonst noch etwas? Irgendwelche Träume oder Heimsuchungen?«

»Ja.« Emma nickte. »Ich habe dich gesehen vor deiner Hütte. Und …« Jetzt zögerte sie.

»Heraus damit, Kindchen.«

»Und einen blonden Mann mit grünen Augen. Er war mein Liebhaber.«

»Ah.« Sofia nickte wissend.

»Was weißt du darüber?« Die alte Frau antwortete nicht.

»Du fragst mich aus über jedes kleinste Geheimnis in meinem Leben, und was bekomme ich dafür?« Emma sprang auf. »Langsam glaube ich, es war sinnlos, dich zu suchen. Kein Stück hast du mir bisher geholfen!«

»In Ordnung, Kindchen, in Ordnung. Du hast ja recht. Aber du musst verstehen, dass ich erst wissen musste, wie weit du schon bist. Es hat keinen Sinn, dir Dinge zu erzählen, mit denen du nichts anfangen kannst. Zeig mir dein Mal!«

Emma tat, wie ihr geheißen, und Sofia hielt zum Vergleich ihre faltige Hand daneben.

»Das Sternenmal, das elbische Zeichen«, murmelte sie.

»Warum heißt es so, Sofia?«

Die alte Seherin legte die Spitzen ihrer Finger aneinander. »Es steht für besondere Kraft und Macht. Früher hieß es, Männer und Frauen mit dem zweiten Gesicht seien elbischer Abstammung. Angeblich hat einst ein Stamm von Menschen existiert, die gesegnet waren. Nicht mit Zauberei, nein, Emma, so etwas gibt es nicht. Diese Menschen waren Seher und Heiler. Sie besaßen die Macht, ihre Kräfte zu bündeln, um zum Beispiel die Heilung eines Kranken zu bewirken.« Emma zuckte zusammen. Das hatte sie Sofia noch nicht erzählt.

»Was ist mit den Visionen?«, fragte sie.

»Ich glaube daran, dass der Schleier der Zeit an manchen Orten besonders dünn ist. Menschen, die dafür empfänglich sind, können durch die Jahre blicken und längst Vergangenes oder Zukünftiges sehen. Das ist nicht immer hilfreich und oft erschreckend. Denk nur einmal an die Mönche. Du konntest ihnen nicht helfen, musstest aber trotzdem zuschauen. Wenn man jedoch lernt, die Gabe zu beherrschen, kann man vieles bewirken.« Emma war verwirrt.

»Sieh zu!« Sofia stand auf, ging zum Altar und blies die Kerze darauf aus. Dann legte sie den Zeigefinger der rechten Hand auf das Sternenmal. Ihr Gesicht war angespannt und verriet äußerste Konzentration. Sekunden später flammte der Docht auf.

»Das ist Magie«, hauchte Emma. Sie schwankte zwischen Faszination und Entsetzen.

»Nein!« Sofias Stimme wurde laut. »Du solltest dieses Wort nicht in den Mund nehmen. Es ist einfach nur die gebündelte Kraft, die das bewirkt.«

»Was soll ich mit dieser Gabe, ich will sie nicht!«, rief Emma aus. Sie wünschte sich ein friedliches Leben an Marzans Seite, nicht mehr und nicht weniger.

»Kopf hoch!« Sofia trat zu ihr und hob ihr Kinn an. »Du wirst lernen, damit umzugehen. In meinem Leben habe ich viele Orte bereist und Gutes getan. Du kannst den Menschen ebenfalls zur Seite stehen, kannst ihnen etwas von deiner Kraft abgeben, wenn sie krank sind. Manchmal wirst du Visionen haben und vielen dadurch raten können. Das Sternenmal steht dafür, dass die Trägerin mehr sieht und hört als ihre Mitmenschen. Nicht umsonst nennt man mich ›die weise Frau‹.« Sofia lächelte und zeigte ihre Zahnlücken.

»Warum hat nicht jeder, der mit dem zweiten Gesicht geboren wird, das Zeichen?«

»Kluges Kind«, lobte Sofia, »das hast du gut erkannt. Das Mal zeichnet diejenigen aus, die besondere Macht besitzen. Der Stern vervielfältigt die Kraft. Ich glaube, dass in jeder Generation nur ein einziges solches Kind geboren wird. Immer dann, wenn das Leben eines elbischen Nachfahren zu Ende geht.«

»Meine Mutter, die meine Geburt nicht überlebt hat, hatte auch Visionen. Das hat mir mein Vater einmal erzählt.«

Sofia schwieg, doch mit ihren Augen schien sie ihr etwas sagen zu wollen.

»Weißt du, wann du sterben wirst?« Die Frage war heraus, ehe Emma sie zurückhalten konnte.

»Nein, ich weiß nur, dass es bald sein wird. Ich sagte dir ja, uns bleibt nicht mehr viel Zeit.«

»Wie soll ich lernen, meine Kräfte richtig einzusetzen?«

»Indem du herausfindest, wie du deine Macht beherrschen kannst und nicht sie dich. Deine Visionen müssen kommen, wenn du sie sehen willst, und fernbleiben, wenn du deinen Geist verschließt.«

»Aber wie?«

»Du bleibst als meine Schülerin bei mir, was dachtest du denn? Was meinst du wohl, woher Kaspar sein Wissen über Pflanzen und Kräuter hat? Du wirst von der alten Sofia noch sehr viel mehr erfahren als nur, wie du mit deinen Visionen richtig umgehst.«

Der Mond ging schon unter und wich dem beginnenden Tag, als sie endlich zur Hütte zurückkehrten. Emma sank neben Marzan nieder, der neben der Feuerstelle tief und fest schlief.

»Hab mir doch gedacht, dass der Junge nach meiner Suppe eine gehörige Mütze voller Schlaf braucht«, murmelte Sofia und wünschte Emma mit einem rätselhaften Blick gute Nacht.

23

Am Morgen servierte Sofia ihnen einen klebrigen Brei aus Weizenkeimen. Marzan warf einen sehnsüchtigen Blick auf den Sack mit dem Proviant.

»Bleib bei der Hütte und sieh zu, dass dich niemand sieht!« Sofias Worte klangen wie ein Befehl. Er wollte aufbegehren, doch ein bittender Blick Emmas besänftigte ihn.

»Komm«, sagte die alte Frau, und wieder folgte Emma ihr bis zur Kapelle.

»Warum behandelst du ihn so?«, fragte sie erbost. Die förmliche Anrede hatte sie irgendwann in der letzten Nacht aufgegeben. Sofia zuckte mit den Schultern und gab keine Antwort.

»Ich wusste, dass du nicht bleiben würdest.« Sofia setzte das Gespräch der vergangenen Nacht ohne Einleitung fort. Ihr altes Gesicht verzog sich, als hätte sie Schmerzen.

»Warum hast du es dann vorgeschlagen?«

»Einen Versuch war es wert, Kindchen. Du musst einer dummen, alten Frau ihre törichte Hoffnung verzeihen. Ohnehin wäre es zu gefährlich, wenn du bliebest.«

»Ich muss nicht sofort aufbrechen. Sicher kann ich Marzan überreden, noch einige Tage zu bleiben.« Emma hätte in diesem Moment viel dafür gegeben, den Schmerz in den Augen der alten Frau lindern zu können.

»Nein.« Sofia schüttelte resolut den Kopf. »Wenn du fortwillst, musst du jetzt gehen.« Sie trat aus der Kapelle, wo sie nebeneinander auf einer morschen Gebetsbank beim Altar gesessen hatten. Der Wind zerrte an ihrem wallenden, weißen Haar, der starke Oleanderduft des Kirchleins verflog.

»Dir bleibt keine Zeit mehr, Emma! Du musst fort von hier, so schnell du kannst! Nur dann habt ihr eine Chance, den Verfolgern zu entkommen.«

»Verfolgern?« Emma fröstelte. »Sie sind uns auf den Fersen? Wer?«

»Eine Gruppe von Männern. Ich weiß nicht, wer sie sind. Fest steht nur, dass sie euch nichts Gutes wollen.« Sofia wiegte ihren grauen Kopf. »Vielleicht die Männer deines Verlobten, vielleicht Entsandte des Klosters …«

»Hattest du eine Vision?« Emma erhielt auf ihre Frage keine Antwort, Sofia schien mit ihren Gedanken weit, weit fort zu sein.

»Sofia!« Ungeduldig rüttelte sie die alte Frau.

»Ruhig, Kindchen.« Sofia griff nach Emmas Hand, die noch auf ihrer Schulter lag. Ihre Finger wirkten durch die zahllosen Altersflecke beinahe schwarz. Sie drückte kurz die Hand der jungen Frau.

»Wann werden sie hier sein?«

»Bald.«

Emma blickte hoch zum Himmel, wo dunkle Wolken einander jagten. Der Tag war finster, obwohl es gerade erst Mittag war. Noch einige wenige Stunden bis zur Abenddämmerung, bis zur Nacht. Einige wenige Stunden, die sie vom neuen Tag trennten. Wie viel Zeit blieb ihnen noch? Nachdenklich betrachtete sie die Alte an ihrer Seite.

»Du verschweigst mir etwas. Was weißt du noch?«, forderte sie zu wissen. In der Ferne zuckte ein Blitz am Himmel, man hörte Donnergrollen.

»Menschen verlassen manchmal die ihnen vorgeschriebenen Wege«, bemerkte die weise Frau vom Soier See rätselhaft. »Manchmal ändern sie ihr Schicksal.«

»Was bedeutet das, Sofia? Kannst du mir etwas über meine Zukunft sagen? Bitte, sei ehrlich zu mir.«

»Es ist nicht gut, zu viel zu wissen, Kindchen.« Ihr schlohweißes Haupt wippte von einer Seite zur anderen. »Einer wird kommen, einer wird gehen. Ich sehe dich an der Seite eines Herrschers, sehe dich als eines Edlen Geliebte. Den Mann wirst du verlieren.« Sofia nickte bestätigend mit dem Kopf. »Ihn kannst du nicht retten.«

»Mehr nicht?«

»Mehr nicht«, antwortete Sofia, und Emma wusste, es war Zeit zu gehen.

»Der Weg in die Hauptstadt führt nach Nordost. Gottes Segen mit dir, Elbentochter.«

Wortlos wandte Emma sich ab. Ihr Herz war übervoll und schwer. Was bedeutete ›den Mann wirst du verlieren‹? War Marzan in Gefahr?

»Emma!« Noch einmal drehte sie sich zu der weisen Frau um. Die Augen in dem uralten Gesicht flackerten, waren voller Leben. »Lass die Finger von ihm! Er ist nicht für dich bestimmt!« Bei Sofias Ruf kribbelte es in ihrem Nacken. Emma kannte die Szene, sie hatte davon geträumt. So wie sie auch von dem blonden Mann mit den grünen Augen geträumt hatte. Zum wiederholten Male fragte sie sich, wovor Sofia sie warnen wollte. Was nur konnte schlecht sein an ihrer Liebe zu Marzan von Hohenfreyberg?

Marzan war hocherfreut über den Aufbruch.

»Weg von der alten Hexe«, murmelte er leise. Emma hörte es dennoch und schlug ihn mit der Faust leicht in die Seite.

»Sag so etwas nicht«, bat sie unwillig. »Sofia hat lange auf mich gewartet.«

»Immer, wenn sie mich angesehen hat, wurden ihre Augen ganz hart. Sie mochte mich nicht«, verteidigte sich Marzan. Im Stillen musste Emma ihm Recht geben.

»Warum?«

»Ich weiß nicht. Sie glaubt, dass wir beide nicht zusammen sein sollten.«

»Wir sind seelenverwandt!« Marzan schüttelte erbost und ungläubig den Kopf. Dann griff er nach Emmas rechtem Arm, legte diesen um seine Taille. Sie saß hinter ihm auf Cupido, der in schnellem, gleichmäßigem Galopp davonstrebte. Der Hengst wieherte leise, als spüre er, dass sein Herr aufgebracht war. Das Pferd schien beinahe ebenso froh wie Marzan zu sein, von Sofia und ihrem Hexenhäuschen fortzukommen.

»Seit wir so klein sind«, Marzan deutete mit Daumen und Zeigefinger der linken Hand einen winzigen Abstand an, »seit wir so klein sind, lieben wir uns. Was daran könnte falsch sein?«

»Ich weiß es nicht.« Emma war in Gedanken bei den Verfolgern, von denen er noch nichts wusste. »Nichts. Nichts daran ist verkehrt«, suchte sie ihn zu besänftigen und zugleich sich selbst Mut zu machen.

»Sie sind hinter uns her.« Emma wusste nicht, wie sie ihm die Nachricht von den Verfolgern schonend beibringen sollte.

»Wer? Woher …?«

»Von Sofia. Es sind mehrere Männer, die nichts Gutes im Schilde führen.«

»Ich sage doch, die Alte ist eine Hexe, wenn sie so etwas vorhersehen kann.« Marzan bemerkte bei seinen unbedacht geäußerten Worten nicht Emmas vor Wut funkelnde Augen.

»Du solltest niemals jemanden so schnell der Hexerei bezichtigen«, mahnte sie ihn. Ihr Ton war scharf und schneidend. So kannte Marzan seine Emma nicht. »Ich habe von Scheiterhaufen gehört, auf denen mancherorts unschuldige Frauen brennen! Angeklagt als Buhlinnen des Teufels!«, fuhr sie aufgebracht fort.

»Verzeih, Liebste. Ich habe damit natürlich nicht dich gemeint.«

»Nur weil Sofia das zweite Gesicht hat, ist sie keine Zauberin!« So schnell ließ Emma sich nicht wieder beruhigen. »Zumindest nicht mehr und nicht weniger als ich selbst!«

»Ich weiß.« Marzan riss ganz gegen seine Gewohnheit hart an Cupidos Zügeln. Kaum war der rostrote Hengst zum Stehen gekommen, sprang er ab.

»Komm.« Er streckte die Arme nach Emma aus, in die sie sich nach kurzem Zögern gleiten ließ. Dann führte er sie und das Pferd fort von der Straße, ein Stück hinein in das Dickicht des Waldes.

»Lass uns hier rasten. Besser, man sieht uns nicht schon von weitem.« Seine Hand glitt unter die dunkle Kapuze der Mönchskutte und legte sich fest auf ihren Nacken. »Ich glaube trotz Sofias Vision, dass wir noch einen Vorsprung haben. Zudem können sie gar nicht wissen, wohin wir wollen. Es wird schwierig für sie sein, uns zu finden, wenn sie uns in allen Himmelsrichtungen suchen müssen.«

»Von unserem Aufenthalt in Soien haben sie ja wohl auch erfahren. Sofia sagt, die Verfolger sind uns auf den Fersen – und ich glaube ihr«, gab Emma zu bedenken.

»Mein Fehler«, gestand Marzan ein und schämte sich für seine Dummheit. »Ich habe in Pael nach dem Weg gefragt. Bin es nicht gewohnt, gejagt zu werden, von wem auch immer«, knurrte er wütend. »Sie müssen gewusst haben, dass wir beide Mönchskutten tragen. Anders ergibt es keinen Sinn, wie hätten sie uns sonst finden sollen … Vielleicht ist dein Abt dir doch nicht so treu ergeben, wie du dachtest …« Marzan wusste, er war ungerecht. Doch ohne Emmas unnützen Umweg wären sie schon in München und in Sicherheit. Stattdessen mussten sie nun vor Verfolgern fliehen, deren Aussehen und deren Namen sie nicht kannten. Seine Gedanken schweiften zu der blonden Franziska. Er dachte daran, wie sie ihm nachgelaufen war. Was nur hatte sie ihn fragen wollen? Ob sie ihn verraten hatte? Das konnte und wollte er von der zurückhaltenden jungen Frau nicht annehmen. Sie war ihm ehrlich erschienen, auch wenn irgendetwas sie ganz offensichtlich sehr belastet hatte.

Emma machte sich an dem Proviantsack zu schaffen. »Lass uns etwas essen und dann zusehen, dass wir weiterkommen«, forderte sie Marzan auf. An ihrer Stimme erkannte er, dass sie immer noch böse auf ihn war. Er schnitt eine Grimasse und bleckte die Zähne. »Ich werde Sofias Weizenkleie vermissen. Schade, dass wir nichts mitgenommen haben von ihrem schleimigen Brei. Ich wüsste nichts auf der Welt, das besser schmeckt«, bemerkte er. Emma konnte über seinen schwachen Aufheiterungsversuch nicht lachen. Der Blick ihrer grauen Augen war abwesend. Verschleiert, wie durch einen Vorhang. Vieles ging ihr durch den Kopf. ›Einer wird kommen, einer wird gehen.‹ Gegen ihren Willen tauchte in ihrem Gedächtnis das Bild des blonden Mannes auf. Sie ahnte nicht, dass sie ihm schon bald begegnen würde.

Seit sie Soien verlassen hatten, grollte in der Ferne der Donner und kündete von einem aufziehenden Gewitter. Im Wald zwischen den Bäumen war es ruhig, doch auf den Straßen pfiff der Wind. Als der Schrei den Frieden des Waldes durchbrach, hatten sie ihre Mahlzeit gerade beendet.

»Was war das?« Marzan sprang auf und eilte zu Cupido, der nervös mit den Hufen scharrte. Wieder ein Schrei. Das Schwert steckte in dem Beutel mit seinen Kleidern. In seiner hektischen Nervosität fand er es zwischen den Stoffen nicht sofort. Endlich ertastete er den harten Griff. Er holte es heraus und zog es aus der Scheide. Die Klinge glänzte matt. Erneut gellte ein Hilfeschrei.

»Eine Frau! Wir müssen ihr helfen!« Emmas Herz pochte wild.

»Komm mit, aber bleib hinter mir!« Sie gehorchte

Marzans Befehl widerspruchslos und folgte ihm in das Dickicht des Mischwalds. Die Hilfeschreie wiesen ihnen den Weg. Emma zerkratzte sich Gesicht und Arme an hervorstehenden Zweigen und dornigem Gestrüpp. Einmal schrammte sie hart am Ast einer Buche entlang und schmeckte Blut, das von einem tiefen Kratzer auf ihrer Wange stammte. Doch sie bemerkte ihre Verletzung kaum, so eilig hatte sie es, die Unbekannte zu finden. Kaum gelang es ihr, mit Marzan, der schnellen Schrittes voraneilte, mitzuhalten.

Als sie den Ort des Geschehens erreichten, waren die panischen Schreie verstummt. Sie befanden sich auf einer Lichtung, die an drei Seiten von dichtem Gebüsch umgeben war. Im Süden ragte ein mächtiger Felsen auf. Dicht an den grauen Schieferstein gedrückt stand eine Frau. Ihr Mund war weit aufgerissen, ihr Gesicht aschfahl. Tränen liefen ihr über die bleichen Wangen.

»Bitte nicht, bitte nicht …«, flüsterte sie beinahe tonlos. Ihre Worte klangen wie ein Gebet. Vor ihr hatte sich ein Braunbär zu voller Größe aufgerichtet. Aus kleinen Äuglein betrachtete er sein verstörtes Opfer. Seine rechte Vorderpfote näherte sich dem Gesicht der Frau. Für Emma sah es beinahe so aus, als wolle das Tier ihre Wange streicheln. Neugierig, wie es schien. Doch die scharfen Krallen der zotteligen Bärentatze konnten töten. Erneut schrie die blonde Frau gellend auf. In ihrer Panik nahm sie Emma und Marzan nicht wahr. Hoch oben am Himmel tanzten die Wolken im Wind einen wilden Reigen. Marzan stand wie gebannt.

»Tu etwas«, wisperte Emma, »hilf ihr!« Jetzt erst erwachte er aus seiner Starre, und seine Hand schloss sich fester um das Schwert, ein Geschenk Jakob Fuggers. Zu spät wurden Emma Sofias Worte bewusst. ›Den Mann wirst du verlieren, den Mann wirst du verlieren …‹, hämmerte es in ihrem Kopf.

»Marzan!« Verzweifelt schrie sie seinen Namen, wollte ihn warnen vor dem lauernden Bösen. Er war jetzt dicht hinter dem Bären. Aufmerksam geworden durch Emmas Schrei stieg aus der Kehle des Tieres ein tiefes Brummen. In dem Moment holte Marzan aus, wollte die Klinge in den mächtigen Rücken jagen. Der Bär fuhr schnell herum, und die Waffe verfehlte ihn. Seine Bewegungen waren trotz des gewaltigen Leibes leicht und elegant. Marzan blieb keine Zeit für einen weiteren Angriff. Er rettete sich mit großen Sätzen an den Rand der Lichtung. Der Bär folgte ihm. Die wütenden Laute, die er von sich gab, klangen beinahe menschlich. Das dichte, braune Fell stand zottig vom Körper ab. Unvermittelt machte das gewaltige Tier einen Satz und schlug nach Marzan, der geschickt auswich und dennoch von der Bärentatze am Arm getroffen wurde. Frisches, rotes Blut quoll aus der Wunde, tropfte hinab und versickerte im Boden. Erneut holte der Bär aus, um mit seinen scharfen Krallen nach Marzan zu schlagen. Dunkle Laute drangen aus seiner Kehle, ein tiefes, drohendes Knurren. Er würde seinem Angreifer den Garaus machen.

»Nein!«, brüllte Emma. Vor ihren Augen zuckten rote Blitze. *»Nein!«* Sie stürzte in Richtung des Bären, der von seinem Opfer abließ, um sich nach der neuerlichen Störquelle umzusehen. Die kleinen Äuglein erspähten Emma. Voller Wut setzte er seinen massigen Körper in Bewegung, tapste auf sie zu. Ein schneller Blick bestätigte Emma, dass Marzan bis auf die Wunde am Arm unverletzt geblieben war. Erleichterung durchströmte sie, und die Angst wich. Er würde ihr nicht genommen werden. Das tiefe Glück über diese Erkenntnis ließ die Furcht um ihr eigenes Leben verschwinden. Sie musterte den Bären, der nun nur noch wenige Schritte von ihr entfernt war und sich knurrend auf die Hinterbeine stellte. Emmas graue Augen verfingen sich in den dunklen Augen der Bärin. Sie hatte ein Weibchen vor sich, dessen war sie sich in dem Moment gewahr geworden, als ihre Blicke sich trafen.

»Geh Schwester. Geh und lass uns in Frieden«, beschwor sie in Gedanken das Tier. Für Augenblicke hielt der Blickkontakt an, dann fiel die Braunbärin in sich zusammen und trollte sich auf allen vieren in das Gebüsch.

Im Nachhinein konnte Emma nicht sagen, was eigentlich geschehen war. Hatte die wilde Bärin sie tatsächlich verstanden? Hatte das Tier gespürt, dass sie ihm nichts Böses wollte?

Aufgewühlt bis ins Innerste stürzte sie zu Marzan und fiel in seine Arme. Er stöhnte, als sie mit seiner Wunde in Berührung kam.

»Ich dachte schon, ich würde dich verlieren«, flüsterte sie an seinem Hals. Salzige Tränen tropften auf ihre Lippen, vermischten sich mit dem metallischen Geschmack von Blut. Über ihnen grollte der Donner, und dann prasselte der Regen sintflutartig herab.

24

Die Kleider, durchnässt vom Regen, klebten der blonden Frau am Leib, als sie zaghaft auf ihre Retter zukam. Emma, glücklich darüber, dass Marzan nichts geschehen war, nahm das Befremden in ihrem Blick zuerst nicht wahr.

»Wer bist du?«, wollte sie fragen, doch Marzan kam ihr zuvor.

»Franziska!«

»Du kennst sie?« Er nickte und ging zu der Frau, die abwartend stehen geblieben war. Die Wunde an seinem Arm blutete unverändert stark. Marzan packte sie am Handgelenk und zog sie unsanft mit sich. In dem Felsen hatte er eine kleine, von der Natur geschaffene Höhle erspäht.

»Komm!«, rief er Emma zu, die neugierig und gleichzeitig skeptisch folgte. In dem steinernen Unterschlupf war es feucht, doch sie waren vor dem Unwetter geschützt, das über ihnen tobte. Marzan stieß die Frau unsanft von sich.

»Verdammt, was tut Ihr hier?«, fuhr er sie an. Franziska begann zu weinen, der Schock über das eben Erlebte saß tief, und der raue Ton tat sein Übriges.

»Warum bist du so grob?« Emma mischte sich ein. »Woher kennst du sie?«

»Das Mädel hier habe ich in Pael nach dem Weg gefragt. Wahrscheinlich war sie es, die den Männern verraten hat, wohin wir wollten.«

»Nein«, beteuerte die Frau unter Tränen. »Niemandem habe ich verraten, dass Ihr nach Altötting geht.«

»Altötting?« Emma blickte Marzan zweifelnd an. Der zuckte mit den Schultern. »Irgendwas musste ich mir schließlich einfallen lassen, oder?«

Die junge Frau tat ihr leid, die im Moment nicht mehr als ein verängstigtes Kind zu sein schien. Eine Welle von Fürsorge überkam sie. Sie ging zu ihr und strich ihr über das flachsblonde Haar. Franziska zuckte zurück, als hätte sie sie geschlagen.

»Pater …«, murmelte sie verängstigt. Es dauerte einige Zeit, bis Emma begriff, dass Franziska sie in der Kutte für einen Mann halten musste. Vorerst wollte sie dies nicht berichtigen. Wer wusste schon, was die Frau hierhergetrieben hatte, was sie im Schilde führte.

»Du bist mir gefolgt«, stellte Marzan fest und nahm seine Befragung wieder auf. »Warum?« Sein Arm pochte und schmerzte, er fror in den durchnässten Kleidern. Doch erst musste er wissen, was das Weib hier wollte, ehe er etwas gegen Blut und Kälte unternahm.

»Ich …«, schluchzte Franziska und schluckte.

»Sprich!«, forderte Marzan sie barsch auf.

»Nicht so grob«, bat Emma.

»Ich … Ich bin Euch gefolgt, weil ich Euch bitten wollte …« Sie räusperte sich und streckte dann trotzig ihr kleines, festes Kinn vor. »Bitten wollte ich Euch, dass Ihr mich mitnehmt und in ein Kloster bringt. Vielleicht ein gutes Wort für mich einlegt, damit die Schwestern mich aufnehmen. Ich habe es nicht mehr ausgehalten zu Hause.« Ein weiterer Tränenstrom schoss aus Franziskas hellen Augen. »Ich konnte einfach nicht mehr.«

»Du bist mir zu Fuß nachgelaufen?«, erkundigte sich Marzan skeptisch, aber in deutlich milderem Ton.

»Ja, ich habe gewartet, bis es Nacht wurde und Anton – das ist mein Mann – tief und fest schlief. Dann bin ich aufgebrochen. Wie gerne hätte ich mich von meinen Geschwistern verabschiedet, von meiner Mutter. Doch das konnte ich nicht riskieren. Wenn Anton meine Flucht bemerkt und mich erwischt hätte, dann hätte er mich auf der Stelle umgebracht.« Franziska schüttelte leicht den Kopf, als wäre sie selbst erstaunt über ihren Mut.

»Dann bist du wegen deines Mannes fortgelaufen?«, fragte Emma. »Hat er dich geschlagen?«

Die junge Frau nickte. »Jeden Tag und nicht nur das.«

»Wir waren zu Pferd unterwegs. Wie kann es da sein, dass du uns dennoch gefunden hast?«

»Ihr habt mir gesagt, dass Ihr nach Soien geht. Natürlich wusste ich nicht, ob Ihr dort länger Station machen würdet, aber ich habe es gehofft. Als ich den Ort erreichte, habe ich überall nach Euch gefragt. Jemand sagte mir, dass Ihr die weise Frau am See aufsuchen wolltet. Also bin ich zu der Hütte und habe mich dort versteckt gehalten. Ich hatte angenommen, dass Ihr allein reist, deswegen war ich erstaunt, als ich den anderen Mönch entdeckte.« Sie blickte kurz in Emmas Richtung, ehe sie fortfuhr. »Ich habe mich gefragt, was Ihr dort tut, wo Ihr doch immer in dem Häuschen geblieben seid, während er«, wieder nickte sie zu Emma, »mit der alten Frau fortging. Ich fürchtete, dass Ihr mich fortschicken würdet, wenn ich mich zu erkennen gäbe. Als Ihr dann so plötzlich aufgebrochen seid, hatte ich Angst, Euch nicht mehr einzuholen.« Franziskas Stimme klang jetzt ganz dünn. »Ich bin gelaufen und gelaufen, habe versucht, den Hufspuren zu folgen. Als die plötzlich in den Wald führten, bin ich ihnen weiter nachgegangen. Und dann kam der Bär …« Sie schluchzte auf.

»So.« Marzan wusste nicht, was er zu der aufgelösten Frau sagen sollte. Schließlich war er weder ein Mönch, noch konnte er sie in ein Kloster bringen. Zurückschicken konnte er sie aber auch nicht, wenn ihr Mann tatsächlich ein solches Monster war, wie sie behauptete. Ihm wurde schwindelig. Er taumelte und ließ sich gegen die kalte Höhlenwand sinken.

»Marzan!«, rief Emma besorgt und eilte auf ihn zu. Noch im Gehen griff sie unter ihre Kutte und riss mit einem heftigen Ruck einen Streifen ihres grauen Kleides ab, das sie unter ihrer Mönchskluft trug.

»Wir müssen deine Wunde versorgen. Setz dich hin.« Marzan ließ sich auf den Boden gleiten, vor seinen Augen flackerten bunte Lichter.

»Es ist nur der Blutverlust, der dich so schwächt«, murmelte Emma beruhigend und ließ sich neben ihm nieder. Er wollte ihr antworten, doch die Zunge in seinem Mund fühlte sich schwer und taub an. Während sie seinen Arm verband, musste sie immer neue Fetzen ihres Gewands abreißen. Sie glaubte schon, das Bluten würde niemals mehr aufhören. Dann endlich sickerte kein Rot mehr durch den grauen Stoff. »Ruh dich jetzt aus, Liebster. Ich gehe und suche Cupido«, flüsterte sie ihm zu und sorgte dafür, dass er sich hinlegte. Der Boden der Höhle war aus Lehm und nicht aus Stein, so dass sein Lager nicht gar so kalt sein würde.

»Komm!«, forderte sie Franziska mit einer Handbewegung auf, ihr zu folgen. Als sie einen prüfenden Blick zurückwarf, hatte Marzan die Augen geschlossen. Sie hoffte, dass er schlief und nicht etwa ohnmächtig geworden war.

Die junge Frau hielt Abstand zu Emma. Sie wusste nicht, wie sie die Situation einschätzen sollte. Es hatte zu regnen aufgehört, die dunklen Wolken hatten sich verzogen. Am Himmel leuchtete ein strahlender Regenbogen, und nur noch in weiter Ferne grollte der Donner.

»Du musst keine Angst haben«, bemerkte Emma, während sie in allen Himmelsrichtungen nach Cupido rief. Nach einer kurzen Weile kam der Hengst tatsächlich angetrottet. Er schüttelte sein tropfnasses Fell und stupste Emma sanft in die Seite.

»Tut mir leid, dass wir dich alleine lassen mussten«, flüsterte sie dem Tier zu. Cupido hatte kluge Augen. Er schien zu verstehen, was sie sagte.

»Seid ihr Sodomisten?«, fragte plötzlich eine kleinlaute Stimme. Emma drehte sich um und musterte die Frau hinter sich erstaunt. Dann fiel ihr ein, dass Marzan und sie sich in den Armen gelegen und geküsst hatten.

»Ich habe von der Liebe unter Männern gehört. In Klöstern«, wagte sich Franziska weiter vor. Auf ihrer Miene zeichnete sich Ekel ab. »Aber ich habe nie geglaubt, dass es so etwas tatsächlich gibt.«

Emma konnte nicht anders, sie musste trotz allem lachen. Was sollte sie sagen? Wie sollte es jetzt weitergehen? Sie mussten so schnell wie möglich weiter, die Angst vor den Verfolgern saß ihr im Nacken. Unmöglich aber konnten sie das Mädchen alleine zurücklassen. Und zu ihrem prügelnden Mann zurückschicken konnten sie Franziska schon gar nicht. Unwissentlich kam Emma zu dem gleichen Schluss wie Marzan. Sie würden die junge Frau mitnehmen.

»Da du dich nun schon einmal entschlossen hast, dein Heim zu verlassen, um einem fremden Benediktiner nachzulaufen, musst du nun auch die Konsequenzen tragen.«

Franziska wurde merklich bleich um die Nase.

»Keine Angst, dir wird nichts geschehen. Ich werde dir jetzt einige Dinge offenbaren, die dich erstaunen werden. Dies jedoch nur unter der Voraussetzung, dass du dich dazu entschließt, uns zu begleiten – und, vor allem, zu schweigen.«

Die Frau fuhr sich durch das noch feuchte Haar. Hinter ihrer Stirn schien es zu arbeiten.

»Ihr habt mir das Leben gerettet. Zurück nach Hause kann und will ich nicht. Ich werde mit euch gehen. Vielleicht könnt ihr mich unterwegs in ein Kloster bringen. Auch wenn ich kein Geld habe, bin ich geschickt und fleißig. Ich würde alles dafür tun, um bei den Nonnen leben zu können.«

»Wir sind keine Mönche, und wir sind auf der Flucht«, machte Emma Franziskas Hoffnung zunichte. Sie schob die Kapuze ihrer Kutte zurück, so dass das Mädchen ihr langes, schwarzes Haar sehen konnte.

»Ihr …« Franziska stotterte. »Ihr seid eine Frau«, rief sie aus. Grenzenloses Erstaunen spiegelte sich in ihren hellblauen Augen.

»Ganz recht. Mein Begleiter heißt Marzan. Zu mir kannst du Emma sagen. Lass uns jetzt zurückgehen, ich muss nach ihm sehen. Wenn wir an unserem Ziel angelangt sind, kannst du frei entscheiden, was du tun willst. Bis dahin versuche nicht zu fliehen. Wir können keine Mitwisser gebrauchen.« Emma merkte, dass sie der jungen Frau Angst gemacht hatte. »Keine Sorge, wir sind keine Verbrecher. Ich bin die Tochter eines Grafen. Wenn wir alles geregelt haben, werde ich nach Hause zurückkehren. Du kannst dann bei mir leben, wenn du möchtest.« Der letzte Satz war heraus, ehe sie darüber nachgedacht hatte. Zu ihrer eigenen Verwunderung hatte sie die junge Frau bereits ins Herz geschlossen.

Emma band Cupido am Stamm einer Birke fest, deren silbrige Blätter leise im Wind rauschten. Das Gewitter hatte klärend gewirkt, die Abendsonne kam zum Vorschein und trocknete die feuchten Kleider der beiden Frauen.

Marzan war wach, als sie zurückkamen.

»Wie geht es dir?«, erkundigte sich Emma.

»Besser.« Er wollte aufstehen, doch sogleich schwindelte ihn wieder.

»Bleib!« Mit sanfter Fürsorge drückte sie ihn zu Boden. In Gedanken zählte sie die Pflanzen auf, die in Kaspars Kräutergarten gewachsen waren. ›Basilikum, Blutwurz, Birke und Scharfgarbe wirken blutstillend‹, hörte sie ihn im Geiste dozieren. ›Ingwer hemmt Entzündungen, die Goldrute trägt zur Wundheilung bei, Johanniskraut hilft ebenfalls bei Entzündungen …‹

Da sie Marzan nicht noch einmal allein lassen wollte, fiel ihre Wahl auf die Birke. Sie sah sich nach Franziska um, die abwartend im Eingang der Höhle stand.

»Ich brauche Rinde von dem Baum, an dem das Pferd angebunden ist. Möglichst viel und in möglichst großen Stücken. Bitte bring sie mir«, forderte sie das Mädchen auf. »Der Bär …« Franziska blieb stocksteif stehen, machte keine Anstalten, der Bitte nachzukommen. Furcht klang in ihrer hellen Stimme mit.

»Keine Bange«, beschwichtigte Emma. »Er wird nicht wiederkommen, das verspreche ich dir.« Franziska schien nicht überzeugt.

»Geh schon, dir wird nichts geschehen.« Zögernd machte die junge Frau sich auf.

Echtes Labkraut, erinnerte sich Emma, half, angewandt mit feuchten Wickeln, gegen schwere Wunden. Wenn die Verletzung sich entzünden sollte, würde sie Quellmoos benötigen, das einzige ihr bekannte Mittel gegen Fieber. Bisweilen aber wollte sie es anders versuchen.

»Schließ die Augen, Liebster«, bat sie. Marzan gehorchte, und sie legte ihre Hand auf seine Stirn. Sie fühlte sich warm an, aber nicht heiß. Ob die Wunde sich entzünden würde, ließ sich nicht sagen. Emma saß still an seiner Seite, roch den Lehm unter ihren Füßen, den herben Geruch von Blut und lauschte seinem gleichmäßigen Atem.

»Mir wird heiß.« Er öffnete die Augen und blickte sie an.

»Versuch zu schlafen. Draußen wird es schon dunkel, heute können wir nicht mehr weiter. Schlaf!« Sie begann leise zu summen, ein Lied aus ihrer Kinderzeit, das ihr ins Gedächtnis kam. Für einen kurzen Moment zogen sich seine Mundwinkel nach oben.

»Ich liebe dich«, murmelte er und glitt hinüber in das Land der Träume.

Franziska, die Hände voller Birkenrinde, war stehen geblieben und hatte den Mann und die Frau beobachtet. Was für seltsame Leute das waren. Verkleideten sich als Mönche, um sich vor irgendjemandem zu verstecken. Gerne hätte sie gewusst, was die beiden verbrochen hatten. Vielleicht würde sie nachher den Mut aufbringen, Emma danach zu fragen. Dreck hatte sich beim Ablösen der Rinde unter ihren Fingernägeln gesammelt, doch das störte sie nicht. Schmutz war sie gewohnt. Solange sie Anton niemals mehr wiedersehen musste, war ihr alles recht, was das Schicksal ihr bescherte.

Als Franziska zur Höhle zurückkam, schien es ihr, als ginge es Marzan besser, als hätten seine Wangen wieder etwas Farbe, doch das mochte Einbildung sein. Schließlich war die Wunde tief und hatte stark geblutet. ›Ob er sterben wird?‹, überlegte sie still für sich.

»Oh, vielen Dank.« Emma sah auf, als die junge Frau ihr die Birkenrinde reichte. »Du kannst mir helfen, die Wunde zu versorgen. Halte seinen Arm gerade und ein wenig in die Höhe. Wir wollen versuchen, ihn nicht zu wecken.«

Geschickt befreite Emma den Arm von dem behelfsmäßigen Verband und betrachtete die Verletzung. Zu ihrer Erleichterung war das hervorquellende Rot versiegt. Eingetrocknete Flecken in der Farbe dunklen Rostes kündeten davon, wie viel Blut er tatsächlich verloren hatte. Ehe sie die Rinde auflegte, riss sie erneut lange Streifen ihres Kleides ab. Unter der Kutte lagen ihre Knie bereits bloß. Franziska beobachtete aufmerksam ihr Tun. Emma bemerkte ihr

Interesse und begann ihr leise zu beschreiben, was sie tat. »Die heilenden Wirkstoffe befinden sich in der Rinde. Bei einer Verletzung musst du darauf achten, stets die Innenseite auf die Wunde zu legen. Dann bindest du das Ganze fest, etwa so …« Unter Emmas Händen entstand aus den Stoffstreifen des grauen Kleides ein neuer Verband. »Die Birkenrinde sollte direkt an der Haut bleiben, du musst deshalb fest zuziehen. Aber bloß nicht zu fest, um das Blut nicht abzuschnüren.« Emma blickte die junge Frau freundlich an. »So, fertig. Du kannst den Arm jetzt loslassen. Vielen Dank für deine Hilfe.«

»Keine Ursache«, antwortete Franziska, der die ganze Situation vorkam wie ein absurder, nächtlicher Traum.

»Draußen ist es stockfinster, und der Proviantsack, den wir bei uns hatten, wird vom Regen durchweicht sein. Wir werden heute Abend wohl oder übel ohne Essen auskommen müssen«, erklärte Emma ihrer Gefährtin entschuldigend.

»Ich kann nicht glauben, dass das hier wirklich geschieht. Da sitze ich plötzlich in einer Höhle, einem Bären nur um Haaresbreite entkommen und in Gesellschaft der zwei merkwürdigsten Menschen, die mir je begegnet sind.«

»Oh, bitte verzeih«, entschuldigte sie sich bei Emma, ehe diese etwas entgegnen konnte. »Es ist nur so, dass ich nie sehr weit über Pael hinausgekommen bin. Seit meiner Heirat war ich todunglücklich. Ich verstehe es selbst nicht, aber jetzt bin ich froh wie schon lange nicht mehr.«

Franziskas unschuldige Worte rührten sie. Emma dachte an Wilhelmina, die sie nicht gemocht hatte, bis diese sie vor Rudolf rettete. Das Mädchen an ihrer Seite hingegen hatte sie bereits lieb gewonnen. Genau genommen schon in dem Moment, als Franziska patschnass und völlig verstört vom Angriff des Bären auf sie zugekommen war.

25

Der Mann mit den auffallend blauen Augen schritt in der Halle auf und ab. Bis auf ihn und eine Frau war der prunkvolle Saal verlassen.

»Die Männer und du, ihr verschweigt mir etwas!«, warf er Wilhelmina vor, die ihn nervös beobachtete. »Ein Unfall, sagt ihr, soll es gewesen sein, und könnt mir dabei nicht ins Gesicht sehen! Mein Sohn war ein guter Reiter. Ein guter Reiter stürzt nicht einfach so vom Pferd!«

Wilhelmina strich sich unruhig das Haar aus dem Gesicht. Sie kannte und mochte Justus, Rudolfs Vater. Ebenso wie sie war er dem Grafen Ravensberg treu ergeben. Seit jenem Unglück war sie ihm bewusst aus dem Weg gegangen. Er war an dem Tod seines einzigen Sohnes zerbrochen. Sein hartes, gut geschnittenes Gesicht schien um Jahre gealtert.

»Wie soll ich dir mehr sagen, als die anderen dir schon berichtet haben«, fragte sie ihn und erwartete keine Antwort. »Ich habe Rudolf ebenfalls gekannt. Es tut mir leid für dich, dass er nicht mehr am Leben ist. Jetzt muss ich gehen, Justus, ich habe zu tun.« Als sie zur Tür ging, spürte sie den nasskalten Schweiß zwischen ihren Schulterblättern. Sie wusste, dass die Behauptung der Männer, Rudolf sei von seinem Hengst abgeworfen worden, nicht überzeugend gewesen war. Allesamt waren sie keine guten Lügner. Weder Ravensbergs Landsknechte noch sie selbst. Der Graf hatte den Verlust des jungen Mannes hingenommen, ohne näher nachzufragen. Ja, er hatte sie sogar ausgelacht, als er merkte, dass Rudolfs Tod sie mitnahm. ›Mein empfindsames Täubchen‹, hatte er gehöhnt, ›trauert um einen dummen Bauern.‹ Dann hatte er sie ausgezogen und mit seinen Schlägen zum Weinen gebracht. ›Darius, bitte nicht‹, hatte Wilhelmina gebettelt, doch wie immer hatte ihn ihr Flehen nicht gerührt, sondern angestachelt.

Wilhelmina hatte den Ausgang beinahe erreicht.

»Halt!« Mit einem Satz war Justus bei ihr und versperrte ihr mit seinem schweren Körper den Weg.

»Sag mir endlich die Wahrheit!«, forderte er ungeduldig und packte sie bei den Schultern. Sie bekam es mit der Angst zu tun, spürte, wie wütend er war.

»Er war ein Unfall.« Sie hatte alle Mühe, ihre Stimme fest klingen zu lassen. »Jetzt lass mich gehen!«

»Die Wahrheit, Weib!« Justus knirschte mit den Zähnen. Stumm betete sie, dass irgendjemand hereinkommen möge, um sie aus dieser Situation zu befreien. Nein, sie würde ihm nichts verraten.

Justus packte sie bei den Schultern. »Verdammt!«, schrie er. »Ich muss es wissen! Keine Ruhe finde ich mehr, weder am Tag noch in der Nacht!«

Wilhelmina zitterte jetzt, doch noch immer schwieg sie. Was auch sollte sie ihm sagen? Dass sie selbst es gewesen war, die seinen geliebten Sohn umgebracht hatte? Beinahe fürchtete sie, er könne die Wahrheit in ihren Augen lesen.

»Ich werde alles tun, was nötig ist, um die Antwort aus dir herauszubekommen«, drohte Justus. Er schüttelte sie hart, so dass ihre Zähne klapperten und ihre Haare flogen. In ihrem Mund schmeckte sie Blut, sie hatte sich auf die Zunge gebissen.

»Jetzt reicht es!«, brüllte sie ihn an. Vor lauter Wut über die grobe Behandlung vergaß sie ihre Angst. Sie, Wilhelmina, war Ravensbergs Geliebte. Und keiner, auch nicht Justus, hatte das Recht, sie so zu behandeln.

»Lass mich vorbei!«, schrie sie. »Ich gehe!«

»Entschuldige«, murmelte Justus und beruhigte sich ein

wenig. »Ich wollte nicht handgreiflich werden. Es ist nur, du weißt nicht, wie das ist … Sein einziges Kind zu verlieren, ohne es noch einmal gesehen zu haben … Den Sohn irgendwo an einem fremden Ort begraben zu wissen und genau zu spüren, dass einem etwas verschwiegen wird …«

Entsetzt sah Wilhelmina zu, wie der bärenstarke Mann die Hände vors Gesicht schlug. Mitleid und heftige Furcht überkamen sie, als silbrige Tränen zwischen seinen Fingern hervorquollen. Er weinte. Wilhelmina begriff, dass er keine Ruhe geben würde, bis er wusste, wie sein Sohn gestorben war. Die Landsknechte hatten bisher geschwiegen, um ihr Versagen vor dem Grafen zu verbergen. Doch was, wenn einer von ihnen reden würde? Sie musste handeln, ehe das geschah.

»Justus.« Sie ging zu ihm und legte ihre Hand auf seine zuckende Schulter. »Bitte nicht weinen«, bat sie. Während Justus weiterschluchzte, rang sie sich zu einer Entscheidung durch. Niemand außer Emma und ihr wusste, was wirklich in dem Kämmerchen geschehen war.

»Er wurde ermordet«, flüsterte sie schließlich, und der Vater des Toten sah ruckartig hoch.

»Komm!« Sie schritt erhobenen Hauptes zu einer der langen Bänke am Rand der Halle. Er folgte ihr, aufs Äußerste angespannt. »Setz dich«, forderte sie ihn auf, und er nahm neben ihr Platz.

»Wer?«

»Wir haben damals die Verlobte des Grafen ins Kloster nach Wessobrunn gebracht. Ich war als eine Art Anstandsdame dabei. Ravensbergs Braut ist sehr schön, doch ich habe sie von Anfang an nicht gemocht. Rudolf hingegen schon. Man konnte die Gier in seinen Augen leuchten sehen, doch keiner hat geglaubt, dass er wirklich …« Wilhelmina machte eine Pause, um ihre Gedanken zu sammeln.

»Weiter«, forderte Justus ungeduldig.

»Ich habe mir ein Zimmer mit ihr geteilt. Musste auf dem Boden schlafen, weil sie darauf bestand, das Bett für sich allein zu haben. Deswegen habe ich auch nichts mitbekommen, erst, als es zu spät war. Rudolf hatte sich hereingeschlichen, um mit ihr seinen Spaß zu haben. Er muss verrückt nach der Frau gewesen sein, schließlich wusste er, was Ravensberg mit ihm anstellen würde, sollte er von der Vergewaltigung erfahren. Irgendwann wachte ich auf und sah Rudolf auf der Braut des Grafen liegen, ein Messer im Rücken. Der Dolch schimmerte im Mondlicht.«

Justus saß da wie betäubt. Wilhelmina legte ihre Hand auf seinen Arm.

»Dein Sohn wurde ermordet«, hauchte sie ins Ohr des Mannes. »Die Mörderin heißt Emma von Eisenberg. Sie hat ihn umgebracht.«

26

»Wir werden auf der Hauptstraße in Richtung München bleiben. Aber wir müssen aufpassen, so dass wir uns bei Gefahr jederzeit ins Gebüsch schlagen können.« Marzan ging es an diesem Morgen schon sehr viel besser. Sein Arm schmerzte zwar noch, doch das Pochen der Wunde war erträglicher als die Qualen am Abend zuvor, als er vor Erschöpfung nicht einmal mehr bemerkt hatte, dass Emma ihm einen neuen Verband angelegt hatte. Er erinnerte sich jedoch daran, wie warm ihm im Schlaf bei ihrer Berührung geworden war. Sein Körper reagierte auf die Vorstellung ihrer weichen Haut.

»Was machen wir mit den Kutten?«, fragte Emma. Sie saß dicht neben ihm, froh über seine Nähe und darüber, dass neue Kraft in ihm zu wohnen schien. Marzan wusste nicht, dass sie während der Nacht immer wieder konzentriert bei ihm gesessen und versucht hatte, ihre heilenden Kräfte wirken zu lassen. ›Du kannst den Menschen zur Seite stehen‹, hörte sie Sofia sagen, ›kannst ihnen helfen, wenn sie krank sind.‹ In Wahrheit war Emma sich gar nicht sicher, ob sie mit ihren Händen wirklich heilen konnte. Als sie während der finsteren Nachtstunden neben Marzan gekniet war, hatte sie zum ersten Mal darum gebetet, dass es so sein möge.

»Sie wissen jetzt, dass wir die Mönchsgewänder haben, als Tarnung werden sie uns nicht mehr dienen«, beantwortete Marzan ihre Frage. »Ich nehme an, unsere Verfolger haben außerdem Kunde in den Dörfern und Städten verbreitet, dass zwei Benediktiner gesucht werden.«

Emma nickte. »Ja, du hast recht. Wir sollten die Kutten

wegpacken. Du kannst die Kleider aus deiner Satteltasche anziehen.«

»So zerschlissen, wie die sind, wird mich jeder für einen armen Bauern halten«, lachte Marzan.

»Aber was soll ich tragen?«, grübelte Emma. »Aus meinem grauen Kleid habe ich Verbände gemacht, es reicht mir gerade noch über die Knie. So kann ich nicht auf die Straße gehen. Ich würde damit genauso auffallen wie in einem Festtagsgewand.«

Nachdenklich rieb sich Marzan das Kinn. Emmas Blick fiel auf die schmale Einkerbung darauf. Wie sehr sie es liebte, ihn zu betrachten.

»Die Kutte zu tragen ist zu gefährlich. Wenn tatsächlich nach Benediktinern gesucht wird, werden die Leute jeden aufhalten, der ein Mönchsgewand trägt. Mag sein, dass man gar eine Belohnung ausgesetzt hat für denjenigen, der uns findet.«

Franziska war dem Gespräch bisher stumm gefolgt. »Ich habe ein Kleid«, warf sie leise ein. »Das heißt, ich hatte eines«, fügte sie an, als zwei graue Augenpaare sich überrascht auf sie richteten.

»Na los, Mädchen, erzähl schon!«, forderte Marzan sie ungeduldig auf. Noch immer war er ungehalten, dass Franziska ihm gefolgt war. Im Grunde ärgerte er sich mehr über sich selbst. Darüber, dass er die Frau die ganze Zeit über nicht bemerkt hatte. Franziska wollte ihnen nichts Böses, er glaubte ihre Geschichte. Wenn aber ein anderer ihnen hinterhergeschlichen wäre, während er sich naiv in Sicherheit wiegte … Er wollte sich nicht ausmalen, was dann geschehen wäre.

»Ich habe mein gutes Sonntagskleid mitgenommen, als ich von zu Hause fortgelaufen bin. Es ist das einzige Gewand, das ich außer diesem hier besitze.« Sie strich über ihren zerknitterten Rock. »Deshalb dachte ich, es wäre gut, wenn ich es bei mir hätte. Eigentlich wollte ich es den Nonnen bei meinem Eintritt ins Kloster überlassen …«

»Wo ist es?«

»Als der Bär auftauchte, hatte ich es noch. Es muss irgendwo in der Nähe sein.«

Emma machte sich allein auf die Suche nach dem Kleidungsstück, da Franziska sich vor dem Bären fürchtete. Sie konnte ihre Angst verstehen, an ihrer Stelle würde es ihr wahrscheinlich genauso ergehen. Aber sie hatte der Bärin in die Augen geschaut und erkannt, dass das Tier nichts Böses wollte, lediglich neugierig gewesen war. Sie akzeptierte dieses rätselhafte Wissen, ohne weiter darüber nachzudenken. Es gab wichtigere Dinge, die genau überlegt werden mussten.

Emma fand das schlichte, braune Kleid unter einem dornigen Busch. Das Gewand war noch feucht vom gestrigen Regen. Dennoch schlüpfte sie an Ort und Stelle aus der Kutte und den Überresten ihres hochgeschlossenen, grauen Kleides. Die frische Luft an ihrer nackten Haut ließ sie frösteln. Schnell zog sie den braunen Stoff über. Im linken Ärmel klaffte ein Riss, ansonsten schien es unversehrt zu sein. Eng schmiegte sich das Kleid an ihre Haut. Franziska war mager und hatte kaum weibliche Formen vorzuweisen. Emmas schlanker Körper hingegen füllte das Gewand an den richtigen Stellen aus. Der kratzige Stoff rieb beim Gehen an ihren Brüsten. Die Liebesnacht mit Marzan kam ihr in den Sinn. Doch gleich darauf wurde das Bild verdrängt von einem grünäugigen Fremden, in dessen Armen sie lag.

Als sie aufbrachen, stand die Morgensonne hell und klar am Himmel. Emma ging voran und bahnte den Weg durch das zum Teil dicht gewachsene Gestrüpp. Franziska, die sich noch immer vor dem Bären fürchtete, folgte so dicht hinter ihr, dass sie ihr nicht nur einmal versehentlich auf die Füße trat. Das Schlusslicht der kleinen Gruppe bildete Marzan, der Cupido am Zügel führte. Emma an der Spitze hörte, wie er sich leise mit dem Pferd unterhielt, konnte aber nicht verstehen, was er sagte.

»Was ist das?« Franziska blieb plötzlich stocksteif stehen, so dass Marzan beinahe in sie hineingerannt wäre.

»Was …?«, setzte Emma an, unterbrach sich jedoch selbst, als sie das Geräusch ebenfalls wahrnahm. Das Gesumme klang wie ein Schwarm von Bienen, entpuppte sich jedoch bei genauerem Hinhören als menschliches Stimmengewirr.

Marzan reagierte schnell. »Ihr wartet hier«, befahl er den beiden Frauen und drückte Emma Cupidos Zügel in die Hand.

»Ich komme mit!« Emma machte Anstalten, ihm zu folgen.

»Nein, bitte.« In ihrer Aufregung hatte sie Franziska völlig vergessen. Die junge Frau hatte die Arme um ihren Körper geschlungen, als wolle sie sich schützen.

»Bitte lass mich nicht allein«, wimmerte sie und wiegte ihren Oberkörper leicht hin und her. Ihre blassen Augen waren vor Furcht weit aufgerissen. Emmas Herz wurde weich.

»Keine Bange, ich bleibe ja hier«, beruhigte sie ihre neue Gefährtin. »Sei bitte vorsichtig!«, rief sie Marzan leise hinterher, der sie schon nicht mehr hörte.

»Du darfst nicht denken, dass ich ein Angsthase bin. Normalerweise fürchte ich mich nicht sehr leicht. Das war zumindest früher so …«

»Bevor du diesen Mann geheiratet hast?«

»Heiraten musste. Ja.« Franziska nickte und schwieg.

»Was hast du gemeint, als du sagtest, er habe dich geschlagen und nicht nur das?«, hakte Emma vorsichtig nach.

»Er hat diese Sachen mit mir gemacht. Dinge, von denen meine Mutter sagt, sie gehören zu meinen Pflichten als Eheweib. ›Stell dich nicht so an‹, hat sie gemeint, als ich versucht habe, mit ihr zu reden. Beim Wäschewaschen …« Franziska lachte bitter auf. »Unser Teich war der einzige Ort auf der Welt, an dem meine Mutter Zeit gefunden hat, sich mit mir zu unterhalten. Ich glaube, sie hat mich nie geliebt. Seit ich laufen konnte, war ich ihr nur eine billige Hilfskraft. Gut genug, für sie zu arbeiten und ihre Kinder großzuziehen. Nicht, dass ich es nicht gern getan hätte.« Sie blickte Emma prüfend ins Gesicht, um festzustellen, ob diese sie auch richtig verstand. »Ich liebe meine kleinen Geschwister. Sehr sogar. Nur hätte ich mir manchmal gewünscht, dass Mutter mich einfach in den Arm nimmt und mir über den Kopf streichelt. So wie andere Mütter das mit ihren Kindern von Zeit zu Zeit tun. Hat deine sich mehr um dich gekümmert? Dir Schlaflieder vorgesungen und dich beim Zubettgehen auf die Stirn geküsst?« Franziska seufzte sehnsüchtig. »So habe ich mir das immer vorgestellt.«

»Meine Mutter hat meine Geburt nicht überlebt.«

»Oh, tut mir leid, ich wollte nicht …«

»Schon gut.« Emma merkte, dass es ihr tatsächlich nichts ausmachte, Franziskas Frage zu beantworten. »Ich vermisse sie, manchmal träume ich von ihr. Aber wenn ich aufwache, stelle ich fest, dass ich mich nach einem Geist sehne. Ich habe sie ja nicht gekannt.«

»Wie traurig, du Arme!«, rief Franziska aus und legte spontan, jede Scheu vergessend, ihre Hand auf die der schwarzhaarigen Frau.

»Ich glaube, sie hätte mir vorgesungen, wenn sie am Leben geblieben wäre.« Emmas Mundwinkel zogen sich leicht nach oben.

»Ganz bestimmt hätte sie das«, bestätigte Franziska.

Die Köpfe der beiden Frauen, ein dunkler und ein blonder, steckten dicht zusammen, als Marzan zurückkam.

»Sie hat noch niemals eine Frau an ihrer Seite gehabt«, schoss es ihm durch den Kopf. Ihre Kindheit hatte Emma ausschließlich mit ihm verbracht. So sehr waren sie in der Beschäftigung miteinander aufgegangen, dass sie niemand sonst gebraucht hatten. Nach seinem Weggang war sie alleine geblieben, still für sich. ›Es wäre schön, wenn sie eine Vertraute hätte‹, dachte er, ›eine Freundin, mit der sie reden kann.‹ Zum ersten Mal war er froh über Franziskas Auftauchen.

»Ihr könnt euch nicht vorstellen, wie viel Glück wir haben«, verkündete er den beiden Frauen und zog Emma in seine Arme. Sie genierte sich ein wenig, als er sie vor den Augen Franziskas innig küsste. Sie ließ jedoch zu, dass er seine Hand, fest und vertraut, auf ihren Nacken legte.

»Die Straße ist voll«, berichtete er etwas atemlos. »Ein Strom von Menschen. Bauern, Handwerker, Händler und unzählige Tiere ziehen vorbei. Kinder jeden Alters springen zwischen den Fuhrwerken und Ochsenkarren herum. Kleine Mädchen treiben zusammen mit ihren Müttern Ziegen, Gänse und Schweine vor sich her.«

»Was hat das zu bedeuten?«, warf Emma fragend ein.

»Als ich in Augsburg lebte, zog genau viermal im Jahr ein solcher Menschenstrom in die Stadt.« Marzan fuhr sich mit der Hand durch den wuscheligen Haarschopf, ohne ihr wirklich eine Antwort gegeben zu haben.

»Na, kommst du nicht drauf?«, neckte er. Franziskas Augen funkelten belustigt. Sie hatte schon begriffen.

»Sag schon!« Emma trommelte mit ihren Fäusten sanft gegen seine breite Brust.

»Nun gut«, gab Marzan sich geschlagen. Er zog sie in seine Arme und wirbelte sie so schnell herum, dass ihre Beine den Boden nicht mehr berührten und ihre Füße die Zweige der nahe stehenden Bäume streiften. »Markttag!«, rief er freudig aus. »Irgendwo in der Nähe muss ein Markt, ein riesiger Markt stattfinden! Eine bessere Tarnung könnte es für uns nicht geben, Liebste!«

Sie beratschlagten und beschlossen, sich unter die Marktgänger zu mischen. »Bei so vielen Menschen und zudem in unseren abgetragenen Kleidern glaube ich nicht, dass uns jemand erkennen wird«, meinte Marzan. »Und unsere Verfolger, falls sie tatsächlich in der Nähe sein sollten, werden es schwerer haben, uns zu finden.« Er biss die Zähne zusammen, um klar denken zu können. Seine Wunde war wieder aufgebrochen, als er Emma herumgewirbelt hatte. Er schalt sich selbst dafür, dass er vor lauter euphorischem Jubel nicht an seine tiefe Verletzung gedacht hatte. Das Pochen in seinem Arm schien immer stärker zu werden. Er kniff die Augen zusammen, um die tanzenden Lichter zu vertreiben. Sie mussten weiter, solange noch Menschen vorbeizogen, denen sie sich anschließen konnten. Er durfte jetzt nicht schwach werden, auch wenn die Schmerzen zunehmend heftiger wurden.

»Was hast du?« Emma entging nicht, wie bleich er geworden war.

»Ich denke, wir werden dich als meine Schwester ausgeben und Franziska als mein Weib«, überlegte er laut, ohne auf ihre Frage einzugehen. Ihre Augen verengten sich daraufhin vor Empörung zu schmalen, funkelnden Schlitzen. Er strich ihr mit der gesunden Hand sanft über die Wange.

»Bitte sei nicht böse«, raunte er ihr zu. Sein warmer Atem kitzelte an ihrem Ohr. »Schau, du und ich, wir sehen uns ähnlich«, fuhr er in normaler Lautstärke fort. »Beide dunkles Haar, beide graue Augen. Von ihr«, er nickte in Franziskas Richtung, »würde keiner annehmen, dass sie mit uns verwandt sein könnte.«

»Schon in Ordnung, ich bin ganz deiner Meinung«, bekundete Emma und leugnete damit den glühenden Funken Eifersucht, der für einen Moment in ihr aufgeflammt war.

Als sie Marzan zart und flüchtig küsste, konnte sie nicht wissen, dass er am Nachmittag schon nicht mehr ansprechbar sein würde.

27

Die Straße war voll von Reisenden. Kaum jemand achtete auf sie. Ein jeder schien es eilig zu haben, mitsamt Familie, Vieh und Waren den Jahrmarkt zu erreichen. Emma hätte gerne gewusst, wo genau er stattfand. Sofia hatte ihr geraten, sich nordöstlich zu halten, wenn sie in die Hauptstadt gelangen wollte. Falls nun der Weg eine plötzliche Biegung machen und von der Hauptstrecke abweichen sollte, würden sie entscheiden müssen, ob sie einen Umweg der Sicherheit wegen in Kauf nehmen wollten.

Emma sah sich nach Marzan um, der Cupido am Zügel führte und schweigsam geworden war. Um sie herum unterhielten sich die Leute miteinander. Manche laut, andere leise und diskret. Tatsächlich erinnerten ihre Stimmen an das gemächliche Summen eines Bienenstocks. Unwillkürlich hielt sie sich die Nase zu, als ein Gespann, gezogen von zwei Ochsen, vorbeirumpelte. Der beleibte Kutscher auf dem Bock nahm keinerlei Rücksicht, so dass eine junge Mutter ihre Kinder schnell zur Seite ziehen musste.

»Verfluchter Trottel!«, hörte sie jemanden hinter sich schimpfen.

»Jessas, dass der nicht aufpassen kann«, jammerte kurz darauf die weinerliche Stimme einer Frau. Emma konnte nicht sagen, wer mehr stank, die beiden Rinder oder ihr Herr. Franziska rümpfte ebenfalls die Nase, als das Fuhrwerk vorbeiratterte und der durchdringende Gestank, vermischt mit dem feinen Staub der Straße, in ihre empfindliche Nase drang. »Puh, das riecht ja noch schlimmer als Antons Strümpfe.« Emma musste lachen. Franziska stimmte ein, und da konnten die Frauen nicht mehr an sich halten. Sie kicherten so sehr, dass ihnen die Bäuche schmerzten und Tränen in ihre Augen traten.

»Ich kann nicht aufhören«, prustete Emma.

»Ich auch nicht«, stieß Franziska abgehackt hervor, obwohl sie sich der Blicke rundherum bewusst war.

»Hey! Ihr Weiber da!«, dröhnte es dicht neben ihnen. Sie fuhren zusammen, und das Lachen verstummte abrupt.

»Der da.« Ein dürrer, bärtiger Mann wies auf Marzan. »Gehört der zu euch?«, wollte er wissen. Seine Stimme war erstaunlich tief. Emma nickte stumm.

»Ich glaube, der macht es nicht mehr lange«, bemerkte der Fremde. Eines seiner Augen war geschwollen und eitrig. Das andere blickte die Frauen auffordernd, aber durchaus wohlwollend an.

»Ihr solltet zusehen, dass ihr euch um ihn kümmert«, meinte der Mann und wandte sich ab. Seine Hilfsbereitschaft schien für diesen Tag erschöpft.

»Danke!«, rief Franziska ihm nach, während Emma an Marzans Seite trat.

Die Straße, obwohl einer der Hauptverbindungswege, war nicht breit. Einige nachfolgende Leute begannen auf das Hindernis zu schimpfen, das sich ihnen plötzlich in den Weg stellte. Etwas breitere Karren und Fuhrwerke kamen nicht mehr vorbei.

»Entweder ihr geht weiter oder ihr seht zu, dass ihr euch und den Gaul von der Straße schafft«, keifte eine Frau, deren blassblaues Kleid wirkte, als habe es schon bessere Tage gesehen. »Wir haben nicht den ganzen Tag Zeit«, giftete sie weiter, als die Angesprochenen nicht reagierten. »Setzt den Kerl auf das Pferd, wenn ihr schon eines habt. So gut hat's nicht jeder, das könnt ihr mir glauben. Was sind das nur für Zustände, dass ein junges Mannsbild sich nicht mehr auf den eigenen Beinen halten kann …«

»Mach, dass du weiterkommst!« Blitzschnell griff Emma nach dem Handgelenk der Frau und grub ihre Fingernägel in die fahle Haut.

»Aua«, die Angegriffene schrie leise auf. »Lass mich los!«, forderte sie und funkelte sie an. Emma war so wütend, dass sie dem frechen Weib am liebsten die Augen ausgekratzt hätte. Darüber vergaß sie die prekäre Lage, in der sie sich befanden.

»Emma!« Erst Franziskas sorgenvoller Ruf milderte ihren Zorn. Sie löste ihren Griff. Die magere Frau schloss schimpfend zu ihrer Familie auf, wo sie sich für ihre Trödelei eine Rüge ihres Mannes einhandelte. Ausnahmsweise ließ sie die Zurechtweisung ihres Gatten unkommentiert über sich ergehen. Etwas in den grauen Augen des schwarzhaarigen Mädchens hatte ihr Angst gemacht.

Aus Marzans Gesicht war jede Farbe gewichen, so dass die Bartstoppeln auf Kinn und Wangen tiefschwarz von seiner Haut abstachen. Unter seinen Augen lagen dunkle Höhlen, die Lippen waren blutleer. Emma legte ihre Hand auf seine Stirn. Sie war glühend heiß. Im gleichen Moment spürte sie den Schmerz, den die Wunde an seinem Arm abstrahlte.

»Wundbrand«, hauchte Franziska entsetzt. Sie hatte einmal einen Holzfäller gekannt, der sich an der stumpfen Schneide seiner alten Axt verletzt hatte. Zuerst war er froh darüber gewesen, keine Gliedmaßen bei dem Unfall verloren zu haben. Dann war das Fieber gekommen und mit ihm der Tod.

»Er muss sich ausruhen.« Emma hoffte, dass sie ihm helfen konnte, wenn sie ihm die Hand auflegte, dass ihre Kräfte stark genug sein würden, die Entzündung zurückzudrängen.

»Komm!« Sie legte den Arm um Marzans Hüfte, um ihn zu stützen. Er schien sie nicht wahrzunehmen, obwohl seine Augen geöffnet waren. Mit einer knappen Geste forderte sie Franziska auf, es ihr gleichzutun. Mit der freien Hand griff sie nach Cupidos Zügel, der nervös tänzelte. Staub wirbelte auf und stieg ihr in Nase und Augen. Sie hustete.

»Er ist schwer«, stöhnte Franziska unter dem Gewicht des Mannes. Dann brach Marzan zusammen und riss Emma im Fallen mit sich. Die Zügel glitten ihr aus den Fingern. Cupido wieherte und bäumte sich auf. Seine Hufe donnerten auf den Boden, als er sich davonmachte.

»Lauf ihm nach! Er hat Angst!«, brüllte Emma ihrer Gefährtin noch zu, dann schien für einen Moment die Welt stillzustehen. Die Geräusche und das Stimmengewirr verstummten. Sie war neben Marzan zum Liegen gekommen. Ihr Bein lag über seinem, als wolle sie ihn damit umschlingen. »Wach auf«, flüsterte sie und war sich nicht sicher, ob er atmete. »Bitte.« Sie presste ihre Lippen auf seinen regungslosen Mund und schmeckte salzige Tränen. Erst da erkannte sie, dass sie heftig weinte.

Ein junger Falke flog dicht über ihren Kopf hinweg. Sein Nest war versteckt hoch oben in der Tanne, an deren Stamm Emma lehnte. Sie saß im Gras und spürte die knorrige Rinde des Baumes an ihrem Rücken. Marzans Kopf lag auf ihrem Schoß. Um sie herum regte sich Leben. Eine Ameise krabbelte über ihre Hand und wurde unsanft abgeschüttelt. In den dichten Flechten ihres Haares verfing sich ein großer, brauner Käfer. Die Zeit schien unendlich langsam zu verstreichen. Immer noch zogen Marktgänger die Straße entlang und sahen neugierig zu ihnen herüber. Eine Kutsche ratterte in schnellem Tempo vorbei.

Marzans Atem war schwach, aber regelmäßig. Sie konnte den Pulsschlag an seinem Hals sehen und war unendlich dankbar dafür. Franziska war noch nicht zurück. Hoffentlich hatte sie den verschreckten Hengst finden und fangen können. Emma hob Marzans Kopf sanft an und zog die Beine unter ihren Körper. So sitzend konnte sie unter ihrem Kleid das Mal ertasten und gleichzeitig ihre andere Hand auf die Verletzung legen. Der Verband war feucht und roch unangenehm nach saurer Milch. Einen Moment lang überlegte sie, zuerst die Birkenrinde zu erneuern. Dann fiel ihr ein, dass die Überreste ihres grauen Kleides sich in dem Beutel am Sattel des Pferdes befanden. Somit hatte sie kein Material für neue Binden, auch konnte sie keine Birke entdecken.

»Es wird so gehen müssen, Liebster«, erklärte sie dem Bewusstlosen leise und hauchte ihm einen zarten Kuss auf die heiße Stirn. Zuerst dachte sie, es würde nicht funktionieren. Sie konnte sich nicht konzentrieren, wurde abgelenkt von den vorbeiziehenden Familien und Händlern. Erst nach einer Weile überkam sie das vertraute Kribbeln, ihr Mal begann zu pochen. Wie damals bei Bruder Bartholomäus nahm sie die Schmerzen des Kranken wahr. Vor ihren Augen begannen bunte Lichter zu flackern, die ihren Geist vernebelten und ihre Sinne betäubten. Sie wehrte sich dagegen, wand sich unter dem Ansturm der fremden Eindrücke und Gefühle. Sie spürte es, als die Verbindung nach einer Weile abbrach und sie sich ihres eigenen Körpers wieder bewusst wurde.

»Geht es dir besser?«, fragte sie den Bewusstlosen leise. Ihre einzige Sorge galt ihm. Sie bangte, ob er aufwachen würde, und bemerkte Franziskas Näherkommen erst, als diese beinahe neben ihr stand. Hinter sich am Zügel führte sie einen lammfrommen Cupido.

»Ist er aufgewacht?«

»Nein.« In diesem einen Wort klangen all ihre Sorge und all ihr Leid mit.

»Oh.« Franziska wusste nicht, was sie sagen sollte. Sie ahnte, dass Marzan und Emma einander liebten. Sie konnte sich das nicht vorstellen, hatte diese Art von Zuneigung nie kennengelernt. Sie hoffte um Emmas willen, dass Marzan am Leben bleiben würde. Seltsam, aber die dunkelhaarige Frau an ihrer Seite lag ihr am Herzen. Franziska wollte nicht, dass sie litt.

»Hallo.« Marzan blinzelte in die helle Nachmittagssonne und verfolgte mit den Augen den Falken, der über ihnen am Himmel kreiste. Er war erfüllt von einer tiefen Zufriedenheit, ohne dass er hätte sagen können, was geschehen war und wo er sich befand.

»Liebster.« Das war Emmas Stimme. Seine Lippen verzogen sich zu einem Lächeln. Sie beugte sich über ihn, und er spürte die Wärme ihres weichen Körpers. Einen Moment dachte er darüber nach, ob er sie ganz dicht zu sich heranziehen sollte. Sie roch so gut. Aber dann sah er in ihr schönes Gesicht und erschrak. Ihre klaren, grauen Augen waren von Sorge gezeichnet. Die sonst rosige Haut wirkte grau und wächsern.

»Was ist, Liebste?«, wollte er sie fragen. Im gleichen Augenblick erinnerte er sich daran, was geschehen war. Und mit der Erinnerung kam der Schmerz zurück.

»Es tut mir leid«, entschuldigte er sich bei den Frauen, denn auch Franziska kniete nun an seiner Seite. »Ich weiß noch, dass ihr gelacht habt, während rote und goldene Lichter vor mir tanzten. Ich fiel in ein tiefes Loch, alles war schwarz. Hinterher habe ich geträumt. Von Ravensberg, der dich von mir fortriss. Meine Hände waren gefesselt, mein ganzer Körper war mit Seilen festgezurrt. Ich habe versucht, mich zu befreien, aber meine Kraft hat nicht gereicht.« Er schüttelte leicht den Kopf, als könnte er den merkwürdigen Traumbildern selbst nicht ganz folgen. »Dann kam die Wärme, und Ravensberg verschwand. Alles wurde ganz leicht und hell und wundervoll.«

»Du warst ohnmächtig.« Das schwarze Haar klebte feucht an Marzans Stirn. Emma strich es sanft fort. »Die Wunde hat sich entzündet.«

»Ich weiß.«

»Du weißt? Warum hast du nicht gesagt, dass es dir schlechter geht?«

»Ich wollte nicht, dass wir wegen mir die Gelegenheit verpassen, uns den Marktbesuchern anzuschließen. Hätte ich es dir erzählt, hättest du darauf bestanden, dass ich brav liegen bleibe. Außerdem«, fuhr er fort, als er das vertraute Funkeln in ihren Augen sah, »wie du siehst, geht es mir schon sehr viel besser. Wir sollten zusehen, dass wir weiterkommen.«

»Dummkopf«, schalt Emma ihn, doch der liebevolle Ton war nicht zu überhören. »Tut es noch sehr weh?«

»Nein«, log Marzan und strahlte sie an.

»Gut. Ab jetzt wirst du reiten«, befahl sie. »Kein Widerspruch«, fuhr sie ihm über den Mund, als er aufbegehren wollte. »Sonst …«

»In Ordnung.« Er gab nach. »Aber ihr müsst mir, glaube ich, aufsteigen helfen«, fügte er kleinlaut an. Es war nicht leicht für ihn, seine Schwäche vor den beiden Frauen einzugestehen. Vor allem für Emma wollte er stark sein. Ein Beschützer. Sie sollte sich an seiner Seite niemals mehr fürchten, niemals mehr leiden müssen.

Die staubige Straße zog sich eintönig dahin. Nur noch vereinzelt waren Leute unterwegs. Das hatte zur Folge, dass die wenigen Reisenden von ihren Mitmenschen genau gemustert wurden. Dem einen oder anderen mochte es seltsam erscheinen, dass der schwarzhaarige Mann auf dem Pferd saß, während die beiden zierlichen Frauen in seiner Begleitung zu Fuß nebenherlaufen mussten. Einem älteren Ehepaar fiel dies ebenfalls auf. Die beiden saßen auf ihrem Karren, gezogen von einer fetten Milchkuh, und äugten immer wieder zu ihnen hinüber. Emma spitzte die Ohren.

»Eine Schande ist das, lässt die jungen Dinger laufen und sitzt selbst auf dem Gaul wie der Herzog höchstpersönlich«, beschwerte sich die Frau.

»Mhm.«

»Mehr hast du nicht zu sagen?«

»Ja, meine liebe Erika, so was hätte es zu unserer Zeit nicht gegeben«, meinte der weißhaarige Mann und tätschelte gutmütig die faltige Hand seines Weibes.

»Mir tun sie leid … Sehen ganz erschöpft aus …«

»Sie sind ja noch jung. So ein kleiner Fußmarsch wird ihnen nicht schaden.«

»Aber meinst du nicht, Parzival …« Die Frau war ebenso weißhaarig wie ihr Mann. Sie redete weiter, während sie gleichzeitig den Kragen am Hemd ihres Gatten gerade zupfte. »Meinst du nicht, dass wir die beiden …«

Der Alte brachte die Kuh zum Stehen. Die Zügel waren provisorisch aus mehreren zusammengeknüpften Seilen gefertigt.

»Soll ich fragen?«, seufzte er.

»Oh, das ist eine ganz wundervolle Idee …«

So kam es, dass Emma und Franziska den Rest des Weges auf dem Karren des Paares Platz fanden. Sie hatten nicht erwartet, ihr Ziel so schnell zu erreichen. Marzan, der von dem Ehepaar ignoriert wurde, hielt sich tapfer auf Cupido.

Der alte Parzival entpuppte sich als weit gereister Kräuterhändler, der stets von seiner treuen Erika begleitet wurde. Zwischen den Säckchen duftete es herrlich nach den verschiedensten Kräutern. »Ein Experte für fremdländische Gewürze ist er, mein Mann, jawohl«, erklärte Erika. »Wir haben geschnittenen Galgant, Kardamon, Koriander, Kreuzkümmel, Safran und vieles andere mehr … Ja, da staunt ihr, nicht wahr?« Franziska und Emma gaben sich gebührend beeindruckt.

Der Abend senkte sich herab, und die Luft kühlte merklich ab. Kurz bevor die Fahrt zu Ende ging, wandte sich Parzival zu seinen beiden Mitreisenden um. Erika war im Sitzen eingenickt, erschöpft vom vielen Erzählen.

»Wisst ihr«, er deutete auf seine schlafende Frau, »sie redet manchmal ein bisschen viel. Aber sie ist eine Seele von einem Menschen.«

Emma wurde bei seinen Worten warm ums Herz.

28

Als sie eintrafen, war der Jahrmarkt in vollem Gange. Der Anblick war überwältigend. Vor der malerischen Kulisse des Ammersees tummelten sich die Menschen auf einem riesigen Platz zwischen zahllosen Buden und Ständen. Der Abendhimmel leuchtete, und das Rot der untergehenden Sonne spiegelte sich auf dem Wasser. Feuer brannten, und Fackeln waren entzündet worden. Schon von weitem hörte man das Geplapper der Besucher und dazwischen die lauten Rufe der Marktschreier, die in höchsten Tönen ihre vielfältigen Waren priesen. Emmas Augen leuchteten auf.

Dank der geschwätzigen Erika wussten sie nun einiges über den Ort. Dießen war bereits zu Zeiten der Römer ein wichtiger Umschlagplatz gewesen. Auch hier hatte einst eine der gewaltigen Straßen des Römischen Reiches vorbeigeführt. 1324 schenkte Ludwig der Bayer den Dießenern das Marktrecht. Seitdem fand alljährlich für die Dauer von neun Tagen ein großer Jahrmarkt statt.

Sie brachten Cupido in der neu errichteten Pferdestation am Rande Dießens unter. »Wollen wir uns umschauen?« Franziskas Gesicht strahlte freudig. Etwas Derartiges hatte sie noch niemals zuvor gesehen. Emma blickte Marzan fragend an. »Wird es gehen?« Er nickte.

»Ja, ich denke schon. Solange du in meiner Nähe bleibst …«

»Keine Angst, Liebster, ich lasse dich nicht allein.« Sie hätte ihn gerne berührt, doch vor den Augen all dieser Menschen wagte sie es nicht. Sie hatten vereinbart, Franziska vor der Welt als Marzans Frau auszugeben. So hatten sie es auch bei dem hilfsbereiten Kräuterhändler und seiner Frau gehalten.

Gemeinsam zogen sie los und mischten sich unter das schaulustige Volk. Marzan wartete nervös, während Emma und Franziska ausgiebig den Zierrat eines Händlers betrachteten. Die Schmuckstücke des Meisters waren aus Knochen und Stein gefertigt und so filigran, dass man nur bewundernd stehen bleiben konnte. Des Weiteren gab es fein bemaltes Tongeschirr, Eisenwaren, Hausgeräte, Edelmetall, Gewürze und Räucherwerk. Ein Schildermacher pries sein Können in den höchsten Tönen. Neben ihm bot ein Korbflechter seine Waren feil. Vor dem Zelt eines Barbiers fand sich auch am Abend noch eine Reihe von Kunden.

Emma drückte das Gewissen, weil sie sich so leichtfertig den Freuden des Marktes hingab. Die Verfolger saßen ihnen im Nacken, und noch immer wusste sie nicht, wer ihren Vater gemordet hatte. Auch der leiseste Anflug von Leichtigkeit schien ihr plötzlich ungerechtfertigt, gar schändlich zu sein.

»Komm!« Franziska griff nach Emmas Hand und zog die ernst gewordene Frau ungeduldig weiter. »Nicht träumen!«

Es gab Stoffe in den verschiedensten Ausführungen. Einfache Wolle war neben Seide, Brokat und Damast ausgebreitet. In mühevoller Handarbeit gewebte und geknüpfte Teppiche zogen ebenfalls das Augenmerk der Marktbesucher auf sich. Verschiedene Holzschnitzereien zeigten die Madonna mit dem Jesuskind und den Heiland am Kreuz. Verblüffend waren auch die Gerüche am Stand eines alten Weibleins. Hunderte von Düften und Wässerchen hatte sie in ihrem Sortiment. Der Seilermeister dagegen hatte jetzt am Abend nicht mehr viel zu tun, und so betrachtete er aufmerksam das Gebaren der Gaukler. Ein amüsiertes Lächeln spielte um seinen Mund.

Die Klänge eines irischen Harfners lockten Emma in seine Richtung und verzauberten sie.

»Halt, wo läufst du denn hin?« Marzan und Franziska beeilten sich, ihr zu folgen.

»Hört doch nur!« Sie lauschte verzückt. Die Laute waren schwermütig und wunderschön. Sie schienen von Freude und Leid zugleich zu künden. Der Harfner hörte Emmas Lob und nickte ihr freundlich zu, ohne sein Spiel zu unterbrechen. Nachdem die Musik des Iren verklungen war, wurden Marzan und Franziska von einer Puppenspielerin in Bann gezogen, die ihre Puppen an hauchdünnen Fäden zum Leben erweckte. »Kommt nur und schaut!«, rief sie. »Mein Spiel erfreut Groß und Klein!« Emma schlenderte ihnen hinterher, noch ganz versunken in das verklungene Spiel des Harfners. Einem inneren Zwang folgend blieb sie jedoch immer wieder stehen und blickte sich um, furchtsam prüfend, ob irgendwo Gefahr lauerte.

Marzan war ebenfalls nicht so unbeschwert, wie er sich gab. Obwohl er nicht klagte, hatte seine Wunde nicht zu brennen aufgehört. Sein Kopf, hämmernd und pochend, lähmte seine Gedanken. Er tat gut daran, seine Schmerzen vor den Frauen zu verbergen, die andernfalls den Marktbesuch sofort beendet hätten. So aber ahnten weder Emma noch Franziska, wie schlecht es ihm ging. Die Truhen und Verschläge erinnerten Marzan an diejenigen aus dem Fugger'schen Haushalt. Nachdenklich strich er mit dem Finger über eines der sauber gearbeiteten Eisenschlösser. Ein wenig Sehnsucht nach seinem klugen Lehrmeister und den anderen Lehrlingen überkam ihn. Sie schienen Welten von ihm entfernt zu sein, obwohl er noch Anfang des Jahres mit ihnen gelebt hatte. Marzan kniff die Augen zusammen, um einen klaren Kopf zu bekommen. Es half nicht viel, der Schwindel hielt an.

Wie hungrig sie waren, wurde ihnen erst bewusst, als sie an den Speisebuden vorbeischlenderten. Fladenbrote, gefüllt mit allerlei Köstlichkeiten, ließen ihnen das Wasser im

Munde zusammenlaufen. Franziskas Magen knurrte laut und vernehmlich. Die letzte Mahlzeit lag für sie ebenso wie für die anderen lange zurück. Marzan holte einige Münzen aus seinem abgetragenen Beutel, dessen Inhalt seit seinem Aufbruch von zu Hause merklich abgenommen hatte. Das Flimmern vor seinen Augen ließ nicht zu, dass er das Rückgeld des Händlers nachzählte. Er kaufte für sich und die Frauen heiße Teigrollen, gefüllt mit saftigem Fleisch, dazu Honigbier und gewürzten Wein.

Einzig Franziska fühlte sich sicher zwischen all den glücklichen Menschen. Ihr entgingen Emmas furchtsame Blicke ebenso wie Marzans fiebrige Haut. Zum ersten Mal in ihrem Leben fühlte Franziska sich frei und unbeschwert.

Als die Händler begannen, ihre Waren für diesen Tag fortzupacken, stand der Mond schon hoch am Himmel. Die jungen Leute erstanden an einer Bude mit bunten Stoffen zwei warme Wolldecken für die Nacht, die ihnen ein knurriger Weber verkaufte, dem vor Müdigkeit schon fast die Augen zufielen. Am Rand der Platzes entdeckten sie den Kräuterhändler und seine Frau, die verbissen mit dem Marktherrn, der erst jetzt für das alte Ehepaar Zeit gefunden hatte, über einen Platz für ihren Stand verhandelten. Sie fragten Parzival nach Ingwer, der, wie Emma von Kaspar wusste, entzündungshemmend wirkte. Der freundliche Händler schenkte ihnen ein kleines Beutelchen voll. Verkaufen dürfe er nach dem Willen des Marktherrn ohnehin noch nichts. Sie bedankten sich höflich und suchten sich dann einen Platz zum Übernachten. Auch überall um sie herum lagen die Menschen einfach auf dem Boden oder hatten provisorische Planen und Zelte aufgeschlagen. Emma behandelte vorsichtig Marzans Wunde. Das Fieber schien ein wenig zurückgegangen zu sein. Auch die Schmerzen, behauptete Marzan, seien weniger geworden.

Emma kuschelte sich zusammen mit Franziska unter

eine der Decken. Marzan legte sich in gebührendem Abstand zu den Frauen nieder. Die Nacht war sternenklar. Emma blickte hoch zu den funkelnden Lichtern. Ihre Augen waren tränenfeucht und ihr Herz bleischwer. Sie fürchtete sich vor der unbekannten Zukunft.

Der nächste Morgen brachte blauen Himmel und Vogelgezwitscher mit sich. Emma wachte auf, als die ersten Sonnenstrahlen sie in der Nase kitzelten. Sie musste niesen. Um sie herum regte sich Leben. Die Menschen konnten es kaum erwarten, ihren Marktbesuch fortzusetzen, so vieles gab es noch zu entdecken. Ein Blick hinüber zu den Buden und Ständen bestätigte ihre Vermutung. Die Händler waren schon lange vor Sonnenaufgang auf den Beinen gewesen, um ihre Waren zu ordnen und für die Augen der geneigten Käufer vorteilhaft zur Geltung zu bringen.

Zum Frühstück erstand Marzan für jeden eine dicke Scheibe Brot und einen gut gefüllten Krug Milch. Als er zurückkam, war sein Gesicht unnatürlich gerötet.

»Geht es dir schlechter?« Emma eilte ihm besorgt entgegen.

Marzan nickte. Er konnte die Frauen nicht länger über seinen Zustand im Unklaren lassen. Behutsam besah sich Emma die Wunde. Das Fleisch rundherum war rosig, es gab keine Anzeichen für Wundbrand. Dennoch schien Marzan schwach und fiebrig.

»Liebster, wir können heute nicht weiter«, stellte sie fest.

»Ich weiß.« Marzan hatte sich auf seine Decke sinken lassen und die Augen geschlossen. »Es tut mir leid.«

»Unsinn!«, mischte sich Franziska ein. »Du hast mir das Leben gerettet. Wenn jemand an der Situation schuld ist, dann bin ich das!«

»Hört auf!« Emmas Stimme war ganz ruhig und verriet

ihre Besorgnis nicht. »Natürlich können wir nicht wie geplant weiterreisen. Vielleicht bietet uns aber gerade das einen Vorteil. Wir wollen für die gesamte Dauer des Jahrmarkts in Dießen bleiben, so dass sich Marzan erholen kann. Erst wenn die Menschen sich wieder in alle Himmelsrichtungen zerstreuen, brechen wir Richtung Hauptstadt auf. Ich hoffe, dass uns das die Sicherheit bietet, die wir so dringend brauchen.«

»Du hast recht«, stimmte Marzan ihr zu. Seine Lippen waren weiß, selbst das Sprechen geriet zur Anstrengung. »Eine andere Wahl bleibt uns nicht. Ich kann im Moment nicht einmal aufstehen.«

Die beiden Frauen wollten versuchen, Medizin für ihn zu besorgen. Emma hoffte auf einen Bader, der ihr mit seinem Wissen vielleicht weiterhelfen konnte. Zum Abschied strich sie Marzan sanft über die heiße Stirn.

»Schlaf!«, flüsterte sie. Er antwortete nicht.

Auf dem Weg über den Markt verweilte ihr Blick bei einem Schmiedemeister, der mit seinen geschickten Händen Hufeisen formte. Der Amboss und das glühende Rot des Schmiedefeuers erinnerten sie an Ruppert. Franziska hielt sich dicht an ihrer Seite. Ihr entging nicht die Schwermut auf Emmas Gesicht.

»Was hast du …«, setzte sie an.

»Hilfe!«, kreischte da eine Frau. »Zu Hilfe, so helft doch!«

»Da kommt ein Monster!«, schrie ein kleiner Junge in höchster Erregung und zerrte an der Hand seiner Mutter.

Emma wandte sich alarmiert um. Was sie sah, versetzte auch sie in helle Aufregung. Ihr Herz klopfte schneller. Ein grauer Koloss mit winzigen schwarzen Äuglein und riesigen Schlappohren schlängelte sich zwischen den Marktbuden hindurch. Bei jedem Tritt der mächtigen Füße, dick wie Baumstämme, schien der Boden zu beben.

»Was ist das?«, wisperte Franziska und versteckte sich hinter Emma.

»Ich weiß es nicht. Lass uns in Deckung gehen.« Sie zog Franziska mit sich hinter die nächststehende Marktbude.

»Habt doch keine Angst, ihr dummen Leute!« Emma spähte hinter dem Bretterverschlag hervor. Jetzt erst fiel ihr der kleine Mann auf, der den grauen Koloss an einer langen Leine führte. Sein rostroter Bart war von gleichmäßigen weißen Strähnen durchzogen und reichte ihm bis zu den Hüften. Auf dem Kopf trug der Winzling einen spitzen Hut, darauf waren Sonne, Mond und Sterne abgebildet. Der Mantel des Fremden war mitternachtsblau und mit goldenen Fäden durchwirkt. In den durchstochenen Ohrläppchen steckten Tierknöchelchen.

Der zwergenhafte Mann lachte und warf dabei den Kopf zurück. »Ich bringe euch einen Elefanten aus einem Land, in dem immer die Sonne scheint!«, rief er den verängstigten Menschen zu. »Fürchtet euch nicht! Ein König der Steppe ist er, fürwahr! Doch ich, der weit gereiste Rediklus, habe ihn für euch gezähmt! Kommt und seht selbst, wie sanft mein schöner Elefant ist!«

Nach und nach machten die ersten Mutigen einige Schritte auf das riesige Tier zu. Doch da eilte auch schon der Marktherr mit hochrotem Kopf herbei.

»Was fällt Euch ein?«, herrschte er den seltsamen Mann an, ohne sich im Mindesten um den grauen Koloss in dessen Rücken zu kümmern. Der Elefant wedelte unterdessen fröhlich mit seinem kecken Schwanz und schlackerte mit den Ohren. Vereinzelt erntete er dafür helles Kinderlachen. Daraufhin schien sich das Tier noch mehr zu bemühen. Es tastete mit seinem merkwürdig langen Rüssel den Boden ab und sog damit weggeworfene Brotkrümel und andere Essensreste auf.

»Ihr müsst Euch anmelden«, belehrte unterdessen der

Marktherr den Neuankömmling. »Wie jeder andere auch habt Ihr zu warten, bis Euch ein Platz zugewiesen wird. Erst dann, vorausgesetzt, Ihr könnt die Standgebühren bezahlen, dürft Ihr Euer Geschäft eröffnen. Welcher Art es auch immer sei.« Er warf dem Elefanten einen skeptischen Blick zu.

»Nur mit der Ruhe, guter Mann.« Rediklus machte eine besänftigende Geste. »Ich bin gerne bereit zu zahlen, was immer Ihr wollt.«

»Schön. Folgt mir.«

Die beiden Männer und der Elefant entfernten sich. Heller Tumult brach unter den Marktbesuchern aus.

»Ein Entfant war das, wusste ich's doch gleich«, bemerkte eine Frau mittleren Alters zu ihrem Gegenüber. Sie erntete anerkennende Blicke von den Umstehenden.

»Ein Elefant, kein Entfant«, wurde sie von einem hochgewachsenen Jüngling korrigiert, woraufhin die Neunmalkluge schnell das Weite suchte, begleitet von spöttischem Hohngelächter.

»Wer auf dem Elefanten reiten möchte, liebe Leute«, Rediklus hatte sich noch einmal umgedreht, »der kann kommen, sobald ich alles Geschäftliche geregelt habe!«

Alsbald begannen wagemutige Jungen laut zu betteln.

»Darf ich, Mutter?«

»Bitte, Vater, ich möchte so gerne auf ihm reiten!«

Auch die Augen einiger Männer leuchteten auf bei der Vorstellung, auf dem mächtigen Tier zu sitzen.

»Gott im Himmel«, murmelte Franziska, »so etwas habe ich wahrlich meiner Lebtag noch nicht gesehen. Komm, wir wollen herausfinden, wo der Elefant untergebracht wird.« Ehe diese protestieren konnte, zog sie Emma mit sich in die Richtung, in die der Marktherr Rediklus geführt hatte. Zahlreiche Schaulustige schlossen sich ihnen an. Emma vergaß in diesen Minuten endlich einmal ihre Sorgen und

Ängste und genoss das bunte Treiben rund um die Ankunft des Elefanten in vollen Zügen.

Im Vorbeigehen nahm sie ein Zelt am Rande des Marktes wahr. Es stand nahe den Behausungen der Hübschlerinnen, der leichten Mädchen, die ihre Körper zahlungskräftigen Kunden feilboten. Abrupt blieb sie stehen. Auf einer hölzernen Tafel waren in bunten Farben gesplitterte Knochen, hässliche Ausschläge und geöffnete Venen abgebildet. Hier praktizierte ein Medicus.

»Geh dir ruhig den Elefanten anschauen«, sagte sie zu Franziska. »Ich möchte sehen, ob der Arzt eine Salbe zur Wundheilung hat.«

»Ich komme mit dir«, bot Franziska sofort an. »Wichtig ist jetzt nur, dass Marzan wieder gesund wird.«

»Lieb von dir, aber geh nur. Es wird nicht lange dauern. Ich hole dich, sobald ich hier fertig bin.« Auf Franziskas Gesicht rangen Neugierde und Treue zu der neuen Freundin miteinander.

»In Ordnung, aber pass auf dich auf«, willigte sie schließlich ein.

»Bis gleich.« Emma nickte ihrer Begleiterin zum Abschied zu und trat in das Zelt.

Im Inneren war es düster. Talglichter sorgten dafür, dass der Arzt arbeiten konnte. Der Medicus war ein dickleibiger Mann mit kurz geschorenem Haar und weißem Bart. Im Moment war er dabei, einen mageren jungen Mann zur Ader zu lassen. Dazu benutzte er einen Schröpfschnepper, der erst im vorigen Jahrhundert entwickelt worden war. Das Anritzen der Haut konnte damit schneller und weniger schmerzhaft durchgeführt werden. So konzentriert war der Arzt bei der Arbeit, dass er von Emmas Eintreten keinerlei Notiz nahm. Erst als er dem Patienten eine nicht geringe Menge Blut abgenommen hatte, packte er den ungereinigten Schnepper wieder fort.

»Die schlechten Körpersäfte habe ich entfernt«, klärte er den Mann vor sich auf. »Wenn Ihr zukünftig regelmäßig zum Aderlass geht, dürftet Ihr keine gesundheitlichen Probleme mehr haben.« Der Patient, nach der Behandlung merklich bleich im Gesicht, bedankte sich höflich. Münzen wechselten den Besitzer. Einige Sonnenstrahlen fielen in das Zelt, als der junge Mann auf unsicheren Beinen hinaustrat.

»Nun, meine Liebe, wie kann ich Euch dienen?« Der Medicus wandte Emma seine Aufmerksamkeit zu. Seine Augen schienen ihren Körper abzutasten. »Leidet Ihr unter allgemeinem Unwohlsein? Sehr krank seht Ihr mir nicht aus. Vielleicht habt Ihr aber auch ein unschönes Ekzem, das ich entfernen soll. Nur frei heraus damit, wo drückt der Schuh?«

»Ich bin auf der Suche nach einer Medizin, die das Entzünden einer Wunde verhindert. Habt Ihr etwas Derartiges parat?«

Der Arzt blickte sie listig an. »So seid Ihr verletzt, mein Kind? Ich werde mir das gerne ansehen. Zieht Euch aus und legt Euch hin, vor mir braucht Ihr Euch nicht zu schämen.«

»Nein.« Emma schüttelte den Kopf. Leichtes Frösteln überkam sie, denn die Gier stand dem Mann deutlich ins Gesicht geschrieben.

»Die Arznei brauche ich für einen Freund«, erklärte sie.

»So, so, wie hat er sich denn verletzt?«

»Er wurde von einem Bären angegriffen.« Sie sah keinen Grund, dem Doktor die Wahrheit zu verschweigen.

»Aha.« Der dicke Arzt überlegte einen Moment. »Da hat er aber Glück gehabt, Euer Freund. Nicht viele überleben den Angriff eines wütenden Bären.«

Der Medicus ging zu einem Schränkchen, in dem er seine Medikamente aufbewahrte. Intensiver Kräuterduft drang Emma in die Nase.

»Dann wollen wir mal sehen. Ich hätte Nachtkerze oder Quellmoos …« Er wühlte in den einzelnen Fächern herum. »Auch Echtes Labkraut könnte ich Euch anbieten oder eine Salbe aus Ringelblumen oder …«

Er wurde unterbrochen von einem leisen Stöhnen aus dem hinteren Teil des Zeltes. Emma hatte zuvor gar nicht bemerkt, dass sich an den ersten Raum noch ein weiterer, abgetrennt durch einen Vorhang, angliederte.

»Bitte entschuldigt mich einen Moment, ich muss nach einem Patienten sehen.« Der Arzt eilte und verschwand im hinteren Teil der Behausung. Emma wartete und wurde immer ungeduldiger, als der Medicus nicht zurückkam. Sie vergeudete wertvolle Zeit, in der sie Marzan längst schon hätte versorgen können. Als der Arzt auf ihre Rufe nicht antwortete, schob sie behutsam den Vorhang zur Seite. Der Medicus beugte sich über eine schwer atmende Gestalt. Der Kranke auf der Bettstatt war nackt, eine leichte Decke lag über Oberschenkeln und Bauch. Seine Haut glänzte schweißnass, das blonde Haar klebte ihm feucht in der Stirn. Die markanten Gesichtszüge waren ihr vertraut. Obwohl seine Augen geschlossen waren, kannte Emma ihre Farbe. Grün. Vor ihr lag der Mann aus ihren Träumen.

29

»Sehr geduldig seid Ihr aber nicht«, stellte der Arzt fest, der ihr Eintreten bemerkt hatte. »Kommt näher«, forderte er Emma auf. »Seid so gut und helft mir, ich muss dem armen Teufel hier ein wenig Flüssigkeit einflößen.«

Wie betäubt trat sie an das Lager des Kranken.

»Stützt seinen Kopf ein wenig, so dass das Wasser in seine Kehle rinnen kann.« Sie tat, wie ihr geheißen, setzte sich an den Rand der Bettstatt und legte ihre Hand in den Nacken des Mannes. Seine Haut glühte. Das Haar unter ihren Fingern war weich. Während der Medicus dem Bewusstlosen zu trinken gab, strich sie ihm die feuchten Strähnen aus der Stirn.

»Es steht nicht gut um ihn. Das Fieber geht nicht herunter, obwohl die Verletzung abheilt. Kein Eiter, keine Entzündung. Er liegt nun schon seit drei Tagen so da, ich verstehe es nicht … Scheint fast, als hätte er keinen Willen mehr zum Leben. Aber nun wieder zu Euch, meine Liebe. Habt Dank für Eure Hilfe. Nun wollen wir sehen, mit welchem Kräutertrank ich Euch dienen kann.« Der Doktor ging voran und blieb verwundert stehen, als Emma sich nicht rührte. »So kommt schon!«, forderte er sie auf, seine Stimme verriet einen Hauch von Ungeduld.

»Bitte«, fragte Emma, »wer ist der Mann?«

»Das kann ich Euch nicht sagen. Er wurde von einem Freund gebracht, der jeden Tag nach ihm sieht. Ich weiß nur, dass die Stichverletzung von einem hinterhältigen Überfall stammt. Mir wurde viel Geld geboten, wenn er am Leben bleibt. Leider sieht es ja nicht danach aus.«

»Vielleicht kann ich ihm helfen.«

»Ihr?« Der Arzt zog die buschigen Augenbrauen hoch.

»Ja, ich möchte gerne noch ein Weilchen bei ihm bleiben. Bestimmt tut es ihm gut, wenn jemand seine Hand hält und mit ihm spricht. Schaden kann es doch nicht, oder?«

»Wie Ihr wollt. Schaden kann es tatsächlich nicht. Obwohl so viel Nächstenliebe wahrlich nicht alle Tage vorkommt …« Kopfschüttelnd ging er in den benachbarten Raum, in dem bereits ein neuer Patient auf ihn wartete.

»Hallo.« Emma wusste nicht, wie sie beginnen sollte. Sie war fassungslos – der Mann aus ihren Träumen existierte tatsächlich. Sie kühlte seine Stirn mit einem nassen Lappen, den sie in einem Eimer neben dem Bett entdeckt hatte. Zögernd wusch sie mit dem Tuch auch die feuchte Brust. Es war, als werde ihre ganze Welt auf den Kopf gestellt. Alles hätte sie dafür gegeben, dass er am Leben blieb. Alte, längst verheilte Narben zierten den kräftigen Körper des Mannes an Armen und Beinen. Auch von seiner rechten Augenbraue hin zum Ohrläppchen verlief eine blasse Linie. Auf seiner Brust kräuselte sich dichtes, blondes Haar. Die feinen Fältchen in seinen Augenwinkeln verrieten, dass er oft und gerne lachte – oder es zumindest früher getan hatte. Seine Lippen waren gerade und fein gezeichnet. Er war nicht mehr ganz jung, seine Wangen hatten längst die weichen Konturen der Kindheit und Jugend verloren. Emma schätzte ihn auf etwa dreißig Jahre. Sie zog das Tuch beiseite und besah sich die Wunde, die knapp unterhalb seines Nabels verlief. Eine Stichverletzung, lang, aber offensichtlich nicht tief. Dicker Schorf hatte sich bereits darauf gebildet. Ihr Blick wanderte weiter zu der schlafenden Männlichkeit zwischen seinen Beinen. Sie errötete, deckte den Mann mit brennenden Wangen wieder zu und tastete dann mit dem Finger nach dem Sternenmal an ihrem Knöchel. Ihre bebende Hand legte sie auf die Verletzung. Das mittlerweile vertraute Prickeln überkam sie, doch irgendetwas war anders. Sie konnte keine Schmerzen und keine Krankheit fühlen. Es schien, als wäre der Geist des Mannes weit, weit fort.

»Bitte«, flüsterte sie, »du darfst dich nicht aufgeben. Du musst leben.« Erstaunt registrierte sie, dass glitzernde Tränen aus ihren Augenwinkeln auf den Leib des Mannes tropften. »Lebe!«, hauchte sie und verwandte ihre ganze Kraft darauf, ihn zu erreichen. »Du musst leben«, wiederholte sie.

»Das sehe ich genauso. Leben soll er!« Sie schrak auf, denn sie hatte den fremden Mann nicht hereinkommen hören. Seine seltsame Erscheinung lenkte sie für einen Moment von dem Schwerkranken ab. Die Kleider waren von feiner Qualität, doch nicht außergewöhnlich. Sein langes Haar hingegen war merkwürdig. Dunkelbraun und wellig fiel es ihm offen über die Schultern, beinahe bis zur Hüfte. Das fein geschnittene Gesicht erinnerte sie an die Darstellungen des Heilands am Kreuz. Noch nie hatte sie einen Mann gesehen, der ihrer Vorstellung von Jesus Christus so nahe gekommen war.

»Wer seid Ihr?«

»Nun, dasselbe könnte ich Euch fragen. Ich habe nicht mit einer fremden Frau am Bett meines Freundes gerechnet. Albrecht Dürer mein Name.«

»Entschuldigt. Ich bin Emma von Eisenberg.« Sie ergriff die ihr hingestreckte Hand. Der Druck seiner Finger war warm und beruhigend. Zu spät fiel ihr ein, dass sie ihre wahre Identität verbergen musste. Doch er schien mit dem Namen nichts zu verbinden.

»Wie heißt er?«

»Erik.«

»Was ist ihm zugestoßen?«

»Warum wollt Ihr das wissen, junge Frau?«

»Er scheint mir so vertraut. Sein Überleben ist mir wichtig.« Ihre Erklärung war dürftig, doch Albrecht Dürer gab sich damit zufrieden.

»Ich bin Künstler und war gemeinsam mit ihm in den Wäldern unterwegs. Er hat ein waches Auge für Farben und Motive. Ich sammle meine Inspiration am liebsten in der freien Natur, und er bringt mich dabei oft auf neue Ideen. Wir sind in einer Gruppe von nur fünf Männern geritten. Die Zeiten sind sicher, sagt man. Dennoch wurden wir eines Nachts von räuberischem Gesindel überfallen. Die Diebe wollten an unser Geld, doch das haben sie nicht bekommen. Wir konnten sie verjagen, obwohl sie in der Überzahl waren. Erik hier ist ein guter Kämpfer, ein Landsknecht Herzog Albrechts. Dennoch trug er eine Verletzung davon. Es scheint, dass diese ihm zum Verhängnis wird«, schloss Dürer betrübt.

»Ich glaube nicht, dass sein Zustand auf die Wunde zurückzuführen ist«, wagte Emma sich vor.

»So? Nun, sagt frei heraus, woran es dann liegen könnte?«

»Mir scheint, dass er gar nicht mehr leben will.« Wieder schossen ihr Tränen in die Augen.

»So viel Anteilnahme für einen Fremden?« Dürers Worte waren frei von Spott. »Tatsächlich, Emma von Eisenberg, bin ich zu dem gleichen Schluss gekommen. Erik hat Schlimmes erlebt, dessen bin ich mir sicher. Aber ich habe in den Jahren unserer Freundschaft nie erfahren, was es war.«

»Darf ich wiederkommen?«, fragte Emma, die sich endlich daran erinnerte, dass Marzan und Franziska auf sie warteten.

»Unter einer Bedingung.«

»Welche?«

»Ich möchte Euch zeichnen. Noch heute will ich mit den Skizzen für Euer Porträt beginnen.«

»Es tut mir leid, aber ich kann nicht. Ich habe ebenfalls jemanden, den es zu pflegen gilt. Deswegen bin ich hier – um Medizin für ihn zu besorgen.«

»Was hat denn der Kranke?«

»Er wurde von einem Bären angegriffen und fiebert. Ich bin in Sorge, dass sich die Wunde entzünden könnte.«

»Nun.« Dürer rieb sich nachdenklich das schmale Kinn. »Ich bin in der Medizin nicht sehr bewandert, das muss ich zugeben. Sicherlich ist der Medicus hier nicht der beste Arzt. Dennoch scheint mir, dass er seine Sache ganz ordentlich macht. Deshalb möchte ich Euch anbieten, für die Pflege Eures Freundes aufzukommen. Wie heißt er denn?«

»Marzan«, antwortete Emma, und ihr Staunen über das großzügige Angebot war auf ihrem Gesicht zu lesen. »Ich fürchte, das kann ich nicht annehmen.«

»Warum nicht?«

»Weil ich Euch nicht kenne und nicht verstehe, weshalb Ihr das tun wollt. Ich danke Euch für Eure Großzügigkeit, doch ich muss jetzt zurück.«

»Ich sagte doch schon, dass ich Euch zeichnen möchte!«, warf Albrecht Dürer ein, ehe sie sich abwenden konnte.

»Warum wollt Ihr mich unbedingt malen?«

»Nun, zum Ersten seid Ihr sehr schön.« Dürer nickte anerkennend in ihre Richtung. »Aber das alleine hat mich noch nie gereizt an einem Modell. Was Euch außergewöhnlich macht, ist Eure Ausstrahlung. Euch umgibt eine Aura des Geheimnisvollen. Wenn man Euch ansieht, so glaubt man unwillkürlich, Ihr trüget ein Geheimnis mit Euch. In Euren Augen stehen Rätsel geschrieben. Dies auf eine Leinwand zu bannen wird eine Herausforderung für mich sein. Ich kann das Gemälde schon vor meinen Augen sehen. Ja, ich habe auch schon einen Titel dafür.« Der Maler hatte sich in Begeisterung geredet.

»Wie werdet Ihr es nennen?«

»Die Madonna mit dem Zeisig.«

Emma selbst konnte an sich nicht die entfernteste Ähnlichkeit mit der Mutter Gottes entdecken. Insgeheim zweifelte sie an Talent und Befähigung des fremden Malers. Er schien ihr zu sonderbar für einen Kunstmaler mit seinem langen, welligen Haar. Sein Körper unter den Kleidern wirkte hart und durchtrainiert. Dennoch war er ohne Zweifel sympathisch.

»In Ordnung. Ich danke Euch für Eure Großmut.« Emma redete sich ein, bei der Annahme des Angebots keinen Gedanken an den blonden Fremden im Zelt des Arztes zu verschwenden.

Dürer begleitete Emma auf der Suche nach Franziska. Sobald sie das Zelt verließen, hefteten sich drei schweigsame Landsknechte an ihre Fersen.

»Habt keine Angst, die Männer wurden zu meinem Schutz abgestellt«, erklärte ihr Dürer. »Wenn Ihr nichts dagegen habt, möchte ich noch heute mit der Arbeit beginnen. Das Licht der Nachmittagssonne, wisst Ihr … Im Gegensatz zu den hellen, klaren Morgenstunden zeichnet es die Welt in weiche, sanfte Konturen.« Der Maler geriet ins Schwärmen. Emma konnte sich nicht auf seine Erläuterungen konzentrieren, die Landsknechte in ihrem Rücken machten ihr Angst. Deshalb war sie froh, als sie im Schatten einer Eiche Franziska erspähte. Die blonde Frau betrachtete fasziniert den Elefanten, der von Rediklus an einem Strick im Kreis geführt wurde. Auf dem Rücken des mächtigen Tieres saß ein kleiner Junge.

»Franziska!«, rief sie, und die Freundin schaute auf.

»Emma! Ich habe mir schon Sorgen gemacht! Hast du die Medizin?« Franziska rannte auf sie zu, um mitten im Schritt plötzlich innezuhalten. Sie hatte den fremden Mann und die Landsknechte im Hintergrund bemerkt.

»Oh.«

»Keine Angst«, beruhigte sie Emma. »Das hier ist Albrecht Dürer, ein Maler ...«, sie machte eine kurze Pause, »... und ein Freund.«

Auf dem Weg zurück zu Marzan berichtete Emma, was geschehen war. Dürer hielt sich taktvoll im Hintergrund und überhörte die Bedenken, die Franziska äußerte.

Sie fanden Marzan wach vor. Beim Anblick Dürers und der Landsknechte setzte er sich stöhnend auf.

»Wer seid Ihr?«, fuhr er schroff den Fremden an. Emma glitt an seine Seite und legte ihre Hand besänftigend auf seinen Arm.

»Darf ich vorstellen, Albrecht Dürer.«

Marzan blieb für Momente die Luft weg. »Seid Ihr *der* Albrecht Dürer?«, erkundigte er sich ungläubig. Der Name war in Augsburg selbst kleinen Kindern schon geläufig. Jakob Fugger war ein großer Anhänger der Dürer'schen Kunst. In den letzten Jahren war der Maler in ganz Europa bekannt geworden. Auch Marzan schätzte die Gemälde des Mannes, von denen nicht wenige die Wände im Fugger'schen Haushalt zierten.

Dürer nickte. »Maler, Zeichner, Student, Forscher, Entdecker ... Für mein Tun gibt es viele Umschreibungen.«

»Ich bin ein großer Bewunderer Eurer Werke.«

»Habt Dank.« Dürer nahm Marzans Lob lächelnd entgegen. »Es kommt nicht oft vor, dass man auf dem Land meinen Namen und gar meine Bilder kennt ...«

»Oh, ich habe viele Jahre lang in Augsburg gelebt, wo ich des Öfteren mit Eurer Kunst in Berührung kam.«

»Wie heißt Ihr, junger Freund?«

»Marzan von Hohenfreyberg, verehrter Herr Dürer.« Marzan beging den gleichen Fehler wie Emma und nannte arglos seinen Namen.

»So seid ihr beide von Adel?«, erkundigte sich Dürer.

»Verarmter Landadel.« Emma winkte ab. »Nichts, was der Rede wert wäre.«

»Nun zu Euch, junger Freund«, wandte Dürer sich an Marzan. »Wir«, er wies auf Emma, »sind einander im Zelt des Medicus über den Weg gelaufen. Die junge Dame hier fiel mir wegen ihres ungewöhnlichen Aussehens auf. Ich habe sofort darum ersucht, sie porträtieren zu dürfen. Im Gegenzug komme ich gerne für Eure Behandlung im Zelt des Medicus auf. Dem Arzt wird es sicherlich gelingen, Euch schnell wieder auf Eure Beine zu stellen. Im Übrigen kümmert sich der Arzt auch um einen meiner Freunde, der jedoch noch ohne Bewusstsein ist.«

Marzan war zu schwach, um sich aufzulehnen. Das Gespräch hatte ihn ermüdet, und es kostete ihn alle Kraft, die Augen offen zu halten. Auf einen Wink Dürers hin näherten sich ihm zwei der Landsknechte und halfen ihm behutsam auf die Füße. Von den Männern gestützt taumelte er los. Lange bevor sie das Zelt erreichten, verließ ihn die Kraft. Mit vor Scham brennenden Wangen gestattete Marzan, dass man ihn hochhob und den Rest des Weges trug.

Dürer hatte einen der Landsknechte zu dem Arzt vorausgeschickt, so dass dieser schon informiert war.

»Aha«, er nickte Emma zu. »Euer Freund, der vom Bären angegriffen wurde.«

»So ist es.«

»Bringt ihn nur gleich nach hinten.« Mit einer fließenden Handbewegung scheuchte er die Besucher weiter in den zweiten Raum. »Ich habe eine Bettstatt für ihn vorbereitet.«

Sie traten ein. Zwei von Dürers Männern warteten derweil draußen vor dem Zelt.

»Legt ihn hier ab.« Der Arzt schlug eilfertig die Decke des Lagers zurück. »In Ordnung, nun lasst mich allein. Ich muss mir in aller Ruhe ein Bild vom Zustand des jungen Mannes machen.«

»Kommt.« Dürer berührte Emma leicht an der Schulter. »Er ist hier bestens versorgt.«

Sie trat an Marzans Bett. »Ich bin bald wieder da«, flüsterte sie und legte für einen winzigen Moment ihre Hand an seine heiße Wange.

»Ich möchte gleich beginnen«, verkündete Albrecht Dürer, sobald sie das Zelt des Arztes verlassen hatten. »Am Abend bringe ich sie Euch unbeschadet wieder«, beschied er Franziska gut gelaunt. Bisher hatte er nicht nach den bestehenden Verhältnissen zwischen ihr, Emma und Marzan gefragt. Es schien ihn nicht zu interessieren, warum und weshalb sie offensichtlich alleine reisten.

Dürer benötigte Ruhe für seine Arbeit, deshalb blieb Franziska mit dem Ausdruck eines verlorenen Kindes alleine zurück. Emma tat sie leid, doch wagte sie nicht, den großzügigen Maler vor den Kopf stoßen.

»Amüsier dich ein wenig«, forderte sie die Freundin auf und drückte ihr eine Münze aus Marzans Beutel in die Hand.

Für seine Arbeit wählte der Maler eine abgeschiedene Stelle am See. Schilfrohr wucherte an den Ufern. In dem trüben Wasser spiegelten sich das Blau des Himmels und das Weiß der Wolken. Während Dürer ihr Gesicht von allen Seiten auf Pappelholz skizzierte, kreisten Emmas Gedanken um die Geschehnisse des Tages. Je weiter der Nachmittag fortschritt, desto schwerer fiel es ihr, ruhig zu bleiben. Alles in ihr drängte danach, zurück an Marzans Lager zu eilen. Sie redete sich ein, dass die Sorge, die darüber hinaus dem blonden Fremden galt, reines Mitgefühl war.

»Wir wollen es für heute gut sein lassen, meine Liebe.« Dürer betrachtete das nervöse Spiel ihrer Hände, die sie ineinander verknotete. »Ihr sorgt Euch um den jungen Mann. Habt Ihr eine Liebesbeziehung mit ihm?«

Dürers Offenheit erschreckte Emma. Trotzdem nickte sie.

»Ja, das dachte ich schon. Verwundert hat mich nur, dass Ihr Erik betrachtet habt, als würde Euer ganzes Herz an ihm hängen. Dabei kennt Ihr ihn gar nicht und liebt einen anderen. Wie kann das sein?«

Emma antwortete nicht. »Lasst uns nach ihnen sehen«, bat sie.

»In Ordnung.« Dürer packte seine Stifte zusammen. Die Skizzen für das spätere Porträt wickelte er vorsichtig in ein Tuch und klemmte es sich unter den Arm.

»Kommt!«

»Ich muss Euch enttäuschen, edler Herr. Sein Zustand ist unverändert.« Der Medicus wiegte bedauernd den Kopf.

»Geht schon zu ihm«, forderte Dürer Emma mit einer Handbewegung auf. »Ich möchte mich noch ein wenig mit dem Doktor unterhalten.«

Sie schob den Vorhang zur Seite und schlüpfte in den hinteren Teil des Zeltes. Die Luft war stickig, die Hitze des Tages wirkte hier noch lange nach. Marzan schien zu schlafen, sein Atem ging ruhig und gleichmäßig. Erik lag auf dem Bett an der Seite, seine Position war unverändert. Emma ging zu Marzan. Sie küsste den Schlafenden auf die Stirn, die sich nicht mehr so heiß anfühlte.

Wenn er ohnehin nicht wach war, konnte sie auch gleich nach Dürers Freund sehen, entschied Emma. Sie ließ sich am Rande des Lagers nieder und griff nach der kraftlosen Hand des Bewusstlosen.

»Warum willst du nicht mehr leben?«, fragte sie leise. »Draußen ist es wunderschön. Alles blüht, und die Menschen sind fröhlich. Heute am See habe ich zwei schillernde

Libellen gesehen«, berichtete sie dem ohnmächtigen Fremden. »Ein Marienkäfer ist auf meinem Arm gelandet, während dein Freund mich gezeichnet hat. Du darfst das alles nicht aufgeben, verstehst du?«

Emmas Finger pressten seine Hand. Kraft ihres Willens versuchte sie, ihn zu erreichen. Erik regte sich auf seinem Lager. Seine Lippen formten undeutlich ein Wort. Es klang wie ›Tarja‹. Das Tuch, welches noch immer Oberschenkel und Lenden bedeckte, verrutschte ein wenig. Er schien sich aus tiefem Schlaf langsam an die Oberfläche zu kämpfen. Emma zitterte, der Druck ihrer Finger hielt an. Dann schlug der Fremde die Augen auf. In seinem Blick lagen Schwäche, Trauer und Verwirrung. Vor allem aber Wut.

»Outo tytöö«, sagte er. »Was willst du von mir?«

30

Als Dürer sein Gespräch mit dem Arzt beendet hatte, waren Eriks Augen wieder geschlossen. Er hatte nur diesen einen Satz gesprochen und war erneut eingeschlafen. Emma an seinem Lager war von Glück erfüllt. Er würde leben, das wusste sie nun. Eine solche Wut brannte nicht in einem Mann, der sich schon von seinem Dasein gelöst hatte. Sie fragte sich, über was er so aufgebracht war.

»Er war wach.« Emma registrierte das freudige Aufblitzen in Dürers Augen. Der Maler schien große Stücke auf den blonden Landsknecht zu halten.

»Tatsächlich?«, hakte er nach. »Wie habt Ihr das gemacht, meine Liebe?«

Sie schüttelte den Kopf.

»Oh doch. Ich bin mir sogar ziemlich sicher, dass Ihr es wart, die ihn von der Schwelle zurückgeholt hat, auf der er stand. Es ist ein Geheimnis um Euch, das ich irgendwann zu ergründen hoffe.«

Emma erhob sich, um sich wieder Marzan zuzuwenden.

»Ich werde Euch zu Franziska begleiten«, erbot sich Dürer.

»Danke, aber ich möchte noch hierbleiben. Marzan wird sich über meinen Anblick freuen, wenn er aufwacht.« Flüchtig dachte Emma an die Gefahr durch die Verfolger, in der sie noch immer schwebten. Unwillig schüttelte sie den Gedanken an Ravensberg ab. Es genügte, wenn sie des Nachts vor lauter Furcht keinen Schlaf fand.

»In Ordnung. Ganz, wie Ihr wollt. Der Arzt meint übrigens, dass er mit der Entzündung im Arm Eures Freundes gut zurechtkommt. Es sieht danach aus, als würde Marzan wieder ganz gesund werden.«

»Oh.« Emma schenkte Dürer ein strahlendes Lächeln.

»Wir treffen uns morgen am frühen Nachmittag unter dem Kastanienbaum. Ich bitte Euch sehr darum zu kommen. Ich möchte weitere Skizzen von Euch anfertigen, so dass ich nach meiner Rückkehr nach Italien das Bildnis auf Leinwand bannen kann. Die Madonna mit dem Zeisig wird ein vortreffliches Gemälde werden. Doch nur, wenn Ihr weiter dafür Modell steht.«

»Ich werde da sein«, versprach sie. »Guten Abend.«

Wenig später wachte Marzan auf, und Emma tauschte flüsternd zärtliche Worte mit ihm. Noch immer schien er ihr sehr schwach, so dass sie froh war, als er wieder einschlief. »Träume süß und werde schnell gesund.«

Eigentlich hatte sie an dem Fremden nur vorübergehen wollen. Irgendetwas jedoch trieb sie dazu, ihm zum Abschied sanft über die Wange zu streichen. Im Gegensatz zu Marzan fühlte Erik sich nicht mehr heiß an. Dennoch war er nach wie vor ohne Bewusstsein.

Emma rief dem Doktor einen kurzen Abschiedsgruß zu und trat hinaus in die Dämmerung. Die kühle Abendluft brachte Ruhe in ihre Gedanken. Franziska war bestimmt schon zum Lagerplatz zurückgekehrt. Emma hoffte, sie dort anzutreffen und sich ein wenig mit ihr unterhalten zu können. Der blonde Mann gab ihr Rätsel auf. Vielleicht würde sie den Mut finden, sich der Freundin anzuvertrauen, ihr davon zu erzählen, dass sie den Fremden aus ihren Träumen schon lange kannte.

Versunken in ihre Gedanken achtete sie nicht auf den Weg und prallte unsanft gegen einen Mann. Er umfasste ihre Oberarme, als wolle er sie stützen.

»Habt Ihr Euch wehgetan?«

»Nein, bitte verzeiht. Ich habe nicht aufgepasst.«

»Schon in Ordnung, mein Fräulein.« Der Fremde hielt sie noch immer fest.

»Bitte«, bat Emma. »Lasst mich los und tretet beiseite. Ich habe es eilig.« Von einem Moment auf den anderen wurde ihr die Situation unheimlich.

»Na«, lachte der Mann, »das glaube ich Euch gern, dass Ihr weiterwollt. Im Weglaufen seid Ihr schließlich sehr geschickt, nicht wahr?«

Panik erfasste Emma. Sie zappelte und wand sich in dem eisernen Griff. Zu spät erkannte sie, dass der Fremde nicht alleine war. Weitere Männer umstanden ihn im Halbkreis. Landsknechte, fünf an der Zahl. Sie alle trugen das gleiche Wappen, einen Bären und einen Luchs, im Kampf ineinander verbissen. Ravensberg.

»Eure Flucht ist hier zu Ende, Emma von Eisenberg. Ein ungeduldiger Verlobter wartet auf Euch, der Euch in die Arme schließen will. Führt uns jetzt zu Eurem Liebhaber, los!«

»Nein.« Emma schüttelte wild den Kopf. Ihr Häscher verstärkte den Druck seiner Finger. Seine Nägel bohrten sich in ihren Arm.

»Ihr tut, was ich sage!«

»Nein.« Sie setzte zu einem lauten Hilfeschrei an. Sofort wurde ihr drohend eine Hand über den Mund gelegt.

Passanten gingen vorüber und beobachteten die zappelnde Frau. Manchen tat sie leid, aber keiner griff ein. Die Männer trugen ein herrschaftliches Emblem, das Wappen eines Grafenhauses. Wahrscheinlich handelten sie in hohem Auftrag. Man tat nicht gut daran, sich da einzumischen.

»Wir werden ihn auch ohne Eure Hilfe finden«, zischte einer der Männer ihr zu. »Ihr könnt uns glauben, es wird ihm nicht gut ergehen.« Jetzt lachten Ravensbergs Landsknechte. Es waren andere Gesellen als diejenigen, welche sie damals nach Wessobrunn begleitet hatten. Sie wirkten härter und unerbittlicher.

Der Mann, dem sie töricht in die Arme gelaufen war, hob sie hoch und warf sie einem seiner Kumpane zu wie einen nassen Sack Mehl.

»Hilfe!«, brüllte Emma. Ihr Schrei gellte durch die Nacht, als sie weggeschleppt wurde. Fort vom erleuchteten Marktplatz, hinein in die Dunkelheit. Sie kämpfte mit wilder Entschlossenheit um ihre Freiheit. Gegen die Männer jedoch war sie machtlos. Langsam ließ ihre Kraft nach.

»Halt!« In der dunklen Stimme schwang solche Autorität mit, dass Emmas Häscher abrupt stehen blieben. Ein Mann mit langen, wehenden Haaren kam auf sie zugeeilt. Gelassen blieb er vor den Landsknechten stehen. In einigen Metern Entfernung folgten ihm drei weitere Männer, ebenfalls Landsknechte.

»Was habt ihr mit der Dame vor, meine Herren? Ich schätze es ganz und gar nicht, wenn man meine Freunde hinterrücks zu entführen sucht. Erklärt euch.«

»Seht zu, dass Ihr verschwindet. Wir sind vom Grafen Ravensberg beauftragt, seine entflohene Braut einzufangen.«

»Woher wollt ihr wissen, dass das die gesuchte Frau ist?«

Triumphierend zog einer der Männer einen Anhänger hervor und klappte ihn auf. Darin befand sich ein Miniaturbildnis von Emma. Sie erkannte es, man hatte es im Herbst vor drei Jahren gemalt. Dürer besah sich das Bildnis genau.

»Noch Fragen?«

»Keine sehr gute Arbeit, aber tatsächlich ist die Dame darauf zu erkennen. Mir scheint allerdings, dass sie nicht gewillt ist, euch zu begleiten. Darum muss ich euch auffordern, sie augenblicklich loszulassen.«

Einige der Landsknechte lachten verhalten.

»Lasst uns gehen«, brummte einer. »Wir müssen noch den jungen Freyberger finden …«

»Wer seid Ihr, dass Ihr Euch dreist in Dinge einmischt, die Euch nichts angehen?«, verlangte ein anderer der Männer zu wissen.

»Ich bin Albrecht Dürer und Gast am Hofe Herzog Albrechts.«

»Der Nürnberger Maler?«, erklang die zweifelnde Frage.

»Genau der. Leider bin ich über den genauen Sachverhalt nicht informiert. Aber mir scheint, wenn es Unstimmigkeiten zwischen euch und der Dame gibt, so ist unser Herzog am ehesten befähigt, diese zu klären.«

»Wir haben Befehl, die Eisenbergerin nach Peiting auf die Welfenburg zu schaffen.«

»Und ich sage euch, ihr werdet sie mir übergeben. Zufällig reise ich in einigen Tagen ohnehin weiter nach München. Ich werde sie mitnehmen und den Fall vor den Herzog bringen. Ihr könnt euch gerne anschließen, wenn ihr mir nicht traut.«

Die Männer wurden zornig. Einige hatten die Hände am Knauf ihrer Schwerter. Manche wussten zwar um das hohe Ansehen Dürers am bayerischen Hofe, dennoch waren sie nicht gewillt, dem Maler nachzugeben. Sie hatten Order, die Frau zu finden und auf schnellstem Wege zu Ravensberg zu bringen. Ohnehin dauerte ihr Auftrag nun schon viel zu lange. Der Graf würde sie für ihre Nachlässigkeit sicherlich bestrafen.

»Wir haben nicht die Zeit, einen Abstecher zum Herzog zu machen«, entschied der Anführer von Ravensbergs Männern und gab das Zeichen zum Aufbruch. Die grimmigen Gesellen knurrten Zustimmung heischend. Ihnen hatte der Disput mit dem Maler schon viele zu lange gedauert.

Emma begann mit neuer Kraft um sich zu treten, als sie merkte, dass Dürer nichts hatte erreichen können.

»Halt!«, dröhnte es da erneut. Die Männer des Grafen Ravensberg hielten inne. Als sie sich umwandten, sahen sie den Maler im Kreise seiner Landsknechte stehen. Alle vier hatten die Schwerter kampfbereit erhoben.

»Wollt ihr es wirklich darauf ankommen lassen?«, fragte Dürer ganz ruhig. »Fünf gegen vier, das ist keine große Überzahl. Die Männer an meiner Seite sind Landsknechte Herzog Albrechts, sie zählen zu den besten Kämpfern des Landes.«

Ravensbergs Männer knirschten wütend mit den Zähnen. Ihr Anführer hatte Mühe, seine Leute vom Angriff abzuhalten.

»Was ist mit dem Freyberger?«

»Auch ihn werde ich zum Herzog geleiten.«

»Wir haben Euer Wort?«

»Mein Wort als Ehrenmann.«

»In Ordnung. Lasst sie los.«

Emma stolperte, als sie unsanft auf dem Boden abgesetzt wurde. Dürer war sofort an ihrer Seite und bot ihr seinen Arm.

»Meine Herren.« Er nickte den zornbebenden Landsknechten höflich zu und führte Emma weg vom Ort des Geschehens. Erst als alles vorbei war, befiel sie unkontrolliertes Zittern.

»Ihr werdet mir einiges zu erklären haben«, raunte Dürer ihr zu.

Sie fanden Franziska allein am Lagerplatz vor. Die Besorgnis auf dem jungen Gesicht wich einem strahlenden Lächeln, als sie ihrer ansichtig wurde.

»Gott sei Dank!« Franziska konnte nicht umhin, Emma kurz an sich zu drücken. Ihr entgingen nicht das wild klopfende Herz und das Flackern in den grauen Augen der Freundin.

»Was ist geschehen?«

Albrecht Dürer berichtete in knappen Worten von den Landsknechten.

»Ohne ihn wäre alles zu Ende gewesen.« Emma warf einen dankbaren Blick in Richtung des Malers.

»Noch bin ich mir nicht schlüssig, was ich von der ganzen Angelegenheit halten soll«, bemerkte Dürer. »Seht«, er wies in Richtung des Sees, »dort drüben haben Ravensbergs Landsknechte ihr Lager aufgeschlagen. Ich werde meinen Männern befehlen, die Nacht über Wache zu halten. Sie werden Euch nicht aus den Augen lassen, Emma. Seid Ihr tatsächlich dem Grafen Ravensberg entflohen? Der Name ist mir ein Begriff, ich habe den Mann am herzoglichen Hofe getroffen.«

Emma setzte sich mit untergeschlagenen Beinen auf die Decke und wartete, bis auch Dürer Platz genommen hatte. Franziska hielt sich dicht an ihrer Seite. Die drei Landsknechte des Herzogs bildeten, ein wenig Abstand haltend, einen schützenden Kreis um die Gesellschaft. Emma begann mit leiser Stimme, die Geschehnisse seit der Rückkehr Marzans aus Augsburg zu schildern, erwähnte jedoch nichts von ihrem Elbenmal. Auch Franziska lauschte gebannt. Sie erfuhr erst jetzt, was Marzan und Emma widerfahren war.

»Ihr habt nicht wenig Mut, das muss man Euch lassen. Den Mörder Eures Vaters hat man nicht gefunden?«

»Nein, meines Wissens nicht.«

»Nachdem ich nun die Wahrheit kenne, bereue ich mein Eingreifen nicht. Der Herzog ist ein weiser und gerechter Mann. Möglich, dass er Eurem Ansinnen stattgibt. Einen Versuch ist es auf jeden Fall wert. Allerdings muss ich einige Auflagen machen.«

»Was verlangt Ihr?«

»Ihr werdet Euch in meine Obhut begeben. Das heißt, Ihr werdet mir erst wieder von der Seite weichen, wenn Ihr vor dem Herzog steht. Die Landsknechte haben mir und meinen Männern unter Druck nachgegeben, doch Ravensberg wird darüber nicht erfreut sein. Sollten Sie Euch noch einmal alleine antreffen, werden sie zuschlagen und nicht zögern, den Marktfrieden zu brechen. Deshalb bleibt Ihr an meiner Seite, damit Euch nichts geschieht.«

»Das werde ich«, versprach Emma. Dürer würde sie sicher nach München bringen. Es war ein Glücksfall, dass sie ihn getroffen hatte.

»Ich sage Euch und Euren Freunden sicheres Geleit in die Landeshauptstadt zu. Wir werden jedoch erst aufbrechen, wenn es Erik wieder gut geht. Sicherlich bedarf auch Euer Freund Marzan noch einige Tage der Ruhe und Erholung.« Emmas Herz klopfte bei dem Gedanken, dass der zornige Fremde sie ebenfalls begleiten würde.

»Wir stehen tief in Eurer Schuld.« Von Dankbarkeit erfüllt fand sie keine Worte. Dürer winkte ab. »Dumm wäre ich gewesen, hätte ich mir ein solches Modell durch die Lappen gehen lassen«, lachte er, jetzt wieder laut und unbeschwert.

In dieser Nacht schlug Dürer sein Lager bei den Frauen auf. Sie entzündeten ein Feuer, in dessen Schein der Maler Emma und Franziska aus seinem Leben berichtete. Des Herzogs Landsknechte ließen unterdessen die in der Nähe lagernden Männer des Grafen Ravensberg nicht aus den Augen.

»Ich bin in Nürnberg als Sohn eines begabten Goldschmieds geboren. Nach dem Willen meines Vaters sollte ich ebenfalls diesen Beruf ergreifen. Doch trug mich meine Lust mehr zu der Malerei als zum Goldschmieden. Also lag ich meinem Vater so lange in den Ohren, bis er mich zu dem Künstler Michael Wolgemut in die Lehre gab. Dort lernte ich neben der Malerei auch das Holzschnittzeichnen und die Kupferstecherei. Schon bald nach meiner Ausbildung habe ich damit begonnen, meinen Lebensunterhalt unter anderem mit den Holzschnitten zu bestreiten. Vier Jahre war ich auf Wanderschaft, zuerst führte mein Weg mich nach Basel, dann nach Colmar und Straßburg. Als ich nach Nürnberg zurückkehrte, heiratete ich.«

»Ihr klingt nicht sehr begeistert …« Emma schlug sich die Hand vor den Mund. »Entschuldigt, ich wollte nicht un…«

»Schon gut«, Dürer lächelte sie an. »Ihr habt ganz recht, eine Liebesheirat war es nicht. Eine Vermählung bedeutet immer auch die Schaffung einer gewerblichen und häuslichen Basis. Genau das wollte ich mit meiner Hochzeit bezwecken. Der Vater von Agnes, so heißt meine Frau, und der meinige haben damals die Vermählung ausgehandelt. Von einem Tag auf den anderen wurde ich zu einer angesehenen Persönlichkeit der Nürnberger Gesellschaft. Plötzlich zählte ich zur Oberschicht. Meine Agnes ist mir eine liebe, sanfte Gemahlin, ich kann mich nicht beklagen. Dennoch – ich bin eben ein Freigeist. Was will ich mit einem Weib, das ständig an meinem Rockzipfel hängt? Ich möchte tun und lassen können, was ich will. Ohne Rücksichtnahme meine Entscheidungen treffen.«

»Aber was sagt Eure Frau dazu?« Franziska wagte zum ersten Mal, das Wort zu ergreifen.

»Ah, junges Fräulein, ich hatte schon überlegt, ob Ihr vielleicht stumm wärt.« Dürer zwinkerte ihr zu. Röte stieg in Franziskas Gesicht.

»Agnes ist ein Weib, das sich mir unterordnet. Die Gesellschaft erklärt die absolute Hingabe einer Ehefrau zum höchsten Ziel, doch ich habe da eine andere Meinung. Deshalb bin ich auch bald nach meiner Hochzeit nach Venedig abgereist. Ich sage euch, die Italiener sind wahre Meister der Kunst …« Dürers Blick wurde verträumt.

»Nach meiner Rückkehr widmete ich mich in Nürnberg für eine Weile der Kupferstecherei. Ihr müsst wissen, dass in meiner Heimatstadt ein besonders fein gehämmertes

Kupfer hergestellt wird. Es ist eine Freude, damit zu arbeiten.«

»Seid Ihr nach Eurer Italienreise bei Eurer Frau geblieben?«

»Nein.« Der Maler grinste wie ein kleiner Junge, der sich einen besonders spaßigen Streich ausgedacht hat. »Ich halte es zu Hause nie lange aus. Im Moment befinde ich mich offiziell in Venedig. Die Stadt ist ein Traum, eine pulsierende Metropole, voller Glanz und Festivitäten. Auf den breiteren Kanälen drängen sich Segelboote und Galeeren. Die engen Gassen sind bevölkert von fein gekleideten venezianischen Adligen, einfachen Handwerkern, niederländischen Handelsherren und vielen anderen mehr. Es ist das bunte Völkergemisch, das Venedig so bezaubernd macht.«

»Warum seid Ihr dann hier und nicht dort?«

»Nun, ich bekam Sehnsucht nach der Heimat. Daher beschloss ich, unserem Herzog einen Besuch abzustatten. Er ist einer meiner Gönner, und ich schätze ihn sehr. Spätestens in vier Wochen möchte ich wieder nach Italien aufbrechen. Doch bis dahin, dessen bin ich sicher, werdet ihr, meine neu gewonnenen Freunde, für meine Zerstreuung sorgen.«

»Langeweile überkommt Euch sicher nicht«, bestätigte Emma.

»Eure Frau weiß nicht, dass Ihr im Lande seid, oder?« Franziska konnte nicht glauben, dass der Mann seinem Weib freiwillig fernblieb.

»Nein. Und ich hoffe sehr, dass das auch so bleibt. Ich für meinen Teil werde mich jetzt niederlegen. Um ein derart anspruchsvolles Porträt wie das Eure zu zeichnen, liebe Emma, muss ich ausgeschlafen sein.«

Wenig später herrschte Ruhe. Durch Emmas Träume geisterten Bilder von Marzan und dem fremden Erik, die mit glänzenden Schwertern aufeinander losgingen.

31

Albrecht Dürer war kein sehr geduldiger Mensch. Am Vormittag hatten sie bei ihrem Besuch beide Patienten schlafend vorgefunden. Kaum brach der Nachmittag an, bat er Emma, ihm wieder Modell zu sitzen. Franziska, die allein zurückblieb, sollte unterdessen weiter den Markt erforschen. Zu ihrem Schutz stellte Dürer seinen Landsknecht Hartmut ab, der die junge Frau begleiten würde. Es war der fünfte Tag des Dießener Jahrmarkts, noch vier ganze Tage lagen vor ihnen, ehe die Händler ihre Zelte und Buden abbrechen würden.

»Woher kennt Ihr Erik?« Emma konnte ihre Neugier bezüglich des Fremden nicht im Zaum halten.

»Das ist tatsächlich eine kuriose Geschichte. Wenn Ihr mir versprecht, genau diesen Gesichtsausdruck beizubehalten, werde ich sie Euch erzählen.«

»Ich werde still sitzen wie eine Statue.«

»Nun denn. Eine von des Herzogs Leidenschaften ist die Jagd mit Pfeil und Bogen. Als ich vor Jahren Gast an seinem Hof war, gingen wir in den Wäldern entlang der Isar dieser Vorliebe nach. Wir hatten bereits einen kapitalen Hirsch erbeutet, als wir das mächtige Wildschwein entdeckten. Der Herzog bestand darauf, die Sau selbst zu erlegen, und verbot seinen Jägern einzugreifen. Es war leichtsinnig von ihm, vom Pferd zu steigen, doch er wollte sich unbedingt so nah wie möglich an das Tier heranschleichen. Unglücklicherweise streifte sein Pfeil das Wildschwein nur, woraufhin dieses sich wütend auf den Herzog stürzte. Wir alle waren zu weit weg vom Geschehen, um schnell eingreifen zu können. Herzog Albrecht nahm die Beine in die Hand und lief davon. Dennoch holte das Wildschwein ihn ein. In dem Moment, als wir schon das Schlimmste befürchteten, brach die Sau grunzend zusammen. Ein Speer steckte in ihrem Leib, er hatte das Herz des Tieres durchstoßen. Wir sahen uns nach dem fremden Jäger um und erschraken nicht wenig, als wir den riesigen, zotteligen Mann entdeckten. Er hatte den Speer aus großer Entfernung geworfen. Ein solcher Wurf erfordert Kraft und Geschick. Der Fremde näherte sich uns zögernd. Sein Gesicht war zugewachsen, der wilde Bart reichte ihm beinahe bis zur Brust. Das schmutzige Haar fiel ihm auf die Schultern, seine grünen Augen verrieten Ablehnung.«

»Erik?«

»Ja. Damals sprach er nur wenige Brocken Deutsch, seine Muttersprache ist Finnisch. Er stammt aus Karelien, einer schwedischen Provinz, in der die Finnen als Minderheit leben. Er wehrte sich erbittert, als wir ihn mit uns nehmen wollten. Doch des Herzogs Befehl ist Gesetz, und auch er musste sich fügen. So kam es, dass der wilde Mann an den bayerischen Herzogshof kam. Herzog Albrecht und ich befassten uns intensiv mit ihm, denn sein Auftreten, seine Erscheinung und vor allem seine Geschichte interessierten uns. Erik lernte unsere Sprache problemlos, es wurde schnell klar, wie intelligent er ist. Er habe als Matrose auf dem Segler eines reichen Kaufmanns angeheuert, erzählte er uns später, und so sei er im Heiligen Römischen Reich Deutscher Nation gelandet. Nach seiner Ankunft hat er mutterseelenallein die Wälder durchstreift, sich vor der Welt und den Menschen versteckt. Gelebt hat er von der Jagd, der Fischerei und dem, was die Natur hergab. Erst an jenem Tag kehrte er – unfreiwillig – in die Zivilisation zurück.«

»Warum hat er das getan? Ich meine, weshalb hat er Karelien verlassen und einsam in den Wäldern gehaust?«

»Hier stoßt Ihr an die Grenzen meines Wissens. Nach und nach hat Erik ins Leben zurückgefunden. Er ist dem Herzog treu ergeben und einer seiner besten Landsknechte. Längst hat er seine Zurückhaltung aufgegeben. Wir wurden Freunde und machten es uns zur Gewohnheit, gemeinsam die Natur zu durchstreifen, wann immer ich am Hof weile. Herzog Albrecht erlaubt uns die kurzen Reisen, auch wenn er Erik am liebsten an seiner Seite weiß. Er sieht in ihm eine Art Schutzengel, seit er ihn damals vor den Hauern der Wildsau gerettet hat. Erik ist stark, mutig und treu. Alle bei Hof schätzen ihn, und die Herzen der Damen liegen ihm zu Füßen. Aber selbst dem Herzog und mir hat er nicht erzählt, was ihm zugestoßen ist. Es muss etwas Schreckliches gewesen sein, denn die Traurigkeit verschwindet niemals ganz aus seinem Blick, auch wenn er lacht.«

Emma hatte Dürers Bericht gebannt gelauscht. Der Nachmittag war wie im Fluge verstrichen.

»Wir wollen Erik jetzt besuchen, da wir so viel über ihn geredet haben«, forderte der Maler sie auf. »Sicherlich könnt Ihr es kaum noch erwarten, nach Eurem Marzan zu sehen.«

»Glaubt Ihr, er wird wieder gesund?«

»Erik? Ich hoffe es. Wollt Ihr die Skizzen einmal betrachten?«

Emma trat neben Dürer und blickte auf die Staffelei. Das Mienenspiel ihres Gesichts war darauf in allen erdenklichen Variationen abgebildet. Lächelnd, ernst, wütend. Aber immer wurde ihr Kopf eingerahmt von feurigem Haar.

Verblüfft starrte sie von den Skizzen zu Dürer und wieder zurück. »Aber mein Haar ist tiefschwarz, nicht rot!«

»Jetzt haltet Ihr mich wohl für einen alten Dummkopf, nicht wahr?« Das Lächeln auf Dürers Gesicht war tief und ehrlich.

»Nein, natürlich nicht. Ich verstehe nur nicht …«

»Lasst es mich Euch erklären. Selbstverständlich ist Euer Haar schwarz und ganz wundervoll, so wie es ist. Aber habt Ihr schon einmal davon gehört, dass jeden Menschen eine bestimmte Farbe umgibt, so etwas wie eine Aura, die ihn einhüllt?«

Emma schüttelte verständnislos den Kopf.

»Nun, es ist so. Ich betrachte ein Modell, sehe mir Statur, Gesichtszüge, Hautfarbe und dergleichen an. Daneben aber achte ich auf die Ausstrahlung. Und wenn ich die Augen schließe, sehe ich die Farbe vor mir, die den jeweiligen Menschen umgibt. Eure Farbe ist Rot wie die Leidenschaft. Deshalb ist Euer Haar auf den Skizzen nicht schwarz. Ich möchte Euch so wiedergeben, wie Ihr wirklich seid.«

»Ich glaube, ich verstehe, was Ihr meint. Doch habe ich dergleichen noch nie wahrgenommen.«

»Das, meine Liebe, ist auch gar nicht wichtig.« Dürer packte seine Farben und Pinsel fort.

»Lasst uns gehen.«

Wie schon bei ihrem letzten Besuch machte Dürer Anstalten, sich ausführlich mit dem Arzt zu unterhalten. Derweilen schickte er Emma zu den beiden Kranken vor.

Marzan schnarchte, doch Erik war wach. Sie erschrak, als die grünen Augen sich forschend auf sie richteten.

»Ich habe geschlafen, und alles um mich herum war leicht und wunderbar. Dann kamst du und hast mich zurückgeholt. Warum?« Eriks Stimme war tief und melodisch zugleich. Er betonte die Silben anders als die Einheimischen, dennoch waren seine Worte gut verständlich.

»Wirfst du mir vor, dass ich dich nicht sterben lassen wollte?«

»Wer bist du, dass du denkst, mein Leben oder mein Tod wären deine Angelegenheit?«

Darauf wusste Emma keine Antwort. Wie sollte sie dem

Finnen auch erklären, dass sie ihn aus ihren Träumen schon lange kannte.

»Dein Freund hat sich sehr um dich gesorgt!«, warf sie ihm vor.

»Albrecht? Es tut mir leid, wenn ich ihm Unannehmlichkeiten bereitet habe. Als ich in diesen tiefen Schlaf gefallen bin, war plötzlich alles so einfach. Es erschien mir so leicht zu vergessen.«

»Was musst du vergessen? Was ist es, das dich quält?«

Eriks Augen wurden hart. »Ich wüsste nicht, warum ich ausgerechnet dir das erzählen sollte. Ja, ich weiß nicht einmal, wer du bist und warum du an meinem Bett stehst. Bitte setz dich, wie auch immer du heißt. Es macht mich unruhig, wenn du so auf mich herabschaust!«

Zögernd ließ Emma sich auf der Kante des Lagers nieder. Beinahe glaubte sie, die Wärme zu spüren, die sein Körper abstrahlte. »Hast du noch Fieber?«

»Ich glaube nicht.«

Sie legte ihre Hand auf Eriks Stirn. Er zuckte zusammen, als sie ihn berührte.

»Nicht.«

»Du fühlst dich nicht mehr heiß an.«

»Was bist du nur für ein merkwürdiger Mensch? Und wie hast du mich aufgeweckt? Es fühlte sich an, als wärst du in mich hineingeschlüpft und hättest mich wachgerüttelt.«

Emma antwortete nicht, ihr Blick war auf den hölzernen Anhänger gefallen, den er zwischen den Fingern hielt. Ein winziges Holzschwert an einer Kette. Sie streckte die Hand danach aus. Es schien ihr der Schlüssel zu Eriks Verschlossenheit zu sein. Er ballte die Faust darum.

»Gib es mir«, bat sie.

»Outo tytöö, du verwirrst mich. Ich fühle mich schwach und lebendig zugleich, wenn du da bist.« Erik legte ihr die Kette auf die geöffnete Handfläche. Emma überkam das vertraute Kribbeln, ihr Mal pochte. Die Geschichte schrie danach, sich ihr zu offenbaren. Sie schloss die Augen.

Erik wanderte entlang des Saimaa-Kanals. Er war in Wiburg gewesen und hatte den Heimweg zur Jagd genutzt. Schon von weitem erkannte er, dass etwas nicht stimmte. Graue Rauchsäulen stiegen über Lapvesi auf. Der Ort lag an der Grenze zu Schweden, Karelien war schwedische Provinz. Immer wieder kam es zu Übergriffen und erbitterten Kämpfen zwischen den Schweden und den finnischstämmigen Bewohnern der Grenzregion. Dörfer wurden überfallen und abgebrannt. Doch in den letzten beiden Jahren war alles ruhig gewesen. Erik hatte nicht mit Gefahr gerechnet, sonst hätte er seine Familie niemals alleine gelassen. Er rannte los. Seine Jagdbeute, drei fette Wildhasen, fielen unbeachtet ins hohe Gras.

In Lapvesi tobte noch der Kampf. Es waren tatsächlich Schweden, die in Eriks Dorf eingefallen waren. Frauen, Männer und Kinder, dahingeschlachtet von der marodierenden Bande, lagen entstellt am Boden. Menschen, mit denen er tagein, tagaus lebte. Seine Angst wuchs. ›Tarja‹, hämmerte es in seinem Kopf, ›Katriina, Tore.‹ Ihnen durfte nichts zugestoßen sein!

Erik zog Axt und Schwert aus seinem Gürtel. Mit dem Mut der Verzweiflung stürzte er sich in das Getümmel und bahnte sich seinen Weg. Die Schweden waren ebenso harte Kämpfer wie die Finnen. Erik tötete drei Angreifer auf dem Weg zu seinem Haus. Er hatte das neue Heim erst vor Jahresfrist für sich und die Seinen gebaut. Im Inneren roch es noch immer nach frischem Fichtenholz.

Von links stürzte sich ein Schwede schreiend auf Erik. Es kostete ihn keine Mühe, dem Mann die Axt in den Schädel zu rammen. Er wollte nur eines – hinein zu seiner Familie und sich versichern, dass es ihnen gut ging. Auf der Schwelle schickte er ein Stoßgebet zu den nordischen Göttern seiner Kindheit. Dann trat er ein.

Er kam zu spät. Vier kräftige Schweden bedrohten seine Familie. Die Kinder weinten. Tarja stand mit unbewegtem Gesicht da, ein Messer an ihrer Kehle. Gott sei Dank schienen sie unverletzt. Ein junger, bartloser Mann mit rötlichem Haar plünderte gerade die schwere Ahorntruhe. Darin befanden sich die zum Teil jahrhundertealten Familienerbstücke. Achtlos warf der Knabe zur Seite, was ihm nicht gefiel. Wut kochte in Erik hoch. Noch hatten sie ihn nicht bemerkt. Still stand er im Eingang seines Hauses, seine Gedanken rasten. Da vergriff sich der Rotschopf an dem Keramikgefäß, in dem sie die Asche seiner seligen Mutter aufbewahrten. Erik hielt nichts mehr. Mit einem dröhnenden Kampfschrei stürzte er sich auf den Jüngling und setzte dessen Leben binnen weniger Momente ein Ende. Zu spät erkannte er, dass er damit den größten Fehler seines Lebens begangen hatte.

»Na, wen haben wir denn da!«, lachte der große Schwede, von dem Erik bisher nur den Rücken gesehen hatte. Jetzt drehte er sich um. Sein Haar war ebenso blond wie Eriks, das Spiel seiner Muskeln unter der Haut wirkte ebenso bedrohlich wie bei dem Finnen. Er hielt Eriks Frau das Messer an die Kehle.

»Tebal!« Erik spuckte das Wort verächtlich aus.

»Wenn das nicht der Hausherr persönlich ist … Nehmt die Kinder!«, befahl der Schwede seinen Leuten. Diese zückten ihre Messer und setzten sie an, ehe Erik etwas tun konnte. Er wurde bleich. Blitzende Klingen, wohin er sah.

»Ein hübsches Weib hast du hier«, lobte Tebal und begutachtete Tarja wie eine wohlgenährte Milchkuh. Erik und er waren Feinde, hatten unzählige Male gegeneinander gekämpft. Mit jedem Mal war der Hass zwischen ihnen gewachsen. »Sicher macht sie dir im Bett viel Freude, nicht, mein Guter? Wie gefällt es dir, deine Familie mir ausgeliefert zu sehen? Ein neues Gefühl für dich, nicht wahr?«

Eriks Knöchel wurden weiß, als der Mann Tarja dreist in den Hintern kniff. »Lass sie los!«, zischte er.

»Ich denke nicht daran! Wollen doch mal sehen, was du hergibst«, flüsterte er Tarja so laut zu, dass jeder im Raum die Worte verstand.

»Du lässt die Finger von meiner Frau!« Erik war übel, denn er wusste, ihm waren die Hände gebunden. Er war verantwortlich für alles, was geschah. Seine Augen waren auf Tarjas schönes Gesicht geheftet. Sie hatte ihre vollen Lippen fest aufeinandergepresst, ansonsten zeigte sie keine Regung.

»Jetzt wird dir Tebal zeigen, was ein richtiger Kerl ist«, verkündete der Schwede gut gelaunt. Er packte Eriks Frau um die Hüften und warf sie sich über die Schulter. Mit dem zappelnden Bündel stieg er achtlos über den von Erik getöteten Jüngling hinweg. Der Esstisch in dem Haus war riesig. Auch ihn hatte Erik erst im vergangenen Winter gezimmert. Tebal legte Tarja darauf ab.

»Mach mir keine Schwierigkeiten, wenn dir an deinen Bälgern etwas liegt!« Während er mit Erik sprach, kreiste sein Schwert wie beiläufig über dem Leib der Frau.

»Mama«, wimmerte die neunjährige Katriina. Tore, ein Jahr jünger als das Mädchen, hielt die Hand seiner Schwester. Beide blickten verstört zum Vater, der regungslos dastand, das Gesicht zornesrot. Noch begriffen sie nicht, welch tödliche Gefahr die Klingen an ihren Kehlen darstellten. Erik machte einen Schritt auf seine Kinder zu. »Bleib!«, drohte der Mann, der Katriina festhielt, und ritzte sanft ihre feine Haut. Ein einzelner Blutstropfen quoll hervor. Erik hielt in der Bewegung inne.

»Schließt die Augen«, befahl er seinen Kindern. Doch beide starrten wie in Trance auf ihre Mutter, die sich auf dem Tisch wand. Tebal hatte ihre Röcke hochgeschoben und ihre Unterkleider achtlos zerfetzt. Während er sie mit dem Gewicht seiner Ellbogen auf ihren Oberschenkeln niederdrückte, stieß sein Finger in sie hinein.

»Ein phantastisches Weib, aber trocken wie die Wüste«, verkündete er seinem alten Feind, während er zugleich am Bund

seiner Hose nestelte. Erik hielt es nicht mehr aus, er musste eingreifen. Aber Tarja hielt ihn zurück. Sie hatte ihre hellbraunen Augen fest auf ihren Mann gerichtet und beschwor ihn mit ihren Blicken. Ganz leicht, so dass nur Erik es wahrnahm, schüttelte sie den Kopf. ›Nein‹, schien sie zu sagen, ›bring unsere Kinder nicht in Gefahr. Ich werde es ertragen.‹ Erik spürte das feuchte Nass auf seinen Wangen und wusste nicht, ob es Schweiß oder Tränen waren.

Tarja schrie ein einziges Mal, in dem Moment, als Tebal mit seinem erigierten Glied rücksichtslos in sie hineinstieß. Obwohl sie Schmerzen haben musste, kam während der ganzen Vergewaltigung kein weiterer Laut über ihre Lippen. Erik biss sich fest in den Handballen, um nicht aufzuheulen vor Wut und Kummer.

Als Tebal mit Tarja fertig war, waren auch Katriinas und Tores Augen leergeweint. Er setzte erneut die Klinge an die Kehle von Eriks Frau und schleifte sie mit sich in Richtung der Kinder. Mit Entsetzen erkannte Erik, dass der Schwede noch nicht genug hatte.

»Eine hübsche Tochter hast du da, mein Lieber.« Tebal nickte bewundernd in Eriks Richtung. »Wie alt ist sie?«

»Nicht die Kleine …«, warf der Mann, der Katriina festhielt, leise ein.

»Halt's Maul!«, fuhr Tebal ihn an.

»Antworte mir!«, forderte er Erik auf und riss gleichzeitig an Tarjas langem Haar. Ihr Kopf schnellte nach hinten, und sie stolperte. Dabei streifte Tebals Schwert ihre Wange und hinterließ einen blutigen Kratzer.

»Mama«, weinte Katriina wieder.

»Sie ist neun«, wimmerte Tore, nur damit der böse Mann aufhörte, seine Mutter zu quälen.

»Ah, vielen Dank, mein Junge. Genau das richtige Alter, sie zur Frau zu machen, findest du nicht?«, wandte er sich an Erik.

»Ich bringe dich um …«

»Dass du das zweifellos gerne tätest, glaube ich dir.« Tebal stieß Tarja in Richtung des Mannes, der zuvor Einwand gegen sein Vorgehen erhoben hatte. »Pass auf sie auf«, befahl er. Dann schnappte er sich das Mädchen.

»Nein!« Es war das erste Mal, dass Tarja den Mund aufmachte. Erik hörte den gellenden Angstschrei seiner Frau.

»Keinen Schritt«, drohte Tebal, doch Erik hörte nicht mehr auf ihn. Der Schwede war zu weit gegangen. Katriina, seinem kleinen Mädchen, durfte nichts zustoßen.

»Bleib, wo du bist!« Noch war sich Tebal sicher, dass Erik aus Angst um seine Familie stillhalten würde. Aber er irrte.

»Tötet die Frau!«, befahl er, als Erik losstürzte.

»Mama!«, kreischten die Kinder.

»Neeeiiin!« Mit einem langgezogenen Schrei stürmte Erik auf den Mann zu, der seine Frau bedrohte. Ehe der reagieren konnte, rammte er ihm sein Schwert seitlich in den Bauch. Der Verwundete sackte stöhnend zusammen. In rasender Wut holte Erik aus und trennte den Kopf vom Körper. Aber es war zu spät, er wusste es. Der Mann hatte Tarja die Kehle in dem Moment durchgeschnitten, als er sich auf ihn gestürzt hatte. Sie lag am Boden und regte sich nicht. Blut färbte ihren Hals rot und tropfte in ihren Ausschnitt.

Die Welt verschwamm vor Eriks Augen. Er dachte nicht mehr nach, er wollte vernichten. Diejenigen töten, die ihm das antaten.

»Oh, ist sie tot?« Wilder Fanatismus stand in Tebals Gesicht. Zu seinen Füßen lag Katriina, auch ihre Kehle war blutverschmiert. »Jetzt bleibt dir nur noch der Junge, nicht wahr?« Tebal hatte sich Eriks Jüngsten geschnappt. Er bedrohte ihn mit dem Dolch, der zuvor seine Schwester das Leben gekostet hatte.

»Bitte, verschone ihn.« Erik verabscheute sich selbst für sein Flehen. Beide Männer bemerkten nicht, dass sich Tebals letzter

lebender Kamerad davonstahl. Er floh vor dem Grauen, das sein Landsmann verbreitete.

»Nein.« Tebal schüttelte den Kopf. »Du wirst versuchen, mich umzubringen, so oder so. Doch falls ich sterbe, sollst du nach meinem Tod niemals wieder glücklich werden. Dafür sorge ich. Sieh genau hin …«

Tores kleiner Körper hatte nicht die Kraft, Widerstand zu leisten. Tebal rammte dem wehrlosen Kind die Klinge direkt ins Herz.

Erik stürzte sich auf den verhassten Feind. Tebals Klinge verletzte ihn am Arm, aber er ließ sich durch nichts und niemanden mehr aufhalten. Er war der Inbegriff des wilden Kriegers, der alles verloren hatte. Ein einziger, zielgenauer Schlag gegen Tebals Schläfen genügte, um den Mann außer Gefecht zu setzen. Eriks Gedanken richteten sich klar und präzise auf den Tod des Mannes. Er würde Höllenqualen erleiden für seine Taten. Mit unbewegtem Gesicht holte Erik Stricke und band Tebal an Händen und Füßen. Sein Schwert war scharf, es schlitzte den Leib des Bewusstlosen mühelos auf. Erik achtete darauf, keine lebenswichtigen Organe zu treffen. Dann weckte er Tebal mit harten Ohrfeigen auf.

»Du sollst jede Minute deines Sterbens erleben«, flüsterte er ihm ins Ohr. Der Schwede wollte sprechen, doch da erfasste er seine geöffnete Bauchdecke. Blankes Entsetzen stand in seinem Gesicht.

Wie Erik angekündigt hatte, zog sich Tebals Leiden dahin. Er begann damit, ihm die Zähne herauszubrechen, dann schnitt er ihm die Zunge aus dem Mund. Er trennte die Finger jeder Hand einzeln ab und erklärte dem Sterbenden dabei, für wen er das tat. »Das ist für Tarja, für Katriina, für Tore …«

Erst als Tebal kaum noch lebend zu nennen war, begannen Eriks Tränen zu fließen. Heiß und salzig rannen sie über seine Wangen. Plötzlich war sein Rachedurst erloschen, die Kraft wich aus ihm. Erik setzte Tebals Leben ein Ende. Nicht zum ers-

ten Mal tötete er einen Mann. Er wusste, wo das Herz saß – und riss es heraus.

Hinterher würdigte er den Leichnam keines Blickes. Er wusch sich die Hände in der bemalten Waschschüssel, die seltsam unberührt an ihrem Platz stand. Erik wollte seiner Familie nicht mit blutigen Händen die letzte Ehre erweisen.

Seine tapfere Frau lag da, als schliefe sie. »Es tut mir leid, Tarja, meine Geliebte.« Erik küsste sie ein letztes Mal auf den leblosen Mund und faltete ihre Hände über der Brust. Katriinas Kopf war seltsam verdreht, Tebal hatte beinahe ihr ganzes Haupt vom Rumpf getrennt. Erik brachte sanft den Kopf wieder in seine normale Position. Er faltete auch ihre Hände und drückte einen Kuss auf die weiße Stirn. »Verzeih mir, mein Engel, meine süße Tochter.«

Sein Sohn, sein talentierter, wissbegieriger Junge, hatte die Augen vor seinem Tod geschlossen. So als wolle er das Schreckliche aussperren, das auf ihn zukam. Erik faltete die feinen Kinderhände und küsste sein blondes Haar. Dann nahm er dem Jungen die Kette mit dem Holzschwert vom Hals. Eine Erinnerung musste er haben. »Finde Frieden, mein kleiner Tore.«

Erik zündete das Haus an, das er hoffnungsvoll mit eigenen Händen gebaut hatte. Die tröstenden Hände der Finnen, die das Massaker überlebt hatten, schlug er zur Seite. Als im Morgengrauen nur noch Asche von seinem Leben übrig war, ging er fort.

32

Emma erwachte, weil etwas sie in der Nase kitzelte. Sie öffnete die Augen und fand sich in Franziskas Armen wieder. Das lange, blonde Haar der Freundin streifte ihr Gesicht, besorgt sah Franziska auf sie hinab.

»Da bist du ja wieder.« Im ersten Moment konnte Emma sich nicht entsinnen, was geschehen war.

»Ihr habt uns einen gehörigen Schrecken eingejagt, junges Fräulein.« Jetzt erst nahm sie die anderen Personen im Raum wahr. Der Arzt, der eben gesprochen hatte, stand neben Dürer an Marzans Lager. Gemeinsam drückten sie den jungen Mann mit sanfter Gewalt in die Kissen.

»Lasst mich zu ihr.« Sie hörte den unterdrückten Zorn in seiner Stimme.

»Ihr dürft noch nicht aufstehen«, belehrte der Medicus ihn. »Wir kümmern uns schon um Eure Freundin.«

»Du hast ohne Unterlass geschrien«, erklärte Franziska leise. »Ich war auf der Suche nach dir und hörte dich schon von weitem. Was war nur los?«

»Nichts.« Emma schüttelte ratlos den Kopf. »Das heißt, ich weiß es nicht.« Plötzlich blitzte ein Bild vor ihr auf, ein brennendes Haus. Rauch stieg ihr in die Nase. Mit einem Schlag war die Erinnerung wieder da. Sie spürte das Gewicht des hölzernen Anhängers in ihrer Hand.

»Erik«, hauchte sie und blickte sich nach dem Finnen um. Er lag auf seinem Bett, die Arme hinter dem Kopf verkreuzt, und starrte an die Decke.

»Er ist wach, aber er redet nicht.« Franziska strich ihr eine schwarze Haarsträhne aus der Stirn. Die Geste wirkte beruhigend auf Emma, fast mütterlich. Mit einem Mal empfand sie große Dankbarkeit für die Anwesenheit der Freundin, besonders jetzt, da die fürchterlichen Bilder erneut auf sie einströmten.

Instinktiv erzählte sie nichts davon, dass Erik mit ihr gesprochen hatte. Auch ihre Vision behielt sie für sich. Es wäre nicht recht gewesen, die Geschichte des Finnen zu offenbaren.

»Ich wollte Marzan besuchen, aber er schlief noch. Da bin ich wohl ebenfalls eingenickt und habe schlecht geträumt«, erklärte sie laut, Tebals Bild vor Augen, der die Kehle eines unschuldigen Kindes durchschnitt.

»Da müssen Euch ja fürchterliche Albdrücke heimgesucht haben.« Der Arzt bedachte sie mit einem halb skeptischen, halb wohlwollenden Blick. »Zumindest habt Ihr mit Euren Schreien unseren Patienten hier aufgeweckt.« Er nickte in Eriks Richtung. »Ich hatte schon nicht mehr an sein Erwachen geglaubt.«

»Ja.« Emma sehnte sich danach, dass man sie in Ruhe ließ. Sie wünschte sich in Marzans Arme, die Geborgenheit und Wärme versprachen. Vergebens versuchte der noch immer, sich den beiden Männern, die ihn niederdrückten, zu widersetzen.

»Ich glaube, wir sollten Emma ein wenig Zeit geben, um wieder zu sich zu finden«, vernahm sie Franziskas Stimme. Dürer und der Arzt ließen Marzan daraufhin endlich los, nicht ohne ihn noch einmal zum Liegenbleiben zu ermahnen. Dankbar sah Emma zu, wie ihre Freundin die Männer aus dem Raum scheuchte.

»Wir warten im Behandlungszimmer auf Euch, Emma.« Dürer musterte eindringlich ihr bleiches Gesicht, während er ihr die Hand hinstreckte. »Lasst Euch aufhelfen.« Ehe er ging, sprach er Erik an, doch dieser antwortete nicht. Er schien seinen Freund, den berühmten Maler, gar nicht wahrzunehmen. Dann endlich waren sie fort, und Emma blieb mit den beiden Kranken allein zurück.

»Komm zu mir, Liebste.« Marzans Stimme vom Bett her versprach Wärme, Geborgenheit und Schutz. Bei ihrem Klang begannen Emmas Tränen zu fließen. Blindlings flüchtete sie sich zu ihm. Er schlug die Decke mit dem gesunden Arm zurück, und sie kroch darunter, schmiegte sich an seinen Körper, roch den Duft seiner Haut. Verängstigt und verschreckt wie sie war, verschwendete sie keinen Gedanken mehr an den Finnen, der einsam dalag und sich zu seiner toten Familie sehnte.

»Erzähl mir, was passiert ist.« Marzan wartete, bis ihr Tränenstrom abgeebbt war. »Ich habe tief und fest geschlafen und bin von deinen Schreien aufgefahren. Hast du wirklich geträumt? Und warum hast du an seinem Lager gesessen, ehe du ohnmächtig geworden bist?« Er warf einen kurzen Blick in Eriks Richtung.

Emma vergrub ihr Gesicht an seinem Hals. »Nicht so viel auf einmal«, bat sie. »Sag erst, wie geht es dir?«

»Oh.« Ihre Frage zauberte ein kleines Lächeln auf sein Gesicht. »Vor lauter Aufregung und Sorge um dich habe ich die Wunde völlig vergessen. Aber jetzt, wo du mich danach fragst – mir geht es sehr viel besser. Hab nur noch ein schwaches Pochen im Arm.«

»Schön.« Emma seufzte und küsste ihn sanft auf die leicht geöffneten Lippen. Langsam begann die Vision zu verblassen. Die Bilder verloren sich im Strudel der Zeit.

»Jetzt sag mir bitte, was mit dir los war! Hast du wieder etwas gesehen? Etwas Schlimmes?«

»Nein. Ich habe wirklich nur geträumt. Als ich kam, hast du geschlafen. Ich wollte dich nicht wecken, deshalb beschloss ich, nach Dürers Freund zu sehen. Für eine Weile habe ich mich an sein Bett gesetzt – und dann muss ich eingenickt sein …«

»Mein armer Liebling.« Marzan zog sie mit dem gesunden Arm fester zu sich heran. »Vielleicht hast du von Ravensberg geträumt. Aber bald sind wir in Sicherheit. Du musst dich nicht mehr lange fürchten. Ich verspreche es dir.«

»Ja, ich weiß.« Emma fuhr ihm zart über die stoppelige Wange. Sie wusste selbst nicht, warum sie ihn belog. Der Finne war wach gewesen, als sie sich zu ihm gesetzt hatte, sie hatten ja sogar miteinander gesprochen. Dann hatte sie das Holzschwert berührt, und die Bilder von Eriks Familie waren über sie hereingebrochen.

»Emma?«

»Ja?«

»Ich bin froh, dass du keine Vision hattest.« Marzan sprach so leise, dass sie ihn kaum verstand. »Manchmal macht deine Gabe mir Angst, weißt du.«

»Nichts habe ich gesehen, gar nichts«, bestätigte Emma beruhigend. Da legte er seine Hand auf ihren Nacken, zog ihr Gesicht dicht zu seinem heran und küsste sie innig. Ihr Herz wurde schwer bei seiner Zärtlichkeit. Sie hatte ihn noch niemals zuvor wissentlich belogen.

»Du solltest jetzt gehen.« Emma merkte, wie ungern er sie dazu aufforderte. »Noch sind wir nicht verheiratet, noch sollten wir in den Augen der Welt nicht so beieinanderliegen.« Sie errötete, denn sie hatte aus seiner Nähe Trost geschöpft und an nichts weiter gedacht. Bei seinen Worten kam ihr die Liebesnacht im Turm in den Sinn, die endlos lange zurückzuliegen schien.

»Du hast recht.« Sie wühlte sich aus den Decken. »Versuch zu schlafen.« Keusch küsste sie Marzans Stirn.

Beim Hinausgehen suchten ihre Augen Erik. Den Anhänger seines Sohnes hielt sie noch immer fest umklammert. Emma wusste, dass der Finne wach war. Offensichtlich wollte er weder sie noch sonst jemanden zur Kenntnis nehmen. Aus seiner tiefen Ohnmacht war er zurückgekehrt, doch den Willen zum Leben hatte er nicht.

»Du kannst die Welt nicht ewig aussperren«, wisperte sie. Er würdigte sie nach wie vor keines Blickes.

Der besorgte Arzt machte Anstalten, sie ebenfalls als Patientin bei sich zu behalten. Erst als Emma ihm glaubwürdig versicherte, dass es ihr wirklich gut gehe, ließ er sie gehen. Sie trat hinaus und blinzelte in die Abendsonne. Im ersten Moment klangen die Unterhaltungen der Marktbesucher viel zu laut in ihren Ohren. Dann griff eine Hand nach dem Ärmel ihres Kleides. Sie fuhr zusammen.

»Du hast mich erschreckt«, klagte sie, als sie Franziska erkannte.

»Tut mir leid«, entschuldigte sich die blonde Frau. »Dürer lässt dir ausrichten, dass er sich heute um das Abendessen kümmern wird. Wir sollen uns nach Sonnenuntergang am Lagerplatz einfinden.«

»Er lässt uns allein?«, hakte Emma verwundert nach. »Mir schien es, als sei er nicht gewillt, mich nach dem Angriff der Landsknechte noch einmal aus den Augen zu lassen.«

»Das tut er auch nicht.« Franziska wies auf den Mann im herzoglichen Livree, der ein Stück entfernt von ihnen stand. »Hartmut passt auf uns auf.«

»Hartmut?« Trotz aller Sorgen konnte Emma sich ein Lächeln nicht verkneifen. Ihr war nicht entgangen, dass die Augen des jungen Landsknechts ihrer Freundin gefolgt waren, seit sie Dürer kennengelernt hatten.

Franziska knuffte sie spielerisch in die Seite. »Vergiss nicht, ich bin verheiratet«, scherzte sie. Emma erstaunte es einmal mehr, wie die zurückhaltende junge Frau in den kurzen Tagen ihrer Bekanntschaft aufgeblüht war. Sie schien Anton und seine Schläge weit von sich geschoben zu haben.

»Lass uns ein Stück am See spazieren«, schlug Emma vor.

»Dort, wo noch Buden stehen – gerne. Wir haben zwar Hartmut, aber denk daran, was dir mit den Landsknechten des Grafen Ravensberg passiert ist.«

»Natürlich. Glaub mir, ich würde niemals freiwillig riskieren, in die Hände dieser Männer zu fallen.«

»Das wirst du nicht.« Franziska hakte sich bei ihr unter. »Jetzt erzähl mir, was vorhin wirklich geschehen ist.«

»Woher …?«

»Ich bin vielleicht nicht von Adel wie ihr, Marzan und du, aber dumm bin ich nicht. Außerdem habe ich Augen im Kopf. Als ich, deinen wilden Schreien folgend, ins Zelt gestürmt bin, wurdest du gerade ohnmächtig. Gott sei Dank waren die Männer bereits da, um dich aufzufangen. Ich bin zu dir gelaufen und habe dich festgehalten. Dabei habe ich die Fingerabdrücke auf deinen Armen und die roten Flecken auf deinen Wangen gesehen. Jemand hat dich zuvor geschlagen. Der Arzt und der Maler waren es nicht, sie wurden erst durch dein Kreischen alarmiert. Auch Marzan ist dadurch aufgewacht. Bleibt nur noch Dürers Freund, doch der war ohne Bewusstsein.« Franziska schwieg verwirrt.

»Was ist geschehen, Emma? Ich kann mir keinen Reim darauf machen. Das alles macht mir Angst, es ist unheimlich. Deine Schreie waren schauderhaft, sogar fremde Menschen sind vor dem Zelt stehen geblieben. Es klang, als würdest du umgebracht.«

»Das muss Erik gewesen sein«, bemerkte Emma laut zu sich selbst.

»Erik?«

»Ja.« Sie wandte der Freundin ihre Aufmerksamkeit wieder zu. »Der Finne, der Freund des Malers. Er war schon am Tag zuvor wach, er hat sogar mit mir gesprochen.«

»Er war es, der dich geschlagen hat?« Franziskas Augen

wurden vor Empörung kugelrund. »Und warum hast du nicht gleich etwas gesagt?«

»Nein, nein, du verstehst das falsch.«

»Was verstehe ich falsch?« Abrupt blieb sie stehen und funkelte Emma an. »Du kümmerst dich um einen wildfremden Mann, der seit Tagen ohne Bewusstsein ist und ganz plötzlich aufwacht. Er spricht erst mit dir, um dich dann zu verhauen, während du den gesamten Markt zusammenschreist. Richtig?« Franziska stampfte wütend mit dem Fuß auf. »Was soll das? Was verschweigst du mir?«

»Pst.« Emma strich beruhigend über den Arm der Freundin. »Bitte sei still, die Leute schauen schon. Ich will dir ja alles erklären, es fällt mir nur so schwer.«

»Tut mir leid.« Franziska senkte betrübt den Kopf. »Es ist nur – ich mache mir Sorgen um dich. Es gibt nichts, was du mir nicht sagen kannst, glaub mir. Dir und Marzan verdanke ich mehr als mein Leben. Ich würde alles für euch tun.«

»Ich habe das zweite Gesicht.« Emma presste die Worte hervor und schloss die Augen, als fürchte sie die Reaktion der Frau neben sich.

»Und?«

»Du bist nicht entsetzt?«

»Nein, ich habe davon gehört. Jedes Kind weiß, dass es solche Menschen gibt, schon immer gegeben hat. Als meine Großmutter noch lebte, erzählte sie mir von einer Frau aus dem Dorf, die in die Zukunft sehen konnte. ›Ziska‹, hat sie zu mir gesagt, ›du kannst dir das nicht vorstellen. Die Leute sind in Scharen zu ihr gepilgert, haben unzählige Mühen auf sich genommen. Auch ich habe mir von ihr weissagen lassen. Sie hat mir den Namen meines Mannes und eine blonde Enkeltochter prophezeit, die etwas ganz Besonderes sein würde. Seit deiner Geburt weiß ich, dass du das bist.‹« Franziska fuhr sich über die feuchten Augen. »Sie war auch etwas Besonderes, meine Großmutter, weißt du.«

»Sie hat dich sehr geliebt, das wird aus ihren Worten ganz deutlich«, bestätigte Emma sanft.

»Kannst du auch in die Zukunft sehen?« Franziskas natürliche Neugier gewann die Oberhand über den leisen Hauch von Wehmut.

»Nein, ich glaube nicht. Das heißt, meistens habe ich bisher die Vergangenheit gesehen. Manchmal warnt mich ein Gefühl, ein Pochen, es lässt sich nicht beschreiben, vor Gefahr. Ich kann anderen etwas von meiner Kraft abgeben, auch das habe ich herausgefunden.«

»Du hast Marzan mit deiner Gabe geholfen, nicht wahr?« Franziskas blaue Augen leuchteten vor Begeisterung. »Deshalb ist er an der Entzündung nicht sofort gestorben.«

Emma nickte.

»Du hast auch Dürers Freund …?«

»Ich glaube schon.«

»Warum hat er dich dann geschlagen?«

»Davon habe ich nichts gemerkt. Er gab mir einen Anhänger, und plötzlich überkam mich eine Vision. Ich muss ihm Angst gemacht haben. Bestimmt hat er versucht, mich aus der Trance zu wecken.«

»Aber warum redet er mit keinem, wo er doch mit dir gesprochen hat?«

»Erik hat keinen Lebenswillen mehr. Er hat sich mit ganzer Kraft gegen das Erwachen gesträubt. Nicht seine Wunde war schuld an seiner Bewusstlosigkeit, die ist längst keine Gefahr mehr für ihn.«

»Ich nehme an, du weißt, warum er nicht weiterleben möchte?«, folgerte Franziska. »Ihm ist etwas Furchtbares zugestoßen, und davon hat deine Vision gehandelt, nicht wahr? Deshalb hast du so gebrüllt.«

»Es war grauenhaft.« Emma hatte Mühe, die Tränen zurückzuhalten.

»Komm.« Franziska schloss die junge Frau in die Arme.

»Du musst nicht, aber wenn du magst, erzähl mir davon.«

Emma wusste nicht, ob es richtig war, Eriks Geschichte ohne seine Zustimmung zu offenbaren. Doch die Versuchung, die Freundin einzuweihen, war zu groß. Sie berichtete Franziska alles von Anfang an. Noch einmal sah sie die Bilder von Tarjas Vergewaltigung, vom Mord an den Kindern, von dem brennenden Haus. Nachdem sie geendet hatte, waren die Augen beider Frauen gerötet vom Weinen. Emmas Herz aber war leichter geworden, jetzt, da sie die Last des Wissens nicht mehr alleine tragen musste.

»Danke«, flüsterte sie. Franziska drückte still ihre Hand.

33

Die neun Tage, die das bayerische Herzogshaus den Dießenern für ihren alljährlichen Jahrmarkt zugestand, verstrichen viel zu schnell. Für die Händler, die gerne mehr Waren an die zahlreiche Kundschaft verkauft hätten, ebenso wie für die Besucher, die sich hätten ein Weilchen länger am Glanz und den Attraktionen des Marktes erfreuen wollen.

Auch für Emma vergingen die Stunden wie im Fluge. Sie führte lange Gespräche mit Franziska, in denen die beiden jungen Frauen sich über ihre bisherigen Leben austauschten. Dabei wurde die Kluft zwischen ihnen umso deutlicher, wenn sie über das Alltagsleben sprachen. Emma war behütet aufgewachsen, hatte weiche Stoffe auf ihrer Haut getragen. Franziska dagegen hatte von Kindesbeinen an in groben Kitteln hart gearbeitet. Dieser Umstand tat ihrer wachsenden Freundschaft jedoch keinen Abbruch. Emma nahm das Dorfmädchen tröstend in den Arm, wenn diese von der ungewollten Ehe und dem verhassten Mann berichtete. Franziska dagegen half der Grafentochter mit ihrer bodenständigen Art, viele Dinge klarer zu sehen. Bald gab es nicht mehr viel, was die eine nicht von der anderen wusste.

»Ich habe von Erik geträumt, noch ehe ich ihn jemals gesehen hatte. Was glaubst du, hat das zu bedeuten?« Emma erhoffte sich von der Freundin die Antwort auf ihre Frage, die sie selbst nicht fand.

»Vielleicht war es dir vorherbestimmt, ihn ins Leben zurückzuholen«, mutmaßte Franziska. »Ohne dich wäre er womöglich nie mehr aufgewacht.«

»Das habe ich mir auch schon gedacht. Aber noch spricht er nicht. Seine Augen sind zwar geöffnet, er scheint aber niemanden wahrnehmen zu wollen. Was hat es dann für einen Sinn, dass er überhaupt aufgewacht ist?«

»Das kann ich dir nicht sagen.« Die blonde Frau zuckte mit den Achseln. »Irgendeinen Sinn hat es sicherlich.«

»Ziska?« Emma hatte sich angewöhnt, die Freundin mit dem Kosenamen anzusprechen, den schon deren Großmutter verwendet hatte. »Da ist noch etwas.«

»Was denn?«

»Immer, wenn ich von ihm geträumt habe, haben wir uns geliebt.«

Franziska betrachtete nachdenklich Emmas feuerrotes Gesicht. Auch ihre eigenen Wangen brannten ein wenig. Weniger vor Scham als vor Wut. Sie hatte die intimen Stunden in ihrem Ehebett gehasst, und sie hasste auch die Erinnerung daran.

»Träume …«, sagte sie schließlich und überwand den langen Moment des Schweigens. »Was sind schon Träume? Nicht jeder von ihnen muss eine Bedeutung haben, Emma. Immer wenn ich dich und Marzan zusammen sehe, steigt ein Gefühl der Wärme in mir hoch. Ich glaube dann fast, dass auch ich irgendwann einen Menschen finden werde, den ich aufrichtig und aus ganzem Herzen lieben, dem ich mich öffnen kann. Ihr beide seid füreinander bestimmt, das sieht jeder Blinde. Da solltest du dich nicht darum kümmern, wenn dich ab und an ein dummer Traum heimsucht.«

Franziska hatte stillschweigend die Aufgabe übernommen, die täglichen Einkäufe zu erledigen. Auch ohne Marzan und Erik waren sie mit den drei Landsknechten zu sechst, und ihr machte es nichts aus, für alle gemeinsam zu kochen. Dürer gab ihr Geld für die Lebensmittel. Im Scherz hatte er

ihr schon vorgeschlagen, sie mit nach Italien zu nehmen, um in Zukunft nicht mehr auf ihre Kochkünste verzichten zu müssen.
Emma blieb meist keine Zeit, der Freundin bei der Arbeit zu helfen. Albrecht Dürer arbeitete mit Feuereifer an weiteren Skizzen für ihr Porträt, für die sie ihm lange Stunden Modell sitzen musste.

Wann immer sie konnte, saß Emma still an Marzans Bett und wachte über seinen Schlaf. Die Gedanken schienen in ihrem Kopf wirr übereinanderzustolpern. Im einen Moment dachte sie noch darüber nach, wie es wohl sein würde, dem Herzog gegenüberzustehen. Im nächsten Augenblick schon verdrängte die Vorstellung von Ravensbergs Landsknechten alles andere und ließ eine feine Gänsehaut ihren Körper überziehen. Auch der Finne und seine Geschichte beschäftigten sie. ›Ob Ziska recht hat‹, grübelte Emma, ›ob meine Träume von Erik nichts weiter bedeuten?‹

Nicht einmal ihrer Freundin wagte sie zu erzählen, dass der Traum zurückgekehrt war. Es kam ihr vor wie Verrat. Wieder hatte der Fremde sie geliebt, während sie sich im Grün seiner Augen verlor.

Am letzten Markttag endlich entließ der Medicus Marzan aus seiner Obhut.

»Ihr habt noch einmal Glück gehabt, mein Lieber.« Der Arzt legte ihm freundschaftlich die Hand auf die Schulter. Er schien stolz auf die gute Pflege zu sein, die er dem Patienten hatte angedeihen lassen. »Doch rate ich Euch …«, jetzt grinste er breit, und seine dicken Bäckchen leuchteten rot. »Ich empfehle Euch dringend – sucht Euch in Zukunft andere Spielkameraden als einen ausgewachsenen Bären. Ihr seid doch in Begleitung zweier wundervoller Frauen.« Er verneigte sich vor Emma und Franziska, wobei sein dicker Bauch noch auffälliger zu Tage trat. »Wenn ich Ihr wäre, ich hätte Besseres zu tun, als mich in den Wäldern herumzutreiben.«

Emma wunderte sich nicht über die gute Laune des Arztes. Sie hatte gesehen, wie ein prall gefülltes Beutelchen den Besitzer gewechselt hatte. ›Irgendwann zahle ich ihm alles zurück‹, nahm sie sich vor, und ihr Blick ruhte voller Dankbarkeit auf Albrecht Dürer.

»Endlich raus hier!« Marzan hielt nichts mehr in dem Zelt. In jugendlichem Überschwang stürmte er nach draußen, kleine Luftsprünge vollführend, die an einen jungen Bock erinnerten. Dabei kümmerte ihn nicht, dass seine abheilende Verletzung zog und brannte. Nichts als eine fingerlange Narbe würde er zurückbehalten, und er verspürte an diesem Tag reine Freude darüber, einfach nur am Leben zu sein. Emma und Franziska hatten einander untergehakt und folgten ihm lächelnd.

Der Maler blieb zurück. Er war nicht bereit, Erik aufzugeben. Er würde um den Freund kämpfen, solange dessen Herz noch schlug.

»Wie Ihr wisst, breche ich morgen meine Zelte hier ab.« Der Schalk war aus den Augen des Heilers verschwunden, als er den größeren Mann ansprach. Das Thema war ernst.

»Auch mich hält nichts mehr hier.« Dürer legte seinen Zeigefinger an die rechte Schläfe, Zeichen seiner Ratlosigkeit. »Nichts außer ihm.« Mit einem Kopfnicken wies er auf den Vorhang, der den Behandlungsraum vom Krankenzimmer trennte. »Seid ehrlich zu mir. Besteht Hoffnung, dass Erik jemals wieder so wird, wie er einmal war?«

Der Arzt wiegte nachdenklich den Kopf. »Ehrlich gesagt – ich weiß es nicht. Der Mann ist ein Rätsel. Seinem körperlichen Befinden nach müsste er über die Wiesen springen wie ein junges Reh. Er ist nicht unterernährt, auch kann ich keine Gifte in seinem Körper feststellen. Sein Herz schlägt regelmäßig, seine Haut ist weder von Krätze noch von Beulen übersät. Meinem Dafürhalten nach ist er – bis auf die abheilende Stichwunde – gesund.«

Albrecht Dürer ging dazu über, mit beiden Handflächen kreisend seine Schläfen zu massieren. Er war sich nicht sicher, ob er dem Arzt die Frage stellen sollte. Am Ende entschied er sich dafür.

»Sagt mir – und ich vertraue nun ganz auf Euer großes Wissen und Eure langjährige Erfahrung –, ob Ihr eine Vermutung habt, was den Kranken aus seiner Bewusstlosigkeit zurückgeholt haben könnte?«

»Aber natürlich, das weiß ich.« Der Heiler schien nicht zu verstehen, worauf Dürer hinauswollte. »Die Schreie der jungen Frau sind zu ihm durchgedrungen. Welch Glück, dass das Mädchen zufällig eingenickt ist und schlecht geträumt hat.«

»Ja«, nickte der Maler, »welch ein Glück. Ihr erhaltet Euer Geld, wenn ich den Patienten abhole.«

»Mit Verlaub«, der Arzt wollte nicht unnötig Zeit verlieren. »Wann wird das sein?«

»Bald.« Dürer nickte dem Mann knapp zu. »Noch heute.«

»Herr Dürer?« Der Maler trat aus dem Zelt und blickte sich erstaunt nach dem jungen Mann um, der ihn eben angesprochen hatte. Er war mittlerweile so an den Schutz der herzoglichen Landsknechte gewöhnt, dass er ihre Anwesenheit oft völlig vergaß. Im Stillen nahm er sich vor, die Arbeit der Männer, die notfalls ihr Leben für ihn geben würden, mehr zu würdigen.

»Ja, Hartmut?« Er nickte dem blonden Landsknecht auffordernd zu.

»Entschuldigt, wenn ich Euch einfach so belästige.«

»Nur frei heraus damit, was hast du auf dem Herzen?«

»Nun.« Hartmut drückte mit der Spitze seines rechten Schuhs ein Loch in das niedergetrampelte Gras. »Ich würde gerne wissen, wer die beiden Damen und der Herr sind, die zu bewachen Ihr uns aufgetragen habt.«

»So, so.« Dürer schmunzelte. Ebenso wie Emma war auch ihm nicht entgangen, dass Hartmut Franziska mit seinen Blicken verschlang. »Nun, ich selbst weiß nicht sehr viel über unsere neuen Freunde. Aber ich glaube, es wird dich freuen zu hören, dass die drei uns zurück nach München begleiten werden.«

»Oh.« Hartmuts Gesicht leuchtete auf wie die Sonne am Morgen. Er räusperte sich. »Vielen Dank für die Auskunft, Herr Dürer«, bedankte er sich höflich.

»Keine Ursache.« Der Maler wollte sich schon auf den Rückweg zum Lagerplatz machen, da fiel ihm noch etwas ein.

»Ach, Hartmut! Falls du es noch nicht gehört hast – das blonde Fräulein heißt Franziska.«

Das Gespräch mit dem verliebten Landsknecht hatte Dürer für kurze Zeit von seiner Sorge um Erik abgelenkt. Doch als er nun einen Schritt vor den anderen setzte, drehten sich seine Gedanken erneut um den Freund. ›Ich lasse eine Trageliege für ihn anfertigen, das dürfte kein Problem sein‹, überlegte er. ›Oder ich besorge ein Gespann, auf dessen Ladefläche er liegen kann.‹ Keinen Moment kam es ihm in den Sinn, den blonden Finnen zurückzulassen. Albrecht Dürer war bedingungslos in seiner Treue zu den Menschen, die er mochte. Er handelte instinktiv, urteilte allein nach Sympathie. Nur deshalb hatte er die drei Fremden, die ganz offensichtlich seiner Hilfe bedurften, in die Gruppe aufgenommen. Er achtete den Sohn des Grafen Hohenfreyberg ebenso wie das blonde Dorfmädchen. Am allermeisten aber schätzte er Emma von Eisenberg. Mit seinem feinen Instinkt witterte er die Besonderheit, die hinter ihrem schönen

Äußeren verborgen war. Dürer rang sich zu dem Entschluss durch, zu dem ihm der Arzt vorher nicht hatte verhelfen können. Er musste mit Emma sprechen. Sofort.

Dürer fand sie mit ihren Freunden bei Rediklus und dem Elefanten, der längst nicht mehr so viel Aufmerksamkeit erregte wie bei seiner Ankunft. Nachdem die Leute sich den grauen Riesen genau besehen hatten, war ihnen klar geworden, dass sie es hier tatsächlich nur mit einem seltsamen, übergroßen Tier zu tun hatten – mit nichts sonst. Allein das Interesse der Kinder hielt unvermindert an, und auch Neuankömmlinge scharten sich regelmäßig um den Elefanten.

»Wie gerne würde ich das Land sehen, aus dem er kommt«, bemerkte Marzan gerade sehnsüchtig, als Dürer auf die kleine Gruppe zugeeilt kam.

»Emma! Ich muss Euch dringend sprechen. Bitte kommt mit mir!«

»Allein, bitte«, fügte er an, als Marzan Anstalten machte, sie zu begleiten.

»Warum?«, protestierte er, doch Dürer winkte ab. »Keine Bange, junger Freund, ich bringe sie unbeschadet zurück.«

»Was ist geschehen?« Ohne zu fragen hatte der Maler ihren Arm ergriffen. Zielsicher führte er sie durch das Gedränge. Es schien, als wollten alle den letzten Markttag nutzen, um noch wichtige Einkäufe zu erledigen.

»Es geht um Erik.« Dürer musste beinahe rufen, damit Emma ihn verstehen konnte.

»Er spricht noch immer nicht, ich weiß«, erwiderte sie und gestand damit ein, dass sie sich ebenfalls um den Finnen sorgte.

»Ich bitte Euch, meine Liebe, haltet mich nicht für einen Träumer oder Phantasten. Es liegt mir fern, Euch zu nahe zu treten, das müsst Ihr mir glauben. Dennoch – Erik ist mir wichtig und sein Zustand für mich unerträglich. Als er vor wenigen Tagen die Augen öffnete – und Ihr so entsetzlich geschrien habt –, da hatte ich das Gefühl, als ob zwischen ihm und Euch etwas passiert wäre. Wenn dem so ist, dann bitte ich Euch – um unserer wachsenden Freundschaft willen –, versucht, ihm zu helfen.«

Emma hatte während ihres kurzen Gesprächs nicht auf den Weg geachtet. Jetzt bemerkte sie, dass Dürer vor dem Zelt des Heilers stehen geblieben war.

»Ich weiß nicht, ob ich etwas tun kann.« Auf ihren Wangen erschienen rote Flecken. »Ihr dürft Euch keine großen Hoffnungen machen, das müsst Ihr mir versprechen. Aber wenn Ihr mich mit ihm allein lasst, werde ich versuchen, zu ihm durchzudringen.«

»Mehr will ich gar nicht.« Dürer schob den schweren Vorhang zur Seite und ließ Emma in das Zelt treten. »Ich glaube fest daran, dass Euer guter Wille genügen wird.«

Erik lag auf dem Rücken. Er schien sich seit seinem Erwachen nicht bewegt zu haben. Die muskulösen Arme im Nacken verkreuzt starrte er in die Luft. Emma setzte sich auf die Kante des Bettes.

»Hallo«, sagte sie und griff in die Tasche ihres Kleides. Warm und fest fühlte sich das hölzerne Schwert an, als es in ihre kleine Hand glitt.

»Wir müssen morgen von hier fort, der Markt geht zu Ende. Auch der Arzt bricht sein Lager ab, du kannst also nicht länger hierbleiben«, erklärte sie ihm leise. »Ich weiß, dass du mich hörst«, fuhr sie fort. »Dürer sorgt sich um dich, er hat sich keinen anderen Rat mehr gewusst, als mich zu dir zu schicken.«

Der Mann auf dem Bett regte sich nicht. Nur das leichte Heben und Senken seiner Brust verriet, dass er überhaupt am Leben war.

»Sie war wunderschön, deine Tarja.« Eriks Augen weiteten sich bei Emmas Worten. »Ich habe noch Tores Kette. Hier.« Sie hielt ihm den Anhänger hin, allerdings so, dass er sich aufsetzen musste, um ihn ergreifen zu können.

Tatsächlich fuhr der Finne ruckartig hoch. Seine grünen Augen waren voller wildem Zorn. »Wer oder was bist du, dass du ihre Namen kennst!«, herrschte er sie an. »Eine Hexe? Eine Zauberin, die die Gedanken und Gefühle fremder Menschen stiehlt?«

»Sei still!« Emma spürte bei seiner Anklage ebenfalls brennende Wut in sich. Hatte sie nicht mit eigenen Augen den grausamen Tod seiner Familie miterlebt? Hatte sie nicht um Tarja und die Kinder geweint, als wäre es ihr eigener Verlust gewesen?

»Feigling«, zischte sie und erkannte sich in ihrem Verhalten selbst nicht wieder. »Meinst du, du bist der einzige Mensch auf der Welt, der Schlimmes erleben musste? Der einzige Mann, der Frau und Kinder verloren hat? Für wen hältst du dich, dass du dir anmaßt, der Welt den Rücken zu kehren? Setz doch deinem Leben ein Ende, wenn du es nicht mehr erträgst! Bring es hinter dich, wenn du meinst, du musst es tun! Aber quäle nicht länger diejenigen, die sich um dich sorgen!«

Atemlos hielt Emma inne, ihr Körper bebte.

»Woher kennst du die Namen meiner Frau und meiner Kinder?« Erik klang angestrengt. Man merkte, welche Mühe es ihn kostete, sich zu beherrschen.

»Ich habe gesehen, wie sie gestorben sind.«

»Also bist du eine Hexe?« Er griff nach dem Anhänger an ihrer ausgestreckten Hand und riss ihn ihr fort.

»Nein.« Emma schüttelte den Kopf und fühlte sich mit einem Mal müde. »Ich habe das zweite Gesicht, mehr nicht.«

»Du hast mit meinem Geist gerungen und mich zurückgeholt. Ich wollte nicht aufwachen, ich wollte bleiben, wo ich war«, warf er ihr vor.

»Ich weiß. Aber du musstest dich für eine Seite entscheiden. Leben oder Tod – diese Wahl hast du noch immer zu treffen.«

»Wie alt bist du, outo tytöö? Deine Worte klingen nach der Weisheit vieler Jahre, und dennoch ist dein Gesicht blutjung.«

»Warum nennst du mich so, outo tytöö? Was bedeutet das?«

Unbemerkt waren sie zu einem ruhigen Gespräch übergegangen. Erik hatte sich aufgesetzt, und am Rande ihres Bewusstseins nahm Emma das kringelige Blondhaar und die Narben auf seiner Brust wahr.

»Oh.« Er runzelte die Stirn. Jetzt wirkte er verlegen, gar nicht mehr wie ein Mann, den die Sehnsucht nach dem Tod trieb.

»In meiner Sprache bedeutet es ›seltsames Mädchen‹.«

Emma zuckte zusammen.

»Ich wollte nicht, dass jemand erfährt, wer ich wirklich bin. Meine Geschichte habe ich niemals jemandem berichtet. Du hast sie dir einfach genommen, hast gegen meinen Willen Bilder gesehen, die ich nie vergessen kann. Vielleicht sollte ich dich dafür hassen.« Erik fuhr mit dem Daumen über Tores hölzernes Schwert. »Du bist nicht wie die anderen, und noch weiß ich nicht, wer du bist.« Er beugte sich dicht zu ihr, so dass sie die Bartstoppeln auf seinen Wangen hätte zählen können. »Aber vielleicht werde ich es herausfinden.«

In seinen Worten lagen Drohung und Versprechen zugleich.

»Um das herauszufinden, wirst du weiterleben müssen.« Emma stand auf.

»Das werde ich. Ich werde leben.« Zum ersten Mal sah er

ihr direkt in die Augen. Gegen ihren Willen wurde Emma an ihre verbotenen Träume erinnert.

»Wirklich?«

»Wirklich«, bestätigte er. Ein Strom von Zufriedenheit erfasste Emma, durchfloss ihren Körper von Kopf bis Fuß. Sie hatte es geschafft.

Erik schwang seine Beine über die Bettkante.

»Warte!«, rief Emma, doch es war zu spät. Das Betttuch rutschte ihm schon von den Hüften. »Du bist doch nackt«, murmelte sie und sah zu, dass sie hinauskam.

34

Der Arzt hielt Eriks plötzliche Genesung für ein Wunder, das er Gott sei Dank nicht Emma zuschrieb. Dürer kannte in seiner Dankbarkeit keine Grenzen. Er versprach ihr und Marzan jeden in seiner Macht stehenden Beistand am herzoglichen Hofe. Der Maler war es auch, der für die kurze Reise nach München ein Fuhrwerk mitsamt einem altersschwachen Gaul kaufte. Die Frauen konnten bequem auf der Ladefläche sitzen, vor allem aber Erik und Marzan sollten sich darauf ausruhen können.

Tatsächlich aber schienen nach ihrem Aufbruch beide Männer mit ihren Pferden verwachsen und stiegen nur ungern aus dem Sattel. Marzan liebkoste Cupido, seinen rostfarbenen Hengst, wie ein Vater den verlorenen Sohn. Auch Erik ritt sein Tier mit großer Eleganz. Obwohl er nicht viel sprach, war kaum zu glauben, dass er sich erst am Vortag von seinem Krankenlager erhoben hatte. Gegen Dürers Befehl galoppierte er ohne Schutz davon, um erst Stunden später wieder zur Gruppe zu stoßen. »Ich muss mich bewegen«, erklärte er. »Ich habe zu lange gelegen.«

Hartmut, der jüngste Landsknecht, ritt dem Trupp voraus, während die beiden älteren Männer die Nachhut bildeten. Am Abend entzündeten sie ein Feuer und führten lebhafte Unterhaltungen über den herzoglichen Hof. Weder Emma noch Marzan kannten die Hauptstadt, und auch für Franziska war es kaum vorstellbar, was sie in München erwarten mochte. Das Bauernmädchen hatte Bedenken, ob man sie überhaupt die Residenz des Herzogs betreten ließe, doch Dürer beruhigte sie.

»Keine Sorge. Ihr gehört zu mir, da wird es sich keiner einfallen lassen, Euch respektlos zu begegnen.«

Einzig Erik beteiligte sich nicht an dem lebhaften Gespräch. Er starrte stumm in die Flammen und sah zu, wie das Feuer züngelnd an den trockenen Holzscheiten leckte. Emma beobachtete ihn verstohlen und hätte gerne gewusst, was in ihm vorging.

Ehe sie sich niederlegten, präsentierte Dürer noch eine Überraschung für die beiden Frauen. Er schenkte Franziska ein elegantes, blaues Kleid, Emma erhielt eines aus wundervollem, grünem Tuch.

»Ich weiß doch, wie die Damen sind«, schmunzelte er. »Sicherlich wollt ihr nicht in euren abgetragenen Gewändern vor den Herzog treten.«

Emma, der gar nicht bewusst gewesen war, wie sehr sie ihre farbenfrohen Kleider von zu Hause vermisste, wäre ihm am liebsten um den Hals gefallen. Franziska dagegen, die in ihrem ganzen Leben kaum mehr als zwei Hand voll Kleidungsstücke besessen hatte, war schlichtweg sprachlos.

»Lass uns ein Stückchen am Wasser entlanggehen und einen Platz suchen, an dem wir uns waschen können«, schlug Franziska vor, als sie am nächsten Mittag an einem gemächlich plätschernden Bachlauf rasteten. »Dann können wir hinterher gleich unsere neuen Kleider anziehen.«

»Gute Idee«, stimmte Emma zu, die sich nach einem ausgiebigen Bad sehnte. Sie war es gewohnt, sich am Morgen zu reinigen. Auf Eisenberg hatten die Bediensteten regelmäßig eine bemalte Waschschüssel mit klarem Wasser gefüllt. Seit ihrer Flucht aus dem Kloster hatte Emma sich nicht mehr richtig sauber gefühlt.

Dürer ermahnte die Frauen zur Vorsicht und gab ihnen Hartmut zum Schutz mit.

»Leistet Ihr mir derweilen Gesellschaft, mein Freund?«, erkundigte er sich bei Marzan, der gerne zustimmte. »Wir hatten bisher noch keine Zeit, uns ausführlich zu unterhalten.«

Erik war schon am Vormittag verschwunden und bisher nicht wieder zurückgekehrt.

»Halte dich fern von den Damen«, warnte der Maler den jungen Landsknecht leise, Emma und Franziska waren schon ein Stück vorausgegangen. »Du sollst lediglich aufpassen, dass ihnen nichts geschieht.«

»Selbstverständlich.« Hartmuts Gesicht verriet Empörung. »Niemals würde ich …«

»Schon gut, das dachte ich auch nicht von dir. Nur …«, Dürer kratzte sich am Kinn, »… es kann nicht schaden, wenn es gesagt ist.«

Emma und Franziska genossen den kurzen Spaziergang. Die mädchenhafte Aufregung über das, was sie am Herzogshof wohl erwarten würde, legte sich ein wenig. So wie es jetzt war, das war ihnen klar, würde es nicht bleiben können.

»Ich habe Angst, dass sie mich zurück in mein Dorf schicken«, gestand Franziska kleinlaut ein. »Zurück zu Anton.«

»Keine Bange.« Emma ergriff die Hand ihrer Freundin. »Ich habe dir bei unserer ersten Begegnung versprochen, dass du bei mir bleiben darfst, so lange du willst. Du wirst an meiner Seite immer willkommen sein, wenn du möchtest, auch ein ganzes Leben.«

Franziska war gerührt. »Ich hoffe so sehr, dass alles gut für dich wird, für dich und Marzan«, beteuerte sie. »Bestimmt findet man den Mörder deines Vaters, so dass du wieder ruhig schlafen kannst. Und dann bist du bald eine glücklich verheiratete Frau.«

»Du kannst dir nicht vorstellen, dass die Ehe schön sein kann, nicht wahr?«, fragte Emma, denn sie las die widerstreitenden Gefühle auf dem Gesicht ihrer Freundin.

»Nein.« Franziska schüttelte den Kopf. »Ich verbinde damit nur Ekel, Hass und Gewalt.«

»Irgendwann wirst auch du feststellen, wie wundervoll die Liebe sein kann. Ich verspreche es dir, Ziska.«

»Wenn ich dir so zuhöre, möchte ich dir beinahe Glauben schenken.« Jetzt lächelte sie ein wenig. »Schau, da vorne kann man gut ins Wasser gehen, dort wächst kein Schilfgras.«

Emma entkleidete sich. Ein leichter Windhauch streifte ihre nackte Haut, und sie fröstelte. Vorsichtig tauchte sie einen Zeh in das kühle Nass.

»Ziemlich frisch, aber es wird gehen.« Sie drehte sich zu Franziska um, die sich ebenfalls gerade auskleidete. Ein gutes Stück entfernt stand Hartmut und hatte ihnen den Rücken zugewandt.

»Meinst du, er sieht uns wirklich nicht zu?«, erkundigte Ziska sich besorgt. Ihre Wangen röteten sich.

»Nein, der ist viel zu verliebt in dich, als dass er sich so etwas herausnehmen würde. Nun mach schon!«

Emma konnte es kaum noch erwarten. Gänsehaut überzog ihren ganzen Körper, als sie eintauchte. Dennoch genoss sie das plätschernde Wasser um sich herum in vollen Zügen. Hier, in der Mitte des Flusses, reichte es ihr gerade bis knapp über den Bauchnabel.

»Komm schon – es ist herrlich!«, lockte sie ihre Freundin, die noch etwas verloren am Ufer stand. »Das Bad war doch deine Idee!«

Kurze Zeit später bespritzten sich Emma und Franziska vergnügt mit dem erfrischenden Nass. Die fliegenden Wassertropfen blitzten in der Sonne auf und ließen die jungen Frauen aussehen wie badende Nixen. Hartmut, der nur einen einzigen, kurzen Blick hatte riskieren wollen, konnte die Augen nicht mehr abwenden. Beide Mädchen waren etwa gleich groß, die langen Haare, schwarz und blond, fielen ihnen in feuchten Kaskaden über Schultern und Rücken. Franziskas Figur war knabenhaft, ihre ganze Gestalt schmal und zierlich. Die kleinen Brüste schienen wie gemacht für den festen Griff einer Männerhand. Hartmut fuhr unwillkürlich mit einem Finger durch die Luft, als würde er die lockende Fülle zart liebkosen. Verzaubert vom Liebreiz der angebeteten Frau dauerte es eine Weile, bis er seine Aufmerksamkeit der dunkelhaarigen Grafentochter zuwenden konnte. Auch sie war schlank und weckte in ihrer Nacktheit sogleich Beschützerinstinkte in ihm. Ihre Formen waren weiblicher als die ihrer Freundin, die Brüste größer, die Taille ausgeprägter. Das Wasser perlte über ihre makellos weiße Haut. Sie war unbestreitbar schön. Wie elegant sie sich bewegte … Hartmut verlor sich in dem Bild der fröhlich spielenden Frauen. Glockenklar drang ihr helles Lachen zu ihm herüber.

Die größten Fehler werden in der Jugend begangen. Man lernt aus ihnen für das spätere Leben. Man sammelt Erfahrungen. Doch der unerfahrene Landsknecht Hartmut, gerade erst zwanzig Jahre alt geworden, verzaubert von lockenden Brüsten und feuchtem Haar, bekam keine Chance, aus seinem Verhalten zu lernen. Er dachte nicht mehr an seine Aufgabe und nicht an mögliche Gefahren. Als die Klinge sich in seinen Leib bohrte, war er gerade im siebten Himmel.

Hartmuts Tod ging so lautlos vonstatten, dass die beiden Mädchen nichts davon bemerkten. Emma, die das Bad ausgelassen genoss, spürte nichts. Kein dunkler Schatten zog durch ihren Geist, kein kribbelndes Pochen warnte sie vor der lauernden Gefahr. Sie blieben im Wasser, bis ihre Lippen schon einen bläulichen Schimmer annahmen. Zum Trocknen legten sie sich hinterher ins weiche Gras. Die Sonne schien ihnen ins Gesicht und trocknete mit ihren sanften Strahlen Haut und Haar.

»Wir sollten nicht zu lange ausbleiben«, mahnte Emma schließlich.

»Du hast recht, wir wollen die anderen nicht über Gebühr warten lassen. Es war nett von Dürer, uns das Bad zu erlauben.«

»Ja, er ist überhaupt ein netter Mann. Außerdem ist er klüger, als man beim ersten Hinsehen vielleicht annehmen möchte. Er hat ein feines Gespür für andere Menschen.«

»Aber findest du nicht auch, dass er komisch aussieht mit den langen, welligen Haaren? Wären da nicht seine breiten Schultern und seine Körpergröße, man könnte ihn von hinten fast für ein Weib halten.«

»Ja, er sieht seltsam aus, ganz anders als alle Männer, die ich sonst kenne. Aber ich glaube, Künstler müssen so sein, müssen sich von ihrer Umgebung abheben.«

»Die ›Madonna mit dem Zeisig‹ wird ein wunderbares Gemälde werden – ich wünschte, ich könnte einmal mehr von seinen Werken sehen.« In Franziskas Stimme klang ein Hauch von Sehnsucht mit.

»In München wirst du Zeichnungen von ihm finden. Er hat mir erzählt, dass der Herzog viele seiner Bilder besitzt. Er ist Kunstliebhaber und einer seiner größten Gönner.«

»Trotz aller Angst freue ich mich auf die Hauptstadt.« Franziska wischte sich einen durchsichtigen Tropfen aus dem Gesicht, der sich in ihrer Augenbraue verfangen hatte.

»Ich habe zwar das Gefühl, als würde das Herz in meiner Brust ohne Unterbrechung wild flattern – aber ja, ich freue mich auch.« Emma stand auf und band sich ihr schweres, feuchtes Haar zurück. Sie fühlte sich sauber und frisch wie lange nicht mehr. Die Arme über dem Kopf ausgestreckt reckte und dehnte sie sich ausgiebig, dem Himmel entgegen. Sie fühlte wegen ihrer Nacktheit keinerlei Scham vor Franziska. Auch wenn sie in dem hölzernen Zuber auf Eisenberg ein Bad genommen hatte, hatten die Mägde des Haushalts sie unbekleidet gesehen.

»Bis auf die Haare bin ich trocken«, verkündete sie und genoss das seltene Gefühl von Leichtigkeit und Freiheit. Ein einzelner Sonnenstrahl kitzelte ihren Bauch, und Emma musste lächeln. »Wir wollen uns anziehen und dann zurückgehen. Ich für meinen Teil kann es kaum erwarten, das neue Kleid anzuprobieren. Aber vielleicht ziehst du es vor, dein altes anzubehalten …«

»Nein, nein!« Franziska war lachend aufgesprungen. »Ich beeil mich ja schon.«

Das Sternenmal an ihrem Knöchel begann in dem Augenblick zu pochen, als Emma sich in Hartmuts Richtung wandte. Der junge Landsknecht war nirgendwo zu sehen. Ein Zittern durchlief ihren Körper, das nicht von dem feuchten Haar und der vom Wasser noch kühlen Haut ausging.

»Ziska«, rief sie leise. »Komm her.«

Die blonde Frau eilte an Emmas Seite, über ihrem rechten Arm hingen die leise im Wind raschelnden Kleider. Dürer hatte sie sorgfältig ausgewählt. Die Farben hätten nicht besser zu den beiden Beschenkten passen können.

»Was ist?« Unbewusst sprach Franziska ebenso leise wie ihre Freundin.

»Hartmut ist weg.« Die Worte klangen dunkel. Der eisige Hauch einer schlimmen Ahnung streifte die Frauen.

»Bleib ganz ruhig.« Emma zwang sich, in normaler Lautstärke weiterzusprechen, doch in ihrem Kopf arbeitete es. Sie waren so weit von den Männern entfernt, dass man ihre

Hilfeschreie nicht hören würde, wenn etwas geschehen sollte. »Wir müssen uns anziehen und so schnell wie möglich zu den anderen zurück«, fuhr sie fort.

»Was ist mit Hartmut?«, warf Franziska leise ein.

»Wir können ihn nicht alleine suchen, wir brauchen Hilfe. Vielleicht kommt er ja gleich wieder. Kann sein, dass er nur kurz austreten musste«, behauptete Emma, obwohl tief in ihr die Wahrheit bereits lauerte. Hartmut würde nicht zurückkehren. Trotzdem übten die Worte auf ihre Freundin eine beruhigende Wirkung aus.

»Bestimmt ist ihm nichts zugestoßen. Nur Mut. Gib mir mein Kleid, wir wollen uns beeilen.« Emma streckte die Hand danach aus. Für einen Moment wurde sie durch das samtige, weiche Gefühl zwischen ihren Fingern abgelenkt. Geschickt ordnete sie den Stoff so an, dass sie rasch hineinschlüpfen konnte. Im Unterschied zu anderen adligen Töchtern hatte sie nie eine eigene Zofe gehabt. Sie hatte ihrem Vater stets zugestimmt, dass dies überflüssiger Luxus war.

Emma streifte sich das Kleid über den Kopf.

»Bin gleich fertig«, ließ sie ihre Freundin wissen, während sie noch mit den verschiedenen Lagen des Kleides kämpfte.

»Ziska?« Alles blieb ruhig, hoch oben in den Baumwipfeln zwitscherte ein Vogel.

»Franziska?« Wieder keine Antwort. Emmas Herz klopfte heftiger. Das Kribbeln an ihrem Knöchel nahm zu. Ganz ruhig stand sie da und wagte nicht, das Kleid vollends überzustreifen. Wie ein Vorhang bedeckte es ihre Augen. Die Gefahr war jetzt da, ganz nahe, sie wusste es.

»Franziska?«, fragte sie vorsichtig ein letztes Mal, lauter jetzt, schriller, und glitt ganz in das Kleid hinein.

35

Es war noch schlimmer, als sie befürchtet hatte. Franziska lag auf dem Boden, das blonde Haar hing ihr in feuchten Flechten um das von Entsetzen gezeichnete Gesicht. Eine raue Männerhand verschloss ihren Mund, während weitere Hände gierig nach ihrer nackten Haut grapschten. Ohne nachzudenken stürzte Emma sich auf die Angreifer – und wurde grob zurückgerissen. Eine große Hand auf ihrem Mund hinderte sie am Schreien.

»Habt Ihr wirklich geglaubt, Ihr könntet den Fängen des Grafen Ravensberg entkommen?«, hauchte eine heisere Stimme in ihr Ohr. Schmerzhaft verdrehte ihr Häscher ihr die Arme auf dem Rücken. Er war ihr so nah, dass sie die Wärme seines Atems an ihrem Hals fühlen konnte. Sie unterdrückte die aufsteigende Übelkeit und die Angst um ihr eigenes Leben. Zwei Männer drückten Franziska zu Boden, der eine war auf ihr, der andere hielt ihre Beine fest, während zwei weitere die Umgebung absuchten. Nichts. Kein Mensch schien in der Nähe zu sein, um in das Geschehen eingreifen zu können.

Emma kniff die Augen zusammen. Aus zwei schmalen Schlitzen heraus beobachtete sie das Treiben der Männer. Der Ausdruck in Franziskas Gesicht war ihr vertraut. Genauso hatte sie ausgesehen, als sie der Bärin Auge in Auge gegenübergestanden hatte. Es war Todesangst, die über das schmale Antlitz flackerte.

Emma hatte die Männer sofort wiedererkannt. Es waren die gleichen Schurken, die sie bereits auf dem Markt angegriffen hatten. In Dürers Gegenwart hatte die Bande noch einigermaßen zivilisiert gewirkt. Raue Gesellen, mit denen man doch zumindest reden, mit denen man verhandeln konnte. Nun aber schienen die Männer kein Halten mehr zu kennen. Die junge Frau verfolgte mit den Augen, wie ihre Freundin um sich trat und schlug. Doch es half ihr nicht, im Gegenteil, ihr Widerstand schien ihre Angreifer noch mehr anzustacheln.

»Nun macht schon!«, schimpfte einer von ihnen. »Ich kann es kaum noch erwarten!« Ein vielsagender Griff zwischen seine Beine folgte, was leises Gelächter unter den Männern auslöste.

»Schon gut, Johann, du kommst auch noch an die Reihe. Die kleine Blonde hier ist scharf genug für uns alle.« Der Mann, der sich gerade an Franziskas Brüsten zu schaffen machte, grinste obszön.

»Mir wird eher heiß beim Gedanken an diese hier. Wie sie vorhin im Wasser geplanscht hat – da hab ich's kaum noch ausgehalten …«

Emma konnte das vehemente Kopfschütteln ihres Häschers nur erahnen.

»Ach komm, Bertram, es muss doch keiner erfahren.« Ein weiterer Mann schien Geschmack an der Vorstellung ihres nackten Körpers gefunden zu haben. »Lasst uns doch mal sehen, was das Täubchen unter ihrem hübschen Kleid hat.«

»Vergesst es.« Wieder sprach der Mann, der Emma in eisernem Griff hielt. »Sie gehört Ravensberg, schon vergessen? Was glaubt ihr wohl, was der Graf mit euch anstellt, wenn er davon erfährt?«

»Er muss es nicht erfahren, niemand muss das. Wir vergnügen uns mit ihr und dann – ratsch.« Der Sprecher zog in einer eindeutigen Geste den Finger an der Kehle entlang. »Sie kann uns ja unterwegs abhandengekommen sein. Verschollen irgendwo in den Wäldern. Oder sie hat sich umgebracht, das dumme Ding, vor lauter Grauen über die Ehe mit Ravensberg.« Ein gehässiges Lachen folgte den Worten.

»Zum letzten Mal – nein!« Die Stimme an Emmas Ohr klang jetzt nicht mehr heiser. Sie war hart, laut und unnachgiebig. »Haltet euch an der Blonden schadlos, sie ist nichts wert. Macht mit ihr, was ihr wollt, aber beeilt euch. Wir haben nicht ewig Zeit. Sicher werden sie bald nach dem Grünschnabel und den Frauen suchen.«

Obwohl Bertram ganz offensichtlich der Anführer war, wollten seine Leute ihm nicht gehorchen. Zwei der Männer kamen bedrohlich auf Emma zu, während die anderen beiden weiter mit der wimmernden Franziska beschäftigt waren.

»So einen Leckerbissen bekommen wir nie wieder in die Hände. Du musst verstehen, Bertram, dass wir uns das nicht entgehen lassen können«, murmelte der kleinere Landsknecht mit verschleiertem Blick. Sein magerer Körper war drahtig und durchtrainiert. Ihm fehlten beide Vorderzähne. »Gib sie uns, und du darfst als Erster ran.«

»Ich warne euch«, drohte Bertram, und es klang wie das giftige Knurren eines Hundes. Er schob Emma hinter sich, hielt sie nur noch am Handgelenk fest. Ihr Mund war frei, und obwohl es wenig Hoffnung gab, dass jemand sie hörte, nutzte sie die einzige Chance, die Franziska und ihr blieb. Sie schrie so laut und so lange sie konnte.

Währenddessen überwältigten die Landsknechte Ravensbergs ihren Anführer. Männer ohne Mut und Ehre, Gesindel, das sie waren, rammten sie ihm ihre Schwerter in den Leib. Bertram – der Einzige, der versucht hatte, die Gefangene vor der toll gewordenen Bande zu schützen – brach zusammen.

»Verräter«, hauchte er, doch seine heisere Stimme hatte schon keinen Klang mehr. Die Männer nahmen keine Notiz von dem Verwundeten. Sie stürzten sich auf ihre Beute, sobald der Weg frei war. Emma versuchte noch wegzulaufen, aber schon grapschte eine Hand nach ihrem Bein und brachte sie ins Straucheln.

»Hiergeblieben, Täubchen«, grinste der Zahnlückige vergnügt, während sein Kumpan ihr das Kleid vom Leib fetzte. »Du wirst noch viel Vergnügen mit uns haben, das versprechen wir dir.«

Emma schrie weiter, was die Männer nicht störte, so sehr gierten sie nach ihrem Körper. Ein Blick zu Franziska hinüber zeigte ihr, dass die Freundin sich nicht mehr wehrte. Leblos lag sie im Gras, die Glieder schlaff wie die einer Puppe, während ihr Peiniger wieder und wieder in sie hineinstieß. Der andere Mann hatte von ihr abgelassen und sich seinen Spießgesellen angeschlossen, die ein noch schöneres Spielzeug entdeckt hatten. Er verlor kein Wort über den blutend im Gras liegenden Anführer.

Emma schloss die Augen, als sie die grapschenden Hände auf ihrer bloßen Haut fühlte. So dumm war sie gewesen, so unglaublich dumm. Wie hatte sie nur glauben können, dass Ravensbergs Landsknechte der Aufforderung Dürers, sie in Ruhe zu lassen, gehorchen würden? Wie nur hatte sie annehmen können, unter dem Schutz des Malers wären sie in Sicherheit? Emma konzentrierte sich mit aller Kraft darauf, Geist und Körper voneinander zu trennen. Es war nicht wirklich sie, deren Leib da ins Gras gepresst wurde, es waren nicht ihre Beine, die man rücksichtslos auseinanderzwängte …

Bebend lag sie da und wartete darauf, dass der Mann sein Tun zu Ende brachte. Ihre Schreie waren verstummt und stummer Resignation gewichen. Sie wusste, dass es nicht bei der einen Vergewaltigung bleiben würde. Weitere würden folgen, einer nach dem anderen würde an die Reihe kommen. Und dann … dann würde sie sterben.

Das Gewicht ihres Peinigers lastete schwer auf ihr. Sie wartete noch immer auf das Schreckliche, als ihr klar wurde, dass der Mann nicht mehr atmete. Auch sonst war es verdächtig still geworden. Emma lauschte auf das Plätschern des Baches und rührte sich nicht. Sie hatte Angst davor, was sie sehen würde, wenn sie die Augen öffnete.

Eine Hand legte sich kühl und fest auf ihre Stirn. Sie schrie leise auf und krümmte sich zusammen.

»Emma«, sagte jemand, und das Gewicht des Toten wurde von ihr genommen. »Emma«, wiederholte die Stimme, die fremd und doch seltsam vertraut schien. »Mach die Augen auf, bitte.« Jetzt erkannte sie ihn und blinzelte vorsichtig in das helle Tageslicht.

»Erik?« Der blonde Finne saß neben ihr im Gras.

»Pst.« Er legte einen Finger auf seinen Mund. »Sei ganz ruhig. Dir droht keine Gefahr mehr.«

»Ziska?« Emmas Mund fühlte sich taub und müde an, sie schien kaum fähig zu sprechen. Jetzt, wo es vorbei war, forderten Körper und Seele ihren Tribut. Sie verfolgte mit den Augen, wie der Finne aufstand und zu seinem Pferd ging. Der schöne, graue Hengst wieherte leise, und Erik klopfte ihm die Flanke. Dann holte er aus einer seiner Satteltaschen eine Decke. Emma wurde sich ihrer Nacktheit erst bewusst, als er die flauschige Wolle über sie breitete, die nach ihm roch. Er musste sich des Nachts schon oft darin eingewickelt haben.

»Dir ist doch nichts geschehen?«, fragte er besorgt. »Außer den blauen Flecken?« Zögernd fuhr er mit dem Finger über eine dunkel anschwellende Stelle an ihrem Hals.

»Ich meine, sie haben doch nicht …?«

»Nein.« Erst während sie den Kopf schüttelte, wurde ihr bewusst, wie viel Glück sie gehabt hatte. Das Bild ihrer leblosen Freundin trat ihr vor Augen.

»Ziska!« Sie setzte sich abrupt auf.

»Sie lebt, sei unbesorgt.« Erik drückte sie mit sanfter Gewalt ins Gras zurück. »Bleib liegen.«

»Bitte«, fügte er an, als sie sich widersetzen wollte. »Du musst dich ausruhen. Deine Freundin lebt. Sie lebt und scheint keine schwereren Verletzungen davongetragen zu haben. Ich habe sie in ihr Kleid eingewickelt, damit sie nicht friert. Sie ist bewusstlos – besser für sie. Aber ...« Erik zögerte, das auszusprechen, was sie ohnehin schon wusste. »Sie haben sie missbraucht, nicht nur ein Mal.«

Emma sah, wie Erik die Fäuste ballte. Seine Fingernägel gruben sich so tief in seine Haut, dass Blut hervortrat.

»Lass das!«, fuhr sie ihn an. Ihre Stimme war lauter, als sie beabsichtigt hatte.

»Es tut mir leid. Ich bin zu spät gekommen.« Der Schmerz in Eriks Augen reichte weiter zurück, als ein Fremder hätte wissen können.

»Nein.« Emma war dankbar für die Tränen, die endlich zwischen ihren Lidern hervorquollen. »Du konntest deiner Frau damals nicht helfen und Ziska nicht vor der Vergewaltigung bewahren. Aber du hast uns beiden heute das Leben gerettet und mir noch vieles mehr.« Sie konnte nicht sagen, ob es an ihrer Verstörtheit lag, dass sie jetzt nach seiner Hand griff. Erik ließ zu, dass sie mit dem Daumen zart darüber streichelte.

»Danke«, wisperte Emma und meinte es so. Niemals zuvor war sie einem Menschen so aufrichtig dankbar gewesen wie Erik in diesem Moment. Ohne zu fragen hob er sie mühelos auf seine Arme und trug sie zu Franziska. Emma spürte durch den Stoff die Wärme und den festen Druck seiner Hände.

»Warte hier.« Eriks grüne Augen schimmerten wie ein junger Flecken Moos, als er sie betrachtete. »Du kannst die Decke mit deiner Freundin teilen. Sie wird dich brauchen, wenn sie aufwacht.«

»Lass mich nicht allein!«, bat Emma. Sie konnte sich nicht daran erinnern, sich jemals so hilflos und verlassen gefühlt zu haben.

»Keine Bange«, beschwichtigte Erik. »Euch droht keine Gefahr mehr, die Männer sind alle tot.« Erst jetzt registrierte Emma die reglosen Leiber um sich herum und die Pfeile, die in ihnen steckten.

»Ich gehe und hole die anderen. Albrecht wird sich Sorgen machen – und auch dein Freund Marzan.« Mit diesen Worten beugte sich der Mann, der vor kurzem nicht mehr hatte leben wollen, zu ihr herab. Sie spürte ihn kaum, den sanft gehauchten, keuschen Kuss auf ihre Stirn. »Hab keine Angst mehr, outo tytöö. Von nun an passe ich auf dich auf.«

36

Hartmuts Tod und der Überfall auf die Frauen vertrieben mit einem Schlag auch den leisesten Hauch von Leichtigkeit, den die Gruppe sich erhalten hatte. Albrecht Dürer machte sich bittere Vorwürfe, hatte er seinen neuen Freunden doch Schutz und sicheres Geleit an den Herzogshof versprochen. Noch schwerer aber drückte Marzan das Gewissen. Während er mit dem Maler über die hohen Künste und allerlei Schöngeistiges geplaudert hatte, wäre seine Geliebte beinahe gestorben. Er verfluchte sich selbst und seine Jugend, die ihn mit ihrer Naivität beinahe das Liebste gekostet hätte, das er auf der Welt besaß.

An diesem Tag reisten sie nicht mehr weiter. Mit dem Tod der fünf Landsknechte Ravensbergs war auch die Gefahr vorerst gebannt. Franziska lag zusammengerollt auf dem Wagen und gab nur ab und an ein leises Wimmern von sich. Verstört und verletzt wie sie war, hielten alle es für besser, sie in ihrem Schmerz in Ruhe zu lassen. Einzig Emma saß bei ihr und hielt ihre Hand, bis sie endlich eingeschlafen war. »Es tut mir leid, Ziska, so leid«, flüsterte sie, denn ihr war bewusst, dass sie schuld war am Schicksal der Freundin. Ohne sie hätten Ravensbergs Männer sich nie für Franziska interessiert. Emma kämpfte vergeblich gegen ihre Tränen.

Später gesellte sie sich mit rotgeweinten Augen zu den anderen, die im Kreis ums Feuer saßen und nachdenklich in die prasselnden Flammen starrten. Die Männer rieten Emma, sich ebenfalls hinzulegen, doch sie konnte nicht. Zu aufgewühlt war sie, zu verängstigt und viel zu verwirrt.

Marzan war an ihrer Seite, seine Hand lag auf ihrem Nacken. Er hatte sich unzählige Male bei ihr dafür entschuldigt, dass er nicht da gewesen war.

»Du kannst doch nichts dafür«, hatte Emma ihm wieder und wieder geantwortet, während er sich mit Selbstvorwürfen quälte. Als Marzan damals aus Augsburg zu ihr zurückgekehrt war, war er ihr als gebildeter Kaufmann von Welt erschienen. Groß, stark und unbesiegbar. Als sie ihn nun tröstete – wo sie doch selbst so dringend Trost gebraucht hätte –, sah sie ihn zum ersten Mal als den gleichaltrigen Jungen, der er war. Ihr Spielkamerad aus Kindertagen, der Fehler machte, genau wie sie selbst auch. Marzan war unerfahren, er war jung – wie sie. Emma kuschelte sich an seine Schulter und richtete ihre Aufmerksamkeit auf Dürer, der sich mit den Landsknechten beriet.

»Erik hat den jungen Hartmut ein Stück flussabwärts gefunden – im seichten Wasser. Er ist von den Männern Ravensbergs hinterrücks erstochen worden. Ich laste es mir selbst an, dass ich ihn trotz seiner Jugend mit dieser Aufgabe betraut habe. Überhaupt habe ich die Gefahr viel zu gering eingeschätzt.«

»Ich konnte nur so schnell handeln«, der Finne räusperte sich, »weil das Mädchen geschrien hat. Gerade hatte ich den Jungen entdeckt, da hörte ich sie und folgte ihrer Stimme. Ich musste die Männer aus dem Verborgenen heraus treffen, sonst hätte ich keine Chance gehabt.«

»Ich weiß, mein Freund, du hörst es nicht gerne«, Dürer klopfte Erik auf die Schultern, »aber die beiden Frauen verdanken deinem besonnenen Handeln und deinen Schießkünsten ihr Leben.«

»Er ist nicht umsonst der beste Mann, den unser Herzog hat«, warf einer der beiden Landsknechte ein. In seinen Worten klang die Bewunderung mit, die viele am herzoglichen Hof dem blonden Ausländer entgegenbrachten.

»Wir brechen morgen in aller Frühe auf«, verkündete Dürer. »Meint Ihr, Ihr schafft das, Emma?«

»Macht Euch um mich keine Sorgen.« Der Wind hatte gewechselt und trieb den Rauch des Feuers zu ihr herüber. Sie kniff die Augen zusammen. »Mir ist nichts geschehen. Die blauen Flecken werden vergehen. Franziska ist es, die mir Sorge bereitet. Ich weiß nicht, ob sie darüber hinwegkommen wird.« Emma nannte die unsäglichen Geschehnisse bewusst nicht beim Namen. Sie hatte von Frauen gehört, die sich nach einer Vergewaltigung umgebracht hatten. Ihre Freundin hatte das Zusammensein mit einem Mann schon vorher gehasst. Um wie viel mehr musste sie die Männer nun verabscheuen?

Als der Tag endlich zu Ende ging und die Nacht sich sternenklar herabsenkte, war sie froh über ihren Traum. Der blonde Finne hielt sie in den starken Armen, der Blick seiner grünen Augen nahm sie gefangen. Alles war besser, fand Emma, als die Bilder der Vergewaltiger vor sich zu sehen, die sich auf fatale Weise in den Landsknecht Rudolf verwandelten. Noch immer überfiel sie eisiges Grauen, wenn sie an den Mann dachte, der sie damals auf dem Weg ins Kloster Wessobrunn beinahe vergewaltigt hätte. Mit großer Dankbarkeit erinnerte sie sich an die junge Frau namens Wilhelmina, die sie durch ihr Handeln vor Rudolf gerettet hatte.

»Hü!« Dürer schnalzte mit der Zunge, und der träge Ackergaul setzte sich gemächlich in Bewegung. Emma blickte zurück auf das frische Grab. Unter den knorrigen Ästen einer alten Eiche hatte Hartmut die letzte Ruhe gefunden.

Noch am Vortag hatte Erik die Männer zu der Leiche geführt. Danach hatten sie gemeinsam das Erdreich ausgehoben. Nun markierte ein schlichtes Kreuz, zwei mit grobem Seil zusammengehaltene Äste, die Stelle. Die Landsknechte

Ravensbergs lagen noch immer dort, wo sie gestorben waren. Diese Toten warteten nun darauf, dass die Tiere des Waldes, das Wetter und die Zeit ihre seelenlosen Hüllen vom Erdboden tilgen würden.

»Ziska?« Emma flüsterte. Es kam keine Antwort. Sie fühlte sich müde und zerschlagen. Um einer Unterhaltung aus dem Weg zu gehen, kuschelte sie sich zu ihrer schlafenden Freundin unter die Decke. Sie wollte jetzt mit niemandem sprechen, da sie die Schrecken des vergangenen Tags noch deutlich vor sich sah. Einen Arm um Franziskas Taille geschlungen, schloss Emma die Augen vor der hellen Vormittagssonne.

»Ich bin bei dir«, wisperte sie, auch wenn ihre Freundin sie nicht hören konnte. Wenig später schlief auch Emma tief und fest, erschöpft von all den umwälzenden Ereignissen in ihrem Leben, die ihr Gehirn noch nicht in voller Tragweite erfassen konnte. Als sie erwachte, sah man in der Ferne bereits die Tore Münchens.

Während Emma über den prunkvollen Bau der Münchner Residenz nur staunen konnte, schien Dürer sich wie zu Hause zu fühlen. Er lotste das Gefährt und seine Begleiter sicher durch die Tore der Herrscherfestung. Die beiden Landsknechte des Herzogs verabschiedeten sich bereits am ersten Gatter von ihnen. Irgendwo innerhalb dieser Mauern gab es eine ahnungslose Familie, der die Nachricht von Hartmuts Tod überbracht werden musste. Emma trauerte im Stillen mit der Mutter, die noch nichts davon ahnte, dass ihr Sohn nicht mehr am Leben war.

Die Wachkommandos setzten sich aus jeweils drei Männern zusammen. Alle trugen auf ihrer Kleidung das Emblem des Herzogs, verschlungen mit dem Münchner Stadtwappen. Dürer erklärte den Zuständigen gewandt, wer seine Freunde waren und warum sie dringend und ohne Verzögerung den Herzog sprechen mussten. Emma wusste nicht, ob es Einbildung war, dass bei der Nennung ihres und Marzans Namen in den Augen mancher ein Funken des Erkennens aufglomm. Vielleicht war man hier bereits über ihre Flucht aus dem Kloster unterrichtet und über die Rolle, die der zukünftige Graf von Hohenfreyberg dabei gespielt hatte?

»Kommt!« Albrecht Dürer streckte Emma die Hand hin, um ihr vom Wagen zu helfen. Franziska folgte ihnen blass, wortlos und mit ausdruckslosem Gesicht. Cupido und Eriks grauer Hengst wurden von den Pferdeknechten davongeführt. Auch den alten Ackergaul erlöste man von seinem Geschirr. Er würde ebenfalls in den Genuss der Gastfreundschaft der herzoglichen Ställe kommen.

Emma Blick wanderte mal hierhin, mal dorthin, als sie sich neugierig umschaute. In diesem Innenhof der Münchner Residenz – Dürer hatte ihr berichtet, dass es mehrere gab – wimmelte es von Menschen, die eifrig ihr Tagewerk verrichteten. Sie zählte mindestens fünfzehn Mädchen in einfacher Dienstbotentracht. Marzan trat unterdessen unruhig von einem Bein auf das andere. Erik hatte den Kopf in den Nacken gelegt und blickte in den frühsommerlichen Himmel.

»Ich habe mir nicht vorstellen können, dass es wirklich so groß ist«, raunte Emma ihrer Freundin zu. Diese zuckte gleichgültig mit den Achseln. Ihre hellen Augen schimmerten feucht. Emma wollte sie in die Arme nehmen, doch Franziska wich ihr aus.

»Nicht …«

»Worauf warten wir hier?«, erkundigte sich Emma bei Albrecht Dürer, der gelassen inmitten der Menge ausharrte. Ihr Ton klang gereizt, was an der Zurückweisung ihrer Freundin lag. Wie gerne hätte sie ihr geholfen, wie gerne sie getröstet.

»Wir warten auf den Haushofmeister, auf …« Dürer unterbrach sich mitten im Satz, als ein langer, schlaksiger Mann mit Riesenschritten auf die Gruppe der Neuankömmlinge zueilte.

»Ulrich Gläser!«

»Albrecht Dürer!« Die beiden Herren fassten sich an den Händen, um sich dann auf typisch männliche Art kurz in die Arme zu fallen. »Welch Freude für den Hof, Euch wieder hierzuhaben.«

»Mir, lieber Ulrich, ist es eine Freude, wieder hier zu sein.« Der Maler verneigte sich elegant. Dann wandte er sich den Wartenden zu.

»Darf ich vorstellen – dies sind Emma von Eisenberg, Marzan von Hohenfreyberg und …«, jetzt zögerte er, denn er kannte den Nachnamen der blonden Frau nicht, »… und Franziska«, schloss er mit einem charmanten Lächeln. »Wir müssen in einer dringenden Angelegenheit, die ich hier nicht preisgeben will – Ihr versteht –, Herzog Albrecht sprechen.«

»Meine Freunde, darf ich vorstellen«, mit einer ausholenden Handbewegung wies Dürer jetzt auf den Fremden. »Ulrich Gläser, Haushofmeister der Residenz und rechte Hand des Herzogs.«

Marzan und Emma nickten dem Herrn zu. Emma war unschlüssig, welche Begrüßung die Etikette für einen solchen Mann erforderte. Stand er im Rang über oder unter ihr? War er von Adel? Wurde er als Haushofmeister mit diesem Titel angesprochen? Zum ersten Mal wurde Emma bewusst, wie wenig sie sich mit den Sitten und Gebräuchen des höfischen Lebens auskannte. Sie konnte sich nur auf ihr Gespür verlassen und hoffen, dass das genügen würde.

»Wenn ihr mir bitte folgen wollt.« Die Freude über die Ankunft der Gäste schien Ulrich Gläser plötzlich verlassen zu haben. Mit einer ausholenden Handbewegung forderte er die Gruppe zum Mitkommen auf.

Marzan blieb dicht bei Emma, sie spürte, wie aufgeregt er war. Gerne hätte sie nach seiner Hand gegriffen, doch das ließ die Hofetikette nun sicherlich nicht zu. Albrecht Dürer schritt an Franziskas Seite voran. Ihr blaues Kleid harmonierte mit der Farbe ihrer Augen. Der Schmerz schien ihre aufrechte Gestalt zu adeln. Sie schwebte dahin wie eine Königin, die Tränen verborgen hinter einer unbewegten Maske.

Überdeutlich wurde Emma sich in diesem Moment ihrer eigenen Erscheinung bewusst. Das wundervolle, grünsamtene Kleid war von Ravensbergs Männern in Stücke gefetzt worden. Aus der Not heraus trug sie deshalb wieder das abgetragene, graue Kleid, welches ihr Franziska nach dem Bärenangriff gegeben hatte.

»Emma!« Marzan sprach leise, doch seine Miene spiegelte wider, wie bewegt er war. »Liebste, wir sind am Ziel. Endlich sind wir in Sicherheit.« Allen Benimmregeln zum Trotz legte er ihr seine Hand auf den Nacken. Emma ließ es geschehen. Seine Haut war warm, sein Griff sanft und vertraut. »Wenn alles gut geht«, flüsterte sie, »bin ich bald deine Frau.« Sie konnte sich nicht erklären, warum ihr in diesem Augenblick Erik in den Sinn kam. Sie sah sich nach dem Finnen um, doch der war nirgendwo mehr zu sehen.

Ulrich Gläser geleitete sie durch verschachtelte Korridore in das Vorzimmer des Audienzsaals. Mächtige Flügeltüren führten in den großen Raum. Die Wände waren versehen mit Szenen aus der Bibel, die Decke zeigte Ausschnitte aus der griechischen Sagenwelt. Entlang den Wänden standen lange Stuhlreihen, alle in Weiß gehalten und mit roten Sitzpolstern versehen.

»Wenn ihr bitte hier warten wollt.« Ulrich Gläser deutete eine Verbeugung an und verschwand. Wenig später war er zurück.

»Der Herzog empfängt zuerst Herrn Dürer. Seine anderen Gäste mögen Geduld haben.«

Mit seinem untrüglichen Gespür bemerkte der Maler Emmas aufsteigende Panik. »Keine Angst, meine Liebe, es wird sicher nicht lange dauern. Kümmert Euch derweilen um Eure Freundin. Das Mädchen macht mir Sorgen«, raunte er ihr zu. Franziska saß reglos auf einem der zahlreichen Stühle, auf der Wand hinter ihr kämpfte der Hirtenjunge David mit dem Riesen Goliath.

Während sie warteten, schienen die Minuten zu Stunden zu werden. Emma hatte neben Franziska Platz genommen und hielt ihre schlaffe Hand. Trotz all ihrer Bemühungen konnte sie die Freundin nicht zum Sprechen bewegen.

Marzan, der die Halle unruhig auf- und abgeschritten war, unterbrach seine Wanderung.

»Emma!«, rief er leise nach ihr, »komm her.«

Dankbar für die Ablenkung sprang sie auf. Als sie neben Marzan stand, zog er sie in die Arme.

»Wir sind alleine«, murmelte Marzan in ihr schwarzes Haar, »endlich unbeobachtet. Lass mich dich küssen.« Er streichelte zart ihre Wange. »Emma. Meine Emma. Ich will dich so lange küssen, bis die Aufregung in meinem Magen vergeht.«

Der Raum hatte drei Flügeltüren. Ihre Lippen hatten sich kaum berührt, da flog eine davon auf.

»Erik.« Marzan und Emma fuhren auseinander. Den Finnen schien jedoch nicht zu interessieren, was sie taten.

»Wie geht es ihr?«, fragte er Emma. Sie las in seinem Blick echte Besorgnis.

»Sie spricht nicht. Mit niemandem.«

»Nicht zu sprechen ist vielleicht der beste Schutzschild, den eine verletzte Seele haben kann«, erwiderte Erik bedächtig. Emma war das Grün seiner Augen noch nie so leuchtend erschienen.

Endlich öffnete sich die Flügeltür zum Audienzsaal. Für Emma war es das Tor zum Himmel. Oder zur Hölle. Was, wenn der Herzog sich entschied, die Verlobung mit Ravensberg aufrechtzuerhalten? Sie konnte nicht an der Seite dieses Mannes leben.

›Ich laufe fort‹, beschloss Emma still für sich. ›Wenn er mich Marzan nicht heiraten lässt, werde ich mit ihm fliehen.‹

»Der Herzog von Bayern ist nun bereit, euch zu empfangen«, verkündete Ulrich Gläser. Stocksteif stand er da, seine Augen ruhten voll offener Missbilligung auf Marzan.

›Was ist geschehen, dass er ihn so ansieht?‹, fragte Emma sich ratlos.

»Der Herzog erwartet die ganze Gruppe«, betonte der Haushofmeister, als Franziska keine Anstalten machte, sich zu erheben.

»Dem Mädchen geht es nicht gut, außerdem hat sie nichts zu sagen. Es wird nicht schaden, wenn sie hierbleibt.« Erik, der so selten sprach, ergriff jetzt Partei für Ziska. Emma freute sich darüber und spürte zugleich einen leisen Stich Eifersucht.

»Ich muss darauf bestehen, dass sie mitkommt.« Ulrich Gläser ließ sich nicht umstimmen.

»Hörst du, du musst mitkommen.« Emma ergriff die Hand ihrer Freundin und zog sie hoch. »Komm, Ziska, der Herzog möchte dich sehen.« Franziska erhob sich und schritt an Emmas Seite in den Saal. Die tröstende Hand schüttelte sie ab. Abgelenkt durch das zurückweisende Verhalten ihrer Freundin, dauerte es eine Weile, bis Emma aufblickte.

Herzog Albrecht IV. war ein kleiner, beleibter Mann. Dichtes, schlohweißes Haar bedeckte seinen Kopf, die Augen wirkten winzig in dem dicken Gesicht. Emma hatte ihn sich ganz anders vorgestellt.

»Ihr seid Marzan von Hohenfreyberg?«, erkundigte der

Herrscher sich mit ausdrucksloser Stimme. Seine kleinen Äuglein musterten den Angesprochenen aufmerksam.

»Der bin ich, mein Herzog.« Marzan verneigte sich. Strähnen seines schwarzen Haares fielen ihm tief in die Stirn.

»In diesem Falle …« Der Herzog räusperte sich. »In diesem Falle seid Ihr angeklagt des Mordes am Grafen Richard von Eisenberg.«

37

»Nein!« Nachdem der herzogliche Befehl zu ihr durchgedrungen war, schrie Emma gellend auf. Mit aller Kraft klammerte sie sich an Marzan, der von zwei bewaffneten Männern in Gewahrsam genommen wurde.

»Lasst ihn los!«, kreischte sie und schlug nach den Wachen. Der Herzog und alle höfische Etikette waren vergessen.

»Haltet das Mädchen fest!«, tönte eine Stimme laut und streng. Emma wurde von Marzan fortgerissen, fremde Arme umfingen sie. Er wehrte sich erbittert, als er abgeführt wurde.

»Es stimmt nicht, Emma, es ist eine Lüge«, rief er ihr zu, während er verzweifelt gegen die Festnahme kämpfte. Sie prägte sich sein Gesicht ein, das tiefschwarze Haar und die grauen Augen, entsetzt und voller Verwirrung. Das Herz in ihrer Brust schlug so schnell, dass es schmerzte. Tränen schossen ihr aus den Augenwinkeln. »Marzan«, weinte sie und wand sich in alle Richtungen, um freizukommen. Sie wollte zu ihm, wollte bei ihm sein. Ihre weinende Stimme klang hoch wie die eines Kindes.

Erst als die schwere Flügeltür geschlossen und er fort war, kam sie wieder zu sich.

»Sei ganz ruhig«, murmelte jemand besänftigend. Es war Erik, der sie festhielt. Seine Arme waren stark und hart wie Stein.

»Lass mich los«, zischte sie wütend.

»Erst, wenn du aufhörst zu zappeln.« Emma hielt still, und der Finne löste seinen Griff.

»Als ich heute von Eurer Ankunft hörte, Albrecht, da habe ich mich aufrichtig über die Bereicherung an meiner Tafel gefreut. Nun aber muss ich feststellen, dass Ihr mir mehr Schererei und Aufregung ins Haus gebracht habt, als mir lieb ist.«

»Wir konnten nichts von der Anklage ahnen«, erwiderte der Maler ungerührt, »sonst hätten wir ihn ganz sicher nicht zu Euch geführt. Ich glaube es auch nicht. Marzan von Hohenfreyberg ist kein Mörder.«

Große Dankbarkeit für Dürers Fürsprache überkam Emma. Er war wahrhaftig ein Freund, auf den man zählen konnte.

»Er würde niemals einen Menschen töten.« Das Zittern in Emmas Beinen hörte abrupt auf, als Franziskas hohe, klare Stimme durch den Raum hallte. Ihr Herz strömte über vor Zuneigung. Ihre Freundin vergaß das eigene Leid, um für Marzan einzutreten.

»Aha!« Der Herzog richtete seine Aufmerksamkeit auf sie. »Die davongelaufene Braut verteidigt ihren Liebsten. Das ehrt Euch einerseits, mein Kind, andererseits kann ich Euer Tun ganz und gar nicht gutheißen.«

»Ihr sprecht mit der Falschen.« Albrecht Dürer biss sich auf die Unterlippe. Franziskas feines Gewand war einer Adligen angemessen, Emmas Kleid hingegen nicht.

»Das hier«, jetzt deutete der Maler auf Emma, »ist die Tochter Richard von Eisenbergs, die Erbin der Grafschaft.«

Emma schämte sich nicht länger für ihr schmutziges, graues Kleid. Trotzig richtete sie sich auf und streckte das Kinn vor.

»So, so, Ihr seid das also.« Albrecht IV. musterte sie nickend von Kopf bis Fuß. Sein Doppelkinn schwabbelte, doch er verzog keine Miene.

»Euch ist bewusst, dass Ihr mit Eurer Flucht dem ausdrücklichen Befehl Eures Verlobten zuwidergehandelt habt?«

»Ja.«

»Und denkt Ihr …«

»Verzeiht«, unterbrach sie ihn. Einige der Umstehenden hielten erschrocken den Atem an. So dreist begegnete man einem Herzog nicht. »Ich, Eure Untertanin, bin zu Euch gekommen, um Eure Hilfe zu erbitten«, fuhr sie unbeirrt fort. »Mein Vater, Graf Eisenberg, wurde von einem Unbekannten hinterrücks gemeuchelt. Noch hat man den Mörder nicht gefunden. Aber eines versichere ich Euch – Marzan von Hohenfreyberg ist nicht der Schuldige.«

»Ehe Ihr solche Reden schwingt, mein Kind, solltet Ihr erst einmal lernen, Euch in Gegenwart Eures Herzogs zu benehmen. Nun, ich sehe Euch dies nach – Ihr seid jung und unbedarft. Sicherlich haltet Ihr Marzan von Hohenfreyberg nicht für einen Mörder. Wie Ihr mit Eurer Flucht aller Welt gezeigt habt, liebt Ihr den jungen Mann. Es liegen jedoch Beweise gegen ihn vor. Ich werfe niemanden grundlos in den Kerker, das könnt Ihr mir glauben.«

»Marzan ist unschuldig. Ihr könnt nichts gegen ihn in der Hand haben«, erwiderte Emma. Marzan war bei ihr im Turm gewesen, als ihr Vater seinem Mörder begegnet war. Sie hatten einander geliebt, während Richard von Eisenberg starb. Doch auch ohne dieses Wissen hätte Emma vor Gott und der Welt geschworen, dass Marzan kein Mörder war. Sie kannte ihn.

»Man hat die Tatwaffe in seinem Gemach auf Hohenfreyberg gefunden, bei seinen Kleidern. Die Klinge war blutverschmiert.«

»Nein!« Emma schüttelte fassungslos den Kopf. »Das ist eine Lüge!«, rief sie erbost aus. »Eine ganz infame Lüge!«

»Bezeichnet mich nicht als Lügner, mein Kind«, drohte der Herzog erzürnt.

»Also wart Ihr dabei?« Emma würde nicht klein beigeben. Sie nahm den Hauch von Gefahr in der Luft nicht wahr, ihr ging es alleine um Marzan und seine Freiheit.

»Ihr verärgert mich.« Der Audienzsessel des Herzogs stand auf einer Empore, drei marmorne Stufen führten hinauf. Als er sich nun erhob, überragte er trotz seiner geringen Körpergröße alle Anwesenden. »Frech seid Ihr und ungezogen. Trotzdem will ich Euch antworten. Nicht ich habe die Untersuchung des Mordes durchgeführt, sondern einer meiner treuesten Untertanen. Euer Verlobter, Graf von Ravensberg. Er war es, der die Tatwaffe vor Zeugen entdeckt hat.«

»Das ist eine Intrige, Ihr müsst mir glauben!« Emma schrie die Worte beinahe. »Marzan war es nicht, er war an dem Abend des Mordes mit mir zusammen – die ganze Zeit!«

»Es ehrt Euch, dass Ihr glaubt, Euren Freund verteidigen zu müssen. Die Beweise aber sprechen gegen ihn – die Fakten liegen klar auf der Hand. Er wird eine gerechte Verhandlung bekommen, das verspreche ich Euch. Doch nun genug davon. Ich habe noch viele Fragen an Euch, die ich nicht im Streit klären möchte.«

Emma spürte, wie jemand neben sie trat. Es war Dürer. Er demonstrierte dem Herrscher seine Solidarität zu ihr damit deutlicher als mit Worten.

»Ich stimme Emma darin zu, dass der Junge unschuldig ist. Es ist nicht richtig, ihn im Kerker schmoren zu lassen. Ihr kennt die Verliese unter der Burg – es sind keine menschenwürdigen Zustände dort.«

»Lasst es gut sein, Albrecht, heute ändert Ihr meine Meinung nicht mehr. Die Indizien sprechen gegen den Mann. Es ist meine Pflicht als Regent dieses Landes, der Wahrheit auf den Grund zu gehen. Wenn er wirklich unschuldig ist, wird sich das herausstellen.«

Dürer neigte zustimmend den Kopf.

»Ihr gebt ihn auf?« Jeder der Anwesenden im Saal hörte Emmas laute, empörte Frage.

»Ja, das tut er. Für heute zumindest.« Plötzlich stand Erik an ihrer Seite. Er sprach leise, so dass nur sie ihn verstehen konnte. »Im Gegensatz zu dir kennt er den Herzog. Im Moment wirst du nichts anderes erreichen, als ihn zu verärgern. Sprich wieder mit ihm, wenn er besser gestimmt ist. Lass deinen Charme spielen, er ist nicht unempfänglich für weibliche Reize. Aber sei jetzt bitte vernünftig.«

Eriks Worte endlich drangen zu Emma durch. Ihr Zorn auf den Herzog verrauchte, zurück blieb eiskalte Angst. Am liebsten hätte sie sich an den Finnen geklammert und wie ein Kind geweint.

Der Herzog wollte alles, was Emma seit dem Tod ihres Vaters widerfahren war, ganz genau wissen. Soweit es Franziska, Erik oder Dürer betraf, erkundigte er sich bei ihnen, ob Emmas Worte der Wahrheit entsprachen.

»Glaubt Ihr, ich lüge!«, wollte sie empört rufen, doch ein mahnender Blick Dürers ließ sie schweigen.

»Ihr habt mich in eine arge Zwickmühle gebracht«, fasste der Herzog das Ergebnis seiner Befragung am Ende zusammen. »Ihr seid sehr schön. Schön und aufmüpfig, da bin ich mit dem Grafen Ravensberg einer Meinung. Jetzt, wo ich Euch sehe, verstehe ich auch, warum er so versessen darauf ist, Euch zur Frau zu nehmen. Ich gehe recht in der Annahme, dass Euer seliger Vater diese Verlobung vor seinem Tod gewünscht hat?«

»Ja.« Emma spürte einen dicken Kloß im Hals.

»Und obwohl es sein Wunsch war, widersetzt Ihr Euch?«

»Ich liebe Marzan von Hohenfreyberg. Wie kann man da von mir verlangen, einen anderen Mann zu heiraten?« Ihre großen, grauen Augen funkelten Albrecht IV. an, der so anders war, als sie ihn sich vorgestellt hatte. Wo war der weise, amüsante Herrscher aus Dürers Erzählungen?

»Nun«, der Herzog hatte sich seit Beginn der Befragung mehrmals erhoben und wieder gesetzt. »Wie Ihr sicher wisst, nehmen Väter selten Rücksicht auf die Wünsche ihrer Töchter, auch oder vor allem nicht, wenn es dabei um Eheschließungen geht. Eurem Ansinnen stattzugeben würde bedeuten, einen der ranghöchsten Männer meines Landes zu verärgern. Das möchte ich vermeiden, wie Ihr sicher versteht. Hinzu kommt, dass Euer Geliebter eines schlimmen Verbrechens angeklagt ist.«

Emma musste an sich halten, um dem dicken Mann auf dem Herzogsthron nicht vor die feinen Füße zu spucken. Marzan war verhaftet worden, er saß unschuldig in irgendeiner finsteren Gefängniszelle. Sie musste ihn da herausholen. Alles andere war jetzt zweitrangig.

»Ganz ruhig, mein Kind.« Der Herzog lächelte sie zum ersten Mal an. »Euch steigt die Zornesröte ja schon zu Kopf. Ich bin nicht der Unmensch, für den Ihr mich halten mögt. Ihr müsst nicht befürchten, dass ich Euch gegen Euren Willen zu etwas zwinge. Tatsächlich – und das wisst Ihr vielleicht nicht – seid Ihr nach dem Tode Eures Vaters mein Mündel. Dadurch fühle ich mich Euch in besonderer Weise verpflichtet. Ihr bleibt Gast an meinem Hof, bis die Trauerzeit beendet ist.« Emma stand stocksteif da, verblüfft über den Wandel, der plötzlich mit dem Mann vor sich gegangen war.

»Ich kann Eurem Freund das Gefängnis nicht ersparen. Die Rechtsprechung dieses Landes ruht auf festen Pfeilern. Ich selbst heiße die Justiz und ihre Gesetze gut. Seid zu Eurem Trost aber versichert, meine Liebe, dass hier in München kein Unschuldiger aufs Schafott geführt wird.« Emma erbleichte trotz der beruhigenden Worte. Ihr wurde erst jetzt bewusst, dass Marzan sterben würde, sollte das Gericht ihn für schuldig erachten.

»Keine Bange, so schnell geschieht ihm nichts«, versprach der Herzog, der den Grund ihrer unnatürlichen Blässe richtig erkannte.

»Ihr habt mich zum Narren gehalten! Euer abscheuliches Verhalten war Absicht!« Emma schlug sich die Hand vor den Mund, doch die frevelhaften Worte waren ihr bereits über die Lippen gekommen. Der Herzog lachte nur.

»Kluges Kind«, lobte er. »Auf diese Weise lernt man sein Gegenüber am schnellsten und besten kennen, das merkt Euch mal. Nun entlasse ich euch alle, ich bin hungrig wie ein Wolf. Wir wollen uns später an der Tafel unterhalten«, wandte er sich an Dürer und Erik. »Ich habe noch unzählige Fragen an euch alle. Außerdem brenne ich darauf zu erfahren, wie Ihr mit der Malerei vorangekommen seid.«

Der Gang des Herzogs war watschelnd wie der einer Ente. Vor Emma blieb er stehen und ergriff ihre Hände, die sie ihm willig überließ. »Es ist mir eine große Freude, Euch an meinem Hof zu begrüßen, mein Kind – und das meine ich ganz aufrichtig«, erklärte er.

An seinem kleinen Finger trug er einen schmalen Goldring, in dessen Mitte ein geschliffener Bernstein eingelassen war. Das Schmuckstück hatte einst der ersten Frau seines Vaters gehört. Agnes Bernauer. Der Herzog spürte nicht das Pochen an Emmas Knöchel, ahnte nichts von den Schleusen der Zeit, die sich für sein Mündel öffneten. Die Vision brach über Emma herein.

»Und vergib uns unsere Schuld, wie auch wir vergeben unseren Schuldigern, und führe uns nicht in Versuchung …« Die Frau war klein, zierlich – und sie war gefesselt. Ein Trupp Bewaffneter stieß sie unsanft vor sich her in Richtung des Flusses. »Das könnt ihr nicht tun!«, drangen einzelne Rufe aus der versammelten Menschenmenge. »Wartet wenigstens, bis Albrecht zurück ist!«

Die Männer nahmen von den Zuschauern keine Notiz. Das blonde Haar der Frau hatte sich gelöst und wehte im kalten Wind. Ihr kornblumenblaues Kleid hatte die Farbe ihrer Augen, in denen wilde Angst flackerte. Unablässig bewegten sich ihre Lippen – sie betete.

»Um Gottes willen, ich bin unschuldig!«, rief sie laut, als die Bewaffneten sie ergriffen und ihr nun auch die Füße banden. Der Fluss führte viel Wasser, die Strömung war reißend. Die blonde Frau zitterte am ganzen Körper, ihre helle Haut wirkte beinahe durchscheinend. Hinter der dicken Wolkendecke traten vereinzelte Sonnenstrahlen hervor und ließen den Bernstein an ihrem Ringfinger aufblitzen. Immer wieder beteuerte sie ihre Unschuld, verlangte weinend nach Mann und Tochter. Man konnte die Worte von ihren Lippen ablesen, als ihr zarter Körper ins Wasser gestoßen wurde. »… Vater unser, der du bist im Himmel …«

Die Leute traten näher ans Ufer, ergriffen von der grausamen Faszination des Schauspiels. Die Frau schnappte nach Luft wie ein Fisch, immer wenn ihr Kopf erneut aus den Fluten des Flusses auftauchte. Sie wand sich, zappelte wild, und irgendwie gelang es ihr trotz der Fesseln, nicht unterzugehen. Am Ende konnte sie sich nicht nur über Wasser halten, sondern bewegte sich ganz langsam auf das Ufer zu.

»Agnes!«, brüllte einer, und andere fielen ein. »Agnes, Agnes, Agnes …«, schrien die Menschen im Chor. Die junge Frau gelangte bis ans Ufer. Der Jubel der Menge war ohrenbetäubend, manche warfen Hüte in die Luft, andere weinten gar vor Freude. Erst als eine ganz in Schwarz gekleidete Gestalt auf die erschöpft daliegende Frau zuschritt, verstummten die Leute abrupt. Der Mann blickte weder nach links noch nach rechts. Die Augen starr geradeaus gerichtet packte er die wehrlose Gefangene. Sie kreischte erschrocken auf, als sie zurück ins Wasser gestoßen wurde. Fassungslosigkeit und endloses Grauen zeichneten das schöne Gesicht der Frau, ehe sie unterging.

Der Mann riskierte nicht, dass sie noch einmal auftauchte. Seine dunkle Kutte flatterte im Wind, während er ihren Kopf unter Wasser drückte. Lange, blonde Haarsträhnen wickelten sich feucht um seine Hand. Als er den Körper endlich herauszog, war kein Funken Leben mehr darin. Das Blau des Kleides spiegelte sich nicht länger in kornblumenblauen Augen.

38

Erik beugte sich über Emma. Sacht strich er ihr das dunkle Haar aus dem Gesicht. Seit Tarjas Tod hatte er keine Frau mit solch zärtlichem Gefühl berührt. Sie war so schön. Die dunklen Strähnen umrahmten ihr Gesicht gleich einem glänzenden Wasserfall. Jetzt, da ihre Lider geschlossen waren, bemerkte er zum ersten Mal die Länge ihrer Wimpern. Sonst verfing er sich immer in dem geheimnisvollen Grau ihrer Augen. Sie zog ihn an, diese Frau, weckte einen Urinstinkt in ihm, gegen den er ankämpfte. Er wollte sie beschützen, wollte sie in seine Arme ziehen und mit seinen Küssen verschlingen. In seinen Träumen vermischte sich Emmas Bild mit dem seines toten Weibes. Wenn er dann erwachte, quälten ihn Selbstvorwürfe. Er hatte sich nach Tarjas Tod geschworen, nie wieder zu lieben. Dieses seltsame Mädchen aber mit ihren Visionen und ihrem unglaublichen Einfühlungsvermögen brachte ihn durcheinander. Er wollte es nicht zulassen. Dennoch, Emmas Körper war aufregend, ihr Duft erregte ihn. Am meisten jedoch verwirrten ihn ihre Stimme und ihre Augen. Wenn sie ihn ansah, mit ihm sprach, dann schien es, als kenne sie ihn lange schon. Sie zog ihn an wie das Licht die Motten – und Erik verdrängte mit aller Macht seine Gefühle.

Wieder erwachte Emma ohne Erinnerung. Sie lag in einem weichen Bett, jemand beugte sich über sie. Mit klarer werdendem Blick erkannte sie Erik. Er war besorgt, sie sah es an dem leichten Beben seiner Lippen, an dem hilflosen Ausdruck seiner Augen. Nach und nach kehrten die Bilder von

Agnes und dem schrecklichen Mord zurück. Sie begann zu zittern. Der Finne musterte ihr bleiches Gesicht. Sie versuchte ein Lächeln.

»Eine neue Masche von dir, vor deinem Herzog in Ohnmacht zu fallen?« Die Angst in seinem Gesicht strafte den leichten Ton Lügen. »Du hast den ganzen Audienzsaal in helle Aufregung versetzt. Es war eine Vision, nicht wahr?«

»Ja.« Emma nickte schwach. »Schon wieder.«

»Ist das normal? Ich meine, passiert dir das immer so häufig?«

»Nein.« Vor Emmas geistigem Auge wurde die Frau wieder und wieder zurück in den reißenden Fluss gestoßen. Lebhaft flammten die Bilder vor ihr auf. Jetzt gerade drückte der Henker ihren Kopf unter Wasser, hellblonde Haarsträhnen schlangen sich um seine Hand …

»Es klang, als würdest du umgebracht. Du hast geschrien, genau wie in dem Zelt, als du meine Familie gesehen hast. Wie sie gestorben sind.« Erik verzog bei seinen Worten keine Miene, doch seine Augen weinten tränenlos.

»Es war nicht immer so.« Emma setzte sich auf. »Ich habe das Gefühl, es wird von Mal zu Mal schlimmer. Die Visionen sind so – ich kann es nicht beschreiben –, sie sind so real. Plötzlich höre ich dieses Surren, das Mal – mein Sternenmal«, sie ging nicht weiter darauf ein, »… es beginnt zu pochen. Und dann bin ich an einem anderen Ort, sehe Dinge, die ich nicht sehen möchte. Seitdem ich im Kloster war, sind die Bilder so deutlich. Erst durch Kaspar – den Abt – habe ich erfahren, wie klar ich in die Vergangenheit sehen kann. Er hat es mir gezeigt. Die Menschen in meinen Visionen sind mir zum Greifen nahe. Aber ich kann nichts tun, gar nichts.«

»Was ist in deiner Vision heute geschehen?«

»Es war der Ring am Finger des Herzogs. Er hat alles ausgelöst. Eine junge Frau ist ermordet worden, man hat sie ertränkt.« Obwohl Emmas Worte kühl und sachlich klangen, brannte ihr Herz. Sie wusste nicht, welches Verbrechen man der Fremden zur Last gelegt hatte. Aber sie hatte gespürt, dass die Frau unschuldig gewesen war. Ihre Gedanken wanderten zu Marzan. Würde man auch ihn schuldlos zum Tode verurteilen?

Eriks Hand war rau. Er hob sie zögernd an Emmas Gesicht. So viel Traurigkeit las er darin, dass er nicht anders konnte. Sie ließ seine Berührung, seine Nähe zu. Dankbar dafür, dass sie nicht alleine war, schmiegte sie ihre Wange an seine schwielige Hand. Der Finne war ihr so vertraut, so vieles schien sie und ihn zu verbinden. Ihre Träume, der Tod seiner Familie, ihre Visionen.

»Was wird der Herzog nun von mir denken, nachdem …« Sie blickte ihn an, in ihren Wimpern hingen Tränen.

»Pst.« Er legte einen Finger auf ihren bebenden Mund. »Darüber solltest du jetzt nicht nachdenken.«

Seine sanfte Berührung ließ den letzten Damm brechen, der die Tränen noch zurückgehalten hatte.

»Ich kann nicht mehr, Erik«, gestand sie ein. Ihre Stimme war ohne Kraft. Sie rollte sich wie ein junges Kätzchen auf dem Bett zusammen, der Schmerz schien überall um sie herum zu sein. »Was soll ich denn nur tun?«, wimmerte Emma und meinte damit den Mord an ihrem Vater ebenso wie Marzans Gefangenschaft und Franziskas Vergewaltigung. Ihr Körper unter der Decke wurde von wildem Schluchzen geschüttelt.

Eriks Seele brannte bei dem Anblick. Er wollte, er musste sie trösten. Wenn Tarja oder seine Tochter traurig gewesen waren, hatte er sie auf den Schoß genommen und sacht gewiegt. Es war ein stummes Ritual gewesen, das die beiden stets beruhigt hatte. Erik zögerte, sein Blick ruhte auf Emma. Er wusste nicht, ob es richtig war, wusste nicht, ob sie seinen Trost überhaupt wollte. Andererseits – sie war so verzweifelt. Er überlegte nicht länger. In einer fließenden Bewegung nahm er sie mitsamt der Decke auf die Arme und zog sie dicht zu sich heran. »Du hast mir geholfen, jetzt helfe ich dir«, flüsterte er ihr zu. Emma fühlte sich in die Zeit zurückversetzt, als sie ein kleines Mädchen gewesen war und ihr Vater sie manchmal so geschaukelt hatte, wie Erik es jetzt tat.

Emma dachte nicht darüber nach, ob es richtig war, was Erik tat. Sie war viel zu müde. Das Leben schien ihr ein einziger Sumpf voller Traurigkeit und Verzweiflung zu sein. Was tat es da schon zur Sache, wenn der Finne sie wie ein kleines Kind tröstete.

Sie legte ihr Gesicht an seine Brust. Sein Hemd war rau und kratzig. Unwillkürlich fragte sie sich, ob es in Träumen Gerüche gab, denn sein Duft war ihr seltsam vertraut. Er roch frisch. Nach Wald, nach Sonne und nach Mann. Sie seufzte und schmiegte sich noch enger an ihn. Erik summte leise, und sie dachte dabei an eine Sommerwiese voll bunter Blumen. Sie schämte sich nicht, es war schön, was er tat. Erik streichelte ihr Haar, wortlos, seine Hände waren unendlich sanft. Geborgenheit umfing Emma. Sie fühlte sich behütet, wurde eingehüllt von einer warmen, weichen Wolke. Wenig später schlief sie in den Armen des Finnen ein.

Erik blickte auf, als die Tür nach leisem Klopfen geöffnet wurde.

»Albrecht.«

Der Maler blieb zögernd stehen. Entspannt saß Erik auf dem Bett, in seinen Armen hielt er wie ein kleines Kind Emma von Eisenberg. Ihre langen Haare bedeckten ihn wie ein Vorhang, ihr Gesicht ruhte entspannt an seiner breiten Brust. Sie seufzte im Schlaf, ein kleines Lächeln spielte um ihre Mundwinkel.

Albrecht Dürer war nicht auf die Situation gefasst gewesen. Insgeheim aber bestätigte sich eine stille Vermutung. Er räusperte sich.

»Sie schläft? Ich wollte sehen, wie es ihr geht. Habe nicht gewusst, dass du bei ihr bist.« Die Worte hingen entschuldigend im Raum. In seinem Kopf bannte Dürer das Bild der behütet schlafenden Frau in den schützenden Armen des Mannes auf Leinwand. Es war eine anrührende Szene.

»So habe ich meine Familie immer getröstet.« Eriks Augen richteten sich unsicher auf den Freund. »Meine Frau und meine Tochter.«

Dürer vergaß für einen Augenblick das Atmen. Niemals zuvor hatte der Finne zu ihm von seinen Angehörigen gesprochen.

»Sie sind nicht mehr am Leben, nicht wahr?« Er zögerte, die Frage zu stellen, wollte nicht, dass Erik vor ihm zurückwich. Nicht jetzt, da er sich ihm endlich anvertraute.

»Ja, sie sind tot. Alle drei.« Eriks Gesicht spiegelte den Schmerz wider. »Aber ich glaube, ich habe heute begriffen, dass ich die Vergangenheit ruhen lassen muss. Sie haben ihren Frieden gefunden, meine Frau und meine Kinder. Jetzt muss ich den meinen finden.«

Erik hatte etwas Wesentliches begriffen. Geschehenes konnte nicht rückgängig gemacht werden, man musste die Vergangenheit loslassen. Tarja und die Kinder verschloss er tief in seinem Herzen. Er würde weiter um sie trauern – aber er würde auch leben. Emmas Gewicht in seinen Armen, ihr warmer Körper an seiner Brust, das ließ ihn hoffen, dass es eine Zukunft für ihn geben würde.

Erst später sollte dem blonden Mann bewusst werden, dass es dieser Moment war, in dem er sich rettungslos in Emma von Eisenberg verliebte.

»Du magst sie, nicht wahr?« Dürer setzte sich neben seinen Freund auf das Bett. Beide blickten in das schöne Gesicht der schlafenden Frau.

»Ja.« Erik nickte. »Sie ist kaum mehr als ein Mädchen, und dennoch hält sie mich in ihrem Bann, seit ich sie das erste Mal gesehen habe. Ohne sie wäre ich nicht wieder aufgewacht. Ich wollte nicht zurückkommen, aber sie hat mir keine Wahl gelassen. Sie hat mich wütend gemacht, so wütend, dass ich ihr das einfach sagen musste …«

»Du hast recht, sie ist etwas ganz Besonderes, diese Emma von Eisenberg. Ich habe das in dem Moment gespürt, als ich ihr im Zelt des Arztes begegnet bin.«

»Sie hat das zweite Gesicht, weißt du.«

Der Maler nickte nachdenklich. »Ja, das habe ich vermutet. Alles deutete darauf hin. Ihre Schreie, ihre Ohnmacht, die große Weisheit in ihrem jungen Gesicht.«

»Ich möchte sie davor beschützen. Mein Herz brennt, wenn ich sehe, wie sie leidet. Wieso wird einem unschuldigen Mädchen eine solche Bürde auferlegt?« Erik hatte seine Stimme erhoben. Emma regte sich in seinen Armen, wachte jedoch nicht auf.

»Ich weiß es nicht, mein Freund.« Dürer zuckte mit den Achseln. »Manche behaupten, die Gabe des Sehens sei ein Geschenk. Ich für meinen Teil denke, dass sie beides ist – Geschenk und Fluch. Emma wäre nicht der Mensch, der sie ist, hätte sie nicht das zweite Gesicht. Das musst du dir klar vor Augen führen.«

»Sie ist so seltsam.« Erik schüttelte verwirrt den Kopf. »So anders als alle anderen Frauen. Seit ich sie kenne, bin ich entweder wütend auf sie oder ich sorge mich um ihr Wohl. Was denkst du, ist dieser Ravensberg der richtige Mann für sie?«

»Du fragst mich nach dem Grafen Ravensberg. Dem entnehme ich, mein Freund, dass deine Absichten ernst sind.

So ernst, dass ich dir die volle Wahrheit sagen werde. Ich habe den Grafen kennengelernt. Er ist ein unangenehmer Mann, der es jedoch versteht, sich stets von seiner besten Seite zu zeigen. Als ich ihn traf, drängte sich mir der Vergleich mit einem zweiseitigen Medaillon auf, die eine Seite hell und klar, die andere dunkel und verderbt. Der Herzog schätzt ihn für seine Intelligenz und sein umfangreiches Wissen. Dennoch glaube ich nicht, dass er ihn mag. Wer hinter die schöne Fassade dieses Mannes blickt, der entdeckt Schwärze. Ravensberg ist zwar klug und ohne Zweifel einer der mächtigsten bayerischen Grafen, ich aber halte ihn für verderbt und böse.«

Erik lächelte Dürer an, obwohl seine Worte ihm nicht gefallen haben konnten. »Genau das schätze ich an dir, mein Lieber, dass du die Dinge stets so haargenau auf den Punkt triffst.«

»Ich glaube nicht, dass er sie ihm zur Frau geben wird. Jetzt nicht mehr, wo er ihr Vormund ist. Er weiß, dass sie ihn nicht will, und er fühlt sich für sie verantwortlich.« Albrecht Dürer beantwortete die Frage des Finnen, ehe dieser sie überhaupt ausgesprochen hatte.

»Du kennst mich besser, als mir oft bewusst ist.« Erik neigte anerkennend den Kopf. »Emma liebt den jungen Freyberger, nicht wahr?«

»Ja.« Dürer nickte. »Sie liebt ihn, seit sie denken kann. Die beiden sind zusammen aufgewachsen, waren die ersten Lebensjahre nie voneinander getrennt. Unzählige Erinnerungen verbinden sie miteinander. Wie sollte sie ihn da nicht lieben?«

»Du hast recht. Verzeih meine dumme Frage nach etwas, das auf der Hand liegt.«

Erik streichelte leicht über Emmas seidiges Haar, dann nahm er die Hand fort. »Ich werde sie besser aufwecken.«

»Willst du gar nicht wissen, wie ich die Sache einschätze?«, erkundigte sich Dürer.

»Ich glaube nicht, dass es da noch viel zu sagen gibt.«

»Oh doch, ich glaube schon. Emma weiß es vielleicht im Moment selbst noch nicht, aber sie liebt in Marzan von Hohenfreyberg das Kind, das er einmal war – nicht den Mann, der er jetzt ist.«

»Wenn ich am Ende meines Lebens auch nur halb so weise sein werde, wie du es jetzt schon bist, kann ich mich wahrhaft glücklich schätzen.« In Eriks Stimme mischten sich freundlicher Spott und leise Hoffnung.

»Glaub, was du willst, mein Lieber, aber ich bin der felsenfesten Überzeugung, dass der junge Hohenfreyberg nicht der Richtige für sie ist. Genauso wenig wie der dunkle Graf Ravensberg.«

»Da du es mir ohnehin sagen wirst – wer ist also deiner Meinung nach der Mann, der Emma von Eisenberg glücklich machen wird?«

»Das, mein Freund, bist wohl du.«

39

Verzückt lauschte Emma dem Plätschern der Mühle. Silberblaues Wasser hüpfte blitzend auf dem feuchten Holz der Mühlräder auf und ab. Dann verschwamm der Traum. Beim Erwachen stellte sich das Geräusch der Mühle als leise Unterhaltung heraus. Sie schlug die Augen auf. Abrupt verstummte das Gespräch der beiden Männer.

Ehe sie eingeschlafen war, hatte Emma es als gut und richtig empfunden, was der Finne mit ihr tat. Sie hatte seine Trost spendende Nähe und Wärme gerne angenommen. Nun aber, da sie ausgeruht war und wieder klar denken konnte, überzog Schamesröte ihr Gesicht. So hastig kletterte sie von Eriks Schoß, dass sie sich in der Decke verfing und gefallen wäre, wenn nicht Albrecht Dürer sie aufgefangen hätte.

»Nicht so eilig, meine Liebe«, mahnte er freundlich.

»Wie lange habe ich geschlafen?« Sie blickte aus dem Fenster, es war in Bleiglas gefasst. Draußen herrschte rabenschwarze Finsternis.

»Gerade lange genug, um Euch ein wenig zu erholen.«

»Was ist mit Marzan? Und wo ist Franziska?« Bei ihren Fragen kehrte die alte Anspannung in ihr Gesicht zurück.

»Um Eure Freundin müsst Ihr Euch nicht sorgen. Sie tut das, was Ihr auch getan habt – sie schläft. Später, wenn sie wach ist, könnt Ihr nach ihr sehen. Was Marzan betrifft … Ihr müsst noch einmal mit dem Herzog reden, Emma, obwohl ich bezweifle, dass er sich ohne handfeste Beweise umstimmen lassen wird. Allerdings, wenn Marzan unschuldig ist, wird ihm sicher nichts geschehen.«

»Nichts, bis auf die langen Wochen in einem dunklen Verlies!« Sie knurrte wie ein wütender junger Hund. »Ihr habt selbst gesagt, dass die Zustände dort nicht menschenwürdig sind.«

»Das mag ja sein, aber ändern könnt Ihr daran im Moment gar nichts. Ihr tätet gut daran, noch einmal in Ruhe mit dem Herzog zu sprechen. Mehr kann ich Euch nicht raten.«

»In Ordnung.« Sie lenkte ein. »Wann?«

»Am besten sofort. Ich bin gekommen, um Euch eine Nachricht Albrechts IV. zu überbringen. Er lässt Euch bitten – sofern es Euer Zustand zulässt –, ihm beim Abendmahl an seiner Tafel Gesellschaft zu leisten.«

»Das werde ich.« Wilde Entschlossenheit sprach jetzt aus ihrem Gesicht. »Bringt Ihr mich hin?«

»Sehr wohl, meine Liebe.« Der Maler musste bei Emmas kämpferischem Anblick lächeln. Im Stillen beglückwünschte er sich erneut dazu, ein solches Modell für die Madonna mit dem Zeisig gefunden zu haben. Emma von Eisenberg war so kraftvoll, so lebendig. Ihr facettenreiches Wesen auf Leinwand zu bannen war eine Herausforderung.

»Vielleicht möchtest du dich umziehen, bevor wir gehen?« Emma drehte sich zu Erik um. Er saß noch immer auf dem Bett, die langen Beine entspannt von sich gestreckt. Ihre Augen verfingen sich in seinen. Sofort färbten sich ihre Wangen erneut. Die Erinnerung an den Duft seiner Haut, an den Schlag seines Herzens ließ sie erröten.

»Ich habe doch gar kein …«

»Oh doch, das habt Ihr.« Dürer wies auf eine hölzerne Truhe. Sie stand in einer der zahlreichen Nischen des Raumes. Fein stilisierte Rosenornamente waren in das Holz geschnitzt. Ebenso wie die Stühle im Vorzimmer des Herzogs war das Möbelstück ganz in Weiß gehalten. Was Emmas Aufmerksamkeit jedoch auf sich zog, war das Kleid, das darauf lag.

»Der Herzog hat seine Gemahlin gebeten, sich um Eure Garderobe zu bemühen. Er hat wohl richtig angenommen, dass Ihr Eures grauen Kleides langsam überdrüssig seid.«

»Oh.« Sie trat staunend näher. Das Gewand war aus federleichtem, weißem Stoff. Entlang den Säumen waren mit feinem Garn Herbstblätter in verschiedenen Gold- und Grüntönen eingestickt. ›Wie viel Mühe muss sich jemand damit gegeben haben‹, überlegte sie staunend, während ihre kleine Hand darüberfuhr.

»Wir lassen Euch jetzt allein, damit Ihr Euch umkleiden könnt. Erik holt Euch später ab und bringt Euch in den Festsaal.«

Sie nickte.

»Eines noch, Emma.« Der Maler war an der Tür stehen geblieben. »Der Herzog wird Fragen an Euch richten, er wird wissen wollen, was vorhin bei der Audienz mit Euch los war. Haltet Euer Temperament im Zaum, und vor allem – seid ehrlich zu ihm. Was immer Euch auf dem Herzen liegt – Ihr könnt Eurem Herrscher vertrauen. Er wird Euch gerecht behandeln, darauf habt Ihr mein Wort.«

Sobald die beiden Männer gegangen waren, kleidete sie sich in Windeseile aus. Der Spiegel an der Wand war alt und fleckig. Dennoch sah sie darin das aufgeregte Glänzen ihrer Augen. Emma flocht ihr langes Haar zu einem dicken Zopf und bespritzte ihren Oberkörper mit ein wenig Wasser aus dem bereitgestellten Waschkrug. Anschließend schlüpfte sie in das Kleid. Es schien wie für sie geschaffen zu sein und schmiegte sich weich an ihre Haut. Erst als sie sich erwartungsvoll im Spiegel betrachtete, erkannte sie, was sie tatsächlich am Leib trug. Der Ausschnitt war viel zu tief und bedeckte kaum ihre Brüste. Unter dem durchscheinenden Stoff konnte man die Linien ihres Körpers mehr als nur erahnen. Emmas Unterlippe bebte vor Zorn und Verletztheit. Die Herzogin hatte ihr das Gewand einer Hure überlassen.

»Warum hast du dich nicht umgezogen?« Erik wunderte sich, als er Emma erblickte. Sie hatte zwar ihr Haar geflochten, trug aber das alte, graue Kleid. Ihre Wangen glühten.

»Die Herzogin wird sich brüskiert fühlen, wenn du ihr Geschenk nicht annimmst«, fügte er hinzu, da sie nicht antwortete. »Dir hat es doch vorhin gefallen?«

»Ich fühle mich so wohler.« Emmas Herz klopfte noch immer wild in ihrer Brust, so wütend war sie.

»Du solltest vielleicht doch …«

»Nein«, unterbrach sie ihn schroff. »Ich sollte nicht und ich werde nicht.«

Erik verstand nicht, warum sie so aufgebracht war, wechselte aber das Thema. Es war ihre Sache, wenn sie wie eine Bauernmagd auftreten wollte.

Emma stürzte sich in die Unterhaltung mit dem Finnen, um nicht länger an die Erniedrigung durch die unbekannte Herzogin zu denken. Während Erik sprach, wurde sie an die Geschehnisse zwischen ihnen erinnert. Es kostete sie Mühe, sich auf seine Worte zu konzentrieren.

»Die Festhalle – dort, wo jetzt gerade gespeist wird – wurde erst vor kurzem neu gestaltet. Der Herzog hat einen Drang nach Veränderung. Vielleicht ist es überströmende Phantasie, die ihn nicht zur Ruhe kommen lässt, ich weiß es nicht. Muss wohl in der Familie liegen, schon seine Vorfahren waren so. Ständig wird an diesem Palast gebaut. Sei es ein Garten – mit in Gold gefassten Rosenrondellen – für die Herzogin, ein neuer Säulengang oder ein weiterer Gästetrakt. Er entwirft und plant mit Leidenschaft. Wenn man eine Zeit lang nicht hier war, kann man sich fast sicher sein, dass einen bei Hofe wieder so manche Überraschung erwartet.«

»Er ist auch ein großer Kunstliebhaber, der Herzog, nicht wahr?«, fragte Emma, verwundert und erfreut über den plötzlichen Redefluss des sonst so wortkargen Finnen.

»Oh ja, das ist er. Er verehrt Leonardo da Vinci und seine Malerei abgöttisch. Beinahe ebenso sehr begeistert er sich für die Werke der italienischen Künstler Andrea del Verrocchio und Michelangelo Buonarroti. Die florentinische Kunst hat es ihm besonders angetan. Der Herzog hat in Italien studiert, wusstest du das? Bis zu dessen Tod vor drei Jahren stand er in regelmäßigem Briefkontakt mit Piero de Medici, dem unglückseligen Erben Lorenzos des Prächtigen, dem ehemaligen Herrscher über Florenz.«

Emma schüttelte den Kopf. Nein, das hatte sie noch nicht gewusst.

»Ursprünglich war Herzog Albrecht für eine geistliche Karriere bestimmt, deshalb verbrachte er einen großen Teil seiner Jugend in Italien. Rom, Venedig, Mailand – er kennt sie alle, die großen Metropolen. Am meisten liebt er Florenz und seine Kunstwerke. Diese Stadt ist es, die den Herzog und Albrecht Dürer verbindet. Beide interessieren sich neben der Malerei für Musik, Bildhauerei, Architektur, Philosophie – eben für alle Künste. Sie können nächtelang über diese Themen diskutieren.«

»Woher weißt du so viel über diese Männer?«

»Ach«, er lächelte sie offen an. »Wir sind uns neben einer toten Wildsau zum ersten Mal begegnet. Seitdem schätzen sie mich von Zeit zu Zeit als angenehmen Gesprächspartner. Ich unterbreche sie nicht sehr oft, weißt du.« Er zwinkerte ihr zu. »Außerdem sind sie der Meinung, ich sei zu oft allein. Der Herzog lässt mich mehr am gesellschaftlichen Leben bei Hofe teilhaben, als das einem Landsknecht wie mir gewöhnlich zukommt. Meist besteht er sogar auf meiner Anwesenheit bei seinen Festen. Er weiß, dass ich mich ansonsten fernhalten würde. Ich bin nun einmal gerne für mich.« Erik schenkte Emma ein kleines, entschuldigendes Lächeln und schob sie in Richtung einer hohen Doppeltür. Licht drang aus dem schmalen Schlitz darunter. Die plötzlich anschwellende Geräuschkulisse entpuppte sich bei genauerem Hinhören als menschliches Stimmengewirr.

»Ich hoffe, du bist bereit.« Der Finne ließ ihr mit einer eleganten Handbewegung den Vortritt. »Wir sind da.«

Die lange Tafel bog sich unter dem Gewicht der Speisen. Emma hatte damit gerechnet, dass es prunkvoll zugehen würde am Herrscherhof. Die Vielfalt der dargebotenen Speisen machte es ihr jedoch schwer, nicht mit offenem Mund zu staunen. Die Menschen aßen von runden Platten. Weiter unten am Tisch waren diese aus Holz, in der Nähe des Herzogs gar aus Zinn. Neben dicken, saftigen Scheiben Schweine- und Rindfleisch gab es Wildbret, Rehragout und Lammkeulen. Fremdländische Saucen standen zum Verfeinern der Speisen beinahe an jedem Platz. Die Getränke waren gewürzt, Obst und Gemüse zum Teil sogar parfümiert worden. Der Herzog schätzte das Neue und war Experimenten an seiner Tafel nie abgeneigt.

Erik führte Emma bis zum oberen Ende des Saals. Das kleine, feste Kinn trotzig vorgereckt blickte sie weder nach links noch nach rechts. Dennoch war sie sich deutlich der vielen Augenpaare bewusst, die sich beim Vorbeigehen auf sie richteten.

Der Herzog dinierte Seite an Seite mit seiner Gemahlin, der Herzogin Kunigunde. Die hohe Dame hatte ihr aschblondes Haar aufgesteckt und verbarg es unter einem hauchzarten, roséfarbenen Schleier. Ein Stück entfernt saß Albrecht Dürer, dem die dargebotenen Speisen offensichtlich mundeten. Er kaute mit vollen Backen genüsslich auf einem Stück Speck. Als Emma und Erik sich näherten, blickte er auf. »Ah, da seid ihr ja! Ihr werdet erwartet, Emma.« Seine Nasenspitze war gerötet, was auf den matt leuchtenden Wein in seinem Kelch zurückzuführen war. Er schien jedoch nicht betrunken zu sein.

»Was tust du?«, raunte Emma Erik zu, als dieser Anstalten machte, sich neben den Maler zu setzen.

»Du wirst erwartet, nicht ich«, klärte er sie auf. »Geh nur.«

»Ich …« Emma zögerte.

»Oder hast du vielleicht Angst?« Erik zog eine Augenbraue fragend nach oben. Am liebsten hätte sie sich ängstlich an seiner Hand festgeklammert, doch der Finne griff bereits nach seinem Becher und prostete Dürer und seinen nächsten Tischnachbarn zu. Emma ballte die Hände zu Fäusten. ›Sei kein Feigling‹, schimpfte sie mit sich selbst. ›Du musst mit dem Herzog reden und ihn dazu bewegen, dass er Marzan freilässt. Du musst einfach.‹

»Ah, da ist sie ja!« Kaum hatte Albrecht IV. Emma entdeckt, da winkte er sie auch schon mit einer ausholenden Geste zu sich heran. »Setzt Euch, setzt Euch«, forderte er sie auf und drückte sie auf den freien Stuhl neben sich.

»Da haben wir also die entflohene Braut. Wie ich sehe, habt Ihr es vorgezogen, ein anderes Kleid zu wählen?« Die Frau saß zur Rechten der Herzogs. Schadenfreude blitzte in ihren Augen. ›Das ist sie‹, überlegte Emma wütend, ›die Tochter des Kaisers.‹

»Ich fühle mich in meinem eigenen Gewand wohler, vielen Dank«, antwortete sie bemüht höflich.

»So sittsam Euer abgetragenes Kleid ist, so wenig sittsam seid Ihr in Eurem Herzen.« Die Frau ging gleich zum Angriff über. »Ich war empört, als ich hörte, was Ihr getan habt. Ein verlobtes Mädchen, das um eines Mannes willen aus dem Kloster wegläuft. Ihr habt mit Eurem Tun Schande über Euer Haus gebracht.« Die Stimme der Herzogin war scharf wie die Klinge eines Schwertes.

»Aber, aber, meine Liebe …«, versuchte der Herzog zu beschwichtigen, doch die Dame war noch nicht fertig.

»Nicht genug damit, dass Ihr den guten Grafen Ravensberg vor aller Welt gedemütigt habt, seid Ihr auch noch Seite an Seite mit einem mutmaßlichen Mörder geflohen. Ich habe meinem Gemahl geraten, Euch unverzüglich auf die Welfenburg nach Peiting schaffen zu lassen – zu Eurem Verlobten. Noch weigert er sich.« Die Herzogin machte eine Pause, um ihre Worte wirken zu lassen. Sie neigte sich ein Stück näher zu Emma.

»Ich bekomme stets meinen Willen«, wisperte sie. Die Drohung hing so deutlich in der Luft, als hätte sie die Worte laut ausgerufen. »Und Euch – Euch will ich hier nicht.«

Damit erhob sich die Herzogin Kunigunde. »Ich ziehe mich zurück«, verkündete sie nun wieder in normaler Lautstärke. »Ich fühle mich nicht wohl. Die Luft … sie ist mit einem Mal so stickig geworden.«

Erst als die Frau fort war, wagte Emma wieder zu atmen. Ihr war übel, und ihr Magen schien sich zu drehen.

»Hier, trinkt das!« Der Herzog drückte ihr einen Becher voll rot perlendem Wein in die Hand. Freundlich musterte er ihr blasses Gesicht.

»Boshaftigkeit – dein Name ist Weib. Sie spuckt Gift und Galle, ich weiß. Von Zeit zu Zeit lässt sie ihren Unmut gerne an anderen aus«, erklärte er entschuldigend. »Sie hält sich für sehr fromm, daher kann sie Euer Tun nicht billigen.«

Emma entging nicht die Zweideutigkeit in den Worten des Herzogs.

»Na«, beantwortete er lächelnd ihre unausgesprochene Frage, »eine Heilige ist auch sie nicht, das könnt Ihr mir glauben. Wenn ich mich recht entsinne, hat sie mich damals gegen den Willen ihres Vaters geheiratet, der über die Hochzeit mehr als erzürnt war.«

»Ich hätte nie gedacht, dass ein Mann wie Ihr so offen sein würde.« Emma biss sich auf die Unterlippe. Wieder hatte sie einen Gedanken ausgesprochen, den sie hatte für sich behalten wollen.

»Ich bin ein Freund der Ehrlichkeit. Was nutzt es, die Dinge schönzureden? Sie sind eben, wie sie sind. Und jetzt erzählt mir, was vorhin mit Euch los war. Ihr habt Euch aufgeführt, als wäre der Teufel persönlich in Euch gefahren.«

Emma starrte auf den Boden. Was sollte sie tun? Dürers Rat beherzigen und dem Herzog die Wahrheit sagen? Was, wenn er sie für ihr zweites Gesicht verdammte? Sie verurteilte? Seine Frau würde das mit Sicherheit tun.

»Nun, was ist?«, erkundigte sich der Herzog, als sie beharrlich schwieg. Emma blickte hoch. Sie las Neugier in seinem rundlichen Gesicht und Besorgnis. Mehr nicht. Da rang sie sich zu einer Entscheidung durch.

»Ich hatte eine Vision«, flüsterte sie so leise, dass Albrecht sich dicht zu ihr beugen musste, um sie verstehen zu können. »Man hat eine junge Frau gefesselt und in einem reißenden Fluss ertränkt. Ihr Name war Agnes, und ich glaube, sie war unschuldig.«

Von einer Sekunde zur anderen wurde des Herzogs Gesicht hart. »Ich bin kein Mensch, den man schuldlos zum Narren hält. Ihr sprecht von Agnes Bernauer? Wo habt Ihr die Geschichte aufgeschnappt, wer hat sie Euch erzählt?«

»Niemand.« Emma schüttelte den Kopf, ihr war eiskalt.

»Ich warne Euch, Ihr leistet Eurem Freund unten in den Kerkern schneller Gesellschaft, als Euch lieb sein kann.«

»Ich habe noch nie zuvor von dieser Agnes gehört«, beharrte sie. »Ich sah sie heute zum ersten Mal.«

»Gesehen habt ihr sie, so so. Wenn dem so ist, dann verratet mir – welche Farbe hatte ihr Haar, ihre Augen?«

Emma war klar, wie viel von ihrer Antwort abhing. »Die Frau war blond, und ihr Haar glänzte wie Gold. Sie hatte blaue Augen, und am Finger trug sie Euren Ring.«

»Heilige Mutter Gottes«, der Herzog bekreuzigte sich. Hektische, rote Flecken erschienen auf seinen Wangen. »Mag sein, Ihr sprecht tatsächlich die Wahrheit.«

40

Ein Raunen ging durch die Menge, als der Herzog sich erhob, noch ehe der letzte Gang aufgetragen worden war.

»Kommt«, forderte er Emma auf und schritt voran, ohne sich zu vergewissern, dass sie ihm folgte. Sie verließen den Festsaal durch eine unscheinbare Tür. Das Schloss war alt und rostig, ebenso der Schlüssel, den Albrecht darin drehte. Knirschend öffnete sich die Tür und gab den Weg frei. Emma musste sich beim Hindurchgehen bücken, um nicht mit dem Kopf anzustoßen.

Die Gänge, durch die der Herzog sie führte, waren schmäler als diejenigen, durch die sie zuvor mit dem Finnen gegangen war. Sie waren auch dunkler, nur alle paar Meter warfen vereinzelte Fackeln ein wenig Licht auf den einsamen Weg.

Kein Mensch begegnete ihnen. Emma wagte nicht zu fragen, wohin er sie brachte. Die düstere Stille war ihr unheimlich. Eine Weile waren nur die schweren Schritte des Herzogs und dahinter ihre leichteren zu hören. Der Gang schlängelte sich dahin, bis plötzlich steile Stufen nach oben führten. Emma blieb stehen.

»Was ist?« Albrecht wandte sich zu ihr um. Ihr Gesicht war bleich. Beinahe schien es ihm, als hätte sie Angst.

»Die Burg ist uralt und von zahllosen Gängen durchzogen. Manchmal möchte ich niemandem begegnen – dann benutze ich Wege wie diesen hier. Nun kommt.«

Er stieg die Treppe hinauf, und sie folgte zögernd. Die steinernen Stufen waren blank gescheuert von den Tritten zahlloser Füße. Sie mussten tatsächlich sehr alt sein. Der

Herzog keuchte schwer, als er den obersten Treppenabsatz erreichte. Wieder kramte er nach dem rostigen Schlüssel. Die hölzerne Tür, die er damit öffnete, ähnelte der vorherigen. Gebückt trat Emma hindurch.

Zuerst sah sie gar nichts. Nach der Düsternis in den Gängen war sie geblendet von der Helligkeit in dem Raum. Sie schloss die Augen und blinzelte vorsichtig in das Licht. Um sie herum brannten Fackeln, im Kamin flackerte ein großes Feuer. Entlang den Wänden standen Bücherregale, ein mächtiges Schreibpult aus dunklem Eichenholz thronte in der Mitte des Zimmers.

»Da sind wir.« Der Herzog nahm auf einem breiten Stuhl hinter dem Schreibpult Platz, der unter seinem Gewicht knarrte. Verunsichert blieb Emma stehen. Es war ruhig hier, seltsam still.

»Nun, wie gefällt sie Euch, meine Bibliothek?«

»Es ist beeindruckend, wie viele Bücher Ihr besitzt«, antwortete Emma ehrlich, während ihr Blick über die teils vergilbten, teils neuen Einbände wanderte. »So eine umfangreiche Sammlung habe ich bisher nur im Kloster Wessobrunn gesehen.«

»Lesen ist meine Leidenschaft«, erklärte der Herzog. »Aber nun zu Euch. Habt Ihr derartige Visionen öfter?«

»In letzter Zeit – ja.«

»Euch ist bewusst, dass in vielen Teilen Europas die Scheiterhaufen brennen?« Er legte die Stirn in Falten. »Nicht wenige wären wohl geneigt, Euch der Hexerei anzuklagen, wenn sie von Euren Visionen erfahren sollten.«

»Ich weiß.«

»Bleibt Ihr immer noch dabei, dass Ihr die Wahrheit sprecht?«

»Ja.«

»Gut.« Der Herzog stützte sich mit dem rechten Ellbogen auf das Schreibpult. Seine Hand legte er unter das schwabbelige Kinn. »In diesem Falle berichtet mir ganz genau, was Ihr gesehen habt.«

»Es war Euer Ring, der die Vision auslöste«, begann sie leise. Eine schwarze Strähne hatte sich aus ihrem Zopf gelöst und schmiegte sich beim Erzählen an ihre Wange. »Eine Menschenmenge hatte sich an einem breiten Fluss versammelt. Dann brachte man eine blonde Frau. Ihre Hände waren gefesselt, und mehrere Männer stießen sie unsanft voran. Man band auch ihre Beine und stieß sie ins Wasser. Als sie sich dennoch ans Ufer retten konnte, wurde sie zurückgestoßen und ertränkt.« Emma schilderte nüchtern die Geschehnisse, dennoch war das Grauen in ihrer Stimme zu hören. »Agnes – so nannten die Leute die Frau. Sie trug Euren Ring an ihrem Finger.«

»Es verhält sich wohl eher umgekehrt.« Der Herzog blickte hinunter auf seine Hand, an der das Schmuckstück prangte. »Ich trage ihren Ring.«

»Wer war sie?«, wagte Emma sich vor. Sie spürte, dass Albrechts Stimmung sich geändert hatte. Er schien ihr zu glauben.

»Ihr könntet eine verdammt gute Lügnerin sein und die Geschichte irgendwo aufgeschnappt haben«, überlegte der Herzog laut und faltete die Hände über seinem runden Bauch. »Aber das glaube ich nicht. Setzt Euch und hört zu, was es mit der Agnes Bernauer auf sich hat.« Albrecht wies auf einen Hocker am Fenster. Emma beeilte sich, den Stuhl herbeizuholen, und warf dabei einen Blick hinaus. Im ersten Moment erschrak sie über die schwarze Tiefe. Ihr war nicht bewusst gewesen, dass sie sich hoch oben in einem der Türme befanden.

»Agnes Bernauer war die Tochter eines Augsburger Baders«, begann der Herzog, noch ehe Emma Platz genommen hatte. »Eines Tages kam ein junger Mann zu ihr in die Badestube und verliebte sich unsterblich in das schöne Mädchen. Ihm war es gleich, dass sie nur eine einfache Bürgerstochter war. Er nahm sie zur Frau.«

»Wer war er?« Emma konnte die Frage nicht zurückhalten, schon war sie von der Geschichte in den Bann gezogen.

»Der Mann war Albrecht III., der damalige bayerische Thronfolger.«

»Euer Vater?«

»Ja, so ist es. Herzog Ernst von Bayern-München – mein Großvater – war erzürnt über die unstandesgemäße Heirat und verfluchte die unselige Eheschließung, gestattete jedoch, dass sich das Paar auf Schloss Vohburg niederließ. Albrecht und Agnes Bernauer bekamen eine Tochter – Simona.«

»Wenn Ihr den gleichen Vater hattet, dann ist sie Eure Halbschwester?«

»Genau.« Ein Schatten zog über das dickwangige Gesicht. »Agnes war erneut guter Hoffnung, als mein Großvater seinen Sohn zur Jagd nach Landshut einlud. Der wollte seinen Vater nicht noch mehr erzürnen und folgte nichtsahnend der Aufforderung. In seiner Abwesenheit verhaftete man Agnes. Ein gewisser Johann von Degenberg leitete im Auftrag Herzog Ernsts das Gerichtsverfahren gegen sie ein.«

»Welches Gerichtsverfahren?« Emma sah wieder das Entsetzen im Gesicht der Frau vor sich, als man sie in den Fluss stieß.

»Man hat sie der Zauberei angeklagt. Natürlich war sie unschuldig und hat das auch immer wieder beteuert, doch es nutzte ihr nichts. Mein Großvater hatte längst entschieden, dass sie sterben musste.«

»Wie konnte er nur so grausam sein?«, flüsterte Emma und versuchte sich den Mann vorzustellen, von dem Albrecht IV. abstammte.

»Man muss annehmen, dass er es zum Wohle des Landes

getan hat. Mein Vater war der bayerische Thronfolger – der einzige Erbe. Niemand hätte die Kinder akzeptiert, die aus der Verbindung mit einer Badertochter hervorgegangen wären. Das bayerische Herrscherhaus hätte an dieser Vermählung zugrunde gehen können.«

»Ihr heißt gut, was er getan hat?« Emma blickte dem Herzog direkt in die Augen.

»Nein.« Er schüttelte den Kopf und wirkte in dem Moment uralt. Deutlich zeichneten sich die tiefen Falten in seinem Gesicht ab. »Nein«, wiederholte er. »Ich verabscheue meinen Großvater für sein Tun. Mein ganzes Leben lang habe ich mich seiner geschämt.«

»Sie haben sie umgebracht, ehe ihr Mann zurück war, nicht wahr?«, wisperte Emma.

»Ermordet und begraben, ja. Alles, was meinem Vater von ihr blieb, war ihr Ehering. Er hat ihn mir gegeben, ehe er starb. Seitdem trage ich ihn, um ihr Andenken zu ehren.«

»Woher kennt Ihr die Geschichte so genau?«

»Mein Großvater hat damals öffentlich verkündet, Agnes sei eine Hexe gewesen und ihrer gerechten Strafe zugeführt worden. Die Wahrheit hingegen war, dass er sie aus dem Weg haben wollte. Mein Vater muss damals rasend vor Schmerz gewesen sein. Nachdem er nach ihrem Tod wieder halbwegs klar denken konnte, hat er damit begonnen, Denkmale für Agnes errichten zu lassen.«

»Er hat zugelassen, dass alle Welt seine Frau für eine verurteilte Zauberin hielt?«

»Ich nehme an, denjenigen, die wussten oder ahnten, weshalb Agnes wirklich gestorben war, hat mein Großvater den Mund verbieten lassen. Es hätte dem Herrscherhaus geschadet, wenn die Wahrheit ans Licht gekommen wäre. Selbst ein bayerischer Herzog hat nicht das Recht, unschuldige Frauen ermorden zu lassen. So aber hörte man allerorts nur von Agnes, der Zauberin, die ihrer gerechten Strafe zugeführt worden sei. Die Leute waren zufrieden, vor allem deshalb, weil mein Vater bald danach standesgemäß geheiratet hat.«

»Wie konnte er sich so schnell eine andere Frau nehmen, wo er sie doch so geliebt hat? Und wieso hat er nicht dafür gekämpft, dass die wahre Geschichte ans Licht kam?«

»Herzog Ernst war ein Mörder, auch wenn er nicht selbst Hand angelegt hat. Jedoch fand mein Vater wohl, dass diese Wahrheit niemandem mehr zum Nutzen gereicht hätte. Agnes war tot, und nichts, was er tat oder nicht tat, konnte sie wieder ins Leben zurückholen. Er wollte seinen Vater nicht öffentlich einer solch schändlichen Tat bezichtigen, das war meiner Meinung nach der eigentliche Grund. So wählte er den einfacheren Weg und machte das, was das Land von ihm erwartete. Später aber hat er alles aufgeschrieben.«

Der Herzog griff in die oberste Lade seines Schreibpults und zog ein in rotes Leder gebundenes Buch daraus hervor. »Hier.« Er schob es ihr hin.

Vorsichtig schlug Emma den Deckel auf. ›Die Wahrheit über die Agnes Bernauer‹ stand da in klarer Schrift auf der ersten Seite. ›Damit nicht vergessen wird, wer die Schuldigen waren.‹

»Euer Vater hätte doch zumindest reden können, nachdem Herzog Ernst gestorben war«, protestierte Emma.

»Ganz recht. Aber da hatte er sich bereits mit Agnes' Tod abgefunden. Den Mord aufzudecken hätte auch noch nach dem Tod seines Vaters einen Machtverlust für das bayerische Herrscherhaus bedeutet. Die Wahrheit hätte ihn nur selbst getroffen. Außerdem hatte er wohl Angst davor, alte Wunden wieder aufzureißen. Heute kennt kaum noch jemand den Namen und die Geschichte der Hexe Agnes Bernauer. Fast so, als hätte es sie nie gegeben.«

»Ihr wollt es dabei belassen?«

»Nein. Das heißt – ich weiß es nicht. Mein Vater hat meinen Geschwistern und mir von Agnes erzählt, sobald wir alt genug waren, das zu begreifen. Im Laufe der Jahre habe ich eigenhändig mehrere Abschriften seines Buches angefertigt.«

»Aber Ihr lasst es niemanden lesen?«

»Ich denke, diese Entscheidung obliegt nicht mir. Simona, meine Halbschwester, war Albrechts und Agnes' einziges Kind. Sie allein hat das Recht zu bestimmen, wer vom Leid ihrer Mutter erfährt.«

»Wo ist sie, Eure Halbschwester?« Emma erschrak, als sie sah, welche Reaktion ihre Frage auslöste. Albrechts Augen schimmerten feucht, es schien beinahe, als weinte er. Die dicken Backen hingen mutlos hinab.

»Kommt!« Der Herzog erhob sich und ging auf einen dunkelgrünen Brokatvorhang an der Wand zu. Er wartete, bis sie neben ihm stand, dann zog er den Stoff zur Seite.

»Agnes«, murmelte Emma, als das Porträt dahinter zum Vorschein kam.

»Nicht Agnes. Das ist Simona, ihre Tochter.«

Die Frau auf dem Bild hatte prächtiges, blondes Haar, und ihre kornblumenblauen Augen schienen zu lächeln. Über dem Kleid trug sie einen kreuzförmigen Anhänger, der mit winzigen Bernsteinen besetzt war.

»Mein Vater hat die Kette für sie anfertigen lassen, als Erinnerung an ihre Mutter«, erklärte Albrecht.

»Wo ist sie?« Emma hatte noch niemals zuvor von der schönen Halbschwester des Herrschers gehört.

»Fort.« Der weiche, beinahe zärtliche Ton verschwand aus seiner Stimme. »Nachdem ihre Liebschaft mit einem Stallknecht entdeckt worden war, ist sie spurlos verschwunden.«

»Sie ist mit ihm davongelaufen?«

»Ich muss es annehmen, schließlich habe ich sie seit vielen Jahren nicht mehr gesehen.«

Stumm sah Emma zu, wie er das Bild wieder verhängte und ans Fenster trat. Eine Weile blieb er so stehen, den Blick weit hinaus in die dunkle Nacht gerichtet. Währenddessen hing sie ihren eigenen Gedanken nach. Sie empfand die Vision der schönen Fremden als unerträglich schmerzlich. Um wie viel schlimmer musste die Vorstellung von Agnes' schuldlosem Tod für den Herzog sein, wo doch ein Mitglied seiner Familie den Mord befohlen und zu verantworten hatte.

»Es war der Ring, der mich von Eurer Behauptung überzeugt hat.« Albrecht sprach ganz ruhig, als er sich zu Emma umwandte. Sein rundes Gesicht strahlte wieder die gewohnte Ruhe aus. »Agnes' Geschichte hättet Ihr irgendwo aufgeschnappt haben können. Aber niemand außer Simona und mir weiß, wem der Ring einst gehörte.«

»Ich bin froh, dass Ihr mir glaubt.« Erleichterung durchströmte Emmas Herz. Der Herzog hielt sie weder für eine Lügnerin noch für eine Hexe. Sicher würde es ihr nun auch gelingen, ihn von Marzans Unschuld zu überzeugen.

»Bitte«, bat sie, »darf ich nun nach meiner Freundin sehen?« Emma sehnte sich nach Franziskas ruhiger Stimme. Sie musste dringend über all das mit ihr sprechen.

»Es ist spät, meine Liebe, sie schläft sicherlich längst. Ihr könnt sie aufsuchen, sobald morgen früh der neue Tag anbricht. Jetzt aber solltet Ihr Euch ebenfalls niederlegen. Ich begleite Euch zurück.«

41

Emma wälzte sich unruhig auf ihrem Bett. Gerne hätte sie dem Herzog widersprochen, als er den nächtlichen Besuch bei Franziska freundlich untersagte. Aber Ziska brauchte ihren Schlaf dringend nach allem, was sie durchgemacht hatte, da hatte er recht.

Der Mond schien in das Zimmer. Emma stand auf und trat ans Fenster. Der neue Tag war nicht mehr fern, sicher würde bald schon die Sonne aufgehen. Sie dachte an Marzan, der tief unten in den Kerkern bestimmt kein Licht zu sehen bekam. Das Herz tat ihr weh bei der Vorstellung, was er durchlitt. Lange stand sie still da und grübelte darüber nach, wie sie den Herzog von seiner Unschuld überzeugen könnte. ›Er hat mir geglaubt, was meine Vision betrifft‹, überlegte sie wieder, ›er muss sich auch von Marzans Unschuld überzeugen lassen.‹

Sie war immer noch wach, als die Morgensonne farbenprächtig in den Himmel stieg. Gerne hätte sie gewusst, wo Franziska sich befand. Da sie sich aber an dem fremden Hof nicht auskannte, blieb ihr nichts anderes übrig, als auszuharren, bis jemand kam, um sie zu ihrer Freundin zu führen.

Endlich – eine kleine Ewigkeit schien vergangen zu sein – klopfte es. Ein eifriges Dienstmädchen trat ein und brachte ihr einen Krug mit frischem Wasser. Das runde Gesicht unter der weißen Haube leuchtete freudig auf, als Emma sich höflich bedankte. Die Kleine konnte nicht älter als elf oder zwölf Jahre alt sein.

»Ihr könntet Euch waschen«, ziepte sie mit kindlich hoher Stimme, »solange ich Euer neues Gewand hole.«

»Nein, nein …« Emma hob abwehrend die Hand. Sie hatte das Geschenk der Herzogin vom gestrigen Abend nicht vergessen.

»Aber …« Das Gesicht des Mädchens verzog sich weinerlich. »Aber die Frau Marthe hat mir doch gesagt, dass die Frau Elisabeth vom Herzog den Auftrag bekommen hat, Euch ein neues Kleid zu besorgen …«

»Schon gut.« Sie war gerührt von dem Eifer der kleinen Dienstmagd. »Der Herzog, sagst du, hat das angeordnet?«

»Ja, die Frau Elisabeth ist unsere Näherin, und weil Ihr doch schmäler seid als die meisten Hofdamen der Herzogin Kunigunde, hat sie gleich heute Morgen ein Gewand für Euch enger genäht. Bitte, darf ich es Euch bringen, das Kleid …?« Zaghaft kaute das Kind auf seiner Unterlippe herum.

»Wie heißt du denn?«

»Barbara.«

»Ja bitte, Barbara.« Emma nickte. »Hol mir das Gewand.«

»Gerne.« Jetzt strahlte die Kleine wieder über das ganze Gesicht. »Ich bin gleich wieder da!«

Kaum hatte sie ihre Morgenwäsche beendet, da war Barbara auch schon mit dem Kleid zurück. Erleichtert stellte Emma fest, dass es sich dieses Mal um ein schlichtes, hellblaues Gewand aus feinem Stoff handelte. Man konnte nicht hindurchsehen, und der Kragen war hochgeschlossen. ›Der Herzog muss das Spielchen seiner Gattin durchschaut haben‹, dachte sie. ›Er wollte nicht, dass sie mich wieder brüskiert.‹

Wenig später brachte die kleine Magd auf einem Tablett ein reichhaltiges Frühstück. Erst da erkannte Emma, wie hungrig sie war. Am gestrigen Abend hatte sie ja keine Gelegenheit mehr gehabt, etwas zu essen.

»Sag mal, Barbara, weißt du, wo man meine Freundin

untergebracht hat?« Genüsslich biss sie in eine knusprige Scheibe Brot. Ein wenig Mehl rieselte herab.

»Ihr meint die blonde Dame, nicht wahr, die mit den blauen Augen?«

Emma nickte.

»Wenn Ihr wollt, führe ich Euch nach dem Frühstück zu ihr. Ihr Gemach ist gar nicht weit.«

»Ziska!« Emma eilte auf die Freundin zu, die noch verschlafen im Bett lag. Ihr blondes Haar breitete sich wie ein Fächer über dem weißen Kissen aus, das Gesicht war blass.

»Da bist du ja. Ich habe mich schon gefragt, wann du kommen würdest.« Heftige Erleichterung durchströmte Emma. Es war das erste Mal seit dem Überfall der Landsknechte, dass Franziska wieder mit ihr sprach. Sie setzte sich auf die Kante des Bettes und griff nach der Hand ihrer Freundin. Währenddessen zog sich die kleine Magd rücksichtsvoll zurück und schloss leise die Tür hinter sich.

»Geht es dir besser?« So sehr Emma sich danach gesehnt hatte, mit ihr zu reden, so schwer fiel es ihr jetzt, einen Anfang zu finden. Franziska hatte ihretwegen Grauenvolles durchlitten. Ob sie ihr würde verzeihen können?

»Es tut mir leid, Ziska«, flüsterte sie, als die andere Frau nicht antwortete. »So unendlich leid.«

»Schon gut.« Feuchtigkeit trat in Franziskas helle Augen. »Du kannst doch nichts dafür. Männer sind nun einmal so, sie sind gefährlich. Ich kenne das von Anton, es waren nur mehrere dieses Mal …« Jetzt weinte sie.

»Ach Ziska!« Emma zog ihre Freundin in die Arme und hielt sie fest, als ihr zierlicher Körper von Schluchzern geschüttelt wurde. »Tapfere Ziska«, murmelte sie in das blonde Haar, »alles wird wieder gut …«

Nachdem ihr Tränenstrom versiegt war, wischte sich Franziska entschlossen die Feuchtigkeit aus dem Gesicht.

»Was ist mit Marzan?«, fragte sie, und ihre Stimme klang rau. »Ist er noch gefangen?« Emma ging das Herz auf bei ihren Worten. Da verdrängte Franziska den eigenen Schmerz und sorgte sich um das Wohl anderer.

»Ja. Ich habe gestern noch einmal mit dem Herzog geredet, fand aber keine Gelegenheit, ihn auf Marzan anzusprechen.«

»Was wollte er dann von dir? War es wegen deines Zusammenbruchs?«

»Es war kein Zusammenbruch. Ich hatte wieder eine Vision. Dieses Mal habe ich die erste Frau Albrechts III. gesehen, des Vaters des Herzogs. Sie wurde ermordet.«

Franziska nickte ruhig, und Emma war dankbar dafür. Ziska verstand sie ebenso, wie Erik es getan hatte. Ihre Freunde hielten sie nicht für seltsam, sie wandten sich nicht von ihr ab. ›Unter diesen Voraussetzungen‹, dachte Emma, ›kann ich mit meinem zweiten Gesicht viel besser leben.‹ Sie verspürte große Dankbarkeit dafür, dass ihr diese Menschen an die Seite gestellt worden waren. Gemeinsam würde es ihnen gelingen, Marzan zu retten.

»Du sitzt munter und gesund neben mir.« Franziska richtete sich im Bett auf und schob sich ein Kissen in den Rücken. »Ich nehme an, Herzog Albrecht hat dich für deine seherischen Fähigkeiten nicht verurteilt?«

»Nein.« Emma schüttelte den Kopf. »Zuerst hat er mich zwar davor gewarnt, dass ich als Hexe auf dem Scheiterhaufen enden könnte, aber das war nur eine Prüfung. Er wollte herausfinden, ob ich die Wahrheit sage. Am Ende hat er mir geglaubt.« In kurzen Worten erzählte sie ihrer Freundin von ihrer Vision und vom grausamen Schicksal Agnes Bernauers.

»Wie furchtbar und wie traurig.«

»Ja, und der Mord wurde niemals gerächt. Die Vergangenheit belastet den Herzog noch immer, obwohl er damals nicht einmal geboren war.«

»Das kann ich mir vorstellen, schließlich war es sein Großvater, der sie hat umbringen lassen.«

»Er hat mir auch von seiner Halbschwester erzählt, von Agnes' Tochter Simona.« Emma wickelte sich eine Strähne ihres langen Haares um den Finger. »Auf einem Bild, das er mir gezeigt hat, sieht sie genauso aus wie ihre Mutter.«

»Wo ist sie?«, fragte Franziska neugierig.

»Verschwunden.« Sie konnte nicht sagen, warum ihr bei ihrer Antwort ein Schauder über den Rücken lief. »Vor vielen Jahren mit dem Stallknecht davongelaufen und nie wieder aufgetaucht.«

»Oh. Sie muss wohl sehr verliebt gewesen sein.«

»Ja, wahrscheinlich.«

»Emma?«

»Hm?«

»Ich denke dauernd über den jungen Hartmut nach, den sie umgebracht haben. Er war nicht, wie die Männer sonst sind, glaube ich. Er hat so etwas Liebenswertes ausgestrahlt.«

»Ja.« Ein Schatten zog über Emmas Gesicht. Mittlerweile waren Hartmuts Eltern bestimmt über den Tod des Sohnes benachrichtigt worden.

»Marzan … Er ist auch nicht so, stimmt's?«

»Nein.« Die beiden Frauen lächelten sich an. »Er ist auch nicht so«, bestätigte Emma.

An den folgenden Tagen nahm Albrecht Dürer einen Großteil von Emmas Zeit in Anspruch. In Dießen hatte er damit begonnen, Skizzen von ihr anzufertigen. Diese Arbeit setzte er jetzt fort und bannte die vielfältige Ausdruckskraft ihres Gesichts auf Papier.

»Kommt, Emma, und seht Euch die letzte Skizze an.«

Sie erhob sich von dem Schemel, auf dem sie dem Maler

viele Stunden lang Modell gesessen hatte. Ihr Herz zog sich zusammen, als sie ihr Antlitz im Seitenprofil betrachtete. Hauchfeine Pinselstriche hatten ihr ureigenes Wesen auf Leinwand gebannt.

»Ihr werdet nicht länger hierbleiben, habe ich recht?«

»Ihr habt ein feines Gespür, meine Liebe.« Dürer wandte sich lächelnd zu ihr um. Er hatte die Staffelei in den Gärten der Residenz aufgestellt. Der Tag war mild und warm, die Sonne strahlte vom Himmel und kitzelte Emma im Nacken.

»Was soll ich tun, wenn Ihr fort seid?« Hilflos zuckte sie mit den Schultern. »Bisher habe ich den Herzog nicht von Marzans Unschuld überzeugen können. Und ohne Euch wird es mir sicher niemals gelingen. Und wenn sie Marzan den Prozess machen … Ich könnte es nicht ertragen, wenn ihm etwas geschehen würde. Ja, ich weiß ja noch nicht einmal, wie es ihm ergeht, dort unten in den Kerkern. Der Herzog lässt keinen Besuch zu!« Emma hatte sich in Rage geredet und bohrte wütend ihren Fuß in den Boden. Einige Kieselsteine flogen in die Höhe und streiften um ein Haar das Gesicht einer vorbeieilenden Hofdame.

»Mit Wut kommt Ihr nicht weiter, Emma«, belehrte der Maler sie ruhig. Dann umfasste er ihren Arm und führte sie zielstrebig zu einer gusseisernen Bank, die malerisch unter einer alten Linde stand.

Sie fügte sich, weil sie Albrecht Dürer so sehr schätzte und in ihm einen Freund sah. Mit im Schoß gefalteten Händen nahm sie Platz. Lieber allerdings hätte sie voller Zorn gegen den Stamm des Lindenbaums getreten.

»Was soll ich tun?«, fragte sie leise, Hoffnungslosigkeit schwang in ihrer Stimme mit. Zu oft hatte sie Marzans Unschuld beteuert und vergeblich darum gefleht, ihn wenigstens sehen zu dürfen. »Herzog Albrecht weicht mir jedes Mal aus, wenn ich das Thema zur Sprache bringe. Ich habe ohnehin so selten Gelegenheit, mit ihm zu reden. Die Herzogin piesackt mich, wo sie nur kann, und hält mich von ihm fern. Erst heute hat sie mich wieder mit einer ihrer langwierigen Stickarbeiten bedacht, die ich für sie ausführen soll. Dabei hasse ich das Sticken!«

»Es wird Euch beruhigen zu hören, dass der Herzog mit Graf und Gräfin von Hohenfreyberg in Verbindung getreten ist. Erst kürzlich hat er seinen Sekretär ein Schriftstück an Marzans Eltern aufsetzen lassen, in dem er die Situation schildert. Ich kann Euch versichern, Emma, dass es nicht zum Prozess kommen wird, ehe der Graf und die Gräfin nicht zur Verhaftung ihres Sohnes Stellung genommen haben.«

»Aber …« Freudige Erleichterung durchzog Emma von Kopf bis Fuß. »Das wusste ich nicht. Ich hatte angenommen, dass der Herzog sich gar nicht mit Marzans Fall befasst. Dass es ihn nicht kümmert.«

»Der Herzog macht sich Gedanken über alles, was an seinem Hof und in seinem Land vor sich geht. Es mag manchmal nicht danach aussehen. Aber Ihr solltet nie vergessen, dass Albrecht IV. stets bestens darüber informiert ist, was vor sich geht.«

»Danke.« Emma blickte dem Mann neben sich fest in die Augen. »Danke, dass Ihr mir das verraten habt. Ihr könnt Euch gar nicht vorstellen, welch großer Stein mir vom Herzen fällt.«

»Ich bin froh, dass ich Euch ein wenig beruhigen konnte, jetzt, da ich wieder nach Italien aufbreche.«

»Ihr geht schon bald?«

»Ja, ehrlich gesagt – noch heute. Ich habe mich bereits von allen verabschiedet. Ihr seid die Letzte, der ich Lebewohl sage.«

»So schnell wollt Ihr uns verlassen?«, rief Emma bestürzt. Albrecht Dürer war ihr Halt, ihr väterlicher Freund. Was sollte sie nur anfangen, wenn er ihr nicht mehr mit seinem Rat zur Seite stünde?

»Keine Angst, liebe Emma. Ihr bleibt ja nicht allein zurück. Franziska ist Euch eine Freundin, auf deren Treue Ihr bauen könnt. Und auch Erik wird Euch eine große Stütze sein, er schätzt Euch sehr. Wenn Ihr Schutz und Hilfe braucht, wendet Euch an ihn. Ihr könnt Euch in jeder Situation auf ihn verlassen.«

»Was ist mit der Madonna?« Emma fragte nach dem Bild, um sich von den aufsteigenden Tränen abzulenken. Erst jetzt wurde ihr wirklich bewusst, wie sehr sie den Maler mochte und brauchte.

»Oh, das Porträt.« Albrecht Dürer lächelte. »Nun, ich werde es in Italien vollenden. Dank Euch konnte ich genügend Skizzen für das Gesicht der Madonna anfertigen. Herzog Albrecht hat übrigens nicht lockergelassen, bis ich zugesagt habe, mit dem fertigen Bild zurückzukehren.« Er zwinkerte ihr zu.

»Was sagt Erik dazu, dass Ihr fortgeht?«

»Er kennt mich und mein Fernweh. Ich musste allerdings versprechen, ihm regelmäßig zu schreiben, damit er weiß, dass ich wohlauf bin.«

»Wann kommt Ihr wieder?« Trübsal legte sich über Emmas Blick.

»Das kann ich nicht sagen, meine Liebe. Irgendwann. Bis dahin wünsche ich Euch alles Gute und Gottes Segen. Ihr werdet die Unschuld Eures Freundes beweisen, daran zweifle ich nicht.«

»Danke.« Emma drückte fest seine Hand, dann stand er auf. Das Letzte, was sie von ihm sah, war sein ungewöhnlich langes Haar, als er sich entlang des Seerosenteichs entfernte. Sie biss sich fest in den Handballen, um nicht vor Kummer laut zu weinen.

42

»Er bleibt nicht für immer fort, weißt du.« Emma schreckte auf, als der Finne sich neben sie auf die Bank setzte. Sie war versunken gewesen in Grübeleien über Dürers Abschied und dann wieder einmal darüber, wer der Mörder ihres Vaters war. Wer hatte seinen Tod und Marzans Gefangenschaft zu verantworten? Wer war schuld an all dem Leid? Noch immer hatte sie keine Antwort auf ihre Fragen.

»Was?« Sie sah ihn verwirrt an.

»Albrecht Dürer, er kommt wieder, meinte ich.« Erik musterte sie besorgt.

»Ich weiß. Aber ich fühle mich so, als hätte ich mit ihm einen Teil meiner Sicherheit verloren«, gestand sie leise.

»Du bist stark, du wirst zurechtkommen, outo tytöö«, sagte Erik. Er hatte nicht damit aufgehört, sie so zu nennen. Die finnischen Worte waren ihr vertraut geworden.

»Wie geht es deiner Freundin?«, fragte er sie leise. Emma ahnte, dass ihm Franziskas Schicksal besonders nahe ging. Ihr Erlebnis erinnerte ihn an das, was seine Frau vor ihrem Tod durchlitten hatte. Manchmal träumte Emma von der Familie des Finnen, von Tarja und den Kindern. Stets wachte sie dann schreiend auf.

»Wenn ich mit ihr spreche, gibt sie sich völlig normal. Aber sie ist sehr blass und weigert sich nach wie vor, das Zimmer zu verlassen.«

»Du musst Geduld mit ihr haben, für sie da sein.«

»Das bin ich«, bestätigte Emma und ließ zu, dass er ein Lindenblatt aus ihrem dunklen Haar zupfte.

»Meinst du, der Herzog wird mich beim Abendmahl anhören? Ich möchte ihn noch einmal bitten, dass ich Marzan wenigstens kurz sehen darf. Nur um mich zu vergewissern, dass es ihm gut geht …«

»Vorhin ist Besuch angekommen, mehrere Kirchenmänner. Ich denke nicht, dass du heute Gelegenheit zu einem Gespräch mit ihm haben wirst.«

»Oh.« Emma versuchte nicht, ihre Enttäuschung vor Erik zu verbergen. »Ich habe so selten die Möglichkeit«, klagte sie. »Entweder sorgt die Herzogin dafür, dass ich es nicht pünktlich zum Essen schaffe, oder aber der Herzog wird von seinen Besuchern in Beschlag genommen.«

»Nun, er liebt den Betrieb an seinem Hof, das Leben um sich herum. Daran, dass er häufig Gäste hat, wirst du nichts ändern können.«

»Ich weiß.« Emma seufzte. »Aber die Tage verstreichen so schnell, und Marzan ist noch immer gefangen.«

»Willst du wirklich nicht mitkommen?« Besorgt blickte Emma auf Franziska, die wie gewöhnlich im Bett lag. Alles Bitten half nichts. Sie war noch nicht bereit, wieder unter Menschen zu gehen.

»Du wirst staunen, wie die herzogliche Tafel sich unter der Last des Essens biegt. Eine solche Vielfalt an Speisen hätte ich mir niemals vorstellen können. Komm doch mit mir, Ziska, das musst du mit eigenen Augen gesehen haben. Ich verspreche dir auch, dass ich keinen Moment lang von deiner Seite weichen werde.«

»Nein, bitte, ich möchte nicht.« Franziskas Gesicht war bleich, ihre Stimme entschlossen.

»Ach Ziska …«, Emma seufzte bedrückt. »In Ordnung«, gab sie schließlich nach, »wenn du nicht möchtest. Dann komme ich nachher noch einmal zu dir.« Betrübt machte sie sich alleine auf den Weg zum Speisesaal.

Die Halle mit den fröhlich schmausenden Menschen darin war für Emma zum vertrauten Anblick geworden. Zielstrebig eilte sie auf Erik zu, die Blicke ignorierend, die sich nach wie vor voller Neugierde auf sie richteten. Ganz oben an der Tafel unterhielt sich das Herzogspaar mit seinen Gästen. Deren schlichte, dunkle Gewänder wiesen zwei von ihnen als Mitglieder des Benediktinerordens aus. Drei weitere Männer trugen die Kleidung einfacher Bauern. Sie wirkten einschüchternd, fast so, als bedrohten sie die Mönche in ihrer Begleitung. Der sechste Besucher war ein alter Mann im Gewand eines Priesters. Emma zuckte zusammen. Plötzlich stand ihr die Zeit im Kloster Wessobrunn wieder lebhaft vor Augen.

Albrecht IV. nickte ihr für gewöhnlich freundlich zu, wenn sie abends im Speisesaal erschien. Heute aber beachtete er Emma gar nicht.

»Du hast Franziska wieder nicht überreden können?«, erkundigte sich Erik, sobald sie sich neben ihm auf der langen Bank niedergelassen hatte. Zuvorkommend goss er ihr etwas von dem süßen Rotwein in den Becher. Mittlerweile kannte er ihren Geschmack recht gut. Sie bevorzugte süße, perlende Weine.

»Danke«, murmelte Emma geistesabwesend und verfolgte mit den Augen die Unterhaltung der herzoglichen Gäste.

»Seltsam«, jetzt wandte sie sich Erik zu. »Ich kenne einen der Besucher.«

»Wen?«, fragte er leise, durch ihre Worte alarmiert. »Bist du sicher?«

»Ja.« Sie nickte heftig mit dem Kopf, so dass einige Strähnen ihres Haares aus dem strengen Zopf entwischten. »Der alte Mann – er ist der Dorfgeistliche Wessobrunns. Ich nehme an, dass die Mönche zur Klostergemeinschaft dort gehören. Aber ich müsste ihre Gesichter sehen …«

Aufmerksam beobachtete sie die Ordensbrüder. Ihre anfängliche Hoffnung, Kaspar könnte unter einer der Kutten stecken, erlosch schnell. Wessobrunns junger Abt bewegte sich leicht und elegant. Die Männer beim Herzog dagegen schienen ihr träge und schwerfällig zu sein.

Während sie noch über die Identität der Gäste nachsann, brach vor ihren Augen ein kleiner Tumult aus.

»Nein!«, brüllte plötzlich der Herzog und schlug mit seiner Faust so heftig auf die Tafel, dass die Speisen in den Schüsseln vibrierten. Augenblicklich verstummten alle Tischgespräche. »Das darf nicht wahr sein! Was habt ihr euch nur dabei gedacht?« Die Geistlichen zuckten unter Albrechts zorniger Tirade merklich zusammen. »Wie konntet ihr nur …«, »Rache an einem Toten …« Emma verstand nur Wortfetzen, denn Albrecht sprach nach seinem ersten Ausbruch etwas leiser. Nach einer Weile setzten die Speisenden ihre Unterhaltungen fort.

Emmas Herz schlug schneller. Etwas Schlimmes musste geschehen sein. Ängstlich griff sie nach Eriks Hand, der die ihre beruhigend drückte. Als man sie zum Herzog rief, konnte der Finne nichts tun, um die flackernde Angst in ihren Augen zu lindern.

»Meine Liebe!« Der Herzog hatte seine Stimme im Griff. Sein Gesicht jedoch war eine einzige, wütende Grimasse. Die Herzogin bedachte Emma mit einem giftigen Blick, verschonte sie jedoch ausnahmsweise mit ihren spitzzüngigen Bemerkungen.

Die Gesichter der beiden Benediktiner waren kreidebleich. Emma kannte sie vom Sehen. Es waren tatsächlich Mönche aus Wessobrunn. Kaspars Mönche. Die Schlinge um ihr Herz zog sich enger.

»Pater Georg!«, sagte sie zu dem Dorfgeistlichen.

Die Augen des alten Mannes weiteten sich, als er sie erkannte. Wortlos nickte er ihr zu.

»Ihr kennt euch, wie ich sehe«, begann Albrecht. »Ich habe mich daran erinnert, dass es das Kloster Wessobrunn war, aus dem Ihr damals geflohen seid. Das stimmt doch, oder?«

Emma nickte stumm.

»In diesem Fall – bitte denkt einmal zurück, ob Ihr die Brüder hier vor Euch schon einmal gesehen habt? Stammen diese Männer aus der Wessobrunner Abtei?«

Wieder nickte sie.

»Nun, eine unabhängige Person hat eure Identität bestätigt. Genau das hatte ich befürchtet.« Jetzt sprach Albrecht wieder zu den Mönchen. »Ihr habt euch also tatsächlich einer solchen Freveltat schuldig gemacht und wagt es, um mein Verständnis zu bitten?« Der Herzog schüttelte empört sein lichtes Haupt.

»Verzeiht«, mischte sich Pater Georg ein. Emma fiel auf, dass sein Haar seit ihrer letzten Begegnung noch dünner geworden war. »Wie ich Euch schon sagte, kamen die Brüder nicht aus freiem Willen zu Euch. Diesen treuen Bauern hier«, er wies auf die Männer an seiner Seite, »ist es zu verdanken, dass die beiden Mönche nicht zusammen mit den anderen fliehen konnten. Auf dem Weg hierher haben sie mehrmals versucht, sich unserem Zugriff zu entziehen.«

»Bitte? Was ist geschehen?« Emma konnte ihre Frage nicht zurückhalten, obwohl sie fürchtete, die Antwort bereits zu kennen.

»Erzählt es ihr ruhig«, befahl der Herzog, als die Benediktiner schwiegen.

Der Kleinere der beiden räusperte sich. Emma musste daran denken, wie sein Gesang – er hatte einen wundervollen Bass – von den Wänden der Klosterkirche widergehallt war. »Sicher erinnert Ihr Euch noch an unseren Abt? Mit Namen Kaspar Götz?«

»Ja.« Ihre Stimme zitterte.

»Nun, ich denke nicht, dass Ihr dies hören solltet …«, wich der Mönch aus. Seine Gesichtsfarbe wechselte zwischen hektischer Röte und unnatürlicher Blässe. »Aber wenn es der Herzog so wünscht …« Albrecht nickte grimmig.

»Man hat Abt Kaspar dabei ertappt, wie er sich der Männerliebe hingab«, stieß der Mönch daraufhin voller Abscheu hervor. »Mit einem unserer Novizen.«

Emma begann zu zittern. »Weiter!«, forderte sie.

»Wir haben ihn nach dieser Entdeckung – im Namen der Gemeinschaft – sofort seines Amtes enthoben.«

»Eigenmächtig habt ihr gehandelt!«, warf der Herzog ein.

»Ja, aber wir konnten nicht zulassen, dass ein solch verderbter Mensch weiter über unser Seelenheil wachte. Wir sperrten die beiden Frevler ein, um in Ruhe über ihr schändliches Verhalten urteilen zu können. Ihr könnt Euch vorstellen, dass die Brüder aufgebracht waren wie nie zuvor. Solch sündiges Fleisch in unsere Mitte aufgenommen zu haben – wir schämten uns dafür, das vor Gott verantworten zu müssen. Ich selbst war es, der am nächsten Morgen den beiden Männern die Beichte abnehmen wollte. Doch als ich zu Kaspar Götz kam, fand ich ihn erhängt vor. Der törichte Mensch hat zu all seinen Sünden auch noch die Schande der Selbsttötung hinzugefügt.«

Emma schlug die Hände vors Gesicht, Tränen schossen ihr aus den Augen. »Kaspar«, flüsterte sie und dachte an den Mann zurück, durch den sie so vieles über sich gelernt hatte. Ihm verdankte sie das Wissen über ihre Visionen.

»Na los, gesteht ihr nur ein, was ihr getan habt«, befahl der Herzog ungeduldig. Einer der Männer unterstrich die Forderung unauffällig mit einem Messer. Verborgen zwischen den Falten ihrer Gewänder trugen die Bauern Waffen. Emma begriff, weshalb die Benediktiner gegen ihren Willen hier standen.

»Wir waren so erbost«, flüsterte der Mönch, »dass Kaspar

Götz sich seiner gerechten Strafe entzogen hatte, dass wir seinen toten Körper nahmen und ihn zerstückelten. Dann steckten wird die Glieder in ein hölzernes Fass und warfen es in den Fluss Lech.«

»Nein …«, wimmerte Emma. Die Arme um ihren Körper geschlungen wiegte sie sich schluchzend hin und her.

»Aber, aber, meine Liebe«, die schneidende Stimme der Herzogin drang durch die Wellen des Schmerzes hindurch an ihr Ohr. »Ihr trauert so sehr um den Benediktiner? Ja, beinahe wie um einen Liebhaber, scheint mir? Vielleicht war der verblichene Abt ja nicht nur dem männlichen Geschlecht zugeneigt …«

»Schweig still!«, donnerte da der Herzog, und die Stimme des boshaften Weibes verstummte.

Emma schloss die Augen, der ganze Saal drehte sich vor ihr. Der Lichtschein der Fackeln an den Wänden vereinte sich mit dem Flackern der Kerzen auf der Tafel zu einem wilden Tanz. Die Tischgespräche der Speisenden dröhnten wie Hohngelächter in ihren Ohren. Sie krümmte sich zusammen. Dann umfingen sie starke Arme und hoben sie hoch.

»Sei ganz ruhig«, flüsterte Erik dicht an ihrem Ohr, »ich bringe dich hier raus.«

Emma klammerte sich an ihn und verschwendete keinen Gedanken daran, dass man bei Hofe bereits über sie und den Finnen redete. Sie vergrub ihr tränennasses Gesicht an Eriks weichem Hemd und vertraute sich ihm an.

Er ließ sie in ihrem Schmerz nicht alleine und brachte sie dorthin, wo sie seiner Meinung nach am besten aufgehoben war – zu Franziska. Diese schloss die verstörte Freundin fest in die Arme und wiegte sie, beruhigende Worte murmelnd, sacht hin und her.

So kam es, dass der Finne und das Bauernmädchen gemeinsam lauschten, als Emma, die grauen Augen rot und verquollen, von Kaspar Götz und ihrer Zeit im Kloster erzählte. Beide spürten, dass sie einen Freund verloren hatte, der ihr sehr wichtig gewesen war.

Als Emma und Franziska irgendwann später einschlummerten, erschöpft von den aufwühlenden Gesprächen über Kaspars Tod, wachte Erik über ihren Schlaf.

»Emma.« Jemand stupste sie ungeduldig in die Seite.

»Was denn?« Unwillig öffnete sie die Augen, unter denen tiefe Schatten lagen. Der Kummer um Kaspar hatte seine Spuren hinterlassen.

»Er ist immer noch da«, flüsterte Ziska und spähte in eine Ecke des Raums. Emma folgte ihrem Blick und entdeckte Erik, der in einem Stuhl friedlich schlief. Ein winziges Lächeln stahl sich bei dem Anblick auf ihre Lippen.

»Ich will nicht, dass er hier ist«, wisperte Franziska.

»Aber er hat sich doch nur Sorgen um mich gemacht«, widersprach Emma leise.

»Trotzdem, er soll gehen«, beharrte sie. »Er sieht wild aus mit dem unrasierten Bart … gefährlich. Und seine Hände – sie sind riesig. Wenn ich mir vorstelle, dass er die ganze Nacht hier war«, brachte sie anklagend hervor.

»Vergiss nicht, dass er uns das Leben gerettet hat«, erinnerte Emma.

»Ich weiß. Du hast ja recht, aber …« Jetzt schimmerten Franziskas Augen feucht.

»Schon gut«, lenkte Emma ein. »Ich schicke ihn fort.« Sie krabbelte aus dem Bett und näherte sich leise dem schlafenden Mann.

Zögernd streckte sie die Hand nach Erik aus und berührte leicht seine Schulter. Nichts geschah. Blonde Haarsträhnen fielen ihm in die Stirn, sein Kopf lehnte entspannt an der harten Lehne des Stuhls. Sie tippte ihn erneut an. Nichts. Emma versuchte es noch einmal, fester jetzt. »Erik?«

Urplötzlich sprang er ruckartig hoch und warf sich fluchend auf sie. Emma schrie erschrocken auf, als sie unsanft stürzte und Erik über sie rollte. Franziska auf dem Bett kreischte.

Der Finne packte ihre Hände und drückte sie hart zu Boden. Nach dem ersten Schreck begriff Emma.

»Erik«, sagte sie laut. »Erik, wach auf.«

Er reagierte auf ihre energische Stimme. Ganz langsam hoben sich seine Lider. Grüne, verschleierte Augen funkelten sie wütend an. Sie konnte zusehen, wie der Schlaf sich aus ihnen verzog und sein Blick klar wurde.

»Emma?« Jetzt erkannte er sie. Einen weiteren Moment später begriff er, dass er auf ihr lag. Sie spürten beide die Wärme ihrer Körper durch die Kleider hindurch. Langsam stieg die Röte in Emma hoch und färbte ihr die Wangen.

»Du hast geschlafen«, klärte sie ihn verlegen auf. Sein Gewicht nahm ihr den Atem. »Hast du geglaubt, ich greife dich an?«

Erik sprang auf.

»Ja, das habe ich wohl. Bitte entschuldige.« Er streckte ihr die Hand hin, um ihr aufzuhelfen. Sie griff danach, ihr Gesicht glühte noch immer. Der Druck seiner Finger war fest und warm.

»Geht es dir besser?«, fragte er und fuhr sich mit den Fingern durch das zerzauste Blondhaar. Franziska hinter ihnen hatte aufgehört zu schreien und beobachtete mit weit aufgerissenen Augen ihre Freundin und den Finnen.

»Ja«, sagte Emma, »es geht mir besser.« Ein erleichtertes Lächeln stahl sich auf seine Lippen. Sie konnte nicht anders und lächelte zurück.

43

Die Hände untätig auf dem Rücken gefaltet schritt er auf und ab. Der Bart wucherte in seinem Gesicht, ein verfilztes, lästiges Gestrüpp. Seine grauen Augen hatten ihren humorvollen Glanz verloren. Die Zelle war winzig, mochte vielleicht vier auf vier Fuß messen. Er hatte sie für sich allein. Seit er eingesperrt worden war, grübelte er darüber nach, wer schuld war an seiner Situation. Wer konnte einen solchen Hass gegen ihn hegen? Und wie nur war es demjenigen gelungen, eine solch geschickte Intrige einzufädeln? Der Herzog zumindest schien keinerlei Zweifel daran gehegt zu haben, dass er der Mörder des Grafen Eisenberg war. Dabei war er kein Verbrecher. Er war unschuldig, und er hatte Angst.

Marzan hielt in seiner rastlosen Wanderung inne, um ausdruckslos die schwarzen Ränder unter seinen Nägeln zu betrachten. Die Wärter hier unten waren hart, das hatte er in den vergangenen Tagen gelernt. Rücksichtslose Gesellen, die mit der Zeit alles aus ihren Gefangenen herauspressten, was noch an Leben in ihnen war. Er besaß nicht viel, das er ihnen hätte geben können, um sein Los zu erleichtern. Dafür bestraften ihn die Männer, indem sie ihm seine Situation noch schwerer machten.

Marzan hatte einen großen Fehler gemacht und einen der Wärter hoffnungsvoll nach Emma gefragt. In seiner ausweglosen Lage fürchtete er sich jetzt davor, wenn der hakennasige Otto Dienst schob. Der Wachmann hatte seinen wunden Punkt sogleich erkannt. Es war zu seiner lieben Gewohnheit geworden, dem Gefangenen ausführlich zu berichten, wie die schöne Emma von Eisenberg mit dem großen Finnen in den Gärten lustwandelte und sich mit ihm vergnügte.

»Sie denkt nicht mehr an dich, das darfst du mir glauben, Jungchen«, klärte er Marzan auf. »Nicht einmal so viel bist du dem Weib wert!« Verächtlich spuckte Otto auf das stinkende Stroh am Boden. »Und was machst du? Sitzt da und winselst nach ihr wie ein junger Hund. Glaubst du, wir hören nicht, wie du im Schlaf ihren Namen rufst? Emma«, höhnte er dreckig, »oh Emma, Emma …«

Marzan hätte alles dafür gegeben, dem widerlichen Kerl nur ein einziges Mal in das selbstgefällige Gesicht schlagen zu können, ihm die schief sitzende Nase wieder zurechtzurücken. Doch die unnachgiebigen Eisenstäbe seiner Zelle verhinderten sein Vorhaben. Sie trennten ihn von der Freiheit und von Emma. Ihm blieb nichts anderes übrig, als blind vor Wut zuzuhören, welche Sauereien Otto schmutzig lachend vorbrachte.

»Meinst du, mich interessiert, was du da von dir gibst?« Marzan versuchte, seine Stimme gelassen klingen zu lassen. Es gelang ihm nicht.

Sobald der Kerl Emmas Namen in den Mund nahm, stieg wilder Zorn in ihm hoch. Mehr als einmal schon hatte er sich blind vor Wut gegen die Gitterstäbe geworfen und dabei böse Prellungen davongetragen.

Zumindest war er nicht krank wie viele andere unten in den Kerkern. Man hatte Männer an Marzan vorbeigeführt, die stinkende, eitrige Geschwüre am Körper trugen. Er war zwar schwach, ein Schatten seiner selbst, aber noch war er gesund. Nicht einmal die Bärenwunde spürte er mehr, und er war klug genug, um zu wissen, wie dankbar er in seiner Situation dafür sein musste.

Wenn er nur endlich wieder frei wäre, sich mit eigenen Augen überzeugen könnte, dass es Emma gut ging. Manchmal träumte er in der Nacht von ihr und dem Finnen. Dann wachte er schweißgebadet auf.

Ottos Gift begann zu wirken.

Saftig und lockend stieg ein Geruch in seine Nase. Der Duft unterschied sich so sehr von dem Gestank, an den er sich bereits gewöhnt hatte, dass Marzan verdutzt die Augen aufschlug. Er erhob sich von seinem feuchten Strohsack und trat an die Gitterstäbe heran. Vor ihm stand Otto und biss herzhaft in einen vor Fett triefenden Hühnerschenkel. Marzans Hals wurde trocken. Er hatte entsetzlichen Hunger.

»Schmeckt hervorragend«, verkündete der Wachmann, »möchtest du?« Er hielt die Keule so, dass sein Gefangener sie zwar riechen, aber nicht erreichen konnte.

»Eine hübsche Jacke hast du da an«, erklärte er im Plauderton und kaute genüsslich auf einem Fetzen Fleisch. »Ein viel zu schönes Stück, um es hier unten mit dir verrotten zu lassen.«

»In Ordnung!« Marzans Magen knurrte so sehr, dass es wehtat. Außerdem ertrug er den Hohn des Wachmanns nicht mehr länger.

»Ich gebe dir meine Jacke für die Hühnerkeule – und dafür, dass du in Zukunft dein hässliches Maul hältst.«

Ottos Augen begannen gierig zu leuchten. Dennoch, er war in der besseren Verhandlungsposition als Marzan.

»Was? Wenn ich es mir recht überlege, ist diese Jacke genau genommen doch schon ein recht dreckiger Fetzen. Dafür soll ich damit aufhören, dir von der schönen Emma zu erzählen?« Eine große Pfütze Speichel landete auf dem stinkenden Boden. »Wie kommst du darauf, ich könnte dafür mit dieser mir lieb gewordenen Gewohnheit brechen?« Er trat näher. »Was hast du noch?«

»Nichts sonst von Wert, das ich dir geben könnte. Glaub

mir, mit der Jacke bist du gut bedient.« Zum Beweis drehte Marzan die Taschen seiner Hose nach außen. »Leer, siehst du? Ich besitze sonst nichts.«

Otto musterte den Gefangenen. Der Bursche sah tatsächlich nicht danach aus, als trüge er noch etwas von Wert bei sich. »In Ordnung.«

Marzan ließ die weinrote Jacke von den Schultern gleiten, sein Lieblingsstück, Fuggers Frau hatte es vor Jahren für ihn anfertigen lassen.

»Reich sie mir durch«, ordnete der krummnasige Wächter an.

»Zuerst die Keule – und vergiss nicht, im Gegenzug fordere ich, dass du den Namen Emma von Eisenberg nie wieder in deinen widerwärtigen Mund nimmst.«

»Schon gut, schon gut …«, grunzte Otto und hielt ihm den Hühnerschenkel hin. Marzans Finger umschlossen gierig das saftige Fleisch. »Jetzt gib schon her.«

Marzan rollte die Jacke zusammen und schob sie zwischen den Stäben hindurch. Otto griff danach. Seine Hände waren noch schmutziger als die seines Gefangenen.

»Weißt du«, der Wachmann drehte seinen neuen Besitz in den Händen, »ich habe mir überlegt, ob ihr Haar dort unten genauso schwarz ist«, er deutete grinsend zwischen seine Beine, »wie das auf ihrem Kopf. Der Finne weiß es sicherlich«, fügte er hinzu.

»Du mieses Schwein!« Marzan reagierte blitzschnell, streckte seine Hand durch das Gitter und griff nach seinem Eigentum. »Lass los!« Er zerrte daran, die Gitterstäbe drückten dabei schwer gegen seinen Arm. Seine andere Hand umklammerte fest die wertvolle Nahrung.

»Das denkst du dir, Jüngelchen!« Otto riss ebenfalls an dem Kleidungsstück. Beide Männer beschimpften sich lautstark und zogen heftig an der Jacke. Weitere Wächter kamen hinzu.

»Du kriegst den Hals wohl nie voll, Otto«, grinste einer der Zuschauer amüsiert.

»Lass doch dem armen Kerl wenigstens seine Kleider«, warf ein anderer ein. »Er soll doch nicht frieren, wenn er von seiner Emma träumt.«

Marzans Kopf glühte. Seine Geschichte hatte sich unter den Gefängniswächtern herumgesprochen. Gerade wollte er zornbebend etwas erwidern, da riss seine Jacke mit einem lauten Ratsch entzwei.

Einen kurzen Moment lang blitzte etwas Helles in dem gammligen Stroh auf. Otto bückte sich geschwind nach dem Gegenstand und ließ ihn unauffällig in seine Tasche gleiten. Marzan warf sich rücklings auf seinen Strohsack, starrte an die feuchte Decke und versuchte, das schadenfrohe Lachen der Wächter zu ignorieren. Der Dienstmann Otto war überzeugt davon, dass niemand sein Tun beobachtet hatte. Er sollte bald feststellen, dass er sich irrte.

44

»Heute Nacht hat es einen Mord gegeben.« Die kleine Barbara sprach leise, als sie von der Bluttat am Herzogshof berichtete. Ihre Stimme schwankte zwischen Neugier und Entsetzen. »Einer der Gefängniswärter hat einen anderen Wachmann mit einem Brett erschlagen.«

Emma fuhr der Schrecken in die Glieder.

»Ein Wärter ist tot, sagst du? Weißt du, ob von den Gefangenen jemand zu Schaden gekommen ist?«

»Nein, nein.« Die Dienstmagd schüttelte so überzeugt den Kopf, dass die gestärkte Haube auf ihrem Blondhaar hin- und herrutschte. »Sonst war niemand beteiligt. Die beiden Männer, so habe ich's gehört, sind in Streit geraten miteinander.«

»Weißt du, um was es ging?«

»Der eine Wächter wurde beobachtet, wie er den anderen getötet hat. Man hat ihn zum Herzog gebracht, dort wird er gerade verhört. Deswegen weiß ich auch noch nicht viel. Aber … ich weiß, worum es bei der Auseinandersetzung ging.«

»Nämlich?«

»Um Gold«, wisperte das Mädchen.

Emma erkannte Eriks Klopfen, es war ihr vertraut geworden. Zweimal leise, einmal laut. Ein Lächeln stahl sich auf ihre Lippen. Neben Franziska, die ihr Zimmer noch immer nicht verließ, war er der einzige Freund, den sie hier bei Hofe hatte.

»Gestern Nacht wurde jemand ermordet, outo tytöö«, berichtete der Finne ohne Begrüßung. »Ich komme gerade von der Vernehmung.«

»Ja, ich habe es auch schon gehört. Ein Wärter, nicht wahr?« Emma schmunzelte insgeheim über Eriks Haare, die zerzaust in alle Richtungen abstanden. »Hast du ihn gekannt?«, fragte sie. »Du bist so aufgeregt. Warum warst du überhaupt bei dem Verhör dabei?«

»Ich konnte in den Morgenstunden nicht mehr schlafen, hatte zu viele Dinge im Kopf.« Er verriet ihr nicht, dass sie es war, um die seine Gedanken kreisten. »Da bin ich runter in den Vorhof und ein wenig an der Mauer entlangspaziert. Zufällig habe ich den Streit der beiden Männer mitbekommen. Es war noch ziemlich dunkel draußen, deshalb haben sie mich nicht bemerkt. Plötzlich griff der eine von ihnen nach diesem Holzscheit und schlug es mit voller Wucht auf den Schädel seines Kumpans. Der brach zusammen und regte sich nicht mehr. Da habe ich mir den Täter geschnappt.«

»Und hast ihn zum Herzog gebracht«, vollendete Emma seinen Bericht. Erik schien immer zur richtigen Zeit am richtigen Ort zu sein. Erst hatte er sie und Franziska vor Ravensbergs Männern gerettet, und nun machte er so mir nichts, dir nichts einen Mörder dingfest.

»Natürlich, was hätte ich sonst mit ihm anfangen sollen? Er stank fürchterlich und wollte mir außerdem nicht verraten, warum er den anderen Wärter erschlagen hat.«

»Hat Herzog Albrecht seine Beweggründe herausgefunden?«

»Nachdem der Mann zunächst nichts sagen wollte, wurde er von oben bis unten durchsucht. In seinen Kleidern fand man nichts, aber mit seiner schmutzigen Hand umklammerte er mit aller Kraft einen schweren Siegelring. Danach war ziemlich offensichtlich, was geschehen war. Die beiden Wachleute haben sich um das Schmuckstück gestritten. Die Auseinandersetzung eskalierte, und der eine brachte den anderen um.«

»Wegen eines Rings?« Emma schüttelte ungläubig den Kopf. Sie hatte sich noch nicht für den Tag zurechtgemacht, ihr langes Haar fiel ihr offen über den Rücken. Fassungslosigkeit spiegelte sich auf ihrem Gesicht. »Wie kann jemand dafür morden?«

»Es gibt einen Grund, weswegen ich dir von der ganzen Sache erzähle.« Erik wirkte jetzt sehr angespannt. »Den Ring, um den es bei dem Streit ging, hat Otto – der Wachmann – einem seiner Gefangenen abgenommen. Er befand sich in dessen Jacke.«

»Marzan?«

»So ist es.«

»Aber … Es ist schrecklich, dass die Wärter ihre Gefangenen – dass sie ihn bestehlen!«

»Ja, aber darum geht es jetzt nicht. Du musst tapfer sein, outo tytöö.« Erik hob die Hand, wie um ihr Trost zu spenden, ließ sie aber wieder sinken, noch ehe seine Finger ihr Gesicht berührten. »Ich soll dich zum Herzog bringen, sobald ich mit dir gesprochen habe. Das Schmuckstück, das Marzan bei sich getragen hat, trägt das Wappen eures Hauses, Emma, das Emblem Eisenbergs. Es handelt sich um den Ring deines Vaters.«

In ihrem Kopf arbeitete es fieberhaft, als sie Erik durch die verschachtelten Gänge der Residenz zum Audienzsaal folgte. Sie ignorierte die abfälligen und forschenden Blicke, die ihnen unterwegs zugeworfen wurden. Ihr war klar, dass sie es alleine der spitzzüngigen Herzogin zu verdanken hatten, dass über sie getuschelt wurde. Ihre angebliche Affäre mit Erik schien Gesprächsthema Nummer eins bei Hofe zu sein.

Emmas Knie zitterten. Was scherten sie das Geschwätz und die Neugier der Leute. Wichtig war nur, wie Marzan an den Ring gekommen war. Wie sie es drehte und wendete, sie fand keine Erklärung. Sie sah das Bild noch vor sich. Die rosa Magnolienblüten, die auf den Leichnam ihres Vaters hinabrieselten und ihn sanft bedeckten. Sie war sicher, dass der Ring verschwunden gewesen war, als sie den Toten fand. Wie also war das Schmuckstück in Marzans Jacke gekommen? Und warum hatte er ihr nichts davon gesagt?

»Vielleicht ist es ja ein anderer Ring, vielleicht gehörte er gar nicht meinem Vater«, wandte sie sich zaghaft an Erik.

»Den Siegelring einer Grafschaft gibt es nur einmal. Du weißt das, Emma.« Es fiel ihm schwer, ihre Hoffnung zunichtezumachen. »Marzan könnte eine Kopie davon angefertigt haben, das ist wahr. Aber warum sollte er das getan haben?«

»Ich weiß es auch nicht. Noch nicht. Aber es gibt eine Erklärung, das schwöre ich dir. Marzan ist unschuldig!«

»Ah! Das ging schnell.« Albrecht IV. blickte Emma von Eisenberg entgegen. Umweht von langem, schwarzem Haar stürmte sie in den Saal. Sie musste zu ihm aufschauen, doch das schien sie nicht zu stören. Die Hände in die Hüften gestemmt baute sie sich vor ihm auf. Der Herzog zweifelte keinen Moment daran, dass ihre Selbstsicherheit nur gespielt war. Er bewunderte sie dafür, dass sie trotzdem so mutig vor ihn trat.

»Marzan ist unschuldig, das habe ich Euch immer wieder gesagt. Ihr mögt jetzt vielleicht denken, der Ring sei ein Beweis. Aber das ist er nicht. Vielleicht ist es gar nicht der echte, oder jemand hat ihn ihm untergejubelt!«

»Langsam, meine Liebe.« Albrecht schien über ihren Auftritt nicht erbost. Er sprach ruhig zu ihr, besänftigend.

»Was haltet Ihr davon, wenn Ihr Euch das Schmuckstück erst einmal anseht. Ihr könnt von allen hier am besten beurteilen, ob er echt ist.«

Sie streckte die Hand aus. »Gebt ihn mir!«, forderte sie.

»Zuvor noch eines, Emma. Belügt mich nicht, um den Mann zu schützen. Ich würde es herausfinden.«

Seine Worte waren sanft, doch die Drohung dahinter war ernst. Emma spürte Eriks schützende Gegenwart im Rücken, als sie antwortete. Ruhig stand er hinter ihr.

»Ich verspreche, ich bin ehrlich.«

Albrecht legte ihr den goldenen Siegelring auf die offene Handfläche. Erneut senkte sich der Schleier der Vergangenheit über Emma.

Der Wind spielte mit den Blättern in dem kleinen Magnolienhain. Ansonsten war es still.

Am Boden lag reglos eine Gestalt. Blut tropfte tiefrot von dem Leichnam des Grafen Eisenberg.

Stumm stand ein Mann am Rande des Hains, verschmolz beinahe mit dem Schatten der Bäume. Rosa Blütenblätter wirbelten um ihn, sein Gesicht war unbewegt, als suche er mit aller Macht, seinen Kummer zu verbergen. Er flüsterte etwas, es klang wie eine Entschuldigung. Kurz darauf wandte er sich ab.

Als sie zu sich kam, stand ihr die Vision klar vor Augen. »Das kann nicht sein«, flüsterte sie heiser. »Das kann nicht sein!«, wiederholte sie, lauter jetzt.

Die wenigen Anwesenden steckten die Köpfe zusammen und tuschelten.

»Mir scheint, es ist besser, wir unterhalten uns anderswo weiter.« Der Herzog sprach so leise, dass nur Emma und der Finne ihn hören konnten. »Erik, Ihr kommt mit. Sie wirkt ganz so, als könnte sie einen Freund an ihrer Seite gebrauchen.«

Schwerfällig erhob sich Albrecht und winkte Emma und Erik, ihm zu folgen. Sie rührte sich nicht. Ihre Lippen waren so fest aufeinandergepresst, dass sie völlig farblos aussahen.

»Komm mit, outo tytöö, du musst uns erzählen, was du gesehen hast.«

Wie in Trance folgte sie den Männern. Dieses Mal führte der Herzog sie auf normalem Wege hoch in den Turm und in seine Bibliothek. Er selbst rückte ihr den Stuhl gegenüber seinem Schreibpult zurecht. Erik stellte sich dahinter, die Knöchel seiner Finger, mit denen er die Lehne umklammerte, waren weiß.

»Ich habe meinen Vater gesehen. Meinen toten Vater.« Ihre Stimme klang hoch wie die eines Kindes.

»Was ist mit dem Ring? Hat er ihn getragen?«

»Nein.« Sie schüttelte den Kopf. Das Bild des Leichnams mit den bloßen, unberingten Händen stand ihr deutlich vor Augen. Regungslos und aufrecht saß sie da, ihre Augen schimmerten feucht.

»Weißt du, wer es getan hat? Dann musst du es uns jetzt verraten.«

»Ich weiß nicht, wie er gestorben ist.« Ihre dunklen Augen richteten sich auf Erik. »Ich habe nicht seinen Tod gesehen.« Sie wirkte verzweifelt, als sie fortfuhr. »In meiner Vision war mein Vater schon nicht mehr am Leben. Er lag in dem Hain, und jemand war bei ihm.«

»Wer?«

»Graf von Ravensberg, sein bester Freund. Er hat einfach nur dagestanden und ihn angeschaut. Dann ging er fort.«

»Wollt Ihr etwa behaupten, Emma, dass der Graf …«, mischte sich der Herzog ungläubig ein.

»Ja. Das heißt – nein«, verbesserte sie sich. »Ich weiß nicht, was er dort tat oder was zuvor geschehen war. Aber ich bin mir sicher, dass der Graf etwas weiß.«

»Das ist eine seltsame Geschichte«, überlegte Erik laut. »Wenn Graf von Ravensberg dort war, ehe man den Toten gefunden hat, stellt sich die Frage, warum er nichts gesagt hat.«

»Das wiederum legt die Vermutung nahe, dass der Graf unter Umständen tatsächlich etwas mit dem Mord zu tun hat.« Tiefe Falten bildeten sich auf der Stirn des Herzogs. Dann schwieg er nachdenklich, und Stille senkte sich über den Raum. Erst nach einer Weile räusperte er sich.

»Das, was Ihr da vorbringt, könnte man als versteckte Anklage auslegen. Ich nehme an, das ist Euch bewusst?«

»Es ist die Wahrheit«, erklärte Emma schlicht.

»Ich weiß mittlerweile, dass Ihr die Fähigkeit besitzt, in die Vergangenheit zu blicken. Aber Ihr habt keinerlei Beweise dafür, dass Ihr das, was Ihr behauptet, tatsächlich gesehen habt, oder?«

»Keine Beweise.« Sie schüttelte den Kopf. »Aber ich lüge nicht.«

»Graf Darius von Ravensberg ist ein mächtiger, reicher und zudem belesener Mann. Ich schätze sein umfangreiches Wissen, wenngleich seine Person selbst mir weniger liegt. Dennoch – er hat sich noch niemals etwas zuschulden kommen lassen. Eure Vision, selbst falls sie sich so zugetragen hat, wie Ihr sagt, bringt uns nicht weiter. Das könnt Ihr verstehen, oder?«

»Aber ich werde Euch genau schildern, was ich gesehen habe!«

»Nur, dass ich an Euren Worten nicht erkennen kann, ob Eure Erzählung der Wahrheit entspricht. Und auch wenn dies der Fall sein sollte, so hat Graf von Ravensberg doch nichts anderes getan, als stumm auf einen Toten hinabzublicken.«

Langsam stieg Wut in Emma hoch. Ihr dämmerte, dass der Herzog nichts unternehmen würde, um dem Verdacht gegen den Freund ihres Vaters nachzugehen.

»Erik, du weißt, dass es so war, wie ich sage, nicht wahr?«

»Ja.« Er nickte. »Ich glaube dir. Aber überleg doch vernünftig. Was erwartest du? Dass der Herzog auf deine Worte hin einen mächtigen Grafen einfach festnimmt und verhört? Ohne Beweise würde er damit den Adel gegen sich aufbringen.«

»Aber ich muss herausfinden, was Ravensberg mit dem Tod meines Vaters zu tun hat!« Ihre grauen Augen loderten vor Entschlossenheit.

»Ich kann Euch ja verstehen, meine Liebe.« Albrecht rieb sich nachdenklich das Kinn. »Auch mir ist an der Wahrheit gelegen. Im Moment aber sieht es noch immer danach aus, als säße der Täter bereits sicher hinter Schloss und Riegel.«

»Man müsste den Grafen Ravensberg aushorchen, ohne dass er etwas davon bemerkt. Solange er nichts von unserem Verdacht ahnt, wird er sich sicher fühlen«, warf Erik ein.

»Er will unbedingt erreichen, dass die Vermählung mit Emma stattfindet, nicht wahr?« Er schickte einen fragenden Blick zum Herzog.

»Ja, meines Wissens nach schon. Er hat nach ihrem Verschwinden aus dem Kloster seine Männer ausgesandt, um sie zu suchen. Und nachdem sie hier eingetroffen war, schickte er mehrere Briefe, in denen er mich aufforderte, mit der Hochzeit nicht mehr länger zu warten.«

»Danke, dass Ihr nicht auf ihn gehört habt.«

»Keine Ursache, meine Liebe.« Ein feines Lächeln legte sich auf sein rundes Gesicht. »Ich pflege nicht, meine Mündel an den Meistbietenden zu verhökern, auch wenn derjenige ein mächtiger Mann ist.«

»Man könnte Emma als Lockvogel verwenden«, überlegte Erik. »Aber das wäre zu gefährlich«, fügte er gleich darauf hinzu.

»Er weiß etwas darüber, wie mein Vater gestorben ist«,

mischte Emma sich leise ein. »Ich würde alles dafür tun, den Täter dingfest zu machen.«

»Wie willst du das anstellen?« Eriks Gesichtsmuskeln waren angespannt.

»Das weiß ich noch nicht. Aber wenn ich erst einmal da bin, finde ich einen Weg.«

»In der Tat hat mich meine Gattin mehrmals darum gebeten«, der Herzog hustete, »Euch endlich zu Eurem Verlobten zu schicken. Bisher hatte ich das abgelehnt …«

»Nein«, mischte sich Erik ein, »es würde sie in zu große Gefahr bringen.«

»Natürlich würde ich sie nicht alleine gehen lassen«, widersprach der Herzog.

»Ich kann auf mich selbst aufpassen.« Emma stand auf. Tatsächlich graute ihr bei der Vorstellung, mit Ravensberg allein in einem Raum zu sein. Sie hasste ihn dafür, dass er sie gewaltsam aus ihrem Zuhause fortgeholt hatte. Noch mehr aber verabscheute sie ihn für das, was seine Männer Franziska angetan hatten …

»Sie geht nicht ohne mich, so viel steht fest.« Erik sprang ebenfalls auf. Dabei ließ er Emma nicht aus den Augen, so als hätte er Angst, sie könne sich urplötzlich in Luft auflösen.

»Natürlich nicht, mein Lieber. Ich hatte nicht vor, sie ohne meinen besten Mann in die Höhle des Löwen zu schicken. Wenn es Euer Wunsch ist«, fuhr er an Emma gewandt fort, »zu Eurem Verlobten zu reisen, so werde ich dem nicht im Wege stehen.«

»Ja.« Sie nickte. »Es ist mein Wunsch.« Ihr schönes Gesicht war blass, aber voller Entschlossenheit. »Ich muss Franziska Bescheid geben. Sie wird uns begleiten, ich bin mir sicher.«

»Bestimmt«, antwortete Erik sanft. Bereits jetzt, wo sie noch nicht einmal aufgebrochen waren, bangte er um sie.

»Könnt Ihr es einrichten, dass ich Marzan vor meiner Abreise noch einmal sehen kann?«, bat sie den Herzog.

»Tut mir leid, das wird nicht möglich sein.«

Nachdem Emma und Erik gegangen waren, holte der Herzog aus einer Lade seines Schreibtischs ein Dokument hervor. Mit dem Daumen fuhr er über das Siegel, das er selbst vor Jahren daruntergesetzt hatte. Die Urkunde bestätigte das Malefizrecht des Grafen von Hohenfreyberg innerhalb der Grenzen seiner Grafschaft. Sie besagte, dass allein der Graf von Hohenfreyberg berechtigt war, über Verbrechen zu richten, die auf seinem Land verübt wurden. Weder der Herzog noch sonst jemand durfte eingreifen.

Eine Weile blickte er nachdenklich darauf, dann legte Albrecht IV. die Malefizurkunde zurück an ihren Platz. Er hatte seinen Sekretär schon vor Wochen einen Brief an den Grafen und die Gräfin aufsetzen lassen, in dem er die Eheleute über die Verhaftung ihres Sohnes informierte. Seitdem hatte er täglich mit ihrem Eintreffen bei Hofe gerechnet. Doch Konstantin von Hohenfreyberg und seine Gattin hüllten sich in Schweigen.

45

Albrecht IV. war kein unnötiges Risiko eingegangen, was Emmas Sicherheit auf ihrer Reise nach Peiting betraf. Neben Erik und Franziska begleiteten sie sechs weitere Landsknechte. Der Aufenthalt beim Grafen Ravensberg war Gefahr genug für die junge Frau, die den Herzog mit ihrer seltsamen Gabe in Bann gezogen hatte.

Emmas Herz war schwer seit dem Abschied von München. Jede Meile, die sie zurücklegten, vergrößerte die Entfernung zwischen ihr und Marzan. Trotz ihrer neuerlichen Bitten hatte sie ihn auch vor ihrer Abreise nicht mehr sehen dürfen.

Mit Erschrecken stellte Emma fest, dass der Sommer sich bereits dem Ende zuneigte. Schon färbten sich die Blätter an den Bäumen in leuchtende Gelb- und satte Rottöne. So lange war sie nun schon fort von zu Hause. Seit über einem halben Jahr bedeckte kalte, feuchte Erde das Grab ihres Vaters. Im Frühling war er gestorben, nun nahte der lange, kalte Winter.

»Emma?« Sie hörte nicht, versunken in ihre düsteren Erinnerungen.

»Wo bist du mit deinen Gedanken?« Eriks Stimme war dicht neben ihr. Sie schreckte auf.

»Du siehst es selbst. Die Straße ist schlecht befestigt und schlammig. Es hat hier vor kurzem erst heftig geregnet.« Der Finne sprach leise. »Matthias«, er nickte in Richtung eines der herzoglichen Landsknechte, »kennt ein Gasthaus in Leutstetten. Wir halten es für das Beste, dort zu übernachten.«

»Es ist doch noch so früh am Tag«, warf Emma ein.

»Ja, aber deiner Freundin scheint der Ritt nicht zu bekommen. Sie ist das Reisen zu Pferd nicht gewöhnt. Es strengt sie sehr an.«

Emma blickte zu Franziska, die krampfhaft die Zügel ihrer braunen Stute umklammerte. Ihr Gesicht war bleich, wie auch schon all die Tage zuvor. Sie hatte ihr sicheres Zimmer in der Münchner Residenz nur verlassen, um nicht allein am Herzogshof zurückbleiben zu müssen.

»Ziska?« Emma lenkte ihr Tier näher zu dem ihrer Freundin. »Was hältst du davon, wenn wir in der nächsten Ortschaft Rast machen?«

»Ihr wollt Rücksicht auf mich nehmen. Aber das müsst ihr nicht!« Entschlossen reckte sie ihr spitzes Kinn nach vorne. Emma fiel auf, wie dünn sie in den letzten Wochen geworden war. »Reiten wir weiter.«

»Nein, Ziska, wir alle sind müde, und die Tiere brauchen Heu und frisches Wasser. Es ist vernünftiger, wenn wir es für heute gut sein lassen.«

»In Ordnung.« Sie schien im Sattel in sich zusammenzufallen. Die mageren Schultern hingen kraftlos nach vorn.

»Es war keine gute Idee, sie reiten zu lassen«, stellte Erik flüsternd fest.

»Nein.« Emma antwortete ebenso leise. »Wir hätten ihr diese Reise nicht zumuten dürfen. Sie ist viel zu schwach, um auf einem Pferd zu sitzen.«

Leutstetten hatte einen winzigen Marktplatz. Das empfohlene Gasthaus lag gleich um die Ecke. Wilder Wein rankte sich an der Vorderseite des »Karlshofs« bis zum schindelgedeckten Dach empor. Links und rechts von der Eingangstür standen hölzerne Kübel, in denen üppige Mohnblumen ihre betörende Farbpracht entfalteten.

»Willkommen!« Die Wirtin klatschte zur Begrüßung freudig in die Hände. Die kleine, gedrungene Frau war stolz darauf, dass ihr niemals etwas vom Dorfgeschehen entging. Unter ihrer gestärkten Haube lugte strohweißes Haar hervor. »Willkommen, willkommen«, wiederholte sie fortwährend, während Erik Emma aus dem Sattel hob. Der Druck seiner Hände um ihre Taille war warm und fest.

»Warte, ich helfe dir.« Franziska zuckte scheu zurück, als der Finne sich ihr näherte. »Nein, danke«, wehrte sie ab und wurde immer noch blasser. »Ich schaffe es all…« Sie sackte in sich zusammen und wurde ohnmächtig. Mit einem Satz war Erik bei ihr und fing den leblosen Körper auf. Wie eine Puppe lag sie in seinen Armen.

»Ach du heilige Mutter Gottes!« Die Wirtin schlug in übertriebenem Entsetzen die faltigen Hände vors Gesicht, während ihre hellen Augen aufleuchteten.

»Was hat denn das arme Mädchen? Kommt nur mit mir, ihr könnt sie gleich nach oben in eine der Kammern bringen.«

Erik folgte der wild mit den Armen fuchtelnden Frau die knarrende Stiege hinauf. Dort legte er Franziska behutsam auf das Bett.

»Ziska?« Sofort kniete Emma neben ihrer Freundin. »Was hat sie nur?« Ihre Miene spiegelte helle Verzweiflung wider, als sie hilflos zu dem Finnen hochblickte. »Sie reagiert nicht.«

»Keine Angst, Kindchen, wir kriegen das Mädel schon wieder auf die Beine«, mischte sich erneut die alte Wirtsfrau ein und legte Franziska vorsichtig ein mit Wasser getränktes Tuch auf die Stirn.

Emma beobachtete aufmerksam jede noch so kleine Regung der Kranken. Mit drei Menschen war der kleine Raum überfüllt. Sie empfand die beklemmende Enge als erstickend. Gerne hätte sie das Fenster geöffnet, um wenigstens frische Luft atmen zu können, doch das wagte sie nicht. Als sie noch ein junges Mädchen gewesen war, hatte ihr die

Haushälterin zu Hause auf Eisenberg etwas erklärt. ›Wenn du das Fenster eines Raums öffnest, in dem ein bewusstloser Mensch liegt, dann flieht dessen Seele hinaus in die Freiheit … und kommt nie wieder zurück.‹ Seltsam, aber sie hatte die abergläubischen Worte der Frau nie vergessen.

Endlich, eine kleine Ewigkeit schien vergangen, erwachte die Ohnmächtige. Das blonde Haar klebte ihr feucht an der schweißnassen Stirn.

»Mir geht es gut«, waren ihre ersten Worte. »Mach dir keine Sorgen um mich, Emma.«

»Unsinn«, schimpfte sie leise, »dir geht es gar nicht gut. Du wärst übel vom Pferd gestürzt, wenn Erik dich nicht aufgefangen hätte.«

»Oh. Danke«, flüsterte Ziska und konnte dem Finnen dabei nicht in die Augen sehen.

»Ihr solltet sie jetzt schlafen lassen.« Mit sanfter Gewalt drängte die Wirtin Emma und Erik aus dem Zimmer. »Ruhe und Frieden, das ist es, was nach einem solchen Schwächeanfall am besten hilft. Und wenn sie sich erst ein wenig erholt hat, flößen wir ihr eine kräftigende Suppe ein.«

»Schlaf schön.« Emma küsste die Freundin sanft auf die Stirn, ehe sie sich von der Alten aus dem Raum scheuchen ließ.

»Ihr müsst mehr essen, Kindchen, damit Euch etwas Fleisch auf die Knochen wächst.« Die Wirtsfrau hatte ihren Gästen ein solch umfangreiches Mahl aufgetischt, dass Emma schon nach der Hälfte des fettigen Bratens kapitulieren musste.

»Ich kann nicht mehr, so gern ich Euch den Gefallen täte«, wehrte sie dankend ab. Erik neben ihr verkniff sich ein Lächeln, als das alte Weib Emma weiter mit ihren gut gemeinten Ratschlägen traktierte.

»Ihr dürft Euch nicht so viele Sorgen um das Mädel da oben machen, davon bekommt Ihr nur vorzeitig Falten«, riet sie ihr. »Die Kleine wird schon wieder, genau wie ich es gesagt habe. Ein wenig Schlaf und eine nahrhafte Mahlzeit …« Die Geschwätzigkeit der Wirtsfrau schien keine Grenzen zu kennen. Unverdrossen redete sie weiter, auch wenn sie sich dabei immer wiederholte.

»Sagt, gute Frau«, warf einer der Landsknechte fragend ein, dem Emmas wachsende Verzweiflung nicht entging. »Woher kommt denn der Name Eures Gasthauses – Karlshof?«

»Oh«, die Wirtin lächelte, und unzählige tiefe Falten durchzogen dabei ihre Stirn.

»Nun, vielleicht wisst ihr noch nicht, dass hier ganz in der Nähe unser berühmter Herrscher Karl der Große geboren wurde. Ja«, bestätigte sie ihre Worte mit einem stolzen Nicken, »hier auf der Karlsburg lag er in den Windeln, unser Karl.«

»Steht die Burg noch?«, erkundigte sich jemand aus der Runde.

»Nein, leider ist sie lange schon verfallen.« Bedauernd schüttelte die Alte den Kopf. »Vor rund zwei Jahrhunderten beschlossen der damalige Herzog Rudolf und König Ludwig der Bayer, unsere Feste auf dem Karlsberg nur noch als Jagdschloss zu nutzen. Das war der Beginn ihres Untergangs. Man erkennt heute nur noch einige Mauern, Gräben und Nischen. Vor drei Jahren hat Hans Urmiller, unser Hofmarksherr, die Ruine gar als Steinbruch ausgebeutet.« Missbilligend verzog sie ihr Gesicht.

»Lust, dir die Karlsburg anzusehen, outo tytöö?« Emma spürte Eriks Atem an ihrem Hals. Die feinen Härchen in ihrem Nacken stellten sich auf. »Franziska wird sicher noch eine Weile schlafen.«

»Ja«, nickte sie und imitierte dabei die atemlose Stimme der Wirtin. »Ich würde sehr gerne sehen, wo unser Karl in den Windeln lag.«

Sie waren so schnell von München aufgebrochen, dass sie keine Zeit mehr gehabt hatten, unter vier Augen miteinander zu sprechen. Emma war froh, dies nachholen zu können. Sie schätzte Eriks Meinung und vertraute ihm. So manches Mal hatte sie sich bei Hofe gefragt, ob Erik ebenfalls das Getratsche über ihre angebliche Affäre zu Ohren gekommen war. Nachdrücklich redete sie sich ein, dass das nervöse Zwicken in ihrem Magen auf den fettigen Braten zurückzuführen war, nicht etwa auf die Gegenwart des blonden Mannes an ihrer Seite.

»Komm schon, du Trödler!« Emma tanzte mit dem Wind und den fliegenden Blättern um die Wette. Sie verstand selbst nicht, warum sie ausgerechnet jetzt eine solche Ausgelassenheit überkam. Die Arme weit von sich gestreckt drehte sie sich übermütig im Kreis.

Die Wirtin hatte ihnen den Weg in ihrer ausschweifenden Art ausführlich beschrieben. Da es noch früh am Abend war, hatten sie die Pferde zurückgelassen und sich zu Fuß aufgemacht.

»Schau, dort vorne auf der Anhöhe, das muss der Birkenwald sein«, rief Erik ihr zu. »Wir sind bald da!«

Atemlos, die Wangen gerötet von der frischen Luft und ihrem Tanz, blieb sie stehen und wartete auf ihn. Ihr Bild im Schein der leuchtenden Abendsonne prägte sich ihm unauslöschlich ein.

Nebeneinander stiegen sie über Felsen und Wurzeln bergan, bis vor ihnen die Ruine der Karlsburg auftauchte.

»Die Wirtin hat mit Mauern und Nischen etwas untertrieben, glaube ich. Zumindest kann ich mir genau vorstellen, wie es hier einmal ausgesehen hat.« Emma legte den Kopf in den Nacken und starrte zu den Überresten des mächtigen Bauwerks empor. Mildes Sonnenlicht schimmerte zwischen den Ästen der Birken hindurch und zauberte ein verspieltes Muster auf ihr dunkles Haar.

Die Außenmauern der Karlsburg standen nur noch zum Teil. Aber an den Vertiefungen im Boden erkannte man gut, wo einstmals tiefe Gräben verlaufen waren.

»Dort vorne war der Turm!«, rief Emma aufgeregt und deutete auf eine etwas erhöht liegende Stelle. Als sie loslaufen wollte, verfing sich ihr Fuß in einer Wurzel, und sie stolperte.

»Langsam, outo tytöö.« Erik fing sie auf. Einen Augenblick lang hielt er sie schützend fest, seine Arme um ihren schmalen Leib geschlungen.

»Oh.« Emma schaute ihn an, die Augen weit aufgerissen. Sie spürte sein Begehren. Schnell löste sie sich von ihm.

»Also? Wo war der Turm?«, fragte er und räusperte sich. »Ich kann nichts erkennen.«

»Komm mit.«

Er folgte ihr langsam, nachdenklich. Ihr dichtes Haar teilte sich in ihrem Nacken. Er musste unaufhörlich auf den milchig weißen Hautflecken starren.

»Hier stand der …« Abrupt blieb sie stehen.

Erik trat schnell neben sie.

»Schau doch, wie schön«, hauchte Emma. Unter ihnen lag in der Ferne eine glitzernde Wasserfläche, in der sich das Rot der Abendsonne spiegelte. Die ganze Welt schien in schillernde Farben getaucht, selbst die Wolken am Himmel schimmerten in herrlichen Tönen.

»Hast du so etwas Wundervolles schon einmal gesehen?«, fragte sie ergriffen.

»Nein, outo tytöö. Nicht mehr, seit ich meine Heimat verlassen habe.« Der Finne setzte sich ins Gras, und sie tat es ihm gleich. In friedlichem Schweigen genossen sie das mitreißende Schauspiel der Natur.

Obwohl Emma die Feuchtigkeit der Wiese spürte, wäre sie für nichts auf der Welt aufgestanden. Nicht jetzt.

Das Ziehen in ihrem Bauch war stärker geworden. Verstohlen betrachtete sie Erik von der Seite. Helle Bartstoppeln zierten sein Gesicht, dabei hatte er sich heute Morgen vor ihrem Aufbruch noch rasiert. Es war ihr aufgefallen, denn unrasiert mochte sie ihn lieber. Der Finne war anders als die Menschen, die sie kannte. Er schien ihr wild und frei, unbezwingbar ... Emma seufzte.

»Was ist?«

»Nichts.« Sie schüttelte lächelnd den Kopf und rückte näher an ihn heran. Wie oft hatte er sie in der Vergangenheit schon festgehalten und getröstet? Sie gewiegt und ihr beruhigende Worte ins Ohr geflüstert? Emma lehnte ihre Stirn leicht gegen seine Schulter. Sie wollte ihm nahe sein. Er war ihr Freund, ebenso wie Franziska ihre Freundin war. Es war nichts Verbotenes, was sie tat.

Erik spürte ihren Körper dicht bei seinem. Sie strahlte so viel Wärme ab wie ein prasselndes Feuer an einem kalten Wintertag. Die Abendsonne schickte sich an, ihre letzten langen Strahlen über das Land zu senden, ehe sie begann, langsam im See zu versinken.

»Ich kannte dich schon, ehe wir uns zum ersten Mal begegnet sind.« Emma wusste nicht, warum sie es ihm erzählte.

»Was meinst du damit?« Er blickte ihr ins Gesicht. Ihre Haut schien zu leuchten, ihre Augen waren dunkel und voller Geheimnisse.

»Ich habe von dir geträumt, lange bevor ich dich kannte. Es war immer der gleiche Traum.« Lebhaft standen die Bilder vor ihren Augen. Sie sah sich selbst, wie sie sich in wilder Ekstase bewegte. Sie sah ihn, sah die Leidenschaft in seinen grünen Augen brennen.

»Was hast du geträumt, outo tytöö?« Ihre Worte hatten tief in seinem Inneren ein Beben losgetreten. Er verschlang seine Hände ineinander, um sich davon abzuhalten, sie zu berühren.

»Wir waren zusammen«, wisperte sie so leise, dass er sie kaum verstand. Das Abendrot spiegelte sich auf ihrem Gesicht. »Du warst …«, sie zögerte. »Du warst mein Geliebter, Erik.«

Sie starrten einander an, waren sich so nah, dass ihre Nasenspitzen sich beinahe berührten. Graue Augen versanken in grünen.

»Sag etwas«, bat sie, und ihr Herz pochte wild in ihrer Brust. Ihr Körper schien sich aufzulösen, war weich und nachgiebig. Das Kribbeln in ihrem Magen hatte sich ausgebreitet. Sie war nicht mehr sie selbst.

»Was tust du mit mir, outo tytöö?« Eriks Stimme klang rau, noch dunkler als sonst. Er beugte sich zu ihr, sein Atem war warm auf ihren Lippen. »Was tust du mit mir?«, wiederholte er, und sein Mund streifte den ihren.

Die Berührung war zart und sacht. Emma vergaß zu denken. Sie erwiderte den Kuss, und Leidenschaft flammte zwischen ihnen auf. Ihre Hände wanderten über seinen Körper, schlüpften unter sein Hemd. Sie fuhr durch das lockige Haar auf seiner Brust, spürte die harten Muskeln darunter.

Er stöhnte und drückte sie ins Gras. Wild küsste er ihre Wangen, ihren Hals, den Ansatz ihrer Brust. Sie fühlte sich hilflos, ihm ausgeliefert. Er war so stark, so männlich. Ihre Finger streichelten seine breiten Oberarme. Sie sehnte sich danach, seine warme Haut auf ihrer zu spüren.

»Emma.« Erik hielt ihre Arme über ihrem Kopf zusammen. Sie lag auf dem Rücken, er kniete über ihr. »Soll ich aufhören?«

»Mach weiter«, flüsterte sie.

46

»Weißt du, wie sehr ich dich begehre?«, fragte er leise, während seine Lippen ihr Ohr liebkosten. Emma stöhnte.

»Ich habe davon geträumt, dich so zu lieben«, erklärte er mit rauer Stimme, und seine großen Hände wanderten in den Ausschnitt ihres Kleides. Sie wand sich quälend lustvoll unter seinen Berührungen, als seine Finger damit begannen, mit ihren vor Erregung aufgerichteten Brustwarzen zu spielen.

Wenig später zerrte sie an seinem Hemd und nahm nichts mehr wahr außer der wilden Leidenschaft, die sie erfasst hatte. Er half ihr dabei, sein Hemd über den Kopf zu ziehen. Emma betrachtete seinen nackten Oberkörper. Andächtig fuhr sie die lange verblassten Narben nach, Spuren vergangener Kämpfe.

Erik öffnete die Knöpfe ihres Kleides und legte ihre Brüste frei. Erst mit den Händen, dann mit den Lippen liebkoste er die beiden wundervollen Hügel. Ihre Haut war weich und nachgiebig, er bekam nicht genug davon, an ihr zu saugen, sie zu schmecken. Erst dachte er, sie zittere vor Kälte. Doch dann begriff er, dass sie beide vor Lust bebten.

»Du bist so schön«, hauchte er, und seine Zunge spielte mit ihrer perfekt geformten Ohrmuschel. Einen Moment lang hielt er inne und blickte auf sie hinab, wie sie da mit geöffnetem Gewand im Gras lag. Das Gesicht umflutet von schwarzem Haar, die vollen Lippen tiefrot von seinen Küssen, die wundervollen Brüste sanft schimmernd im Abendlicht. Mit beiden Händen streichelte er sie, fuhr die Konturen ihres Körpers nach. Wie er sich danach sehnte, ihre Haut auf seiner zu spüren.

Emma streckte die Arme nach ihm aus, und er legte sich auf sie. Sie war so zart, ihre Handgelenke so schmal, dass er Angst hatte, sie zu zerdrücken. Er spürte ihr Herz, das gegen seines schlug. Erik küsste sie erneut und legte seine Hand fest auf ihren Nacken, um sie noch dichter zu sich heranzuziehen.

»Marzan.« Der Name geisterte fremd und weit entfernt durch ihr Gehirn. Emma wollte ihn beiseiteschieben, wollte nicht aus dem süßen Taumel der Lust erwachen. Erik war da, dicht bei ihr. Sein Geruch, seine Nähe waren ihr vertraut. Alles in ihr verlangte nach ihm. Es war richtig, was sie tat, und es sollte nie wieder aufhören.

»Marzan.« Der Gedanke wollte sich nicht vertreiben lassen. Die warme Hand auf ihrem Nacken …

Emma öffnete die Augen. In dem Gesicht des Finnen las sie, dass sie Marzans Namen laut ausgesprochen hatte.

Abrupt löste sie sich von Erik und sprang auf. Ohne ihr Kleid zu schließen lief sie weg, fort von ihm, und drückte ihr Gesicht gegen die kalten Mauersteine der Ruine. Was tat sie da nur? Wieso nur hatte sie es so weit kommen lassen? Wieso wollte sie ihn so sehr?

Ihre Haut schmerzte sehnsüchtig an den Stellen, an denen er sie berührt hatte. Emma spürte ihre Tränen warm und feucht auf ihre nackten Brüste tropfen.

Erik ließ sie weinen, ließ ihr Zeit. Niemals würde sie erfahren, wie sehr es ihn verletzt hatte, dass sie Marzans Namen ausgesprochen hatte. Von Anfang an hatte er gewusst, dass Emma den jungen Herrn von Hohenfreyberg liebte. Es war töricht gewesen, auf etwas anderes zu hoffen. Aber warum dann ihre plötzlich aufflammende Leidenschaft, warum ihre Träume?

Der Mond stand voll und rund am Himmel, als er endlich zu ihr ging.

»Dir muss kalt sein, outo tytöö, und es ist spät. Lass uns gehen.« In seiner Stimme schwang kein Vorwurf mit.

Mit tränenfeuchtem Gesicht drehte sie sich zu ihm um. Ihr Mieder war noch offen, und ihre Brüste schimmerten silbrig im Licht der Sterne. Sein Herz zog sich schmerzhaft zusammen, so sehr begehrte er sie noch immer.

»Es tut mir leid«, flüsterte sie und schlang ihre Arme um seinen Hals. Sie war sich überdeutlich bewusst, was sie tat, und dennoch konnte sie nicht anders. Emma küsste ihn, und seine Lippen öffneten sich für sie. Er küsste sie zurück, hart und ohne Rücksicht, während sich seine Augen nicht von ihren lösten. Sie sprachen nicht mehr miteinander, Worte waren überflüssig.

Emma spürte die harten Steine der Karlsburg in ihrem Rücken, wild presste er sie dagegen. Mit der Zunge erforschte er ausgiebig ihren Mund, dann wanderte er weiter zu ihren Brüsten. Sie war sich nicht sicher, ob sie vor Lust laut schrie, und es kümmerte sie auch nicht, ob jemand sie hören konnte. Erik zog sie aus, so ungeduldig, dass einer der Knöpfe an ihrem Kleid abriss. Es war gleich, alles war in dieser Nacht gleich, bis auf die Tatsache, dass sie einander liebten.

Nackt lehnte sie an der Mauer der zerfallenen Ruine und genoss es, wie seine Hände sie im Mondschein erforschten. Er liebkoste ihr Rückgrat, fuhr über die leichte Rundung ihres Pos, streichelte ihren flachen Bauch. Endlich wanderten seine Finger tiefer, dorthin, wo sie seine Berührungen ersehnte. Ohne Scham öffnete sie ihre Beine für ihn, und er teilte ihr weiches Fleisch. Emma bebte, und ihre Knie schienen nachgeben zu wollen. Sie stöhnte und wimmerte vor Lust, als er sie dort unten rieb. Dann spürte sie sein weiches Haar an ihrem Bauch. Er kniete sich zwischen ihre

Beine und tauchte mit der Zunge tief in sie ein. Als der Höhepunkt sie durchflutete, wäre sie vor Schwäche gefallen, wenn er sie nicht aufgefangen hätte.

Wortlos half sie ihm dabei, seine Hose zu lösen. Die pochende Männlichkeit ließ erneut Wellen der Lust durch ihren Körper strömten. Mit der Hand umfasste sie den harten Schaft und fuhr daran auf und ab. Erik stöhnte, und seine großen Hände umfassten fest ihre Pobacken.

Sie gab einen kleinen Schrei von sich, als er sie kurz darauf hochhob und auf einen niedrigen Mauervorsprung setzte.

»Pst.« Er legte seinen Finger auf ihren Mund und zeichnete liebkosend die Kontur ihrer Lippen nach. Mit dem Knie drückte er ihre Schenkel auseinander, und sie öffnete sich ihm weit. Erik liebkoste erneut ihre feuchte Scham, ihre aufgerichteten Brustwarzen.

»Bitte …«, bettelte sie. Er schob seine Hände unter ihre runden Pobacken und zog sie näher heran. Er wartete, bis ihr Blick sich in seinem verfangen hatte, dann drang er mit einem harten Stoß in sie ein.

Emma fühlte sich, als würde sie entzweigerissen, und dennoch schob sie sich ihm entgegen, wollte ihn noch tiefer in sich spüren. Jeder Stoß löste ein Echo tief in ihrem Unterleib aus. Sie krallte sich an ihm fest, nicht ahnend, dass ihre Fingernägel tiefe Kratzspuren auf seinem Rücken hinterließen. Sein Mund saugte an ihrem Hals, leckte an ihren Brustwarzen, während er wieder und wieder fordernd in sie eindrang.

Ihre Leidenschaft verschmolz mit der seinen. Vorher nie gekannte Gefühle füllten ihr Denken aus.

»Erik«, wimmerte sie, gierte danach, dass er noch tiefer in sie eindrang. Sie gehörte ihm in dieser Nacht mit Leib und Seele.

Der Finne hob sie hoch, ohne sich von ihr zu lösen, und

legte sie auf den Boden. Sie liebten sich im feuchten Gras, und dann ritt Emma auf ihm, während er ihre vollen Brüste massierte.

Erik hielt sie an sich gepresst, seine Hand in ihrem wallenden Haar, als der Höhepunkt ihn durchflutete. Emma schrie auf vor Lust und fand ebenfalls süße Erlösung. Zuckende Wellen breiteten sich in ihr aus.

Es machte ihnen nichts, dass der Boden hart und die Wiese feucht war. Emma lag halb auf Erik, ihre Beine mit seinen verschlungen, als der Nebel vor ihren Augen sich langsam lichtete. Ihr Herz pochte wild, wenn sie an die eben erlebte leidenschaftliche Vereinigung dachte.

Irgendwo am Rande ihres Denkens lauerte Marzan. Sie schob den Gedanken weit von sich. Noch wollte sie ihre Gefühle auskosten, noch wollte sie sich nicht von dem Finnen lösen.

Sacht streichelte sie sein blondes Haar und fuhr zart die markanten Gesichtszüge nach. Eriks Blick wurde weich.

»Ich bin froh, dass du von mir geträumt hast, outo tytöö.«

Frohe Ausgelassenheit überkam Emma bei seinen Worten, wie zuvor, als sie mit den Blättern im Wind getanzt war.

»Bilde dir bloß nichts darauf ein«, neckte sie ihn, und ihre Hand fuhr leicht über die Innenseite seines Oberschenkels. Erik musste lachen, tief und dröhnend. Woher wusste sie, dass er dort kitzlig war?

»Na warte«, drohte er und ertappte sich dabei, wie er sie schon wieder begehrte. Sein Glied richtete sich auf.

Kichernd lief sie vor ihm weg, doch schon nach wenigen Schritten hatte er sie eingeholt. Er umfasste von hinten ihre Brüste und drückte sie mit sanfter Gewalt zu Boden, so dass sie hilflos vor ihm kniete. Mit den Fingern teilte er ihr weiches, williges Fleisch und drang in sie ein.

Hatte er sie zuvor hart und leidenschaftlich genommen, so liebte er sie jetzt mit sanften, rücksichtsvollen Stößen, während seine Hand die feuchten Falten zwischen ihren Beinen massierte.

Zuckend und sich windend vor Lust erreichten sie gemeinsam den Höhepunkt.

»Ich liebe dich, Emma«, hörte Erik sich flüstern.

Sie hatten jegliches Zeitgefühl verloren, doch es war ohne Frage spät.

Nach einer Weile merkte Emma, dass sie fror. Erik half ihr mit zärtlichem Blick dabei, sich wieder anzuziehen. Seine Berührungen ließen sie schaudern.

Als sie angekleidet waren, zog der Finne sie auf seinen Schoß. Gemeinsam blickten sie hoch zum Mond. Emma rieb ihre weiche Wange an seiner rauen. Sie war Erik so nah wie noch niemals einem Menschen zuvor. Es schien, als wären sie eins, wie sie da zwischen den gespenstisch aufragenden Trümmern der Karlsburg hockten und dem Herzschlag des anderen lauschten. Nicht einmal Marzan, gestand sie sich ein, hatte sie sich jemals so verbunden gefühlt. Obwohl sie ihn liebte und die jahrelange Vertrautheit ihr wichtig war, erweckte er andere Gefühle in ihr als Erik. Marzan war ihr Freund aus Kindertagen, ihr wunderbarer Spielgefährte, ihre zweite Hälfte. Jetzt, nachdem ihr Vater nicht mehr lebte, empfand Emma Marzan als ihre Familie. Und dennoch brachte die Erinnerung an die Liebesnacht mit ihm sie nicht so zum Beben wie die Lippen des Finnen, die wie Feuer auf ihrer Haut brannten.

»Wir müssen gehen, Emma.« Erik hoffte, dass die alte Wirtin nicht wach geblieben war, um ihre Rückkehr mitten in der Nacht abzuwarten.

»Ich möchte am liebsten die Zeit anhalten«, flüsterte sie und küsste seinen warmen Hals. Da spürte er die Feuchtigkeit in ihrem Gesicht.

»Was hast du, outo tytöö?« Er hob ihr Kinn an, damit sie ihn ansehen musste.

»Ich kann dich nicht lieben, Erik.« Die Worte lagen ihr bleischwer auf der Seele. Sie rückte ein Stück von ihm ab, so dass sie einander nicht mehr berührten. »Das heute war wie ein Traum, der schönste Traum meines Lebens, aber jetzt müssen wir aufwachen.«

»Es muss kein Ende haben, Emma.« Er streichelte ihre tränenfeuchte Wange.

»Doch.« Sie nickte heftig. In dem Moment wirkte sie wie ein kleines Mädchen.

»Du denkst an Marzan, nicht wahr?«

»Ja. Ich habe ihn verraten.« Sie senkte den Kopf. »Er liebt mich, und ich habe ihn schändlich hintergangen. Er sitzt im Gefängnis und ich …« Erneut quollen silbrige Tränen aus ihren Augenwinkeln hervor. »Wir dürfen das nie wieder tun, Erik.« Sie erhob sich entschlossen.

»Emma.« Er stand ebenfalls auf und wollte sie tröstend in die Arme ziehen.

»Nein.« Sie wich vor ihm zurück. »Nie wieder, verstehst du?« Ihre Stimme war laut und abweisend.

»Aber du liebst mich, outo tytöö.« Es war eine Feststellung. Sie war so schön, wie sie da im Mondlicht stand und ihn kämpferisch anstarrte. Das lange, schwarze Haar umfloss die zierliche Gestalt, und ihre Haut war noch immer gerötet von der Leidenschaft zuvor.

»Nein, ich liebe Marzan.« Sie schüttelte den Kopf und wandte sich ab. Erik folgte ihr, und gemeinsam suchten sie in der Dunkelheit ihren Heimweg. Das friedliche Schweigen hatte sich in bohrende Stille verwandelt. Erik bot ihr an, sie zu stützen, doch trotz hervorstehender Wurzeln und Äste lehnte sie ab. Ja, sie erlaubte nicht einmal, dass er sie überhaupt berührte.

Emma von Eisenberg hatte einen Fehler gemacht, den sie nicht wiederholen würde. Sie war fest entschlossen, in Zukunft loyal und treu zu Marzan zu stehen. Es tat ihr weh, dass sie ihn hintergangen hatte. Sie liebte ihn, seit sie denken konnte, und sie würde nicht damit aufhören, auch wenn irgendetwas in ihr sie schmerzlich zu dem Finnen an ihrer Seite hinzog.

47

Konstantin von Hohenfreyberg hatte abgenommen in den vergangenen Wochen. Der kugelrunde Bauch war noch da, doch sein Gesicht wirkte hager und grau, seit er von der Verhaftung seines einzigen Sohnes erfahren hatte. Die Nachricht hatte ihn krank gemacht. Erst vor wenigen Tagen hatte er sich wieder von seinem Lager erheben können.

Seine Frau Margaretha hatte trotz der Sorge um Marzan an seinem Bett ausgeharrt. Konstantin wurde erst nach und nach bewusst, dass ganz Hohenfreyberg mit seinem Tod gerechnet hatte.

Margaretha schien seit ihrer Ankunft in München in längst vergangenen Erinnerungen zu schwelgen und ging bei Hofe wie eine Traumwandlerin umher. Konstantin wusste, wie gerne sie früher hier gelebt hatte – bis er gekommen war und sie als seine Gemahlin mit sich genommen hatte. Mit leiser Wehmut erinnerte er sich an den strahlenden Tag, an dem gleich zwei prunkvolle Vermählungen gefeiert worden waren. Da die beiden Bräute, Margaretha und Amelia, einander so innig verbunden gewesen waren, hatte eine prächtige Doppelhochzeit nahegelegen. Nach ihrer Heirat und der Geburt ihres Sohnes waren Graf und Gräfin Hohenfreyberg der Hauptstadt ferngeblieben. Er hatte Margaretha mehrmals angeboten, eine Reise nach München zu unternehmen, aber stets hatte sie abgelehnt. Konstantin hatte immer angenommen, dass seine Frau sein Angebot deshalb zurückwies, weil ihre Freundin Amelia nicht mehr an ihrer Seite war.

»Was meinst du, dürfen wir ihn gleich sehen?«, fragte

Margaretha leise. Konstantin schaute sie an, und sein inniger Blick zeugte von seiner tiefen Liebe. Er fand sie immer noch wunderschön, seine Margaretha, obwohl die Falten in ihrem Gesicht merklich tiefer geworden waren.

»Ja, mein Herz. Ich denke, der Herzog wird ihn gehen lassen, sobald wir ihm die Urkunde vorlegen. Er muss einfach.«

»Margaretha! Meine Liebe, wie geht es dir?« Die Herzogin streckte ihrer früheren Hofdame beide Arme entgegen, während ihre Blicke die Besucher neugierig abzutasten schienen.

»Wir sind wegen unseres Sohnes hier«, erwiderte Margaretha und bemühte sich, Freude über das Zusammentreffen zu zeigen. Kunigundes wegen waren sie und Amelia damals nach Bayern gekommen und geblieben. Warum berührte es sie jetzt so wenig, die Frau nach all den Jahren wiederzusehen?

»Ja, mir ist die bedauerliche Geschichte zu Ohren gekommen. Tragisch, meine Liebe, wirklich tragisch. Aber war ich es nicht, die dir von Anfang an von dieser Hochzeit abgeraten hat?« Die Herzogin hatte keine Scheu, ihre Gedanken vor Konstantin von Hohenfreyberg laut auszusprechen. Ja, sie senkte nicht einmal ihre Stimme. »Es war deine eigene Entscheidung, aus meinen Diensten zu scheiden, um in eine ärmliche Grafschaft einzuheiraten. Mir war gleich klar, dass es kein gutes Ende nehmen würde mit …«

Marzans Eltern atmeten erleichtert auf, als endlich der Herzog erschien und sie von seiner Gattin erlöste.

»Sicher findet ihr später noch Gelegenheit zu einer kleinen Unterhaltung. Nun würde ich dich bitten, uns zu verlassen, meine Liebe«, forderte er die Herzogin freundlich, aber bestimmt auf. Kunigunde verzog das schöne, von feinen Fältchen durchzogene Gesicht, fügte sich aber der Anordnung ihres Gemahls.

»Ihr kommt also wegen Eures Sohnes?«, wandte sich Albrecht an seine Besucher.

»So ist es.« Konstantin von Hohenfreyberg trat einen Schritt nach vorne. »Ihr habt uns mitteilen lassen, dass er verhaftet wurde. Doch ganz gleich, welche Beweise gegen ihn vorliegen mögen – Marzan ist kein Mörder. Meine Frau und ich beschwören das bei allem, was uns heilig ist.«

»Nun, er wurde nicht grundlos inhaftiert. Wie Ihr wisst, hat man die Tatwaffe, eine blutige Klinge, in der Kammer Eures Sohnes gefunden. Zudem trug Marzan den Siegelring Richard von Eisenbergs bei sich. Ich habe das Schmuckstück der Tochter des Toten gezeigt. Sie hat den Ring wiedererkannt.«

»Emma?«

Der Herzog nickte, und Margaretha zuckte zusammen, als friere sie.

»Das kann nicht sein!«, rief Konstantin. »Das Mädel liebt meinen Sohn, sie würde nie etwas behaupten, was ihm in irgendeiner Weise schaden könnte.«

»Oh, das hat sie auch nicht.« Albrecht legte die Spitzen seiner Finger aneinander. »Ganz im Gegenteil, sie beharrt steif und fest darauf, dass Euer Sohn unschuldig ist. Dennoch ist die Beweislast gegen den Jungen erdrückend. Wäret Ihr nicht im Besitz der Malefizurkunde, ich würde Euch unverrichteter Dinge fortschicken. Deswegen seid Ihr doch hier, nicht wahr, Konstantin von Hohenfreyberg, wegen Eurem Malefizrecht?«

»Ja.« Konstantin zog das zusammengerollte Pergament hervor. Das Papier war warm vom Druck seiner Hände, er hatte es die ganze Zeit über fest umklammert. Jetzt reichte er es dem Herzog, der es mit einem leichten Kopfnicken entgegennahm.

»Ihr fordert hiermit also offiziell Euer Malefizrecht ein?«, erkundigte sich Albrecht. Obwohl er den Inhalt bereits kannte, studierte er die Urkunde ausführlich. Eine genaue Abschrift davon lag, sicher verwahrt, in einer verschlossenen Schublade seines Sekretärs.

»So ist es.«

»Da das Verbrechen auf Eurem Land verübt wurde, Konstantin von Hohenfreyberg, kann ich Euch die Gerichtshoheit nicht verwehren. Ihr habt das Recht, über den Angeklagten und seine Strafe selbst zu urteilen.«

»Gott sei gedankt«, entfuhr es Margaretha. »Bedeutet das, Ihr lasst unseren Sohn gehen?«

»Ja, Ihr könnt ihn mit Euch nehmen. Euer Gemahl allein kann entscheiden, wie er weiter mit ihm verfährt.« Ein kleines Lächeln stahl sich auf das Gesicht des Herzogs.

»Verzeiht.« Konstantin vergaß nicht das Mädchen, deretwegen sein Sohn von zu Hause aufgebrochen war. »Emma von Eisenberg, wie geht es ihr? Wir fühlen uns für sie verantwortlich und würden gerne wissen, wo sie sich aufhält.«

»Der jungen Frau geht es gut, seid unbesorgt. Sie ist jedoch nicht mehr hier bei Hofe, ich muss euch enttäuschen.«

»Wo ist sie denn?«, fragte Margaretha.

»Im Moment möchte ich nicht, dass jemand ihren Aufenthaltsort erfährt – auch nicht euer Sohn. Sie wird sich mit euch in Verbindung setzten, wenn sie es wünscht, da bin ich sicher.«

Nach dem Gespräch mit dem Herzog wurden Graf und Gräfin Hohenfreyberg in einen kleinen, weiß getünchten Raum geführt.

»Sehr rätselhaft, was er über Emma gesagt hat, findest du nicht?«, erkundigte sich Konstantin bei seiner Frau. »Ich mache mir Sorgen, wie Marzan reagieren wird, wenn er erfährt, dass sie nicht hier ist.«

»Wichtig ist erst einmal nur seine Freiheit«, erwiderte Margaretha leise. »Ich bin so erleichtert, dass der Herzog uns keine Steine in den Weg gelegt hat.«

»Mutter! Vater!« Marzan erschien taumelnd in der Tür. Das helle Tageslicht machte ihn benommen. Man hatte ihm nicht gesagt, wohin man ihn brachte.

Margaretha war mit wenigen Schritten bei ihm und zog ihren Sohn an sich. Er war schmutzig, stank und war mit dem dichten Bart kaum wiederzuerkennen. Aber er lebte, er atmete.

»Du bist frei!« Ein strahlendes Lächeln leuchtete auf Konstantins Gesicht. »Lass mich dich begrüßen, mein Sohn, damit deine Mutter dich weiter drücken und herzen kann.« Die beiden Männer umarmten sich fest.

»Danke«, flüsterte Marzan so leise, dass Margaretha es nicht hören konnte. »Länger hätte ich es dort unten nicht mehr ausgehalten.«

»Wo ist Emma?«, fragte er im nächsten Moment. Er war froh über das Wiedersehen mit seinen Eltern, doch der wichtigste Mensch fehlte.

»Sie ist fort.« Margaretha strich sanft über seine dreckige Wange.

»Fort?«

»Ja. Der Herzog hat uns gesagt, sie sei nicht mehr hier. Mehr wollte er nicht verraten.«

»Fort?«, wiederholte Marzan ungläubig. In seinem Kopf arbeitete es fieberhaft. Seine nächtlichen Albträume, in denen er Erik und Emma zusammen sah, wurden lebendig, schienen mit dem Tageslicht zu wachsen. Das Gift der Wächter tat seine Wirkung.

»Sie ist mit dem Finnen weggelaufen, nicht wahr? Ihr könnt es mir ruhig sagen!«, schrie er seine Eltern an und trat wütend mit dem Fuß gegen die weiße Wand.

»Beruhige dich.« Konstantin umfasste die bebenden

Schultern seines Sohnes. »Wir wissen wirklich nicht mehr.«

»Wieso wisst ihr nicht mehr? Sie darf nicht einfach weg sein, sie darf nicht!«, brüllte er wie ein waidwundes Tier. Seine Schultern zuckten.

Margaretha trat zu ihm, legte ihre Hand an seine Wange. »Wichtig ist jetzt erst einmal, dass du dich von den Strapazen erholst, mein Junge. Wenn du wieder bei Kräften bist, werden wir gemeinsam überlegen, wie wir Emma finden können.«

»Was ist, wenn sie bei Ravensberg ist? Vielleicht hat der Herzog sie ihm überlassen, und Emma ist längst seine Frau.« Marzan vergrub sein Gesicht im Haar seiner Mutter, um die aufsteigenden Tränen zu verbergen.

»Nein, Junge, nein. Hätte es eine Hochzeit gegeben, hätten wir davon gehört«, warf Konstantin beschwichtigend ein.

»Ich werde sie suchen – und ich werde sie finden.« Marzan löste sich aus den Armen seiner Mutter und richtete sich auf. Der abgemagerte Körper war von Entschlossenheit gezeichnet. »Niemand darf sie mir wegnehmen, das lasse ich nicht zu!« Er wandte sich zur Tür. »Besorg mir ein Pferd!«

»Halt! Du bleibst hier!« Konstantins Stimme donnerte durch den kleinen Raum. Er schrie seinen Sohn an, weil er anders nicht zu ihm durchzudringen schien. Margaretha schlug die Hände vors Gesicht.

»Du bist noch immer des Mordes angeklagt, daran hat sich nichts geändert. Solange ich nicht Recht über dich gesprochen habe, gehst du nirgendwohin, mein Sohn. Deine Mutter und ich, wir bringen dich nach Hause, wo dich eine ordentliche Gerichtsverhandlung erwartet. Erst nachdem ich das Urteil gesprochen habe, bist du frei zu gehen und sie zu suchen. Vorausgesetzt, du hast dich bis dahin ordentlich erholt«, fügte Konstantin brummend hinzu.

»Es tut mir leid, Vater.« Marzans Gesicht schien unter der dünnen Schicht Dreck noch bleicher zu werden. »Aber es ist mir gleich, was du sagst. Ich werde sie suchen, und zwar jetzt. Wenn du meinst, du musst mich daran hindern, dann rufe doch die Wachen.«

Marzan riss die Türe auf, Emmas Bild vor Augen. Sein Herz brannte wegen der Worte, die er seinem Vater eben gesagt hatte. Wieso verstanden seine Eltern nicht, dass er nicht leben konnte ohne sie?

Er kam weniger als drei Schritte, da begannen bunte Lichter vor seinen Augen zu flackern. Marzan brach zusammen, Emmas Namen auf den Lippen.

48

Emma schien es, als lege sich der Schatten eines schweren, drückenden Geheimnisses auf ihr Gemüt, als sie sich Meile um Meile der Welfenburg des Grafen Ravensberg näherten. Franziska ritt an ihrer Seite, beide Frauen waren blass, wenn auch aus unterschiedlichen Gründen. Emma fürchtete sich vor dem, was sie auf der Burg erwartete. Gleichzeitig brodelte der Hass auf den Mann in ihr, der vielleicht ihren Vater auf dem Gewissen hatte und schuld war an Marzans Inhaftierung. Und als wäre das alles nicht genug, war da Erik. Der Finne ritt dicht hinter ihnen. Emma glaubte, seine Blicke in ihrem Rücken zu spüren. Obwohl er stets schützend in ihrer Nähe blieb, ließ er sie ansonsten in Ruhe. Mit keinem Wort und keiner Geste hatte er bisher die Nacht auf der Karlsburg erwähnt. Emmas Wangen brannten noch immer, wenn sie an das wissende Lächeln der Wirtin dachte, als sie zu solch später Stunde gemeinsam mit Erik zurückgekehrt war.

»Mir ist übel.« Beim Klang von Franziskas Stimme schrak sie zusammen. »Bitte, können wir anhalten.«

Sofort zügelte Emma ihr Pferd, sprang ab und eilte zu ihrer Freundin, die ihr kraftlos in die Arme sank.

»Ich glaube, ich muss mich übergeben.« Ziskas Körper zitterte, Schweiß stand auf ihrer Oberlippe, ihre Hände waren eisig kalt. Emma half ihr, sich einige Schritte von den wartenden Männern zu entfernen. Während Ziska sich am Wegesrand erbrach und am Ende nur noch grüne Galle hervorwürgte, hielt sie sanft ihr blondes Haar zurück. Hinterher wiegte sie ihre Freundin wie ein Kind in den Armen.

»Ihr war übel«, erklärte Emma das Offensichtliche, als Erik nach einer Weile zu ihnen trat.

»Ich hoffe, jetzt geht es dir besser?«, fragte der Finne mitfühlend.

Franziska nickte. Zu ihrem Erstaunen schien das plötzliche Unwohlsein tatsächlich zu verschwinden. »Viel besser«, erwiderte sie.

Erik betrachtete nachdenklich die junge Frau, deren Wangen bereits wieder rosig schimmerten. Sie schien sich von ihrer Übelkeit ebenso schnell erholt zu haben wie von der Ohnmacht in Leutstetten am Tag zuvor.

»Du solltest sie den Rest des Weges hinter dich aufs Pferd nehmen, damit sie sich ein bisschen ausruhen kann. Es ist ohnehin nicht mehr weit«, wandte er sich an Emma.

»Gut«, stimmte sie zu.

»In Ordnung, reiten wir weiter.« Erik drehte sich um. Sein Blick ruhte nicht länger als nötig auf Emma. Beinahe schien es, als hätte es die zurückliegende Nacht für ihn nie gegeben. Obwohl sie froh war, dass er ihren Wunsch nach Abstand respektierte, verletzte es sie doch, von ihm wie eine Fremde behandelt zu werden. Gerne hätte sie ihn zurückgehalten und seine Hand genommen. Sie sehnte sich danach, ihn zu berühren, ihm zu sagen, wie sehr sie ihn begehrte. Doch sie tat es nicht, denn Marzans Bild schob sich zwischen Erik und sie.

Sie musste nicht erst fragen, ob sie am Ziel waren. Emma erkannte das Örtchen sofort wieder, über dem mächtig Ravensbergs Burg aufragte. Obwohl die Menschen in Peiting ärmlich gekleidet waren, wirkte das Dorf auf sie einladend und lebendig zugleich. Frauen wuschen Wäsche im Dorfbach, Kinder spielten auf den unbefestigten Straßen Fangen, und Männer schlugen miteinander Holz für den herannahenden Winter. Und doch schien in der Luft eine düstere

Bedrohung zu liegen, die von der Welfenburg ausging, fast so, als werfe das Gemäuer seinen dunklen Schatten über Peiting und seine Bewohner.

Auf Eriks Zeichen hin hielten sie an und stiegen ab. Sofort scharte sich ein Haufen vorwitziger Buben um die Neuankömmlinge. Ein kleiner Junge zupfte an Franziskas Kleid. Sie beugte sich zu ihm hinab.

»Ist die schöne Dame eine Königin?«, erkundigte er sich flüsternd, die leuchtenden Kinderaugen auf Emma gerichtet. »Und bist du eine Prinzessin?«

Ziska lächelte und fuhr dem Knaben durch den hellen Haarschopf.

»Wir sind auf dem Weg zum Grafen Ravensberg«, erklärte sie ihm. Traurigkeit senkte sich da über das arglose Kindergesicht.

»Kennst du den Grafen?«, mischte sich Emma ein. Ihr war der Ausdruck des Jungen nicht entgangen.

Der Kleine nickte. »Warum geht ihr zu ihm?«, erkundigte er sich ernst.

»Weißt du«, sie kniete sich neben ihm hin, »der Graf ist ein alter Freund meines Vaters. Deshalb wollen wir ihn besuchen. Magst du ihn denn nicht?«

Vehement schüttelte der Kleine den Kopf. »Nein!«, rief er aus, um die Stimme gleich darauf wieder zu senken. »Aber das dürft ihr nicht verraten, sonst bekomme ich Schelte. Man darf nämlich nichts Schlechtes über den Herrn sagen.«

»Ich verspreche dir, dass ich schweigen werde. Aber vielleicht kannst du mir erzählen, was er getan hat, dass du ihn so gar nicht leiden kannst. Ich heiße übrigens Emma«, fügte sie hinzu.

»Mein Name ist Hans Schützner«, stellte sich der Knabe vor und streckte ihr sein verdrecktes Händchen hin.

»Also, Hans, was hast du gegen den Grafen?«

»Mama weint oft, weil wir so arm sind. Obwohl mein Vater in der Mühle arbeitet, glangt bei uns das Essen nicht. Und das nur, weil der Graf so viel Geld von uns verlangt. Aber das darfst du wirklich niemandem verraten. Das Peterchen, das ist der jüngste Sohn von der Schwester meiner Mutter, kann abends oft nicht einschlafen, weil er nicht genug zwischen die Zähne bekommt daheim. Er wohnt jetzt bei uns, weil's da doch noch ein bisserl besser ist. Bei meiner Tante hätte er's wohl nicht mehr lange gemacht, meint der Vater.«

»Ja haben sich denn die Dorfältesten noch nicht bei dem Grafen beschwert über die Zustände?«, mischte sich Franziska ein, die dem leisen Gespräch aufmerksam gefolgt war.

»Doch.« Hans nickte betrübt. »Aber da hat der Herr hernach nur die Abgaben erhöht. Gott sei Dank ist er oft auf Reisen. Wir haben Angst, wenn er auf seiner Burg ist. Die Mädchen müssen sich dann alle vor ihm in Acht nehmen, das sagt meine Mutter immer. Selbst meine großen Schwestern fürchten sich vor ihm und bleiben lieber im Haus, obwohl wir sie doch dringend auf den Feldern bräuchten. Ich weiß auch nicht, warum das so ist.« Hans zuckte mit den Schultern. »Vielleicht kann der Graf Mädchen nicht leiden.«

Während sie die Pferde bergan zur Burg führten, sann Emma über die Worte des kleinen Jungen nach. Ravensberg hatte sich bei seinen Besuchen auf Eisenberg stets großmütig und warmherzig gezeigt. Dass sie nun erfahren hatte, wie er seine eigenen Leute tatsächlich behandelte, erhärtete ihren Verdacht gegen den Mann. Er hatte sie und ihren Vater all die Jahre lang belogen und über seinen wahren Charakter getäuscht.

»Noch können wir umkehren.« Erik war plötzlich neben ihr. »Der Mann ist gefährlich, denk nur an seine Schergen

– und was sie deiner Freundin angetan haben.« Er sah sie an. Die Besorgnis in seinen Augen stimmte Emma froh. Sie war ihm also nicht gleich, sie und die letzte Nacht bedeuteten ihm etwas.

»Das wussten wir schon, bevor wir aufgebrochen sind.«

»Ich habe Angst um dich, Emma.« Erik blieb stehen und hielt sie am Ärmel fest. Sie blickte ihn an und wollte sich in seine sicheren Arme werfen, ihre Lippen auf seinen Mund pressen, den Duft seiner Haut atmen. Es kostete sie alle Willenskraft, es nicht zu tun. Wieder war es der Gedanke an Marzan, der sie abhielt.

»Ich kann gut selbst auf mich aufpassen.« Sie riss sich von Erik los und beschleunigte ihren Schritt. Ihr Atem ging heftig, keuchend, was nicht an der Anstrengung des Aufstiegs lag.

»Emma.« Eriks Hand legte sich auf ihre Schulter und hielt sie abermals zurück. Das Grün seiner Augen ging ihr durch und durch. »Deine Freundin«, er nickte in Franziskas Richtung, »mag sein, sie ist schwanger.« Er wartete nicht den atemlosen Moment ab, in dem Emma endlich den Grund für Ziskas Unwohlsein begriff. »Keine Bange, jetzt lasse ich dich in Frieden, outo tytöö«, brummte er und gesellte sich zu den übrigen Landsknechten.

»Ich wollte meinen Ohren nicht trauen, als ich von deiner Ankunft hörte, meine Liebe.« Ravensberg trat Emma mit ausgestreckten Armen entgegen und nahm ihre klammen Finger zwischen die seinen. Sie fragte sich unwillkürlich, ob es diese Hände gewesen waren, die den Dolch in das Herz ihres Vaters gestoßen hatten.

»Habt Dank für die freundliche Begrüßung.« Sie fror in ihrem Inneren, doch es gelang ihr, sich nichts anmerken zu lassen. »Wie Ihr seht, habe ich mich entschlossen, Euch und Eurer Burg einen Besuch abzustatten.« Sie musterte den Grafen ungeniert. Er hatte in den letzten Monaten an Leibesfülle zugelegt, war aber noch immer ein gut aussehender Mann. Silbrige Strähnen glänzten in seinem dunklen Haar.

»Nun, du hast mir übel mitgespielt, meine Liebe.« Ravensberg lächelte sie offen an. Dennoch war ihr, als lauere hinter der freundlichen Maske ein finsterer Schatten.

»Ich bin gekommen, um Euch für mein Verhalten um Verzeihung zu bitten. Aber sicher werdet Ihr verstehen, dass ich nach dem grässlichen Mord erst einmal wieder zu mir finden musste.« Sie ließ den Grafen keinen Moment aus den Augen, wartete auf ein Zeichen, eine winzige verräterische Regung in seinem Gesicht. Nichts. Sein Antlitz blieb unverändert freundlich und mitfühlend.

»Nun, sicher gibt es vieles zu erzählen.« Er legte einen Arm um ihre Schultern, wie er das oft getan hatte, als sie noch ein Kind gewesen war. »Komm herein und sei mein Gast. Dir als zukünftiger Herrin soll es an nichts fehlen.«

»Meine Begleiter … Herzog Albrecht gab mir seine Landsknechte zum Schutz mit.« Emma drehte sich suchend nach ihren Freunden um.

»Die Männer werden in den Ställen ein Lager finden. Dort im Stroh ist Platz genug, und warm ist es auch.«

»Mit Verlaub.« Emma spürte Eriks Nähe. Hoch aufgerichtet trat er neben sie, und seine Blicke schienen den Grafen zu durchbohren. »Ich habe Befehl, bei meiner Herrin zu bleiben.«

»Glaubst du etwa, ihr drohe hier Gefahr?« Ravensberg zog die Augenbrauen spöttisch hoch. »Dummer Mann, natürlich wird ihr kein Leid geschehen.«

»Schon gut.« Emma sah Erik an, dass er sie am liebsten auf der Stelle gepackt und fortgebracht hätte. »Ich komme zurecht. Allerdings«, wandte sie sich an den Grafen, »möchte ich mein Leibmädchen um mich haben, ich habe mich in den letzten Monaten an ihre Gegenwart gewöhnt.« Im Stillen bat sie die Freundin um Verzeihung für die Stellung, die sie ihr zugedachte. Doch sie durfte Ravensberg nicht wissen lassen, wie viel ihr Franziska bedeutete. Sie hatte sich freiwillig in die Hand des Grafen begeben, um herauszufinden, ob dieser Mann ein Mörder war. Würde er von der Freundschaft zwischen Ziska und ihr erfahren, würde sie das noch angreifbarer machen.

Das Abendessen nahmen sie gemeinsam mit Justus, dem Verwalter, in Ravensbergs Halle ein. Weiter unten am Tisch speiste schweigend das Gesinde. Emma war verwundert darüber, dass kein Gesprächsfetzen, kein Lachen an ihr Ohr drang. Sie studierte aufmerksam die Gesichter. Erleichtert stellte sie fest, dass keines unter ihnen war, das sie kannte.

»Wenn ich mir erlauben darf, das zu sagen«, der Verwalter räusperte sich, »es ist uns allen hier eine große Freude, die Braut unseres Herrn begrüßen zu dürfen.«

Emma nickte dem Mann höflich zu.

»Es schickt sich im Grunde nicht, mein Kind, dass du bereits vor unserer Vermählung bei mir lebst. Doch da unser Herzog in höchsteigener Person diese Reise genehmigt hat, wird man sicher darüber hinwegsehen.« Ravensberg legte seine Hand auf die ihre.

»Ich kam ja nicht allein, sondern habe mein Mädchen bei mir. Wo ist sie denn?« Der Graf hatte Franziska am Nachmittag hinunter in die Küche geschickt, wo sie sich den anderen Dienstmägden vorstellen sollte.

»Sicherlich schwätzt sie eifrig mit den Frauen und hat darüber die Zeit vergessen. Du solltest es ihr nicht übel nehmen, meine Liebe, sie ist ja noch so ein junges Ding.«

»Ja«, nickte Emma, »das ist sie.« Sie verging fast vor Sorge um ihre Freundin. Ziska unterhielt sich nicht gerne mit Fremden. Ganz sicher plauderte sie nicht einfach drauflos.

»Vielleicht sollte ich kurz nach ihr sehen?« Sie schob ihren leeren Teller von sich.

»Aber nein«, lachte Ravensberg, »ich habe zu Ehren deiner Ankunft meinen besten Wein auftischen lassen. Komm, trinken wir auf dein Wohl, meine Schöne.«

Der Graf schien arglos. Ihre Flucht aus dem Kloster, ihren Widerstand und ihre Beschimpfungen, all das schien er vergessen zu haben.

»Ihr nehmt mir meine Flucht nicht länger übel?« Emma hob ihr Glas und stieß mit ihm an.

»Aber nein! Wo denkst du hin! Ich mag es, wenn eine Frau Feuer im Leib hat.« Er lachte dröhnend und zwinkerte ihr zu. »Schließlich kenne ich dich schon seit vielen Jahren und weiß, dass du ein rechter Wildfang bist.«

Sie senkte den Blick, als beschämten sie seine Worte. Hinter ihrer Stirn aber arbeitete es.

»Wenn Ihr mich entschuldigen wollt, mein Herr. Die Pflicht ruft.« Der Verwalter erhob sich abrupt, und sein Stuhl scharrte über den hölzernen Boden.

»Emma von Eisenberg!« Er ergriff ihre Hand, beugte sich darüber und hauchte einen angedeuteten Kuss in die Luft. »Es war mir eine große Freude, Eure Bekanntschaft zu machen.« Er starrte sie so ungeniert an, dass eine Gänsehaut ihre Arme überzog. Der Mann machte ihr in dem Moment kaum weniger Angst als der Graf. Emmas Blick folgte ihm, als er die Halle verließ. Die Heftigkeit, mit der er die schwere Tür aufriss, ließ sie vermuten, dass er wütend war. Plötzlich stutzte sie. In der geöffneten Tür, durch die der Verwalter eben getreten war, stand eine blonde Frau. Nur für wenige Augenblicke, dann war sie verschwunden.

»Wilhelmina?«, flüsterte Emma ungläubig. Kaum war ihr der Name über die Lippen gekommen, begann das Sternenmal an ihrem Knöchel wie Feuer zu brennen.

49

Emma sprang auf und rannte zur Tür. Im Schein der Fackeln sah sie, wie die Gestalt um eine Ecke bog und verschwand. Ohne nachzudenken folgte sie ihr, ohne auf die Rufe des Grafen zu achten. Als der Gang sich gabelte, lief sie instinktiv nach links. Für kurze Zeit dachte Emma, die Frau verloren zu haben. Doch dann, nach einer weiteren Kurve, stand sie einfach da und starrte ihr entgegen.

»Wilhelmina?«, fragte Emma vorsichtig und ging zu ihr. »Du bist es tatsächlich.«

»So sehen wir uns also wieder … Was willst du?« Wilhelminas ganzer Körper strahlte Abwehr aus.

»Was tust du hier?« Emma verstand nicht, woher die Kälte in der Stimme der Frau kam, die sie einmal geschätzt, ja beinahe gemocht hatte.

»Du kriegst alles, was du willst, nicht wahr?«, zischte Wilhelmina. »Erst fliehst du vor der Ehe mit dem Grafen, dann überlegst du es dir anders und glaubst, nur mit dem Finger schnippen zu brauchen, um ihn zu bekommen!«

»Nein, Wilhelmina, so ist es nicht …«

»Pah!« Wilhelmina stieß scharf die Luft aus. »Denk nur nicht, es wäre so einfach. Er liebt nämlich mich, verstehst du, nur mich! Ich hasse dich dafür, Emma von Eisenberg, dass du ihn mir fortnehmen willst. Ich hasse dich!«

»Aber …«

Ehe Emma zu Wort kam, erschien der Graf am anderen Ende des Ganges. »Was soll das?« Er klang zornig.

Sie wandte sich zu ihm um.

»Was tut sie bei Euch?« Emmas Atem ging schnell und

keuchend, ihr Herz pochte wild, und ihr Mal brannte höllisch.

»Wer, meine Liebe, wen meinst du?« Ravensberg trat auf sie zu und streichelte beruhigend ihren Arm.

»Wilhelmina«, antwortete Emma und drehte sich nach der jungen Frau um. Niemand war da, der Gang war leer.

»Du bist müde, mein Kind, sicherlich hat dir deine Phantasie einen Streich gespielt. Dazu noch der Wein … Ich hätte dich gleich zu Bett schicken sollen, es ist meine Schuld.«

»Aber sie war da.« Emma starrte auf den Fleck, an dem Wilhelmina gestanden hatte.

»Nicht doch, meine Liebe. Es gibt auf dieser Burg keine Frau solchen Namens. Du hast es dir eingebildet, weil du übernächtigt bist, erschöpft von der Reise.«

Obwohl der Graf sie zu beschwichtigen versuchte, wusste Emma, was sie gesehen hatte. Doch sie ahnte nicht, dass bei ihrer nächsten Begegnung eine von ihnen nicht mehr am Leben sein würde.

»Habe ich nicht gesagt, du bleibst in deinem Zimmer?« Die Tür zu dem kleinen Gemach fiel krachend ins Schloss. Ravensbergs Augen loderten vor Wut.

»Sie hat dich gesehen, du kleine Dirne!«

»Es tut mir leid.« Wilhelmina verzog sich an das hinterste Ende ihres Bettes.

»Von wegen, es tut dir leid!« Der Graf kam näher.

»Soll ich mich denn von nun an immer nur verstecken?« Die junge Frau hatte Mühe, ihre Tränen zurückzuhalten. »Weil sie jetzt hier ist? Sie liebt Euch nicht, wie ich Euch liebe. Niemand kann Euch so sehr lieben.«

»Nach der Hochzeit wird auch Emma von Eisenberg nur noch das tun, was ich wünsche. Bis dahin aber hast du ihr nicht unter die Augen zu treten, verstehst du? Vielleicht schicke ich dich fort, wenn du meinem Befehl zuwiderhandelst.« Er rieb sich nachdenklich das Kinn und ließ Wilhelmina dabei nicht aus den Augen. »Ich könnte dich den Berg hinunterjagen wie einen räudigen Hund. Eine billige Hure im Hemd, mehr bist du für die Leute nicht.«

»Ich werde ihr sagen, was Ihr für ein Mensch seid!« Wilhelminas Stimme glich jetzt einem Zischen. »Sie kennt mich, sie wird mir glauben. Wenn Emma von Eisenberg erfährt, dass Ihr unschuldige Mädchen schändet und Eure Männer morden lasst, dann wird sie fort sein, ehe Ihr Euch nach ihr umgedreht habt!«

»Das würdest du nicht wagen!« Ravensberg trat ans Bett – und lächelte plötzlich. »Mir gefällt, wenn du deine Krallen ausfährst, kleine Hexe. Doch habe ich dir nicht von Anfang an etwas beigebracht? Nämlich, dass du dich niemals gegen mich stellen darfst?«

Wilhelmina glaubte, den Grafen und seine Stimmungen zu kennen. Keck zog sie ihr Hemd hoch und bot ihm ihre jungen Brüste dar. »Kommt ins Bett, mein Gebieter«, hauchte sie. »Solange ich bei Euch bleiben darf, tue ich alles für Euch. Nichts werde ich ihr verraten.«

Wenig später lag Ravensberg zwischen ihren Schenkeln und stieß so hart in sie, dass sie aufstöhnte vor Schmerz und Wollust. »Ja!«, rief sie mit rauer Stimme, »ja, Ihr liebt mich, nur mich, ich wusste es!«

Es dauerte nicht lange, bis es vorbei war. Hinterher lag er neben ihr, sein Gesicht ihr zugewandt. Er streckte die Arme nach ihr aus und umfasste mit beiden Händen ihren Kopf. Wilhelmina schnurrte wie eine Katze, als er ihre Wange streichelte und ihr Haar kraulte.

»Du hast mir immer treu gedient.« Ravensberg lächelte sie an, beinahe zärtlich.

»Ich liebe Euch, Darius.« Freudentränen traten ihr in die Augen. So behutsam ging er selten mit ihr um.

»Das weiß ich.« Der Graf ließ seine Finger um ihren

schlanken Hals gleiten. Noch ehe Wilhelmina begriff, was geschah, drückte er zu.

Erik schalt sich unterdessen einen Narren. Er hätte nicht zulassen dürfen, dass man ihn einfach so von Emma trennte. Die übrigen Landsknechte saßen frohgelaunt im Stroh und frönten dem Würfelspiel auf einer umgedrehten Schubkarre. Er hingegen hielt sich abseits und verging fast vor Sorge.

»Grüß Gott, ihr Burschen!« Beim Klang der hellen Stimme schreckte er auf. Eine dralle Magd rollte mit hochrotem Kopf ein Bierfass von nicht geringer Größe auf die herzoglichen Landsknechte zu. Sofort ließen die Männer von ihren Karten ab, um der jungen Frau zu Hilfe zu eilen.

»Was bringst du uns denn da, Mädel?«, erkundigte sich neugierig der Jüngste unter ihnen.

»Nach was sieht es denn aus?«, lachte die Magd und wischte sich mit dem Handrücken den Schweiß von der Stirn. »Der Graf war so erfreut darüber, dass ihr ihm seine Braut gebracht habt, dass er euch aus Gefälligkeit dieses kleine Fässchen ausgibt.« Sie wies mit einer ausholenden Geste auf das stattliche Fass.

»Nun«, einer der Landsknechte zog sie dicht zu sich heran, »man mag über den Grafen sagen, was man will – aber großzügig ist er. Vielleicht hast du Lust, bei uns zu bleiben und das gute Bier mit uns zu genießen, meine Hübsche?« Sein Arm legte sich fester um die runden Hüften der Frau. Als sie sich jedoch entschlossen von ihm löste, schien es ihm nicht allzu viel auszumachen.

»So gerne ich bliebe«, lächelte die Magd mit freundlichem Spott, »aber es warten noch andere Aufgaben auf mich, als mich mit euch Burschen im Heu zu vergnügen.« Mit diesen Worten verließ sie die Stallungen. Sechs leuchtende Augenpaare starrten ihr hinterher. Keiner der Männer konnte ahnen, dass das hübsche Mädchen schluchzend in sich zusammensackte, sobald es den Blicken neugieriger Beobachter entzogen war.

Ravensberg selbst trug den toten Körper nach Einbruch der Dunkelheit durch die verwaisten Gänge der Burg in sein Schlafgemach. Dort schob er Stück für Stück den schweren Eichenschrank beiseite. Eine bogenförmige Öffnung kam dahinter zum Vorschein, die in die Dunkelheit führte. Es tat ihm leid um Wilhelmina. Warum hatte sie ihm auch gedroht? Doch früher oder später hätte sie ohnehin sterben müssen. Der Graf dachte daran zurück, wie oft sie ahnungslos neben ihm gelegen hatte. Nicht nur einmal war er versucht gewesen, seine Finger um ihren schlanken Hals zu legen. Er genoss das Gefühl der Macht, wenn er tötete. Nun hatte er dem Drang nachgegeben. Hatte ihm nachgeben müssen, um Emmas willen. Stufe für Stufe, den toten Frauenleib auf dem Rücken, stieg er hinab in die Finsternis. Eine brennende Fackel leuchtete ihm den Weg. Dort unten, tief im verschwiegenen Schoß des Berges, legte er Wilhelminas Leichnam ab. Bleich schimmernde Knochen gemahnten den Grafen an lange Vergangenes. Das gefesselte Bündel Mensch zu seinen Füßen war dagegen noch voller Leben. Einen kurzen Moment lang spielte Ravensberg mit dem Gedanken, sich an ihr zu vergehen. Franziskas lange, blonde Haare erinnerten ihn ein wenig an Wilhelmina. Allerdings war sie hübscher, als seine tote Geliebte es gewesen war. Er blickte in die vor Entsetzen weit aufgerissenen Augen seiner Gefangenen. Dann zuckte er bedauernd mit den Schultern. Für heute war es genug. Ohne sich noch einmal umzusehen, machte er sich auf den Rückweg, wobei ein leises Lächeln um seine Lippen spielte. In wenigen Stunden hatte er alles in die Wege geleitet. Endlich war es so weit. Deutlich sah er Amelias Gesicht vor sich, das Gesicht seiner großen Liebe. Bald würde ihre Tochter ihm gehören.

»Komm schon, Erik! Du solltest das gute Bier nicht verkommen lassen!«

»Ich glaube nicht, dass auch nur ein Tropfen davon schlecht wird, solange es euch dort unten gibt.« Der Finne saß oben im Heustock. Während seine Kameraden fröhlich zechten, sann er darüber nach, wie er am schnellsten zu Emma gelangen konnte. Er musste sich vergewissern, dass es ihr gut ging.

»Du hattest auch schon standfestere Tage«, hörte er unter sich den Landsknecht Peter lallen. Erik ignorierte den betrunkenen Zuruf und hing weiter seinen Gedanken nach. Zuerst fiel ihm nicht auf, dass die Männer von Minute zu Minute stiller wurden. Als mit einem Mal jedoch vollkommenes Schweigen herrschte, begann er sich zu sorgen.

Seine Kameraden schienen zu schlafen. Was Erik stutzig machte, war, dass keiner von ihnen schnarchte oder sich im Traum bewegte. Ja, sie schienen gar nicht zu atmen. Vorsichtig verließ er seinen Platz im Heustock und sprang neben dem Landsknecht Max ins Stroh. Der junge Mann lag auf dem Rücken, den Mund weit aufgerissen, die Augen geschlossen. Erik legte seine Hand auf die Brust des Freundes, obwohl ihm bereits klar war, dass er dort keinen Herzschlag finden würde. Max war tot, genau wie die anderen herzoglichen Landsknechte. Sie alle waren einem heimtückischen Anschlag zum Opfer gefallen. Erik wusste nicht, welches Gift man dem Bier beigemengt hatte, aber es war schnell und tödlich gewesen.

Ein gedämpftes Geräusch drang an sein Ohr. Erik hörte die Schritte und reagierte blitzschnell. Als die hübsche Magd, die ihnen das versetzte Bier gebracht hatte, auf Zehenspitzen hereinschlich, war er bereits oben im Heustock verborgen.

»In Ordnung, sie schlafen!«, rief das Mädchen aus, während ihre Augen über die reglosen Landsknechte wanderten. Drei bewaffnete Männer, ihre Kleider trugen das Wappen Ravensbergs, stürmten in das Stallgebäude. Aus seinem Versteck heraus beobachtete Erik stumm das Geschehen. Die Kerle waren groß und kräftig gebaut. Alleine und unbewaffnet hatte er gegen sie keine Chance. Er betete zu den alten Göttern seiner Heimat, dass sie ihn nicht entdecken würden. Der schnelle Schlag seines Herzens schien ihm verräterisch laut.

»Gute Arbeit, Kleine«, grinste unten einer der Männer und schlug der Magd klatschend auf das einladende Hinterteil. »Die sind mausetot.«

Das ohnehin schon blasse Gesicht des Mädchens wurde bei diesen Worten noch bleicher. »Aber …«, setzte sie an.

»Moment«, unterbrach sie da einer von Ravensbergs Leuten. »Ich zähle hier nur eins, zwei, drei, vier, fünf – sechs. Bei ihrer Ankunft waren sie aber zu siebt, ich bin ganz sicher. Einer von diesem Pack muss die Gefahr gerochen haben und geflüchtet sein.«

»Wir suchen ihn.« Der dritte Mann trat vor, den Blick starr auf die Toten zu seinen Füßen gerichtet. »Der Graf wird uns die Hölle heißmachen, wenn wir ihn nicht finden.«

»Der blonde Hüne fehlt. Derjenige, der sich dagegen gewehrt hat, von seiner Herrin getrennt zu werden.«

»Ja, ich erinnere mich an den Kerl. Falls er sich noch auf dem Berg aufhält, dürfte es nicht allzu schwierig sein, ihn zu stellen.«

»In Ordnung. Ihr beide vergrabt die Leichen, und zwar so, dass kein Fuchs die bleichen Knochen wieder ans Tageslicht zerrt. Ich informiere derweil die Wachleute auf den Zinnen und am Tor. Wenn der Mann sich noch innerhalb der Mauern befindet, kann er uns nicht entkommen.«

Erik beobachtete, wie Ravensbergs Leute seine toten Gefährten fortschafften. Die junge Magd hatte sich unterdessen auf einem Bündel Stroh niedergelassen und war in sich zusammengesackt. »Nein«, wimmerte sie, schlug die Hände vors Gesicht und raufte sich in heller Verzweiflung die Haare. »Nein, das darf nicht sein …« Ihr Schluchzen war herzzerreißend, doch keiner nahm Notiz von ihr.

»Du solltest dir das nicht so zu Herzen nehmen«, riet ihr schließlich einer der Männer, »sonst wirst du im Dienst unseres Grafen kein gutes Auskommen haben.«

Erik war gottfroh, als sie den Stall endlich verließen. Sein Herzschlag wurde ruhiger. Das Mädchen unter ihm weinte noch immer. Er ließ sie nicht aus den Augen. Ihm war klar, dass er handeln musste, wenn er verhindern wollte, dass Emma und Franziska Leid geschah. Die Angst, dass er zu spät kommen könnte, dass ihnen längst etwas zugestoßen war, fraß an ihm. ›Es geht ihnen gut‹, er verbiss sich in den Gedanken, versuchte, sich selbst Mut zu machen. ›Emma geht es gut.‹

Lautlos wie eine Katze kletterte er aus seinem Versteck. Die Magd bemerkte ihn erst, als seine Hand sich längst auf ihren Mund gesenkt hatte und ihren Schrei im Keim erstickte.

»Du hast meine Freunde umgebracht, ohne mit der Wimper zu zucken.« Erik nahm keine Rücksicht auf die offensichtliche Pein der jungen Frau. »Vielleicht erzählst du mir, warum du das getan hast?«

Die Magd nickte schluchzend. Ihre Tränen benetzten seine Finger.

»Aber ich warne dich. Wenn du schreist oder versuchst zu fliehen, bringe ich dich genauso kaltblütig um wie du meine Kameraden. Nur schneller.« Der Finne war sicher, dass die Kleine keine Gefahr für ihn darstellte, verstört, wie sie war. Möglicherweise konnte sie ihm helfen. Als er sie losließ, starrte sie ihn reglos an.

»Ich habe nicht viel Zeit.« Erik strich sich das blonde

Haar aus dem Gesicht, während es hinter seiner Stirn fieberhaft arbeitete. »Vermute ich richtig, dass du keine Ahnung davon hattest, was sich in dem Bier befand?«

»Doch, ein Schlafmittel. Ich sollte unauffällig warten, bis keiner sich mehr rührte, und dann die Männer des Grafen herbeirufen. Das habe ich ja auch getan…«, ihre Schultern bebten heftig, »… aber ich wusste doch nicht, dass ich sie damit töten würde.«

»Dienst du ihm gerne, deinem Herrn?«

Das Mädchen schaute sich ängstlich um, ehe es den Kopf schüttelte. »Nein, ich möchte nichts anderes als nach Hause zurück. Aber ich darf nicht, sonst würde der Graf meinen Eltern und Geschwistern etwas antun.«

»Woher kommst du?«

»Aus Peiting, dem Dorf, das gleich am Fuß des Berges liegt.«

Erik atmete auf. Der Plan, der in seinem Kopf Gestalt annahm, könnte funktionieren. Wie heißt du, Mädchen?«

»Rebecca.«

»Gut, Rebecca. Nachdem du hier aufgewachsen bist, nehme ich an, du kennst dich in der Gegend gut aus. Glaubst du, du kannst mich aus der Burg und hinunter in dein Dorf führen, ohne dass wir entdeckt werden?«

»Was wollt Ihr von meinen Leuten?«

»Es wird Zeit, dass sie sich gegen den alten Tyrannen erheben«, murmelte Erik finster. Wieder drohte ihn die Angst zu übermannen, Emma und Franziska könnte längst etwas zugestoßen sein. »Er steht unter Verdacht, einen anderen Grafen ermordet zu haben. Und nach dem, was sich hier vor meinen Augen abgespielt hat, habe ich keinen Zweifel mehr daran, dass dem so ist.«

»Ich kann Euch nichts versprechen«, Rebeccas Augen begannen zu leuchten, »aber ich glaube, wir könnten es bis ins Dorf schaffen.«

50

Erik musste an sich halten, um das Mädchen nicht anzufahren. Das Knacken der Zweige unter ihren Füßen schien ihm viel zu laut für die stille Nacht. Sie war kein Jäger wie er, hatte nie gelernt, wie man sich lautlos durch das Dickicht bewegte.

Dabei war Rebecca so leise und vorsichtig sie konnte. Sie hatte ihn durch eine schmale, unauffällige Tür aus den Mauern der Burg hinausgeführt. Wäre sie nicht gewesen, hätte er die Pforte, versteckt hinter einem hoch aufgeschichteten Stapel Holz, nicht gefunden. Erik war dankbar für das Hereinbrechen der Nacht und die dichten Bäume des Waldes. Ohne diese Umstände wäre ihnen die Flucht wohl nicht geglückt.

»Ist es noch weit?«, raunte er und griff nach dem Arm der jungen Frau, als diese zu stolpern drohte.

»Nein«, wisperte Rebecca und blickte sich scheu nach ihm um. »Wenn wir den Wald hinter uns gelassen haben, sind wir fast da.«

Das Dorf lag mondbeschienen vor ihnen, als sie aus dem Schatten der Bäume traten. Um sie herum war alles ruhig, keine Spur von den Männern des Grafen.

»Wir haben Glück«, raunte Erik, »sie nehmen wohl an, dass ich mich noch auf der Burg befinde, und suchen mich dort. Wer hat bei euch im Ort am meisten zu sagen? Dorthin musst du mich bringen, und zwar schnell.«

Peiting schien verlassen, die Häuser waren dunkel. Keine Menschenseele begegnete ihnen.

»Sie sind in der Kirche«, klärte Rebecca ihn auf, als ihr

einfiel, welcher Tag heute war. Zielstrebig führte sie ihn auf das schindelgedeckte Gotteshaus zu.

»Es ist spät, fast schon mitten in der Nacht. Was tun deine Leute um diese Zeit in der Kirche?«

»Ach so.« Rebecca drehte sich kurz zu ihm um. »Ihr seid ja nicht von hier. Vor etwa zwölf Jahren sind bei uns zwei Mädchen verschwunden, beide waren auf den Namen ›Magdalena‹ getauft. Eine von ihnen war verlobt. Eines Tages, nur wenige Wochen vor der geplanten Hochzeit, hüteten sie gemeinsam die Schafe an den Hängen des Schlossbergs. Die Tiere kamen nach und nach zurück – doch ohne die Mädchen. Von ihnen fehlte jede Spur. Man hat überall nach ihnen gesucht, aber sie waren wie vom Erdboden verschluckt. Es war ein Sonnabend, als man ihr Verschwinden feststellte, und die ersten Schafe kamen um kurz vor Mitternacht ins Dorf getrottet. Deshalb gedenken wir an jedem ersten Sonnabend im Monat – den ›Magdalenen-Tagen‹ – um die Stunde ihres Verschwindens unseren beiden Magdalenas.«

»Man hat nie wieder etwas von ihnen gehört?«

»Nein.«

»Ich verstehe.« Erik nickte ihr zu. »Lass uns hineingehen.«

»Wenn ich irgendetwas tun kann, um Euch zu helfen, werde ich das tun. Hätte ich geahnt, dass das Bier Eure Leute töten würde, ich hätte diese Schuld niemals auf mich geladen.«

Erik war froh über das Mädchen an seiner Seite. Er war ein Fremder hier im Dorf. Wahrscheinlich würden ihre Worte mehr bewirken als die seinen.

»Was ist?«, fragte Erik, als Rebecca sich nicht rührte. »Wir müssen hinein.«

»Ich weiß. Ich will Euch ja so gerne helfen – aber ich habe Angst.« Die Augen des Mädchens waren vor Furcht geweitet. »Was geschieht mit meinen Leuten, wenn sie Euch folgen? Was, wenn die Erhebung scheitert?«

»Was geschieht mit dir, wenn der Graf deinen Verrat entdeckt? Du hast keine andere Wahl, Mädchen, wir müssen handeln.« Erik stieß die Tür auf.

»Agnus Dei qui tollis peccata mundi …« Der Pfarrer brach ab, und die Köpfe der Gemeindemitglieder drehten sich nach dem Störenfried um. Die Frauen saßen zur rechten Seite, die Männer zur linken, und alle starrten fassungslos auf den Fremden.

»Was …?«, setzte der Pfarrer an und musterte den großen Finnen wie einen Geist.

»Vater!« Rebecca schlüpfte an Erik vorbei und lief auf einen mageren Mann zu, der sich aus der Kirchenbank erhoben hatte.

»Rebecca, Mädel, was ist denn nur geschehen?« Ungläubig schaute er auf seine Tochter, die sich ihm in die Arme geworfen hatte.

»Ich bin geflohen. Die Männer … ich habe sie umgebracht, sie sind tot. Der Graf … ich … ich wusste es nicht.« Die ganze Kirche lauschte atemlos den bruchstückhaft hervorgestoßenen Worten des Mädchens.

Erik wartete eine kurze Weile ab und sah zu, wie Rebeccas Vater ihr beruhigend über das Haar strich. Dann trat er vor, und alle Augen richteten sich auf ihn.

»Verzeiht, dass ich eure heilige Messe störe.« Er marschierte direkt auf den Geistlichen zu und stellte sich neben ihn. »Aber es sind Umstände eingetreten, die euch allen eine schnelle Entscheidung abverlangen werden. Ich stehe in den Diensten unseres Herzogs Albrecht, und ich brauche euch, um Gerechtigkeit zu erlangen. Es ist an der Zeit, den Schandtaten des Grafen Ravensberg ein Ende zu bereiten. Erst heute Abend hat er meine Kameraden, allesamt herzogliche Landsknechte, ermorden lassen – von

Rebecca.« Atemloses Schweigen folgte auf die Worte des Finnen.

»Nein! Nicht mein Kind!«, rief da eine schmale Frau.

»Doch, Mutter.« Rebecca sah mit Tränen in den Augen in Richtung der Ruferin. »Ich habe den Freunden dieses Mannes vergiftetes Bier gebracht. Sie waren arglos … Aber ich schwöre bei Gott, ich wusste nicht, dass es sie umbringen würde.«

»Ihr alle leidet unter eurem Herrn. Schon gestern, als wir durch euer Dorf kamen, fielen uns die dunklen Schatten auf, welche die Burg auf dem Schlossberg auf eure Gemeinde wirft. Selbst die kleinen Kinder haben schon Angst vor dem Grafen und wissen um seine Grausamkeit. Dem Treiben dieses Mannes muss ein Ende gesetzt werden, damit eure Frauen, eure Töchter und Söhne wieder ruhig schlafen können!«

»Wer sagt uns, dass wir nicht mit furchtbarer Strafe rechnen müssen, wenn wir uns gegen ihn erheben?«, warf ein kleiner Mann aus der vordersten Bankreihe ein.

»Niemand. Ich möchte euch nicht belügen. Wenn wir scheitern, müsst ihr alle vor Ravensbergs Schergen fliehen. Nach München, zu unserem Herzog, der seine schützende Hand über euch halten wird.«

»Ha! Von wegen schützende Hand! Aufhängen wird er uns für unseren Widerstand!« Die Stimme der Alten klang schrill.

»Nein, gute Frau.« Erik ging zu der weißhaarigen Sprecherin. »Ich weiß, Mütterchen, du hast keinen Grund, mir zu vertrauen. Doch so wahr ich hier vor dir stehe, schwöre ich, dass der Herzog auf unserer Seite sein wird. Er hasst jedwedes Unrecht, und er steht treu zu seinen Untertanen. Euer Graf ist ein Mörder, ein Verbrecher – Rebecca kann es bezeugen. Außerdem hat er die Tochter des verstorbenen Grafen Eisenberg in seiner Gewalt. Es ist unsere Pflicht zu verhindern, dass ihr etwas geschieht.« Eriks Herz zog sich vor Furcht zusammen, wenn er daran dachte, in welcher Gefahr Emma schwebte.

»Wir sollen uns also für ein Adelsdämchen opfern?« Ein hochgewachsener Jüngling erhob sich aufgebracht.

»Nein«, rief Erik. »Für die Gerechtigkeit sollt ihr kämpfen! Für eure Sicherheit und die eurer Familien! Ich weiß nicht, wie stark die Welfenburg bewehrt ist. Vielleicht ist einer unter euch, der mehr dazu sagen kann. Wenn nicht, wenn die Peitinger zu feige sind für einen Aufstand gegen den Tyrannen, dann gehe ich alleine. Mag sein, dass ich als Einzelner auf verlorenem Feld kämpfe – aber ich kämpfe für die Gerechtigkeit!« Erik hatte den Pfarrer längst verdrängt und betete nun inbrünstig, dass die Leute vor ihm seinen Worten Gehör schenken würden.

»Er hat recht!« Rebecca löste sich aus den sicheren Armen ihres Vaters. »Ich will nicht mehr so weitermachen wie bisher. Ich will selbst entscheiden können, wo ich lebe und wem ich diene. Ohne dass ich um das Glück meiner Eltern und meiner Geschwister fürchten muss. Ich mag keine große Hilfe sein«, wandte sie sich an den Finnen, »aber ich komme mit Euch.«

»Es ist mutig von dir, begangenes Unrecht wiedergutmachen zu wollen.« Er nickte ihr zu.

»Fünfzehn Kämpfer, schätze ich, maximal fünfundzwanzig – mehr hat er nicht.« Ein großer, dunkelhaariger Mann trat aus der Kirchbank. An seiner Hand führte er einen Jungen, in dem Erik Hans Schützner, den Knaben vom Vortag wiedererkannte. »Allesamt gefährliche, grobschlächtige Gesellen. Aber wenn wir zusammenhalten, müsste es machbar sein. Vorausgesetzt, es kommt überhaupt zum Kampf, denn die Mauern der Burg sind dick. Sei es, wie es sei, Ihr könnt auf meine Unterstützung zählen.«

Schützners Worte zeigten Wirkung. Unter dem Schluchzen und Beten der alten Frauen und des Geistlichen schlossen sich immer mehr Männer und Frauen der Unternehmung an. Das Kirchenportal wurde aufgestoßen, und die Peitinger strömten hinaus in die Nacht, um endlich für Gerechtigkeit und Freiheit zu kämpfen. Fackeln wurden entzündet, Heugabeln zu Waffen umfunktioniert und Messer und Schwerter hervorgeholt. Keiner der Männer und kaum eine der Frauen hielt sich zurück. Der jahrzehntelang schwelende Hass der Dörfler hatte sich entzündet. Sie alle scharten sich um Erik und den älteren Hans Schützner. Die Zeit war reif. Die Peitinger verließen ihre Häuser und erklommen geschlossen im hellen Schein ihrer Fackeln den Berg. »Tod dem Grafen!«, skandierten sie im Chor. Erik hinderte sie nicht daran. Es war ohnehin unmöglich, mit all den Menschen ungesehen bis vor die Burg zu gelangen. Er war getrieben von dem Gedanken, Ravensberg das Handwerk zu legen und Emma in seine Arme zu reißen.

51

Als sie die Tür hinter sich zuzog, registrierte sie als Erstes den fehlenden Schlüssel. Panisch sah sie sich in dem feinen Schlafgemach um. Die Wände waren mit großen Blütenköpfen bemalt, die so täuschend echt wirkten, dass man beinahe glaubte, ihren feinen Duft riechen zu können. Die Mitte des Raumes zierte ein großes Bett, in dessen hölzernes Gestell kunstvoll ein Rudel flüchtender Hirsche eingeschnitzt war. Ansonsten war der Raum bis auf einen schlichten Nachttopf und eine große Schüssel mit Waschwasser leer. Emma war benommen von dem Wein, den ihr der Graf kredenzt hatte, und von der Begegnung mit Wilhelmina. Ihr Mal brannte noch immer wie Feuer. Wo war Franziska? War es wirklich Wilhelmina gewesen, die so schroff mit ihr gesprochen hatte? Wilhelmina, die sie damals durch ihr beherztes Eingreifen vor dem lüsternen Landsknecht Rudolf bewahrt hatte?

Emma warf sich bäuchlings auf das frisch gerichtete Bett, vergrub ihr Gesicht in den Kissen und wartete darauf, dass der Schwindel in ihrem Kopf nachließ. Ravensberg war all ihren Fragen ausgewichen. Nach der Begegnung mit Wilhelmina hatte der Graf sie allein in der großen Halle zurückgelassen, damit sie wieder zu sich finden könne. Später war er wiedergekommen und hatte sie zu ihrem Schlafgemach geführt. Emma konnte nicht ahnen, was in der Zwischenzeit in diesem Zimmer geschehen war. Sie wusste nichts von Wilhelminas qualvollem Tod. Sie hatte nur erleichtert aufgeatmet, als Ravensberg ihr eine gute Nacht wünschte und sie anschließend verließ. Sie wollte noch eine Weile hier in dem Zimmer ausharren, um dann im Schutz der Nacht nach Franziska zu suchen. Vielleicht gelang es ihr auch, Erik zu finden. Mit dem Finnen an ihrer Seite hätte sie sich nicht so hilflos gefühlt.

Emma zuckte zurück, als sie etwas in der Nase kitzelte. Sie griff danach und hielt ein feines, blondes Haar zwischen ihren Fingern. Ihre Kehle wurde so eng, als schnüre ihr jemand gewaltsam die Luft ab. Sie sah Wilhelminas Gesicht vor sich, verzerrt von ungläubigem Entsetzen. Zutiefst erschrocken sprang sie auf, fort von dem Grauen, das sie unvorbereitet auf der weichen Decke überfallen hatte. Sie hatte nicht gesehen, wessen Hände um Wilhelminas Hals gelegen hatten, doch sie glaubte es zu wissen. Emma hockte sich auf den blanken Boden und tastete mit der Hand nach dem Sternenmal an ihrem Knöchel. Das Pochen breitete sich langsam über Finger und Arme in ihrem ganzen Körper aus. Das Blut in ihren Adern rauschte, und ihr Herz klopfte wild. Als sie sich erhob, fühlte sie sich stark genug, um nach Ziska zu suchen. Sie ging zur Tür und zog sie auf. Ihr gegenüber stand Ravensberg.

Er lächelte sie an. »Wolltest du spazieren gehen, meine Liebe?«, fragte er sanft und trat in den Raum. »Ich hatte angenommen, du würdest längst schlafen.« Mangels einer anderen Sitzgelegenheit nahm er auf der Bettkante Platz. Emma blieb stehen.

»Ich wollte nachsehen, ob der Schlüssel außen an der Tür steckt«, antwortete sie leise. »Mir ist nicht wohl dabei, in einem unverriegelten Zimmer zu schlafen.«

»Du musst keine Angst haben. Auf meiner Burg hast du nichts zu befürchten.« Er ließ sie nicht aus den Augen. »Wie gefällt dir dein Gemach? Es hat einmal einer lieben Freundin gehört.«

Irrte sie sich, oder glomm bei der Erwähnung dieser Frau ein Leuchten in seinem Gesicht auf? Bezogen sich seine

Worte auf Wilhelmina, die er hier in diesem Zimmer umgebracht hatte? Emma blickte ihn an und hatte keine Zweifel mehr daran, dass der Mann vor ihr ein Mörder war.

»Es ist sehr hübsch, vielen Dank.«

»Nicht doch. Selbstverständlich wurde das schönste Quartier sofort für dich freigemacht.«

Er betonte das letzte Wort. Emma wurde kalt. Wo nur war Franziska? Lebte sie noch? Oder hatte Ravensberg ihr längst etwas angetan?

»Verzeiht mir«, sie ging in Richtung der Tür, »aber ich bin sehr müde. Sicherlich finden wir morgen Gelegenheit, unser Gespräch fortzusetzen.«

»Natürlich bist du müde.« Der Graf erhob sich, als wolle er ihrer Aufforderung Folge leisten. Doch statt sie alleine zu lassen, blieb er vor Emma stehen und legte seine Hand an ihre Wange. »Aber das ist für mich kein Grund zu gehen.«

Emma wich einen Schritt zurück. Die Erinnerung an die Geschehnisse in ihrem Turmzimmer stand ihr mit einem Schlag glasklar vor Augen. Sie sah Ravensberg, der ihr von ihrer Mutter erzählte, um sie kurz darauf hart anzupacken und zu bedrohen.

»Was soll das heißen?« Sie brachte noch mehr Abstand zwischen sich und den Grafen, die Tür behielt sie im Blick.

»Jahrelang habe ich mich danach gesehnt«, ein fanatisches Glitzern glomm in seinen Augen, »Amelia wieder in meine Arme schließen zu können. Du siehst aus wie deine Mutter, du bewegst dich wie sie, du lachst wie sie. Du *bist* Amelia.« Er trat auf sie zu. »Und jetzt bist du mein.« Ein tiefes Lachen reinster Glückseligkeit entrang sich seiner Kehle. »Meine Amelia«, flüsterte er staunend, »du bist die einzige Frau, die ich je wirklich geliebt habe. Dir würde ich niemals etwas antun, dir niemals schaden.«

Emma blieb stocksteif, als er andächtig die Konturen ihres Gesichts nachfuhr.

»Du liebst mich auch, nicht wahr?«, fragte er. »Du kannst es ruhig zugeben. Hab keine Angst, Amelia, dein Mann ist nicht mehr am Leben. Du bist frei, frei für mich.«

Emma zog scharf die Luft ein, doch Ravensberg schien es nicht zu bemerken.

»Sag, dass du mich liebst«, forderte er.

»Ich liebe dich«, sagte Emma und betete zu Gott dem Allmächtigen, dass rechtzeitig jemand kommen möge, um sie aus den Klauen dieses Wahnsinnigen zu befreien.

»Jetzt küss mich, Amelia.« Seine Lippen näherten sich den ihren. Schnell wandte sie sich ab und hauchte einen Kuss auf seine Wange. Als ihre Lippen seine Haut berührten, wurde ihr übel.

»Was ist mit meinem Mann geschehen?« Emma konnte nur hoffen, dass er sich nicht plötzlich daran erinnerte, dass sie nicht Amelia war.

»Tot und begraben, dein Richard. Er hat dafür bezahlt, dass er dich mir weggenommen hat.«

»Hast du ihn getötet?« Sie ließ ihre Stimme sanft und einschmeichelnd klingen, obwohl der brodelnde Hass in ihrem Inneren sie schier umbrachte.

»Mitten ins Herz, meine Teure, mitten ins Herz.« Er lächelte Emma strahlend an. »Sie haben den jungen Freyberger als Verdächtigen eingesperrt, dafür habe ich gesorgt. Ich sage es dir nicht gern, aber der Kerl hat sich an dein kleines Mädchen herangemacht.«

»So ein Schuft!«, rief sie aus. Das Sternenmal an ihrem Fuß glühte jetzt angenehm warm und schien sie in ihrem Tun zu bestärken. »Wie hast du den Schurken ins Gefängnis gebracht?«

»Dolch und Ring …«, murmelte Ravensberg. »Komm her.« Seine Arme streckten sich nach ihr aus und rissen sie an sich. Er zwang sie mit seinem Griff, ihm ins Gesicht zu blicken. Der trübe Schleier vor seinen Augen schien sich ein wenig zu lichten.

»Weißt du, wo Franziska ist?« Sie riskierte mit ihrer Frage, ihn vollends in die Realität zurückzuholen. Noch immer hielt er sie an sich gepresst, sein Gesicht drückte er an die warme Haut ihres Halses.

»Seltsam, dass du das wissen willst.« Er legte seine Hände auf ihre Schultern und blickte Emma prüfend an. »Sie ist unten, bei Wilhelmina und den anderen. Bestimmt unterhält sie sich prächtig, mein Herz. Lass uns zu Bett gehen, Amelia, was interessiert uns noch dieses Mädchen?«

Ehe sie reagieren konnte, hatte er sie schon auf seine Arme gehoben. Als er sie auf die weichen Kissen fallen ließ, hatte sie wieder die drückenden Hände vor Augen, die sich um Wilhelminas Hals legten. Sie keuchte.

»Du kannst es kaum mehr erwarten, mein Schatz, ich verstehe dich. Viel zu lange waren wir voneinander getrennt.«

Der Graf von Ravensberg beugte sich über sie, um der Amelia seiner Phantasie seine Liebe zu beweisen. Emma schielte zur Tür und versuchte vorsichtig, sich seinem Zugriff zu entziehen. Sie bekam immer weniger Luft. Sie wehrte sich kraftvoller, doch auch das half ihr nicht. Da begann sie trotz ihrer Atemnot so laut zu schreien, wie sie konnte. Bunte Lichtsplitter explodierten vor ihren Augen.

Im gleichen Moment erreichte der Fackelzug der Peitinger die Tore der Welfenburg.

Emmas Haar hatte sich gelöst und hing ihr wirr um den Kopf. Ihre rechte Wange war geschwollen an der Stelle, an der die Faust des Grafen sie getroffen hatte. Längst waren ihre Schreie verstummt. Ihre Oberlippe blutete, und noch immer hatte sie das Gefühl, als drücke irgendetwas ihr die

Luft ab. Sie hatte kaum mehr die Kraft, sich gegen Ravensberg zur Wehr zu setzen. Der mühte sich fluchend, Emma festzuhalten. Nach einem weiteren Schlag in ihr Gesicht gelang ihm das auch. Sie fühlte sich unfähig, sich zu bewegen. Da wurde unvermutet die Tür aufgerissen. Hoffnung durchströmte Emma. Dann sah sie in das Gesicht des Mannes und erkannte, dass er nicht ihretwegen gekommen war.

»Herr, ich ... Verzeiht die Störung, aber ...«

»Was ist?«, herrschte Ravensberg ihn grob an. Er stieß Emma von sich und stand auf. »Habt ihr den Kerl gefunden?«

»Nein. Das heißt ... eigentlich ja.«

»Geh nach draußen«, befahl ihm der Graf. Ehe er dem Mann folgte, zog er einen schmiedeeisernen Schlüssel aus der Hosentasche.

»Du wartest hier auf mich«, wandte er sich an Emma. »Wir beide, meine Liebe, sind noch lange nicht fertig miteinander.« Seine Stimme klang eiskalt. Er wusste also wieder, wer sie war. Sie hörte, wie der Schlüssel im Schloss gedreht wurde. Obwohl ihr ganzer Körper schmerzte, schleppte sie sich zur Tür und legte ihr Ohr an das Holz.

»... steht vor dem Tor.«

»Dann ergreift ihn doch endlich – warum belästigst du mich damit?«

Die Stimmen waren leise, doch gut verständlich. Emma hielt den Atem an, damit ihr nur ja kein Wort entging.

»Der Kerl ist nicht alleine. Ganz Peiting ist vor der Burg aufmarschiert und verlangt Eure Unterwerfung.«

»Das kann nicht sein! Das würde dieses Pack nicht wagen!«

»Ich fürchte aber, so ist es, Herr. Insbesondere fordert der blonde Anführer die Auslieferung Eurer Braut und ihrer Magd.«

»Was bildet der Kerl sich ein! Habt ihr die Mauern besetzt?«

»Ja, Herr. Sie haben keine Chance, in die Burg zu kommen.«

»Gut. Geh hinaus und halte die Stellung. Ich werde gleich da sein und dafür sorgen, dass dieses Gesindel verschwindet.«

Emma hörte, wie der Schlüssel sich erneut im Schloss drehte, und gelangte gerade noch rechtzeitig zurück aufs Bett.

»Nicht nötig, dich einzuschließen, meine Liebe.« Der Graf kam auf sie zu. Ein fanatischer Funke glomm noch immer in seinen Augen. »Wir machen einen Spaziergang.«

»Wohin gehen wir?« Emma kroch ans äußerste Ende des Bettes.

»Ein wenig frische Luft wird dir guttun. Dann wirst du dir in Zukunft nicht mehr einbilden, Menschen zu sehen, die gar nicht existieren.« Er lachte laut und griff nach ihr. Emma folgte ihm widerstandslos. Alles schien besser, als in diesem Raum eingesperrt zu bleiben.

»Ich möchte dir etwas zeigen.« Ravensberg hielt ihren Arm fest umklammert. »All die Jahre habe ich geglaubt, meine Amelia wäre in deiner Gestalt zu mir zurückgekehrt. Du warst noch ein Kind, da habe ich dich bereits an meiner Seite gesehen. Ich habe Pläne geschmiedet und dich im Auge behalten. Dann endlich war es so weit. Du warst zu einer Frau herangewachsen, zu Amelias Ebenbild. Doch dein Vater, dieser Narr, stellte sich mir in den Weg.«

»Da habt Ihr ihn einfach umgebracht.« Emma zitterte vor Furcht und Wut.

»Ja. Jetzt, da ohnehin bald alles vorbei ist, schadet es nicht, wenn du es weißt.«

»Was wird bald vorbei sein?« Emma vermochte kaum zu sprechen.

»Du hast mich enttäuscht, meine Liebe, zutiefst enttäuscht.« Er blickte sie mit bedauerndem Kopfschütteln an. »Du hast meine jahrelangen Hoffnungen zunichtegemacht. Immer wieder habe ich dir deine Fehler verziehen. Doch nun kann ich nicht mehr darüber hinwegsehen. Du siehst aus wie deine Mutter, aber alles andere ist verkehrt. Du bist nicht wie sie. Ein solch wildes, aufbrausendes Wesen hätte meine Amelia niemals an den Tag gelegt. Sie war zart und sanft. Du dagegen bist eine Hexe, dass du mich dazu gebracht hast, dir meine Liebe zu schenken.«

»Wie konntet Ihr nur glauben, sie könnte zu Euch zurückkommen? Meine Mutter ist tot!«, rief Emma, ihre Angst vergessend. »Sie ist seit fast zwei Jahrzehnten tot – und Ihr seid verrückt.«

»Du bist schuld!« Ravensberg packte sie so fest, dass es wehtat. »Du ganz allein bist schuld – denn du hast meine Hoffnungen genährt mit deiner Erscheinung, deinem Lachen.«

»Was wollt Ihr nun tun, wo Ihr erkannt habt, dass Ihr mich doch nicht liebt? Lasst mich gehen. Ich werde Euch nie wieder vor Augen treten.«

»Eine Hexe kann ich nicht am Leben lassen.« Seine Hand fuhr an ihre Kehle, und sie keuchte. Abrupt ließ er sie wieder los. »Jetzt fürchtest du dich, nicht wahr? Wärst du ein bisschen mehr wie sie, ich hätte dich am Leben gelassen. Stattdessen wirst du nun meinen anderen Frauen Gesellschaft leisten. Sie werden froh sein, dich zu sehen. Alle dort unten werden dich in ihrer Mitte aufnehmen.«

»Wovon sprecht Ihr?«, krächzte Emma, die kaum Luft bekam. Es war, als umklammerten seine Hände immer noch ihren Hals.

»Warte es ab ...« Mit dem Fuß stieß Ravensberg die Tür nach draußen auf und zerrte sie mit sich auf die Mauern der Burg.

»Schau!«, lachte er, »wie sie dort unten stehen und nichts unternehmen können!«

Emma blickte hinunter auf die mit Fackeln und Mistgabeln bewaffneten Peitinger. Ganz vorne erkannte sie Erik, Tränen schossen ihr in die Augen.

»Wir fordern Euch auf, Euch zu ergeben. Ihr seid ein Mörder und Verbrecher. Es ist an der Zeit, Euch Eurer gerechten Strafe zuzuführen. Ergebt Euch jetzt, und Euren Leuten wird nichts geschehen.«

Emma kannte den Mann neben Erik nicht. Ihr Blick ruhte auf Erik. Vielleicht würde sie niemals wieder mit ihm reden können. Wenn Ravensberg sie umbrachte, würde sie niemals mehr seine Lippen auf ihrer Haut spüren. Sie nahm das kalte Metall an ihrem Hals nicht wahr, so verstrickt war sie in die Tausende von Gedanken, die sich in ihrem Kopf überschlugen. Die Menschen unten vor der Burg stöhnten auf, als sie die Klinge in Ravensbergs Hand sahen.

»Sie ist es, die ihr haben wollt, nicht wahr?«, rief er den Leuten zu und drückte das Messer noch fester gegen Emmas Hals. Die Nacht war still, und Geräusche trugen weit. »Glaubt ja nicht, dass ihr sie lebend bekommt, wenn ihr euch nicht sofort zurück in euer Dorf schert!«

»Ergebt Euch«, brüllte von unten der Mann an Eriks Seite. »Wir gehen nicht fort, ehe Ihr gefesselt im Kerker liegt!«

»Lasst sie gehen, sie und ihre Magd!« Erik legte den Kopf in den Nacken und schleuderte die Worte dem Grafen entgegen. Ihm drehte sich der Magen um bei dem Anblick, der sich ihm bot. Seine Hände bebten, und seine Augen waren feucht. War es nicht erst gestern gewesen, als Tebal seine Frau und seine Kinder auf ebendiese Weise ermordet hatte? Sollte er wieder zu spät kommen?

»Ihr alle dürft zusehen, wie diese Hexe stirbt!« Der Graf fasste Emma an den Haaren und riss ihren Kopf heftig zurück, so dass ihr Hals freilag. Die Peitinger starrten entsetzt nach oben. Auch einige von Ravensbergs eigenen Leuten schauten fassungslos in Richtung ihres Herrn. Nur der engste Kreis um den Grafen wusste von seiner maßlosen Grausamkeit. Es waren jene drei Männer, die kaltblütig die Leichen von Eriks Kameraden beiseitegeschafft hatten. Die übrigen Bediensteten hatten Gerüchte über ihren Herrn gehört, Andeutungen, die drückend in der Luft hingen.

»Es wird Zeit, dich von dieser Welt zu verabschieden, meine Liebe.« Emma spürte den warmen Atem des Grafen an ihrem Ohr. »Noch habt ihr Zeit zu verschwinden – wenn ihr wollt, dass ich sie am Leben lasse!«, brüllte er wieder in Richtung der aufgebrachten Peitinger.

»Gebt auf! Wir weichen keinen Meter!« Der Rufer war jener Mann, der zuvor neben Erik gestanden hatte. Emma suchte im Schein der Fackeln nach dem Finnen, doch sie konnte ihn nicht entdecken. Er war nicht mehr unter den versammelten Menschen. Mit einem Mal wurde ihr kalt. Jetzt ist alles vorbei, dachte sie. Die Angst verschwand, und sie empfand nichts als Reue, Erik nicht gesagt zu haben, wie viel er ihr bedeutete.

»Dann seht, wie sie stirbt!« Ravensberg riss ihren Kopf noch weiter zurück. Seine Hand umfasste den Griff der Klinge fester. Emma musste seine Augen nicht sehen, um das wahnsinnige Funkeln zu erahnen, das darin glühte.

52

»Vater!« Marzan schritt unruhig auf und ab. »Schau mich doch an. Sieh, wie gut ich mich erholt habe. Du hast mich freigesprochen von dem Mordverdacht. Nun gib mir deinen Segen und lass mich ziehen. Ich halte es nicht mehr aus, hier untätig abzuwarten. Ich muss sie suchen!«

»Du bist noch nicht so weit, Junge.« Margaretha von Hohenfreyberg erhob sich aus ihrem Sessel und antwortete an der Stelle ihres Mannes.

»Ich bin so weit. Mutter, bitte versteh doch.« Er ging zu ihr und nahm ihre Hände. »Du kannst mich nicht länger beschützen, ich bin kein Kind mehr, das sich hinter deinen Röcken versteckt, wenn es Angst hat.«

»Schau dich an, Marzan. Du bist mager, ein Schatten deiner selbst. Wir lassen dich erst gehen, wenn du dich erholt hast. Keinen Tag eher.« Konstantins Stimme klang erschöpft. Er führte diese Debatte mit seinem Sohn nicht zum ersten Mal. »Als ich dich vor Gericht freigesprochen habe, musstest du mir versprechen, dass du Hohenfreyberg nicht ohne unsere Erlaubnis verlässt. Erinnere dich an diesen Schwur und lass es dabei bewenden. Ich bin müde.« Konstantin stand auf und trat zu seiner Frau. »Lass uns zu Bett gehen, Liebes.«

»Gute Nacht, Junge. Hab nur noch ein wenig Geduld.« Margaretha strich ihm über den Kopf.

»Schlaft gut«, erwiderte Marzan. Er blickte seinen Eltern hinterher und rang sich zu einem Entschluss durch.

»Ruhig, mein Guter, ruhig.« Cupido scharrte aufgeregt mit den Hufen. Erst als er die Stimme erkannt hatte, wurde er still. Wie ein Schatten schlüpfte Marzan in den Stall. Das aufgeschüttete Stroh unter seinen Füßen raschelte. Er nahm sich nicht die Zeit, die Flanken des Hengstes zu klopfen, sondern schwang sich sofort auf den Rücken des edlen Tieres. Er durfte nicht zögern, die Gefahr entdeckt zu werden war groß.

»Verzeih mir, Mutter. Verzeih mir, Vater«, flüsterte er, als er in die dunkle Nacht hinauspreschte. Der Mond war wolkenverhangen, doch Cupido fand den Weg auch so. Reiter und Pferd galoppierten den Berg hinab, passierten das Dorf und ließen Hohenfreyberg hinter sich.

»Ich würde vorschlagen, dass wir uns in Richtung München halten. Dort war sie zuletzt. Vielleicht kann ich den Herzog dazu bewegen, mir zu verraten, wo sie ist. Wenn nicht, lasse ich mir etwas anderes einfallen. Wir finden Emma – nicht wahr, Cupido, wir werden sie finden!«

Der Hengst wieherte leise, und Marzan lächelte.

»Du glaubst also auch, dass alles gut werden wird. Was meinst du, wie schlimm ist es, ein Versprechen zu brechen? Komme ich dafür in die Hölle? Und wenn … Mir blieb keine andere Wahl. Ich habe meine Eltern angefleht, mich gehen zu lassen, und trotzdem wollten sie nicht hören. Ich kann Emma jetzt nicht im Stich lassen. Wer weiß, in welcher Gefahr sie schwebt. Ich muss zu ihr, so schnell es geht.«

Er ritt die ganze Nacht hindurch und genoss das Gefühl von Freiheit. Dass in dem Verlies unter der Residenz nicht nur sein Körper, sondern auch seine Seele gelitten hatte, begriff er erst jetzt, wo ihm der Wind der Freiheit um die Nase wehte. Die Nacht war windstill und sternenklar. Seine Mutter hatte ihn neu einkleiden lassen, wofür er ihr dankbar war, sonst hätte er bei seiner Flucht jämmerlich gefroren. So aber ließ er sich von Cupido dahintragen in dem angenehmen Bewusstsein, dass er endlich etwas unternahm, um seine Liebste zu finden. Daran, dass er sie finden würde, hatte er keinen Zweifel. Doch die boshaften Anspielungen der Wärter taten noch immer ihre Wirkung. Er musste den bangen Gedanken, sie könnte mit dem blonden Finnen zusammen sein, hartnäckig verdrängen.

Das Frühstück nahm er in einer ärmlichen Herberge zu sich. Schweren Herzens hatte er etwas Geld aus der Truhe seiner Eltern entwendet. In der Schankstube herrschte dichtes Gedränge. Marzan ging zu einem Trupp von Söldnern an den Tisch, die müde und unausgeschlafen wirkten.

»Sie haben die ganze Nacht gezecht«, raunte ihm eine junge Dienstmagd zu. »Ihr tut besser daran, sie nicht anzusprechen.«

»Danke«, erwiderte er und nahm sich ihren Rat zu Herzen. Schweigend ließ er sich am äußersten Rand der Bank nieder und wartete auf sein Frühstück.

Später konnte er nicht mehr sagen, was seine Aufmerksamkeit auf den Jungen gelenkt hatte, der ihm gegenübersaß. Irgendetwas an dem Knaben schien ihm vertraut.

»Was tust du hier, Kleiner?« Die Frage kam ihm ohne nachzudenken von den Lippen. »Du gehörst doch sicher nicht zu den Männern, für einen Söldner bist du eindeutig zu jung.«

»Ich soll nicht mit Fremden sprechen.« Der Bub presste die Lippen aufeinander.

Marzan hätte es dabei bewenden lassen können, doch er war neugierig geworden. »Bist du alleine? Wo sind deine Eltern?«

»Sie sind tot.« Der Junge schüttelte abweisend den Kopf.

»Woher kommst du? Lebst du hier in dem Dorf?«

»Nein. Ich bin nur auf der Durchreise. Geschäfte, Ihr versteht?« Der Knabe straffte die mageren Schultern. Marzans Neugier war geweckt.

»Welche …?«

»Ich will nicht darüber sprechen.« Der Bub legte eine Münze auf den Tisch und stand auf. In dem Moment, als er sich erhob, klaffte sein Hemdkragen ein Stück weit auseinander und gab den Blick auf einen Anhänger frei. Der Junge war schon zur Tür hinaus, als Marzan begriff und aufsprang. Er holte ihn mit großen Sprüngen ein und packte ihn unsanft am Genick.

»Lasst mich sofort los!« Die Augen des Knaben weiteten sich vor Schrecken.

»Woher hast du das?« Mit einem Ruck riss er die Kette vom Hals des Buben. Er kannte das Medaillon. Kannte es, weil Emma es als Kind Tag und Nacht getragen hatte. Er wusste, dass es einmal ihrer Mutter Amelia gehört hatte.

»Es ist meins, gebt es mir sofort wieder!«

»Verrate mir auf der Stelle, wer du bist.« Marzan schüttelte ihn. »Ich kenne die Frau, der es gehört. Du sagst mir sofort die Wahrheit, sonst …« Er hob drohend die Hand.

»Sie hat es meinem Bruder geschenkt, ich schwöre …« Der Kleine bekam es mit der Angst zu tun. »Bitte, gebt es zurück.«

»Von wem habt ihr es? Sag mir den Namen der Frau.«

»Emma hat es uns gegeben.« Der Bub zitterte. »Emma von Eisenberg, die Tochter unseres Grafen.«

Marzan packte den widerstrebenden Jungen am Ärmel und zog ihn mit sich zu einer kleinen Bank, die malerisch unter einer alten Kastanie stand. Herbstblätter lagen in buntem Durcheinander darunter.

»Setz dich, und dann erzähl mir alles«, forderte er ihn auf. »Wie ist dein Name?«

»Benedikt.« Der Kleine folgte gehorsam. »Und mein Bruder heißt Philipp. Kennt Ihr Emma?«

»Ja«, erwiderte Marzan und widerstand dem Drang, den Kleinen in die Arme zu nehmen. »Du bist der Sohn von Ruppert, dem Schmied, nicht wahr?«

Benedikt nickte.

»Ich habe deinen Vater gekannt, weißt du.« Es tat ihm leid, dass er den Jungen so schroff behandelt hatte. Marzan erinnerte sich gut an die Geschichte der beiden Schmiedssöhne, die sich nach seiner Rückkehr aus Augsburg ereignet hatte. Emma hatte ihm erzählt, dass sie den beiden Knaben geholfen hatte.

»Emma hat euch den Anhänger überlassen, damit ihr euch über Wasser halten könnt, du und dein Bruder. Warum habt ihr ihn nicht längst verkauft?«

»Wir haben es auch so geschafft. In Augsburg haben wir einen Mann gefunden, der uns beide in die Lehre genommen hat. Philipp und ich haben einander versprochen, dass wir ihr das Medaillon eines Tages zurückbringen.«

»So.« Marzan nickte. »Bei wem lebt ihr jetzt? Und wieso lassen dein Lehrmeister und dein Bruder es zu, dass du mutterseelenallein durch die Gegend reist?«

»Ich sagte doch schon – ich habe einen Auftrag.«

»Aha. Ich nehme an, du willst mir noch immer nicht verraten, welcher Art dieser Auftrag ist?«

»Nein.«

»In Ordnung, Benedikt.« Marzan legte seine Hand auf die Schulter des Knaben. »Dann sag mir wenigstens, wohin du unterwegs bist.«

»Ich muss nach München.«

»Gut, da will ich auch hin. Du reitest mit mir. Komm.«

»Aber …«

»Kein Aber. Den Teufel werde ich tun und Rupperts halbwüchsigen Sohn alleine in einer zwielichtigen Herberge zurücklassen.«

53

»Lasst sie sofort los!«

Emma hatte keine Gelegenheit, sich zu fragen, wie Erik in die Burg gekommen war. Der Finne stand, den kräftigen Körper gespannt wie eine Bogensehne, einige Meter von ihr und dem Grafen entfernt. Er sah sie nicht an, fixierte einen Punkt hinter ihrem Kopf.

»Ah, da haben wir ja den Flüchtigen. Ergreift ihn!« Der Graf blickte sich nach seinen Handlangern um, doch die drei Männer waren nirgends zu sehen.

»Na los!«, wiederholte Ravensberg.

»Es ist nicht gut, was Ihr da tut«, wagte sich schließlich einer der gräflichen Torwächter vor. »Lasst das Mädchen gehen, ehe schlimmes Unheil über Euch und uns hereinbricht.«

»Pah!«, lachte der Graf, nun war der Wahnsinn in seinen Augen für jedermann deutlich zu erkennen.

»Bleib!«, formte Emma mit den Lippen, als Erik sich ihr nähern wollte. Sie alleine spürte das Beben in den Händen Ravensbergs. Nur eine winzige Bewegung trennte sie vom Tod.

»Ihr wollt es nicht anders!« Der Graf hob das Messer hoch über seinen Kopf. Mit dem Arm hielt er seine Geisel so fest umklammert, dass sie sich nicht rühren konnte. Die Sterne blinkten am Firmament. Vor den Toren schienen die Dörfler den Atem anzuhalten. Die Gedanken in Emmas Kopf rasten. Sie blickte Erik an, der wie versteinert dem Schauspiel folgte. ›Lass mich das Richtige tun!‹, betete der Finne lautlos, ›lass mich das Richtige tun.‹

In dem Moment, in dem Ravensberg die Klinge herabsenkte, gellte ein langgezogener Schrei durch die Nacht.

»Neeein!« Justus, der Verwalter, hatte die Burgmauer betreten und die Szene mit einem Blick erfasst. Sein Ruf lenkte Ravensberg einen Moment lang ab. Erik nutzte die Gelegenheit, und Emma spürte den dumpfen Schlag, mit dem er den Grafen hinter ihr zu Fall brachte. Ihr Körper vibrierte von der Wucht des Hiebes. Sie begriff nicht, was geschah. Am Boden rang Erik mit dem Grafen, der seine Benommenheit schnell überwand und mit rasender Wut das Messer gegen seinen Angreifer richtete. Für Augenblicke sah es so aus, als würde der ältere Mann die Oberhand gewinnen. Erik versuchte keuchend, die Klinge abzuwehren, die einige Male gefährlich nahe an seinem Körper entlangschrammte.

Emma trat einen Schritt auf die Kämpfenden zu. »So tut doch etwas!«, schrie sie, wie erstarrt vor Furcht. Niemand reagierte, alle blickten gebannt auf das Schauspiel. Endlich gelang es Erik, dem Grafen das Messer aus der Hand zu schlagen. Dann ging es schnell. Er versetzte Ravensberg einen Hieb in den Magen. Der krümmte sich zusammen und hob abwehrend die Hände, als weitere harte Schläge auf ihn einprasselten. Schließlich holte Erik ein letztes Mal aus, und Ravensberg ging schwer getroffen zu Boden. »Das ist für Emma«, flüsterte er, als seine Faust die Schläfe des Gegners traf.

»Fesselt ihn!«

Niemand reagierte.

»Los!«, fuhr er die Herumstehenden an und richtete sich zu voller Größe auf. »Macht schon! Wir brauchen Stricke, um diesen Mordbuben zu binden!« Der Verwalter reagierte auf seinen schroffen Ton und ordnete an, dicke Seile herbeizuschaffen.

»Öffnet das Tor!« Justus schien sich von seinem Schreck

erholt zu haben und trieb die Leute zur Eile an. »Wir wollen keinen Kampf!«, rief er laut.

»Justus? Wenn Ihr den Grafen durch Euren Schrei nicht abgelenkt hättet, ich weiß nicht, was dann geschehen wäre«, sagte Emma leise.

»Mein Herr war im Begriff, großes Unrecht zu begehen. Ich wollte ihn davon abhalten.«

»Dann verdanke ich Euch vielleicht mein Leben.«

»So ist es wohl.« Ravensbergs Verwalter warf ihr einen rätselhaften Blick zu.

Erik trat hinzu. »Ihr seid im richtigen Moment aufgetaucht. Ich hatte schon beinahe die Hoffnung aufgegeben, nahe genug an ihn heranzukommen, ohne Emmas Leben zu riskieren.«

»Ich konnte nicht zulassen, dass ihr etwas geschieht.«

»Dann gebührt Euch auch mein aufrichtiger Dank.«

Emma stand da wie versteinert und folgte der Unterhaltung der beiden Männer. Alles war so schnell gegangen. War es wirklich Ravensberg, der ohnmächtig dort am Boden lag, umringt von hasserfüllten Dörflern? Erst als Eriks warme, starke Arme sie umschlangen verstand sie wirklich, dass sie in Sicherheit war.

»Ich bete zu Gott, dass ich nie wieder in meinem Leben solche Ängste ausstehen muss wie in den letzten Minuten.« Erik küsste ihren Scheitel. Dann wischte er sanft die Feuchtigkeit von ihren Wangen. »Bei Gott, outo tytöö, ich dachte schon, ich hätte dich verloren.«

»Ist es wirklich vorbei?«, fragte Emma und konnte nicht verhindern, dass ihr erneut Tränen in die Augen stiegen, Tränen der Erleichterung. Sie hörte den Jubel der Dörfler, sah das Aufatmen in den Gesichtern von Ravensbergs Leuten.

»Der Mann, der Ravensberg durch seinen Schrei abgelenkt hat – das ist Justus, sein Verwalter und seine rechte

Hand«, raunte sie Erik zu. Es erschien ihr wichtig, dass er es wusste. Sie war froh über den Arm, den der Finne schützend um sie gelegt hatte.

»Nun, er hat dir das Leben gerettet«, erwiderte Erik ebenso leise. »Ich muss den Leuten helfen, ihren Grafen zu fesseln.« Er deutete auf eine Hand voll junger Männer, die sich abmühten, den Ohnmächtigen mit Stricken zu binden. »Wir wollen nicht, dass der Bursche die Gelegenheit bekommt zu fliehen.«

Er ließ sie los, und die fehlende Wärme seiner Haut tat ihr beinahe körperlich weh.

»Erik?« Ihre Stimme klang hoch wie die eines Kindes. »Ich bin froh, dass du mich gerettet hast«, sagte sie, als er sich zu ihr umdrehte.

»Bedank dich bei Justus, outo tytöö, ihm hast du dein Leben zu verdanken – nicht mir.« Emma erschrak über die Verbitterung in seiner Stimme.

»Erik?« Sie lief ihm hinterher.

»Was denn?« Er fuhr herum.

»Wie bist du überhaupt in die Burg gekommen?«

»Durch eine Tür«, antwortete er schlicht und kniete sich neben dem bewusstlosen Grafen nieder. »Jetzt lass mich meine Arbeit machen.«

Sie wandte sich ab und fühlte sich dabei, als hätte er sie geschlagen.

»Emma?« Seine fragende Stimme klang zärtlich, beinahe liebkosend an ihr Ohr. Er kam ihr hinterher. »Bitte entschuldige. Es ist nur … Ich bin wütend auf mich selbst, nicht auf dich. Ich wollte dich beschützen und habe versagt. Wenn Justus nicht geschrien hätte, ich weiß nicht, ob ich rechtzeitig hätte eingreifen können … Bei Gott, outo tytöö, ich habe dich schon ebenso tot gesehen wie Tarja und die Kinder.«

Emma hob die Hand und legte sie an seine bärtige Wange.

»Du hast ihn niedergerungen, Erik, obwohl du unbewaffnet warst. Keinen Augenblick hast du gezögert, dich gegen Ravensberg zu stellen, trotz der Gefahr für dein eigenes Leben.« Emma lächelte ihn sanft an. »Ich danke dir.«

Erik erwiderte ihr Lächeln. Dann machte er sich daran, den noch immer Bewusstlosen so zu fesseln, dass es kein Entkommen für ihn gab. Mittlerweile hatten einige jüngere Männer damit begonnen, dem Grafen mit den Füßen hart in den Leib zu treten. Erik musste ihnen Einhalt gebieten, ehe sie den wehrlosen Gefangenen zu Tode brachten. »Justus, helft mir!«, forderte er den Verwalter auf, der nach kurzem Zögern an seine Seite eilte.

Emma stand eine Weile lang einfach da und blickte schweigend auf den niedergestreckten Grafen. Er allein war schuld daran, dass in ihrem Leben nichts mehr so war, wie es hätte sein sollen. Wider Erwarten verspürte sie jedoch nicht mehr den brennenden Hass, den sie zuvor in ihrem Herzen getragen hatte. Stattdessen fand sie ihn nur verachtenswert, den großen Grafen Ravensberg, wie er da zu ihren Füßen lag. Sie war froh, als die Männer ihn wegbrachten, um ihn einzuschließen.

»Was machen wir jetzt mit ihm?«, fragte sie Erik, der sich wieder neben sie gestellt hatte.

»Wir bringen ihn nach München vors Gericht. Ich schätze, der Giftanschlag allein wird für eine Anklage genügen. Wir werden Rebecca als Zeugin mitnehmen müssen.«

»Gift?« Sie verstand nicht, was er meinte. »Wer ist Rebecca?«

»Das erzähle ich dir alles später, outo tytöö. Ich werde versuchen, Männer aus Peiting zusammenzutrommeln, die uns zum Herzog begleiten – vertrauenswürdige Männer. Denn nach allem, was ich gerade gesehen habe, kann es sein, dass einige der Dörfler versuchen werden, Selbstjustiz zu üben …«

»Ich suche nach Franziska und Wilhelmina«, erwiderte Emma. »Sie sind irgendwo auf der Burg, ganz bestimmt.« Das Wissen darum, dass sie Wilhelmina nicht mehr lebendig finden würde, jagte ihr kalte Schauer über den Rücken. Im Stillen betete sie ununterbrochen darum, dass Franziska noch am Leben war.

»Wer ist Wil…«, setzte Erik an, doch sie legte ihm einen Finger auf den Mund.

»Das ist eine Geschichte, die ich dir später erzählen werde.«

»Gut. Ich helfe dir bei der Suche, sobald ich kann.«

Sie hatte sich schon umgedreht, da spürte sie den festen Griff seiner Hand auf ihrem Arm. Ohne zu sprechen zog er sie hinter einen Mauervorsprung, wo sie vor den Blicken der Umstehenden geschützt waren. Dort presste er seine Lippen auf die ihren und küsste sie so wild, dass ihr der Atem wegblieb.

»Weißt du, wie sehr ich dich liebe?«, fragte er und ließ Emma mit roten Wangen und rasendem Herzen zurück.

Emma tat das Naheliegende und begann ihre Suche damit, dass sie die Dienerschaft nach Franziska und Wilhelmina befragte. Von der Köchin erfuhr sie, dass Wilhelmina seit Jahren auf der Burg gelebt hatte – als Ravensbergs Geliebte.

»Sie hat sich mit keinem von uns angefreundet, müsst Ihr wissen. Hat sich als was Besseres gefühlt, das feine Fräulein.«

»Hast du irgendeine Idee, wo sie sein könnte?« Emma hatte sich zu der Frau an den Küchentisch gesetzt und achtete nicht auf den Mehlstaub, der sich in ihren Kleidern festsetzte. »Ich weiß es wirklich nicht, so gerne ich Euch helfen tät.«

»Schon gut«, beschwichtigte sie die hagere Frau. »Vielleicht könnt Ihr mir stattdessen sagen, in welchem Raum sich Wilhelminas Schlafgemach befindet?«

»Ja, das kann ich, freilich kann ich das.« Die Frau nickte eifrig mit dem Kopf. »Als sie damals zu uns kam, war sie kaum mehr als ein Kind. Ein freches Gör mit durchdringenden Augen. Sie hat den Grafen so lange angebettelt, bis er ihr den schönsten Raum gab. Das Rosenzimmer, ein Gemach, das ursprünglich für den Besuch hoher Herrschaften vorgesehen ist. Aber für sie ist das Zimmer ja gerade fein genug.«

»Du redest von dem Gemach, das für mich hergerichtet wurde, nicht wahr?« Emma hielt die Luft an.

»Ja. Wir nennen es das Rosenzimmer. Wegen den prächtigen Rosenblüten, mit denen die Wände verziert sind.«

Die Worte der Köchin bestätigten, was Emmas kurze Vision ihr gezeigt hatte. Wilhelmina war auf ihrem eigenen Bett erwürgt worden.

»Und du bist dir sicher, dass du Franziska nirgends gesehen hast?«, wiederholte sie die Frage, die sie zu Anfang des Gesprächs bereits gestellt hatte.

»Ganz sicher.« Die Köchin zuckte mit den Schultern. »Ich habe wirklich keine Ahnung, wo Euer Mädchen und Wilhelmina sein könnten. Was geschieht nun mit dem Grafen?« Mit einem Mal wirkte die Frau unsicher. »Und was geschieht mit uns?«

»Wir bringen ihn nach München vors Gericht. Der Herzog wird euch nicht lange über die Zukunft im Ungewissen lassen, sei nicht bang. Vielleicht vergibt er die Ländereien an einen neuen Herrn, oder er setzt für die Zeit des Übergangs einen Verwalter ein.«

Emma erhob sich. »Ich danke dir für die Auskunft«, verabschiedete sie sich schnell von der Köchin.

»Ihr seid sehr blass!«, rief die Frau ihr hinterher. »Wollt

Ihr nicht noch ein wenig hier sitzen bleiben und eine Stärkung zu Euch nehmen?«

»Danke.« Emma winkte ab und ging zur Tür. »Ich bin es meiner Freundin schuldig, dass ich sie so schnell wie möglich finde.« Sie konnte es kaum noch erwarten, ihre Suche fortzusetzen. Ihre Angst um Franziska steigerte sich von Minute zu Minute. »Lass sie am Leben sein«, betete sie leise. »Bitte, lass sie am Leben sein …«

Seufzend sah die Köchin ihr nach. Sie kannte die Unvernunft der jungen Dinger. Bei ihren Mädchen in der Küche war es nicht anders. Ob adlig oder aus dem Volk – sie wollten einfach nicht auf einen guten Rat hören.

Am Ende stellte sich heraus, dass weder die Mägde noch die Knechte und Stallburschen etwas über Franziskas Verbleib wussten. Obwohl am Horizont schon der Morgen graute, schlief in dieser Nacht niemand auf der Welfenburg. Nach der Entmachtung des Grafen saßen die Dörfler in der großen Halle des Grafen beisammen und hofften und beteten gemeinsam für eine bessere Zukunft. Erik hatte den Peitingern in die Hand versprochen, dass sie nichts zu befürchten hatten. Was hingegen mit den Leuten des Grafen geschehen sollte, ob und wer von ihnen an den Schandtaten beteiligt gewesen war, mochte der Herzog entscheiden, nachdem er über Ravensberg geurteilt hatte. Der Finne ließ Wachen vor dem Verlies des Grafen aufstellen. Den Schlüssel nahm er an sich, aus Sorge, die Dörfler könnten sich sonst selbst an dem Gefangenen rächen. Dann machte er sich auf die Suche nach Emma. So froh er war, sie gesund und wohlauf zu wissen, so sehr sorgte er sich um Franziska, die ihm ebenfalls ans Herz gewachsen war. Die junge Frau hatte so vieles durchlitten, dass er ihr aufrichtig wünschte, sie möge endlich einmal zur Ruhe finden. Er mochte sich nicht ausmalen, wie hart es Emma treffen würde, sollte ihre Freundin nicht mehr am Leben sein. Erik wusste, dass sie diese Pein nicht ertragen könnte.

»Hast du die junge Herrin gesehen?«, erkundigte er sich bei einem mageren Stallburschen, der ihm auf der Suche nach Emma begegnete. »Das Fräulein war erst im Rosenzimmer«, antwortete der Knabe schüchtern und starrte mit großen Augen zu dem großen Fremden empor. »Jetzt ist sie im Schlafgemach des Grafen.«

»Du brauchst keine Angst vor mir zu haben.« Erik fuhr dem Buben durch sein viel zu langes Haar. »Kannst du mich dorthin bringen?«

»Ja, Herr«, nickte der Bursche. »Wenn Ihr mir folgen wollt?«

Emma fuhr beim Klang der quietschenden Tür erschrocken zusammen. Als sie Erik erkannte, entspannte sie sich.

»Du hast sie nicht gefunden?«, erkundigte er sich mitfühlend.

»Ich habe die ganze Burg auf den Kopf stellen lassen – aber keine Spur von ihr.« Sie schüttelte enttäuscht den Kopf.

»Du hast vorhin von einer Wilhelmina gesprochen …?«

»Ja, der Geliebten des Grafen, wie ich jetzt weiß.«

»Denkst du, sie ist hier noch irgendwo?«

»Sie muss hier sein, aber ich glaube nicht, dass sie noch lebt.«

»Und Franziska?« Er legte einen Arm um ihre Schultern.

Emma zuckte ratlos mit den Schultern. »Ich weiß es nicht«, erwiderte sie ratlos. »Ich kann sie nicht spüren.«

»Wann hast du sie zum letzten Mal gesehen?«

»Ravensberg hat sie nach unserer Ankunft fortgeschickt, sie sollte sich seinen Mägden vorstellen. Danach wollte er nicht mehr über sie sprechen. Doch dann kam er gegen meinen Willen in mein Zimmer, und als wir dort alleine waren, sagte er etwas Seltsames. Er meinte, Franziska wäre unten bei den anderen. Es klang unheimlich.«

»Hat er dir etwas getan?« Erik strich mit dem Finger über die dunkle Verfärbung auf ihrer Wange. Sein Blick verlor sich sekundenlang in ihrem.

»Nein, mir ist nichts passiert. Ravensberg hat immer wieder von meiner Mutter gesprochen. Er schien zu glauben, ich wäre sie. Irgendwie dachte er, er hätte sie in mir wiedergefunden. Amelia, meine Liebste, hat er mich genannt.« Emmas Mund wurde trocken. »Denkst du, sie hat ihn tatsächlich geliebt, meine Mutter, so wie er behauptet?«

»Ich weiß es nicht, outo tytöö.« Er schwieg nachdenklich. »Aber ich meine, wenn sie nur ein wenig so war wie du, Emma, dann hat sie erkannt, welch abgrundtiefe Bosheit in dem Grafen steckt.«

»Ich hoffe es. Wo wollen wir noch suchen?« Sie drehte sich ratlos im Kreis.

»Moment.« Erik zögerte. »Er hat gesagt, Franziska wäre unten, nicht wahr?«

»Ja.«

»Dann muss es einen Gang geben, der hinabführt, vielleicht unter die Erde.«

»Du hast recht.« Emmas Augen begannen zu leuchten. Sie schloss die Lider und streckte im Geist ihre Hände nach Franziska aus. »Wo bist du?«, flüsterte sie.

Ohne etwas zu sehen, die Hände von sich gestreckt, tastete sie sich voran. Schritt für Schritt. Sie erfühlte die kalten Steine der unverputzten Wand, legte ihre Wange an die Mauer. Ihr Mal hatte zu glühen begonnen, freundlich und warm.

»Was ist?« Erik beobachtete besorgt ihr Tun. »Spürst du etwas, Emma?«

Er erhielt keine Antwort, stattdessen tastete sie sich weiter voran und blieb schließlich vor dem schlichten Holzschrank in Ravensbergs Gemach stehen.

Als sie sich zu ihm umwandte, wirkte sie erleichtert. Ihr Puls raste, und Erik glaubte, das schnelle Flattern ihres Herzens erahnen zu können.

»Hier.« Sie wies auf das große Möbelstück.

»Du meinst, dahinter ist etwas?«

»Ja.« Emma warf sich gegen das Holz. »Hilf mir.«

Erik umfasste ihre Schultern und schob sie zur Seite. Dann stemmte er selbst sich gegen den Schrank und drückte ihn Stück für Stück beiseite. Dahinter kam eine schwarze Öffnung zum Vorschein.

»Du hattest recht.« Er trat einen Schritt in die Finsternis hinein. »Es führen Stufen hinunter.«

»Warte!«, rief Emma ängstlich.

»Schon gut.« Er griff beruhigend nach ihrer Hand, die sie augenblicklich fest umklammerte.

»Egal, was uns dort unten erwartet, Emma, wir stehen das gemeinsam durch.«

»Wir stehen es durch«, wiederholte sie und starrte dabei auf die dunkle Öffnung, die ihr erschien wie das Tor zur Hölle.

54

Emma zitterte unentwegt, dennoch konnte sie es kaum erwarten, den Geheimgang zu erkunden, an dessen Ende sie ihre Freundin zu finden hoffte.

»Warte, outo tytöö – wir brauchen Licht. Du rührst dich nicht vom Fleck, bis ich zurück bin.«

»Gut«, nickte Emma.

Kurze Zeit später kehrte Erik mit zwei brennenden Fackeln zurück, ohne die sie in der durchdringenden Finsternis die Hand vor Augen nicht gesehen hätten.

»Hier.« Er reichte ihr eine davon. »Ich gehe voran.« Am Klang seiner Stimme erkannte sie, dass er keinen Widerspruch dulden würde.

»Erik?« Sie zog an seinem Ärmel und hielt ihn damit zurück. »Was glaubst du, ist dort unten? Mir ist plötzlich, als drehe sich mir vor lauter Grauen der Magen um.«

»Willst du hierbleiben?« Er musterte besorgt ihr bleiches Gesicht. »Du musst nicht mitkommen.«

»Doch, ich muss.« Sie nickte entschlossen. »Was wäre ich für eine Freundin, wenn ich Franziska jetzt im Stich ließe.«

»Ich habe nichts anderes erwartet.« Erik musste trotz der angespannten Situation schmunzeln. »Dafür, dass du so klein und schmächtig bist, outo tytöö, bist du ziemlich tapfer. Habe ich dir das schon einmal gesagt?«

»Ich bin nicht …«, protestierte sie und war ihm dankbar dafür, dass er sie für einen Augenblick den Ernst der Lage vergessen ließ.

»In Ordnung. Es ist so weit.« Er musste sich bücken, um

durch die Öffnung in der Wand zu schlüpfen, die nur halb so hoch war wie er selbst. In der rechten Hand trug er die Fackel, die linke streckte er nach Emma aus. »Du bleibst hinter mir. Wenn es gefährlich werden sollte, läufst du weg, so schnell du kannst. Verstanden?«

»Verstanden«, wiederholte sie und schob ihre Hand in seine. Seine Finger verschlangen sich mit ihren. Emma war nicht bewusst, dass sie ihn an diesem Tag zum ersten Mal berührte, ohne an Marzan zu denken.

Nach einigen Metern hinab in die Tiefe wurde die Decke höher, so dass auch Erik aufrecht gehen konnte. Jeden Schritt des Weges leuchtete er vorher aus, um nicht wegen einer fehlenden Stufe oder anderer Hindernisse zu stürzen.

Emma kam es vor, als ziehe sich die Treppe ewig. »Was glaubst du, wie tief wir sind?«, raunte sie. Es wäre ihr frevelhaft erschienen, an diesem unwirklichen, der Realität weit entrückten Ort laut zu sprechen.

»Heiliger Gott …« Erik blieb abrupt stehen.

»Was ist?« Sie reckte sich, denn sein breiter Rücken versperrte ihr die Sicht.

»Wir sind nicht die einzigen Menschen hier unten, outo tytöö.« Emma konnte noch immer nichts sehen. »Aber es sind keine Lebenden, die hier ihre Heimstatt haben …« Er trat beiseite und gab den Blick auf weiße Knochen, fleischlose Menschengerippe frei, die sich wirr auf dem Boden ausbreiteten. Emma setzte vorsichtig einen Schritt nach vorn. Der unterirdische Raum maß etwa sieben auf sieben Meter. Sie konnte keine Türen oder Öffnungen erkennen. Der einzige Weg hier hinunter schien der zu sein, den sie gekommen waren.

»Wilhelmina? Ist sie das?« Erst als Erik ihre Aufmerksamkeit darauf lenkte, nahm sie die Frau wahr, die reglos an der Wand saß. Ihr Kinn war auf die Brust gesunken, langes blondes Haar bedeckte ihr Haupt. Wäre nicht der süßliche Verwesungsgeruch in der ohnehin stickigen Luft gewesen, man hätte glauben können, sie schliefe nur. Emma begann zu zittern, als Erik mit der Fackel näher an die Frau heranging. Mit unbewegter Miene kniete er sich neben ihr nieder und hob ihren Kopf an, so dass ihr Gesicht zu erkennen war.

»Was glaubst du, wie lange ist sie schon tot?« Mit ihrer Frage versuchte Emma das Grauen zurückzudrängen, das sich in ihrem Körper ausbreitete.

»Ich schätze, nicht sehr lange. Bisher hat kein sichtbarer Verfall eingesetzt.«

»Gestern hat sie noch mit mir gesprochen.« Emma konnte ihre Erschütterung nicht verbergen. »Sie hat gesagt, dass sie mich hasst. Ravensberg muss sie erwürgt haben«, fügte sie hinzu.

»Ja«, Erik nickte. »Ich habe die Schwellungen an ihrem Hals gesehen. Sie war die Geliebte des Grafen, die Frau, von der du gesprochen hast, nicht wahr?«

»Wilhelmina war viel mehr als nur Ravensbergs Gespielin. Sie hat mich einmal aus einer schlimmen Situation gerettet. Ohne sie wäre ich vielleicht gar nicht mehr am Leben. Und so wie sie mich bei unserer letzten Begegnung angeschrien hat, hat sie den Grafen wirklich geliebt. Sie fürchtete, ich könnte ihr ihren Liebsten nehmen. Das hier«, Emma holte mit den Armen aus, »hat sie nicht verdient.«

»Niemand hat ein solches Ende verdient.«

»Gott, verzeih mir …«, Emma fehlten die richtigen Worte, »aber ich bin so froh, dass es nicht Franziska ist.«

Erik achtete nicht auf ihr Geständnis, denn der Schein ihrer Fackel hatte für einen Moment eine bis dahin dunkle Ecke erhellt.

»Dort hinten, Emma.« Vorsichtig machte er sich daran,

über die auf dem blanken Boden verteilten Knochen hinwegzusteigen.

»Was?« Sie beeilte sich, ihm zu folgen, wagte es aber nicht, ihre Augen auf die Stelle zu richten, auf die er zielstrebig zusteuerte. Zu groß war die Furcht, ihre Freundin ebenso leblos vorzufinden wie Wilhelmina.

»Franziska!« Emma hielt nichts mehr, als sie im unruhigen Schein der Fackeln das verschnürte Bündel Mensch erkannte. Mit wenigen Schritten war sie bei ihr.

»Bist du am Leben?« Emma zog den reglosen Körper an sich und drückte ihrer Freundin einen Kuss auf die Stirn.

»Ist sie …« Erik kniete sich neben sie.

»Nein«, erwiderte Emma, die Ziskas sanften Herzschlag spürte. »Sie ist nur ohne Bewusstsein. Nimm sie in die Arme!«, forderte sie den Finnen auf. Erik hielt die ohnmächtige Frau, während Emma im Fackelschein nach ihrem Sternenmal tastete. Wieder fühlte sie das heiße Brennen an ihrem Knöchel und die lodernde Kraft in ihrem Körper. Während sie die rechte Hand auf ihr Zeichen gepresst hielt, legte sie die linke Hand an Ziskas Wange. Für eine Weile blieb es still, Emma und Erik lauschten schweigend auf Franziskas schwachen Atem.

»Vielleicht sollten wir sie nach oben bringen …«

»Nein. Warte.« Sie schüttelte den Kopf. Wenig später regte Ziska sich.

»Gott sei Dank.« Erik stieß einen Seufzer der Erleichterung aus. Er hatte Emma nicht danach gefragt, was sie tat. Und dennoch hatte er gespürt, dass mächtige Kräfte am Werk waren.

»Du glaubst gar nicht, welche Angst ich um dich hatte.« Franziska starrte Emma aus großen, verstörten Augen an, während diese sie überglücklich an sich drückte. »Ich bin so froh, dass du lebst.«

»Emma.«

»Was?« Ihre Wangen waren feucht, als sie sich zu Erik umdrehte.

»Wenn du ihr den Knebel aus dem Mund nimmst, wird sie dir gleich selbst sagen können, wie froh sie darüber ist, am Leben zu sein.«

»Oh!« Emma schlug die Hände gegen ihre Stirn. »Ziska, es tut mir leid …« Schnell befreite sie ihre Freundin von dem Stofffetzen, der diese am Sprechen hinderte. Als sie sich vergeblich mit den Hand- und Fußfesseln abmühte, kam ihr Erik zu Hilfe. Sanft durchtrennte er mit einem Messer die Stricke.

»Ich dachte, ich sterbe hier unten.« Franziskas Stimme klang rostig wie die einer alten Frau. »Ich dachte wirklich, von mir bleibt nicht mehr übrig als von den anderen.« Mit zittrigen Fingern wies sie auf die bleich schimmernden Knochen. »Bitte sagt mir, dass er tot ist und niemandem mehr etwas antun kann.«

»Er lebt, Ziska, aber wir haben ihn gefangen. Ravensberg kann dir nichts mehr antun, du musst keine Angst haben.«

»Das ganze Dorf hat sich gegen ihn aufgelehnt, selbst seine eigenen Leute. Sie alle werden dafür sorgen, dass er vor den Herzog kommt und seine gerechte Strafe erhält.«

»Gott sei Dank.« Franziska bekreuzigte sich. Als sie aufzustehen versuchte, mussten ihr Erik und Emma stützend unter die Arme greifen.

»Du bist schwach. Wenn du erlaubst, trage ich dich nach oben«, bot der Finne an.

»Alles ist mir recht, was mich so schnell wie möglich von hier fortbringt«, erwiderte Franziska müde.

»Komm!« Erik nahm die Erschöpfte auf die Arme und blickte sich nach Emma um.

»Ich bleibe noch.« Entschlossen sah sie ihn an. »Ich brauche noch eine Weile, um zu begreifen, was hier wirklich geschehen ist. Ruh dich aus, Liebes«, sie streichelte Franziska über die blasse Wange. »Erik wird sich um dich kümmern. Ich werde bei dir sein, so schnell ich kann.«

»In Ordnung, outo tytöö.« Erik nickte. Wieder bewunderte er sie für ihren Mut. Noch hatte er nicht ganz verstanden, wie Emma ihre Freundin aus der Bewusstlosigkeit zurückgeholt hatte. War es damals bei ihm ähnlich gewesen? Damals in Dießen, als er hatte sterben wollen?

Emma lauschte Eriks Schritten, wie sie auf der Treppe verhallten. Dann war es still. Die Fackel in der linken Hand blieb sie stehen und gedachte reglos der Toten, die hier unten ihre letzte Ruhe gefunden hatten. Daran, dass Ravensberg jeden Einzelnen dieser Menschen auf dem Gewissen hatte, hatte sie keinen Zweifel. Nach einer Weile begann ihr Mal zu glühen wie im Schlafgemach des Grafen. Es war wie eine Aufforderung. Emma bekreuzigte sich, ehe sie sich neben den fahlen Knochen auf den Boden kniete. Bei genauerem Hinsehen entdeckte sie Stofffetzen. Reste jener Kleidungsstücke, die einmal den Ermordeten gehört hatten. Die Atmosphäre schien sich zu verdichten. Sie spürte, dass noch nicht alle Geheimnisse um diesen Ort gelöst waren.

Vorsichtig bahnte sie sich zwischen den Knochen ihren Weg, bemüht, keinen von ihnen zu berühren. Auch wenn die Verstorbenen nicht in der Erde ruhten, fühlte sie sich wie auf einem Friedhof. Grausame Morde, erloschene Leben, vernichtete Hoffnungen hatten diesen Ort geprägt.

Da bemerkte Emma den Ring an einer der fleischlosen Knochenhände. Ihr Blick wanderte weiter, um schließlich an einer Kette haften zu bleiben, deren Schönheit der Staub und Schmutz vieler Jahre übertüncht hatten. Wieder bekreuzigte sie sich, ehe sie näher trat. Der Kopf des Skeletts fehlte, doch ansonsten lagen die Knochen so da, wie sie zu Lebzeiten angeordnet gewesen sein mochten. In einem Halswirbel hatte sich der Anhänger an seinem goldenen Band verfangen. Mit zittrigen Fingern löste Emma den Schmuck.

»Du bekommst es wieder«, wisperte sie in die durchdringende Stille hinein. »Ich nehme es dir nicht fort.«

Behutsam wischte sie ihren Fund mit dem Ärmel ihrer Bluse sauber. Danach starrte sie fassungslos auf das mit winzigen Bernsteinen besetzte Kreuz. Im Geiste verglich sie das Schmuckstück mit demjenigen, das sie auf einem Porträt in der Münchner Residenz gesehen hatte. Sie erinnerte sich an die verbitterte Miene des Herzogs, als er von seiner davongelaufenen Schwester gesprochen hatte.

»Du bist nicht davongelaufen, Simona.« Emma bebte, als sie den Namen nannte, denn nun wusste sie, wen sie vor sich hatte. Agnes Bernauers einzige Tochter, die Halbschwester Herzog Albrechts. Sie war ebenfalls dem Grafen von Ravensberg zum Opfer gefallen.

»Dass er es tatsächlich gewagt hat …« Ihr wurde heiß, als sie an die Gefahr dachte, in der sie geschwebt hatte. All die Jahre lang war Ravensberg in ihrem Heim ein und aus gegangen. »Ich werde deinem Bruder sagen, dass du deine Familie nicht einfach verlassen hast, dass du nicht fortgelaufen bist, wie er immer geglaubt hat. Er soll ihn erfahren, den Namen deines Mörders. Ich verspreche dir, dass diese Untat nicht ungesühnt bleiben wird.« Sie legte die Kette zurück zu den bleichen Knochen der toten Simona.

Die dichte Atmosphäre verlor sich, als Stimmen von oben das Herannahen aufgeregter Menschen ankündigten. Im Schein der Fackeln erkannte Emma zuerst Erik. Ihm folgten Justus, Ravensbergs Verwalter, und hinter ihm der Mann, der vor den Toren der Burg für die Peitinger gesprochen hatte.

»Ich wollte nicht, dass die Leute hier herunterstürmen. Deshalb habe ich nur den Verwalter und Johannes Schützner mitgebracht, der für die Dörfler sprechen soll«, erklärte er ihr. »Die beiden müssen selbst entscheiden, wie sie ihren Leuten diese unfassbaren Gräuel beibringen wollen. Franziska wollte alleine sein«, fügte er hinzu. »Als ich kurz darauf noch einmal nach ihr gesehen habe, war sie eingeschlafen.«

»Manche der Toten tragen Schmuck. Es sind auch noch einige Kleidungsreste vorhanden. Ich weiß nicht, woher die Frauen stammen, aber wenn sie aus der Gegend sind, könnt Ihr sie vielleicht an ihren Sachen erkennen.«

»Ihr habt ganz alleine hier unten gewartet?«, fragte Johannes Schützner.

»Die Toten verdienen Respekt ebenso wie die Lebenden. Nachdem wir sie in ihrer Ruhe gestört hatten, erschien es mir richtig, bei ihnen Wache zu halten.«

»Weise Worte für einen so jungen Menschen. Aber wieso sprecht Ihr von Frauen? Woher wollt Ihr wissen, dass keine Männer darunter sind?«

»Ich weiß es eben.« Sie zuckte mit den Schultern.

»Nun, zumindest diese Tote hier wirft keine Fragen auf.« Justus, der Verwalter, mischte sich in das Gespräch. »Es ist Wilhelmina, die Geliebte des Grafen.«

»Ja.« Emma nickte. »Auch die vermisste Schwester unseres Herzog Albrechts ist Ravensberg zum Opfer gefallen. Ich habe sie an der Kette erkannt, die um ihren Hals liegt.« Sie wies auf den fleischlosen Leichnam.

Johannes Schützner schüttelte ungläubig den Kopf. Justus kniete derweil neben der toten Simona nieder und streckte die Hand nach dem Anhänger aus.

»Nicht!«, hielt Emma ihn zurück. »Wir sollten nichts fortnehmen, wenn wir es nicht unbedingt müssen.«

»Wenn dieser Schmuck tatsächlich Herzog Albrechts Verwandten gehört, dann wird er ihn als Beweis sehen wollen.«

»Der Mann hat recht, Emma.« Erik legte seine Hand auf ihren Arm. Seine Berührung war warm und lebendig. Sie seufzte.

»In Ordnung«, stimmte sie zu und bedeutete dem Verwalter, in seinem Tun fortzufahren. »Aber es muss ihr zurückgegeben werden.«

»Sie ist tot. Es wird sie nicht mehr kümmern, ob sie die Kette wiederbekommt.« Justus' Worte klangen kalt.

»Sie bekommt sie wieder.« Emma starrte den Mann durchdringend an. »Gebt sie her!« Sie streckte die Hand aus.

»Du solltest freundlicher zu ihm sein. Er hat dir durch seinen Schrei vielleicht das Leben gerettet«, flüsterte Erik ihr zu.

»Ich weiß«, wisperte sie in sein Ohr. »Ich kann es nicht ändern, dass ich ihn trotzdem nicht mag.«

Justus überreichte ihr das Bernsteinkreuz mit einer leichten Verbeugung. »Selbstverständlich sollt Ihr es sein, die dem Herzog den Schmuck übergibt. Schließlich seid Ihr diejenige, die den Anhänger seiner Besitzerin zuordnen kann. Sicher werdet Ihr nichts dagegen haben, wenn ich Euch nach München begleite. Es war mein Herr, der diese Morde begangen hat. Ich fühle mich verantwortlich.«

»Natürlich kommt Ihr mit, Justus.« Erik hatte geantwortet, noch ehe Emma etwas sagen konnte.

»Ich begleite euch ebenfalls.« Johannes Schützner klang bedrückt. »Ich habe bereits ein Dutzend kräftiger Peitinger ausgewählt, die dafür Sorge tragen werden, dass unser Gefangener nicht entkommt und wir München unbehelligt erreichen. Wir konnten übrigens mithilfe meiner Tochter Rebecca die Männer festnehmen, die für den Giftanschlag an Euren Kameraden verantwortlich sind«, fügte er hinzu.

»Ihr seid mir eine größere Stütze, als ich es mir erhoffen durfte.« Erik schüttelte dankbar Schützners Hand.

»Wir haben viel gewagt …«

»… und die Freiheit gewonnen«, vollendete der Finne den Satz des anderen Mannes.

»Ohne Euch, Erik, wenn Ihr uns nicht zum Nachdenken gebracht hättet …«

»Wir waren beide zur richtigen Zeit am richtigen Ort. Ihr, Johannes, habt Eure Leute vor die Burg geführt, Justus hat den Grafen durch sein Rufen abgelenkt. So hat jeder seinen Teil dazu beigetragen, dem Mörder das Handwerk zu legen.«

»Wann brechen wir auf?« Mit einem Mal wurde Emma von bleierner Müdigkeit erfasst. Die Aufregungen der letzten Stunden forderten ihren Tribut.

»Ich denke, morgen zur Mittagszeit wird reichen. Bis dahin dürfte auch die Peitinger Gruppe bereit sein.«

»Ja«, nickte Johannes Schützner. »Morgen um die Mittagszeit sind wir reisefertig.«

»In Ordnung. Ich werde Sorge dafür tragen, dass ein kräftigendes Mahl bereitsteht, ehe wir aufbrechen.« Ravensbergs Verwalter verabschiedete sich mit einem Nicken. Erik wandte sich ebenfalls zur Treppe.

»Lasst mir eine der Fackeln hier«, bat Johannes Schützner. Auch er hatte das Bedürfnis, eine Weile an diesem Ort alleine zu sein. »Ich komme nach.«

»Hier.« Erik reichte ihm das Gewünschte. Dann legte er seinen Arm um Emmas Schultern.

»Für heute ist es gut, outo tytöö. Zeit, dass du ins Bett kommst.« Er sprach leise, so dass nur sie ihn verstand. Emma wagte nicht, sich einzugestehen, dass sie sich insgeheim wünschte, er möge bei ihr bleiben.

Tief unter der Burg begegnete Johannes Schützner in dieser Nacht den beiden verschwundenen Töchtern seines Dorfes wieder. Er erinnerte sich daran, wie die beiden Magdalenas kurz vor ihrem Verschwinden zwei herzförmige Steine im Bachbett der Peitnach gefunden hatten. Der Entdeckung war das Versprechen gefolgt, die Steinchen fortan immer bei sich zu tragen. Als Johannes Schützner die Herzsteine auf dem kalten Boden liegen sah, weinte er.

55

Ein warmer Herbstwind strich wie eine sanfte Berührung über Emmas Gesicht. Der Tross nach München bestand aus rund zwanzig Personen, die meisten davon Peitinger, wegen ihrer Treue und Zuverlässigkeit ausgewählt von Johannes Schützner. Sie gab ihrem Pferd die Sporen und setzte sich neben Erik und Justus an die Spitze des Zuges. Hinter ihr im Sattel saß Franziska, die von den Geschehnissen noch immer mitgenommen war. Emma hatte mehrmals versucht, ein Gespräch mit ihr zu beginnen, doch die Freundin schien in ihre eigenen Gedanken versunken.

Ein Peitinger Bauer hatte ihnen ein Fuhrwerk zur Verfügung gestellt, dessen Ladefläche mit einer Plane bespannt war. Darunter lagen, gefesselt und geknebelt, Ravensberg und seine drei Handlager. Obwohl der Graf ihr nichts mehr antun konnte, bereitete es ihr Unbehagen, den Mann nur wenige Meter von sich entfernt zu wissen. Zum wiederholten Male fragte sie sich, ob es möglich sein konnte, dass ihre Mutter ihn tatsächlich geliebt hatte, so wie er behauptete.

»Wir kommen schneller voran, als ich geglaubt hatte. Trotz des Wagens.«

»Ja, wir haben Glück mit dem Wetter. Schlammige Straßen hätten ein so schnelles Vorankommen nicht zugelassen.«

Emma lauschte mit halbem Ohr der Unterhaltung zwischen dem Verwalter und Erik.

»Vielleicht sollten wir eine Pause einlegen, der Damen wegen …«, schlug Justus vor.

»Nein«, mischte sie sich ein. »Wir wollen sehen, dass wir den Gasthof vor Einbruch der Dunkelheit erreichen, damit wir am nächsten Morgen zügig weiterreiten können.« Wäre es nach ihr gegangen, sie hätte auf ihren Schlaf verzichtet, um München so schnell als möglich zu erreichen. Doch sie sah ein, dass Franziska einen langen Ritt durch die Nacht nicht durchgestanden hätte.

»Wie Ihr wünscht.« Justus deutete im Sattel eine Verbeugung an. Emma schämte sich ein wenig, dass sie ihm gegenüber nur Abneigung empfand. Eigentlich sollte sie dankbar sein. Schließlich war es Ravensbergs Verwalter gewesen, der durch seinen Schrei im richtigen Moment Schlimmeres verhindert hatte.

»Herzog Albrecht wird Marzan freilassen, nun, da wir Beweise haben.« Erik ließ sein Pferd zurückfallen, um ungestört mit Emma sprechen zu können.

»Ich weiß.« Emma nickte. Franziska hatte den Kopf an ihre Schulter gelehnt und schien zu schlafen.

»Was bedeutet das für uns, outo tytöö?«

Sie sah ihm an, wie schwer es ihm fiel, diese Frage zu stellen. Selbst wenn sie es gewusst hätte, es war ihr unmöglich, ihm zu antworten.

»Sag etwas.« Eriks grüne Augen schienen bis in ihr Innerstes zu dringen. Emma wurde blass. Seit Stunden dachte sie darüber nach. Marzans Freilassung konnte nur eines bedeuten. Es gab keinen anderen Weg.

»Sobald der Herzog seine Erlaubnis gegeben hat, werde ich ihn heiraten.« Niemals zuvor war ihr etwas so schwer gefallen, wie diesen einen Satz auszusprechen. Sie sah, wie Eriks Hände sich zu Fäusten ballten. Seine Fingerknöchel wurden weiß.

»Das kannst du nicht tun«, stieß er mit mühsam beherrschter Stimme hervor.

»Ich muss.« Emma wandte den Blick ab. Die unsägliche

Qual im Herzen wollte ihr schier die Luft abschnüren. »Und ich will.«

»Wenn du ihn liebst, dann verrate mir, was das zwischen uns ist? Was bin ich für dich? Ein Mann für eine Nacht? Jemand, an den du dich anlehnen kannst, wenn du Sorgen hast? Weil Marzan gerade nicht greifbar ist?«

Sie hörte, wie verletzt er war. Es tat ihr weh, und sie hätte in dem Moment fast alles dafür gegeben, seinen Schmerz zu lindern. Doch sie war durch ihr Versprechen und durch ihre tiefe Zuneigung an Marzan gebunden. Sie hatte sich ihm hingegeben, hatte beteuert, wie sehr sie sich wünschte, seine Frau zu werden. Es gab kein Zurück, auch wenn sie sich insgeheim nach Eriks Berührungen sehnte.

»So ist es nicht«, erwiderte sie nach langem Schweigen. »Du weißt, dass es nicht so ist.«

»Für mich stellt es sich aber so dar.« Wieder fing sein Blick sie ein, und sie verlor sich in seinen Augen.

»Ich kann nicht, Erik …«

»Ist das dein letztes Wort?«

Sie nickte und sah ihn dabei nicht an.

»Für mich bist du meine Frau, outo tytöö. Wenn ich mich geirrt haben sollte, tut es mir leid. Ich werde dich nicht länger belästigen.«

Erik preschte nach vorne, und Emma starrte mit Tränen in den Augen auf seinen breiten Rücken. So sehr sie sich freute, dass Marzans Unschuld endlich bewiesen werden konnte, so elend fühlte sie sich bei dem Gedanken, ihm als seine Verlobte gegenübertreten zu müssen. Sie erinnerte sich zurück an die Nacht im Turm, dachte daran, wie stark sie ihn damals gewollt hatte. Doch als sie die Bilder von damals abrufen wollte, schoben sich blonde Haare und grüne Augen vor Marzans Gesicht.

Sie gelangten tatsächlich noch vor Einbruch der Dunkelheit an den Gasthof, in dem sie Quartier nehmen wollten. Der Wirt scheuchte seine Knechte auf, um die Pferde der großen Reisegruppe zu tränken und für die Nacht im Stall unterzubringen. Die Gäste waren ihm höchst willkommen, würden sie doch seine im Moment allzu leere Kasse mit guten Münzen füllen. Emma glitt vom Rücken ihres Pferdes und rieb ihre Nase an dem warmen, weichen Fell. Die Stute war ein braves, ausdauerndes Tier. Scheinbar mühelos hatte sie das Gewicht der beiden Frauen den ganzen Tag über getragen.

»Ich fühle mich wie zerschlagen.« Franziska ließ zu, dass Erik ihr aus dem Sattel half. Mittlerweile schien sie sich trotz seiner einschüchternden Größe an ihn gewöhnt zu haben und fürchtete sich nicht länger. Emma entging nicht, dass der Finne es sorgsam vermied, sie anzusehen.

Eine Hand voll Männer, darunter Johannes Schützner, blieben zurück, um die Gefangenen zu bewachen. Die anderen genossen in der Gaststube ein warmes Mahl. Während die Männer sich nach dem Essen in gewohnter Weise in ihre Mäntel wickelten, wurde den beiden Frauen ein Zimmer im oberen Stock zugewiesen. Emma fühlte sich mit erschreckender Deutlichkeit an die Nacht erinnert, in der Rudolf, der Landsknecht, gestorben war.

»Wie geht es dir?«, fragte sie und kuschelte sich neben ihre Freundin.

»Ich weiß nicht, was mit mir und meinem Leben geschieht.« Franziska lag auf dem Rücken und starrte zur Decke. »All das macht mir furchtbare Angst.«

»Ravensberg kann dir nichts mehr tun, niemand kann dir mehr etwas tun.«

»Das ist es nicht.« Ziska zuckte mit den Schultern, und wieder einmal fiel Emma auf, wie schmal sie geworden war.

»Kann man einen Menschen lieben, dessen Vater ein Scheusal war? Kann man das?«

»Du kannst niemandem seine Herkunft zum Vorwurf machen. Seine Eltern sucht man sich nicht aus, man wird einfach geboren.«

Franziska rieb sich die Augen, um ihre Tränen zurückzudrängen. »Ich bin …«, setzte sie an.

»Pst.« Emma streichelte beruhigend das weiche Haar ihrer Freundin. Dann legte sie ihre Hand auf deren noch flachen Bauch.

»Ich bin sicher, du wirst es lieben, egal, wer sein Vater ist. Es ist dein Fleisch und Blut. Das ist es, was zählt.«

»Und wenn nicht?« Franziska kaute zaghaft auf ihrer Unterlippe.

»Dann finden wir jemanden, der es pflegen und umsorgen wird wie sein eigenes Kind.«

»Wenn ich es weggebe – würdest du mich nicht dafür verachten?«

»Nein.« Emma schüttelte den Kopf. »Ich weiß, wie tapfer du bist. Ich würde dich niemals verachten, Ziska.«

»Danke.« Ein kleines Lächeln stahl sich auf ihre Lippen. »Ich hätte mir denken können, dass du mit deinem besonderen Gespür längst davon weißt.«

»Ehrlich gesagt bin ich gar nicht darauf gekommen. Erik war es, der deine Schwangerschaft erkannt hat.« Emma spürte einen stechenden Schmerz im Herzen, als sie seinen Namen aussprach.

»Ich habe beobachtet, wie er dich ansieht.« Franziska setzte sich im Bett auf und blickte Emma ernst an. »Und du ihn. Da ist etwas zwischen euch, nicht wahr?«

»Ich liebe Marzan«, erwiderte sie fest.

»Bist du sicher?«

»Ja. Lass uns jetzt schlafen.«

Emma löschte das Licht der Stundenkerze auf dem

Nachttisch. Sie schlief schon fast, als Franziskas gemurmelte Worte an ihr Ohr drangen.

»Ich glaube nicht …«

Emma erwachte nach einer unruhigen Nacht, in der sie wiederholt von dem blonden Hünen mit den tiefgrünen Augen geträumt hatte, von Erik, der längst kein Fremder mehr für sie war. Entschlossen schwang sie die Beine aus dem Bett und drängte die Bilder wilder Leidenschaft aus ihrem Kopf.

»Guten Morgen.« Franziska saß auf einem Stuhl am Fenster. »Ich habe mir den Sonnenaufgang angesehen«, erklärte sie lächelnd. Sie schien verändert, seit sie am Vorabend über ihre Schwangerschaft gesprochen hatten.

»Du hättest mich wecken können …«

»Wieso denn, du hast so friedlich geschlafen. Wusstest du, dass du im Schlaf sprichst?«

»Nein.« Emma hatte Mühe, ihre zerzauste, schwarze Mähne zu bändigen. »Was habe ich denn gesagt?«

»Kannst du dir das nicht denken?«

Emma und Franziska machten sich bereits in ihrem Zimmer zurecht, so dass es ihnen erspart blieb, sich wie die Männer mit dem eisigen Brunnenwasser zu waschen. Über eine knarrende Stiege gingen sie hinunter in die geräumige Gaststube. Eben noch munter plaudernd, hielt Emma plötzlich inne und fasste ihre Freundin am Ärmel.

»Was ist?«, raunte Ziska.

»Irgendetwas stimmt nicht.« Emma ließ Franziskas Ärmel los.

Unten saßen die Peitinger zusammen, vertieft in eine lautstarke Unterhaltung. Sobald sie der Frauen ansichtig wurden, verstummten ihre Gespräche.

»Was habt ihr?«, fragte Emma und hielt Ausschau nach Erik, konnte ihn aber nirgendwo entdecken.

Als die Männer schwiegen, hielt der Wirt es für richtig, seine Gäste selbst über den Sachverhalt aufzuklären. »Welch Tragödie!« Er schlug die Hände vors Gesicht. »Und so etwas unter meinem Dach.«

»Hör auf zu jammern und sag mir, was geschehen ist!«, forderte Emma. Sie fürchtete um Erik, der nach wie vor nicht zu sehen war. War ihm etwas zugestoßen?

»Euer Pferd, Verehrteste. Eure hübsche Stute …«, lamentierte der Herbergswirt. Emma drehte sich auf dem Absatz um.

Im Stall war es düster und warm. Der Duft von nicht mehr ganz frischem Stroh lag in der Luft, es roch nach Dung und Mist. Emma schnupperte. Der metallische Geruch von frischem Blut überlagerte jetzt alles andere.

»Erik?«, fragte sie leise.

»Hier, outo tytöö.« Sie folgte seiner Stimme, die aus einem der Bretterverschläge kam. Franziska hielt sich dicht bei ihr.

»Was ist geschehen?« Im Halbdunkel erkannte sie die Stute, die sie in den Ställen Ravensbergs für sich und Franziska ausgewählt hatte.

»Hallo, Herbstblatt«, sagte Emma. Ihr war nicht bewusst gewesen, dass sie dem Tier bereits einen Namen gegeben hatte. Das Pferd lag seitlich auf dem Boden, die Beine seltsam gekrümmt. Im ersten Moment dachte sie, die Stute sei unglücklich gefallen und habe sich dabei etwas gebrochen.

Herbstblatts Fell war feucht von Schweiß, das Tier röchelte. Emma streichelte das Pferd beruhigend. Plötzlich war Blut an ihren Händen, und sie fuhr erschrocken zurück.

»Was ist das?« Ängstlich wandte sie sich zu Erik um. »Ich habe mich also nicht getäuscht, als ich vorhin glaubte, den Geruch von Blut wahrzunehmen.«

»Jemand hat mehrmals auf dein Pferd eingestochen, Emma. Wir wissen nicht, wer.«

»Wird sie überleben?«

»Nein, outo tytöö. Die Wunden sind zu tief.«

»Bitte tu etwas«, bat sie ihn. Herbstblatt röchelte. »Lass sie hier nicht qualvoll verenden.«

»Geh du mit Franziska hinaus.«

Emma kniete sich neben dem Pferd nieder. »Gleich hast du keine Schmerzen mehr«, versprach sie und strich der Stute sanft über die helle Zeichnung auf der Stirn. Dann erhob sie sich.

»Komm, Ziska«, forderte sie ihre Freundin auf.

Die Frauen mussten blinzeln, als sie in das helle Sonnenlicht hinaustraten. Im Hof stand ein gemauerter Brunnen, auf dessen Rand setzten sie sich und warteten.

»Wie kann jemand nur so etwas tun?«

Emma zuckte mit den Achseln. Sie war blass im Gesicht. Ihre Gedanken waren bei der Stute, deren Leben Erik in diesem Moment ein Ende setzte.

»Vielleicht hat der Wirt selbst es getan«, mutmaßte Ziska. »Kann sein, dass er das Pferd nur leicht verletzen wollte. So, dass wir praktisch dazu gezwungen sind, es hier bei ihm zu lassen.«

»Was hätte er denn davon?«

»Entweder jede Menge saftiges Pferdefleisch – oder ein edles Pferd zum Reiten.«

»Bei diesen Verletzungen kann es, wenn überhaupt, nur Ersteres gewesen sein.«

»Ich fürchte mich«, gestand Franziska leise ein.

»Keine Angst«, beruhigte Emma ihre Freundin. »Es gibt niemanden mehr, der Böses mit uns im Sinn hat. Wer auch immer Herbstblatt das angetan hat – es hat nichts mit dir oder mir zu tun.« Noch während sie die Worte aussprach, wurde ihr klar, dass sie selbst nicht daran glaubte.

Erik trat aus dem Stall, seine Hände waren rot gefärbt von Herbstblatts Blut.

»Ist es vorbei?« Emma ging auf ihn zu.

»Ja.« Erik nickte. »Ich weiß nicht, was hier genau passiert ist, aber wir sollten zusehen, dass wir weiterkommen.«

»Ravensberg?«, fragte sie leise, so dass nur der Finne sie hörte.

»Gefesselt, geknebelt – und genau da, wo er sein soll. Er kann das Pferd nicht niedergemetzelt haben.«

»Wer dann?« Emma blickte auf die Männer, die rings um sie herum bereits aufsaßen. Peitinger, die sie selbst nicht kannte, die Johannes Schützner aber als vertrauenswürdig erachtete. Hatte einer von ihnen auf Herbstblatt eingestochen?

»Bei wem möchtest du aufsitzen? Bei Justus oder mir?« Erst als Erik sie danach fragte, wurde ihr bewusst, dass sie nun kein Reittier mehr besaß.

»Ich reite mit dem Verwalter«, erklärte Franziska bestimmt und nahm ihr die Entscheidung damit ab.

»Wird das dem Pferd nicht zu schwer?«

»Angenehm sicher nicht, aber es ist kein Tagesritt mehr bis München. Es wird gehen.« Der Finne wich ihrem Blick bewusst aus.

»Dann reite ich mit dir – wenn du erlaubst?«

»Stell keine dummen Fragen, outo tytöö.« Erik saß auf und zog sie hinter sich in den Sattel. Emma schalt sich selbst eine Närrin – dafür, dass ihr Herz vor Freude wild hüpfte.

56

Emma konnte selbst nicht sagen, warum sie plötzlich von einer solchen Aufregung erfasst wurde. Sie waren zügig in die Hauptstadt gelangt. Immer wieder hatte Emma der Versuchung widerstehen müssen, ihre Wange an Eriks breiten Rücken zu legen. Der Finne sprach nicht mit ihr, er fragte auch nicht danach, ob sie ihre Entscheidung noch einmal überdacht hatte. Es war ungewöhnlich, dass sie nicht miteinander redeten, und es tat ihr in der Seele weh.

Vor den Toren der Residenz hatte sich wie jeden Tag eine große Traube Menschen versammelt, die allesamt Einlass begehrten. Die herzoglichen Wachen ließen sich nicht aus der Ruhe bringen und kontrollierten gemächlich jede Gruppe. Da sie dieses Mal ohne Albrecht Dürer reisten, gab es auch keinen Haushofmeister Gläser, der ihnen die Wartezeit ersparte.

Neugierig betrachtete Emma die Bauern und Kaufleute, die sich vor ihnen in der Schlange eingereiht hatten. Zuerst glitt ihr Blick über den Jungen auf dem rostroten Hengst hinweg. Sie zögerte, ehe sie ein zweites Mal hinsah. Die Färbung des Pferds war ungewöhnlich und kam ihr bekannt vor. Während sie noch überlegte, trat eine schwarzhaarige Gestalt hinzu und sagte etwas zu dem Knaben im Sattel. Beide lachten, der Mann warf den Kopf in den Nacken.

Das konnte nicht sein, oder? Emma rieb sich die Augen. Er war doch hier, in ebendieser Burg eingesperrt, tief unten in den Kerkern.

»Marzan?«, formten ihre Lippen. Als hätte er sie gehört, drehte der Mann sich suchend um. Sein Gesicht verzog sich in grenzenlosem Staunen, als er sie erkannte. Emma glitt vom Pferd.

»Was tust du?«, fragte Erik, die ersten Worte, die er seit ihrem Aufbruch am Morgen mit ihr sprach. Emma antwortete ihm nicht. Mit Händen und Füßen bahnte sie sich ihren Weg durch die Menge, hin zu dem Mann und dem Jungen. Wieso war er frei?

»Emma.« Fassungslosigkeit stand in Marzans Gesicht. Auch ihn überwältigte das unerwartete Wiedersehen. Langsam streckte er die Arme nach ihr aus und zog sie an sich.

»Du bist frei ...«

»Was tust du ...?«

Sie setzten beide gleichzeitig zum Sprechen an und brachen lachend ab.

»Du zuerst.« Marzan strich über ihr schwarzes Haar. »Woher kommst du? Wo warst du?«

»Wir sind losgezogen, deine Unschuld zu beweisen. In der festen Annahme, dass du als Gefangener des Herzogs im Kerker schmachtest.«

»Mein Vater hat seine Malefizurkunde auf dem Gebiet Hohenfreybergs vorgelegt. Herzog Albrecht musste mich gehen lassen.«

»Hält er dich noch immer für einen Mörder?«

»Ich weiß es nicht. Er hat nach meiner Freilassung nicht mit mir gesprochen.« Wieder streichelte er sanft über ihr Haar. »Emma, meine Emma, wie sehr habe ich mich nach dir gesehnt.« Seine grauen Augen hefteten sich auf sie, während er andächtig die Konturen ihres Gesichts nachfuhr.

»Marzan!« Emma fuhr zusammen. Sie hatte nicht bemerkt, dass ihre Freundin ihr gefolgt war.

»Franziska. Wie schön, dich zu sehen.« Marzan streckte ihr die Hand hin, die Ziska strahlend ergriff.

»Ich habe noch etwas von Euch.« Emma hatte den Jungen auf Cupidos Rücken völlig vergessen. Als sie ihm jetzt ihre

Aufmerksamkeit zuwandte, setzte ihr Herz einen Schlag lang aus.

»Benedikt?«

»Ich bin gewachsen, nicht wahr?« Der Junge lachte sie fröhlich an.

»Ja, das bist du wohl.« Emma konnte nicht anders, sie musste sein Grinsen erwidern. »Wie bist du denn an Marzan geraten?«

»Wir sind uns zufällig über den Weg gelaufen.« Benedikt griff in seinen Nacken. »Hier.« Er löste den Verschluss der Kette an seinem Hals und ließ das Medaillon in Emmas Hand gleiten. »Wir haben es stets in Ehren gehalten«, erklärte er.

»Ihr solltet es doch verkaufen …« Dabei konnte sie ihre Freude darüber, das Schmuckstück wiederzuhaben, kaum verhehlen.

»Es ging auch so.« Wieder lächelte Benedikt. In dem Moment sah er aus wie Ruppert, sein Vater, und Emma musste eine vorwitzige Träne von ihrer Wange wischen.

»Emma?« Jemand berührte sie leicht an der Schulter. Sie wusste, auch ohne sich umzudrehen, dass es Erik war, der hinter ihr stand.

»Offensichtlich geht es ihm besser, als wir angenommen hatten«, brummte er.

»Konstantin von Hohenfreyberg hat von seinem Malefizrecht Gebrauch gemacht«, erklärte sie. »Marzan konnte nicht ahnen, dass wir bei Ravensberg und in Gefahr waren.«

Erik erwiderte nichts, sah sie nur an.

Marzan, der sich mit Franziska unterhalten hatte, trat hinzu. Als er den Finnen erkannte, verschwand die Fröhlichkeit aus seinem Gesicht. Beide Männer nickten sich knapp zu.

»Er war bei dir? Die ganze Zeit?« Obwohl Marzan den

Arm um Emmas Schultern legte, war die Eifersucht in seiner Stimme nicht zu überhören.

»Ohne ihn wäre es mir niemals gelungen, deine Unschuld zu beweisen.«

»Das brauchtest du auch gar nicht. Wie du siehst – es geht mir gut.« Seine Worte machten sie wütend. Sie schüttelte seinen Arm ab und stemmte die Hände in die Hüften.

»Wir alle haben unser Leben für dich riskiert. Franziska wäre fast getötet worden – und ich auch. Erik hat ein ganzes Dorf zum Aufruhr angestachelt, nur um Ravensberg zu überwältigen!«

»Ihr habt den Grafen Ravensberg gefangen genommen?« Marzans Miene schwankte zwischen Entsetzen und Belustigung. Natürlich, er konnte nicht ahnen, welche Verbrechen Ravensberg begangen hatte. Emma nahm ihm seine Erheiterung dennoch übel.

»Die Nächsten!«, dröhnte da die Stimme eines Torwächters, und der Zug setzte sich in Bewegung. Es würde noch eine ganze Weile dauern, bis sie an der Reihe waren. Während Marzan und Benedikt sich angeregt mit Franziska unterhielten, herrschte zwischen Emma und Erik angespanntes Schweigen.

»Was habt ihr auf dem Wagen?«, verlangte plötzlich einer der Wachmänner zu wissen, während er bereits unter die Plane spähte.

»Herr im Himmel …! Da werdet ihr einiges zu erklären haben.« Die Nachricht von der Gefangennahme des Grafen Ravensberg löste einen Tumult aus. Flüsternd steckten die Leute ihre Köpfe zusammen. Schneller, als sie es sich hatten erhoffen können, wurden Emma und Erik mitsamt Justus, Johannes Schützner, den übrigen Peitingern, Marzan und Benedikt zum Herzog geführt. Während sie im Vorraum des Audienzsaals warteten, ergriff Marzan Emmas Hand. Sie ließ es zu, fühlte sich dabei jedoch, als hätte er ihr Ketten aus schwerem Eisen angelegt. Schließlich öffneten sich die großen Flügeltüren zum Audienzsaal, und die ganze Gruppe trat ein.

»Emma von Eisenberg und mein treuer Erik. Kommt nach vorne.« Marzan blieb nur unwillig zurück, als Emma auf den Thron des Herzogs zutrat.

»Ich bin froh, euch gesund und munter wiederzusehen«, verkündete Albrecht. »Weniger froh bin ich darüber, was ihr getan habt. Verratet mir, warum ihr den Grafen von Ravensberg wie ein räudiges Tier behandelt habt?«

»Er hat es nicht besser verdient«, knurrte Erik.

»Ihr habt viele Jahre lang um Eure verschollene Schwester getrauert.« Emma sprach leise, so dass sie außer den beiden Männern niemand verstehen konnte. »Wir haben sie gefunden.« Sie griff in ihre Tasche, zog das Bernsteinkreuz hervor und präsentierte es dem Herzog. Albrechts Gesichtsfarbe wechselte von blass zu rot. »Simona ist tot?« Die Worte kamen ihm nur schwer von den Lippen.

Emma nickte. »Eure Schwester – und viele andere Frauen – sind von Graf Ravensberg ermordet worden. Nach unserer Ankunft ließ er Eure Landsknechte heimtückisch vergiften, nur Erik überlebte. Ich selbst und Franziska …«, Emma wies auf ihre Freundin, »… sind ebenfalls nur knapp dem Tode durch Ravensbergs Hand entkommen.« Emmas Stimme war ausdruckslos. Als sie zu Ende gesprochen hatte, hätte sie sich gerne an Erik gelehnt, doch sie spürte Marzans Blicke in ihrem Rücken.

»Bringt ihn herein«, befahl der Herzog. »Und dann lasst mich mit ihm allein – alle.«

Beim Hinausgehen erhaschte Emma einen Blick auf Ravensberg, der zwar noch immer gefesselt, aber mittlerweile von dem Knebel befreit war.

»Amelia«, formten seine Lippen. Emma schauderte.

Sie war erleichtert, als die Tür hinter ihr zufiel und sie sich aufs Bett werfen konnte. Für heute war es genug. Der Anschlag auf ihr Pferd, das Wiedersehen mit Marzan und Benedikt, die Audienz beim Herzog …

Da die Residenz im Augenblick viele Gäste beherbergte, hatte Emma angeboten, sich ein Zimmer mit Franziska zu teilen. Sie war froh über die Gegenwart der Freundin.

»Du warst ziemlich schroff zu Marzan«, sagte Ziska nach einer Weile.

»Ich wollte einfach nur alleine sein«, verteidigte sich Emma. »Mein Kopf ist schwer, und ich sehne mich nach Ruhe und Schlaf.«

»Aber es ist doch nur natürlich, dass er bei dir sein möchte, nachdem ihr so lange voneinander getrennt wart.«

»Mag sein, aber im Moment bin ich einfach nur müde.« Emma rollte sich auf die Seite und zog die flauschige Decke bis zum Hals. »Weckst du mich zum Essen, Ziska?«, fragte sie und war wenige Augenblicke später eingeschlafen.

Der Herzog und seine Gemahlin fehlten an diesem und den folgenden drei Tagen beim Abendmahl in der großen Halle. Die Stimmung war gedrückt, und statt der lautstarken Unterhaltungen hörte man an der langen Tafel nur mehr gedämpftes Murmeln. Vermutungen wurden angestellt, Gerüchte kursierten auf den Fluren der Residenz. Der große Darius von Ravensberg verhaftet – konnte das sein?

Emma saß neben Marzan und dachte an die Abende, als Erik ihr Tischnachbar gewesen war. Die Leichtigkeit der früheren Tage mit Marzan war verloren gegangen. Seit sie Kinder gewesen waren, hatten sie einander immer alles erzählt. Nun verschwieg Emma ihm ihre Gefühle für den Finnen. Und Marzan spürte das.

»Der Herzog hat angeblich Männer losgeschickt, die auf

Ravensbergs Welfenburg Erkundigungen einziehen sollen«, berichtete Franziska, die zu Emmas Linken saß. »Warum bist du so traurig, jetzt, wo doch alles gut für dich werden wird?«, fragte sie.

»Im Gegenteil, ich bin sehr glücklich«, berichtigte Emma und drückte kurz die Hand ihrer Freundin. »Woher weißt du das mit den Erkundigungen?«

»Erik hat es mir erzählt, also denke ich, dass es stimmt«, erklärte Ziska.

»Du hast mit ihm geredet?« Sie senkte ihre Stimme, damit Marzan es nicht hörte.

»Natürlich.« Franziska schüttelte verwundert den Kopf. »Er läuft mir doch jeden Tag mehrmals über den Weg.«

»Mich will er nicht sehen.« Sie sprach jetzt noch leiser. Es bedrückte sie, dass Erik seit dem Tag der Audienz nicht mehr mit ihr gesprochen hatte.

Marzan wunderte sich, als er allein zum Herzog gerufen wurde. Obwohl seine Unschuld bewiesen war, bereitete ihm die Vorstellung Unbehagen, vor dem bayerischen Herzog zu erscheinen. Schon beim Betreten des Audienzsaals fühlte er sich unwohl. Zu lebendig war die Erinnerung an die damaligen Geschehnisse. Genau hier hatte er gestanden, als die Männer des Herzogs ihn ergriffen und in den Kerker geschleift hatten. Nur mit Abscheu dachte er an die Grausamkeit der Wächter zurück. Um sich abzulenken, stellte er sich Emmas Bild vor. Sogleich wurde er von der Angst ergriffen, sie könnte sich während seiner Abwesenheit heimlich mit dem Finnen treffen. Sie war nicht mehr die alte Emma, nicht mehr seine Emma. Es war eine andere Frau gewesen, von deren Seite er damals fortgerissen worden war. Marzan vermutete, dass ihre Veränderung mit Erik zusammenhing, und hoffte doch inbrünstig, dass er sich irrte.

»Ah, der junge Hohenfreyberg. Kommt nach vorne.«

Er tat, wie ihm geheißen, und musterte verstohlen das Gesicht des Herzogs. Die Wangen wirkten eingefallen, die Haut zeigte einen ungesunden, gräulichen Schimmer. Die Nachricht vom Mord an seiner Schwester musste Albrecht hart getroffen haben. Dennoch war sein Gesicht unbewegt. Ein so mächtiger Mann konnte es sich nicht leisten, lange in Trauer zu verharren.

»Zuerst einmal, Marzan von Hohenfreyberg, hört meine aufrichtige Entschuldigung. Noch ist Graf von Ravensberg nicht verurteilt, aber das wird nur eine Frage der Zeit sein. Nehmt also, wenn schon nicht von offizieller Seite, so doch meinen persönlichen Freispruch an. Für mich seid Ihr nicht länger ein Mörder und von jedem Verdacht reingewaschen.«

»Habt Dank, mein Herzog.« Marzan verbeugte sich leicht.

»Heute sind Gäste eingetroffen«, wechselte Albrecht das Thema. Marzan wunderte sich über den leichten Plauderton, den der Mann mit einem Mal anschlug. »Vielleicht möchtet Ihr sie sehen?«

»Wenn Ihr es wünscht.«

»Das tue ich.« Auf ein Zeichen des Herzogs hin wurde eine Seitentür geöffnet, und Benedikt kam herein. Ihm folgte ein älterer Junge, der das Mannesalter fast erreicht hatte. Am Schluss trat ein elegant gekleideter Kaufmann ein, dessen untere Gesichtshälfte von einem gepflegten, grauen Bart bedeckt wurde.

»Marzan, Junge!« Der feine Händler eilte mit ausgestreckten Armen auf ihn zu und umarmte ihn kräftig.

»Jakob Fugger, ich kann es nicht glauben!«

»Nun, was glaubst du, wie überrascht ich erst war, als ich hörte, dass Benedikt mit dir gereist ist.«

»Er war in Eurem Auftrag unterwegs, jetzt verstehe ich.« Marzan lächelte. »Ich habe ihn immer wieder danach gefragt, doch er wollte einfach nicht mit dem Namen seines Lehrmeisters herausrücken.«

»Ich habe Philipp und Benedikt in meine Dienste genommen, nachdem sie mir berichtet hatten, was ihnen widerfahren war. Und ich habe es seither nicht bereut.« Fugger legte seine Arme um das Brüderpaar. »Es ist mir nicht leichtgefallen, den beiden Jungen diese wichtige Aufgabe anzuvertrauen. Du erinnerst dich an den Schmuck?«

»Heißt das, sie wissen von dem …«

»Oh ja, sie wissen nicht nur von dem Burgunderschatz, sie wurden sogar von mir damit beauftragt, Teile des Schatzes sicher nach München zu bringen. Ich stehe seit Monaten in geheimen Verhandlungen mit dem Herzoghaus, doch schien es mir zu gefährlich, die wertvollen Stücke selbst zu transportieren. So gab ich den Schmuck an Philipp und Benedikt weiter, die auf getrennten Wegen unbehelligt bis hierher gelangt sind.« Fugger schmunzelte über seinen gelungenen Streich.

»Aber was ist mit dir, mein Junge? Ich hörte erst hier bei Hofe von der Unbill, die dir widerfahren ist.«

»Lassen wir es auch dabei bewenden. Ich habe die Geschichte unbeschadet überstanden, mehr möchte ich dazu nicht sagen.«

»Eine gute Einstellung«, mischte sich der Herzog in das Gespräch. »Dennoch, junger Mann, habt Ihr eine Entschädigung verdient. Ihr wurdet schmählich behandelt, da ist es an mir, Eurem Herzog, dies wiedergutzumachen.«

»Wenn ich einen Wunsch äußern dürfte«, setzte Marzan an, in dessen Herzen Hoffnung aufkeimte.

»Nur zu.«

»Emma von Eisenberg, wir lieben einander, wie Ihr wisst. Nun, da man ihre Verlobung mit dem Grafen von Ravensberg sicherlich als gelöst betrachten darf, möchte ich um Eure Zustimmung zu unserer Heirat bitten.«

»Sofern die zukünftige Braut dies auch wünscht, werde ich selbst es sein, der Eure Hochzeit ausrichtet.« Herzog Albrecht räusperte sich. »Ihr habt Euch eine ganz bemerkenswerte junge Frau ausgewählt, die neben meinem Respekt auch meine Zuneigung besitzt.«

Marzans Gesicht leuchtete auf.

»Was haltet Ihr davon, wenn ich sie holen lasse? Dann können wir sie gleich selbst dazu befragen?« Der Herzog lächelte ihn freundlich an.

»Ja, bitte«, antwortete Marzan, und seine Stimme schien mit einem Mal kraftlos.

Was war, wenn sie nein sagte?

57

»Emma!« Kaum hatte sie die Halle betreten, eilte Marzan schon auf sie zu. Die Hand, mit der er nach ihren Fingern griff, war warm. Ungeduldig zog er sie mit sich zum Herzog. Dort wurde sie Jakob Fugger vorgestellt, Marzans Augsburger Lehrherrn. Sie fand den Mann sympathisch und freute sich aufrichtig darüber, auch Rupperts älteren Sohn wiederzutreffen.

»Ich habe nicht vergessen, was Ihr für uns getan habt«, beteuerte Philipp erneut, und Emma dachte an die Verfolgungsjagd im Wald und an die tragische Geschichte der erhängten Mutter der Jungen zurück.

»Ich bin sehr froh, dass ihr wohlauf seid und es mit Jakob Fugger so gut getroffen habt«, erklärte sie lächelnd.

»Nun, meine Liebe, weswegen wir Euch haben rufen lassen …«

»Ich hoffe doch, nichts Schlimmes.« Sie brachte ein Lächeln zustande.

»Ganz im Gegenteil. Der zukünftige Graf von Hohenfreyberg hat mich um Eure Hand gebeten. Ihr seid mein Mündel, Emma, und sofern dies auch Euren Wünschen entspricht, werde ich mit Vergnügen eine prächtige Hochzeit ausrichten lassen.«

Wenn sich einer der Anwesenden über Emmas plötzliche Blässe wunderte, so nahm er diese wortlos hin. Alle blickten auf das junge Paar. Marzans Augen strahlten vor Liebe. »Endlich ist es so weit«, flüsterte er ihr zu. »Endlich dürfen wir beisammen sein. Genau, wie ich es dir versprochen habe.«

»Nun, meine Liebe?«

»Ja«, sagte Emma, »ja, ich will Marzan von Hohenfreyberg heiraten.« Plötzlich war ihr übel, und sie krümmte sich.

»Was hast du?« Marzan legte besorgt einen Arm um sie. »Nichts.« Emma hob den Kopf und lächelte ihn an. »Gar nichts.«

»Dann werde ich noch heute einen Boten entsenden, der Graf und Gräfin von Hohenfreyberg hierherbeordert. Sicher würden sie es übel nehmen, wenn wir die Hochzeit ihres einzigen Sohnes ohne sie feiern würden.« Der Graf klatschte zufrieden in die Hände. Ihm entging jedoch nicht die Verzweiflung im Gesicht der jungen Braut.

Später warf Emma sich auf ihr Bett und weinte, bis sie keine Tränen mehr hatte. Erschöpft schlief sie ein, Eriks Gesicht vor Augen. Sie nahm nicht wahr, wie Franziska in das Zimmer kam und sich zu ihr unter die Decke kuschelte. Bald darauf lagen beide Frauen in tiefem Schlaf.

Emma träumte von Erik, der sie zwischen den Trümmern der Karlsburg liebte. Während der Himmel sich erst rot und dann golden färbte, lag sie geborgen in seinen Armen.

»Ich verliere mich in deinen Augen, jedes Mal, wenn ich hineinblicke.«

»Ich weiß, outo tytöö.« Eriks Hand fuhr liebkosend ihr Rückgrat entlang. »Mir geht es genauso.«

»Du hast mir nie gesagt, dass du mich liebst.« Der Finne teilte mit der Zunge ihre Lippen und erforschte ausgiebig ihren Mund. Emma atmete keuchend, als er sich von ihr löste. »Ich muss dir nichts sagen, was du längst weißt«, antwortete sie und zitterte vor ungebändigter Lust, als er aufreizend langsam die Bänder ihres Kleides öffnete …

Während Emma sich in ihrer Phantasie ihrem Liebsten hingab, ahnte sie nichts von dem dunklen Schatten, der in dieser Nacht ihr Zimmer betrat. Der Mann trug ein Messer in seiner Hand. Vorsichtig näherte er sich dem Bett und blickte schweigend auf die schlafenden Frauen hinunter. Sein Interesse galt Emma, die im Schlaf leise stöhnte. Seine Finger fuhren, nur Zentimeter über ihrem Körper schwebend, die anmutige Form ihres Halses nach.

»Erik«, seufzte Emma, und der Schatten fuhr zurück. Wenig später war er wieder da. Er wartete nicht länger, sondern machte sich ans Werk. Als er das Schlafgemach der beiden Frauen verließ, spielte ein zufriedenes Lächeln um seine Lippen. Niemand hatte ihn gesehen.

Nach dem Erwachen blieb Emma still liegen und kostete die Nachwirkungen ihres Traums aus. Auch wenn es sie traurig stimmte, dass es so nie wieder zwischen ihnen sein würde, genoss sie es dennoch, Erik in ihrer Phantasie nahe zu sein. Franziska neben ihr atmete tief und ruhig. Emma legte sich auf den Rücken und wartete darauf, dass ihre Freundin aufwachte. Sie hörte es an Ziskas verändertem Atem, dass diese sich langsam aus dem Schlaf löste.

»Guten Morgen«, sagte Emma leise.

»Guten Morgen.« Franziska hielt die Augen geschlossen. Wie zuvor Emma wollte auch sie die Bilder ihres Traums auskosten. »Ich habe von meinem Baby geträumt«, erzählte sie, und ihre Lippen umspielte ein Lächeln. »Seitdem ich merke, wie mein Bauch wächst, freue ich mich immer mehr auf mein Kind. Ich glaube, ich muss mich jetzt nicht länger fragen, ob ich es lieben werde.«

»Wie schön für dich. Ich habe nichts anderes erwartet.« Emma strich ihrer Freundin über das Haar. In dem Moment fiel ihr die Verlobung mit Marzan wieder ein, und ihre gute Laune verflog.

»Lass uns aufstehen.« Sie schwang ihre Beine aus dem Bett und rieb sich die Augen, die noch rot und verquollen von ihren Tränen waren.

»Wo warst du denn gestern?«, erkundigte sich Franziska, die sich nicht recht entschließen konnte, die warme Decke abzustreifen. »Erst habe ich dich nicht finden können, und später, als ich ins Zimmer kam, hast du bereits tief und fest geschlafen.«

»Ich war beim Herzog«, erklärte Emma mutlos. »Er hat der Heirat mit Marzan zugestimmt.«

»Aber das ist ja wundervoll!« Franziska sprang nun doch auf, um ihre Freundin zu umarmen. Mitten in der Bewegung hielt sie inne.

»Emma!«

»Was ist? Warum reißt du die Augen so auf?«

»Deine Haare …«

»Was ist mit meinen Haaren?« Verständnislos strich sie mit der Hand eine dunkle Strähne aus dem Gesicht. Das Begreifen ging langsam vor sich. Die schwere, seidene Fülle in ihrem Nacken fehlte. Emmas Blick wanderte zum Bett. Da waren sie. Lange, seidige Haarsträhnen ergossen sich schimmernd über das weiße Kissen.

»Nein …« Mit bebenden Händen fuhr sie sich erneut durch das Haar.

»Oh mein Gott, wer hat das nur getan?« Ziska ging zu ihr und schlang ihre Arme um Emmas zitternden Körper.

»Hast du abgeschlossen, als du gestern zu Bett gegangen bist?«

»Ja. Das heißt – nein. Ich weiß es nicht mehr, Emma, ich war so müde. Es tut mir leid, so leid.« Franziskas Wangen nahmen eine hektische Röte an.

»Schon gut. Ich schätze, derjenige, der das getan hat, hätte so oder so einen Weg gefunden, ins Zimmer zu gelangen.«

»Was tun wir jetzt?«

»Ich gehe zu Erik«, erklärte Emma und schlüpfte in ihr Kleid. Ehe Ziska fragen konnte, warum sie zu dem Finnen und nicht zu Marzan wollte, war sie zur Tür hinaus.

Franziska blieb nachdenklich zurück. Nach einer Weile machte sie sich daran, die glänzenden Haarsträhnen einzusammeln. Vielleicht würde Emma die verlorene Haarpracht behalten wollen.

»Erik!« Emma hämmerte wild gegen seine Zimmertür, vor der sie oft sehnsüchtig gestanden hatte, und verschwendete keinen Gedanken daran, was die Leute von ihr denken mochten.

»Verdammt noch mal!« Offensichtlich hatte er noch geschlafen. Sein Oberkörper war nackt, das Haar stand in alle Richtungen ab, und sein Gesicht wirkte zerknautscht. »Was fällt dir ein«, zischte er und zog sie unsanft über die Schwelle, ohne sie dabei richtig anzusehen. »Was glaubst du denn, was dein Verlobter annehmen wird, wenn du mich frühmorgens in meinem Schlafgemach besuchst?«

»Du hast es also schon gehört?«

»Ja. Marzan hat es mir selbst erzählt. Ganz offensichtlich wollte er mich davor warnen, mich in Zukunft an dir zu vergreifen.«

»Denkst du, er weiß von uns?«

»So, wie er gestern mit mir gesprochen hat – ja. Zumindest ahnt er etwas.«

»Es tut mir leid, Erik.« Emmas Stimme klang so zerknirscht und mutlos, dass er nicht anders konnte, als einzulenken.

»Schon gut, outo tytöö. Es ist ja nicht so, als hättest du mich nicht gewarnt. Ich wusste ja, dass du ihn heiraten willst. Bist du deswegen gekommen?« Erik hob den Kopf, um ihr zum ersten Mal an diesem Tag ins Gesicht zu sehen.

Was immer er hatte sagen wollen, die Worte blieben ihm bei ihrem Anblick im Halse stecken.

»Emma ...«

»Wie schlimm ist es?« Ihre rosige Unterlippe bebte, während er sie lange betrachtete.

»Hast du das selbst getan?«

»Nein.« Sie schüttelte den Kopf. »Ich habe meine Haare gemocht.«

»Wer dann, Emma?«

»Wenn ich das wüsste. Es ist passiert, als ich geschlafen habe. Ich habe Angst, Erik.«

»Franziska?«

»Nein, wo denkst du hin. So etwas würde sie niemals tun!«

»Ich dachte nur, weil sie Marzan manchmal so seltsam ansieht ... Vergiss es.« Erik setzte sich auf das Bett.

»Die Tür war wahrscheinlich unverschlossen, jeder könnte es gewesen sein.«

»Sieht ganz danach aus, als will dir irgendwer Böses, Emma.«

Wieder bebte ihre Unterlippe. »Findest du mich jetzt sehr hässlich?«, fragte sie leise, so als wäre es das Wichtigste auf der Welt.

Erik zögerte einen Moment. Die kurzen Haare ließen ihre ebenmäßigen Konturen noch deutlicher zu Tage treten, verliehen ihren Zügen mehr Entschlossenheit. Ihre Augen schienen größer, die Lippen voller. Alles in allem sah sie aus wie der Inbegriff einer wilden, leidenschaftlichen Göttin.

»Komm her.«

Mit zitternden Knien folgte sie seiner Aufforderung.

»Du bist begehrenswerter als jemals zuvor.« Eriks Stimme klang rau. »Egal, was kommen wird, ein einziges Mal will ich dich noch besitzen, outo tytöö.«

Als Antwort presste sie ihre Lippen auf seine, und ihre

ganze aufgestaute Sehnsucht entlud sich in diesem einen, wilden Kuss.

»Zieh dich aus.« Emma gehorchte widerspruchslos. Er ließ sie nicht aus den Augen, während ihr Kleid zu Boden fiel. Allein ihr Anblick machte ihn fast wahnsinnig. Es kostete ihn alle Selbstbeherrschung, die er besaß, nicht nach ihren vollen, lockenden Brüsten zu greifen. Als sie nackt war, kam sie zu ihm. Liebkosend strichen ihre Finger über seinen Oberkörper. Ihre Berührung war mehr, als er ertragen konnte. Sie half ihm, sich zu entkleiden. Dann setzte Erik sich auf die Kante des Bettes. Seine Augen ertranken in ihren. Mit den Händen umfasste er ihre Hüften und zog sie auf seinen Schoß. Emma spürte seine pochende Männlichkeit zwischen ihren Beinen. Sie stöhnte laut, als er in sie eindrang. Eine Weile verharrte er regungslos in ihr, während er mit den Zähnen ihre Brustwarzen liebkoste.

»Was tust du mit mir?«, keuchte sie, gefangen in einem Meer von Lust.

»Ich koste dich aus, outo tytöö«, erklärte er. »Wenn es das letzte Mal sein soll, will ich eine bleibende Erinnerung an dich haben.«

Wenig später löste er sich von ihr und legte sie auf das Bett. Emma fühlte sich, als zerfließe sie unter seinen begierigen Blicken. Sie wollte ihn berühren, doch er hielt sanft ihre Hände zurück.

»Erst bin ich dran«, flüsterte er, während er an ihrem Ohrläppchen knabberte. Wellen der Lust durchfluteten sie, denn Erik machte sein Versprechen wahr. Er liebkoste jeden Zentimeter ihres Körpers, so dass ihre Begierde kaum mehr auszuhalten war. Emma schrie auf, als er plötzlich und machtvoll wieder in sie eindrang. Sie kam seinen Stößen entgegen, bewegte sich im gleichen Takt wie er.

»Noch nicht.« Sein warmer Atem streichelte ihr Ohr, als er sich aus ihr zurückzog.

»Bitte«, wimmerte Emma und erntete ein tiefes, sinnliches Lachen.

»Nicht so ungeduldig, outo tytöö.«

Sie schloss die Augen und spürte, wie er mit seiner Zunge ihren Nabel umkreiste. Als sein Mund weiter nach unten wanderte, schlug sie ihre Nägel in seine Schultern, so sehr wollte sie ihn. Erik ließ sich Zeit. Er küsste die weiche Haut ihrer Innenschenkel und das lockige Dreieck zwischen ihren Beinen. Die Töne, die sie ausstieß, als er seine Zunge in sie gleiten ließ, machten seine Beherrschung vollends zunichte. Er drückte ihre Beine auseinander und schob sich auf sie.

»Ich kann nicht länger warten …«

»Ich auch nicht«, stöhnte Emma und bog sich ihm entgegen. Erik vergrub seine Hände in ihrem Po und nahm sie mit einer Wildheit, die er noch niemals zuvor verspürt hatte.

»Du bist mein«, flüsterte er im Moment der Vereinigung. Dieses Wissen war so rein und echt, dass es ihn machtvoll wie der Höhepunkt durchflutete. Emma klammerte sich an ihn, und ihr zuckender Leib bewies ihm, dass ihre Hingabe der seinen in nichts nachstand.

Hinterher lagen sie schweigend, Haut an Haut. Erik streichelte träge ihre Brüste und ihren Bauch.

»Ich bleibe für immer hier«, verkündete Emma, die an nichts denken wollte, was sich außerhalb dieses Bettes befand. Nicht an Marzan, nicht an Ravensberg, nicht an die Gefahr, die von einem Unbekannten ausging.

»Ich nehme an, du hast deine Entscheidung nicht geändert?«, fragte er später, und sein Arm zog sie noch dichter zu sich heran. Emma antwortete nicht. Da legte er seine Lippen auf den Ansatz ihrer linken Brust und saugte so lange, bis ein tiefrotes Mal auf ihrer Haut zurückblieb.

»Wir gehören zusammen, outo tytöö. Überleg es dir.«

Sie kuschelte sich an ihn. In Eriks Nähe setzte ihr Denken aus. Sie wollte nur noch fühlen. Ihre Beine mit seinen verschlungen schlief sie ein, während auf den Fluren der Residenz das tägliche Leben seinen gewohnten Gang ging. Erik lauschte ihrem ruhigen Atem, seine Lippen auf ihr kurzes Haar gepresst. Als der Schlaf auch ihn übermannte, wehrte er sich nicht dagegen.

58

»Emma!«

Sie hatte gehofft, ungesehen von Eriks Zimmer in ihres schlüpfen zu können, doch Marzan wartete bereits vor der Tür auf sie.

»Wo bist du gewesen?«, verlangte er zu wissen. Seine Augen funkelten wütend. »Und was ist mit deinen Haaren passiert?«

»Ich war spazieren«, entgegnete sie leise.

»Du gehst also vor dem Frühstück weg und kommst erst am späten Nachmittag zurück. Wohin hat dich dein Spaziergang denn geführt?«

»Marzan …« Sie ging zu ihm und streichelte seine Wange. Seine Hand glitt warm und fest in ihren Nacken. Ihr war klar, dass sie ihn verletzt hatte. Aber sie verzichtete für ihn auf so vieles, hatte sie da nicht das Recht, sich selbst ein paar Stunden Glück zu stehlen?

»Warst du bei Erik?« Die Frage hing drohend in der Luft. Sie sah ihn an und erwiderte nichts.

»Was ist mit deinen Haaren?«

»Ich habe sie abgeschnitten.«

»Warum, Emma? Warum verunstaltest du dich selbst?«

»Mir war danach.« Sie öffnete die Tür und trat in ihr Zimmer.

»Warte.« Marzan folgte ihr. »Wir waren schon so lange nicht mehr allein miteinander. Weißt du noch, wie wir uns bei meiner Rückkehr aus Augsburg am Teich getroffen haben? Die alten Gefühle waren sofort wieder da. Nur, dass wir keine Kinder mehr waren. Emma …« Er nahm ihre Hand und küsste sie. »Die Nacht im Turm ist mir unvergesslich geblieben. Du warst so wild, so voller Leidenschaft.« Er drückte ihr einen Kuss auf die halbgeöffneten Lippen. »Wenn wir erst verheiratet sind, werden wir viele solche Nächte teilen, meine Emma.«

Sie schloss die Augen und versuchte, sich von seinen Worten davontragen zu lassen. Es gelang ihr nicht. Marzan drückte sie sanft auf das Bett, seine Lippen küssten ihre Wangen, ihren Hals. Emma jedoch konnte nur an die verzehrende Begierde denken, die sie Stunden zuvor mit Erik erlebt hatte.

»Ich liebe dich«, hauchte er in ihr Ohr. Sein Geruch, seine Stimme waren ihr vertraut. Sie ließ zu, dass er sie weiter berührte. Seine Finger spielten am Ausschnitt ihres Kleides. Wenn ich erst seine Frau bin, dachte sie, habe ich Erik verloren.

»Was ist das?« Marzans Stimme, die ihr eben noch Zärtlichkeiten zugeflüstert hatte, klang verändert. Mit zitternden Fingern fuhr er über das Liebesmal, welches Erik ihr beigebracht hatte. »Was ist das?«, wiederholte er.

»Ich …«, setzte sie an, da holte Marzan aus, um sie zu schlagen. Mitten in der Bewegung hielt er inne. Seine Hand sank kraftlos herab.

»Du wolltest mich schlagen?« Emma stieß ihn mit beiden Händen von sich. »Ich dachte, ich kann dir vertrauen!« In dem Augenblick klang sie wie das kleine Mädchen, das sie einmal gewesen war.

»Verstehst du nicht, dass ich dich brauche?« Er schleuderte ihr die Worte entgegen, und mit ihnen seine Verzweiflung. »Warum gehst du zu ihm, wo du doch mich hast? Ich bin nicht mehr dein Freund, Emma. Ich bin dein Mann.« Er packte sie am Arm und hielt sie fest. »Tu mir nie wieder so weh, versprich mir das. Ich würde es nicht ertragen, dich zu verlieren.«

Emma senkte den Blick. Dann legte sie den Arm um ihn und zog ihn tröstend an sich. Lange Zeit später hauchte er einen Kuss auf ihre Stirn und ging.

Die Verhandlung gegen Ravensberg begann an dem Tag, an dem der Winter kam. Während draußen vor der Residenz weiße Flocken tanzten, wurde Darius von Ravensberg in den Gerichtssaal geführt. Die Männer aus Peiting waren da, ebenso Johannes Schützner und Justus, der Verwalter. Sie alle hatten in den Mauern der Residenz auf den großen Tag gewartet. Emma saß neben Marzan, der ihre Hand hielt. Eriks Liebesmal war verblasst. Sie hatte sich entschieden, das zu tun, was die Ehre ihr gebot. Sie würde Marzan heiraten. Emma liebte ihn, auch wenn sie für ihn andersartige Gefühle hegte als für den großen Finnen. Oft stellte sie sich vor, was gewesen wäre, wenn sie Erik früher begegnet wäre. Und immer wieder schalt sie sich für ihre Träumereien.

Der Graf hatte abgenommen, sein Gesicht trug die abklingenden Schwellungen mehrerer Blutergüsse. Die Zuschauer buhten, als er hereingeführt wurde. Eine Welle von Hass schlug dem Frauenmörder entgegen.

Bei seinem Anblick überzog Gänsehaut Emmas Arme. Sie war froh, dass Franziska in ihrem Zimmer geblieben war. Sicherlich hätte ihre Freundin sich während der Verhandlung zu sehr aufgeregt, was für ihre Schwangerschaft nicht gut gewesen wäre.

Gleich zu Beginn wurde der Graf selbst zu den Geschehnissen befragt. Er berichtete mit leuchtenden Augen von den willigen Leibern der Frauen, von dem Gefühl der Macht, wenn er tötete, und von dem geheimen Gewölbe unter seiner Burg. Mit Entsetzen erkannte Emma, wie weit sein Wahnsinn in den vergangenen Wochen fortgeschritten war. Sie verspürte Übelkeit, als Darius von Ravensberg von seiner Liebe zu ihrer Mutter sprach und davon, wie er fest daran geglaubt hatte, sie wäre in Emmas Gestalt zu ihm zurückgekehrt. Schonungslos berichtete der Graf, wie er vor vielen Jahren die Schwester des Herzogs fortgelockt hatte, um sich ihr süßes, unschuldiges Lächeln für die Ewigkeit zu nehmen. Albrecht IV. zeigte bei dem Geständnis seines Untertanen keinerlei Regung. Emma bewunderte ihn dafür, denn sie ahnte, wie hart es für ihn sein musste, dem Mörder seiner Schwester zu lauschen.

»Wir verurteilen Euch, Graf Darius von Ravensberg, zum Tode durch Erhängen. Alle Eure Besitztümer, Ländereien und Rechte fallen an das Herzogtum Bayern.«

Als das Urteil gesprochen war, schwankte Emma zwischen Erleichterung und Entsetzen. Sie nahm die Haube vom Kopf, unter der ihr heiß geworden war. Marzan wünschte sich von ihr, dass sie eine Kopfbedeckung trug, weil er sich ihrer kurzen Haare schämte. Immer wieder betonte er, wie töricht sie gewesen sei, sich ihre wunderbare Haarpracht abzuschneiden. Außer Franziska und Erik wusste niemand, dass sie die Schere nicht selbst geführt hatte.

»Gewagt, meine Liebe, äußerst gewagt«, hatte Herzogin Kunigunde spöttisch verkündet, als Emma ihr und ihren Damen einmal auf dem Flur begegnet war. Die Frauen hatten sich kichernd und tuschelnd an ihr vorbeigedrängt und sie mit hochrotem Kopf zurückgelassen.

Emma strich sich eine feuchte Haarsträhne aus der Stirn. Im Moment war es ihr gleich, was die anderen von ihr dachten. Sie hielt Ausschau nach Erik, doch sie konnte ihn nirgendwo entdecken. Seit ihre Verlobung mit Marzan offiziell verkündet worden war, hatte er sich von ihr ferngehalten.

In dem Augenblick, als Ravensberg abgeführt wurde, begann Emmas Mal zu brennen. Sie sah dem verurteilten Mörder hinterher und spürte das Geheimnis in der Luft so deutlich, als flüstere es ihr jemand ins Ohr. Sie wäre zusammengesackt, hätte Marzan ihr nicht stützend unter die Arme gegriffen.

»Was hast du denn?«, raunte er ihr zu.

»Nur ein kleiner Schwächeanfall«, erwiderte sie und fragte sich gleichzeitig, warum sie ihren zukünftigen Mann schon wieder belog. Es gab etwas, das sie noch nicht wusste. Ein Rätsel, das Ravensberg und ihre Mutter, Marzan und sie selbst mit einschloss.

»Erik!« Sie fing ihn vor dem Abendessen ab.

»Emma.« Er nickte ihr freundlich zu. »Was gibt es denn?«

»Tu bitte nicht so steif, als wärst du ein Fremder für mich.«

»Ich bin ein Fremder, Emma. Also, was möchtest du?«

»Es ist wegen Ravensberg.« Sie schluckte schwer. »Es gibt da ein Geheimnis um ihn, das ich nicht ergründen kann.«

»Dann lass es auf sich beruhen. Schau, der Mann hat nicht mehr lange zu leben. Möchtest du wirklich wissen, welche grausamen Verbrechen er noch mit ins Grab nimmt?«

»Ich glaube, es ist wichtig.«

»Viel wichtiger ist, dass du in Sicherheit bist, outo tytöö.« Erik verfluchte sich dafür, dass er sich schon wieder auf sie einließ. »Ist dir seit dem Vorfall mit deinen Haaren noch einmal jemand zu nahe getreten?«

Emma sah den Schmerz in seinen Augen. Mit einem Mal tat es ihr leid, dass sie ihn angesprochen hatte. Warum quälte sie ihn, warum sich selbst?

»Nein, niemand hat versucht, mir etwas zu tun.« Emma verschwieg ihm, dass sie in den letzten Tagen öfter das Gefühl gehabt hatte, verfolgt zu werden. Manchmal war sie stehen geblieben und hatte sich umgesehen. Doch nie war jemand da gewesen. Seltsamerweise fürchtete sie sich kaum. Viel wichtiger erschien ihr das Rätsel um den Grafen. Sie spürte, dass sie es lösen musste.

»Du belügst mich.« Erik legte seine Arme auf ihre Schultern. »Wenn du willst, dass ich dich beschütze, musst du mir sagen, ob und was geschehen ist.«

Ehe Emma antworten konnte, bog Marzan um die Ecke. Erik ließ sie los, als hätte er sich verbrannt. Ohne ein weiteres Wort drehte er sich um und verschwand im Speisesaal.

»Was hattest du mit dem Finnen zu bereden?«

»Nichts.« Sie schüttelte den Kopf. »Wir sind uns zufällig über den Weg gelaufen, Liebster.« Das letzte Wort brannte hohnlachend auf ihrer Zunge. Marzan trat zu ihr und küsste sie auf die Stirn.

»Ich habe eine Überraschung«, verkündete er. Sein Lächeln erinnerte sie an den fröhlichen kleinen Jungen, der er einmal gewesen war.

»So, was denn?«, fragte sie und strich eine vorwitzige, schwarze Haarsträhne aus seiner Stirn.

»Ich habe gerade erfahren, dass meine Eltern angekommen sind, Emma. Lass uns gehen und sie begrüßen. Jetzt wird endlich Hochzeit gefeiert.«

Er fasste ihre Hand und zog sie mit sich in die Halle, wo Konstantin und Margaretha von Hohenfreyberg bereits an der langen Tafel saßen. Herzogin Kunigunde hatte ihre ehemalige Hofdame und deren Mann ganz oben am Tisch platziert.

»Mutter! Vater!« Marzan eilte schnellen Schrittes auf seine Eltern zu.

»Gut siehst du aus.« Margaretha zog ihren Sohn an sich. »Wir haben uns furchtbar um dich gesorgt«, flüsterte sie und strich ihm kurz über die Wange.

»Vater.« Marzan streckte die Arme aus. Konstantin war

zurückhaltender als seine Frau. Regungslos musterte er seinen Sohn. »Ich weiß, ich habe euch enttäuscht, aber ich konnte nicht anders handeln. Nun aber hat sich alles zum Guten gewendet, und wir wollen gemeinsam unser Wiedersehen feiern.«

»Na komm schon her!« Ein Lächeln stahl sich auf das Gesicht des Grafen von Hohenfreyberg. »Ich habe in meiner Jugend selbst einige Fehler begangen, mein Junge, deshalb verzeihe ich dir die deinen.«

»Ich bin sehr froh, euch zu sehen.« Marzan lächelte seine Eltern an. »Aber es gibt da noch jemanden, der – glaube ich – genauso froh über das Wiedersehen sein wird.« Er zog Emma, die bis jetzt hinter ihm gestanden hatte, nach vorne.

»Na, da hol mich doch der Teufel!«, dröhnte Konstantin. »Unsere kleine Emma. Lass dich umarmen, Mädel. Da hat dich der Junge doch tatsächlich aufgespürt.«

Margarethas Begrüßung war weniger laut, dafür aber genauso herzlich. »Wir haben uns um dich gesorgt«, flüsterte sie in Emmas Ohr. »Du bist uns, vor allem mir, wie eine Tochter. Bitte vergiss das nie.«

»Danke«, flüsterte Emma und genoss die Wärme der Frau, die die beste Freundin ihrer Mutter gewesen war. »Ihr habt mir gefehlt.«

»Es wird Zeit, dass du mit uns nach Hause kommst. Der Herzog hat uns von Ravensberg und seinen Verbrechen berichtet.« Emma bemerkte, dass Margaretha bei der Erwähnung des Grafen zitterte. Sie nahm ihre Hand und drückte sie beruhigend. »Nur mit der großen Überraschung wollte er nicht herausrücken«, lächelte die Gräfin Hohenfreyberg.

»Wir wollen euch nicht länger auf die Folter spannen. Mutter, Vater, bestimmt könnt ihr es euch ohnehin schon denken – Emma und ich, wir werden heiraten.«

Während Konstantin vergnügt in die Hände klatschte, verlor das Gesicht seiner Frau jede Farbe.

»Ich habe es geahnt«, wisperte sie und fiel in Ohnmacht.

Margaretha glitt von der Bewusstlosigkeit in einen tiefen Schlaf, aus dem sie erst Stunden später erwachte.

»Ich bin da«, sagte Emma, als Marzans Mutter die Augen aufschlug.

»Liebes Kind.« Margaretha tastete nach ihrer Hand. »Wo ist Marzan?«

»Wir haben dir feuchte Tücher auf die Stirn gelegt. Er holt gerade frische.«

»Und Konstantin?«

»Hier, mein Liebes.« Graf von Hohenfreyberg trat aus einer Ecke des Zimmers auf seine Frau zu.

»Marzan und Emma dürfen nicht heiraten«, erklärte sie ihrem Gemahl bestimmt.

»Das sagst du immer wieder, Liebes. Aber warum denn nur? Die Kinder sind zusammen aufgewachsen, sie kennen und lieben sich innig. Ich sehe keinen Fehl darin, ganz im Gegenteil, ich freue mich über diese Verbindung.«

»Es geht nicht.«

»Warum geht es nicht?«, fragte Emma sanft. Sie erkannte, dass in Margarethas Stimme echte Verzweiflung mitschwang.

»Liebst du meinen Sohn?« Die Gräfin drückte die Hand von Amelias Tochter fester.

»Ich liebe ihn«, erwiderte Emma fest.

»Und ist es wirklich dein Wunsch, ihn zu heiraten?«

»Ich habe es versprochen«, antwortete sie und kam damit dem Eingeständnis ihrer Verzweiflung näher als jemals zuvor.

»Mutter! Da bist du ja wieder!« Marzan strahlte, als er Margaretha wach im Bett liegen sah.

»Ich muss euch etwas sagen, euch beiden.« Sie setzte sich im Bett auf. »Konstantin«, sie legte die Hand ihres Mannes an ihre Wange, »du sollst selbst entscheiden, ob du das, was ich nun den Kindern offenbaren werde, hören willst. Nur eines noch. Vergiss nicht, dass ich dich liebe, egal, was kommt.«

»Du sprichst in Rätseln, meine Liebe.« Konstantin fühlte die Stirn seiner Frau.

»Ich bin nicht verwirrt. Noch niemals zuvor habe ich so klar vor mir gesehen, was ich tun muss. Jetzt, da mich Marzan und Emma in eine Ecke gedrängt haben, aus der es kein Entkommen gibt.«

»Was sagst du da, Mutter? Ich verstehe dich nicht.«

»Um es euch begreiflich zu machen, muss ich weit ausholen. Setzt euch.« Marzan ließ sich neben Emma auf der Kante des Bettes nieder, Konstantin nahm am Fußende Platz.

»Was auch immer du zu offenbaren hast, Margaretha, ich will es hören.«

»Um es euch allen verständlich zu machen, werde ich zurückgehen in die Zeit, in der ich hier in München lebte. Wie ihr wisst, waren Emmas Mutter und ich Hofdamen der Herzogin Kunigunde. Wir waren jung und unbeschwert und genossen das Leben in vollen Zügen. Damals gab es bei Hofe einen jungen Mann, in den wir alle verliebt waren. Alle, bis auf deine Mutter, Emma. Er sah sehr gut aus, seine Augen leuchteten, wenn er lachte, und seine schwarzen Haare glänzten. Die Herzogin warnte uns immer wieder vor ihm, denn sie erkannte schnell, dass er nur mit uns spielte. Er dachte gar nicht daran, eine von uns zu heiraten. Dennoch flogen ihm die Herzen nur so zu. Eines Tages …«, Margaretha stockte, um dann entschlossen fortzufahren, »… fing er mich in einem der dunklen Gänge ab. Die Residenz ist riesig, wie ihr wisst, und weit und breit war kein anderer Mensch zu sehen. ›Margaretha‹, sagte er zu mir,

›wie schön, dass ich dich endlich einmal allein treffe.‹ Dabei lächelte er und kam auf mich zu. Er griff nach meinem Kinn und drückte mir einen groben Kuss auf die Lippen. Ich war unberührt bis dahin und wollte es auch bleiben. Doch als er mich wieder küsste, ging mein Widerstand verloren.« Eine einzelne Träne rann über Margarethas Wangen. Ihr Mann starrte sie erschrocken, ja fassungslos an.

»Weiter«, forderte er.

»Nachdem er mich lange geküsst hatte, ging alles ganz schnell. ›Ich will dich‹, sagte er zu mir und drückte mich gegen die Wand. ›Heb deine Röcke!‹ Ich stand wie unter Zwang. Seine grauen Augen bohrten sich in meine, und ich schien keinen eigenen Willen mehr zu haben.«

»Du hast dich ihm hingegeben?« Dieses Mal war es Marzan, der sprach.

»Ja. Danach hat er sich umgedreht und mich nie wieder angesehen.«

»Warum erzählst du uns das, Mutter?«

»Weil dieser Mann dein wahrer Vater ist, mein Junge.« Konstantin lachte bitter auf. »Nicht wahr, Margaretha?«

»Ja.« Sie nickte.

»Seinen Namen. Nenn mir seinen Namen«, forderte Marzan, obwohl er es längst ahnte.

»Darius von Ravensberg.« Die Worte schwebten giftig im Raum.

Emma schlang die Arme um Marzan. In dem Moment war er niemand anders als ihr Freund, der ihren Trost brauchte.

»Du hast mir das Kind eines anderen Mannes untergejubelt?« Konstantins Gesicht war zu einer Fratze verzerrt.

»Ich wollte das Beste für uns. Wenn ich gekonnt hätte, ich hätte dir weitere, eigene Kinder geschenkt, doch es hat nicht sollen sein.«

»Ich muss hier raus!« Graf von Hohenfreyberg erhob sich. Ehe er ging, strich er Marzan über den Kopf. »Das betrifft Margaretha und mich. Nicht dich – mein Sohn.«

»Das verzeihe ich dir nie, Mutter!« Marzan sprang ebenfalls auf und folgte seinem Vater aus dem Zimmer.

Emma spürte, dass Margarethas Geschichte noch nicht zu Ende erzählt war. Obwohl ihr selbst nach Weinen zumute war, tat die Gräfin ihr leid.

»Warum sollte Marzans Vater ein Hindernis für unsere Hochzeit sein?«, fragte sie leise.

»Meine Freundin Amelia war die Einzige, die sich nicht für Ravensberg interessierte. Und ausgerechnet sie wollte er mit aller Macht. Ständig war er in ihrer Nähe, in der Hoffnung, einen Blick von ihr aufzufangen. Am Anfang fühlte sie sich noch geschmeichelt, aber bald machte er ihr Angst. Vor allem nach meinem Erlebnis mit ihm, das sie verabscheuungswürdig fand. Es war ein Fehler, doch keine von uns glaubte ernsthaft daran, dass Gefahr von Ravensberg ausging. Aber so war es. Eines Tages lauerte der Graf Amelia auf. Im Gegensatz zu mir, die ich hin- und hergerissen gewesen war zwischen Lust und Erniedrigung, wehrte Emmas Mutter sich. Es half ihr nichts, Ravensberg vergewaltigte sie, obwohl er dabei immer wieder beteuerte, wie sehr er sie liebe. Hinterher war Amelia nicht mehr dieselbe. Sie lebte in ständiger Furcht. Ziemlich zur gleichen Zeit stellten wir fest, dass wir schwanger waren.« Margaretha unterbrach sich, damit Emma die Bedeutung des Gesagten begreifen konnte. »Wir beide bekamen ein Kind von Ravensberg.«

»Dann ist der Graf nicht nur Marzans, sondern auch mein Vater?« Emmas Lippen bebten.

Margaretha senkte den Blick.

»Richard war nicht mein Vater?«

»Nein. Es war eine glückliche Fügung, als die Grafen von Eisenberg und Hohenfreyberg an den Hof kamen. Sie waren jung, sahen gut aus, und sie boten uns die Chance auf eine Zukunft. Es fiel uns nicht schwer, uns in sie zu verlieben. Amelia wollte Richard lange Zeit die Wahrheit gestehen, immer wieder, doch sie konnte es nicht. Sie fürchtete, er würde sie verstoßen, obwohl er das niemals getan hätte.«

»Und du? Wolltest du es Konstantin nicht sagen?«

»Ich habe oft mit dem Gedanken gespielt, es aber nie gewagt.«

»Ravensberg ist mein Vater? Marzan mein Bruder?«, wiederholte Emma leise das Unfassbare.

»Dein Halbbruder, deshalb dürft ihr euch nicht vermählen. Was habe ich gelitten, als ich bemerkte, dass ihr euch ineinander verliebt hattet.«

Emma drückte Margarethas Hand, obwohl sie unendlich wütend darüber war, dass man ihr und Marzan die Wahrheit so lange verschwiegen hatte. Es war ungeheuerlich, was die Gräfin offenbart hatte. Emma zitterte vor Wut, wenn sie daran dachte, was Ravensberg ihrer Mutter angetan hatte. Was er auch ihr beinahe angetan hätte. Ihr eigener Vater. Sie ballte die Fäuste und drängte die Tränen zurück. Ihr Leben stand Kopf. Marzan war ihr Bruder. Sie grub die Nägel so tief in ihr Fleisch, dass blutige Male darauf zurückblieben. »Ich muss Marzan suchen, Margaretha, es tut mir leid!«, stieß sie hervor und stürmte aus dem Raum. Sie fürchtete sich davor, was nun mit ihnen allen geschehen würde. Emma von Eisenberg – die Tochter eines Mörders. Tränen stiegen ihr in die Augen.

Doch wenn sie an Erik dachte, empfand sie aus irgendeinem Grund tiefe Dankbarkeit.

59

»Wie geht es dir?«

Marzan zuckte zusammen, als Emma leise zu ihm trat. Sie fand ihn in der Nische eines Alkovens, wo er sich mit angezogenen Knien verkrochen hatte.

»Wie soll es mir schon gehen?« Seine Worte waren ausdruckslos. Dann zerbrach sein Panzer, er zog sie an sich und vergrub sein Gesicht in ihrem kurzen Haar.

Sanft löste sie sich von ihm und schüttelte den Kopf.

»Du willst mich nicht mehr, jetzt, wo du weißt, dass Ravensberg mein Vater ist. Ein Mörder, der Richard und all die Frauen umgebracht hat.«

»Mir ist egal, wer dein Vater ist.«

»Du verachtest mich nicht dafür, dass ich sein Sohn bin?«

»Niemals.« Sie griff nach seiner Hand. »Marzan … ich muss dir etwas sagen. Du bist gegangen, ehe deine Mutter zu Ende erzählt hatte …«

»Ich ertrage es nicht, noch mehr davon zu hören!«

»Es ist aber wichtig.« Tränen standen in ihren Augen. »Der Grund, warum wir nicht heiraten dürfen – Margaretha hat ihn mir genannt.« Sie zögerte, wusste nicht, wie sie anfangen sollte. »Ravensberg ist dein Vater – und er hat meine Mutter vergewaltigt. Wir sind … wir sind Halbgeschwister, Marzan.«

Die Welt schien stillzustehen.

»Er ist auch dein Vater?«

»Ja.« Emma nickte. Sie hielt seine Hand, während er begriff, was sie selbst noch lange nicht verarbeitet hatte.

»Was tun wir jetzt?«, murmelte er, und Emma spürte die Feuchtigkeit auf seiner Haut. »Ich liebe dich so sehr. Du bist mein Leben.« Seine Hand glitt warm und sicher in ihren Nacken. Da begann sie zu weinen. Sie weinte um das, was sie einmal gewesen waren und nie wieder sein würden. Nie wieder sein konnten. Emma und Marzan klammerten sich aneinander wie die einzigen Überlebenden eines Schiffbruchs.

»Ich weiß nicht, was werden soll. Noch kann ich nicht glauben, was deine Mutter da offenbart hat.«

»Sie hätte uns die Wahrheit viel früher sagen müssen. Uns beiden und meinem Vater. Lass uns fortgehen, Emma.« Er griff nach ihrer Hand. »Irgendwohin, wo niemand uns kennt, wo wir ganz von vorne beginnen können. Fugger wird uns helfen, ich bin ganz sicher. Wir lösen eine Schiffspassage und beginnen ein neues Leben.«

Einen Augenblick lang erschien ihr die Vorstellung verlockend. Irgendwo in der Fremde würde sie nicht gezwungen werden, Marzan als das zu sehen, was er war. Als ihren Bruder.

»Ich kann nicht.« Emma lehnte ihren Kopf an seine Schulter und schloss die Augen. Mit einem Mal hatte sich das alte Gefühl der Vertrautheit wieder eingestellt. »Du weißt, dass ich dich liebe. Wir sind einander verbunden, seit wir denken können. Doch ich habe schon länger gespürt, dass etwas verkehrt war zwischen uns. Sofia hat mich gewarnt. Sie sagte zu mir, du wärst nicht der Richtige für mich. Jetzt weiß ich, dass sie recht hatte. Wir sind Halbgeschwister – wir dürfen einander nicht wie Mann und Frau lieben.«

»Aber genau das tun wir!« Sein Aufschrei war der eines waidwunden Tieres.

»Ich würde alles für dich geben, Marzan. Aber meine Gefühle für dich sind andere, als ich zu Beginn geglaubt habe. Ich wollte mir das nie eingestehen, weil ich mich an mein

Versprechen dir gegenüber gebunden fühlte. Weil ich dich nicht enttäuschen wollte.«

»Ist es wegen dem Finnen? Hast du dich seinetwegen von mir entfernt?« Er presste ihre Hand so fest, dass es wehtat. Dennoch löste sie sich nicht aus seinem Griff.

»Ich habe mich von Anfang an zu Erik hingezogen gefühlt. Lange, bevor ich ihm in Dießen begegnet bin, habe ich in meinen Träumen sein Gesicht gesehen. Glaub mir, Marzan, ich habe mich gegen meine Gefühle gewehrt.«

»Ja, du musst einen wahnsinnigen Kampf mit dir selbst ausgefochten haben, wenn ich an das Liebesmal an deinem Hals denke.«

»Bitte, hör auf.«

»Du liebst ihn, nicht wahr? Du liebst ihn mehr als mich.« Es war eine tonlose Feststellung.

»Ich liebe dich als meinen besten Freund, Marzan, und seit heute auch als Bruder.«

»Und Erik?«

»Er und ich, wir gehören zusammen. Bitte versteh das.« Emma sah, wie Ungläubigkeit und Verstehen in ihm miteinander rangen. Es tat ihr weh, ihn so leiden zu sehen.

»Warum ist uns nie zuvor aufgefallen, wie ähnlich wir einander sehen?«, sagte er schließlich.

»Die gleichen dunklen Haare, dieselben grauen Augen. Das Erbe Ravensbergs.« Sie verschlang ihre Finger mit seinen. »Ich will dich nicht verlieren«, flüsterte sie.

»Ich weiß nicht, ob ich etwas anderes für dich sein kann als dein Mann. Vielleicht irgendwann einmal.« Er stand auf.

»Was hast du vor?« Sie lief ihm hinterher.

Marzan schüttelte stumm den Kopf.

»Bitte!«, flehte sie.

»Ich wollte immer derjenige sein, der auf dich aufpasst.« Ein letztes Mal glitt seine Hand warm und fest in ihren Nacken. »Von jetzt an wird das ein anderer tun.« Er streichelte hauchzart über ihre Wange, und eine silbrige Träne rann über sein Gesicht. »Ich wünsche dir Glück.«

Sie sah ihm nach, bis er aus ihrem Blickfeld verschwunden war. Dann kroch sie zurück in den Alkoven und schloss die Augen.

»Emma!«

»Geht es dir besser?« Margaretha lag noch immer im Bett.

»Du bist mir böse, nicht wahr? Ich hatte schon geglaubt, du würdest mich gar nicht mehr besuchen kommen.«

»Ich musste mir erst über einige Dinge klar werden.«

»Hasst du mich dafür, dass ich so lange geschwiegen habe?«

»Nein.« Emma schüttelte sanft den Kopf. »Ich bin froh, dass du endlich gesprochen hast. Du hast eine Wahrheit ans Tageslicht gebracht, die ich ohne dich nie begriffen hätte. Ich bin sicher, meine Mutter hätte genauso wenig wie du gewollt, dass Marzan und ich ins Unglück rennen.«

»Konstantin ist abgereist«, sagte Margaretha unvermittelt. »Er wollte mir nicht einmal mehr zuhören.«

»Er hat dich hier alleine zurückgelassen? Sollst du nachkommen?«

»Nein. Er ist sich nicht im Klaren darüber, ob er mich überhaupt noch will. Ich werde als Hofdame der Herzogin hierbleiben, bis mein Mann sich entschieden hat.«

»Es war ein Schock für ihn …«

»Was tue ich, wenn er mir nicht verzeiht, Emma?« Margaretha schlug die Hände vors Gesicht. »Konstantin – er ist mein Leben. Ich liebe ihn.«

»Marzan und ich, wir werden uns um dich kümmern, solange du hier bist. Konstantin ist verletzt, genau wie wir alle. Es war falsch, was du getan hast, aber du hast es aus

Liebe getan, weil du niemandem wehtun wolltest. Sicher ist es nur eine Frage der Zeit, bis er dich nach Hause holt. Ich glaube nicht, dass er dich verstoßen wird.«

»Du bist ein liebes Mädchen.« Margaretha legte ihre Hand an Emmas Wange. »Aber wie soll Marzan mir eine Stütze sein, wenn er mir nicht verzeihen kann?«

»Er wird dir verzeihen, ganz bestimmt.«

»Er ist fort, und ich weiß nicht, wann ich ihn wiedersehen werde!« Eine tiefe Kummerfalte durchzog das Gesicht der älteren Frau. »Nicht einmal umarmt hat er mich.«

Emma wurde blass. »Fort?«, wiederholte sie ungläubig. »Wohin ist er gegangen?«

»Jakob Fugger ist zusammen mit Rupperts Söhnen abgereist, und Marzan hat sich ihnen angeschlossen.«

»Er hat sich nicht von mir verabschiedet.« Tränen stiegen ihr in die Augen. »Er ist einfach ohne Gruß gegangen.«

»Das tut mir leid, Liebes. Ich dachte, er hätte es dir gesagt.«

»Schon gut«, wehrte sie ab und erhob sich. Mit geradem Rücken ging sie zur Tür, bemüht, sich nicht anmerken zu lassen, wie weh Marzans Aufbruch ihr tat. Erst auf dem Flur ließ sie ihre Maske fallen und begann zu laufen.

»Was ist geschehen?« Franziska saß am Fenster, die Hände schützend über ihrem kleinen Bauch gefaltet, als Emma in das Zimmer stürmte.

»Marzan ist fort!«

Ziska wurde bei ihren Worten ebenso bleich wie Emma selbst.

»Was sagst du da?«, wisperte sie.

»Er ist mit Fugger aufgebrochen, ohne sich zu verabschieden. Nur mit seiner Mutter hat er kurz gesprochen.«

»Das tut mir leid.« Ziska begann zu schluchzen. »Das tut mir wirklich leid.«

Emma war gerührt, wie sehr die Freundin mit ihr litt. Sie war der einzige Mensch, dem sie von Margarethas Geschichte erzählt hatte. Außer Ziska sollte niemand erfahren, dass Marzan und sie Kinder des verurteilten Grafen Ravensberg waren. Emma war sich sicher, dass auch Konstantin von Hohenfreyberg schweigen würde, um seinem Sohn nicht zu schaden.

»Denkst du, er kommt wieder?« Franziska blickte sie durch einen dichten Tränenschleier hindurch an.

»Vielleicht irgendwann.« Jetzt, wo nur mehr ihre Freundin sie sehen konnte, weinte Emma hemmungslos. »Erst als wir uns wiedergefunden hatten, haben wir einander endgültig verloren«, murmelte sie. Franziskas Hand tastete tröstend nach Emmas. Sie hielten einander lange wortlos fest und spendeten sich gegenseitig Trost. Hinterher fühlte Emma sich leichter. Erst dann begann sie sich zu fragen, warum Franziska durch die Nachricht von Marzans Fortgang ebenso betroffen schien wie sie selbst.

In den folgenden Tagen kümmerte Emma sich aufopfernd um Margaretha, die in ein tiefes Loch gefallen war. Sie lag blass auf ihrem Bett und machte sich endlos Vorwürfe.

»Quäle dich doch nicht länger.«

»Ich habe alles verloren. Meinen Mann, meinen Sohn.«

»Sie sind ja nicht für immer fort. Es ist nur eine Frage der Zeit, bis Konstantin nach dir schicken lässt.«

»Ich kann nicht leben ohne meinen Mann …«

Emma ging nicht auf Margarethas trübselige Worte ein.

»Darf ich dich etwas fragen?«

»Was willst du denn wissen?«

»Als ich noch ein Kind war und Ravensberg so häufig bei uns auf Eisenberg zu Gast, da hast du die ganze Zeit gewusst, dass er mein Vater ist?«

»Ich sage das nicht gern, aber er hat mich bedroht – und mir außerdem viel Geld für mein Schweigen gegeben. Als er nach Amelias Tod zum ersten Mal bei euch auftauchte, da dachte ich, mein Herz bliebe stehen. Es schien mir ein übler Zufall, dass ausgerechnet er und Richard sich so eng miteinander befreundeten. Aber ich hatte deiner Mutter versprochen, Stillschweigen zu bewahren. Und das tat ich auch – bis ihr mich mit euren Heiratsplänen gezwungen habt, die Wahrheit zu offenbaren.«

»Ravensberg hat keine Ahnung, dass wir seine Kinder sind, oder?«

»Nein. In dir sieht er seine geliebte Amelia, in Marzan hingegen nur einen Feind, den es zu beseitigen gilt.«

»Es ist schon seltsam.« Emma verschlang ihre Hände ineinander. »Da hat der Graf mit seinen Hinterhältigkeiten dafür gesorgt, dass sein eigener Sohn an seiner statt des Mordes angeklagt wird.«

»Marzan war für ihn nur ein Rivale um deine Gunst, den es zu beseitigen galt … Was empfindest du jetzt, Emma?« Margaretha griff nach der Hand der jungen Frau.

»Morgen wird der Mann sterben, der mein Vater und zugleich ein vielfacher Mörder ist.« Sie zuckte mit den Achseln. »Ich empfinde gar nichts. Nicht einmal Hass. Nur wenn ich an meinen Vater – ich meine, an Richard – denke, dann möchte ich am liebsten hinunter in den Kerker stürmen und ihn eigenhändig erwürdigen für das, was er getan hat. Ich bin froh, dass er bekommt, was er verdient.«

»Ich bin stolz auf dich.« Margaretha streichelte Emmas kurzes Haar. »Ich hatte Angst, du würdest daran zerbrechen.«

»Richard von Eisenberg ist und bleibt für mich der geliebte Vater, an den ich mich immer erinnern werde.« Sie machte eine kurze Pause. »Was würde Ravensberg wohl empfinden, wenn er wüsste, dass ich seine Tochter bin?«

»Der Graf ist ein böser, fanatischer Mann. Ich weiß nicht, ob er zu echten Gefühlen fähig ist.«

»Wirst du morgen bei der Hinrichtung zugegen sein?«

»Ja«, nickte Margaretha. »Es gibt Dinge, die müssen ihren Abschluss finden, wenn sie irgendwann vergessen sein sollen.«

»Du hast recht.« Emma erhob sich und küsste die ältere Frau zum Abschied auf die Stirn. In ihrem Inneren reifte ein Entschluss.

»Nein, meine Liebe.« Der Herzog schüttelte den Kopf, als Emma ihm beim Abendessen ihr Anliegen vortrug. »Die Kerker sind kein Ort für Frauen. Ihr erinnert Euch, dass ich Euch den Besuch bei Marzan von Hohenfreyberg damals ebenfalls verweigerte. Was hat Euch dazu bewogen, die Eheschließung mit Eurem Liebsten abzusagen?« Albrecht blickte sein Mündel stirnrunzelnd an. »Erst kämpft Ihr wie eine Löwin um Marzan, um ihn dann sang- und klanglos abreisen zu lassen.«

»Wir haben erkannt, dass wir nicht füreinander bestimmt sind.« Emma blickte dem bayerischen Herzog fest in die Augen.

»Das wusstet Ihr auch schon, als ich Euch fragte, ob ihr Marzan heiraten wollt, nicht wahr? Ihr habt mir nicht besonders glücklich gewirkt.«

»Ihr seid sehr weise.«

Albrecht nahm das Kompliment kopfnickend entgegen. »Dafür, dass Ihr so jung seid, meine Liebe, seid Ihr ebenfalls eine kluge Frau.«

»Es gibt wirklich keine Möglichkeit, den Grafen vor seiner Hinrichtung noch einmal zu sprechen?«

»Ich bedaure. Nein.«

Der Platz, auf dem die Hinrichtung stattfinden würde, war ein düsterer Innenhof, umgeben von dicken Mauern. Selbst jetzt, am Morgen, fiel kein Sonnenlicht herein.

Emma stand bleich, aber aufrecht zwischen Margaretha und Franziska. Noch war alles friedlich, die Menschen unterhielten sich leise über das bevorstehende Ereignis. Unwillkürlich fragte sie sich, ob Erik heute zurückkehren würde. Vom Herzog hatte sie erfahren, dass der Finne mit einigen Männern zur Jagd geritten war. Seitdem begann ihr Herz hoffnungsvoll zu klopfen, wann immer sie eine große Gestalt mit blonden Haaren erspähte.

Der Galgen stand auf einem Podest. Eine schlichte Holzkonstruktion, die auf den ersten Blick wenig eindrucksvoll wirkte. Der Scharfrichter, unkenntlich gemacht durch Maske und Spitzhut, sprach leise mit dem Priester.

Düstere Trompetenklänge kündigten das Erscheinen des Herzogspaares an. Das Gesicht Albrechts IV. war ausdruckslos, die Augen der Herzogin Kunigunde hingegen schienen aufgeregt zu funkeln.

Die Frauen rückten unwillkürlich enger zusammen, als die Musik lauter und eindringlicher wurde. Margaretha zitterte, Franziska presste die Lippen so fest aufeinander, dass sie jede Farbe verloren. Als Emma den gefesselten Mann sah, den die Wärter unsanft vor sich her stießen, glaubte sie zuerst an einen großen Irrtum. Dann erinnerte sie sich daran, dass mit dem Grafen auch jene drei Männer den Tod finden würden, die ihm als treue Handlanger gedient hatten. Darius von Ravensberg wurde erst ganz zum Schluss auf den Platz geführt. Er sah abgemagert und verhärmt aus. Dennoch verglich Emma sein Gesicht mit ihrem eigenen und Marzans. Die Ähnlichkeiten traten jetzt, wo sie die Wahrheit kannte, deutlich zu Tage. Unwillkürlich fragte sie sich, ob Wahnsinn vererbbar war.

Der Graf hatte den Kopf stolz erhoben und schritt geradewegs auf den Galgen zu, ohne nach links und rechts zu blicken. Die Menge johlte, als der erste Verbrecher auf das Podest geführt wurde. Im Gegensatz zu Ravensberg war der Mann aschfahl und flehte um Gnade. Auf ein Zeichen des Herzogs hin legte der Scharfrichter ihm den Strick um den Hals. Wenig später verloren seine Füße den Halt. Der baumelnde Körper erinnerte Emma an Rupperts Frau Maria und die abscheulichen Male an ihrem Hals. Der Tod durch den Strick blieb ein grausamer Tod, egal ob er gewaltsam oder aus freien Stücken herbeigeführt wurde. Endlich regte sich etwas in ihr. Obwohl sie ihn verachtete, ihn verabscheute für seine Taten, empfand sie mit einem Mal Mitleid für den Grafen.

»Ich möchte so etwas nie wieder mit ansehen müssen«, wisperte Franziska an ihrer Seite, als der zweite Mann am Galgen baumelte. Emma blickte auf den Erhängten, zwischen dessen Beinen sich ein feuchter Fleck gebildet hatte.

»Ich auch nicht«, erwiderte sie leise. Sie fand es grausam, wie das makabre Schauspiel in die Länge gezogen wurde. Den meisten Zuschauern jedoch schien es zu gefallen. Männer wie Frauen klatschten Beifall, immer dann, wenn die Schlinge sich zuzog. Viele Kinder waren darunter, von denen sich einige die Augen zuhielten. Andere taten es ihren Eltern gleich und applaudierten.

Endlich war es so weit. Der Graf wurde auf das Podest geführt, wo sein Leben ein Ende finden sollte. Während der Scharfrichter mit lauter Stimme verkündete, weswegen Darius von Ravensberg sterben sollte, konnte Emma ihre Augen nicht von ihrem Vater abwenden. Es tat ihr leid, dass der Herzog ihr den Besuch am Vortag nicht mehr gestattet hatte. Nun war es zu spät.

»Gleich ist es vorbei.« Franziska hatte die Arme um ihren Körper geschlungen und starrte gebannt auf den Galgen. Margaretha konnte den Blick ebenfalls nicht abwenden, doch sie hatte Tränen in den Augen.

»Ich weiß, er hat es verdient«, flüsterte sie. »Aber er ist der Vater meines Sohnes – und irgendwann einmal habe ich ihn geliebt.«

Als der Scharfrichter den groben Strick um Ravensbergs Hals legte, begann sich die Welt um Emma herum zu drehen.

»Halt!« Der grelle Schrei zerschnitt die Stille, die sich über den Innenhof gesenkt hatte. Zuerst begriff sie nicht, dass sie es gewesen war, die ihn ausgestoßen hatte. Erst als sich die Köpfe der Leute nach ihr umdrehten, fand sie wieder zu sich. Emma nutzte die Verwirrung und bahnte sich ihren Weg nach vorne. Die verdutzten Wachen hinderten sie nicht, als sie das Podest mit dem Galgen erklomm.

»Was soll das?« Sie nahm die keifende Stimme der Herzogin Kunigunde gar nicht wahr. Stattdessen richtete sie ihre ganze Aufmerksamkeit auf den Grafen, der sie verwundert betrachtete.

»Amelia«, sagte er.

Sie dachte schon, der Wahnsinn hätte ihn gänzlich übermannt, da erkannte sie, dass seine grauen Augen völlig klar waren.

»Nicht Amelia.« Sie sprach so leise, dass nur er sie verstand. »Emma – deine Tochter. Ich dachte, du solltest es wissen, bevor du …«

»Ah.« Darius von Ravensberg nickte. Sein Mund formte sich zu einem Lächeln, seine fahlen Wangen nahmen etwas Farbe an. »Endlich verstehe ich, weshalb ich dich so sehr liebe.«

»Ihr müsst gehen, Ihr habt hier nichts zu suchen.« Emma wurde unsanft an den Schultern gepackt. Der Scharfrichter schubste sie in Richtung der Wachen, die sie ergriffen und fortzogen. Eingekeilt zwischen den Wächtern sah sie zu, wie die Schlinge um den Hals des Verurteilten sich fester zog. Ravensberg gab keinen Mucks von sich. Weder jammerte noch betete noch flehte er. Der Graf hatte ein unwürdiges Leben gelebt, doch sein Ende gestaltete sich ehrenvoll. Ehe er den Boden unter den Füßen verlor, glitt sein Blick suchend über die Menge hinweg. Dann wurde er ganz ruhig. In der kurzen Zeit, die ihm noch blieb, freute Darius von Ravensberg sich am Anblick seiner wundervollen Tochter.

60

»Es ist vorbei, Liebes.«

Sie war erleichtert, als sich Margarethas Arm in mütterlicher Fürsorge um sie legte. Schon kursierten Gerüchte über Emmas seltsames Verhalten vor Ravensbergs Tod. War sie etwa die Geliebte des Grafen gewesen?

»Du hast es ihm gesagt?« Franziska hakte sich bei ihr unter.

»Ich konnte nicht anders.« Sie nickte.

Während Ravensbergs toter Körper hinter ihnen am Galgen baumelte, verließen die Frauen den Ort der Hinrichtung.

»Wir wollen ihn vergessen. Ich habe das Gefühl, alles Böse ist mit ihm zusammen gestorben.« Ziska legte die Hand auf ihren schwellenden Leib. »Jetzt wird alles gut.«

»Emma!« Ihre Augen begannen zu leuchten, als sie die Stimme des Rufers erkannte. Suchend drehte sie sich nach ihm um. Er stand bei Justus, Johannes Schützner und den übrigen Männern aus Peiting. Sie begann zu rennen.

»Erik!« Als sie ihn erreicht hatte, war sie außer Atem. Sie hatte sich mit Händen und Füßen zwischen den Menschen hindurchgedrängt.

»Du hast es überstanden. Wie geht es dir?«

»Ich fühle mich gut.« Sie lächelte ihn an und erinnerte sich dabei an ihre letzte Liebesnacht.

»Wo ist dein Verlobter?«, erkundigte er sich freundlich.

Ehe sie antworten konnte, zupfte eine junge Frau ihn am Ärmel. Bisher war sie hinter seinem breiten Rücken nicht zu sehen gewesen. Emma kam ihr Gesicht bekannt vor.

»Darf ich dir Rebecca vorstellen?«

Das Mädchen reichte ihr lächelnd die Hand.

»Wir alle haben Erik viel zu verdanken«, sagte sie und schenkte dem Finnen einen bewundernden Blick.

Bei ihren Worten erinnerte Emma sich daran, wer Rebecca war. Die Magd aus Peiting, welche den Landsknechten des Herzogs das vergiftete Bier gebracht hatte und hinterher mit Erik zusammen ins Dorf geflohen war. Das Mädchen hatte bei der Gerichtsverhandlung gegen den Grafen ausgesagt.

»Ich bin Rebecca und ihrem Vater zufällig begegnet, als wir von der Jagd zurückkehrten. Sie waren auf dem Weg zur Hinrichtung, wie du dir sicher denken kannst«, erklärte Erik. »Sie hat mir damals die Tür gezeigt, durch die ich in die Burg gelangt bin.«

»Wir alle sind dir sehr dankbar.« Emma nickte der jungen Frau höflich zu. Währenddessen suchten ihre Augen Erik, doch der wich ihr aus.

»Wir wollen hineingehen.« Rebeccas Vater legte einen Arm um seine Tochter und führte sie weg.

»Bis gleich!« Das Mädchen drehte sich noch einmal um und schenkte Erik einen verheißungsvollen Blick. Emma fiel auf, wie hübsch sie war.

»Sie ist in dich verliebt«, stellte sie fest. Ihr war elend zumute.

»Ja, das habe ich mir auch schon gedacht.« Der Finne lächelte breit. »Sie hat ein angenehmes Wesen, und mutig ist sie obendrein. Ich mag Frauen, die sich nicht alles gefallen lassen.«

»Du tröstest dich ja schnell über mich hinweg.« Emma verfluchte sich selbst dafür, dass ihre Stimme so giftig klang.

»Du wolltest mich nicht, outo tytöö«, erklärte er ruhig.

»Hast du dich in sie verliebt?« Sie stellte die Frage, ohne darüber nachzudenken.

»So sehr wie du dich in Marzan«, erwiderte er und wandte sich ab, ehe sie die Lüge in seinen Augen sehen konnte.

Emma rannte, bis ihre Lungen schier unerträglich schmerzten und sie keuchend stehen bleiben musste. Nach Eriks Geständnis war sie kopflos losgelaufen, um niemanden ihre Tränen sehen zu lassen. Ausgerechnet jetzt, wo alles hätte gut werden können, wollte er sie nicht mehr. Sie setzte sich auf eine Bank und schlang die Arme um ihre Knie. Die Gärten und Wiesen um die Residenz herum waren riesig. Emma war so weit gerannt, dass sie in einen ihr unbekannten Teil des Parks gelangt war. Die Mauern des Herzogshofs waren nicht mehr zu sehen, um sie herum herrschte tiefe Stille. Froh darüber, alleine zu sein, ließ sie ihren Tränen freien Lauf. Bitter und salzig schmeckten sie, nach Rückschlägen und herber Enttäuschung. Nun war sie ganz alleine auf der Welt. Ohne Mutter, ohne Vater, ohne Marzan. Und vor allem ohne Erik, der sich schnell über sie hinweggetröstet hatte.

»Wie schön, Euch einmal ohne Begleitung anzutreffen.«

Emma fuhr zusammen, als die körperlose Stimme sie ansprach.

»Wer …?«, setzte sie an, doch da trat Justus hinter dem Stamm einer mächtigen Eiche hervor.

»So oft bin ich Euch in den vergangenen Tagen gefolgt, doch nie wart ihr ganz allein. Niemals völlig schutzlos.«

»Was wollt Ihr?«, fragte sie leise und schämte sich der Tränen auf ihrem Gesicht.

»Mich ein wenig mit Euch unterhalten.« Er kam auf sie zu.

»Ich bin hierhergekommen, um für mich zu sein. Bitte lasst uns dieses Gespräch ein andermal führen.«

»Oh nein, Emma von Eisenberg. Diese Unterhaltung duldet keinen weiteren Aufschub.« Er griff nach ihr und zog sie grob von der Bank hoch.

»Was soll das?«, protestierte Emma. Sie hatte den Mann von Anfang an nicht gemocht. Nun machte er sie mit seinem Verhalten wütend. Außerdem hatte sie Angst.

»Wir reden jetzt über meinen Sohn – und darüber, wie er gestorben ist.« Unvorbereitet versetzte er ihr einen Fausthieb in den Magen. Emma krümmte sich.

»Ich kenne Euren Sohn nicht«, keuchte sie. Panik bemächtigte sich ihrer. »Was wollt Ihr von mir?«

»Ich habe beim Andenken meines Kindes geschworen, Rache an der Mörderin zu üben.« Ein harter Schlag traf sie ins Gesicht. Sie schmeckte Blut, und bunte Lichter tanzten vor ihren Augen.

»Hilfe!«, schrie sie laut, obwohl sie ahnte, dass niemand sie hören würde.

»Wir sind alleine. Versucht es gar nicht erst. Ich habe lange genug auf diese Gelegenheit gewartet.«

»Warum habt Ihr es nicht längst getan? Ihr hattet Gelegenheit, als Ihr nachts in meinem Schlafgemach wart«, sagte Emma, die zu begreifen begann.

»Ihr solltet wach sein, wenn ich es tue, wach und hilflos. Es wäre schade gewesen, hätte ich auf die flackernde Angst in Euren Augen verzichten müssen. Rudolf war jung. Er war stark und klug. Ihr habt ihn ermordet.«

»Ihr sprecht von Ravensbergs Landsknecht?«, fragte sie leise, und die Erkenntnis stand ihr in das Gesicht geschrieben.

»Ich spreche von meinem Sohn«, erwiderte Justus. »Ihr habt mir meinen Lebensinhalt genommen. Er war alles, was ich hatte.«

»Er wollte mich vergewaltigen.« Emma ertastete die Schwellung an ihrer aufgeplatzten Lippe.

»Ihr habt ihn umgebracht!« Der nächste Hieb des Verwalters traf sie mit voller Wucht. Emma ging zu Boden. Sofort war er über ihr. Sie zitterte beim Anblick der Klinge, die er über ihrem Gesicht kreisen ließ.

»Warum habt Ihr ›Nein‹ gerufen, als Ravensberg mich umbringen wollte? Wo Ihr meinen Tod so sehr herbeisehnt?«

»Ich konnte das nicht zulassen.« Justus lachte auf. »Ich konnte es nicht zulassen, weil ich selber derjenige sein wollte, der das Messer in Euren Leib senkt.«

»Ihr habt mein Pferd getötet!«

»Habe ich Euch Angst gemacht? Habt Ihr gelitten? Genau das wollte ich. Trauert Ihr Eurem schönen Haar hinterher? Fühlt Ihr Euch hässlich? Ich hoffe es!«

»Es ist anders, als Ihr denkt. Wenn Ihr mir zuhört, will ich Euch berichten, wie Euer Sohn wirklich gestorben ist.«

»Lügnerin«, zischte der Verwalter und brachte ihr einen Schnitt am Handgelenk bei. Emma schluchzte auf.

»Ich werde Euch ausbluten lassen«, erklärte Justus. »Schnitt um Schnitt. Bis Ihr nur noch ein blutleerer Geist seid.«

»Warum wollt Ihr die Wahrheit nicht hören?«

»Ich kenne die Wahrheit.« Er setzte einen weiteren Schnitt an ihrem anderen Handgelenk. Emma war zu schwach, um sich zur Wehr zu setzen. Sie spürte, wie die blutende Wunde an ihrer Lippe sich mit dem Salz ihrer Tränen vermengte.

»Euer Sohn hatte verdient zu sterben. Aber ich war es nicht, die ihn umgebracht hat.«

»Rudolf, er war so ein guter Junge.« Wie durch einen Schleier sah Emma, dass der Mann ebenfalls weinte.

»Bitte, lasst mich am Leben«, flehte sie. »Lasst mich gehen.«

Justus blickte sie voller Abscheu an. Dann hob er das Messer, um ihr eine weitere Wunde beizubringen. Mit einem Mal sah er sie verwundert an. Er kam neben Emma im Gras zu liegen, sein Gesicht dicht bei ihrem. Sie hörte ihren eigenen, keuchenden Atem und Justus' schwächer werdenden. Es dauerte eine Weile, bis sie begriff.

»Wilhelmina hat Rudolf getötet«, flüsterte sie ihm zu. Ohne die Klinge zu sehen, die im Leib des Verwalters steckte, wusste sie, dass er im Sterben lag. »Um mich zu retten.«

»Ich weiß nicht, ob ich Euch glauben kann.«

»Tut es und macht Euren Frieden.«

Justus' Blick verschwamm. »Rudolf«, hauchte er und streckte seine Hand aus. Ein Lächeln umspielte seine Lippen, seine Schmerzen nahm er nicht mehr wahr.

Emma fühlte, wie jemand sie hochzog und auf die Arme nahm.

»Erik.« Ihr Körper bebte, als der Finne sie auf die Bank legte.

»Ruhig, outo tytöö.« Er riss lange Streifen seines Hemdes ab, um ihre Wunden damit zu verbinden. »Gott sei Dank, er hat keine Adern durchtrennt.« Vorsichtig zog er sie an sich.

»Ist er tot?«

»Ja«, nickte Erik nach einem kurzen Blick auf den reglosen Leib des Verwalters.

»Armer Mann«, murmelte Emma.

»Weißt du, warum er dich umbringen wollte? Es tut mir leid, dass ich nicht besser auf dich aufgepasst habe.«

»Er hat geglaubt, ich hätte seinen Sohn auf dem Gewissen.«

»Hast du? Nein … Das erzählst du mir ein anderes Mal, Emma. Jetzt bringe ich dich erst einmal zurück, damit sich ein Arzt um dich kümmern kann.«

»Ich brauche keinen Arzt.« Sie fühlte sich schwach, aber glücklich. »Ich brauche dich.«

»Du bist verwirrt.« Er strich ihr zärtlich über das Haar.

»Wie hast du mich gefunden, Erik?«

»Ich wollte mich bei dir entschuldigen. Du hattest gerade diese Hinrichtungen mit ansehen müssen, und ich hatte nichts Besseres zu tun, als dir von Rebecca zu erzählen. Dabei war es ohnehin gelogen.«

»Du hast dich nicht in sie verliebt?«

»Nein.« Er schüttelte den Kopf. »Es tut mir leid. Meine Eifersucht auf deine Verlobung hat mich dazu getrieben, das zu behaupten.«

»Marzan ist fort.«

»Was soll das heißen, Emma?«

»Das ist eine lange Geschichte.« Stöhnend setzte sie sich auf.

»Lass.« Mit sanfter Gewalt drückte er sie zurück auf die Bank.

»Das soll heißen, dass er nicht länger zwischen uns steht.«

»Ich verstehe nicht …«

»Das musst du nicht.« Sie strahlte ihn an und bot ihm ihre weichen Lippen dar.

»Willst du mich nicht?«, fragte sie, als er sich nicht regte.

»Ich will viel mehr als das. Aber fürs Erste werde ich mich mit Küssen begnügen.« Das tat er dann auch, mit einer Leidenschaft und Inbrunst, die ihr den Atem nahm.

»Du hast mir einiges zu erklären, outo tytöö«, murmelte er und küsste sie wieder. Lange und innig, zärtlich und wild. Sie streckte die verbundenen Arme nach ihm aus, um ihn noch dichter zu sich heranzuziehen.

»Lass das.« Er hielt sie fest. »Ich bin nahe daran, mich zum ersten Mal in meinem Leben an einer verletzten Frau zu vergehen.« Das Lachen blitzte in Eriks grünen Augen. »Deshalb bringe ich dich jetzt wirklich besser zurück.«

Emma genoss die Sicherheit seiner warmen, starken

Arme. Sie fühlte sich schwach, hilflos und glücklich wie nie.

»Ruht in Frieden«, murmelte sie tonlos, als sie einen letzten Blick auf den toten Justus warf. »Du und dein Sohn.«

»Es gibt da etwas, das ich dich schon lange fragen wollte. Eigentlich, seit ich aus der Ohnmacht aufgewacht bin und du an meinem Bett gesessen hast.« Erik sprach im Plauderton, während er sie wie ein Kind den Weg zurück trug.

»Was denn?« Emma hatte ihr Gesicht an seiner breiten Brust vergraben.

»Ich wollte dich fragen, ob du bei mir bleiben möchtest, outo tytöö? Es gibt so vieles, das ich von dir wissen will.«

»Soll das ein Antrag sein?« Eine herrliche Erschöpfung hatte Emma erfasst. Sie schloss die Augen.

Sein warmes Lachen an ihrem Ohr war Antwort genug.

Epilog

Er stand an der Reling, den Blick starr auf das kleiner werdende Festland gerichtet. Die Schiffsplanken unter seinen Füßen schaukelten sacht, salziger Meerwind zerzauste sein Haar. Marzan von Hohenfreyberg ließ sein bisheriges Leben hinter sich. Er war ein Gejagter. Auf der Flucht vor seinen Gefühlen für jene Frau, die seine Schwester war.

»Emma.« Seine Lippen formten ihren Namen.

»Der Wind brennt arg in den Augen, nicht wahr?« Eine kleine Hand schob sich vertrauensvoll in seine und lenkte ihn von seinen trüben Gedanken ab.

»Benedikt.« Er lächelte den Jungen an. »Ich hoffe, du bereust deinen Entschluss nicht?«

»Nein, ganz bestimmt nicht. Es ist aufregend, mit einem Schiff zu fahren. Und dann geht die Reise auch noch mit Euch zusammen in die neue Welt – im Auftrag des berühmten Kaufmanns Jakob Fugger. Ich kann mir nichts Besseres vorstellen.« Der Knabe strahlte über das ganze Gesicht.

»Du hast recht.« Marzan strich ihm über den Kopf. »Dort warten sicher spannende Abenteuer auf uns.«

»Ich weiß, ich bin kein Ersatz für Emma.« Benedikt sah ihn ernst, beinahe feierlich an. »Aber ich will Euer Freund sein.«

»Das bist du.« Marzan war dankbar für den Schmiedsohn an seiner Seite. Als er sich umdrehte, um ein letztes Mal zurückzublicken, war das Festland verschwunden.

»Lebe wohl, alte Welt.«

Das letzte Stück ging Emma allein. Nach ihrer Vermählung mit Erik hatte sie deutlich gespürt, dass sie zurückkehren musste. Beinahe so, als hätte Sofia selbst nach ihr verlangt. Alles war genau so, wie sie es in Erinnerung hatte. Sie folgte dem Trampelpfad und erreichte bald darauf die Hütte mit dem löchrigen Dach. Obwohl sie es sich gewünschte hätte, ahnte sie bereits, dass niemand zu ihrer Begrüßung bereitstehen würde.

»Sofia?« Den Namen auf ihren Lippen ging sie zögernd hinein.

»Kindchen …« Es war nicht mehr als ein Krächzen.

Emma trat an das Lager. Sofia sah aus wie jemand, der seine Zeit auf Erden lange überschritten hatte. Sie war kaum mehr ein Schatten ihrer selbst. Ihre Haut war pergamentartig trocken und seltsam durchscheinend.

»Du hast dir Zeit gelassen.« Obwohl sie mehr tot als lebendig wirkte, schien ihr Verstand scharf wie eh und je.

»Ich musste kommen …« Sie kniete sich neben das Bett.

»Natürlich musstest du kommen.« Sofia zeigte ein zahnloses Lächeln. »Weil ich dich gerufen habe.«

»Du hast mir nicht gesagt, dass Marzan mein Bruder ist.« Emma schämte sich dafür, der alten Frau Vorwürfe zu machen, und doch konnte sie nicht anders.

»Ich habe dich gewarnt, Kindchen. Was willst du mehr?«

»Aber du kanntest die Wahrheit und hast sie mir vorenthalten.«

»Hilf mir, mich aufzusetzen.«

Emma schob gehorsam ihren Arm unter Sofias mageren Körper und zog sie hoch. Nachdem sie eine Hand voll Stroh in ihren Rücken gestopft hatte, saß die Kranke aufrecht.

»Gut. Jetzt hör mir zu. Es stimmt, ich ahnte die Verwandtschaftsverhältnisse zwischen dir und Marzan. Ich kenne deine Geschichte überhaupt besser, als du vielleicht annehmen magst. Aber vor allem dann, wenn man das Schicksal kennt, ist es nicht gut, sich einzumischen. Es ist ohnehin gekommen, wie es kommen sollte. Zumindest sieht mir dein blonder Begleiter nicht wie Marzan aus.« Ihre dürren Lippen verzogen sich zu einem wissenden Lächeln.

Emma fragte nicht, woher Sofia von Erik wusste, ohne ihn je gesehen zu haben.

»Du wirst sterben, nicht wahr?«, sagte sie stattdessen, und tiefe Traurigkeit zog durch ihren Geist.

»Ich bin nur noch aus einem einzigen Grund am Leben, Kindchen, und der bist du.«

»Warum?«

»Vielleicht möchtest du meine Hand nehmen?« Sofias Haut fühlte sich heiß und trocken zugleich an.

»Vor vielen Jahren, Emma, wurde ein Kind geboren, dessen Bestimmung es war, das Zeichen zu tragen.«

»Das war ich.«

»Nein, nicht du. Das Mädchen wuchs heran, ohne zu erkennen, was es mit dem Sternenmal auf sich hatte. Genau wie dich später habe ich auch sie in meinen Visionen gesehen. Manchmal geht das Schicksal Irrwege, Emma, manchmal läuft es in eine Sackgasse, um auf Umwegen sein Ziel zu erreichen.«

»Was soll das heißen? Was ist geschehen?«

»Warte ab, noch bin ich nicht am Ende. Die junge Frau ist gestorben, ohne die Bedeutung des Sternenmals ganz erfasst zu haben. Sie hat gekämpft, doch sie hat es nicht geschafft.«

»Wie kann das sein, wenn das Schicksal sie ausersehen hatte?«

»Das ist einer der berühmten Umwege, von denen ich eben gesprochen habe.« Die Augen in Sofias uraltem Gesicht leuchteten jung und lebendig.

»Wieso erzählst du mir das?«

»Weil es wichtig ist. Du wusstest bisher nicht, dass du die Tochter einer Seherin bist, Emma. Das Sternenmal an deinem Knöchel ist kein Zufall. Deine Mutter war jene Frau, von der ich dir berichtet habe.«

»Du kanntest meine Mutter?«

»Aus meinen Visionen, ja. Aber ich bin ihr niemals begegnet. Ich war verzweifelt, als sie starb. Damals habe ich es nicht verstanden. Erst später erkannte ich, dass Amelia zu schwach war, die Bürde des Mals zu tragen. Sie ist gestorben, bevor sich das Wissen um das elbische Zeichen in ihr entfalten konnte.«

»Warum dann ich?« Emma war bleich. »Warum ich, wenn schon meine Mutter nicht stark genug war?«

»Das Schicksal hat dich ausersehen, weil du dazu berufen bist, das Sternenmal ein langes Leben lang zu tragen. Genau wie ich. Es ist deine Bestimmung, den Menschen zu helfen. Vieles, was lange schon im Nebel der Vergangenheit ruht, wird durch dich ans Tageslicht gebracht werden. Oft wird es schmerzlich für dich sein, aber niemals ohne Grund. Deine Visionen haben stets einen Sinn, eine tiefere Bedeutung, der du dich öffnen musst. Wehr dich nicht dagegen, Kindchen. Es hat auch viel Gutes.«

»Ja, das hat es wohl.« Emmas rasender Herzschlag beruhigte sich langsam. Sie hatte in den letzten Monaten gelernt, mit ihren Reisen in die Vergangenheit zu leben. Alles schien mit einem Mal ein klares Bild zu ergeben. Ihre Mutter, eine Seherin. Genau wie sie selbst. Sie erinnerte sich, dass Margaretha von besonders lebendigen Tagträumen ihrer Mutter gesprochen hatte. Nun wurde ihr klar, dass es Visionen gewesen waren, die Amelia heimgesucht hatten.

»Du bist mir eine würdige Nachfolgerin.« Sofias Hand strich segnend über Emmas Kopf. »Eine würdige Trägerin des Sternenmals.«

Emma weinte, als sie mit der brennenden Fackel aus der Hütte trat. »Zünde alles an, wenn es vorbei ist«, hatte die alte Frau geflüstert. Sobald Emma aus der Tür getreten war, spürte sie, wie der Geist der Seherin entfloh. Sofia war nur so lange am Leben geblieben, um ihr das letzte Geheimnis um ihre Herkunft zu offenbaren.

Das trockene Strohdach stand augenblicklich in Flammen. Der Tränenschleier vor ihren Augen verwandelte den Anblick in ein bizarres, flammend rotes Bild. Lange blieb sie regungslos stehen und war froh, als warme, sichere Arme sie von hinten umschlangen.

»Ich habe mir Sorgen gemacht«, murmelte Erik und wischte mit dem Daumen die Feuchtigkeit von ihren Wangen. »Sofia ist tot?«

»Ja.« Emma nickte.

»Schade, ich hätte die weise Frau gerne kennengelernt, die mein eigenes Weib so nachhaltig beeindruckt hat.«

»Sofia hat dich gekannt.« Sie schmiegte sich an ihn. »Zumindest hat sie von einem großen, blonden Mann an meiner Seite gesprochen.«

»Na, dann hoffe ich sehr, dass sie mich gemeint hat, outo tytöö.«

»Ich bin ganz sicher. Lass uns heimreiten, Erik.« Emma machte sich Sorgen um Franziska, die hochschwanger auf Eisenberg weilte. Nur um Sofia noch einmal zu sehen, hatte sie die Freundin allein gelassen.

»Keine Angst, Liebste. Margaretha kümmert sich besser als jede Mutter um Ziska. Außerdem sind wir bald wieder bei ihr.«

»Du hast recht.« Emma lächelte ihn an, und der Schalk blitzte in ihren Augen. »Ich frage mich nur, ob du bei der Geburt unseres Kindes ebenso gelassen sein wirst.«

Nachwort

»Die Tochter der Seherin« ist eine fiktive Geschichte, doch die Schauplätze des Romans sind real. Noch heute kann man in der Nähe von Pfronten die Ruinen Eisenberg und Hohenfreyberg besuchen, die – zum Teil restauriert – eindrucksvoll über dem Dorf Eisenberg thronen.

Auch das Kloster Wessobrunn hat die Zeit überdauert. Die Thassilo-Linde, den Grauen Herzog, die sagenumwobenen Quellen und die Kreuzbergkapelle, wo der Abt und seine Mönche ihr Leben ließen – all das findet man dort noch immer vor.

Ein kleines, weiß getünchtes Kirchlein in Bad Bayersoien kennzeichnet den Ort, an dem Sofia gelebt haben könnte.

Von der Welfenburg auf dem Peitinger Schlossberg ist leider nichts geblieben. Lediglich die Gräben lassen sich noch erahnen. Eine Holzhütte mit Bänken für Besucher erinnert an die Burg und ihre Vergangenheit, eingemeißelt in einen Stein ist ihre Geschichte nachzulesen.

Die prachtvolle Münchner Residenz hat die Jahrhunderte überdauert, dort werden regelmäßig Führungen angeboten.

Einige der Figuren in »Die Tochter der Seherin« sind historisch belegte Persönlichkeiten. Herzog Albrecht IV. der Weise regierte bis zu seinem Tod 1508 in München. Seine Gemahlin Kunigunde von Österreich war eine Tochter Kaiser Friedrichs III., der über die Vermählung nicht glücklich gewesen sein soll. Albrecht IV. wollte bereits 1486 Regensburg zu seiner Residenzstadt machen, was sein Schwiegervater verhinderte. Später erließ Albrecht das Primogeniturgesetz, welches den erstgeborenen Herzogssohn zum Herrscher machte, den Nachgeborenen dagegen den Titel eines Grafen verlieh.

Albrecht Dürer, geboren am 21. Mai 1471 in Nürnberg, gestorben am 6. April 1528 in seiner Geburtsstadt, war Künstler, Maler und Mathematiker. Zur Zeit von Emmas Geschichte hielt er sich in Venedig auf, von wo aus er im Spätherbst 1506 die Rückreise in seine Heimatstadt Nürnberg antrat.

Marzans Lehrherr, Jakob Fugger, entstammte dem mächtigen Geschlecht der berühmten Augsburger Kaufmannsfamilie. Am 6. März 1459 geboren, zählte er zur damaligen Zeit zu Europas bedeutendsten Kaufleuten. Jakob Fugger, auch genannt »der Reiche«, starb am 30. Dezember 1525 in Augsburg.

Agnes Bernauer, deren Tod Emma in ihrer Vision sieht, war wahrscheinlich die Tochter eines Augsburger Baders. Der Wittelsbacher Kronprinz Albrecht III. verliebte sich in sie und heiratete sie gegen den Willen seines Vaters Ernst. Herzog Ernst, besorgt um die Rechtmäßigkeit der Nachfolge, lud seinen Sohn zu einem Jagdausflug nach Landshut ein. Zur selben Zeit ließ er seine Schwiegertochter ertränken. Agnes und Albrecht sollen eine gemeinsame Tochter gehabt haben.

Dank

Mein erster Dank gilt Ulrich Pöppl und Regine Weisbrod, meinem Agenten und meiner Lektorin. Ohne das unglaubliche Engagement dieser beiden gäbe es »Die Tochter der Seherin« nicht.

Barbara Heinzius, meine Goldmann-Lektorin, hat mit ihrer großen Begeisterung für das Buch ihr ganzes Umfeld angesteckt – Dank ihr und all den wunderbaren Mitarbeiterinnen und Mitarbeitern im Verlag, die sich in so hohem Maße für den Roman eingesetzt haben.

Ludwig Schuster danke ich für die äußerst charmante Führung durch Wessobrunn an einem sonnigen Nachmittag, während der er mich an seinem umfangreichen Geschichtswissen teilhaben ließ.

Meine Familie hat stets an mich geglaubt – weswegen, meine Lieben, auch ihr hier steht. Ein lächelnder Dank gilt meinen Großeltern – dafür, dass sie stets ungeduldig nach den nächsten Kapiteln verlangt haben.

Für ihre stets konstruktive und ehrliche Kritik danke ich besonders meinem Vater und meiner Freundin Simone Haupt – wenn ich euch nicht hätte …

Eine große Hilfe beim Recherchieren war mir mein Opa, Heinrich Dobhan, der aus seiner umfangreichen Privatbibliothek stets die gewünschte Information für mich hervorgekramt hat.

Florian Wöhnl hat zu diesem Buch den wunderbar trotzig hervorgestoßenen Satz »Immer warte ich auf die anderen, aber warten die anderen jemals auf mich?« beigesteuert – Dank auch hierfür.

Eine ganze Reihe von lieben Bekannten und Kollegen haben mich beim Schreiben mit Ideen, Vorschlägen, Fragen, Ermunterung und Interesse unterstützt. Auch wenn ich euch hier nicht alle nenne – ihr wisst schon, dass ihr gemeint seid!

Markus Sporer danke ich für seine Unterstützung – nicht nur in Bezug auf das Ringelschwänzchen.

Last but not least danke ich meinen Freunden, die mich während des vergangenen Jahres stets geduldig ertragen haben, auch wenn ich mit den Gedanken wieder einmal nicht bei der Sache war. Sabine und Reiner Lipp, Stefanie Linke, Michael Brenner, Wolfgang Neumann, Renate Schwinghammer und all ihr anderen – DANKE EUCH!